Genèse de l'enfer

Yves Corver

Genèse de l'enfer

Policier

éditions Les Nouveaux Auteurs

Éditions Les Nouveaux Auteurs

33-35, rue de Chazelles 75017 Paris
www.lesnouveauxauteurs.com

ÉDITIONS PRISMA

13, rue Henri-Barbusse 92624 Gennevilliers Cedex
www.prisma-presse.com

ISBN : 978-2-819500-88-9

À Nathalie, la femme de ma vie.
À Antoine et Yann, nos deux fils.

Le danger mortel pour la civilisation n'est plus désormais
un danger qui viendrait de l'extérieur. [...]
Le danger est qu'une civilisation globale,
coordonnée à l'échelle universelle, se mette un jour à produire
des barbares nés de son propre sein, à force d'avoir imposé
à des millions de gens des conditions de vie qui,
en dépit des apparences, sont les conditions de vie de sauvages.
(Hannah Arendt in 'L'impérialisme',
Editions du Seuil, collection Points, page 307).

1

Iraklio, Crète, 25 août 2028.

La petite fille était folle de joie. Jamais elle n'avait reçu un aussi beau cadeau pour son anniversaire : un demi-sang d'un an, spécialement choisi par son père six mois auparavant et dont il avait su garder le secret jusqu'au jour de ses dix ans. Elle marchait la tête haute à côté de son « nouvel ami », en tenant la bride d'une main souple et assurée à la fois. Ses longs cheveux blonds bouclés, inondés de lumière, ressortaient sur la robe et la crinière bai foncé du cheval. Le lad, qui avait accompagné et soigné le yearling depuis sa naissance, suivait à quelques pas de distance. Stéphane lui avait demandé de rester trois jours entiers avec eux, le temps qu'ils s'apprivoisent l'un l'autre et que l'animal accepte de se laisser monter par sa jeune cavalière. La mère de la petite observait la scène avec attention et émotion. Le soleil levant, au-dessus de la baie, formait un halo autour de sa tête et faisait scintiller la crête des vagues en contrebas.

Un fin rayon de soleil commençait à transpercer le haut du rideau opaque, à l'endroit où un crochet s'était détaché la veille, répandant lentement sa douce lumière au plafond de la chambre 315 de l'hôtel Galactica Iraklio. Malgré tous ses efforts, Stéphane ne parvenait pas à empêcher les images de s'estomper. Cela faisait une éternité qu'il n'avait pas fait un rêve aussi agréable et apaisant. Il aurait tant voulu qu'il se prolongeât, ne serait-ce que quelques minutes encore. Stéphane tempêtait intérieurement contre le personnel qui « aurait quand même pu remettre ce crochet en place », lorsque le téléphone sonna. Il étendit son bras gauche et tâtonna dans le vide avant de faire tomber le combiné. Il se retourna, attrapa le cordon distendu de l'appareil et, de la main droite, se saisit du combiné pour le coller à son oreille. La joue gauche encore enfoncée dans l'oreiller, il marmonna :

— Allô, oui ?

— *Good morning Mister Larieux, It's 7:30. Wake-up time, as you requested* [1].

— *Oh, yes, thank you* [2].

Stéphane se redressa péniblement et resta quelques minutes assis sur le bord de son lit. Son cerveau était comme enserré dans un étau. Chaque battement de son cœur lui provoquait de violents élancements au niveau des tempes. « Décidément, je ne me ferai jamais à leur satané ouzo, se dit-il. Qu'est-ce qui m'a pris de vouloir jouer au dur avec ces deux commerciaux, hier soir ? Avec du whisky, au moins, j'avais encore une chance, mais avec leur anisette de… »

Mais le mal de crâne était trop fort. Alors, Stéphane se leva et entrouvrit le rideau tout en se dirigeant, les yeux mi-clos, vers la salle de bains. Là, il mit un comprimé de

1 . Bonjour, monsieur Larieux. Il est 7 h 30. L'heure de votre réveil, comme demandé.

2 . Ah oui, merci.

paracétamol effervescent dans un verre d'eau et retourna s'asseoir sur le bord du lit, devant sa valise, pour avaler d'un trait son antalgique à peine dissous.

« Où en étais-je ? Ah, oui. La fille... Quelle garce ! Elle n'avait pas froid aux yeux celle-là. Dans d'autres circonstances et à une autre époque, je me serais bien laissé faire... Et son jeune acolyte. J'ai bien cru à un moment qu'il me faisait des avances, après qu'il m'a vu repousser celles de sa collègue. Pourtant, ils n'avaient plus rien à espérer de moi ! »

Sentant sa migraine s'estomper, Stéphane se leva. C'était encore un bel athlète, malgré ses quarante ans. Du haut de son mètre quatre-vingt-huit, il n'avait aucun mal à se faire respecter, ce qui valait mieux lorsque l'on dirigeait, comme lui, une entreprise prospère de sécurité rapprochée et de police privée. Il avait hâte de retrouver les deux femmes de sa vie, qui lui manquaient terriblement et pour lesquelles il était très inquiet.

Il regarda sa montre. 8 h 5. Son avion devait décoller à 10 h 45 et l'enregistrement serait clos à 9 h 30. L'aéroport n'était qu'à vingt minutes de l'hôtel, mais on ne savait jamais, avec ces embouteillages causés par tous les travaux en cours. Il s'attarda tout de même une dizaine de minutes sous une douche tiède pour finir de dissiper son mal de tête, puis enfila son ensemble « *casual wear* » et ses mocassins. Après avoir prévenu la réception qu'il prendrait un petit déjeuner continental avant de quitter l'hôtel et demandé qu'on lui préparât sa note en conséquence, il referma sa valise à clé et quitta la chambre pour se rendre dans la salle de restaurant, où Jean l'attendait probablement déjà.

Le hall d'entrée était bondé. On y sentait plus qu'une simple effervescence, habituelle à cette heure, comme dans tout établissement haut de gamme fréquenté par des hommes et femmes d'affaires internationaux. Il y avait ce matin-là une très grande agitation, presque oppressante. Jean était effectivement déjà à table, sa valise posée au pied de sa chaise.

En terminant son double café crème, Stéphane Larieux crut entendre un groupe d'Allemands parler de vol annulé. Mais cela ne l'inquiéta pas vraiment. Tout voyageur régulier a connu ce genre de déboire. Pourtant, une intuition lui commanda d'accélérer leur transfert vers l'aéroport international. Alors, il donna à son ami le signal du départ. Ensemble, ils se levèrent, empoignèrent leur valise d'une main, la sacoche de leur portable de l'autre, et se précipitèrent vers la première navette disponible. Les passagers, d'ordinaire calmes et discrets, étaient très nerveux et discutaient bruyamment. Il n'était question que d'annulations multiples et même de fermeture de l'aéroport. Sur le trajet, Stéphane s'efforça de garder son calme. C'était aussi une des qualités indispensables requises par sa profession. En chemin, ils passèrent devant des immeubles majestueux, flambant neufs, voisinant avec des immeubles anciens, mais aussi de multiples chantiers de construction de villas de luxe. En fermant les yeux, Stéphane parvint à revoir les images envoûtantes de la baie de Mirambello, à quatre-vingts kilomètres à l'est de la capitale, où était en train de sortir de terre sa future villa de prestige.

Soudain, le bus s'arrêta et le chauffeur coupa le moteur. Stéphane et Jean se regardèrent avec inquiétude. La navette était encore sur l'autoroute, à plus de huit cents mètres de l'entrée du parking de l'aéroport. Tous les passagers du bus se turent, mais leurs regards trahissaient une profonde anxiété. Comme Stéphane, tous ou presque étaient venus ici pour une tout autre chose que pour affaires. C'était « L'Affaire » de leur vie qu'ils étaient venus signer ici. Et maintenant, ils ne repartaient qu'avec l'intention de revenir le plus vite possible, définitivement cette fois, avec leurs familles. Alors, ce qu'ils voyaient entre les avions et leur navette, cette longue file d'autres véhicules bloqués sur l'autoroute, étaient autant d'obstacles qui les éloignaient de ceux qu'ils chérissaient le plus au monde. Déjà, derrière eux, une dizaine d'autres véhicules étaient venus allonger la file d'attente. Un des passagers, non loin d'eux, ouvrit la vitre latérale pour tenter de passer la tête au-dehors, afin de voir ce qui pouvait causer un tel bouchon. Soudain, il s'écria :

— *Look! there's a policeman driving counterwise. There's a big board attached to his seat!* [1]

Stéphane s'approcha de la vitre et vit en effet un motard qui remontait la file à contresens. Un panneau était fixé à l'arrière de la moto : « *No flight today!* » [2]. Le motard faisait de grands gestes à l'attention des chauffeurs pour les encourager à retourner d'où ils venaient. Déjà, plusieurs ouvertures avaient été dégagées sur le terre-plein central pour permettre aux véhicules de faire demi-tour. Des agents de la sécurité routière étaient en train de placer des cônes orange et fluorescents pour guider et protéger les manœuvres. On pouvait lire sur tous les visages une profonde détresse. Tous avaient hâte de revoir leurs épouses, leurs maris, leurs enfants. Mais surtout, tous étaient conscients qu'une réelle course contre la montre s'était engagée, quelques mois auparavant déjà. Une course unique, parce qu'il n'y aurait pas de deuxième chance. Mais aussi une course d'équipe dans laquelle chacun avait le devoir de mener tous ceux qu'il aimait à bon port.

---

1 . Regardez ! Il y a un policier qui roule à contresens. Un grand panneau est attaché à son siège !

2 . Pas de vol aujourd'hui.

Chaque passager, l'écouteur de son portable fiché dans l'oreille, tentait désespérément de contacter ses proches, mais aucune liaison internationale ne semblait fonctionner. Stéphane installa son ordinateur de poche sur la tablette devant lui et s'apprêta à entrer en communication vidéo avec son bureau de Neuilly-sur-Seine. Instantanément, un message s'afficha au milieu de l'écran. « Absence de réseau. Vous n'êtes pas connecté. » Machinalement, il vérifia que le bus était bien équipé d'une connexion sans fil. Après confirmation, il se tourna vers Jean. Lui non plus ne parvenait pas à se connecter. À l'avant, un homme se retourna et lança :

— *Did anybody here manage to get connected to the Internet?* [1]

— *No way* [2], répondit une jeune femme.

— *Ich auch nicht* [3], renchérit un autre.

Cette fois, Stéphane eut beaucoup de peine à contrôler son émotion. Une angoisse irrépressible lui comprimait la poitrine. Il savait mieux que quiconque ce que pouvait cacher cette soudaine rupture de connexion. Il ne put s'empêcher de s'en vouloir d'avoir perdu un temps précieux avec cette enquête inextricable, au lieu de mettre ses proches en lieu sûr.

---

1. Est-ce que quelqu'un a réussi à se connecter à Internet ?

2. Pas moyen.

3. Moi non plus.

2

Quelque part au nord-est de l'île d'Alderney, 28 septembre 2024

D'un geste ample, mais crispé, Sébastien Floque lança la balle très haut au-dessus de sa tête. Si haut que celle-ci retomba trop en avant de lui au moment où le tamis de sa raquette percuta la balle avec une trajectoire circulaire et descendante. La balle fusa en direction du rectangle diamétralement opposé, où lady Nelson attendait, sereine, de retourner le deuxième service de Sébastien. C'est avec une moue dédaigneuse qu'elle laissa filer cette balle, confortée par le sifflement caractéristique du juge de ligne électronique.

— Double faute, annonça l'arbitre. 0 - 40.

Le public, qui assistait à cette première demi-finale du douzième challenge annuel du Comité de soutien en faveur des orphelins de la Police continentale européenne, retint son exaltation. Il faut dire que Sébastien Floque s'était montré, tout au long de ce double mixte, aussi inélégant dans la défaite que maladroit. Entre deux contestations pour de prétendues fautes d'arbitrage, il témoignait d'une mauvaise foi sans borne à l'égard de son épouse qui, bien élevée, s'efforçait de ne jamais réagir afin de ne pas énerver plus encore son cher mari. Bien qu'il ne se fût agi que d'un tournoi de tennis au profit d'une noble cause, Sébastien Floque n'arrivait pas à se départir de sa haine de perdre.

Le score, annoncé par le tableau électronique d'affichage, était sans appel :

Lady and Sir Nelson : 6 - 6 - 5 - 40

Mrs and Mr Floque : 3 - 2 - 0 - 0

La paire Nelson disposait maintenant de trois balles de match. L'idée d'une telle défaite était pour Sébastien Floque un cauchemar, et la perspective de terminer par un troisième et dernier set sans y gagner le moindre jeu une suprême humiliation. Au changement de côté, Nadine Floque saisit le bras de son mari et lui murmura quelques mots à l'oreille avant de lui embrasser la joue. Lorsqu'il se positionna à quelques centimètres derrière la ligne de fond, Sébastien afficha un visage étrangement détendu, comme s'il s'était soudain résigné face à une fin inéluctable. Son jeu en fut totalement transformé. Il aligna cinq services gagnants, dont trois aces. Tout heureux de ce sursaut des Floque, le public se sentit libéré et se mit à soutenir bruyamment la « French team ». Forte de cette réaction inattendue, la paire Floque remporta deux jeux supplémentaires. Mais, pensant peut-être avoir été suffisamment fair-play, les Nelson décidèrent d'élever le niveau de leur jeu, notamment au filet, et finirent par gagner le dernier set par six jeux à trois, se qualifiant ainsi pour la finale. Sébastien pouvait quitter le tournoi la tête haute et son épouse allait pouvoir profiter pleinement de la soirée de bienfaisance qui les attendait quelques heures plus tard.

Il était bientôt 13 heures, en ce samedi 28 septembre, mais l'épais voile de brume marine, qui enveloppait l'île d'Alderney depuis le matin, ne s'était toujours pas dissipé. Le soleil, approchant de son zénith, diffusait maintenant une violente lumière blanche et bon nombre de convives se protégeaient les yeux derrière de larges lunettes sombres, donnant à l'ensemble les allures d'une réunion d'agents des services secrets. La régate tant attendue, qui devait relier l'île à celle de Sark et retour, avait été annulée, autant en raison du brouillard que de l'absence de vent. Il s'en était fallu de peu pour que cette brume ne conduisît à annuler le tournoi de golf de l'après-midi.

Faute de temps, le parcours fut limité à neuf trous. Les dix-huit participants se succédèrent par groupes de deux et les deux premiers étaient maintenant au départ du trou numéro 5. En parfait gentleman, lord Carrington proposa une nouvelle fois à Martina Dietermayer de jouer la première. En d'autres circonstances, ou venant d'un autre homme, son côté battant et fier l'aurait poussée à refuser ce geste très désuet. Mais, elle connaissait Hugh depuis longtemps et savait que son attitude était le fruit d'une éducation très aristocratique et non celui d'un machisme ordinaire.

Martina Dietermayer, vice-présidente du deuxième fonds d'investissement européen, était une femme crainte et respectée. On la disait redoutable en affaires. Elle était grande et avait gardé son physique de sportive de haut niveau, avec des épaules plutôt larges. Elle savait se servir de son côté garçon manqué pour maintenir à distance la plupart de ses collaborateurs dans le milieu très masculin des brokers. À l'inverse, elle était capable, pour séduire un client important, ou dans un contexte particulier comme celui-ci, de se métamorphoser en une femme terriblement raffinée et séduisante. Ayant prévu qu'elle ne serait entourée que de personnalités très haut placées dans la hiérarchie européenne, elle avait emporté avec elle, pour cet événement spécial de trois jours, une vaste garde-robe, en prévision de tous les aléas climatiques possibles. Pour cette mini-compétition de golf elle portait un ensemble sportswear très sobre en apparence, mais en fait très chic et confectionné sur mesure pour elle par son couturier allemand fétiche. Il lui collait à la peau, tout en lui laissant une grande liberté de mouvement.

Le trou étant un "par 4" de trois cent cinquante-neuf mètres, Martina choisit un driver en titane "n° 1" parmi ses douze clubs spécialement façonnés pour elle. Elle plaça sur le tee orange fluo sa balle équipée d'une puce électronique codée. Elle consulta son écran, fixé sur son caddie électrique, pour obtenir quelques données sur la distance et la direction du trou numéro 5, ainsi que les difficultés que l'épaisseur du brouillard l'empêchait de distinguer à l'œil nu. Elle devait à tout prix dépasser les deux cent trente mètres au premier coup, en évitant soigneusement un joli bunker dans l'extérieur de la courbe. Tout en affichant une feinte attention à la conversation mondaine de son partenaire, Martina resta très concentrée sur sa balle pendant qu'elle simulait son prochain swing, jusqu'à ce qu'elle eût parfaitement visualisé sa trajectoire. Alors, elle avança ses deux pieds d'une trentaine de centimètres, ajusta la flexion de ses jambes et le placement de la tête de son driver. Le regard rivé sur la balle, elle déclencha son swing avec un relâchement extrême qui conféra à la tête du driver une vitesse maximale au point d'impact contre la balle. Martina et Hugh suivirent en même temps la trajectoire parabolique de la balle qui disparut très vite dans la brume.

— *Very nice shot!* [1] commenta lord Carrington.

— Voyons voir cela, répondit Martina en se tournant vers l'écran de contrôle fixé sur son caddie.

Un point clignotant désignait la position de la balle entre le point de départ et le green. Elle avait parcouru une distance de deux cent quarante-huit mètres avant d'atterrir sur le fairway, bien au-delà du rough et surtout du bunker. Un chiffre lumineux lui indiquait la distance restant à couvrir jusqu'au drapeau : cent vingt et un mètres.

— Avec un peu de concentration, je devrais pouvoir réaliser un deuxième birdie, remarqua stoïquement Martina.

— Je vous parie mille euros que vous n'y arrivez pas, lança Hugh, comme par réflexe.

— Pari tenu.

Dans son empressement à faire mieux que sa partenaire, lord Carrington envoya sa balle dans le rough à droite du fairway, à une vingtaine de mètres de celle de Martina. Après avoir magnifiquement placé sa balle au deuxième coup, avec un "fer 7" et un effet rétro marqué pour raccourcir la distance de roulement à l'approche du drapeau sur un green légèrement en pente, Martina afficha un air faussement désolé en voyant la mine contrariée de son rival. Avec un putt de moins de trois mètres, le birdie n'était plus qu'une simple formalité pour une joueuse de la classe de Martina Dietermayer. Cette dernière se montra très en veine jusqu'à la fin du parcours, où lord Carrington accepta sa défaite avec une élégance consommée et donna à sa banque l'ordre de transfert de dix-neuf mille euros à l'intention du Comité de soutien en faveur des orphelins de la Police continentale européenne, auquel Martina avait décidé d'offrir ses gains de jeux de l'après-midi.

1. Très joli coup !

La dernière équipe s'apprêtait maintenant à boucler son parcours au trou numéro 9. Alain de Roquebrunne, ancien général de l'Armée française, devenu depuis conseiller spécial auprès de l'Eurocorps, se plaça à portée de main du drapeau et, d'une petite inclinaison de la tête, indiqua à son partenaire qu'il le prenait en charge. Lucien Potevin, président du premier groupe céréalier européen, était encore un point derrière son partenaire du jour, au trou n° 8. Pour l'emporter contre le général — c'est ainsi que tout le monde ici appelait Alain de Roquebrunne — Lucien Potevin devait absolument réussir ce putt de plus de sept mètres en une tentative. Il arpentait pour la troisième fois la distance qui le séparait du drapeau, se mettant à quatre pattes dans l'herbe humide du green, scrutant le dénivelé en collant sa joue au sol et en fermant un œil comme s'il ajustait une cible dans la lunette d'un fusil de chasse. Voyant que le général commençait à montrer quelques signes d'impatience, peut-être même d'irritation, le président de Semenissime se décida à contrecœur à prendre place pour effectuer ce qu'il espérait être son plus beau putt de l'année.

Le brouillard s'était épaissi et, bien qu'il ne fût pas encore 19 heures, la visibilité s'était sérieusement dégradée. Alors que Lucien était occupé à préparer son mouvement, aidé en cela par les indications sonores et visuelles de son putter à assistance informatique intégrée, le vrombissement d'un moteur à hélices se fit entendre au loin, en provenance de la mer, au-delà du phare d'Alderney, dont on ne distinguait que la lumière intermittente. Lucien Potevin figea son mouvement et se redressa. Les deux hommes croisèrent leurs regards. Le général tourna son visage en direction du bruit et plissa les yeux. Après quelques secondes de concentration, il dit :

— Beechcraft, King Air 360i… bimoteur, turbopropulseurs de 850 kW chacun… aucun doute, c'est le jet de notre ami Gianluca ?

— Vous en êtes sûr ? demanda Lucien.

— Je sais que je suis un militaire à la retraite, mais tout de même, je ne suis pas encore gâteux.

— Dans ce cas, je crains que nous ne devions mettre un terme à cette partie, mon Général. Qu'en pensez-vous ?

— Oui, d'autant plus qu'il est accompagné d'un invité prestigieux, m'a-t-on dit, rétorqua Alain de Roquebrunne, qui était tout à fait conscient que son partenaire était en réalité trop content de trouver ce prétexte pour ne pas avoir à subir l'affront d'une défaite.

Le hall d'honneur du fort Corblets était maintenant particulièrement animé. Les serveurs avaient de plus en plus de difficultés à se faufiler entre les convives, et les réserves de champagne frappé étaient presque vides. Alors que les sujets de conversation s'épuisaient au même rythme que les verres, un sifflement désagréable attira tous les regards en direction de l'estrade sur laquelle se produisait, depuis plus d'une heure et dans l'indifférence générale, un orchestre de chambre. Le maître de cérémonie, reconnaissable entre tous à son ensemble ivoire, était en train de tapoter sur le micro.

— Mesdames et Messieurs, *Ladies and Gentlemen, meine Damen und Herren*, je vous demande un instant d'attention.

Après quelques secondes d'attente, toutes les conversations cessèrent.

— Mesdames et Messieurs, j'ai le plaisir de vous annoncer l'arrivée de notre cher président : Gianluca Pellegrini.

Gianluca Pellegrini était connu de toute cette prestigieuse assemblée comme le président du Conseil d'administration de plusieurs riches fonds d'investissement européens. Il était très apprécié pour son grand charisme et pour son activisme quasi militant au service de l'aristocratie financière européenne et même mondiale. Gianluca faisait partie des élus de la Providence. La nature semblait avoir réuni en lui tous les atouts d'une réussite personnelle sans égale et sans effort. Outre son intelligence exceptionnelle, il avait hérité d'une plastique apollinienne et de capacités physiques hors du commun. Ses cheveux noirs et bouclés, son sourire d'ange, illuminé par une dentition parfaite, et ses yeux d'un bleu acier subjuguaient les femmes et fascinaient les hommes. Rien ni personne ne paraissait pouvoir lui résister. Son ascension fulgurante dans la hiérarchie de l'élite mondiale était là pour en témoigner. Il avait aussi ce don inimitable de la communication, qui lui permettait d'afficher alternativement une assurance rassurante et de petites touches d'une modestie désarmante. Seul un aréopage restreint savait qui il était vraiment.

Gianluca Pellegrini, dont le temps était particulièrement précieux, s'efforça d'en offrir quelques bribes à l'assistance qui, tiraillée par la faim et la fatigue, n'avait déjà plus d'oreille.

— Chers amis, je voudrais tout d'abord remercier de leur présence mon ami John Mankovitch et sa ravissante épouse Priscilla, actuellement en tournée d'affaires en Europe, et qui nous ont fait l'immense honneur de se joindre à nous ce soir avant leur retour à Washington DC. Je vous sais gré d'être venus aussi nombreux.

Je compte, que dis-je… les orphelins, les épouses ou les maris de nos valeureux cadres de la Police continentale européenne, morts dans l'exercice de leur fonction, comptent sur votre générosité. Ces courageux défenseurs de notre société et de nos valeurs nous ont fait cadeau de leurs vies. La meilleure façon de les récompenser et d'honorer leur mémoire est d'assurer à leurs familles éplorées notre protection et notre soutien, autant moral que financier. Je vous remercie donc pour eux… Mais je lis sur vos visages que vous êtes fatigués d'être restés aussi longtemps debout et surtout que vous mourez de faim. Alors, sans plus tarder, je vous invite à suivre notre maître de cérémonie et son équipe qui vous conduiront jusqu'à votre table réservée, où vous attendent les mets et les vins les plus raffinés, spécialement préparés et sélectionnés pour vous.

L'invitation fut accueillie par de nombreux soupirs de soulagement et une salve d'applaudissements, partiellement étouffés par les longs gants de soie des dames. Après un défilé de plats et de nectars plus subtils et délicats les uns que les autres, la soirée se termina par un concours de valse viennoise, pour lequel le jury devait apprécier autant la prestation des danseurs que la qualité et l'esthétique de leurs tenues. Mais tout le monde n'était pas convié à cette dernière distraction. Pour une douzaine d'invités, le but réel de cette soirée était la réunion exceptionnelle des dirigeants d'Olympos.

Olympos était une organisation secrète européenne, composée de quelques centaines de membres éminents de la société civile et de personnes influentes attachées au pouvoir politique et policier. Son objectif était de garantir la pérennité du nouvel ordre libéral, en évitant à tout prix un renoncement à leurs privilèges, à l'instar de ce qui s'était passé pendant la célèbre nuit du 4 août 1789. Elle était née du constat d'échec du libéralisme débridé à vouloir faire vivre ensemble une élite de plus en plus puissante et une population globale toujours plus importante et plus démunie. Le libéralisme au niveau mondial avait entraîné une mise en concurrence effrénée de milliards d'êtres humains dont quelques millions avaient gagné une réelle amélioration de leur condition initiale et les autres, beaucoup plus nombreux, en avaient subi, quant à eux, une considérable dégradation. Le long cycle de tentatives des gouvernements de juguler le mécontentement du plus grand nombre, à travers des actions sans cesse plus répressives, avait fini par montrer ses limites. La course à la privatisation et la réduction du contrôle de l'économie par les pouvoirs publics avaient conduit à une situation inextricable. Dans de nombreuses villes d'Europe, les polices municipales et nationales avaient été privatisées. Le renforcement des mesures de sécurité n'arrivait plus qu'à déplacer les foyers de violences, sans jamais les faire disparaître.

Sur un signe convenu de leur chef, les membres du premier cercle d'Olympos s'éloignèrent discrètement pour se retrouver, comme d'habitude, dans la grande bibliothèque du fort, d'où ils purent rejoindre, par un tunnel aménagé, celui de Quesnard, situé à quelques centaines de mètres de là, au-delà du phare de Mannez. Gianluca avait confié à son épouse Carla le soin de s'occuper de Priscilla Mankovitch pendant le restant de la soirée. Le petit groupe, composé des douze sages de la direction d'Olympos et de l'invité américain de Gianluca, descendit à quinze mètres sous terre à l'aide de l'ascenseur dont l'accès sécurisé était camouflé derrière une authentique tenture médiévale représentant Héraclès exécutant les douze exploits imposés par Eurysthée, roi de l'Argolide. La partie centrale montrait Héraclès capturant Cerbère aux portes de l'enfer.

John et Gianluca prirent place, seuls, dans le véhicule de tête, suivis de deux voitures électriques transportant les onze autres membres de l'aréopage. Le long couloir était fortement éclairé par de puissantes diodes qui ne laissaient aucune zone d'ombre pouvant dissimuler un éventuel assaillant. Le convoi passa devant plusieurs corridors, gardés chacun par une sentinelle armée. Après deux minutes de trajet, il parvint à une salle ronde donnant accès à une lourde porte métallique défendue par deux soldats. Les douze sages et leur hôte, accompagnés de deux hommes en armes, pénétrèrent dans l'ascenseur qui menait vingt-cinq mètres plus haut, à l'intérieur même du fort de Quesnard. La porte de la cabine s'ouvrit sur un large hall octogonal offrant une vue circulaire sur le centre névralgique du fort, mais aussi de l'île et de toute la région.

— Voyez-vous, cher ami, dit Gianluca à son invité, certes vous êtes la première puissance militaire de notre petite planète, mais nous sommes tout de même capables de nous protéger efficacement, en tout cas jusqu'à aujourd'hui. Savez-vous comment nous nommons cet endroit ?

— *The fortress, I guess* [1], répondit John en souriant.

— Perdu, John. Nous l'appelons, modestement, l'Octogone.

— Modestement ? Je n'en crois rien, mon ami. Votre Octogone a assurément trois côtés de plus que notre Pentagone, mais il ne souffre pas la comparaison, croyez-moi.

John Mankovitch avait ce visage typique des héros de l'âge d'or des comics américains. Une mâchoire large et un menton volontaire, portés par un cou puissant. Tout son corps respirait la puissance, forgée par de longues séances de musculation qu'il pratiquait avec une assiduité

1 . La forteresse, je présume.

remarquable depuis son entrée au MIT à Cambridge, Massachusetts, quinze ans auparavant. À l'époque, il avait pensé pouvoir s'imposer par sa grande intelligence malgré un physique chétif, mais quelques gros bras de l'équipe de football l'avaient alors cruellement détrompé. Depuis, il attachait une importance capitale à entretenir son corps et à le mettre en valeur avec des tenues soigneusement choisies.

Gianluca poursuivit sa présentation des lieux en invitant John à entrer dans la salle de contrôle, où la patrouille de nuit s'affairait devant de nombreux écrans pour suivre l'activité maritime et aérienne de l'ensemble de la Manche. Ils disposaient, parmi d'autres, d'une image satellite précise limitée à la presqu'île du Cotentin, avec une loupe sur les îles anglo-normandes dont faisait partie l'île d'Alderney. On y distinguait nettement la base militaire de Cherbourg et des bâtiments de l'armée européenne, positionnés au nord et à l'ouest des îles et chargés de sécuriser la zone.

L'Américain se permit un commentaire sur un ton très ironique.

— Tous ces moyens ne sont-ils pas démesurés pour quelques malheureux cailloux au milieu des eaux ?

— Mon cher John, je m'attendais à votre remarque. Mais regardez plutôt ceci et vous comprendrez pourquoi toutes ces précautions ne sont pas inutiles, ni même exagérées.

Gianluca Pellegrini adressa un signe de la tête à l'un des sous-officiers de quart. Sergent, faites un zoom sur la banlieue du Havre.

— À vos ordres, Monsieur.

Le sous-officier effleura son écran tactile et fit apparaître une photo satellite de la ville avant de zoomer sur les quartiers périphériques du Havre. L'image était si nette et détaillée que l'on pouvait voir jusqu'aux gyrophares des véhicules de la sécurité civile et des pompiers, se déplaçant d'un foyer d'incendie à un autre. En grossissant un des points embrasés de la banlieue, on pouvait distinguer des silhouettes sombres courant dans tous les sens. Les unes lançant des projectiles enflammés, les autres se dispersant dans d'étroites ruelles et pénétrant dans des immeubles pour échapper à des policiers ou des agents de milices privées.

— Ça chauffe, comme on dit chez vous, remarqua John. C'est toujours comme ça ?

— Toutes les nuits. Et pas seulement au Havre, mais dans toutes les grandes agglomérations françaises. En fait, c'est partout pareil dans toute l'Europe. D'ailleurs, vous le savez déjà, n'est-ce pas ? Grâce à tous vos satellites.

L'Américain se contenta de sourire, puis s'approcha de l'écran géant et désigna du doigt une zone du port.

— Ce sont des raffineries de pétrole n'est-ce pas ?

— Exact. C'est la grande raffinerie de Gonfreville. Un lieu hautement stratégique qu'il nous faut défendre à tout prix pour alimenter le matériel militaire destiné à notre protection.

— Je comprends, dit John.

— Pas vraiment, rétorqua Gianluca. Aujourd'hui, c'est notre espace vital qui est en danger.

— Comment est-ce possible ? La France n'est pas surpeuplée.

— Surpeuplée, non. Mais surchauffée, oui. Nous avons de plus en plus de mal à contenir cette populace excitée qui envahit nos villes et devient de plus en plus menaçante pour les habitants des beaux quartiers. Les bandes de voyous des zones périphériques s'arment plus vite que nos milices privées. Les plus chanceux d'entre nous ont eu le temps et les moyens de se réfugier dans des enceintes ultra-sécurisées, comme nos précieuses îles. Et même là, nous ne serions pas vraiment à l'abri sans le soutien de nos armées européennes. Vous comprenez maintenant ce que je voulais dire ?

— Cela ne fait aucun doute, mon ami. Et à combien se monte le nombre des heureux élus qui ont trouvé refuge dans vos îles ?

— Il y a vingt ans, il n'y avait sur l'ensemble des îles que cent cinquante mille âmes, qui étaient très attachées au caractère sauvage de la nature. Cette population initiale a opposé de très fortes résistances aux initiatives de nouvelles constructions. Par chance, nous avions pressenti ce qui allait se passer dans un avenir très proche et nous avons investi des fortunes dans l'acquisition de tous les terrains non encore construits. Devant la pression des événements socio-économiques, nous avons pu surmonter les dernières réticences des îliens d'origine. Nous avons offert à quelques-uns d'entre eux des parts de nos sociétés immobilières et, pour les autres, nous avons promis de fixer des critères de sélection très restrictifs des candidats à l'immigration, afin de préserver la qualité de vie de ces résidants. Le prix de nos programmes, mais aussi les impôts fonciers et locaux sont si élevés que seules des personnes très fortunées peuvent y vivre. Et, pour ne pas pénaliser les véritables autochtones, une loi d'exception a été votée pour les exempter de ces taxes. Malgré ces limitations drastiques, nous venons de dépasser les cinq cent mille habitants, soit plus de deux mille cinq cents habitants au kilomètre carré. Vous l'aurez compris, nous souffrons effectivement d'un sérieux manque d'espace vital. Et il ne s'agit pas que d'une question de densité. Il faut aussi tenir compte des ressources alimentaires, en commençant par l'eau potable, sans parler du traitement des déchets.

— Je comprends maintenant pourquoi vous avez tant insisté pour me faire venir ici. Il ne s'agissait pas d'une simple visite de courtoisie, n'est ce pas, mon ami ?

— C'est exact. Mes amis et moi-même sommes très inquiets de cette situation et j'ai pensé qu'il serait très utile de vous en faire part et de solliciter vos conseils avisés.

Quelques minutes plus tard, les deux hommes pénétrèrent dans une vaste salle de forme ovale.

— Encore une tentative d'imitation ? ironisa l'Américain.

— Pas du tout, rétorqua Gianluca. Cette pièce était à l'origine un long rectangle. Il était donc plus simple d'y installer une table ovale plutôt qu'une ronde. Par la suite, nous avons adapté la forme des murs pour y insérer les indispensables équipements de protection. Comme vous pouvez l'imaginer, ce qui se dit ici doit absolument rester confidentiel.

— Je comprends, mon ami. *I was just kidding you* [1].

Les onze autres membres du Conseil des sages d'Olympos s'étaient levés dès l'entrée des deux hommes. Gianluca pria John de le suivre jusqu'à l'extrémité de la table de conférence et lui indiqua sa place réservée, près de la sienne. Il attendit que son invité de marque fût installé pour convier les sages à s'asseoir. Les gardes armés sortirent de la pièce et refermèrent derrière eux la lourde porte blindée et parfaitement insonorisée.

Gianluca Pellegrini commença par présenter son ami de manière plus précise qu'il ne l'avait fait précédemment, avant le repas de gala. Il rappela le prestigieux parcours universitaire de John et ses multiples fonctions de Chief Executive Officer de plusieurs fonds de pension et autres *hedge funds* américains.

1 . Je plaisantais, bien sûr.

— Mais si j'ai demandé à mon ami John Mankovitch de se joindre à nous ce soir, c'est en sa qualité de numéro deux de nos homologues américains, qui bien avant nous ont décidé de se dévouer corps et âmes à la défense de notre civilisation.

Puis, s'adressant à son invité, Gianluca commença la présentation des « Olympiens », comme ils se nommaient entre eux. Il débuta par la gauche de John, pour suivre le sens des aiguilles d'une montre.

— À votre gauche : Alexandre Boisdoré, président de la banque d'affaires Boisdoré Investments. Son hobby : faire des enfants. À cinquante et un ans, il en a neuf à son actif.

— *Nine kids! Congratulations to madame Boisdoré* [1].

— Laquelle ? Il y a eu trois mesdames Boisdoré. Aucune femme n'accepterait aujourd'hui de mettre neuf enfants au monde.

La remarque fit son effet relaxant. Elle provoqua l'hilarité générale à laquelle John se joignit volontiers. Les sujets qui devaient être abordés ce soir étaient suffisamment graves pour que l'on ne se privât pas de ce moment de détente. Gianluca poursuivit.

— Son voisin se nomme Hugh Carrington. Lord Carrington, je précise, car notre ami est très attaché à ce titre. Il a hérité de la fortune familiale, aujourd'hui classée au troisième rang au Royaume-Uni. Il se définit lui-même comme un Eupatride. Eupatride, du grec…

— *Eupatridaï*, je sais, interrompit John, non sans fierté. Qui signifie « les bien nés », c'est-à-dire les nobles d'Athènes.

— Pardon John. J'avais oublié qu'il existait des Américains très cultivés. Donc, lord Carrington est un

1. Neuf enfants ! Mes compliments à madame Boisdoré.

gros actionnaire de plusieurs sociétés importantes et siège en conséquence au sein de plusieurs Conseils d'administration.

Après lui, Anna Maertens, présidente de Pharmasynthis.

À la gauche d'Anna : Wilfried Fuerstenberg, président d'Eurocrossmedia, qui est le premier consortium européen d'info et de médias. Comme vous pouvez l'imaginer, son groupe nous est très utile pour diffuser des informations parfaitement maîtrisées.

— *I see,* dit John. *We also have such a major media company in our group in Washington DC* [2].

— Ensuite vient notre benjamin : Pierre Montrond. Il n'a que trente-trois ans, mais il est déjà directeur marketing et vice-président de Semenissime, une grande multinationale européenne de l'agroalimentaire. Il a hérité de la fortune de ses parents, mais c'est en outre un véritable visionnaire et un redoutable homme d'affaires. Malgré son jeune âge, il est très apprécié de ses pairs.

John Mankovitch était déjà passé à la personne suivante. Il avait beaucoup de mal à cacher son attirance pour cette créature androgyne.

— Cette ravissante personne, c'est Martina Dietermayer. Elle est célibataire, dit-on. Elle est vice-présidente du deuxième fonds d'investissement européen. Accessoirement, elle est une redoutable joueuse de golf. N'est-ce pas, lord Carrington ?

Gianluca avait remarqué que l'Américain semblait subjugué par le sourire de Martina.

— Ne vous méprenez pas cher ami. Martina est certes célibataire, mais elle a surtout une nette préférence pour…

2 . Je vois. Nous avons aussi une grande société de communication dans notre groupe à Washington DC.

le beau sexe. Vous comprenez ? Et d'ailleurs, dois-je vous rappeler que vous êtes déjà… *engaged* [1], comme vous dites.

— *Married would be more appropriate* [2], suggéra lord Carrington.

— En face de vous, reprit Gianluca, derrière ce regard jovial, je vous présente Christian Arvid, président du Club des *hedge funds*.

À sa gauche, notre doyen et conseiller des forces armées européennes, le général Alain de Roquebrunne. En réalité, c'est un ancien général de l'armée française, aujourd'hui conseiller spécial auprès de l'Eurocorps.

John Mankovitch écoutait consciencieusement la présentation des membres du groupe Olympos, sans montrer le moindre signe d'impatience et en regardant attentivement chacun d'eux, comme pour mieux s'imprégner de leurs identités. En tant que membre éminent de l'élite américaine, et plus exactement des *Illuminati*, il savait l'importance d'une parfaite connaissance des autres sociétés secrètes occidentales. Il s'efforça cependant de cacher sa connivence avec son ami Gianluca Pellegrini. Ce dernier était soupçonné d'appartenir à une loge maçonnique française, ce qu'il n'avait jamais officiellement confirmé ou démenti. En réalité, il l'avait bien été et l'était resté pour sauvegarder les apparences, mais lors d'un congrès financier international, il avait été approché par John Mankovitch, qui avait fini par le convaincre de se rallier aux *Illuminati* américains. John y trouvait un moyen de contrôler les activités de l'élite européenne, pendant que Gianluca y gagnait un allié considérable et la promesse d'un avenir radieux.

---

1 . Fiancé.

2 . Marié serait plus exact.

— Ce grand monsieur, reprit Gianluca, se nomme Vincent de la Taille. Il est membre du Conseil d'administration de plusieurs multinationales dans des domaines clés de l'économie européenne. En tant que Grand Maître de la Grande Loge nationale française, il est un excellent relais de nos idées auprès de ces entreprises, mais aussi de l'élite européenne.

— Le jeune homme à ma droite, c'est José Maria Alvarez. C'est le deuxième plus jeune de notre groupe. Il est surtout notre lien avec l'Église de Scientologie européenne, dont il est l'un des porte-parole.

Et enfin, celle que nous appelons madame la juge : Ineke Van den Broeck. Elle est la présidente de la Cour de justice européenne.

John Mankovitch avait salué chaque membre d'Olympos par un large sourire, en feignant de découvrir son identité. En réalité, il connaissait déjà de chacun d'eux beaucoup plus que son ami Gianluca Pellegrini ne l'imaginait. Il savait par exemple que madame la juge était mariée à une femme plus jeune qu'elle de quinze ans et qui avait donné naissance à leurs deux enfants, issus d'une fécondation *in vitro*. Il recevait des rapports réguliers des services secrets américains sur tous les personnages les plus influents de la planète. Par contre, il ne refusait jamais de rencontrer ces personnes pour entendre leurs propositions ou leurs craintes. Il considérait cette démarche comme la forme la plus efficace de lobbying, puisqu'elle visait des personnes non seulement consentantes, mais aussi demandeuses.

— Maintenant que vous connaissez tout le monde, conclut Gianluca, nous allons pouvoir commencer notre séance de travail.

L'Américain acquiesça. Sans perdre de temps, Gianluca lança le démarrage de sa présentation vidéo de la situation en Europe, en déclenchant l'allumage de tous les écrans tactiles placés devant chaque participant. Des tableaux de statistiques s'intercalaient entre deux reportages, donnant à l'ensemble une efficacité redoutable de conviction. Le président des Olympiens savait qu'une telle occasion d'obtenir l'aval des Américains ne se représenterait pas avant longtemps. Et malgré les discours habituels sur la prétendue indépendance de l'Europe, Gianluca était conscient que rien ne serait possible sans leur soutien. En conséquence, il n'avait rien laissé au hasard dans son exposé. Il avait confié chaque dossier à une équipe différente de brillants experts et s'était réservé l'assemblage et les commentaires car, disait-il : « Les voies de Dieu doivent rester impénétrables ! » Par ailleurs, ces études, réalisées par de grands esprits, se contentaient de dresser un tableau de certaines situations, mais sans jamais suggérer de solutions. Ces dernières devaient se décider dans le secret absolu des réunions de l'aréopage.

Quelques semaines plus tôt, Gianluca avait demandé à trois des membres d'Olympos de se pencher sur les trois sujets les plus brûlants à ce jour. Anna Maertens devait ainsi faire un point sur l'état des recherches pharmaceutiques sur les moyens de lutte contre la surnatalité dans certaines régions du monde. Pierre Montrond s'était vu confier un rapport sur le problème des ressources alimentaires et le général de Roquebrunne celui de la lutte contre le terrorisme.

La réunion se termina au milieu de la nuit, par une discussion en tête à tête entre Gianluca Pellegrini et John Mankovitch. Les deux hommes semblèrent très satisfaits et l'Américain promit de revenir très prochainement avec de bonnes nouvelles.

3

Créteil, 7 octobre 2026.

Le quartier musulman commençait tout juste à se réveiller après une nuit très courte, bien qu'à peine plus agitée que les précédentes. Quelques carcasses de voitures, encore fumantes, témoignaient des échanges de cocktails Molotov et autres projectiles contondants lancés par des bandes d'éléments incontrôlés, de part et d'autre des grillages qui séparaient les quartiers juif, chrétien et musulman. Malgré les accords de non-agression passés entre les familles dirigeantes, de petits caïds continuaient de profiter de l'obscurité des nuits sans lune pour tenter de récupérer une part du butin.

De multiples trafics étaient apparus au début des années 2020 qui avaient certes enrichi de nombreux agents commerciaux autant que des petits chefs de gangs, mais la situation d'insécurité qui en découlait était vite devenue intenable autant à l'intérieur de ces quartiers populaires qu'à leur périphérie. Après de longues périodes de chaos où différents gangs s'étaient opposés entre eux et contre les forces de l'ordre, ces dernières s'étaient rapprochées des familles les plus « influentes », pour organiser la paix dans les villes. Puis, devant les conséquences, néfastes pour le « business », des guerres entre quartiers, leurs chefs avaient finalement choisi de définir des limites précises à leurs territoires afin de mettre un terme à des conflits intercommunautaires destructeurs. Les autorités continentales avaient apporté d'ailleurs leur soutien à cette nouvelle organisation des villes, qui permettait en outre de libérer un grand nombre de policiers dont les quartiers chics avaient le plus grand besoin pour assurer la protection des élites.

Les fidèles venaient de terminer la première prière de la journée. Seuls quelques-uns faisaient l'effort de se rendre à la mosquée de la rue Jean-Gabin pour la prière de l'aube. Mais presque tous les habitants du quartier musulman pratiquaient avec régularité chacune des cinq prières. En tout cas, aucun des membres de la famille du cheikh Yusef Ali Al-Mansour n'aurait osé manquer à ce commandement.

Yusef Ali Al-Mansour approchait de la cinquantaine. Il portait une tenue traditionnelle, composée d'une longue tunique blanche recouvrant jusqu'à mi-mollet un pantalon de coton blanc. Il était à la fois respecté pour sa sagesse apparente et craint pour son passé et plus encore pour certaines histoires que l'on faisait courir à propos d'actes de cruauté qu'il aurait commis autrefois contre certains de ses ennemis. Il avait ses places réservées à la mosquée et l'imam le citait souvent en exemple aux fidèles. Cela suffisait à maintenir à distance respectable les jeunes prétendants au trône, rassurant ainsi les dignitaires des quartiers voisins. Comme à son habitude après chaque prière, Yusef avait pris place sur son pouf en cuir de chameau pour y méditer en silence. Ce rituel pouvait durer entre quinze et trente minutes, avant qu'il pût se mettre au travail.

Un homme à la corpulence impressionnante, dont le manteau sombre peinait à cacher l'arme de poing enfermée dans un étui, calé sur le côté gauche de sa poitrine, s'approcha de Yusef et lui murmura quelques mots à l'oreille. Yusef acquiesça d'un hochement de la tête, l'homme se redressa et sortit de la pièce. Il revint une minute plus tard, accompagné d'un petit homme qui avait beaucoup de mal à maîtriser son angoisse. Il sursauta lorsque le garde du corps posa sa puissante main sur son épaule, pour lui indiquer de s'asseoir en face de Yusef.

— *Assalamu alaykum wa rahmatullah*[1], monsieur Pamiers, lui dit Yusef.

— *Wa alaykum as-salam*[2], monsieur Al-Mansour, balbutia le petit homme.

— Bienvenue dans ma modeste demeure, monsieur Pamiers. Mettez-vous à l'aise. Me ferez-vous l'honneur de partager une tasse de thé à la menthe avec moi ? demanda Yusef.

Sans attendre la réponse de son invité, il fit claquer ses doigts en jetant un bref regard en direction d'une femme, recouverte de la tête aux pieds d'une cape marron foncé qui ne laissait voir d'elle que ses yeux sombres entourés de khôl. La femme baissa la tête et partit chercher le service à thé, puis revint avec un plateau en cuivre repoussé sur lequel reposaient une théière marocaine en argent, trois petits verres à thé enserrés dans des gobelets en argent finement ajourés, sans oublier l'assiette de pâtisseries orientales et deux grands verres d'eau fraîche. Elle

1. Que la paix et la miséricorde d'Allah soient avec vous.

2. Et que la paix soit avec vous.

déposa délicatement le plateau sur une table basse posée au milieu d'un vieux tapis persan, usé par endroits jusqu'à la trame. D'un geste de la main, Yusef lui ordonna de quitter la pièce sans attendre. Elle sortit à reculons en gardant toujours le regard fixé sur le sol. Le garde du corps, guidé par l'habitude, saisit la théière et versa bruyamment le thé brûlant et parfumé dans un premier verre. Puis il transvasa le liquide fumant successivement dans chacun des deux autres verres pour les réchauffer. Enfin, il remplit chacun d'eux en prenant soin de remonter très haut la théière. Monsieur Pamiers prenait son mal en patience. Il avait horreur de ces « salamalecs », aimait-il à dire fièrement à ses collègues. Mais ici, il se sentait « en territoire ennemi ». Alors, il s'efforçait de sourire à son hôte. À nouveau, Yusef se contenta d'un signe de la main pour exiger de son garde du corps qu'il le laissât seul avec son invité.

Jacques Pamiers faisait partie d'une nouvelle catégorie professionnelle : celle des agents commerciaux, habilités par la sécurité continentale, qui représentaient une ou plusieurs multinationales et qui étaient autorisés à négocier des accords d'approvisionnement en produits alimentaires, en médicaments ou en petits équipements électroménagers. Ces agents faisaient l'objet d'une étroite surveillance, autant de la part des autorités européennes que de celle des familles dirigeantes des quartiers. C'est ainsi que Jacques Pamiers n'avait pu se rendre chez le cheikh Yusef Ali Al-Mansour que sous escorte de deux voitures, transportant chacune trois gardes du corps armés et protégés par des gilets pare-balles verts portant une inscription blanche en arabe. Jacques était très embarrassé. Il avait reçu comme consigne des autorités européennes de transmettre au cheikh Al-Mansour, comme aux autres chefs des quartiers dépendant de son secteur, leurs inquiétudes. Il sirota bruyamment quelques gorgées de thé à la menthe, reposa lentement le verre sur la table basse et prit une profonde inspiration.

— Voilà, cheikh Al-Mansour. Nos amis sont très inquiets… et à vrai dire très contrariés. Ces deux dernières semaines, il y a eu trois enlèvements de personnalités importantes dans l'Ouest de Paris.

— Vous m'en voyez navré, cher ami. Mais en quoi cela me concerne-t-il ? interrompit Yusef.

— Eh bien… pour les deux premiers, la police continentale n'a trouvé aucune piste à ce jour, mais… pour le troisième, une des deux voitures impliquées a été suivie à la trace par un satellite de surveillance de l'Armée française.

— Et ?

— La voiture s'est réfugiée à l'intérieur de votre quartier.

Le cheikh Al-Mansour eut du mal à cacher sa grande contrariété. Il s'en prit d'abord à son invité.

— Je vous trouve bien impoli, monsieur Pamiers. Je vous accueille chez moi et, en remerciement, vous proférez de graves accusations contre moi et contre mon autorité ? C'est très imprudent de votre part, cher ami.

Jacques Pamiers se mit à rougir intensément. De grosses gouttes de sueur commençaient déjà à perler le long de ses tempes.

— Je… j'ai été autorisé à vous montrer ces quelques images, balbutia le petit homme en sortant d'une de ses poches une clé de mémoire.

Yusef regarda l'objet quelques secondes, puis s'en saisit. Il se leva et s'approcha d'une petite commode d'où il retira un lecteur de cartes et une télécommande. Il revint s'asseoir en face de son invité, inséra la carte dans le lecteur et actionna la télécommande. Un panneau s'ouvrit dans le mur à sa droite, laissant apparaître un écran géant.

— Eh bien, voyons voir ça, dit Yusef en fixant son invité droit dans les yeux.

Le film débutait dans une rue isolée d'un quartier chic de l'Ouest parisien, non loin du « no man's land » qui le protégeait de la banlieue voisine. On y apercevait un groupe d'hommes qui enlevaient de force deux adultes et un enfant d'une grande maison. Le groupe se divisa alors en deux véhicules similaires, l'un embarquant apparemment deux victimes, dont l'enfant, et l'autre partant avec le deuxième adulte. Tout le reste du film ressemblait à ces reportages de la police que diffusent en boucles certaines chaînes du câble. L'ensemble était un montage d'images émanant de plusieurs sources : des caméras de surveillance terrestre, des caméras embarquées dans des drones et des images satellites. Peu après la sortie d'un long tunnel de l'autoroute A86, les deux voitures se séparèrent. L'une d'elles poursuivit sa route pendant un temps réel de vingt minutes avant de terminer sa course à l'intérieur du quartier de Créteil confié à l'autorité du cheikh Al-Mansour. Ce dernier n'eut pas d'autre choix que d'accepter l'évidence. Jacques Pamiers remarqua ce geste habituel de Yusef quand il était songeur ou en colère. De sa main droite, il lissait sa barbe noire contre ses joues. Malgré l'épaisseur de la barbe, on pouvait presque sentir la crispation des muscles de sa mâchoire.

En temps normal, la réaction des autorités continentales face à ce type d'actions était l'envoi de quelques commandos d'élite de l'armée, chargés de récupérer les otages, avec l'autorisation d'user de mesures de représailles dans la foulée. Mais cette fois, elles avaient décidé de tenir compte de l'apparente bonne coopération du cheikh Al-Mansour en lui offrant la possibilité de ramener lui-même les otages sous vingt-quatre heures et de procéder aux actions punitives de son choix pour lever tout soupçon de connivence avec ces « vulgaires petites frappes ».

— Rassurez-vous, cheikh Al-Mansour, nos amis sont convaincus que vous n'avez rien à voir avec tout cela. Ils comptent donc sur votre aide pour nous ramener ces deux otages sains et saufs et faire en sorte que cela ne se reproduise plus.

— Dites-leur qu'ils peuvent compter sur ma loyauté, répondit Yusef. Ceci étant dit, je dois vous faire part d'un sérieux problème d'approvisionnement en médicaments et en aliments de base. Nous manquons de bêtes sur pied pour notre site d'abattage, et plus encore de farine et de blé dur. Mes protégés ont faim. Et comme vous le savez : ventre affamé n'a pas d'oreille. Alors, comment voulez-vous que je me fasse obéir dans ces conditions ?

Jacques afficha enfin une première ébauche de sourire. Il se sentait à présent en position de force. Le ténébreux cheikh Al-Mansour avait besoin de lui pour apaiser la colère des autorités continentales, mais aussi pour obtenir les moyens de conforter sa place de chef de la communauté musulmane de Créteil.

— Je peux déjà vous annoncer une nouvelle gamme de farine et de semoule de blé dur qui vous apportera beaucoup, dit Jacques. Ces deux éléments de base de votre alimentation, d'un genre nouveau, contiennent de faibles doses d'un agent qui réduit la sensation de faim.

— Un coupe-faim, quoi ! rétorqua Yusef. Ce n'est pas avec cela que je vais augmenter mon chiffre.

— Attendez, cheikh, ce n'est pas exactement cela. Ces aliments sont appauvris en certains nutriments essentiels... et rendent les gens insensiblement plus faibles, mais sensiblement moins agressifs. Vous me suivez ?

— Vous êtes froidement en train de me dire que vous voulez nous affaiblir !

— Pas vous, cheikh… seulement les éléments de votre population qui représentent une menace pour nous tous. Vous obtiendrez ces produits à un prix inférieur au prix actuel et vous pourrez ainsi donner l'impression de rassasier vos protégés en leur offrant de plus grandes quantités de nourriture à prix égal. Bien évidemment, nous vous proposerons des compléments alimentaires riches en nutriments essentiels, comme des minéraux et des vitamines, que vous pourrez vendre au prix fort ou réserver à votre entourage de confiance.

Le visage du cheikh Al-Mansour s'éclaira d'un large sourire. Il venait de réaliser le machiavélisme des autorités continentales et des grandes multinationales agroalimentaires. Et surtout, il comprit l'usage qu'il allait pouvoir faire de cette arme. Il se mit à pousser des éclats de rire entrecoupés de silences. On eût dit une locomotive à vapeur dont les roues commencent à tourner en glissant sur les rails avant qu'elle ne réussisse à vaincre son inertie de départ pour se lancer dans une respiration puissante et haletante. Le rire tonitruant du cheikh Al-Mansour finit par envahir toute la pièce et, malgré lui, Jacques fut entraîné dans ce déchaînement d'hilarité. Lorsque la pression fut retombée, Yusef retrouva ses esprits et surtout son sens des affaires.

— Et pour les conditions de vente, qu'est-ce qui me dit que vous n'allez pas favoriser nos voisins du quartier juif, sans parler de vos amis chrétiens ?

— Monsieur Al-Mansour, répondit Jacques. Dois-je vraiment vous rappeler que nous sommes des hommes d'affaires comme vous ? Nous pratiquons les mêmes conditions de base pour tout le monde. Ensuite, nous appliquons un système de remise quantitative. Plus vous nous commanderez, meilleures seront vos conditions.

— Si je vous suis bien, mes prix après remise seront

plus bas que ceux de mes homologues du quartier juif de Créteil, qui est nettement moins peuplé que notre quartier musulman.

— C'est exact.

— Permettez-moi d'ajouter une dernière requête à transmettre à vos amis, monsieur Pamiers.

— Je vous écoute.

— Nous allons bientôt manquer de munitions.

— Ce n'est pas ma spécialité, cheikh Al-Mansour, mais j'en ferai part à qui de droit. Pour le moment les approvisionnements restent bloqués jusqu'à…

— J'ai compris. Dites à vos amis que nous leur ramènerons les deux otages sains et saufs dans les vingt-quatre heures. J'en fais une affaire personnelle. Laissez-moi seulement votre support informatique afin que mes hommes puissent localiser ces mécréants et leur apprendre à respecter nos lois.

Pour avoir remarqué le nombre élevé de manchots dans les rues de ce quartier, Jacques savait parfaitement ce que Yusef voulait dire. Quelques années auparavant, il en eût été retourné. À présent, il ne se souciait que de lui-même et après tout, se disait-il, ce n'était pas son affaire. Épuisé par cet échange très tendu, Jacques se servit un loukoum qu'il enfourna goulûment dans sa bouche et qu'il fit passer avec une grande rasade de thé froid.

— Merci de votre hospitalité, monsieur Al-Mansour, conclut-il avant de laisser échapper un rot de convenance.

— Vous êtes toujours le bienvenu, monsieur Pamiers. On se revoit dans deux jours n'est-ce pas ?

4

Ibiza, samedi 5 juin 2027, 20 h 50.

« Bienvenue à tous au Total Vertigo. *Welcome tonight at the Total Vertigo, the new largest european dance floor* [1]. *Willkommen, meine Damen und Herren zum Total Vertigo* [2]. Ce soir, en avant-première de la nouvelle saison de folie à Ibiza, venez nombreux participer à la nuit la plus folle de tous les temps, donnée à l'occasion de l'inauguration du plus gigantesque "dance floor" de la planète. » Ces annonces s'étaient répétées à l'infini depuis midi.

L'événement, annoncé depuis trois mois dans tous les milieux branchés de l'élite européenne, avait attiré depuis cinq jours plusieurs milliers de jet-setters, surveillés et protégés par une armada d'agents de sécurité privés, eux-mêmes habilités par les services de la sécurité continentale européenne. Rien n'avait été négligé en matière de sauvegarde des biens et des personnes. Les patrouilleurs de la Marine militaire européenne avaient contrôlé chaque

1. Bienvenue ce soir au Total Vertigo, le nouveau plus grand « dance floor » d'Europe.

2. Bienvenue, mesdames et messieurs, au Total Vertigo.

voilier, chaque yacht souhaitant mouiller dans le port d'Ibiza ou à proximité. Les jets privés transportant les candidats à cette nuit de folie avaient également fait l'objet d'un contrôle très strict. L'île d'Ibiza et l'ensemble des Baléares étaient depuis un mois sous la surveillance constante de deux satellites et sous la protection continuelle de trois bâtiments de guerre et de douze vedettes rapides et puissamment armées. Les cartons d'accès au Total Vertigo avaient été livrés six semaines auparavant par courrier spécial à chaque personne. Ils étaient réputés totalement infalsifiables et comportaient en outre un portrait de leur propriétaire.

Parmi les douze mille cinq cents personnes que pouvait accueillir le Total Vertigo, quatre amis avaient décidé d'enterrer cette nuit-là leurs vies de célibataires avant le mariage qu'ils devaient célébrer ensemble une semaine après sur l'île de Guernsey dont ils étaient originaires. Annabelle Fontenoy, vingt-cinq ans, était étudiante en dernière année de médecine à Paris et aspirait à suivre les traces de son père avec une spécialisation en cancérologie. Elle était fiancée depuis trois ans à Rodolphe Boisdoré-Ladurie, vingt-sept ans, diplômé de la faculté de médecine de Paris, en deuxième année de neurochirurgie. Élisabeth Mensah, vingt-quatre ans, fille de diplomate, disposait de la double nationalité anglaise et ghanéenne. Elle était juriste en droit des sociétés et spécialisée dans les brevets internationaux. Son fiancé, John Edward Boateng, vingt-quatre ans, était né en Angleterre de parents ghanéens. Il avait toujours vécu en Angleterre où il avait obtenu un double diplôme d'ingénieur en communication et en informatique. Les quatre jeunes gens s'étaient connus à Guernsey, pendant leurs vacances d'été avec leurs parents. En fait, ce furent d'abord les deux garçons, Rodolphe et John Edward, qui devinrent d'inséparables amis à l'issue d'un grand week-end de régate entre les îles anglo-normandes pendant l'été 2020. Les deux filles les avaient rejoints trois et quatre ans plus tard.

Devant l'insistance de leurs fiancés respectifs de ne pas manquer à la tradition de l'enterrement de leurs vies de garçon, les deux filles avaient trouvé une excellente parade. Rodolphe et John Edward feraient une grande fête de leur côté pendant qu'Élisabeth et Annabelle enterreraient leurs vies de jeunes filles. Chacun se trouvait ainsi rassuré par la présence d'un véritable ami aux côtés de son futur époux ou de sa future épouse, pendant cette dernière nuit de liberté. Vu l'importance de la foule attendue ce soir-là sur le « dance floor » du Total Vertigo, il était peu probable, pour les deux filles, de tomber nez à nez avec leurs fiancés. Pour rendre la chose plus improbable encore, chacun des deux groupes avait gardé secrètes ses tenues pour cette soirée exceptionnelle.

Les deux garçons avaient passé la nuit précédente et la journée sur un yacht appartenant au père d'un ami de Rodolphe. Les deux filles s'apprêtaient à quitter l'hôtel où elles avaient pris une chambre pour deux et dont l'adresse était inconnue de leurs fiancés. Elles s'étaient offert de mémorables crises de fou rire pendant leurs séances d'habillage de l'après-midi, alternant avec des douches fraîches pour combattre l'étouffante chaleur de cette fin de printemps. À force de complicité, elles n'éprouvaient plus la moindre gêne à se croiser nues entre la grande chambre à lits jumeaux et la luxueuse salle de bains. La blancheur laiteuse de la peau d'Annabelle contrastait avec la couleur chocolat de celle d'Élisabeth. Elles avaient toutes les deux la peau soyeuse des jeunes femmes de leur milieu, qui fréquentent les instituts de beauté et les centres de chirurgie esthétique dès leur plus jeune âge. Elles partageaient d'ailleurs le même chirurgien plasticien à qui elles devaient quelques subtiles retouches, qu'une nature généreuse rendait pourtant superflues.

Après avoir avalé un repas léger dans leur chambre et pris une énième douche, les deux jeunes femmes firent le choix définitif de leur tenue pour cette soirée de folie qui les attendait à cinq cents mètres de là, au Total Vertigo. Elles se décidèrent pour deux tenues qu'elles s'étaient fait confectionner sur mesure chez un jeune créateur parisien. Les deux robes fourreaux, descendant en biais jusqu'à mi-cuisses, étaient inspirées d'une simple « *tube dress* », mais étaient coupées dans un tissu lamellé extrêmement léger et pratiquement « cousu sur la peau ». Elles étaient ajourées sur le ventre et sur les reins de façon asymétrique, de manière à rendre chaque modèle unique. Élisabeth avait choisi un ton cuivré qui se mariait admirablement à son teint. Annabelle, quant à elle, avait opté pour un or très clair. Sous leur robe, elles ne portaient qu'un boxer en stretch de couleur assortie. Les deux amies avaient même poussé la complicité jusqu'à se faire confectionner des escarpins souples également coordonnés à leur robe, mais avec en outre une subtilité au niveau de la hauteur des talons. Annabelle, qui mesurait trois centimètres de moins qu'Élisabeth, avait demandé que l'on compensât ce léger écart.

À 21 h 45, les deux « sœurs » apparurent dans le hall de l'hôtel, prêtes à vivre une nuit mémorable. Leur garde du corps, loué à la demande de leurs parents auprès de l'agence locale de la société VIP, ne put s'empêcher d'exprimer son admiration devant tant de beauté. Avant de les conduire jusqu'au Total Vertigo en voiture électrique, Alejandro leur rappela les consignes de sécurité et les équipa chacune d'un microémetteur très discret grâce auquel il saurait en permanence les localiser, tout en leur laissant un maximum d'intimité. En cas de danger ou de problème, il leur suffirait de presser fortement l'émetteur pendant dix secondes pour donner l'alerte.

Comme convenu avec leurs fiancés, les deux femmes étaient entrées par l'accès ouest où se concentraient les *gogo dancers* et autres *chippendales* prisés par les femmes. John Edward et Rodolphe s'étaient engagés à rester toute la nuit dans la partie est, fréquentée par une majorité d'hommes hétéros en quête d'aventures fugitives ou de simples fantasmes visuels. Les deux amis étaient arrivés une bonne demi-heure avant leurs fiancées. Plutôt réservés au départ, ils n'avaient pas tardé à oublier leur prétention à résister à la tentation de ces dizaines de « pole danseuses » si légèrement vêtues qui se trémoussaient au rythme psychédélique des compositions du DJ. L'alcool et la drogue aidant, ils avaient vite fini par oublier que leurs futures femmes n'avaient rien à envier à aucune de ces créatures supposées « de rêve ».

De leur côté, Élisabeth et Annabelle avaient tenu leur promesse de ne pas consommer la moindre drogue de la soirée, en dehors d'un comprimé de psychostimulant destiné à les maintenir en éveil jusqu'au bout de la nuit. Pour l'alcool, elles se limiteraient à trois verres chacune. Venues avec l'envie de s'enivrer d'images érotiques de corps d'hommes bodybuildés, elles s'étaient en fait laissé envoûter par la musique hypnotique du tout nouveau DJ à la mode dans l'île. La complicité de leurs ondulations et l'harmonie des couleurs de leurs peaux et de leurs robes moulantes attiraient tous les regards autour d'elles. Cette fascination avait même déclenché des fantasmes érotiques parmi les autres femmes présentes. Deux d'entre elles s'étaient invitées dans leurs danses et ne les avaient pas lâchées de la nuit. Annabelle ne trouvait pas désagréables ces contacts furtifs et délicats avec cette inconnue italienne un peu androgyne. Elle recevait avec plaisir ses caresses légères, mais la repoussait systématiquement quand cette dernière cherchait à l'embrasser sur la bouche. Excitée par l'exemple de son amie, Élisabeth décida elle aussi de tenter une première et probablement unique expérience homosexuelle. Elle se laissa rapidement embrasser et enlacer sans retenue par cette jeune Suédoise qui n'avait prononcé qu'une seule phrase dans sa langue maternelle. Élisabeth n'avait saisi qu'un seul mot : Ingrid. Qu'importait ? Elle comprenait parfaitement le langage de ses mains, délicates au début, plus fermes et assurées au fur et à mesure que la nuit avançait.

Pendant qu'elles dansaient langoureusement dans les bras de leurs admiratrices d'un soir, Annabelle et Élisabeth se contentaient d'échanger des regards éloquents qui scellaient entre elles une complicité éternelle. Puis, elles refermaient les yeux et se laissaient envahir par cet enivrant mélange de plaisir contenu et de honte de braver cet interdit, proscrit par leur éducation de filles de bonne famille. La jeune Suédoise se révéla être une véritable experte. Sa façon de danser, le ventre collé contre le dos de sa partenaire, pendant qu'elle promenait ses mains brûlantes sur les trésors de son corps, faisait monter en Élisabeth une sensation puissante qu'elle n'avait jamais connue jusqu'à ce jour. « Cette diablesse blonde va me rendre folle » pensait-elle. Prise par l'ivresse du plaisir qui gonflait en elle, la jeune Ghanéenne semblait avoir perdu le contrôle de la situation. Elle plaquait maintenant ses mains sur celles de sa partenaire pour les guider et les presser plus fortement sur les zones les plus érogènes de son corps. Ce spectacle inattendu avait provoqué un véritable attroupement autour d'elles. Annabelle en était gênée. Elle voyait les images de ce couple se dessiner sur les écrans géants suspendus au-dessus de leurs têtes. Elle réalisait que ces images pouvaient être vues par John

Edward à l'autre extrémité du Total Vertigo. Elle aurait voulu prévenir son amie, mais le cercle formé autour du couple était devenu impénétrable. Élisabeth était au bord de l'orgasme. Elle était tel un volcan tout proche de l'éruption. Tout à coup, elle fut éblouie par une énorme boule de lumière et eut la sensation étrange que son corps venait d'exploser et que ses pieds ne touchaient plus le sol.

Autour de l'établissement flambant neuf, plusieurs des gardes du corps qui attendaient patiemment leurs protégés avaient été projetés à plusieurs mètres par le souffle de deux gigantesques explosions espacées de trente secondes. Le dôme en Plexiglas qui recouvrait la piste centrale avait été soulevé de plusieurs mètres avant de s'effondrer dans un terrible fracas. D'énormes nuages de poussière sortaient encore par les quatre larges issues placées aux quatre points cardinaux du bâtiment. Le chef de l'équipe de sécurité de VIP fut le premier à se relever. Il réalisa très vite ce qui venait de se passer. Mais il devait d'abord retrouver ses deux agents qui avaient sur eux les détecteurs reliés par radio aux quatre jeunes gens dont ils assuraient la protection. Il trouva rapidement Alejandro devant l'entrée ouest. Il avait été sonné, mais pas blessé. Il lui donna l'ordre de trouver au plus vite une équipe de secours qu'il pourrait guider jusqu'aux deux jeunes femmes. De son côté, l'agent chargé de la sécurité des deux garçons avait été plus sérieusement touché. Son chef lui enleva son détecteur et se mit personnellement à la recherche de John Edward et de Rodolphe.

Ce que découvrirent les deux hommes de VIP dépassait de très loin ce à quoi ils avaient été confrontés jusque-là. Certes, les attentats étaient fréquents, et les images qu'ils en avaient vues dans les journaux d'information du Web auraient dû les avoir préparés. Ils avaient également vu des personnes mutilées par des preneurs d'otages. Mais c'était la première fois qu'ils vivaient une telle horreur en direct. Des équipes de secours s'étaient rapidement rendues sur place. Malheureusement, elles étaient trop peu nombreuses pour faire face à la multitude de victimes. Les explosions avaient été déclenchées à 3 heures précises, au plus fort de la fête. Quelques centaines de clients seulement étaient en train de fumer à l'extérieur des locaux à cet instant précis. Il devait y avoir au moins dix mille personnes à l'intérieur. En réalisant cela, Alejandro abandonna l'idée de mobiliser un secouriste. Il décida de se frayer un chemin au milieu des amas de chairs meurtries, de corps inertes et des gémissements des blessés. Il avait seulement emprunté aux pompiers un casque et un masque relié à une petite réserve d'oxygène. Pour se guider, il utilisa sa puissante torche à LED et son boîtier de traçage équipé d'un écran rétroéclairé. Il lui fallut une demi-heure pour atteindre le premier des deux points lumineux de son écran. Il retrouva Annabelle, assise en tailleur au milieu d'autres corps, le regard complètement perdu, les yeux injectés de sang. Du sang s'était écoulé de son nez et de ses oreilles. Elle était entièrement recouverte de poussière, comme toutes les personnes autour. En balayant la salle avec sa puissante torche, Alejandro crut distinguer le point de départ d'une des explosions. Des dizaines de corps atrocement mutilés, alignés en forme d'éventail, semblaient avoir été éjectés d'un gigantesque canon. L'agent de sécurité fut pris d'un terrible pressentiment. Élisabeth se trouvait peut-être parmi ces pauvres victimes. Alors, il regarda attentivement son écran de contrôle et après quelques secondes d'hésitation se sentit un peu rassuré. Le deuxième point lumineux était à moins de dix mètres dans la direction opposée. Au moment où il allait partir à sa recherche, il entendit un sifflement strident dans son dos. Il reconnut immédiatement le signal d'alarme caractéristique indiquant qu'il était en train de puiser dans la réserve d'oxygène. Il n'avait plus le choix. Il força Annabelle à mettre le masque sur sa bouche et la prit dans ses bras pour la conduire au plus vite à l'air libre.

Après avoir confié Annabelle à une équipe médicale installée dans une unité mobile de campagne, il repartit à la recherche d'Élisabeth, muni d'une nouvelle bouteille d'oxygène. Il trouva la jeune Ghanéenne inconsciente. Son corps était recouvert d'un autre, inerte, avec une blessure béante et sanguinolente au niveau du dos. En retournant ce corps, Alejandro réalisa qu'il s'agissait d'une femme aux longs cheveux blonds dont le visage semblait s'être figé dans un instant de bonheur. Elle avait été tuée sur le coup par un gros éclat métallique reçu en pleine colonne vertébrale. Élisabeth était allongée sur le ventre, totalement inconsciente. Elle avait été projetée en avant par le souffle de l'explosion et sa chute avait été amortie par la personne qui se trouvait au même instant devant elle. Alejandro parcourut le corps de la jeune femme avec sa torche pour se faire une première impression de l'étendue de ses blessures. Après l'avoir délicatement retournée, il ne put constater que les mêmes signes de traumatisme dû à l'effet de souffle, c'est-à-dire des vaisseaux éclatés autour de l'iris des yeux et des filets de sang coagulé sortant du nez et des oreilles. Alejandro n'entendait plus les appels au secours désespérés des autres blessés autour de lui. Il n'avait en tête qu'un seul objectif, sauver Élisabeth et la sortir de cet enfer. Il lui attacha sur le visage son masque à oxygène et la prit dans ses bras. Il se surprit une nouvelle fois à remercier le Ciel d'avoir eu à protéger deux personnes aussi légères.

Les secours prirent la relève d'Alejandro, en le rassurant sur le pronostic vital de ses deux protégées. Il demanda à un officier dans quel hôpital seraient emmenées les deux jeunes femmes, avant de partir rejoindre son chef pour l'aider. Lorsqu'il parvint à le joindre par radio, il s'empressa de lui annoncer que les deux filles étaient hors de danger. Les deux garçons avaient eu moins de chance. Rodolphe avait été littéralement coupé en deux au niveau de l'abdomen par un large panneau de Plexiglas provenant de la coupole qui s'était effondrée sur plusieurs centaines de personnes.

— John Edward devrait s'en sortir, mais il devra se faire amputer de la jambe gauche, conclut Miguel.

L'attentat avait pris tout le monde au dépourvu. Les services de sécurité pensaient avoir pris toutes les précautions possibles. Mais ces débauches de moyens, sur et autour de l'île, n'avaient pas pu empêcher cette horreur. Une heure à peine après le drame, tous les états-majors de la planète étaient en état d'alerte maximale. Un navire-hôpital de l'armée américaine, basé au large de la Turquie, était en train de faire route pour venir en aide aux équipes de secours locales, totalement débordées. Les familles des jeunes gens, qui étaient venus à Ibiza dans le but d'oublier pendant quelques jours les tensions de plus en plus fortes entre les élites et les populations ordinaires, avaient immédiatement saturé les réseaux de communication par leurs appels affolés et sans cesse répétés. Dans la panique générale, les survivants encore capables de se déplacer s'étaient rendus en masse sur le port pour rejoindre n'importe quel yacht ou voilier. Les bateaux furent rapidement surchargés et menaçaient de sombrer à tout moment. Deux vedettes rapides de la Marine européenne furent envoyées vers l'entrée du port pour tenter de les empêcher de sortir dans ces conditions. Une puissante tempête sur le détroit de Gibraltar avait soulevé une très forte houle qui commençait à arriver sur les Baléares. Alors que les deux vedettes s'efforçaient de contenir les bateaux à l'intérieur du port, une première explosion pulvérisa un des plus gros yachts. Elle fut suivie de six autres explosions de même puissance, espacées de trente secondes. Les marins qui se trouvaient à bord des deux vedettes ne pouvaient qu'assister, impuissants, à ce spectacle d'apocalypse.

Devant l'ampleur du désastre, les Baléares furent mises en quarantaine pendant trois semaines. Le temps de procéder à l'identification de toutes les victimes et de prévenir chaque famille individuellement. Le bilan se limita à sept cent dix-huit morts, dont plus de trois cents avaient été tués par l'effondrement du dôme de Plexiglas. La forte densité de la foule à l'intérieur du Total Vertigo avait paradoxalement réduit l'impact des éclats, qui avaient été arrêtés par les corps des personnes situées à proximité des points d'explosion. Si le dôme avait tué en retombant sur ces pauvres malheureux, il avait aussi servi de soupape de décompression. Cela expliquait que l'effet de blast avait été beaucoup moins dévastateur qu'on ne l'avait craint. Seules quelques centaines de personnes en garderaient des séquelles pulmonaires et auditives. Par contre, la profondeur du traumatisme sur les survivants resterait insondable.

Les revendications les plus sérieuses et les plus improbables arrivèrent dans tous les états-majors d'Europe. Un groupe islamique radical promettant l'enfer sur terre aux mécréants occidentaux. Des chrétiens de l'Ordre de Saint-Paul de Tarse. La Ligue Anticapitaliste Radicale. Le Mouvement pour l'Ordre moral et l'éradication de la pornographie… Ce n'étaient pas tant l'incapacité de mettre un nom sur les coupables, ni même le nombre des victimes ou le caractère insoutenable des blessures infligées qui mettaient en émoi les élites et troublaient les autorités chargées de leur protection. En réalité, ce qui les inquiétait le plus c'était le constat d'impuissance devant l'inexorable montée de la violence qui, partie des couches les plus défavorisées de la population, se rapprochait toujours plus d'elles. Cette violence qui pourrissait la vie des quartiers populaires depuis des décennies avait fini par gangrener toute la société jusqu'à son sommet. Mais le discours officiel restait imperturbablement le même : « Nous ne céderons pas à la menace terroriste. Nous allons débloquer de nouveaux fonds pour assurer la protection des honnêtes citoyens. »

5

15 mars 2028, Bruxelles.

L'ensemble des élites de la planète avait été ébranlé par une série d'attentats plus monstrueux les uns que les autres, qui suivirent le coup d'envoi donné par la tragédie d'Ibiza. Aucune région n'avait été épargnée. Miami, Moscou, Londres, Pékin, Johannesburg, Tel-Aviv, Mexico, Riyad, Barcelone, Bruxelles, Rome et, pour finir, Manhattan en pleine nuit de réveillon du 31 décembre 2027 au 1er janvier 2028, avaient été touchés de plein fouet par cette folie meurtrière terroriste. Les services secrets du monde entier avaient été mis en état d'alerte maximale et sommés par leur autorité de tutelle de collaborer entre eux, sous l'impulsion du gouvernement des États-Unis d'Amérique. Les différents gouvernements des grandes puissances avaient décidé de renforcer en priorité leur propre sécurité, afin d'éviter le chaos qui découlerait immanquablement de la chute de l'un d'entre eux. Les états-majors des armées européennes, russe, indienne, africaines, chinoise et sud-américaines avaient mis en commun leurs réseaux de satellites militaires, sous le contrôle du Pentagone, afin de prévenir toute action suspecte menée contre l'un des pays du monde libre. Même Israël et la Ligue arabe avaient signé un pacte de non-agression pour une durée indéterminée.

Stéphane Larieux avait reçu, huit jours plus tôt, une invitation à participer à Bruxelles à une réunion exceptionnelle des dirigeants d'entreprises privées de protection, habilitées par les services de la sécurité continentale européenne. Le cachet officiel du Conseil de sécurité européen, apparaissant en tête et en pied du courriel crypté, donnait à l'invitation des airs d'ordre formel. Le privé savait trop bien que si son accréditation lui était enlevée, sa société Very Intensive Protection en perdrait le plus gros de sa valeur. Il avait créé VIP avec son ami et associé Jean Sterne. Ce dernier occupait les fonctions de directeur financier. Très tôt, l'entreprise avait connu une ascension fulgurante, jusqu'à devenir une florissante multinationale de la protection privée.

Il était donc arrivé la veille par jet privé, accompagné de deux gardes du corps, dont son fidèle Nolan. Le transfert entre l'aéroport et le centre de Bruxelles avait eu lieu de nuit en convoi de véhicules blindés de l'armée européenne. Les trois hommes avaient passé la nuit dans une suite de l'hôtel Martin's Central Park, situé à l'écart du centre-ville et non loin du lieu de la réunion. Le lieu exact de la rencontre avait été tenu secret, pour raison de sécurité. Sur le parking de l'hôtel, une douzaine de Hummers blindés attendaient les invités et leur garde rapprochée. Le convoi se mit en route à 9 heures précises, comme annoncé la veille. Stéphane reconnut immédiatement le quartier où il était venu huit ans plus tôt pour négocier sa première habilitation de la sécurité continentale européenne, qui devait agir comme un accélérateur de croissance pour la jeune société VIP. Il roulait sur le boulevard Charlemagne, qui longe le côté ouest de l'immense bâtisse qui, quelques mois auparavant, abritait encore le gouvernement des États-Unis d'Europe, jusqu'au jour de l'attentat du 12 octobre 2027 contre le gouvernement central et les différentes commissions européennes réunies ce jour-là. Plus de quatre cents personnes y avaient trouvé la mort.

Lorsque la voiture blindée de l'équipage de VIP tourna dans la rue de la Loi, Stéphane éprouva un réel choc en découvrant la façade sud du bâtiment totalement éventrée. Les débris de l'explosion avaient été enlevés pour permettre l'extraction des corps, mais l'immeuble, désormais inoccupé, restait exposé ainsi, comme un rappel de la profonde blessure infligée aux autorités européennes. Ou peut-être, plus pragmatiquement, parce que la reconstruction de ce monument, témoin de la grandeur passée de l'Europe, n'était pas une priorité. Le convoi termina sa course au bout de l'avenue Kennedy, dans l'enceinte du parc du Cinquantenaire. Pendant que les invités pénétraient dans l'aile sud-est, anciennement musée de l'automobile, un ballet d'hélicoptères déposait des grappes de personnes, civiles et militaires, sur un stade transformé en héliport, en face de l'aile nord-est. Dans le ciel, plusieurs hélicoptères crachaient des leurres pyrophores pour déjouer d'éventuelles attaques de missiles sol-air. Le bruit était assourdissant et la tension palpable. Sur les toits des bâtiments en arcs de cercle, de part et d'autre des arcades, Stéphane repéra les silhouettes noires de nombreux tireurs d'élite en poste, dont certains avaient l'œil rivé sur la lunette de visée de leurs fusils. Tous les invités et leurs gardes du corps furent minutieusement passés au crible par un tout nouveau scanner intégral, capable de déceler le plus petit matériau explosif où qu'il pût être caché.

Il y avait dans la salle de conférence une bonne centaine de dirigeants d'entreprises privées de protection des biens et des personnes, venus de tous les pays d'Europe. Au milieu de l'estrade se dressait un pupitre équipé de micros et d'un prompteur. De chaque côté du pupitre, s'étirait une longue table recouverte de tissu bleu décoré de douze étoiles d'or en cercle. Stéphane, installé au cinquième rang, entre une Autrichienne plantureuse et un Bulgare ventripotent, observa attentivement les douze personnes déjà assises de chaque côté du pupitre. La moitié d'entre elles portaient un uniforme de l'armée ou de la police. Il s'agissait uniquement d'officiers supérieurs et Stéphane en conclut que la réunion n'aurait rien d'une simple formalité. Tout à coup, une voix d'homme annonça en anglais :

— Mesdames et Messieurs, je vous demande d'accueillir chaleureusement la présidente de la Fédération européenne des entreprises privées de protection des biens et des personnes ; j'ai nommé : la signora Chiara Dalla Chiesa.

Les douze participants se levèrent dans un même élan en applaudissant, et furent imités par tous les invités. Stéphane découvrit alors pour la première fois la toute nouvelle présidente, élue l'été précédent. C'était une femme très longiligne, vêtue d'un tailleur strict. Ses longs cheveux tirés derrière la tête en un chignon et ses lunettes d'écaille noir ébène lui donnaient un regard très sombre et énigmatique. Seuls quelques sourires mécaniques, par lesquels elle ponctuait son discours, parvenaient à illuminer son visage en révélant une dentition éclatante de blancheur.

Madame Dalla Chiesa n'attendit pas la fin des applaudissements pour demander en italien à l'assemblée une minute de silence en mémoire de toutes les victimes des attentats. Son intervention était traduite en anglais et dans cinq autres langues européennes, dont le français. Chaque fauteuil de la salle était équipé d'écouteurs sans fil que presque tous les auditeurs portaient déjà à l'oreille. Le ton était donné. La présidente disposait ainsi d'un auditoire particulièrement attentif. Elle commença la session de travail par un rappel de la conjoncture dans les grandes agglomérations européennes, en illustrant ses propos d'images saisissantes qui défilaient dans son dos sur un écran panoramique. Puis, elle en arriva à la raison profonde de cette session extraordinaire.

— Comme vous l'aviez tous constaté vous-mêmes, chers amis, la situation générale de l'Europe en matière de sécurité s'est considérablement dégradée depuis cette terrible nuit du 5 au 6 juin 2027 à Ibiza. Les autorités policières et militaires européennes sont débordées de toutes parts et ont de plus en plus de mal à protéger les personnalités importantes, particulièrement visées par ces actes de terrorisme aveugle. C'est notre civilisation tout entière qui est aujourd'hui menacée de mort. Le chaos frappe désormais à notre porte.

Quelques-uns marquèrent leur approbation par des murmures et des hochements de tête.

— Si j'ai souhaité vous réunir ici aujourd'hui, reprit madame Dalla Chiesa, c'est parce que vous êtes l'élite de notre noble profession de la protection des personnes et des biens… Et lorsque l'aristocratie de notre grande civilisation est menacée, il est de notre devoir de lui accorder tout notre soutien. La sauvegarde de nos élites, à qui nous devons tant, doit désormais devenir notre priorité absolue. Chaque jour qui passe voit croître la menace qui pèse sur elles. C'est pourquoi le temps n'est plus à la concurrence entre nous, mais à la concertation. La noble tâche qui nous attend est colossale et, pour ceux qui s'en inquiéteraient, le chiffre d'affaires et les marges qui en découleront suffiront à rassasier les plus gourmands d'entre nous.

Certains feignirent d'être choqués par cette référence sordide à l'argent, mais, en vérité, cette petite phrase les rassurait tous. Après quelques secondes de silence, Chiara Dalla Chiesa reprit la parole pour présenter un invité prestigieux.

— Pour vous expliquer notre nouvelle et grande mission, je vais laisser place à mon ami… le général Alain de Roquebrunne, conseiller spécial auprès de l'Eurocorps.

L'ancien général de l'Armée française ne put s'empêcher de se lancer dans un cours magistral sur les différentes méthodes de protection des populations, en remontant jusqu'à l'époque des premières fortifications romaines, avant de s'attarder sur Vauban, le génie des forteresses édifiées sous le règne de Louis XIV. La présidente ne tarda pas à le ramener à l'ordre du jour, non sans avoir pris soin de le flatter sur son érudition historique et militaire.

— Aujourd'hui, donc, et en raison de moyens nettement insuffisants, nous devons absolument réduire la taille des zones à surveiller et à protéger. Ces zones doivent aussi être difficilement accessibles pour tout individu hostile. Les territoires les plus aptes à répondre à tous ces critères sont… des îles. Pas de simples cailloux au milieu de l'Océan, bien sûr… mais des îles disposant de sources d'eau douce, de terres cultivables et de pâturages pour l'élevage. Les autorités locales de tous les pays d'Europe sont déjà en train de réquisitionner toutes les îles disponibles.

Le général marqua une courte de pause avant de reprendre :

— J'en viens maintenant à l'objet de cette réunion. Comment assurer le transfert de nos élites, depuis les zones urbaines sécurisées actuelles, vers ces différentes îles, le plus vite et le plus sûrement possible ? Comme vous pouvez l'imaginer, il ne s'agit pas d'organiser un exode. Il n'y aurait, de toute façon, pas suffisamment d'infrastructures prêtes aujourd'hui à accueillir tous les candidats à une nouvelle vie, en lieu sûr. Quant aux moyens de transport, nous allons ensemble dresser ici leur liste et analyser leurs avantages et inconvénients respectifs.

La séance de brainstorming, particulièrement animée, se prolongea jusqu'à 13 heures, au moment où la même voix d'homme que le matin annonça la pause déjeuner autour d'un copieux buffet réservé aux participants et à leurs gardes du corps dans une salle attenante. Chiara Dalla Chiesa en profita pour s'éclipser discrètement en compagnie de son ami le général de Roquebrunne.

Une réunion au sommet les attendait en effet dans l'aile nord-est du bâtiment. Les personnes les plus influentes et les plus puissantes de chaque pays d'Europe y avaient été conviées pour se voir présenter un tout nouveau projet de sauvetage de l'aristocratie européenne. Aucun discours, aucune nouvelle campagne antiterroriste ne parvenait plus à rassurer quiconque. Tous ici étaient conscients qu'il n'était plus question de faire marche arrière, mais en même temps, tous savaient que la fuite en avant, qui avait été jusqu'alors la ligne de conduite la plus unanimement suivie, les conduirait très bientôt à une issue fatale.

Parmi les presque cinq cents représentants de l'aristocratie financière, scientifique, intellectuelle que comptait cette prestigieuse assemblée, près de deux cents appartenaient à la société secrète Olympos. Les cent quatre-vingts membres des deuxième et troisième cercles se connaissaient par petits groupes de trois, mais avaient pour consigne de ne révéler à personne leur appartenance à Olympos, de sorte que personne en dehors de chaque cellule ne pouvait dire qui d'autre était un Olympien. Chaque trio comportait un référent rattaché au deuxième cercle, dont les deux autres ignoraient l'existence. Là encore, le cloisonnement était assuré puisque les sous-groupes étaient limités à six personnes, elles-mêmes tenues au secret. Cinq d'entre elles supervisaient chacune deux membres du troisième cercle : la sixième était la seule à connaître la composition du premier cercle, qui d'ailleurs n'était pas censé exister.

Pour éviter de révéler leur position hiérarchique exacte, les douze dirigeants d'Olympos avaient pris soin de se disséminer dans cette foule et d'éviter tout geste ou propos qui eût pu les trahir. Chiara Dalla Chiesa s'était séparée du général qui, quant à lui, devait prendre la parole au cours de l'après-midi. Avant de prendre place dans la salle de conférence, elle avait tenu à embrasser son frère, pendant le brunch qui précéda la grande réunion.

— Alors, Chiara, comment s'est passée ta réunion ce matin ? Comment ont-ils réagi ? Tu n'en as pas trop dit, j'espère.

— Mais non, rassure-toi, Gianluca. J'ai suivi à la lettre tes recommandations et j'ai donné des instructions précises à mon équipe pour la coordination des opérations de transfert. Je crois qu'ils ont tous compris leur intérêt de rester très discrets. On travaille beaucoup mieux dans la sérénité, n'est-ce pas ?

Une petite musique venait de résonner, qui annonçait le début de la grande réunion cinq minutes plus tard. Chiara embrassa son frère une dernière fois, en l'encourageant pour son intervention à venir. Par souci d'efficacité autant que de sécurité, il avait été prévu quatre groupes de travail, un par thème : la protection des élites sur le continent et la coopération avec les dirigeants des quartiers populaires ; l'approvisionnement en nourriture et en médicaments ; l'avancement des programmes de construction sur les îles. Le dernier sujet, traité par les principaux responsables, en comité restreint, était la coordination de l'ensemble des opérations et les choix stratégiques imposés par la dégradation brutale des conditions de vie sur le continent. Tout naturellement, Gianluca Pellegrini avait été désigné pour prononcer le discours d'ouverture devant la totalité des participants, discours au cours duquel il rappela la situation catastrophique de l'Europe et du reste du monde libre. Malgré la pression des événements et de l'enjeu, il n'avait rien perdu de son charisme exceptionnel. Il ne se départait jamais de son regard d'ange, ni de cette faculté de fasciner son auditoire tout en le rassurant par de subtiles touches de feinte humilité. Son allocution autant que sa présentation visuelle avaient été soigneusement préparées par ses jeunes conseillers et agissaient comme un puissant catalyseur.

Les groupes de travail s'étaient enfin retrouvés dans différentes salles. Les membres de la direction d'Olympos s'étaient répartis dans chacun d'eux. Celui chargé de la coordination des opérations était le moins nombreux. Il ne comptait que trente participants, dont Alexandre Boisdoré, Christian Arvid, Wilfried Fuerstenberg, Alain de Roquebrunne et Gianluca Pellegrini. La réunion commença par la désignation d'un président de séance par un vote à main levée. La qualité de son discours inaugural valut à Gianluca d'être désigné à la quasi-unanimité. Pour éviter tout risque de fuite par le biais de quelque traducteur, ce groupe n'était composé que de personnes pratiquant couramment l'anglais. Toute la séance de travail se déroula donc directement dans la langue de Shakespeare.

— Chers amis, vous le savez tous, nous allons devoir accélérer l'opération Noah que nous avions déjà envisagée il y a un peu moins d'un an, quelques semaines avant le drame d'Ibiza. Le déluge, qui n'était alors pour certains d'entre nous qu'une simple hypothèse pessimiste, apparaît aujourd'hui comme une menace bien réelle et imminente. Je suis aussi de ceux qui considèrent que les terribles attentats dont nous avons été victimes, partout dans le monde, sont un message de Notre Seigneur. Beaucoup ont désigné ces images horribles, que vous avons tous encore en tête, comme une vision d'apocalypse. Nombreux sont ceux qui associent l'Apocalypse à la fin du monde. Pour ma part, je préfère l'autre acception de ce mot, à savoir la Révélation. Les avertissements que nous adresse Notre Seigneur depuis si longtemps me semblent chaque jour un peu plus clairs. Nous sommes ses élus.

— Comment pouvez-vous être aussi arrogant, cher ami ? l'interrompit le rabbin Moshe Levi. Avez-vous oublié que les voies de Dieu sont impénétrables ? Auriez-vous la prétention de vous considérer comme le nouveau Messager de Dieu ?

— Je n'ai pas cette prétention, rassurez-vous, mon cher Rabbin. Tout ce que je voulais dire, c'est que Dieu, dans Son infinie sagesse, a donné à certains d'entre les hommes des capacités intellectuelles et physiques très supérieures à celles du commun des mortels. Et en cela Il a fait de nous tous, ici présents, ses élus.

— Il n'y a qu'un peuple élu de Dieu, répliqua le rabbin. Relisez donc la Bible, la véritable…

— Pour le coup, permettez-moi de vous dire mon profond désaccord, intervint l'imam Abdelhakim Benaziz.

— Allons, allons mes amis, tempéra Gianluca, l'heure n'est pas à la polémique, mais à l'union sacrée. Je vous le répète, nous sommes tous ici des élus de Dieu et il est de notre devoir de répondre à son appel. Le mal et la médiocrité sont en train de menacer toute son œuvre. Et tant que ses élus seront piégés au milieu de la populace inculte et haineuse, Il ne pourra pas éradiquer le mal sans mettre en péril ses meilleurs serviteurs. Souvenez-vous de l'arche de Noé. Dieu a d'abord demandé à Noé et à sa famille de se mettre à l'abri sur une embarcation solide, qu'ils durent construire eux-mêmes en suivant les plans qu'Il leur avait fournis. Puis Il déclencha un déluge qui noya tous les autres hommes, car seul Noé et les siens méritaient d'être épargnés... Aujourd'hui, ce n'est peut-être pas par la montée des eaux que Dieu éliminera Ses ennemis, mais je suis convaincu qu'Il attend de nous que nous nous sauvions nous-mêmes. N'est-il pas écrit : « aide-toi et le Ciel t'aidera » ?

— Jésus, Son fils, n'a-t-il pas dit aussi : « Heureux les simples d'esprit, car le Royaume de Dieu leur appartient », intervint un représentant de l'Église catholique, monseigneur Munteanu, visiblement irrité par l'orientation de la discussion.

— Sans vouloir vous offenser, monseigneur, ce type de phrase n'avait, de toute évidence, d'autre but que celui de flatter les imbéciles et surtout de les inviter à rester à leur place. Il ne fait pour moi aucun doute que si Dieu nous a donné les moyens de nous sauver, nous devons lui obéir... En nous souciant du sort de tous ceux que Notre Seigneur n'a pas jugé bon de doter des mêmes pouvoirs que nous, nous agissons contre Sa volonté. Nous avons le devoir d'utiliser l'intelligence qu'Il nous a prodiguée pour nous sauver. Et s'il n'est plus question ici de construire une Arche gigantesque, nos refuges seront toutes ces îles que Dieu a disséminées à la surface du globe, dans Son infinie sagesse.

Gianluca s'exprimait avec un calme désarmant. Aucune remarque ne semblait avoir le moindre effet sur lui. Son auditoire était littéralement subjugué. Alors, convaincu d'avoir éliminé les derniers soupçons de mauvaise conscience des personnes présentes, il annonça le premier point de l'ordre du jour.

— Le point crucial aujourd'hui est le manque de capacité d'accueil de nos familles sur des îles viables et sûres. Nous avons pris beaucoup de retard dans la construction de programmes immobiliers et, le temps passant, les enlèvements et les assassinats se sont multipliés dans les beaux quartiers, à proximité des grandes agglomérations. Les personnes vivent constamment dans la terreur. En outre, le coût des approvisionnements de première nécessité et surtout celui de leur protection commence à ruiner certaines d'entre elles, ce qui équivaut à une condamnation à mort pour ceux qui n'auront plus les moyens de s'installer sous des cieux plus cléments. Mais je crois que notre ami Alexandre Boisdoré souhaite vous faire part de ses analyses récentes.

Alexandre avait été profondément marqué par la mort tragique de son fils aîné dans l'attentat d'Ibiza. Mais il s'était très vite raccroché à son devoir de père de huit autres enfants. Il y avait même trouvé la motivation de se battre pour mettre tous ses proches à l'abri sur les îles anglo-normandes, y compris les nouvelles familles de ses deux premières épouses.

— Je suis effectivement bien placé pour vous confirmer ce que vient de dire notre président, Gianluca. J'ai la chance d'avoir pu mettre les miens en lieu sûr entre Guernsey et Alderney, où je vis depuis plusieurs années. Mais nous y sommes déjà en situation de surpopulation avec près de six cent cinquante mille habitants. Notre principale difficulté ces dernières années a été de libérer les espaces sur d'autres îles, et en particulier dans le bassin méditerranéen où les conditions de vie seront bien plus agréables que dans les zones froides de la mer du Nord ou de la Manche. Certaines îles comme les Baléares…

Sa phrase fut suspendue pendant un bref instant, ce que seuls purent percevoir ses amis « Olympiens ».

— … ont longtemps été surpeuplées, à la triste époque du tourisme de masse, avant d'être progressivement désertées par la grande majorité de leurs résidents estivaux et par les retraités allemands et néerlandais, en raison de la forte réduction du niveau des pensions. Mais toutes ces constructions étriquées, collées les unes aux autres, nous empêchent de concevoir un cadre de vie à la hauteur de nos attentes et de celles de nos clients. Non, la solution est ailleurs.

— Comme en Corse, en Sardaigne ou en Sicile, par exemple, suggéra un homme au fort accent ukrainien.

— Malheureusement, ces îles magnifiques sont déjà sous le contrôle de quelques grandes familles insulaires et les conditions d'entrée sont très particulières, si vous me comprenez. Mais il reste tout de même d'autres choix possibles comme Malte, Chypre, la Crète et toutes les îles grecques. Ces dernières offrent de nombreux avantages, comme leur climat et une situation idéale au milieu de la Méditerranée, facilitant leur protection à l'aide d'une petite flotte militaire et de quelques satellites. Il y reste encore de multiples possibilités de construction, avec cependant un problème non négligeable.

— Lequel ? demanda Gianluca.

— Certains programmes immobiliers ont été fortement retardés par la réticence de vieux habitants de ces îles à vendre leurs terres. Cela a provoqué en outre une flambée des prix. Heureusement, nos amis grecs ont eu une excellente idée. Ils ont fait courir le bruit d'une grande menace de tremblements de terre dévastateurs, qui devraient frapper plusieurs de ces îles de la mer Égée. De nombreux terrains et d'anciennes maisons ont ainsi été cédés dans la panique, à des prix dérisoires.

— Le problème est donc résolu dans ce cas, conclut le président.

— Pas vraiment, rétorqua Alexandre Boisdoré. Maintenant, nous sommes à court d'équipes de chantier et d'engins de travaux publics. Pour faire face à la demande accumulée pendant les douze derniers mois, il nous faudrait deux fois plus de matériel et de main-d'œuvre et faire tourner les équipes en trois-huit pendant près de deux ans.

— Deux ans ? C'est beaucoup trop long, s'exclama Gianluca.

— C'est pourtant le temps minimal requis pour loger près de deux millions de personnes encore en attente. C'est du moins le chiffre qui ressort des carnets de commandes de toutes les sociétés spécialisées dans l'immobilier de prestige pour la seule Europe. Nous ne pouvons tout de même pas livrer tous ces gens en pâture à une foule déchaînée ?

— Évidemment non, répondit Gianluca, un peu confus. Nous sommes d'ailleurs réunis ici pour découvrir tous les moyens possibles pour sauver le plus grand nombre d'entre eux… mais sans mettre les autres inutilement en péril.

La réunion se prolongea jusque tard dans la soirée. De nombreux points sensibles furent débattus, comme les méthodes et le rythme des transferts, le déblocage de fonds supplémentaires pour accélérer les constructions, mais aussi pour soutenir les personnes encore menacées malgré la présence des sociétés privées de protection des personnes. Il fut aussi question du renforcement des moyens militaires et policiers pour contenir le plus longtemps possible les déchaînements de violence en provenance des quartiers populaires. Enfin, la proposition de Lucien Potevin de réduire le prix de revient de sa gamme d'aliments à faible teneur énergétique, grâce à une aide financière, fut accueillie avec enthousiasme. Sa démonstration sur les effets affaiblissants obtenus avec ses farines et semoules appauvries dans plusieurs faubourgs autour de la capitale française avait convaincu tout le monde. En particulier après que le général de Roquebrunne avait confirmé les très bons chiffres de la criminalité dans ces endroits. Grâce à cette sorte de subvention, Semenissime allait pouvoir inonder les quartiers populaires avec sa nouvelle arme alimentaire, tout en maintenant une marge correcte qui serait en outre largement améliorée par la vente en parallèle de compléments enrichis en nutriments essentiels et réservés aux familles dirigeantes de ces quartiers.

Gianluca Pellegrini conclut la séance en rappelant à tous les membres l'extrême confidentialité de tout ce qui s'était dit.

6

15 mai 2028. Neuilly-sur-Seine

Au deuxième étage de l'hôtel particulier, qui abritait depuis deux ans les nouveaux locaux de VIP, sur le boulevard du Général-Kœnig, Stéphane s'était encore endormi cette nuit sur le canapé de son majestueux bureau. Les activités de sa multinationale de la protection des personnes et des biens ne lui laissaient pas un moment de répit. Tout était allé si vite, beaucoup trop vite. Les ouvertures de succursales et de franchises, en France puis en Europe. Il était désormais à la tête d'une immense fortune. Sa société était cotée en bourse sur les principales places financières européennes. Il dirigeait son empire depuis cet endroit somptueux, transformé en forteresse et doté d'un véritable arsenal de guerre pour contrer l'escalade de la violence. Sur le quai de la Seine, en face du siège de sa société, il disposait de deux navettes fluviales ultra-rapides ainsi que d'un hélicoptère pour une possible évacuation par les airs. Dans la cour, deux Hummers blindés étaient toujours prêts à partir pour une mission locale. En fait, il se contentait la plupart du temps de lire les comptes rendus d'activités que lui soumettait chaque jour son fidèle ami et directeur financier Jean Sterne. Ce n'était que par nostalgie, et peut-être aussi par peur de s'ennuyer, qu'il continuait à travailler occasionnellement comme conseiller ou comme enquêteur privé, pour de rares clients très fortunés.

Toute la grande couronne parisienne était en proie à des émeutes et des guerres de territoire quotidiennes. L'un des rares secteurs du Grand Paris à être encore sous contrôle était une zone englobant les anciens 5ᵉ, 6ᵉ, 7ᵉ, 8ᵉ, 15ᵉ, 16ᵉ et 17ᵉ arrondissements de Paris intra-muros et les communes de Boulogne-Billancourt, Neuilly-sur-Seine, Levallois-Perret, ainsi que le quartier d'affaires de La Défense, incluant sa proche périphérie. Malheureusement, des incursions éclair se multipliaient depuis quelques mois au périmètre de cette zone protégée. On ne comptait plus les enlèvements de personnes, dont les familles étaient ensuite contraintes de verser des rançons, parfois sans commune mesure avec la richesse réelle des victimes. La demande de protections rapprochées dépassait largement les capacités de l'offre. Pour le matériel et les armes, les sociétés comme VIP, accréditées par le gouvernement européen, n'avaient pas de problèmes d'approvisionnement. Par contre, le recrutement de personnel efficace, discret et digne de confiance posait de gros soucis. De nombreux anciens militaires, des spécialistes des arts martiaux et du maniement d'armes, venus de divers pays d'Europe et d'Afrique, se déclaraient prêts à vendre leurs services aux plus offrants, mais les mises en garde de la police continentale y avaient mis un sérieux coup de frein, juste après l'enlèvement de toute la famille d'un grand patron de la finance par sa propre équipe de protection.

Les premiers rayons de soleil commençaient à projeter l'ombre de l'hôtel particulier jusque sur les quais de la

Seine. Une luxueuse limousine vint se présenter devant le portail noir. Le chauffeur baissa sa vitre, après s'être assuré de l'absence de menace visible dans la rue. Il appuya sur le bouton du visiophone, placé au milieu du trottoir au sommet d'un poteau métallique, et attendit une réponse…

— Oui. Bonjour. Que désirez-vous ?

— Bonjour, je suis le chauffeur de madame Dupont-Raynal. Madame souhaite s'entretenir de toute urgence avec monsieur Larieux.

— Nos bureaux sont encore fermés à cette heure-ci. Avez-vous pris rendez-vous avec monsieur Larieux ?

— Non monsieur. Madame Dupont-Raynal tient absolument à ce que cet entretien demeure totalement confidentiel.

En voyant la taille de la limousine sur son écran de contrôle, le garde craignit de commettre un impair avec un client important de la maison. Il vérifia sur le fichier des clients de VIP si le nom de Dupont-Raynal y figurait bien. Dans l'affirmative, il décida de prévenir son patron, sachant que sa secrétaire n'était pas encore arrivée.

Habitué aux réveils soudains, à toute heure de la nuit, Stéphane Larieux décrocha son téléphone avant qu'eût retenti la troisième sonnerie. Il prenait toujours soin de le garder à portée de main où qu'il s'endormît.

— Oui, qu'y a-t-il ?

— Bonjour, monsieur. Il y a là une certaine madame Dupont-Raynal qui souhaite s'entretenir avec vous de toute urgence.

— Quoi ! À cette heure-ci ? demanda Stéphane en regardant sa montre-bracelet. Hélène est arrivée ?

— Non, Monsieur, répondit le gardien. Qu'est-ce que je lui dis à madame Dupont-Raynal ? Je lui dis de revenir dans une heure ?

— Non, faites entrer la voiture et conduisez cette dame jusqu'au salon… et dites-lui que je vais la recevoir d'ici quinze à vingt minutes… Ah oui… et demandez à Georges de proposer à cette dame un thé ou un café en attendant.

Stéphane raccrocha sèchement le combiné et se traîna en marmonnant jusqu'à ses appartements privés, à l'étage supérieur. « Quel foutu métier ! C'est vraiment pas une vie ! » se dit-il en tentant de récupérer ses esprits sous la douche.

Un quart d'heure plus tard, Stéphane s'apprêtait à recevoir cette cliente impatiente. Comme à son habitude, il avait revêtu un costume trois-pièces irréprochable, qu'il avait choisi dans sa garde-robe parmi ses trois douzaines d'ensembles sur mesure. Georges, son majordome, veillait méticuleusement à ce que, une fois porté, chaque complet fût nettoyé et défroissé avant d'être remis dans le dressing. C'était lui aussi qui s'assurait qu'il y avait toujours la chemise, la cravate et les souliers assortis à chaque costume. Il dirigeait de main de maître une équipe de trois personnes au service de Monsieur vingt-quatre heures sur vingt-quatre, sans compter Hélène, la secrétaire personnelle de Stéphane, qui vivait à deux rues de là, dans une modeste chambre de bonne mise gracieusement à sa disposition par son patron.

Avant de demander à Georges de faire entrer madame Dupont-Raynal dans son bureau, Stéphane prit le temps de consulter le dossier de sa cliente. « Il y a un niveau de clientèle où l'on se doit de connaître chaque client comme s'il était unique et précieux. Ces gens-là sont tellement susceptibles… », se dit Stéphane en appuyant sur la touche verte de son terminal téléphonique.

— Georges, faites venir madame Dupont-Raynal, je vous prie.

— Bien, Monsieur.

Quelques instants plus tard, la double porte capitonnée du bureau de direction s'ouvrit. Georges s'avança de quelques pas.

— Monsieur, madame Dupont-Raynal, dit le majordome en s'effaçant sur le côté.

Stéphane se leva et s'approcha de la porte. En quelques secondes, il analysa la silhouette et les traits du visage de sa cliente et passa en revue sa mémoire visuelle. « Aucun doute, je n'ai jamais vu cette femme auparavant, se dit-il. Cela dit, les questions de sécurité sont, le plus souvent, traitées par les maris. » Elle avait l'élégance froide propre à son monde. Pourtant, il décela dans ses yeux une inquiétude qui trahissait une fragilité et la rendait plus humaine.

— Très chère madame Dupont-Raynal. Qu'est-ce qui me vaut l'honneur de votre visite ? J'espère que vous n'avez pas quelque raison de vous plaindre de la qualité de nos services.

— Dans un tel cas, c'est mon avocat que je vous aurais envoyé, cher monsieur, répondit la femme en regardant un des fauteuils devant elle.

— Oh, pardon, madame Dupont-Raynal. Je vous en prie, asseyez-vous.

Devançant l'attente de son patron, Georges s'empressa de déplacer le fauteuil. Après avoir proposé à sa cliente un verre d'eau ou un thé, Stéphane fit signe à son majordome de les laisser seuls.

— Que puis-je faire pour vous servir ? s'enquit Stéphane.

— Tout d'abord, je dois vous prévenir que tout ce que nous dirons ici doit rester totalement confidentiel.

— Cela va sans dire, madame Dupont-Raynal. Notre réputation…

— Je connais la réputation et le sérieux de votre maison, interrompit la cliente, mais je compte sur votre discrétion également vis-à-vis de mon mari.

— Pardon ? s'étonna Stéphane.

— Je vais vous expliquer, répondit-elle avant de prendre une profonde inspiration dont le débit saccadé trahissait une grande émotion. C'est au sujet de mon fils William. Il a disparu.

— Il a quel âge ?

— Vingt-sept ans. Oui, je sais ce que vous allez me dire. À cet âge-là…

— En effet. Qu'est-ce qui vous fait penser qu'il a disparu ?

— William vit encore avec nous… en toute indépendance, bien sûr. Avec tout ce qui se passe en ce moment, il n'a jamais pu trouver un logement décent dans le quartier.

— Je comprends. Et quand l'avez-vous vu pour la dernière fois ?

— Il y a exactement soixante-douze heures ce matin.

— Avez-vous prévenu la police ?

— Mon mari l'a fait. Il a alerté ses plus hautes relations. Mais il a d'abord voulu laisser passer une journée. Il pensait que Will avait simplement découché. En fait, il était aussi inquiet que moi, mais il était trop fier pour le montrer. Ou alors, il cherchait à me protéger. Quoi qu'il en soit, nous avons perdu un temps précieux et la police a été incapable de nous aider jusqu'à présent. « Nous sommes désolés. Nous sommes débordés ! » C'est la seule chose qu'ils ont su nous dire.

— Vous n'avez pas reçu de demande de rançon ?

— Non, malheureusement, répondit-elle. Dans ce cas, j'aurais su comment le retrouver.

— Il a peut-être eu un accident ! Avez-vous contacté les hôpitaux et les cliniques ?

— Évidemment, monsieur Larieux, nous ne sommes pas stupides… Pardon. Je vous prie de m'excuser. Jamais mon fils ne m'avait laissée sans nouvelles plus de vingt-quatre heures…

— Je comprends, madame Dupont-Raynal. Qu'attendez-vous de moi, maintenant ?

— Je veux que vous retrouviez mon fils. Coûte que coûte. Je suis prête à payer ce qu'il faudra pour cela. Mais mon mari ne doit pas savoir.

— Puis-je vous demander pourquoi ?

— Je veux qu'il continue, de son côté, de faire pression sur ses relations dans la police. Deux enquêtes distinctes valent mieux qu'une. Cela dit, si pour la police la disparition de mon fils risque d'être traitée parmi de nombreuses autres, j'exige que, pour votre part, l'enquête le concernant soit menée en exclusivité, et par vous-même. Pas par un de vos employés. Est-ce bien clair, monsieur Larieux ?

— J'en ferai une affaire personnelle, madame Dupont-Raynal. Vous avez ma parole. Maintenant, parlez-moi un peu de votre fils. A-t-il une activité professionnelle ? Qui sont ses amis ? A-t-il une passion particulière ?

7

Au même moment, à Puteaux, sur l'autre rive de la Seine.

Maxime décida enfin de lever sa maigre carcasse de son lit. Cela faisait une heure qu'il avait été réveillé par le soleil matinal qui se reflétait contre le mur du vieil immeuble en U où, depuis quelques mois, il partageait seul avec sa mère un modeste deux-pièces, au cinquième étage sans ascenseur. C'était la faim qui avait eu finalement raison de sa paresse, ou plus exactement de son absence de goût de vivre. Comme chaque matin depuis trois mois, il espérait un miracle. Voir sa mère arriver dans sa petite chambre. Il l'imaginait entrant, comme avant, à pas feutrés, ouvrant légèrement les rideaux et lui disant avec sa voix délicate : « Bonjour, mon amour. Réveille-toi. Il est l'heure. » Puis elle serait sortie de la pièce en disant : « Je t'ai laissé un peu de café et du lait chaud. »

Il passa par le salon, où sa mère dormait sur un canapé-lit, pour rejoindre la cuisine américaine. Non, le miracle n'avait pas eu lieu. Le même fouillis de vêtements froissés, de cadavres de bouteilles et d'emballages alimentaires vides jonchait le sol. Il y avait dans l'air la même odeur de vapeurs d'alcools mélangées qui lui donnait la nausée. Christelle, sa mère, était allongée à plat ventre sur le canapé. Elle n'avait même pas déplié le lit avant de se coucher. En la voyant ainsi, l'adolescent, âgé de dix-sept ans, fut complètement désemparé. « C'est le monde à l'envers, se dit-il. J'ai l'impression d'être le seul adulte dans cette maison. » Il aurait voulu la secouer, la sortir du lit, la forcer à réagir… en adulte qu'elle était. Mais il était incapable de lui en vouloir. Il l'avait vue sombrer petit à petit depuis qu'elle avait perdu son boulot, six mois plus tôt. À cause de son « enfoiré de directeur ». En perdant ce travail salarié et stable, elle savait qu'elle ne pouvait plus offrir à son fils le train de vie très confortable qu'ils avaient eu jusque-là. Fini l'appartement cossu dans un immeuble bourgeois de la rue Édouard-Nortier, à Neuilly. Adieu aussi le lycée privé international où son fils recevait les meilleurs enseignements en classe de terminale scientifique.

Dans les premiers jours qui suivirent ce licenciement brutal, Maxime s'était révolté contre sa mère, plus encore que contre son patron indélicat. « Tu ne vas quand même pas te laisser faire ? Je ne sais pas… menace-le… prends un avocat… réagis… », lui assénait-il du matin au soir. « Tu n'as pas l'air de comprendre, mon chéri. Tu n'as vraiment pas idée de ce qui se passe autour de toi » se contentait-elle de lui répondre. Pendant ce temps, alors que Maxime terminait son premier trimestre scolaire, Christelle s'efforçait de les préserver tous les deux le plus longtemps possible. Elle avait précieusement caché les relances du lycée, qui réclamait le paiement d'avance du prochain trimestre. Elle avait tout de même arraché à son patron le droit de rester encore quelques semaines dans l'appartement, mis à disposition par l'entreprise. Alors, elle s'était démenée pour trouver au plus vite un logement décent à l'intérieur de la zone protégée. Elle n'avait pas les moyens d'être difficile sur le standing, mais il n'était pas question d'émigrer vers une de ces banlieues sordides du Grand Paris. Ils n'y auraient jamais survécu. Ce n'est qu'après avoir emménagé dans ce minuscule deux-pièces qu'elle lâcha prise. Au début, elle avait bien essayé d'offrir ses services comme femme de ménage chez des familles aisées, en attendant mieux, mais elle était vraiment trop maladroite.

De son côté, Maxime avait décidé d'abandonner ses études, au grand désespoir de Christelle, qui en culpabilisait d'autant plus. Heureusement, c'était un garçon plein de ressources. Il passait aux yeux de ses professeurs pour très intelligent, mais il avait de sérieux problèmes de discipline. Ces derniers temps, il avait décidé de trouver un plan pour venger sa mère. Il consacrait des nuits entières parfois à surfer sur le net pour y glaner toutes sortes d'informations. Quand il n'en pouvait plus d'être resté trop longtemps enfermé dans ce gourbi, et aussi pour échapper à cette vision d'horreur de sa mère en train de cuver son mauvais alcool, il sortait et errait dans les rues pendant des heures. Il parvenait aussi à gagner un peu d'argent en faisant du dépannage informatique ou électronique chez des particuliers. Il récupérait parfois des appareils qu'il retapait et revendait d'occasion.

Tout en surveillant sa mère, Maxime, assis devant le bar de la cuisine américaine, avala presque machinalement un grand bol de céréales dans du lait froid. Puis il rangea dans le lave-vaisselle la montagne d'assiettes et de couverts sales qui traînaient dans l'évier. Il ramassa ensuite les cadavres de bouteilles et les papiers gras éparpillés autour du canapé-lit et recouvrit sa mère avec un plaid bleu marine. Il entrebâilla la fenêtre du salon et prit une douche avant de quitter l'appartement pour une balade matinale.

8

15 mai 2028, 9 h 45, hôtel Impérial, Paris 17e.

— C'est pas possible. Qu'est-ce qu'elle fout ? Elle devrait être là depuis un quart d'heure.

— Gros malin. Tu vois pas qu'la rue est bloquée… Regarde-moi tous ces curieux assoiffés de sang. On dirait qu'ça les excite, tous ces cons… Tiens ! La voilà !

— Bonjour, chef, lancèrent en chœur les deux officiers de police judiciaire.

Estelle De Jong, trente-six ans, était commissaire divisionnaire, rattachée à Europol, en charge des affaires sensibles impliquant des personnages très importants. Mais sa spécialité officielle, c'était les crimes liés au terrorisme. Elle était l'un des plus brillants éléments de la police européenne. Depuis six mois, elle ne savait plus où donner de la tête. Elle était sollicitée de toutes parts, à chaque fois que l'on soupçonnait la possible nature terroriste d'un crime. Depuis six mois les attentats et les enlèvements s'étaient multipliés et, avec eux, les revendications les plus diverses.

— De quoi s'agit-il cette fois ? demanda Estelle.

— Suivez-nous, patron.

Le trio pénétra dans le hall de l'hôtel Impérial. Un quatre étoiles du début du siècle. Une vingtaine de clients, ainsi que le personnel, avaient été sommés d'attendre, dans le hall de la réception, qu'un OPJ [1] vînt prendre leurs dépositions et relever leurs identités. L'un des deux inspecteurs appuya sur le bouton de l'ascenseur.

— Où est la scène du crime ? demanda la commissaire divisionnaire.

— Au premier, chambre 203, patron.

— Eh bien, on va y aller à pied, n'est-ce pas Lenoir ? rétorqua Estelle.

Portal regarda son collègue d'un air moqueur, en s'attardant sur son ventre rebondi.

— Oh, ça va, Portal. J'ai peut-être les abdos un peu mous, mais je t'emmène quand tu veux faire un footing et on verra lequel de nous deux est le plus résistant.

Arrivée devant la porte de la chambre 203, gardée par un planton en uniforme, Estelle De Jong s'assura que la scientifique avait bien terminé tous ses prélèvements. Puis, elle jeta un coup d'œil rapide sur le lit, au milieu de la pièce. Une femme brune, la trentaine, le corps vêtu d'un simple peignoir de soie largement ouvert sur la poitrine, gisait en travers du lit, la jambe gauche pliée, la jambe droite étendue et portant encore une chaussure à haut talon aiguille. L'autre était tombée au pied du lit. La victime portait autour du cou un collier en cuir de crocodile, noir et verni, incrusté de pierres brillantes. Apparemment, c'était ce qui avait servi à l'étrangler. Son visage boursouflé, ses yeux exorbités, la teinte violacée de la peau et, enfin, l'absence d'autres traces dans le cou semblaient en attester.

---

1 . Officier de police judiciaire.

— Est-ce qu'elle a été violée ? demanda Estelle.

— Pas d'après les premières constatations des experts, répondit Portal. Elle a bien eu des rapports sexuels avant de mourir, mais *a priori* consentis.

— Et ces pierres sur son collier ? Des diamants ?

— À première vue oui, patron. Et c'est justement ça qui nous a intrigués.

— Pourquoi cela, je vous prie ?

— Eh bien, si elle n'a pas été violée, ce n'est certainement pas un crime sexuel. Et si le meurtrier a laissé des diamants de cette taille au cou de sa victime, le vol n'était pas non plus le mobile.

La commissaire divisionnaire inspecta minutieusement tous les murs et le plafond de la chambre, puis ceux de la salle de bains et des toilettes. Il n'y avait pas la moindre trace du plus petit signe ou message mis en évidence par le tueur. Elle se retourna ensuite vers les deux OPJ.

— Vous n'avez trouvé aucun tract ou quelque chose ressemblant à une revendication d'un quelconque groupe terroriste, connu ou inconnu ?

— Non, patron. Mais c'est la fille de…

— Écoutez, tous les deux. De toute évidence, soit il s'agit d'un crime à caractère sexuel, soit c'est un crime passionnel, mais ce n'est en aucun cas un acte terroriste. Alors, vous allez refiler cette affaire de ma part à nos collègues de la criminelle. Moi, j'ai d'autres chats à fouetter. D'ailleurs, on m'appelle justement, conclut Estelle en décrochant son portable.

La voiture électrique blindée, pilotée par son garde du corps personnel, fonçait maintenant sur l'avenue Charles-de-Gaulle, à Neuilly. Quelques minutes plus tard, le chauffeur arrêta le véhicule sur un bateau, juste devant un hôtel particulier dont l'entrée était gardée par deux flics en tenue et un agent d'une société de sécurité privée.

Estelle De Jong, encore secouée par cette conduite très sportive, sortit de la voiture. « J'espère que cette fois, ça en valait la peine », se dit-elle. À son passage, les deux agents en faction lui adressèrent un salut militaire auquel elle répondit par un laconique « bonjour, messieurs ».

Dans le grand vestibule, un OPJ vint à sa rencontre.

— Bonjour, patron. Comment allez-vous ?

— Bien, mais venez-en au fait je vous prie. Je viens de perdre deux heures ce matin pour une histoire de cul qui a mal tourné, alors…

— Ça se passe au premier. Je crois que vous allez aimer… je veux dire… ça m'a l'air d'être une affaire comme vous les aimez.

Estelle lui lança un regard noir.

— Vous croyez que j'aime voir des cadavres ? Si c'est votre cas, il faut vous faire soigner mon vieux !

— Désolé patron. Ce n'est pas ce que je voulais dire.

En haut du double escalier de pierre, quelques techniciens de la scientifique étaient en train de remballer leur matériel. Leur chef reconnut Estelle et s'approcha d'elle.

— Eh bien, De Jong. La semaine commence fort on dirait. Tu as une petite mine ce matin.

— Ça va Thorigneau, lâche-moi, tu veux !

— Pas de problème, ma grande. De toute façon, j'ai fini mon boulot, ici. Alors à toi de jouer maintenant.

Suivie de l'OPJ, elle pénétra dans un bureau dont la porte était restée ouverte. C'était une vaste pièce dont les hauts murs étaient presque entièrement recouverts d'une immense bibliothèque remplie de livres reliés de cuir. Seules deux majestueuses portes-fenêtres et la grande porte à double battant parvenaient à alléger la lourdeur de l'ensemble où la couleur des reliures de cuir se confondait par endroits avec celle du bois de chêne, rouge foncé, des étagères et des montants. Centrée entre les deux fenêtres, sur un tapis persan, une dalle de verre dépoli surmontant une structure géométrique en marbre faisait office de bureau. Au milieu de cette table translucide, un grand rectangle transparent abritait un écran tactile géant relié à un ordinateur miniature. Derrière le bureau, Estelle n'aperçut d'abord de la victime, assise dans un large fauteuil en cuir, qu'un vieux journal financier jauni, tenu par ses deux mains manucurées, et ses deux jambes étendues et croisées reposant sur le bord de la dalle de verre. La semelle de ses chaussures était à peine usée et le cuir parfaitement lustré. Les plis du pantalon de laine anthracite étaient impeccables. En contournant le bureau, la commissaire divisionnaire vit apparaître le visage d'un homme jeune, trente à trente-cinq ans, les cheveux sombres et ondulés. Il portait une chemise blanche finement rayée de gris et un gilet de costume. Au niveau du cœur ressortait le manche en plastique noir d'un couteau, de chasse ou de plongée apparemment. Estelle effleura de ses doigts gantés la poitrine de la victime pour tenter de distinguer d'autres plaies, mais en vain. « Un seul coup en plein cœur ? La victime devait dormir au moment où elle a été poignardée ! Où alors, elle a d'abord été droguée ? Pour le savoir, je vais encore devoir faire de la lèche avec ce con de Thorigneau ! » se dit Estelle.

L'OPJ essaya de se saisir du journal, espérant peut-être y trouver quelques indices.

— Mais qu'est-ce que vous faites ? demanda la commissaire.

— Rien, patron… Vous avez vu ? On dirait que ses doigts sont collés au papier !

— Il fallait bien que toute cette mise en scène, du ou des tueurs, tienne jusqu'à notre arrivée.

— On découpe le journal alors ?

— Mais non. Notez le titre et la date d'édition, ainsi que les numéros des pages ouvertes devant lui. Pour l'analyse du contenu, on verra plus tard avec les archives de la presse européenne ou mondiale.

Désignant ce qui ressemblait à un cigare planté dans la bouche de la victime, l'OPJ dit :

— Vous avez vu ça, patron ? Ce type était tellement riche qu'il roulait son tabac dans des billets de cinq cents euros.

Le cylindre, composé à première vue de trois billets de cinq cents euros enroulés sur eux-mêmes, était enserré dans une véritable bague de cigare. L'extrémité avait été partiellement consumée, vraisemblablement par la flamme d'un briquet, puisque l'on n'avait trouvé aucune trace d'allumette brûlée sur les lieux.

Pointant son index vers le front de la victime, Estelle demanda :

— Quelqu'un a pris des clichés de ça ?

Mais les techniciens de la scientifique avaient déjà quitté les lieux. Alors, par précaution, elle décida de prendre quelques clichés en gros plan à l'aide de son téléphone portable sécurisé. C'était la première fois qu'elle voyait ce curieux sigle, entouré d'un cercle, représentant un poing ganté brandissant une faucille émoussée. Le dessin était très précis. En affichant une image en haute résolution, agrandie vingt fois, elle remarqua de multiples piqûres. « On dirait du travail de tatoueur professionnel ! » pensa Estelle. En arrière-plan du logo, des arcs de cercle en pointillés suggéraient les méridiens du globe. Instinctivement, elle prit aussi quelques clichés de la bague de cigare… au cas où !

S'adressant cette fois à son OPJ, elle lui demanda :

— Vous êtes certain qu'il n'y avait aucun tract sur le bureau ? Pas de support informatique ? Vous avez fouillé ses poches ?

— Il n'y avait rien de plus que ce que vous voyez maintenant, patron. Et, de toute façon, je ne vois pas pourquoi le tueur aurait caché ses revendications alors qu'il a laissé cette marque très particulière qui, à mon avis, ne fait aucun doute sur la nature terroriste de ce crime.

— Si vous n'y voyez pas d'inconvénient, ici c'est moi la tête pensante. Pour votre part, contentez-vous de faire ce que je vous demande.

— D'accord patron, répondit l'OPJ vexé.

— Pour commencer, saisissez les disques durs de cet ordinateur et faites analyser toutes les visites de sites sur les huit derniers jours. En même temps, voyez si ce logo a déjà été vu sur d'autres scènes de crime, en France ou ailleurs en Europe.

— Bien patron. C'est tout ?

— Pour l'instant oui. Au fait quel est votre nom ?

— Lafarge, pourquoi ?

— Au boulot Lafarge. Et prévenez-moi dès que le crime aura été revendiqué.

Laissant en plan son OPJ, Estelle se précipita en bas de l'escalier où l'attendait son garde du corps et chauffeur, pour se rendre au plus vite au bureau local d'Europol.

9

Quartier d'affaires de La Défense, 15 mai 2028, 12 heures.

Comme promis ce matin-là à madame Dupont-Raynal, Stéphane Larieux s'était immédiatement mis à la recherche du fils disparu. Il avait décidé de commencer par le milieu professionnel de William. D'après sa mère, c'était un courtier en bourse très talentueux. Il pouvait donc s'agir d'une histoire de compétition avec l'un de ses collègues du Front Office de la Tudor & Benson Wealth Management Associates. Pour le moins, quelqu'un saurait peut-être lui dire où trouver le jeune homme. Le Hummer, conduit par un de ses gardes, arriva dans les sous-sols de la tour où la TBWM occupait trois étages. Stéphane demanda à son chauffeur de l'attendre dans la voiture.

Après avoir passé les services de sécurité de l'immeuble, il arriva à la réception de la TBWM au treizième étage de la tour.

— Bonjour, mademoiselle. Je suis monsieur Larieux. Je souhaite rencontrer monsieur Dupont-Raynal.

— Vous avez rendez-vous ?

— Non, mais c'est très urgent, il faut que je lui parle au sujet de mon portefeuille d'actions.

Le calme et l'excellente présentation du visiteur rassurèrent la réceptionniste, qui se proposa d'appeler la secrétaire personnelle de monsieur Dupont-Raynal.

— Allô, Julie ? C'est Karine… Il y a là monsieur Larieux qui voudrait voir William.

Stéphane s'approcha de l'hôtesse d'accueil et se pencha pour lui susurrer à l'oreille :

— Dites-lui bien que c'est très urgent.

— Je suis désolée monsieur. Ma collègue dit que monsieur Dupont-Raynal n'est pas encore arrivé.

— Passez-la-moi, s'il vous plaît, dit Stéphane sur un ton très ferme.

— Je ne peux pas, Monsieur. Je suis désolée.

— Dans ce cas, dites-lui que je vais être obligé de confier mon argent à un autre trader… plutôt qu'à mon ami d'enfance.

L'argument fit mouche. Était-ce parce que cette Julie avait été sensible à cette référence à l'amitié, ou touchait-elle un intéressement sur les fortunes ramenées dans le panier de son patron ? Qu'importait ? L'essentiel était de créer un lien de confiance dans cette forteresse de la gestion de patrimoine.

Quelques instants plus tard, une élégante jeune femme en tailleur strict arriva à la réception. Stéphane fut bluffé par son allure décidée et par sa manière de le regarder droit dans les yeux.

— Bonjour, monsieur Larieux. Si vous voulez bien me suivre.

Après quelques minutes d'entretien, Stéphane apprit que Julie était en fait une jeune diplômée en droit des affaires et en finance internationale qui aspirait à intégrer prochainement l'équipe du Front Office. À l'entendre, elle se sentait tout à fait capable de prendre en main des dossiers importants, en l'absence de son actuel patron. « Voilà qui te donnerait un excellent mobile pour l'éliminer, pas vrai ma jolie ? » pensa Stéphane.

— Savez-vous à quelle heure arrivera William ? C'est bizarre. Je l'ai toujours connu très ponctuel.

— C'est vrai. William…, je veux dire monsieur Dupont-Raynal, ne manque jamais le briefing du lundi matin.

— Une réunion de travail ? À quelle heure ?

— Elle s'est déroulée sans lui entre 9 heures et 11 heures. J'y ai assisté à sa place et j'étais en train de lui en préparer un compte rendu quand vous êtes arrivé.

— Et vous avez essayé de le joindre sur son portable ?

— J'ai laissé trois messages sur sa boîte vocale. Et il ne m'a toujours pas contactée… Avec tous ces enlèvements, je commence vraiment à m'inquiéter, répondit Julie.

Stéphane perçut une émotion réelle dans sa voix. Peut-être y avait-il entre eux plus qu'une simple relation entre collègues ? Alors, il tenta sa chance. Il lui exposa les vraies raisons de sa visite, après lui avoir fait promettre de ne rien révéler de tout cela à personne.

— Est-ce que vous seriez prête à m'en dire un peu plus sur William ? Mais pas ici…

— Euh, oui. Pourquoi pas ?

Stéphane consulta sa montre. Il était 12 h 35.

— Connaissez-vous un bon restaurant, à proximité ? Je vous invite. Nous y serons plus à l'aise qu'ici pour parler.

Dix minutes plus tard, Julie retrouva Stéphane dans sa voiture au sous-sol de l'immeuble et donna au chauffeur l'adresse du restaurant gersois où elle avait déjeuné quelques mois auparavant avec William. La sentant très nerveuse, et même un peu sur ses gardes, il commanda d'emblée deux coupes de champagne. Il se laissa guider dans le choix du menu et parvint à la faire parler de ses vacances chez ses grands-parents dans la petite ville de Condom, dans le Gers, pour la mettre totalement en confiance. Il avait l'intuition que ce déjeuner avec cette fille, qui était sans doute la personne la plus proche de William, lui apporterait beaucoup dans son enquête. « C'est souvent à son début que l'on rate un élément crucial dans une enquête », se plaisait-il à répéter à ses collaborateurs.

— Quand avez-vous vu William pour la dernière fois ? lui demanda-t-il.

— Vendredi dernier, vers 16 heures. Il m'a dit qu'il devait partir tôt parce qu'il avait une « grosse soirée » en perspective, répondit Julie.

— Qu'entendait-il, selon vous, par « grosse soirée » ?

Julie sembla gênée par la question. Elle craignait de faire une révélation embarrassante pour William.

— Si cela peut vous rassurer, Julie, la seule chose qui m'importe, c'est de retrouver votre patron au plus vite. Pour le reste, ce qu'il fait de sa vie, ça le regarde. Alors, si vous savez quelque chose qui peut m'aider dans ce sens, dites-le-moi. Je suis un privé, pas un flic.

— Jurez-moi que vous n'en parlerez pas à sa mère. Jurez-moi que vous ne lui direz jamais que je vous ai parlé de ça, supplia la jeune femme.

— C'est promis, Julie.

— Voilà. Les affaires marchent très bien pour lui. Il a fait gagner des fortunes à ses clients. Et donc, les bonus pleuvent. Parfois, il doit avoir l'impression que l'argent coulera toujours à flots pour lui ; que son travail n'est qu'une sorte de jeu. Alors, de temps en temps, il met sa chance en danger en participant à de longues parties de poker.

— Est-ce qu'il lui arrive de perdre gros ?

— Je n'en ai aucune idée. Il est très discret à ce sujet.

— Et avez-vous remarqué un changement dans son comportement ces derniers temps ?

— Non… enfin, il était devenu un peu distant avec moi depuis deux semaines. Mais je ne voulais pas être indiscrète… J'ai juste pensé qu'il devait avoir quelques soucis personnels.

— Savez-vous s'il fréquentait d'autres traders de la société ? Je veux dire, s'il jouait au poker avec eux ?

— Ils sont très machos, vous savez… et très attachés à leur liberté de célibataires. Alors oui, il leur arrive souvent de se retrouver le soir, au Blue Lagoon. J'imagine qu'ils y boivent, qu'ils y rencontrent des… filles… Ils doivent avoir besoin de cela pour faire retomber la tension nerveuse extrême que leur causent ces longues heures passées au téléphone avec les places financières du monde entier et devant des écrans couverts de diagrammes et de courbes.

— Je vois… Vous connaissez l'adresse du… Blue Lagoon ?

— Je n'y suis jamais allée, mais je sais qu'il se situe quelque part au fond d'une galerie des Champs-Élysées.

— Et vous pensez que je pourrais trouver certains des collègues de William là-bas, ce soir ?

— C'est très probable. Le lundi est une très grosse journée pour eux, après la trêve du week-end.

Cela faisait plusieurs années que Stéphane n'était pas venu sur les Champs à cette heure de la nuit. Il avait presque oublié cet étalage de luxe et de richesse qui avait progressivement repris possession de ces lieux mythiques. Cédant sous la pression de la surenchère immobilière, les magasins de mode grand public et les chaînes de restauration rapide avaient été contraints d'abandonner leur place aux grandes maisons de couture et aux restaurants étoilés. En réalité, cette reconquête de la plus belle avenue du monde avait été savamment orchestrée par un consortium privé, très bien introduit auprès des autorités françaises et européennes. Dénonçant une spoliation d'un des fleurons de la culture française, ils avaient tout d'abord obtenu l'application de prétendues mesures de sécurité publique, en faisant fermer les stations de RER qui « déversaient un flot de racailles et de dealers en tout genre, en provenance de banlieues malfamées et portaient un rude coup au tourisme de luxe, dont l'économie de la France avait tant besoin ». En éloignant ainsi une clientèle populaire et peu fortunée, cette mesure a porté un coup fatal à tous les commerces populaires, offrant par la même occasion, à quelques promoteurs avertis, des emplacements exceptionnels à des prix très attractifs. Depuis, tout risque de voir déambuler des bandes d'adolescents incontrôlables avait été définitivement écarté. Les Champs-Élysées étaient devenus le pôle d'attraction de la zone Paris-Ouest, dans laquelle seuls étaient admis ses habitants permanents ainsi qu'une élite de riches étrangers souhaitant goûter aux joies des folles nuits parisiennes dans une débauche de luxe, de gastronomie fine et de champagne millésimé. Le ticket d'entrée pour ces invités exceptionnels était d'ailleurs à la hauteur des exigences. Nul ne pouvait y pénétrer sans une réservation préalable dans un des hôtels prestigieux du centre touristique ou du quartier d'affaires, ni sans avoir payé d'avance une taxe locale des plus sélectives, en fonction de la durée du séjour.

Stéphane demanda à son chauffeur d'arrêter le Hummer en haut de l'avenue, côté pair. Avant d'en descendre, il lui donna ses instructions.

— Vous allez vous garer cent mètres plus bas sur l'îlot central et surtout, restez bien à l'écoute sur le canal 73. Si tout se passe comme espéré, j'en aurai pour plusieurs heures. Par contre, si je ne trouve pas ce que je cherche, je risque de revenir dans moins de vingt minutes.

— Compris, patron.

Il descendit du véhicule et s'accorda quelques minutes pour savourer le spectacle qui s'offrait à lui. Il repensa à l'époque où il était encore étudiant, quand il traînait ici avec ses potes, sans but précis. Il y avait alors une cohue indescriptible sur les trottoirs et des voitures par centaines, rendant l'atmosphère presque irrespirable. Et ce bruit des moteurs, des concerts d'avertisseurs et surtout ces échanges d'invectives incessants qui provoquaient parfois des rixes violentes et même des bagarres générales entre bandes rivales. Aujourd'hui, tout cela avait disparu, laissant la place à une atmosphère légère et feutrée. Les véhicules, électriques et moins nombreux, avaient assaini l'air ambiant, mais avant tout, les lieux semblaient totalement ignorer tout ce qui pouvait se passer à quelques kilomètres de là, en dehors des limites de la zone. Ce spectacle apaisant ressemblait beaucoup à un tableau impressionniste de la fin du XIXe siècle. Les femmes s'affichaient dans leurs plus belles robes de soirée et beaucoup d'hommes n'hésitaient plus à porter le smoking.

En professionnel avisé, Stéphane remarqua le passage d'un drone à l'aplomb de l'avenue, malgré une quasi-absence de bruit. Plusieurs patrouilles militaires, à bord de véhicules électriques, arborant les drapeaux français et européen, descendaient et remontaient les Champs, mais personne ne semblait y prêter attention. Dans un ballet incessant, les limousines blindées déposaient ou reprenaient leurs passagers devant les terrasses des restaurants, des pubs et des boîtes de nuit, des plus huppés aux plus branchés. À perte de vue, on pouvait voir ces longs rubans rouges reliant les entrées aux trottoirs, de chaque côté, depuis l'Arc de triomphe jusqu'au rond-point des Champs-Élysées.

Stéphane atteignit l'entrée de la galerie mentionnée par

Julie. Avant de s'y enfoncer, il demanda à son chauffeur de signaler sa présence. Ce dernier actionna le système de détresse de la voiture à deux reprises.

— Ça y est, je vous vois. Surtout, ne bougez pas de là avant mon retour, c'est compris ?

— Cinq sur cinq, patron.

Au fond du long couloir, Stéphane aperçut un homme à la stature imposante, qui gardait l'accès d'un ascenseur devant lequel un panonceau indiquait que le Blue Lagoon se trouvait au cinquième étage. Avec une assurance déconcertante, Stéphane s'adressa au physionomiste :

— Bonsoir. Pouvez-vous me dire si William est bien arrivé ?

— Qui ça ?

— Mon ami Dupont-Raynal, bien sûr. Qui d'autre ?

— Non monsieur. Je ne l'ai pas encore vu ce soir. Par contre, plusieurs de ses collègues sont déjà là.

— Très bien. Dans ce cas, je l'attendrai là-haut en leur compagnie.

— Bien monsieur, répondit le vigile. Puis, il ajouta : « Vous permettez ? », en passant son détecteur d'armes en tout genre le long du corps de Stéphane qui ne put s'empêcher de sourire en pensant à son garde du corps, non loin de là, dont les oreilles allaient siffler très fort au passage du détecteur devant le micro qu'il avait caché dans son col.

À peine arrivé dans le hall d'accueil du club, Stéphane fut pris en main par une hôtesse aux longs cheveux châtains, lisses et soyeux, vêtue d'une robe fourreau qu'on aurait cru cousue sur elle.

— Bonsoir. Je m'appelle Kim. Il me semble que c'est la première fois que je vous vois, monsieur...?

— Stéphane.

— Soit, Stéphane. Que puis-je faire pour vous être

agréable ?

— J'ai rendez-vous avec mon ami William Dupont-Raynal.

— William ? Je ne l'ai pas encore vu, mais je pense qu'il ne devrait pas trop tarder. Ses amis sont déjà là.

— Ah oui ? Où cela ?

— Là-bas, près de la fenêtre de la terrasse, en excellente compagnie, comme vous voyez !

Stéphane reconnut immédiatement un des hommes, dont Julie lui avait dressé un portrait très parlant. « Plutôt beau gosse, les cheveux longs et bouclés, les yeux très clairs, les lunettes de soleil constamment fichées dans les cheveux et, surtout... une assurance non dissimulée de sa propre supériorité sur tous les autres. » Elle avait ajouté : « Il faut dire aussi que cet homme a toujours eu une chance insolente, et ce, depuis sa naissance dans une des familles les plus riches d'Europe. »

— Je crois que je vais d'abord l'attendre encore un peu au bar, répondit Stéphane. Merci, Kim.

L'hôtesse comprit que ce nouveau client souhaitait rester seul et se contenta de conclure sur un ton très dévoué :

— Quels que soient vos désirs, Stéphane, je suis à votre entière disposition.

Stéphane fut envahi quelques secondes par des flashes érotiques, mais il parvint à les chasser très vite de son esprit. Il commanda un whisky « on the rocks ». Le seul alcool qu'il pouvait boire en quantité sans perdre le contrôle, et surtout sans risquer la gueule de bois du lendemain. Tout en sirotant son scotch « douze ans d'âge », il prit la température des lieux et jaugea le groupe des « amis » de William. « Ils n'ont pas l'air inquiets de son absence » pensa Stéphane. Une autre hôtesse, blonde celle-là mais tout aussi pulpeuse que Kim, vint s'asseoir à sa gauche et tenta d'engager la conversation. « Il va falloir que je me décide à les rejoindre, se dit Stéphane, parce que tant que je resterai seul, elles ne me lâcheront pas. »

— Une autre fois, mademoiselle. Il m'a semblé reconnaître un ami à cette table.

Il n'avait plus le choix. Il descendit de son tabouret de bar, referma le bouton de sa veste en alpaga et avança vers la table basse autour de laquelle une demi-douzaine de jeunes loups de la finance plaisantaient bruyamment en galante compagnie. Pour ne pas perdre de temps, il décida de s'adresser directement à « Boucles d'or ». Ici aussi, c'était lui qui parlait le plus fort. Il ne supportait pas de passer après qui que ce fût, en toute circonstance. « Alors, on va te flatter, si ça peut te faire parler ! » pensa Stéphane.

— Bonsoir messieurs. J'espère que vous ne m'en voudrez pas de vous déranger en si excellente compagnie. Je suis un vieil ami de la famille de William Dupont-Raynal. Sur les conseils de son père, je devais le rencontrer ici pour discuter affaires dans un cadre moins formel que son bureau. Nous avions fixé notre rendez-vous à 22 h 30 et il est déjà plus de 23 heures. Savez-vous s'il a eu un empêchement ? J'ai bien essayé de l'appeler sur son portable, mais il ne décroche pas.

Pendant ce temps, le beau blond ne cessait de toiser l'intrus en affichant ce sourire que Julie avait si justement dépeint.

— Désolé monsieur. Nous ne l'avons pas vu de toute la journée.

— Et ça ne vous inquiète pas ?

— Pas vraiment.

— Vous êtes Jean, n'est-ce pas ?

« Boucles d'or » sembla un peu surpris.

— On se connaît ?

— Non, mais William m'a déjà parlé de vous. Vous êtes l'indétrônable numéro un.

— Il ne vous a pas menti. C'est bien moi. Si ce n'est pas indiscret, de quelle affaire deviez-vous discuter avec lui ?

— Oh, rien d'exceptionnel. Je voulais seulement tester un premier montage financier avec une ou deux unités pour commencer. Ça ne vous dérange pas si je me joins à vous en l'attendant ?

Jean avait beaucoup de mal à cacher son excitation. Il était incapable de laisser quiconque lui souffler un portefeuille de cent mille euros. Et d'autant moins quand il était question d'un ou deux millions d'euros. Dans ce cas, il n'y avait pour lui aucune amitié qui comptât. Il se leva et se rapprocha de Stéphane.

— Écoutez, monsieur…?

— Appelez-moi Stéphane.

— Cher Stéphane, les amis de William sont mes amis. Alors, je vous suggère de l'attendre ensemble sur la terrasse couverte. La vue y est magnifique… Que puis-je vous offrir à boire ?

— Un whisky « on the rocks », merci.

La terrasse était déserte. Il faisait encore trop frais. Stéphane pouvait donc parler sans retenue avec « Boucles d'or ». Il feignit une totale ignorance des marchés financiers et amena son interlocuteur à se lâcher. Son langage, ésotérique pour tout néophyte, restait en fait très clair pour lui. Pour faire durer la conversation, il le bombarda de questions qui, sous une apparente naïveté, témoignaient d'une lucidité teintée de méfiance légitime. Au fur et à mesure que Jean s'efforçait d'endormir les craintes de son vis-à-vis, Stéphane vidait ostensiblement son troisième verre de scotch. Jean se sentit ainsi obligé de terminer sa vodka orange et de commander une nouvelle tournée. Pour calmer sa nervosité, il sortit d'une des poches intérieures de sa veste un étui de cuir noir et l'ouvrit.

— Vous fumez le cigare ? demanda le jeune trader.

— Ça m'arrive.

— Alors, vous apprécierez celui-ci, j'en suis sûr. C'est une fabrication spéciale que je fais venir de Cuba par un de mes amis de La Havane.

Stéphane se servit un des cigares et le glissa dans sa poche.

— Si vous permettez, je le dégusterai plus tard, chez moi.

— Je vous en prie, Stéphane. Ça ne vous dérange pas si j'en fume un maintenant ?

— Pas du tout… Je crois que j'ai trouvé un moyen de vous accorder votre chance, sans causer de tort à votre ami William, dit Stéphane en levant son quatrième verre de whisky de la soirée.

— Ah oui ? répondit Jean avec une étincelle dans le regard. Comment cela ?

— J'imagine que vous êtes tous très joueurs dans votre métier, n'est-ce pas, Jean ?

— C'est vrai.

— Ça vous arrive de jouer au poker avec William et d'autres collègues, j'imagine.

— C'est exact et pour vous dire la vérité, nous avons encore joué à la même table vendredi dernier.

— Ah oui ? Ici ?

— Non. Dans un cercle de jeu privé. Mais je ne suis pas resté très longtemps. J'ai perdu cinquante mille euros en deux heures et je suis parti, en laissant William. Il était dans un bon jour, pour une fois.

— Comment cela, pour une fois ? Il perd souvent ?

— Ça lui arrive, et parfois très gros. Il n'a jamais su être raisonnable. Quand je m'arrête après avoir laissé cinquante mille euros sur le tapis, lui est capable de rester jusqu'au bout de la nuit et de perdre cent ou même deux cent cinquante mille euros.

— Et à quelle heure l'avez-vous quitté vendredi dernier ?

— Un peu après 23 heures. Pourquoi ?

Sentant que le jeune homme commençait à se méfier de lui, Stéphane enchaîna sur son idée.

— J'ai une proposition à vous faire. Puisque vous aimez tous les deux la compétition, je vais vous confier à chacun un budget d'un million d'euros que vous aurez soin de faire fructifier pendant six mois. À l'issue de cette période, celui de vous deux qui aura obtenu les meilleurs rendements remportera la totalité d'un portefeuille de huit millions d'euros.

Malgré les effets de l'alcool, Jean réagit au quart de tour. Il redressa instantanément son buste vers l'avant, comme pour mieux entendre son futur client. « Ça y est, se dit Stéphane, le requin a mordu à l'hameçon. » Émoustillé par la perspective de juteux bonus, Jean s'empressa de tendre sa carte de visite.

— Je peux vous recevoir demain à mon bureau de La Défense. 10 heures, ça vous convient ?

Stéphane prit la carte et la scanna à l'aide de son portable. Puis il inscrivit au dos son numéro privé et restitua le bristol à Jean.

— Appelez-moi plutôt à ce numéro, dès que vous verrez William. Je tiens absolument à jouer cartes sur table avec lui et à vous mettre le marché en main à tous les deux en même temps.

Stéphane regarda sa montre : 0 h 30.

— J'ai bien peur qu'il ne vienne plus maintenant, dit-il avec un regard interrogateur.

— Ouais... Tout de même, ça ne lui ressemble pas

beaucoup de ne pas donner de ses nouvelles. J'espère qu'il ne lui est rien arrivé de fâcheux.

— Comme quoi, par exemple ? demanda Stéphane.

— Je ne sais pas. Le milieu des jeux n'est pas toujours très recommandable. Surtout quand on sort des cercles mondains.

Stéphane eut le sentiment qu'il n'était pas vraiment plus avancé que lorsqu'il avait quitté Julie et qu'il n'en apprendrait pas plus en prolongeant cette discussion. Mais il avait tout de même l'intuition que cet as de la finance pourrait lui être très utile. « Il faut tout de même que je creuse cette histoire de jeux » pensa-t-il. Puis il se leva et prit congé de « Boucles d'or ». Il retrouva, quelques minutes plus tard, son chauffeur qui avait mis le volume de la sono à fond pour se maintenir éveillé.

10

16 mai 2028, bureaux de VIP.

Dès 9 h 30, Stéphane téléphona à madame Dupont-Raynal pour lui parler d'une piste possible, en toute discrétion. Son mari étant parti très tôt pour assister à un conseil d'administration, elle proposa à Stéphane de le recevoir à son domicile de l'avenue Victor-Hugo à Paris, au numéro 2. En arrivant sur place, Stéphane réalisa que William vivait avec ses parents, à moins de trois cents mètres du Blue Lagoon. « Il devait même s'y rendre à pied et cela pouvait en faire une cible facile », pensa-t-il. Des ravisseurs potentiels n'auraient eu, en effet, aucune difficulté à définir ses habitudes de déplacement et à planifier son enlèvement.

L'appartement cossu, situé au dernier étage de l'immeuble, était totalement baigné de lumière à cette heure de la matinée. Il offrait une vue imprenable sur la place Charles-de-Gaulle et l'on pouvait même apercevoir à travers le feuillage naissant des platanes, depuis l'une des fenêtres, le début de l'avenue des Champs-Élysées. Stéphane suivit la domestique, qui lui avait ouvert la porte, jusqu'à une pièce plus petite, attenante au grand salon. Malgré l'atmosphère feutrée du boudoir, Stéphane perçut immédiatement la tension nerveuse de madame Dupont-Raynal. La maîtresse de maison, vêtue d'un tailleur strict, s'efforçait de rester digne malgré les circonstances. Elle pria son invité de prendre place sur le canapé en face d'elle, pendant que la servante apportait un service à thé et de l'eau minérale.

— Vous disiez, monsieur Larieux, que vous aviez découvert une piste. Pourriez-vous m'en dire un peu plus ?

— C'est exact, madame Dupont-Raynal. En fait, il ne s'agit que d'une hypothèse que je souhaiterais approfondir. Je suis allé hier dans la société où travaille votre fils, sous le prétexte de le rencontrer pour lui parler de placement financier et en me présentant comme un ami de sa famille. Hier soir, j'ai réussi à prendre contact avec certains de ses collègues, courtiers en bourse eux aussi. Tous ont prétendu ne pas savoir où pouvait se trouver William. *A priori*, je serais tenté de les croire. Mais l'un d'eux, un certain Jean Desroches, m'a parlé de leur passion commune pour le jeu et en particulier le poker. D'après lui, votre fils joue gros et aurait perdu de fortes sommes, ces dernières semaines. De là à penser qu'il a pu être enlevé par d'autres joueurs à qui il devait beaucoup d'argent…

Madame Dupont-Raynal semblait irritée. En écoutant le rapport de son enquêteur privé, elle tournait nerveusement sa cuillère dans sa tasse de thé en porcelaine de Chine. Stéphane avait pourtant bien noté qu'elle n'y avait ajouté ni lait ni sucre.

— Cher monsieur Larieux, je dois vous arrêter tout de suite. Je connais bien mon fils. Je suis parfaitement informée de sa passion pour le jeu. Il la tient d'ailleurs de son père. On ne peut pas être un courtier de renommée internationale sans avoir le goût du jeu, ne croyez-vous pas ? On vous aura sans doute parlé de sommes perdues qui, pour le commun des mortels, seraient synonymes de ruine, n'est-ce pas ?

— Je me suis effectivement laissé dire qu'il lui arrivait de perdre jusqu'à deux cent cinquante mille euros… en une nuit.

La mère de William marqua un léger temps d'arrêt, mais son visage resta impassible.

— Le plus souvent, il se limite à cinquante mille euros. Plus rarement il peut aller jusqu'à cent mille euros, mais soit. Il a bien le droit de se laisser enivrer par moments.

— Tout de même, madame Dupont-Raynal. Une série de mauvaises passes n'aurait-elle pas pu ruiner votre fils… sans que vous le sachiez ?

Sa cliente n'avait plus le choix. Elle sentait bien que Stéphane aurait du mal à se défaire de son intuition. Elle le regarda fixement, sans rien dire, et prit une profonde inspiration. Puis, après un grand soupir, elle lui dit :

— Je vois que vous ne parvenez à vous fier qu'à ce que vous pouvez voir ou toucher. Alors, je me vois contrainte de vous dévoiler quelques secrets… que vous garderez pour vous, n'est-ce pas ?

— Soyez sans crainte, madame.

Elle se leva de son fauteuil crapaud avec un mélange d'élégance et de dignité que Stéphane trouva touchant, puis se dirigea vers un secrétaire dos d'âne d'époque Louis XV, placé entre les deux portes-fenêtres du boudoir. Elle déploya le couvercle, faisant apparaître au centre du meuble une table d'écriture tapissée de cuir vert foncé. Elle ouvrit l'un des tiroirs à l'aide d'une petite clé qu'elle venait de sortir d'une poche de son tailleur. Elle en retira une petite pile de feuilles pliées en trois.

— Notre fils vit dans un appartement au premier étage de cet immeuble, dit-elle en se retournant, mais il n'a aucun secret pour nous, en dehors de sa vie intime, bien évidemment. Il laisse donc ici tous ses relevés financiers.

— N'est-ce pas étrange de la part d'un expert en gestion de patrimoine ?

— Je dirais plutôt que c'est une sage précaution. Il lui arrive parfois de recevoir des filles chez lui et donc, il craint que l'une d'elles ne tombe sur ce genre d'informations confidentielles et ne cherche à en profiter.

— Très sage décision, en effet.

Madame Dupont-Raynal déplia les feuilles et y jeta un rapide coup d'œil, avant de tendre celle du dessus à Stéphane.

— Ceci est le dernier relevé d'un de ses comptes, en date de jeudi dernier en fin de journée.

Stéphane s'en saisit et lut la date et le solde du compte. Il n'en croyait pas ses yeux. 9 754 613,78 € ! Mais il s'efforça de ne laisser paraître aucun étonnement. Il se contenta de dire :

— Effectivement, mon hypothèse ne tient pas. Même si votre fils avait flambé pendant trois jours d'affilée et perdu deux cent cinquante mille euros par jour, il serait encore loin d'être ruiné… Cela dit, à ce rythme-là, il ne faudrait pas que le mauvais œil s'attarde trop longtemps sur lui.

— Je vous le disais. Je connais mon fils. Tous les risques qu'il prend sont calculés. Alors, que comptez-vous faire maintenant ?

Stéphane regarda sa cliente en s'efforçant de cacher son embarras. Il ne savait vraiment pas dans quelle direction orienter ses recherches.

— Avez-vous été contactée par quelqu'un depuis hier ?

— Quelle question, monsieur Larieux ! Je vous en aurais informé dans ce cas. Au moins, je vous aurais demandé d'arrêter votre enquête.

— Vous avez raison, madame Dupont-Raynal. Pardonnez ma maladresse... Je pensais soudain à une autre possibilité. Vous disiez que votre fils recevait parfois des... filles chez lui. Vous aurait-il fait des confidences à propos de l'une d'elles, avec qui il aurait eu une relation plus durable, ou simplement tumultueuse ?

— J'ai toujours fait preuve de retenue sur ce point-là, répondit-elle.

Puis elle marqua une pause.

— À quoi pensez-vous, si ce n'est pas indiscret ? demanda Stéphane.

— Je me disais que vous pourriez consulter la mémoire de la caméra de surveillance placée dans l'entrée de son appartement.

Stéphane l'avait presque oubliée. C'était pourtant VIP qui avait installé le système de sécurité dans la totalité de l'immeuble. Chaque entrée d'appartement avait été équipée de deux caméras à champs croisés, qui enregistraient les images de toute personne entrant ou sortant de cette zone. Ainsi, l'on pourrait retracer les visites des deux derniers mois sans porter atteinte à l'intimité des occupants dans les autres pièces du logement.

— J'allais justement vous le demander, répondit Stéphane avec assurance. Je suppose que vous avez un double des clés de son appartement.

11

Au même moment, à La Défense.

Estelle De Jong avait été appelée ce matin-là au saut du lit. Une équipe d'électriciens venait de découvrir, à l'avant-dernier étage d'une tour en rénovation, une scène de crime impressionnante. C'était le qualificatif que Portal, l'OPJ de permanence, avait employé au téléphone. « Vous êtes bien sûr de ne pas me faire déplacer pour rien, cette fois ? » avait-elle demandé. « Aucun risque ! » lui avait-il répondu. Ce n'était pas encore ce jour-là qu'elle pourrait accompagner sa petite Camille à l'école. Elle n'aurait même pas le temps de partager avec elle le petit déjeuner. Comme tous les matins ou presque, elle se contenterait de l'embrasser et de s'excuser. De lui faire des promesses auxquelles elle ne croyait plus, depuis longtemps. Et Camille lui répondrait, machinalement « Bonne journée, maman. Fais bien attention à toi. »

À peine douchée et habillée, Estelle passa en coup de vent dans la cuisine et donna ses instructions à sa fidèle Rosa-Maria, la nounou de sa fille. Puis elle s'efforça de s'asseoir quelques minutes pour échanger des banalités avec la petite. Mais on eût dit que la chaise lui brûlait les fesses. Camille voyait bien que sa mère était déjà partie, en pensée au moins.

— Dépêche-toi, maman. Tu vas être en retard.

Estelle ne voulut pas continuer cette feinte attention plus longtemps. Elle avait trop de respect pour l'intelligence de Camille. Alors, elle se leva tout en souriant, tendit la main pour saisir le sac que lui présentait Rosa-Maria, contenant un Thermos de café et une tartine de pain blanc, et se pencha pour embrasser sa fille sur le front.

— À ce soir, mon amour. Et travaille bien, comme d'habitude… et, se tournant vers la nourrice, elle ajouta : faites surtout très attention à elle… et surveillez bien ses devoirs…

— Bonne journée, maman. Fais bien attention à toi, répondit Camille.

La voiture arriva vingt minutes plus tard au pied d'une tour en rénovation. Elle faisait l'objet d'une refonte complète des systèmes d'évacuation d'urgence des personnes, comprenant des cabines ignifugées descendant le long des façades et tous les ascenseurs internes. La totalité des bureaux était donc inoccupée depuis plusieurs mois.

Pendant que Portal lui faisait un petit topo de cette nouvelle affaire, Estelle gardait les yeux rivés vers le ciel. Elle avait toujours été sujette au vertige, et cette montée interminable et bruyante dans la cage métallique de l'ascenseur du chantier la mettait littéralement à la torture. Pour détourner son regard du terrain qui s'éloignait de plus en plus, elle avait accroché ses yeux à cette mouette qui tournoyait dans la lumière blanche du soleil, et elle était bien décidée à ne plus la lâcher. Derrière ses lunettes noires, Portal avait remarqué ce frémissement qui secouait le buste de sa patronne.

— Je rêve ma parole, vous avez la trouille. Vous avez peur du vide, c'est ça ?

— C'est bon Portal. N'essayez pas de jouer les protecteurs avec moi. J'ai seulement froid, voilà tout. Vous auriez dû me prévenir que la scène du crime était exposée aux quatre vents, rétorqua sèchement Estelle sur un ton de reproche. Je vais attraper la crève avec vos conneries.

La cage s'arrêta brutalement dans un grand fracas, à l'avant-dernier étage de l'immeuble, en faisant sursauter les trois passagers. Le chef du chantier ouvrit la grille de sécurité et tendit à chacun des deux flics un casque de protection.

— Désolé pour votre coiffure, madame la commissaire, mais c'est obligatoire ici.

— C'est bon, vous pouvez nous laisser maintenant, lui répondit Portal.

L'OPJ passa devant Estelle et traversa un grand plateau de bureaux paysagers encore recouverts de bâches plastiques transparentes, jusqu'à une double porte fermée, en bois laqué bleu, gardée par un policier en tenue.

— Je vous préviens, patron, c'est pas beau à voir, dit Portal... et ça ne sent pas la rose non plus.

— Ça va, ça va. J'en ai vu d'autres... Ouvrez s'il vous plaît, ajouta-t-elle à l'intention du planton.

L'homme ouvrit la porte, tout en gardant sa main libre devant son nez. Une demi-douzaine de silhouettes en combinaisons intégrales stériles s'affairaient encore dans la salle de réunion, à la recherche de toutes sortes d'indices.

— Mais c'est notre chère commissaire divisionnaire De Jong. Toujours en retard, comme d'habitude.

Estelle n'avait pas très envie de plaisanter, mais encore moins de se mettre à dos le chef de la scientifique. « C'est un sale con, mais il est compétent » pensa-t-elle.

— Très marrant, Thorigneau, répondit-elle en prenant soin de rester sur le seuil de la porte. On peut entrer maintenant ?

Thorigneau regarda chacun de ses assistants, qui hochèrent la tête pour lui confirmer qu'ils avaient suffisamment d'indices exploitables. Puis il s'adressa à l'un d'eux.

— Donnez-leur une intégrale à chacun. Puis, se retournant vers Estelle : vous pouvez entrer, mais enfilez ça d'abord.

Vêtue d'une combinaison intégrale jetable, un masque en papier parfumé au menthol sur le nez et la bouche, Estelle pénétra dans la pièce. Elle avait ôté ses escarpins à talons pour ne pas risquer de transpercer les chaussons enveloppants.

— On croirait presque que tu fais partie de mon équipe.

— C'est ça, rêve toujours, Thorigneau. À quand remonte la mort ?

— À vue de nez, entre trente-six et quarante-huit heures.

— Tu pourrais rester sérieux de temps en temps… Qui a découvert la scène ?

— Un type de l'équipe des électriciens. Il travaillait deux étages en dessous avec ses collègues. Déjà hier, certains s'étaient plaints d'une odeur bizarre, mais comme ils ne parlaient pas français, leur contremaître n'en a pas tenu compte. Ce matin, l'un des ouvriers a décidé de chercher la source de cette odeur. Un rat crevé ne pouvait pas puer autant à lui seul.

Se retournant vers son OPJ, Estelle lui demanda :

— Vous avez pris son identité j'espère, et celle de tous les ouvriers travaillant sur le chantier par la même occasion ?

— Bien sûr patron, répondit Portal, en brandissant son petit carnet de notes.

En tournant lentement autour de la table ronde placée au centre de la pièce, Estelle analysait la position de chacune des victimes. Quatre hommes et deux femmes. Tous jeunes et vêtus de tenues de cadres de très haut niveau fréquentant, à n'en pas douter, une clientèle d'élite. Devant chacun d'eux étaient alignées des piles, plus ou moins hautes, de jetons et de plaques nacrés aux couleurs bigarrées, sur lesquelles figuraient des valeurs en chiffres. 1 000, 5 000, 10 000 et 50 000. En leur centre, une fleur de lys dorée, entourée de trois mots : Royal Poker Club. Les tailles des victimes étaient maintenues aux dossiers de leurs fauteuils par de larges rubans adhésifs noirs. Leurs bras avaient été attachés de la même manière aux accoudoirs. Leurs têtes étaient soit retombées en arrière du cou, soit sur une épaule ou en avant, et la rigidité cadavérique qui s'était installée empêchait les policiers de leur relever la tête pour mieux les identifier.

Thorigneau se posta derrière une des victimes et posa l'index sur le sommet de son front.

— Tu as vu ça, De Jong ? Ça ne te rappelle rien ?

De son côté, Estelle avait effectivement déjà reconnu le même sigle que sur le cadavre découvert la veille dans un hôtel particulier de Neuilly. Thorigneau le savait parfaitement, puisqu'il y était aussi. La même empreinte très nette à l'encre bleue, représentant une faucille émoussée dans un poing ganté, le tout entouré d'un cercle. Elle fulminait intérieurement contre « ce crétin de... comment s'appelait-il déjà ?... Lafarge, c'est ça » qui aurait déjà dû la rappeler pour lui donner des informations sur ce drôle de logo. Elle décrocha son portable sécurisé pour appeler le siège d'Europol Paris. Elle aurait tant voulu avoir ce Lafarge sous la main pour lui souffler dans les bronches.

Mais elle se ravisa en pensant : « Il faut vraiment que je fasse tout moi-même, si je veux des résultats. » Elle ressortit le fichier de la photo prise la veille et l'envoya, avec un message écrit, à son collègue politologue, spécialiste des groupes révolutionnaires et extrémistes, au service des archives d'Europol. « Je m'occuperai du cas de ce Lafarge, plus tard. »

— J'ai vu, j'ai vu. Je ne suis pas encore sénile, répondit Estelle. Mais il y a autre chose qui m'intrigue aujourd'hui. Comment a-t-on pu poignarder six personnes jeunes et en parfaite condition physique sans qu'aucune ait pu s'échapper ou se débattre ?

— Le meurtrier était armé, tout simplement. Il les a attachés l'un après l'autre avant de les poignarder.

— Et pendant qu'il en attachait un, les autres sont restés sans réaction ? Ensuite, aucun d'eux n'aurait réagi au moment où l'assassin allait lui planter un couteau en plein cœur ? Impossible.

— Peut-être les a-t-il drogués avant d'agir ? D'ailleurs, je ne serais pas surpris si l'on trouvait des traces de GHB dans leur bouche ou dans leurs verres. On en a trouvé sur la victime d'hier.

— Tu ne pouvais pas le dire tout de suite ? dit Estelle.

Tout en parlant, elle continuait à marcher autour de la table. Il y avait sept chaises et six corps, mis en scène de manière similaire et presque symétrique. Sur chaque poitrine ressortait le manche noir en plastique d'un couteau semblable à celui qui avait servi pour la victime du jour précédent. Mais cette fois, la lame était plantée à travers une feuille de papier imprimée, maculée de sang séché, au point que le texte était en grande partie illisible.

— C'est quoi ça ? demanda Estelle en pointant une des feuilles.

— Les relevés de banque de chacune des victimes, *a priori*.

— Tu m'en feras une copie et tu me l'enverras sur mon portable, d'accord ?

— Bien, madame la commissaire divisionnaire, répondit Thorigneau sur un ton obséquieux.

— Et dorénavant, abstiens-toi de garder des infos utiles à l'enquête. Ça m'ennuierait de devoir en référer en haut lieu.

— Arrête De Jong. Je suis terrifié.

— Et si vous trouvez des traces d'ADN de la septième personne, vous me tenez au courant, bien évidemment.

— Cela va sans dire, chère collègue.

En voyant ces six corps, Estelle avait le pressentiment d'avoir mis les pieds dans un « nid à emmerdes ». Sans même connaître l'identité des victimes, elle se doutait bien qu'il ne s'agissait pas de citoyens ordinaires. Elle avait déjà l'impression d'entendre sa hiérarchie lui mettre la pression « pour que cela cesse au plus vite ». Quelque chose la mettait mal à l'aise dans cette mise en scène. Le sigle de la faucille dans un poing ganté indiquait clairement un assassinat par un groupe révolutionnaire. Et cet argent facile représenté par ces piles de jetons, cela sentait la haine du capitalisme. Mais alors, pourquoi avoir laissé un couteau planté dans chaque cœur, alors qu'il aurait suffi au meurtrier d'utiliser un seul et même couteau ? S'il n'y avait pas eu ce sigle, inconnu mais explicite, elle aurait sans doute cru à une action d'éclat d'une mafia du jeu clandestin. Elle était consciente, en tout cas, qu'elle devait agir très vite, au moins pour donner le change à ses supérieurs. Elle se tourna vers son OPJ.

— Portal. Notez l'identité qui figure sur chaque feuille et prenez une photo de la victime correspondante. Ensuite, vous me suivrez jusqu'à mon bureau. Il faut absolument vérifier l'identité des personnes à qui nous avons affaire avant de prévenir les familles.

12

16 mai 2028, 15 heures, dans un immeuble condamné de Puteaux.

Maxime se souvenait très bien de l'endroit. Il y était venu trois ou quatre ans auparavant pour y retrouver quelques amis, passionnés de jeux en ligne comme lui. Ils y passaient des après-midi entiers, les samedis. Un jour, quelques-uns des gamins avaient amené de l'herbe, histoire de rendre les sessions plus délirantes. Très vite, la plupart avaient délaissé les ordinateurs et les consoles pour la plane. Ils appelaient ça jouer au simulateur de vol. Avec l'accoutumance, Maxime arrivait à fumer trois ou quatre pétards en quelques heures. Sa mère s'en était bien sûr rendu compte en le voyant rentrer, complètement barré, ricanant sans arrêt, et elle avait mis un terme à ses sorties du week-end.

La nuit précédente, alors qu'il surfait d'un *tchat* à l'autre sur le net, il était tombé sur des discussions enflammées entre plusieurs personnes. On y parlait de lutte armée, de prise du pouvoir, de révolution ultime… Un pseudo revenait souvent : *Asparagus Chinensis*. Il participait à plusieurs *tchats* en même temps. Soudain, sans aucun lien avec la question d'un autre *tchateur*, A. C. avait écrit : « RDV à tous les nostalgiques de "Global Planet" et de "Flight Simulator", même endroit, même heure, tous les jours ». Le message n'était resté visible que cinq minutes sur chacun des trois forums, avant de disparaître aussi soudainement. Maxime n'avait pas envie de participer aux échanges, mais il était fasciné par la virulence des propos de certains intervenants. Il n'avait pas immédiatement compris le message d'A. C., pas plus qu'il ne savait qui pouvait se cacher derrière ce pseudo. Il s'était d'abord souvenu de ce jeu en ligne qui avait entraîné, dans une véritable folie collective, plusieurs dizaines de millions d'internautes du monde, dont lui-même. Par contre, il n'avait jamais eu aucun goût pour les simulateurs de vol, trop passifs pour lui. C'est en se disant cela qu'il eut un flash. Tout devint alors très clair. *Asparagus Chinensis* ne pouvait être que Tcheng, que tous ses potes appelaient le Chinois. À quinze ans, il mesurait un mètre quatre-vingt-treize et surtout il était maigre… comme une asperge.

Arrivé non loin du squat, Maxime se méfia. Peut-être était-ce un piège, tendu par la police européenne ? Il pivota sur lui-même pour s'assurer qu'il n'y avait pas une caméra de surveillance à proximité. Avant de s'engager dans le porche de l'immeuble sur rue, il vérifia qu'il ne s'y cachait pas un petit groupe de junkies ou de « crève-la-faim », prêt à lui faire la peau pour une carte de crédit ou de la dope. Il en était terrorisé. Il se demanda, à cet instant, comment il avait pu être assez fou pour revenir jusqu'ici. Le quartier était complètement à l'abandon. On n'y croisait que des miséreux, habillés de vieux oripeaux crasseux et puants. Par chance, Maxime ne paraissait pas mieux loti que ces derniers clochards de la zone protégée. Depuis que sa mère sombrait dans l'alcool, il avait pris ses distances avec les règles élémentaires d'hygiène. Il pouvait ainsi aisément passer pour un des leurs. Sur le chemin, il avait croisé, devant une ancienne église, un groupe de personnes distribuant des repas chauds et des vêtements usagés, mais propres. Sans ces bénévoles, il est fort probable que tous ces pauvres eussent été expulsés hors de la zone.

Rassuré, Maxime s'enfonça sous le porche, traversa une cour intérieure, puis atteignit un autre immeuble en piteux état, dont les fenêtres avaient été murées pour empêcher quiconque d'y habiter. Sur une porte, il reconnut un portrait maladroit d'un des héros du jeu Global Planet. C'était bien là qu'il avait passé quelques après-midi mémorables, trois ou quatre ans auparavant. Il poussa la porte, mais n'entra pas tout de suite. Il avança la tête devant l'embrasure et lança un timide :

— Le Chinois ? Tu es là ? Ne recevant pas de réponse, il ajouta, plus fort : eh, l'asperge, tu m'entends ?

La porte s'ouvrit brusquement et un bras sortit de l'ombre, agrippa la parka de Maxime, et attira celui-ci en un éclair à l'intérieur de l'immeuble, avant de refermer la porte. Maxime fut littéralement plaqué contre un mur par un jeune homme trapu qui lui écrasait l'avant-bras sous la gorge.

— Qui t'es toi ? dit l'homme, en lui parlant de si près qu'il pouvait sentir son haleine de shit.

— C'est Max… Où est le Chinois ?

— C'est bon Karim, lâche-le, j'le reconnais, dit une voix cachée dans l'ombre, au fond du hall.

Un grand homme maigre, les cheveux noirs et raides, les yeux bridés, sortit de l'obscurité et s'approcha des deux autres. Il devait avoir vingt ou vingt-deux ans, mais en paraissait plus.

— Max ? Si je m'attendais à ça ! Qu'est-ce que tu fous là ?

— J'ai lu ton message hier, sur trois forums différents. Je dois dire que je ne l'avais pas compris tout de suite. Puis j'ai réalisé l'astuce avec Flight Simulator. C'est alors que j'ai fait le rapprochement entre le pseudo *Asparagus Chinensis* et toi. Comme quoi, ça peut toujours servir d'avoir appris le latin.

Tcheng reconnut bien là la perspicacité de celui qui n'était à l'époque qu'un gamin plutôt effacé dans le groupe. Il se souvenait de ses scores impressionnants et de ses dons pour la programmation informatique. Toutefois, il resta sur ses gardes. Il ne connaissait pas encore les motivations de Maxime.

— Alors, dis-moi ce qui t'amène, s'enquit le Chinois. Tu viens pour une partie en réseau ou pour la came ?

Maxime se demanda ce qu'il devait bien répondre. Il n'avait aucune certitude sur ce que Tcheng, alias A.C., attendait de lui, même s'il en avait une idée assez précise, considérant le type de forums où il avait passé son annonce. Il est vrai qu'à l'époque du club, déjà, il n'avait pas la langue dans sa poche. Il disait que ses parents et ses deux sœurs avaient été arrêtés sans papiers dans la rue et que la police de l'immigration les avait embarqués de force sur un navire en partance pour la Chine, via l'Asie du Sud-Est, remplis de clandestins ou présumés tels. Pourtant, ils avaient tous la nationalité française. Ils n'en avaient juste pas le look. Depuis ce jour, Tcheng avait la haine contre le gouvernement européen et vivait dans des squats avec d'autres paumés.

— Ni l'un ni l'autre, tenta Maxime. Je voulais discuter, de vive voix… Je veux dire… j'en ai assez des échanges virtuels avec des inconnus, cachés derrière des pseudos… Alors, quand j'ai vu ton message, je me suis dit….

— Raconte-moi un peu, Max, interrompit Tcheng. Tu es toujours dans ce lycée de bourges ?

Maxime vit là l'occasion de mettre son vis-à-vis en confiance. Il lui relata l'histoire qui était arrivée à sa mère quelques mois plus tôt et comment il avait dû lâcher des études prometteuses. Il lui expliqua comment cela lui avait ouvert les yeux sur la réalité d'un système où chacun se raccroche au plus petit espoir de s'en sortir au mieux, sans aucune considération pour tous les autres, jusqu'au jour où il en est expulsé, lui aussi, sans le moindre ménagement. Tcheng l'écouta sans l'interrompre, sans jamais quitter son regard. Il voulait s'assurer de sa sincérité. Ayant ressenti lui-même cette impression d'injustice profonde, il pouvait lire dans les yeux de Max cette colère rentrée qui comprimait sa poitrine. Lorsque Maxime eut terminé son monologue, le Chinois conclut en disant :

— Bienvenue au club.

— À part vous deux, y a-t-il eu d'autres nostalgiques ? demanda Maxime.

— Plusieurs depuis mon premier message, il y a trois mois. Mais seuls deux d'entre eux avaient les bonnes motivations. D'ailleurs, ils nous attendent.

— Dans notre cave ?

— Non, bien sûr. Mais si tu veux, on peut y faire un saut.

Maxime refusa d'un geste de la main.

— Pas la peine... Où on va, maintenant ? demanda-t-il.

Tcheng interrogea du regard son garde du corps personnel qui lui répondit en baissant les paupières de manière appuyée. Puis, Karim fouilla Maxime pour s'assurer qu'il n'avait ni arme ni micro sur lui. Le Chinois s'excusa pour cette formalité en ajoutant :

— La confiance n'exclut pas le contrôle.

Le trio traversa le second immeuble pour en atteindre un troisième, après une autre cour intérieure. Maxime, toujours aux aguets, remarqua que l'endroit avait au moins trois issues, garantissant aux squatters autant de voies de fuite possibles. Deux gamins, qui faisaient le guet au pied de l'escalier, saluèrent le Chinois et s'écartèrent devant les trois hommes. Karim passa devant eux pour monter jusqu'au premier étage. Une des portes donnant sur le palier était ouverte. En fait, ce premier appartement n'était qu'un leurre. Il fallait pénétrer dans la dernière pièce pour atteindre une horrible tenture murale d'un jaune pisseux, maculée de taches et parsemée de motifs floraux improbables, derrière laquelle se cachait l'antre secret de Tcheng. Les trois autres logements de l'étage, dont les portes palières restaient toujours fermées, avaient été reliés par des perforations dans les murs attenants. Le dernier des trois autres appartements de l'étage disposait d'une ouverture dans son plancher, par laquelle il était possible aux occupants de s'échapper à l'aide d'une épaisse corde en nylon, solidement attachée à un mur par un anneau de métal. Cette issue donnait sur un ancien local à poubelles, fermé à clé de l'intérieur.

En se faufilant derrière le rideau à fleurs, Maxime fut littéralement saisi à la gorge par l'odeur épouvantable des lieux. Les plaques de plâtre, qui condamnaient les fenêtres, n'étaient percées que de quelques trous qui ne laissaient passer que de maigres filets de lumière et d'air. De petites lampes à diodes, branchées sur le secteur, diffusaient une lumière blanche et aveuglante. Maxime n'eut pas besoin de poser la question. Il se doutait bien que les squatters s'étaient raccordés à un boîtier de dérivation sous-terrain, en amont des compteurs.

Très vite, il oublia l'odeur et n'eut d'attention que pour toutes ces affiches collées dans un complet désordre sur les murs. Il y avait parmi elles de nombreux portraits de personnalités, dont certaines étaient totalement inconnues de Maxime. Lénine, Le Ché, Fidel Castro, Mao... La seule personne qu'il put reconnaître était l'ancien président du Vénézuéla, Hugo Chavez. Quatre lettres revenaient le plus souvent : LRAC.

— Qu'est ce que c'est ? demanda Maxime en désignant le sigle.

— La Ligue Révolutionnaire Anti-Capitaliste, mon ami.

— Ça fait très arme militaire. Un peu comme : lance-roquettes antichars.

— C'était un peu notre idée... On ne s'attaque pas à ces gens-là avec de simples mots, ni même la fleur au fusil.

Voyant le sourire de Maxime, Tcheng fut rassuré et lui adressa un clin d'œil amical.

— Tu veux boire quelque chose ? Bière, alcool maison ?

— De l'eau, ça ira.

— De l'eau, ici ? Tu crois qu'on a l'eau courante ? Pour la douche, une fois par semaine au mieux, on va chez les curés, enfin... tu vois ce que je veux dire ?

Maxime regretta d'avoir accepté une bière. Elle était tiède et très amère. Par contre, il ne vit pas le temps passer. Il discuta à bâtons rompus pendant deux heures avec son pote l'asperge et les deux autres. Karim était ressorti pour aller « dealer un peu ». Avant de le laisser repartir, Tcheng lui avait fait jurer de ne jamais révéler à quiconque leur planque. « Mes potes ne plaisantent pas avec les traîtres, si tu vois ce que je veux dire ? » avait-il ajouté.

13

Le même jour, dans les locaux d'Europol à Paris.

De retour dans son bureau, Estelle De Jong avait immédiatement mis toute son équipe sur cette nouvelle affaire. Sept cadavres en deux jours, nul doute que cela allait faire beaucoup de bruit. Elle avait demandé à ses lieutenants de décortiquer le CV de chacune des victimes et de lui en faire un résumé au plus vite. Elle voulait absolument être prête, avec de véritables pistes, avant même que ses supérieurs aient pu réagir. L'heure qu'elle avait accordée à chacun pour remplir sa tâche était maintenant écoulée. Le dernier membre de son équipe venait d'entrer dans la salle de réunion. La grande table oblongue pouvait accueillir jusqu'à dix-huit personnes. Chaque place était équipée d'un écran et d'un clavier tactiles, intégrés dans le plan de travail. Estelle resta debout à une extrémité pendant que ses « hommes » finissaient de s'installer. Elle avait fait venir ses dix meilleurs collaborateurs : un enquêteur par victime, un pour les recherches sur le personnel du chantier, plus une experte de la financière et enfin son collègue politologue. Pour les analyses des indices trouvés sur les deux scènes de crime, elle avait prévu une conférence vidéo avec Thorigneau.

— Tout le monde est là ? On peut y aller ? demanda la commissaire divisionnaire, en balayant la salle du regard. C'est bon.... Primo, l'identité des victimes. Qui a travaillé sur la seule victime de la première affaire ? Da Silva ? Alors, commencez !

Le lieutenant Da Silva, le plus ancien de l'équipe après Portal, posa sa carte à puce personnelle sur le lecteur du terminal placé devant lui puis tapa son code à l'aide du clavier tactile. La fiche signalétique de la première victime apparut, montrant une photo d'identité et une autre du corps.

— Celui-ci, c'est Antoine Saintange, un homme de trente-deux ans, type européen, unique héritier de la famille Saintange, célibataire. Son père est propriétaire de près de deux cents chevaux de course, répartis en France, en Angleterre, aux États-Unis et aux Émirats arabes unis, à Dubai et Abu Dhabi. Il a fait de brillantes études, qu'il a terminées avec un doctorat en économie, finance et affaires internationales. Il est, ou plutôt était, vice-président de la banque Deligny & Harcourt Securities and Assets Management.

— Sa famille a-t-elle été prévenue ?

— Je ne sais pas, patron, mais de toute façon, ça ne sera pas facile de les localiser. D'après nos renseignements, les parents ont au moins cinq adresses connues, à Monaco, en Sicile, en Grèce, en Floride et à Dubai, sans compter un yacht sous pavillon maltais.

— Tâchez de savoir où ils sont en ce moment, Da Silva, mais ne les contactez pas tout de suite. Ce n'est pas le moment de déclencher une réaction en chaîne. Et ça vaut pour tous les autres. On ne prévient personne sans mon autorisation, c'est clair ?... Suivant... Taieb ?

Le lieutenant Taieb était, avec Amina Sissoko, le benjamin de la section. Il avait saisi son code confidentiel et la fiche d'une des victimes de l'immeuble en rénovation était déjà visible sur le grand écran mural, dans le dos d'Estelle.

— Clara Taittinger, vingt-neuf ans, bien roulée…

— Épargnez-nous vos appréciations personnelles douteuses, lieutenant Taieb. Je veux des faits…

— Des faits, rien que des faits… Pardon, patron. Clara Taittinger, donc, est une jeune femme très brillante, célibataire, diplômée de Sciences-Po et titulaire d'un DESS de finance et gestion. Elle est en poste comme directrice du département « Conseil en optimisation fiscale » d'une société de courtage en bourse : Du Barry, Taittinger & Swansea Asset Management. Et, cerise sur le gâteau, elle était cohéritière potentielle de la fortune familiale avec son petit frère Ludovic, de trois ans son cadet. J'ai consulté le CV de ce dernier à tout hasard. Il n'a vraiment pas la même stature que sa sœur.

— Ça vaut peut-être le coup de voir de près la relation entre la victime et son frère.

Taieb hocha la tête pour confirmer qu'il avait reçu le message. Puis, la commissaire désigna l'enquêteur assis à la gauche de Taieb.

— À vous Ducasse.

— Lui c'est Jean-Charles Peyrac, vingt-sept ans, diplômé de l'EBSP, European Business School Paris. Sa première réussite professionnelle a été la reconversion complète des activités de sa famille. Il lui a fait revendre toutes ses terres vinicoles et les stocks de grands crus de Bordeaux à un groupe financier russe, juste avant un effondrement des prix et il a réinvesti la totalité des fonds dans un laboratoire fabriquant des médicaments génériques et dans diverses multinationales agroalimentaires.

— Célibataire ?

— Oui.

— Trouvez-moi le nom de ce groupe russe et voyez avec madame Archambault s'il n'y a pas la mafia derrière. Ces gens-là sont assez tordus pour assassiner sept personnes et maquiller un crime crapuleux en action terroriste.

Jeanine Archambault, qui avait été conviée à cette réunion de travail pour une tout autre raison, leva la main pour s'identifier auprès des enquêteurs qui ne l'avaient encore jamais vue.

— Mademoiselle Benarfa, à vous, dit Estelle.

— Victime numéro quatre. Rachel Levy-Schneider, vingt-huit ans, diplômée de la Saïd Business School d'Oxford. Ni mari ni fiancé connu. Un tempérament de chef. Elle était présidente de trois associations d'élèves. Elle passait pour très « brillante ». Je dirais plutôt qu'elle était bénie des dieux. Fille unique d'un chirurgien esthétique de renommée mondiale, à la tête de cinq cliniques ultra chics sur les cinq continents. Sa principale occupation était de gérer la fortune de ses parents. Pauvre Cosette… Cela dit, elle n'a pas eu le temps d'abuser de séances de chirurgie gratuite.

— Des faits Benarfa, des faits… C'est tout ?… Alors, à vous, mademoiselle Sissoko.

La photo d'un golfeur en plein swing s'afficha derrière Estelle.

— Numéro cinq : le plus beau… pardon. François-Xavier Delattre, vingt-huit ans, golfeur professionnel très talentueux et très riche. C'est une figure remarquée du gotha. Fils unique d'une famille de rentiers de père en fils. Joueur de poker redoutable. Il a été exclu de plusieurs casinos importants, sans que personne ait pu prouver qu'il trichait.

— Suivante, interrompit Estelle.

Chantal Parisot se redressa sur son siège. Elle en imposait autant par son regard autoritaire, accentué par des sourcils épais et noirs, que par son physique généreux. Elle avait la voix rauque de la fumeuse invétérée.

— Numéro six : William Dupont-Raynal, vingt-sept ans, lui aussi fils unique et célibataire, décidément…, diplômé de l'Institut de Gestion de Paris et titulaire d'un MBA en gestion du patrimoine. Son métier : trader de la Tudor & Benson Wealth Management Associates. Là encore, la famille est très à l'aise financièrement.

— Merci Chantal. Et maintenant, *last but not least,* conclut la commissaire divisionnaire en se tournant vers Portal, assis à côté de son ombre, Lenoir.

— Numéro sept : Albert Lethuilier, vingt-neuf ans, diplômé de l'IPAG, avec spécialisation en ingénierie financière et gestion du patrimoine. Responsable du Front Office de la banque en ligne European Offshore Securities…

— Fils unique, riche et célibataire, je présume, interrompit Estelle.

— Eh non, répliqua Portal. L'ébauche de théorie de ma collègue Parisot tombe à plat. Albert Lethuilier est un enfant de l'Assistance publique, orphelin de père et de mère à l'âge de trois ans. On peut dire aussi qu'il n'est pas né avec une cuillère en argent dans la bouche. Désolé, Benarfa.

Estelle se retourna vers le grand écran sur lequel s'affichaient les sept portraits des victimes et le résumé de leurs CV. Les seuls points communs évidents étaient leur âge, entre vingt-sept et vingt-neuf ans pour les joueurs de poker, une situation très confortable pour tous et l'appartenance à un milieu très aisé, sauf pour le numéro sept. Ils étaient tous très intelligents et avaient suivi une formation de haut niveau, mais aucun n'avait fréquenté la même école qu'un autre.

— Tout ça n'est pas très concluant, remarqua Estelle. On n'a plus le choix. On va devoir informer les familles avant d'enquêter sur le terrain. Il faut absolument déterminer tout ce qui peut relier les victimes entre elles. Mais bien sûr, ne leur parlez en aucun cas des circonstances, ni même de la marque sur leurs fronts. Portal, vous me centralisez tout ça, compris ? Maintenant, passons aux autres éléments.

Se tournant vers son collègue des services politiques, elle dit :

— Je vous présente Antoine Barbier, expert en politologie et en particulier dans l'histoire des groupes révolutionnaires. Je lui ai demandé de se pencher sur cette marque tatouée sur les victimes. Certains d'entre vous le connaissent déjà.

Antoine Barbier lança l'affichage, sur l'écran principal, de plusieurs sigles politiques, entourant celui utilisé dans ces deux crimes. Puis, il se leva et s'approcha d'Estelle.

— Bonjour à tous… Comme vous pouvez le constater, le sigle que vous avez découvert est à la fois nouveau, puisque jamais vu jusque-là, tout en comportant des éléments symboliques employés avant par d'autres… Je m'explique.

Le politologue marqua une pause et s'assura que tout le monde était bien à l'écoute, avant de reprendre.

— Le plus ancien symbole est la faucille. Elle a représenté la paysannerie dès les premiers mouvements révolutionnaires, nés dans le monde ouvrier mais qui voulaient associer tous les travailleurs, de l'industrie et de l'agriculture. C'est pourquoi la faucille figurait toujours à côté du marteau, symbole de la classe ouvrière. Ce qui est troublant, c'est qu'autant la classe ouvrière que la classe paysanne ont disparu d'Europe depuis longtemps. La première, suite aux délocalisations de nombreuses usines, la seconde, suite aux regroupements d'exploitations sous le contrôle de multinationales agroalimentaires. À moins d'avoir affaire à quelques idéalistes nostalgiques, je ne vois pas comment un tel groupe extrémiste pourrait trouver un quelconque soutien dans l'opinion publique.

Antoine Barbier pointa son stylo laser sur plusieurs sigles politiques intégrant un poing.

— Les premières fois que fut utilisé ce symbole, signifiant la colère, la lutte, la décision ferme d'en découdre avec les autorités, la main n'était jamais gantée. Le Parti socialiste a même eu comme emblème un poing fermé sur la tige d'une rose. Le poing ganté a été d'abord brandi par des athlètes afro-américains, Smith et Carlos, à Mexico lors de la remise de leurs médailles olympiques aux JO de 1968 pour protester contre la ségrégation raciale aux États-Unis. D'autres groupes ont choisi le poing ganté tenant un fusil ou un Kalashnikov, pour symbole de leur lutte armée. Mais cette association entre une main gantée et une faucille, c'est du jamais vu. Enfin, il reste le fond, qui ne représente pas un simple cercle, mais le globe terrestre, à en juger par les méridiens suggérés en arrière-plan. Cela pourrait signifier la volonté d'une action planétaire, mais il est encore trop tôt pour le dire. Il faudra d'abord vérifier avec nos homologues américains, russes ou chinois. Mes hommes sont déjà sur le coup. Voilà tout ce que j'ai pu récolter.

La commissaire divisionnaire ne put cacher son agacement. Elle n'avait pas cessé de se triturer les mains et les doigts tout au long de l'exposé de son collègue.

— En clair, on n'est pas plus avancé avec ça. Nous n'avons aucune information ni aucun recul sur ce nouveau mouvement terroriste… Je me fous de ce que ça va coûter.

J'exige que vous harceliez tous les activistes fichés, même ceux qui se sont apparemment rangés.

— J'ai déjà donné des ordres dans ce sens, répondit Barbier.

Estelle se raccrocha à son dernier espoir : Jeanine Archambault. Les deux femmes se connaissaient de longue date et, bien que n'étant pas amies dans leurs vies privées, avaient une grande estime mutuelle.

— J'espère que ton travail nous sera plus utile, dit Estelle en regardant sa collègue avec un air presque suppliant.

— J'ai bien peur de te décevoir Estelle. Tout ce que j'ai pu retirer des six documents c'est qu'il s'agissait de comptes bancaires, appartenant bien à chacune des victimes. Que les sommes indiquées au solde sont très importantes. Un peu plus de six millions d'euros pour le moins garni et jusqu'à près de quinze millions d'euros pour le plus gros. Le point intéressant c'est que tous ont été imprimés sur la même imprimante, ce qui exclut qu'il s'agisse d'originaux, sachant que les banques de ces six victimes sont toutes différentes. De toute évidence, le meurtrier est arrivé sur les lieux avec ces documents préimprimés. En outre, ils sont tous datés du même jour : vendredi 12 mai 2028

— Savez-vous s'il y a eu des mouvements de fonds après cela ? interrogea Estelle.

— Hélas, non. Et à défaut d'avoir le consentement écrit des familles, j'ai demandé l'accord du juge. J'attends encore sa réponse.

Avant même d'avoir pu réagir, Estelle fut interrompue par la sonnerie de son téléphone portable. Elle n'eut pas besoin de lire l'écran. Elle savait déjà qui l'appelait en pleine réunion.

— Allô, oui ?… Bien, Monsieur… Tout de suite… j'arrive.

Tout le monde comprit qu'elle venait d'être convoquée, séance tenante, par son Directeur. Il n'en fallait pas plus pour la rendre parfaitement odieuse. En voyant tous ces regards braqués sur elle, la commissaire s'emporta.

— Qu'est-ce que vous fichez encore là ? Allez, bougez-vous !

14

Paris, 17 mai 2028, 9 h 30.

Estelle De Jong avait appris la veille, par ses supérieurs, que l'une des victimes avait fait l'objet d'une déclaration de disparition inquiétante, deux jours avant la découverte des corps. Le directeur des opérations d'Europol, ami intime du père, avait exigé de la commissaire divisionnaire qu'elle allât personnellement informer les parents de William Dupont-Raynal de la terrible nouvelle. Lorsque Estelle se présenta au 2, avenue Victor-Hugo, monsieur Dupont-Raynal était déjà sur le point de partir. Il ne se méfia pas tout de suite en l'entendant dire dans le visiophone :

— Bonjour, je suis la commissaire divisionnaire Estelle De Jong. Pourrais-je m'entretenir quelques instants avec monsieur Dupont-Raynal ?

Quoi de plus normal que l'enquête sur la disparition de son fils fût traitée par un haut gradé ? « Faites-la monter » murmura-t-il à la servante. Quelques minutes plus tard, Estelle était assise dans le grand salon avec vue sur l'Arc de triomphe, en face des parents de William. Ce n'était pas la première fois qu'elle devait annoncer à des parents la mort de leur enfant. Mais depuis longtemps, elle en confiait le soin à ses collaborateurs les plus expérimentés, comme Portal. Elle pouvait lire dans son regard, que madame Dupont-Raynal avait déjà compris, pendant que son mari semblait ne s'attendre qu'à un simple compte rendu d'enquête. Elle prit une profonde respiration et se lança :

— Madame, Monsieur, j'ai malheureusement une terrible nouvelle à vous annoncer...

Elle ne put rien ajouter. Sous la violence du choc émotionnel, madame Dupont-Raynal perdit tous ses repères et ses bonnes manières. Elle n'était plus une femme du monde, mais la maman éplorée de William. « Ce n'est pas possible... Mon bébé... mon amour... non, pas toi... », répétait-elle en boucle. Le père, lui, sembla avoir été frappé de catalepsie. Il resta ainsi plusieurs minutes sans voix, immobile, le regard fixé dans le vide. Il ne sortit de sa léthargie que lorsqu'il réalisa que son épouse était en train de le secouer en criant : « Mais, dis-moi que ce n'est pas vrai, Édouard. Je t'en supplie, dis-le-moi ! »

La scène était vraiment embarrassante. Les cris avaient attiré la servante. Estelle ne savait que faire. Pouvait-elle se permettre de lui demander de faire venir d'urgence leur médecin de famille ? Quand monsieur Dupont-Raynal sembla enfin sorti de sa torpeur, elle lui en fit la suggestion. Constatant l'état de nerfs de sa femme, il donna ses instructions en ce sens à la servante, tout en s'efforçant de réconforter son épouse. Il la prit délicatement dans ses bras et, sans dire un mot, lui embrassa longuement le front. Aucun mot n'aurait pu apaiser son indicible souffrance. À ce moment précis, Estelle aurait voulu disparaître. Elle avait le sentiment de violer leur plus profonde intimité. En la voyant se lever, Édouard Dupont-Raynal comprit qu'elle allait repartir, alors qu'il avait tant de questions à lui poser. Il fallait qu'ils sachent.

— Que s'est-il passé ? Que lui est-il arrivé ?

— Il… il a été assassiné… Je suis vraiment désolée.

Sa réponse provoqua un redoublement des sanglots de la mère, tandis que le père encaissa ce second choc en fermant les yeux et en crispant ses mâchoires.

— A-t-on trouvé l'assassin ? s'enquit le père de la victime.

— Pas encore, répondit Estelle. Mais toute mon équipe est à sa recherche.

— Si vous aviez réagi plus tôt, quand je vous ai signalé sa disparition, mon fils serait peut-être encore en vie, répliqua sèchement Édouard.

— D'après le médecin légiste, William… je veux dire, votre fils a été tué dans la nuit de vendredi à samedi dernier. Il était donc déjà mort quand vous…

— Que s'est-il passé ? Est-ce qu'il a souffert ? demanda la mère.

— Non madame. Votre fils n'a pas souffert. Il a été… poignardé en plein cœur. La mort a été instantanée, croyez-moi.

— Mais quel monstre a bien pu lui faire ça ?

— Nous ne le savons pas, madame. Peut-être un autre joueur de poker.

— Un joueur de poker, dites-vous ? Comme c'est…

Madame Dupont-Raynal s'arrêta net, mais sa remarque n'avait pas échappé à son mari.

— Tu allais dire quelque chose, ma chérie ?

— Ce n'est rien, je t'assure.

— Si tu sais quoi que ce soit qui pourrait aider la police à retrouver l'assassin de William, tu dois le dire. Maintenant.

— Alors, promets-moi de ne pas te mettre en colère.

— Je te le promets, répliqua Édouard, visiblement excédé.

— Il y a deux jours, j'ai sollicité un enquêteur privé. Je n'avais pas confiance dans la police. D'ailleurs… Enfin, le patron de cette société, celle qui a installé tout notre système de surveillance ici, a entamé une enquête dans l'entourage de William. Dans son premier rapport, le deuxième jour, il m'a parlé de la passion de William pour le poker et a découvert que notre fils avait perdu beaucoup d'argent ces derniers temps. Je l'ai vite rassuré sur le point de sa capacité financière, éliminant ainsi son intuition d'un possible enlèvement par un joueur à qui il aurait pu devoir beaucoup d'argent.

Édouard sembla effondré. Comment son épouse avait-elle pu s'adresser à un privé sans rien lui dire ? Et qu'entendait-elle par « je l'ai vite rassuré sur sa capacité financière » ? « Ma femme a perdu la tête », se dit monsieur Dupont-Raynal. Estelle, de son côté, se demanda si ce privé ne pouvait pas avoir appris quelque chose de précieux pour l'enquête.

— Pardonnez-moi, madame Dupont-Raynal. Verriez-vous un inconvénient à ce que j'interroge votre enquêteur privé ?

Édouard n'eut même pas le temps de s'y opposer.

— J'allais justement vous y inviter, madame la commissaire divisionnaire. J'ai gardé sa carte dans mon secrétaire. Je vous l'apporte tout de suite.

Pendant ce temps, le médecin de la famille était arrivé et monsieur Dupont-Raynal lui expliqua la situation. Le médecin se confondit en condoléances, avant de se préparer à ausculter la maîtresse de maison.

— Voilà, dit madame Dupont-Raynal en tendant la carte de Stéphane Larieux à Estelle. Je l'appellerai tout à l'heure pour lui demander de collaborer étroitement avec vous. Mais je vous demanderai, comme à lui, de nous tenir personnellement informés de la progression de votre enquête.

— Je n'y manquerai pas, madame Dupont-Raynal, répondit Estelle en lisant la carte... Toutes mes condoléances, ajouta-t-elle en quittant l'appartement.

15

Paris, bureaux d'Europol, 17 mai 2028, 11 h 30.

Stéphane Larieux reçut deux appels successifs ce matin-là. Le premier de madame Dupont-Raynal qui lui annonçait la mort de William, le second d'un OPJ le convoquant dans les locaux d'Europol de toute urgence. « Elle doit bien se douter que les Dupont-Raynal m'ont communiqué son nom. Alors, pourquoi me fait-elle convoquer par un de ses assistants ? se demanda Stéphane. Ce n'est pas parce qu'on ne pouvait plus vivre ensemble qu'on ne peut pas travailler sur la même enquête ! »

À l'entrée du parking de l'immeuble d'Europol, le chauffeur de Stéphane présenta au policier en tenue la carte d'accréditation de son patron. Quelques minutes plus tard, Stéphane fut accueilli par Portal, qui le conduisit jusqu'au bureau personnel de la commissaire divisionnaire en charge des affaires terroristes.

— Patron, le privé des Dupont-Raynal est arrivé, dit l'OPJ en passant la tête par la porte entrouverte. Je l'installe dans la salle numéro deux ? Elle est libre.

— C'est bon, Portal, je l'interrogerai ici… et laissez-nous, je vous prie.

Cela faisait presque huit mois que Stéphane n'avait pas revu son ex-femme et, par la même occasion, leur fille Camille. Leur seul contact n'avait été que téléphonique, une fois toutes les quatre à six semaines. Leurs conversations se résumaient le plus souvent à « Comment va Camille ? » et à « passe-la-moi deux minutes ». Leur relation était devenue de plus en plus distante ces trois dernières années, même pas conflictuelle. Pourtant, ils s'étaient aimés passionnément au début de leur vie commune et après leur mariage. Mais, malgré l'arrivée de Camille, leurs ambitions professionnelles les avaient éloignés lentement mais sûrement, jusqu'au divorce, au printemps 2025, alors que Camille n'avait que cinq ans. C'était la toute première fois que Stéphane voyait son ex-femme dans son cadre de travail. Il faut dire qu'elle avait pris beaucoup de galons en quelques années. Étrangement, l'un et l'autre semblaient tout aussi embarrassés par la situation. Après deux minutes d'un silence pesant, Stéphane se décida à parler.

— Comment dois-je dire ? Bonjour, Estelle ou… bonjour, madame la commissaire divisionnaire ?

— Ici, personne ne sait qui tu es pour moi. Même Portal, qui travaille avec moi depuis longtemps, n'a pas fait le rapprochement. Je précise aussi que j'ai toujours gardé mon nom de jeune fille, même lorsque nous étions mariés. Alors, devant mes hommes, appelle-moi « commissaire ».

— Quand je pense qu'il aura fallu un meurtre pour que nous nous retrouvions.

— Ne t'emballe pas comme ça, Stéphane. Si je t'ai fait venir aujourd'hui, c'est uniquement par ce que la mère d'une victime d'assassinat me l'a demandé et surtout parce que son mari est un ami intime de mon patron.

— Compris, commissaire. Que puis-je faire pour vous aider ?

— Je sais que tu as enquêté dans l'entourage professionnel de William Dupont-Raynal. Dis-moi ce que tu as appris.

— Pas si vite, veux-tu ? répliqua Stéphane. Ma cliente m'a bien expliqué ce qu'elle désirait, c'est-à-dire une coopération pleine et entière entre la police et moi. Alors, je te raconterai tout ce que je sais, mais en échange, tu me communiqueras tous les éléments utiles à notre enquête. D'accord ?

— Notre enquête ? répondit la commissaire avec un sourire amusé. Nous n'avons rien à voir ensemble. Et de toute façon, si tu travaillais avec moi, tu serais sous mes ordres. Serais-tu prêt à m'obéir ?

— Décidément, tu n'as pas changé, Estelle. Tu ne peux pas t'empêcher de contrôler les autres. Tu as toujours autant de mal à accepter une relation d'égal à égal, pas vrai ?

— Ne sois pas puéril, Stéphane. Tu sais parfaitement ce que je pense des privés. Vous n'avez aucun respect des procédures légales. Vous profitez du chaos et de la peur pour vous enrichir.

— Comme c'est pratique. Ce n'est pas nous qui avons décidé de tout privatiser et de réduire de manière irréfléchie les moyens des polices nationale et continentale. Aujourd'hui, vous êtes bien contents de nous trouver pour assurer la protection des biens et des personnes.

Estelle regardait son ex-mari pendant qu'il était en train de s'emporter, comme à son habitude. Elle savait qu'il avait raison et elle était plutôt touchée par son enthousiasme.

— Toi non plus, tu n'as pas changé, lui dit-elle en riant.

En la voyant rire ainsi, Stéphane se souvint de leurs années de vie commune. À cette époque, ils ne manquaient jamais une occasion de rire. Il en aurait presque oublié qu'ils s'étaient quittés depuis plusieurs années déjà. « Qu'est-ce que tu es belle ! Ah, si seulement… », pensa Stéphane.

— C'est bon. Je commence… j'ai effectivement rencontré plusieurs collègues de William. Ils travaillent comme courtiers dans une banque d'affaires privée. Tu connais le style. Arrogants, suffisants, indifférents aux autres. J'étais avec eux lundi soir au Blue Lagoon, un club sur les Champs-Élysées…

— Je connais.

— Ah bon ?… Soit. Ils n'avaient pas du tout l'air de s'inquiéter de l'absence de leur collègue. L'un d'eux, un certain Jean Desroches, le numéro un du Front Office, m'a parlé de leur passion commune pour le poker. C'est lui qui m'a laissé entendre que William avait récemment perdu beaucoup d'argent à ce jeu. Selon lui, ils ont encore joué à la même table vendredi dernier dans la soirée…

— Où cela ?

— Je ne le lui ai pas demandé. Je ne pouvais pas me douter que…

— Et ? relança Estelle impatiente.

— Jean aurait quitté la partie avant minuit, après avoir perdu cinquante mille euros en deux heures. Il aurait laissé son collègue William continuer sans lui, alors qu'il était dans une phase de chance.

— C'est tout ?

— Oui. Je n'ai pas encore eu l'occasion de vérifier son emploi du temps exact. Mais je pense pouvoir l'amener à parler. Je me suis fait passer pour un client potentiel et…

— On ne va pas aller loin avec ça. Quoi d'autre ?

— J'ai vu aussi l'assistante personnelle de William, Julie Prévost. Elle convoite le même poste que son patron, mais je crois qu'elle était aussi secrètement amoureuse de lui. J'ai fini par lui avouer mon identité réelle et elle m'a parlé très librement. Je suis persuadé qu'elle pourra m'apporter une aide précieuse dans mes recherches, lorsqu'elle aura appris le décès de William. À ce propos, tu ne m'as toujours pas précisé les circonstances de sa mort.

— Qu'importe ? répondit Estelle. Il a été tué d'un coup de couteau unique en plein cœur, voilà tout.

Mais la commissaire oubliait que son ex-mari était un expert dans sa branche. Dès son entrée dans la pièce, entourée de cloisons vitrées sur leur moitié supérieure, il avait profité des reflets pour remarquer sept portraits affichés sur l'écran, et il avait reconnu l'un d'eux comme étant celui de William. Il en avait déduit qu'il y avait plusieurs victimes dans cette affaire.

— Je t'en prie, Estelle. Ce n'est pas cela qu'on appelle une coopération pleine et entière. Je sais bien qu'il y a eu d'autres victimes… Au moins six, n'est-ce pas ?

La commissaire regarda son écran, puis se retourna et put apercevoir le cadre de la porte dans le jeu de miroirs sur deux vitres à angle droit. Elle fit de nouveau face à Stéphane et tendit son bras vers l'interrupteur de l'écran de son ordinateur pour l'éteindre, avant de se raviser. « À quoi bon ? C'est trop tard maintenant », se dit-elle. Elle ne put retenir un petit sourire que Stéphane perçut comme un compliment.

— Tu as raison… Il a été retrouvé avec cinq autres personnes autour d'une table de poker, chacune avec un couteau en plein cœur… Une mise en scène digne de la mafia.

Estelle se garda de parler de la marque sur le front. À une telle distance de l'écran, il était impossible qu'il l'eût remarquée. Cette fois, elle décida d'éteindre son moniteur. Il valait mieux ne prendre aucun risque.

— Soit, je te crois. Tu ne verras donc aucun inconvénient à me donner l'identité des autres victimes de cette partie de poker ?

— Non, bien sûr.

— Tout de même, Estelle, je suis étonné que l'on t'ait confié une simple enquête liée au jeu clandestin… On est bien au département antiterroriste ici ?

À nouveau, la commissaire afficha ce même sourire en forme de reconnaissance des qualités de son vis-à-vis. Elle allait avoir affaire à forte partie avec lui, mais l'idée de ce jeu de séduction-méfiance avec son ex ne lui déplaisait pas vraiment. Cela mettait un peu de piquant dans son travail, essentiellement routinier.

— N'abuse pas tout de même de ma bonne volonté, d'accord ?

Pendant toute la durée de cet entretien, Stéphane n'avait pas cessé d'observer Estelle. Malgré le stress de sa fonction et l'œuvre du temps, elle restait très séduisante. Elle n'avait nullement besoin d'être austère dans sa présentation pour affirmer son autorité. Au contraire, elle affichait une grande féminité, comme pour désarmer ses nombreux assistants masculins. Leur respect, elle l'obtenait par ses exceptionnelles capacités d'analyse et de décision. Elle n'hésitait pas non plus à faire face à sa hiérarchie pour protéger un des membres de son équipe. Stéphane éprouva à ce moment une réelle admiration pour la mère de sa fille.

— Au fait, comment va Camille ?

— Au fait, dis-tu ? Tu te souviens tout à coup que tu as une fille ? répondit Estelle avec ironie.

— Ne sois pas si dure, veux-tu ? Dès que je suis entré dans ce bureau, j'ai pensé à notre petite Camille. Seulement, je craignais que ce ne fût pas le meilleur moment pour te poser cette question. Alors...

— Je ne sais même plus si Camille se souvient encore à quoi ressemble son père. Deux minutes au téléphone tous les deux mois, quelle relation paternelle !

Cette remarque blessa profondément Stéphane. Pendant un instant, il eut envie de se lever et de quitter le bureau en claquant la porte. Mais, derrière le ton acerbe de son ex-femme, il crut discerner une sorte d'appel du pied qui voulait lui dire : « Secoue-toi mon vieux ; tu es en train de perdre un temps précieux, en même temps qu'un être plus cher que tout au monde ! »

— Tu as raison, Estelle. Je ne suis qu'un pauvre imbécile qui se voile la face en se plongeant dans son travail. Je vais tâcher de me libérer très vite...

— Tâcher de me libérer très vite... Encore une promesse qui ne sera pas tenue.

Stéphane fut arrêté net dans son élan. Quelqu'un frappait à la porte.

— Oui, entrez ! cria Estelle, irritée par les propos de son ex-mari.

Lenoir ouvrit et passa le buste dans l'encadrement de la porte. Il était visiblement excité par la nouvelle qu'il allait annoncer à sa patronne. En brandissant un dossier cartonné, il lui dit :

— Patron, on a trouvé quelque chose de très intéressant. Vous savez... les relevés de compte « plantés » dans le cœur des victimes, Archambault les a analysés... Vous ne devinerez jamais...

— Laissez-moi réfléchir... Ils sont vides.

— Comment le savez-vous ?

— Une intuition, répondit Estelle.

— Oui, mais ce n'est pas le plus étrange.

— Quoi donc ?

— D'après les banques de chaque victime, tout l'historique des comptes a été effacé de leurs serveurs.

— Comment cela ?

— Ils n'ont plus aucune trace du moindre mouvement. Sur aucun de ces comptes.

Se retournant vers Stéphane, Estelle lui adressa une moue interrogative. Elle se souvenait de son expertise en informatique et de son passé de hacker.

— C'est possible ça ?

— Faire disparaître des données sur un serveur ? Oui, pour celui qui sait cracker un mot de passe et décrypter un fichier. Mais, que les banques n'en aient gardé aucune sauvegarde ailleurs, c'est très surprenant. Ou c'est un manquement grave de leur part, ou elles mentent toutes pour protéger le secret bancaire de leurs clients.

Stéphane se retint de lui parler des relevés imprimés que madame Dupont-Raynal conservait chez elle pour le compte de son fils. Il voulait à tout prix garder cet os à ronger, à la fois pour justifier son rôle auprès de ses clients et pour maintenir le contact avec Estelle. Il attendit que Lenoir fût reparti pour poser quelques questions et pour réclamer les CV des victimes. Il nota le numéro direct d'Estelle et promit de la contacter au plus vite à propos de l'enquête et de Camille.

— Ne crois pas que je cherche à profiter de l'occasion, mais… j'aimerais vraiment que tu m'autorises à voir Camille le week-end prochain… Samedi ou dimanche, comme ça t'arrange…

— Tu pourrais commencer par l'appeler et le lui proposer toi-même. Qu'en penses-tu ?

— Tu as raison. J'essaierai… Non, j'appellerai ce soir. Promis.

Estelle se contenta de hausser les épaules. Elle n'en croyait pas un mot.

— Tu es magnifique, lui dit-il avant de quitter son bureau.

16

Paris, avenue Victor-Hugo, 17 mai 2028, 15 heures.

Stéphane avait dû insister pour obtenir d'être reçu, chez eux, par les Dupont-Raynal. Il était conscient qu'ils étaient toujours sous le choc de l'annonce de la mort de leur fils unique. Il avait réussi à les convaincre en leur expliquant qu'il fallait agir sans tarder pour avoir une chance de découvrir l'identité du meurtrier avant que les traces n'aient disparu. Après leur avoir présenté ses condoléances, Stéphane demanda à s'entretenir seul avec monsieur Dupont-Raynal afin d'éviter d'accabler son épouse avec des détails sordides. Ils se retrouvèrent tous les deux dans le boudoir que Stéphane feignit de voir pour la première fois.

— Alors, cher monsieur Larieux. Qu'aviez-vous donc à nous apprendre qui ne pouvait attendre quelques jours ?

— Eh bien, c'est un peu délicat, voyez-vous. C'est au sujet du compte en banque de votre fils…

— Ne tournez pas autour du pot, monsieur Larieux. Ma femme m'a déjà avoué, en présence de la police, vous avoir informé sur la situation financière de notre fils.

— Si elle vous l'a dit, je vais pouvoir aller droit au but. Sur le relevé de compte que m'a montré votre épouse, il y avait une forte somme d'argent, ce qui excluait que votre fils ait pu avoir été enlevé à cause d'une dette de jeu. Par contre, l'idée d'un enlèvement contre rançon prenait tout son sens.

— Maintenant, elle n'en a plus puisque William a été assassiné sans que l'on ne nous ait demandé quoi que ce fût. Et Dieu sait que nous eussions donné toute notre fortune pour le récupérer sain et sauf, ajouta Édouard Dupont-Raynal d'une voix étranglée par l'émotion.

— Ce dont je voulais vous parler, monsieur, risque de vous causer un choc supplémentaire. Cela témoigne d'un cynisme effrayant de la part du ou des tueurs. C'est pourquoi j'ai souhaité en épargner l'épreuve à Madame votre épouse.

— Venez-en au fait, monsieur Larieux. Rien ne pourra nous faire plus de peine que la mort affreuse de notre fils.

— Voilà. Je sais que William confiait à sa mère les relevés de ses comptes en banque, afin de ne pas les voir tomber entre des mains malhonnêtes, dans son appartement situé plus bas dans cet immeuble. Ces documents vont avoir une importance capitale pour notre enquête. Mais avant de les analyser ensemble, je dois vous demander de vérifier quelque chose pour moi.

— Comme vous voudrez, mais continuez. Où voulez-vous en venir, monsieur Larieux ?

— Soit. D'après les experts de la brigade financière, le compte de votre fils aurait été vidé juste après le meurtre. Mais le plus étrange c'est que tout l'historique a disparu.

Édouard était soudain devenu livide. La mort de son fils n'avait plus aucun sens. Si le mobile était l'argent, pourquoi ne s'étaient-ils pas contentés de vider son compte, en lui laissant la vie sauve ?

— Pouvez-vous appeler sa banque et vérifier par vous-même ? Je conçois que cela peut vous paraître indécent de vous soucier de son argent en un pareil moment, mais c'est vraiment important, vous comprenez ?

Trente minutes plus tard, la chose était confirmée. La seule consolation était que leur fils avait d'autres comptes dans diverses banques et que ceux-ci étaient intacts. Stéphane expliqua brièvement à son client l'importance des relevés de compte imprimés pour tenter de retrouver les traces de mouvements suspects qui pourraient aider à découvrir ce que les tueurs voulaient absolument cacher. Édouard se leva et alla chercher dans le secrétaire dos d'âne Louis XV une liasse d'imprimés qu'il tendit à Stéphane.

— Il doit y avoir là un peu plus de six mois de relevés, mais s'il le faut, je peux sortir du coffre ceux des années précédentes.

— Nous allons commencer avec ça pour le moment.

Stéphane posa la pile à l'envers sur une table basse devant lui, tandis que monsieur Dupont-Raynal l'observait sans réaction. Il retourna la dernière feuille et reconnut un relevé de compte de placement semblable à ceux qu'il recevait lui-même de ses banques. Celui-ci était daté de décembre 2027. Le solde affichait la coquette somme de 7 296 475,92 €. Il le compara mentalement au chiffre qu'il avait lu sur le document daté du jeudi précédent. Cela représentait un bond de près de deux millions cinq cent mille euros en six mois. « De quoi lui tourner la tête et faire des envieux », se dit Stéphane. Après dix minutes de lecture approfondie, le détective privé n'en était encore qu'au tiers de la pile lorsque la porte du boudoir s'ouvrit. C'était la servante qui venait dire à Monsieur que Madame souhaitait lui parler. Stéphane en profita pour suggérer à son client de lui laisser des copies de ces documents afin qu'il pût les analyser sereinement dans son bureau. Tous ayant déjà été numérisés et conservés dans le coffre, Édouard lui imprima toute une année de relevés de ce compte de placement. Avant de partir, Stéphane demanda aux deux époux :

— J'ai remarqué des mouvements importants vers des achats d'actions d'une société immobilière du nom de Gods Resort & Investment. Votre fils vous en avait-il parlé ?

— Tout à fait, répondit Édouard. Nous en avons également acheté beaucoup et nous n'avons pas eu à le regretter. William est... était un as dans son métier, vous savez, ajouta-t-il en serrant son épouse contre lui.

— D'ailleurs, renchérit cette dernière, William avait décidé de faire l'acquisition d'une luxueuse villa, sur une île du Pacifique, dans un projet immobilier de cette même société. Il avait prévu de nous y accueillir très bientôt.

Stéphane commençait à échafauder plusieurs scénarios dans sa tête. Mais il restait très sensible à la souffrance de ses clients.

— Madame, monsieur, je vous réitère mes très sincères condoléances. Je vais vous laisser vous recueillir et préparer les funérailles de votre fils. À ce sujet, si vous n'y voyez pas d'inconvénient, j'aimerais beaucoup y assister. Sans vouloir vous choquer, il est en effet probable que le meurtrier s'y rende pour contempler son œuvre maléfique. Selon votre souhait, madame Dupont-Raynal, je resterai en étroit contact avec la police et en particulier avec madame Estelle De Jong, la commissaire divisionnaire.

Stéphane retourna directement dans son hôtel particulier, qui abritait son siège et se plongea dans l'analyse détaillée des relevés de compte de placement de William. Il était hors de question pour lui de remettre ces documents à la police avant d'en avoir extrait des informations utiles. Deux choses l'intriguaient. L'énormité des gains réalisés en seulement six mois et la concentration de ses achats d'actions de cette société Gods Resort & Investment. Un nom qu'il jugeait très prétentieux d'ailleurs.

L'évolution du portefeuille de William était particulièrement brutale et montrait une nette rupture en décembre 2027, au moment où il avait liquidé ses participations dans l'industrie de l'électronique de pointe et de la production alimentaire au profit de la compagnie de promotion immobilière de luxe GRI. En quelques mois, les actions de cette société avaient représenté jusqu'à soixante-dix pour cent du compte, alors que jusque-là aucune valeur ne dépassait quinze pour cent du total. Plus il achetait de titres de GRI, plus leur valeur unitaire augmentait. « Ça sent le délit d'initié à plein nez », pensa Stéphane. Il décida de rechercher sur Internet des informations sur cette firme miraculeuse qui semblait avoir fait perdre la raison à ce jeune trader. Il découvrit des offres de splendides villas intégrées dans de luxueux programmes immobiliers situés dans des îles paradisiaques sur toutes les mers du monde. Le prix d'appel était de dix millions d'euros et certains produits atteignaient trente-cinq millions d'euros. Le site vantait une sécurité absolue et garantissait une absence totale de délinquance. Tout y était prévu pour assurer le bonheur parfait des futurs propriétaires, depuis la crèche des tout-petits jusqu'aux plus prestigieuses universités.

Lorsque Stéphane voulut en savoir plus sur ces différents projets, il fut invité à communiquer son pseudonyme et son mot de passe. N'étant pas encore enregistré, il devait impérativement s'inscrire sur le site et demander un rendez-vous avec un commercial de la société. Il hésita quelques instants, puis remarqua que le promoteur avait une représentation locale sur les Champs-Élysées. Il nota l'adresse sur son téléphone et décida de se rendre sur place au plus tôt. Il appela donc l'agence et obtint un entretien pour le jour même à 17 heures.

Derrière la large vitrine s'affichaient fièrement de grandes photos panoramiques qui servaient de décors à de magnifiques maquettes. La porte d'entrée était gardée par deux vigiles en livrée bordeaux. Sur le bandeau de leur casquette et la poche extérieure de leur veste, les lettres GRI étaient brodées de fil d'or. Stéphane annonça à l'un d'eux qu'il avait rendez-vous avec mademoiselle Laurence de Selignac. Le vigile transmit l'information à son collègue, resté à l'intérieur, par le micro intégré à son col. Puis il hocha la tête et ouvrit la porte.

— Si vous voulez bien entrer, monsieur Larieux.

L'atmosphère tamisée et feutrée des lieux tranchait avec la clarté presque froide de la vitrine. Stéphane fut accueilli par un homme raffiné jusqu'à la préciosité. On eût dit une gravure de mode juste avant un défilé de haute couture. Son excès de prévenance le rendait presque obséquieux. Mais peut-être était-ce une réponse aux attentes d'une clientèle très haut de gamme. L'homme le conduisit jusqu'à un bureau au fond d'un large couloir recouvert d'un épais tapis de velours rouge sang. De chaque côté, le privé avait remarqué d'autres portes. Chacune portait le nom d'un dieu grec ou romain. Celle du bureau de mademoiselle de Selignac arborait en lettres d'or celui d'Athena.

Après y avoir été invité, notre « aiguilleur de clients » ouvrit la porte.

— Entrez donc, monsieur Larieux, je vous en prie, dit la jeune femme en s'avançant vers lui. Elle était vêtue d'un ensemble pantalon-boléro, particulièrement seyant, sur un corsage en soie irisée. Ses cheveux noirs et raides faisaient ressortir le bleu lumineux de ses yeux et sa coupe au carré donnait un soupçon de dureté à son visage faussement juvénile. En physionomiste avisé, Stéphane apprécia le raffinement de sa présentation générale, qui pouvait en désarmer plus d'un. Comment pourrait-on imaginer qu'un ange d'une telle beauté pût avoir une once de machiavélisme ? Stéphane sentait bien que cette jeune femme, qui lui serrait la main avec un sourire éclatant, était en réalité en train de le sonder.

— Asseyez-vous, monsieur Larieux, lui dit-elle en désignant l'un des fauteuils de cuir, tout en contournant son bureau dans une démarche ondulante et voluptueuse qui attira le regard de Stéphane comme un aimant. « Concentre-toi mon grand », se dit-il au moment où elle allait se retourner pour s'asseoir.

— Bienvenue chez Gods Resort & Investment, monsieur Larieux. Tout d'abord, puis-je vous demander comment vous avez connu notre société ?

Il lui inventa l'histoire d'un ami d'un ami qui… Puis, pour écourter cette investigation, Stéphane annonça son intention de quitter cette région, de moins en moins sûre, pour aller vivre dans un endroit de rêve, « au milieu de gens comme nous, vous comprenez ? ».

— Je vous comprends d'autant mieux, monsieur Larieux, que nous pouvons vous proposer exactement ce que vous recherchez. Notre gamme est si large qu'elle peut satisfaire le moindre de vos désirs.

Ce premier entretien dura près d'une heure et demie, pendant laquelle Laurence de Selignac nota des dizaines de critères de préférence de son client afin de définir les meilleures offres possibles. Celles-ci prenaient en compte jusqu'au climat, à la végétation et à la religion dominante des autres « citoyens de chacun de ces havres de paix.

— Voyez-vous, monsieur Larieux, nous ne laissons rien au hasard. Nous faisons tout pour offrir à nos clients ce qui se rapproche le plus de leur propre conception du paradis sur terre.

Cette analyse préalable aboutit à une offre de « passeports pour l'Éden », sur trois îles de la mer Égée. Lorsque fut abordée la question du prix, la jeune femme lui expliqua les options qui se présentaient à lui. Il pouvait bien sûr prendre une réservation immédiate en versant un acompte de vingt-cinq pour cent de la valeur de l'objet. De cette manière, il était certain de faire prochainement partie d'un monde nouveau où ne se côtoient que des gens « qui vous ressemblent ».

— Nous avons une très forte demande en ce moment, lui rappela Laurence, et pour assurer la qualité que nos clients sont en droit d'attendre de nous, nous serons vite contraints de fermer l'accès à certaines îles.

Voyant la réticence de son client, la jeune femme lui suggéra une autre possibilité, celle d'un voyage de prospection, organisé par GRI, qui lui permettrait de visiter une ou plusieurs des îles prédéfinies et de finaliser son choix sur place. Le périple n'était pas gratuit, mais son coût serait déduit du prix final, lors de la signature du contrat. Elle prit soin de le prévenir que, dans un tel cas, il devrait pouvoir justifier au préalable de sa solvabilité financière. Stéphane prit son air le plus intéressé, demanda une brochure de chaque projet et promit d'y réfléchir sérieusement.

— Surtout, monsieur Larieux, n'hésitez pas à me solliciter si vous avez quelques questions à me poser, insista mademoiselle de Selignac en laissant son client lui serrer longuement la main, comme pour lui témoigner son entier dévouement.

17

Jeudi 18 mai 2028.

Il était à peine 9 heures quand Stéphane reçut un appel de Jean Desroches sur sa ligne personnelle. « Je l'avais complètement oublié, celui-là », se dit-il en voyant son nom s'afficher. D'une voix haletante, « Boucles d'or » lui annonça ce qu'il avait appris la veille par la police, venue interroger tout le monde dans les locaux de la TBWM.

— Mais peut-être le saviez-vous déjà ?

— Oui, en effet. Comme je vous l'ai dit, je suis un ami de la famille Dupont-Raynal et ce sont les parents de William qui m'ont prévenu. C'est vraiment effroyable… Et que vous a dit la police ?

— Figurez-vous qu'ils nous ont harcelés de questions. Même l'assistante de William, qui s'était évanouie en apprenant la nouvelle, n'a pas été épargnée.

— Julie ?

— Oui. Vous la connaissez ? s'étonna Jean. Heureusement, j'ai pu prouver que j'étais loin des lieux du crime à l'heure de sa mort. Sinon…

— Est-ce que vous comptez assister aux obsèques de votre collègue ? s'enquit Stéphane.

— Nous avons prévu de nous y rendre en petite délégation, pour représenter la société. Je viendrai avec trois collègues courtiers, le directeur du Front Office et Julie Prévost. Sinon, pour notre petite affaire, ça pourra attendre quelques jours.

Stéphane fut littéralement soufflé par le « sens des réalités » du jeune Desroches. Il brûlait d'envie de lui révéler sa véritable identité, mais il se ravisa. « Ce petit prétentieux se refermerait comme une huître. Tant qu'il restera convaincu de pouvoir me soutirer quelque profit, il sera plus coopératif avec moi qu'avec les flics », pensa le privé.

— C'est cela. À plus tard, conclut Stéphane en raccrochant.

Peu après l'heure du déjeuner, Stéphane appela monsieur Dupont-Raynal pour lui demander confirmation du jour et de l'heure de l'enterrement. La cérémonie funèbre serait célébrée le lendemain vendredi 19 mai, à 14 h 30 à Neuilly-sur-Seine, en l'église catholique Saint-Pierre, sur l'avenue Achille-Peretti. L'inhumation dans le caveau familial du cimetière de la rue Victor-Noir était prévue vers 16 heures. Avant d'appeler la commissaire divisionnaire, Stéphane prit la précaution de joindre Julie Prévost. Il tomba sur Karine, la réceptionniste, qui lui annonça que Julie ne viendrait pas au bureau avant la semaine suivante.

— Je m'en doute. C'est à cause de la mort de monsieur Dupont-Raynal, son patron. Mais je dois absolument lui parler.

— Ah oui, je me souviens de vous.

C'est de cette façon qu'il réussit à la convaincre de lui communiquer le numéro de téléphone personnel de sa collègue, bafouant les règles élémentaires de respect de la vie privée, sans parler de la sécurité des personnels sensibles. Mais il n'allait pas s'en plaindre pour cette fois.

Julie décrocha. Dès qu'elle entendit son nom, elle s'effondra en larmes. Elle était, à n'en pas douter, profondément bouleversée par la mort de son patron. Il s'efforça de lui témoigner toute sa compassion avant de lui demander la plus grande discrétion à propos de sa véritable identité, surtout quand ils se verraient le lendemain au cimetière. « Vos collègues ne doivent se douter de rien. C'est très important », lui dit-il.

En fin de journée, Stéphane prit le prétexte de l'enterrement pour appeler son ex-femme. En fait, depuis cette longue conversation qu'il avait eue avec elle dans son bureau à Europol, il n'arrivait plus à sortir de sa tête les images de sa fille le repoussant comme s'il n'était plus pour elle qu'un étranger. Ou pire, un ennemi. Quelques mots d'Estelle et un simple regard avaient, semble-t-il, suffi à créer un déclic dans son esprit. Et cette réaction avait été amplifiée par le spectacle de la souffrance et du désespoir des parents Dupont-Raynal, qui venaient d'apprendre la perte de leur unique enfant. Il avait fallu ce concours de circonstances pour lui ouvrir les yeux sur l'importance de cette petite Camille dans sa vie. Il était maintenant bien décidé à prendre une place tout aussi importante dans la sienne. Mais il allait d'abord devoir la reconquérir et regagner sa confiance, avant de pouvoir envisager de remporter son amour. Pour cela, il aurait besoin de lever les réticences légitimes de sa mère pour obtenir son soutien. Et quelque chose dans son regard, la veille, lui avait laissé espérer qu'elle n'était pas encore totalement fermée à l'idée de voir son ex-mari reconstruire un véritable lien paternel avec leur petite Camille. Après avoir expédié la question de la cérémonie funèbre et fait un rapide point sur ses premières découvertes, il se lança sans détour.

— Tu as pensé à ma proposition de revoir la petite ce week-end ? Tu lui en as parlé ? J'ai bien réfléchi, tu sais.

— Réfléchi à quoi ?

— Ne sois pas cruelle, Estelle. Je suis sincère, crois-moi. Je me suis comporté comme un égoïste irresponsable avec Camille, autant qu'avec toi. Je me contentais de payer une pension, définie par un juge et je pensais en être quitte…

— Sur ce point, je n'ai pas eu à me plaindre de toi. C'est vrai. Comparé à certaines de mes amies…

— On s'en fout de tes amies… Je veux dire… Enfin, tu comprends.

— Non. Quoi ?

En d'autres temps, Stéphane aurait raccroché et attendu plusieurs mois avant de la rappeler. Mais il avait l'impression qu'elle cherchait seulement à éprouver sa volonté, pour s'assurer de sa sincérité. Et aussi, elle ne faisait que protéger sa fille.

— Tu le sais très bien. Ce que je voulais dire, c'est que je suis fermement décidé à rattraper le temps perdu.

— Et qu'est-ce qui te fait croire que nous sommes prêtes à t'accorder une nouvelle chance ? Tu ne penses pas qu'il est un peu tard, aujourd'hui ?

— Je suis conscient que c'est moi qui ai déconné et je veux réparer mes erreurs. Ça te va, comme ça ?

— Mouais. C'est à voir. Et qu'est-ce que tu nous proposes de beau pour ce week-end ?

La question était arrivée si brusquement que Stéphane en resta sans voix. En fait, il n'avait pas prévu que son ex-femme accepterait aussi vite. Il chercha dans sa mémoire ce qu'il pourrait bien trouver comme activité qui pût plaire à sa fille. Mais cela faisait si longtemps qu'ils n'avaient rien partagé d'autre qu'un repas ou un gâteau d'anniversaire. Il réalisa à quel point il était passé à côté de cette partie de sa vie. Mais plutôt que de s'empêtrer dans un jeu de devinettes, il se dit qu'il valait mieux jouer l'humilité et avouer son ignorance.

— Comme je te l'ai dit, Estelle, je suis conscient de mes erreurs et je désire vraiment réapprendre mon rôle de père. Mais cela va prendre un peu de temps. En attendant, il ne faut pas que je rate mon premier contact, après toutes ces années. Alors, je t'en supplie, aide-moi. Donne-moi quelques idées de ce qui ferait plaisir à Camille aujourd'hui. Si je veux renouer une relation normale avec elle, je ne dois pas la décevoir.

Estelle se laissa convaincre et lui suggéra quelques idées. Ils se mirent d'accord pour se retrouver tous les trois le samedi après-midi suivant. Stéphane n'oublia pas son enquête en cours, mais pour être certain de ne pas gâcher cette chance que lui offrait son ex-femme, il donna des instructions très précises à sa secrétaire, Hélène, pour qu'elle organisât un après-midi mémorable pour le trio.

Vendredi 20 mai, ancien cimetière de Neuilly, 16 heures.

Comme convenu, Stéphane assista à la cérémonie en l'église Saint-Jean. Il reconnut quelques collègues de William, dont Jean Desroches, qui avait tenu à le saluer. Julie était présente également. Elle portait une robe noire très sobre et un chapeau à voilette. Derrière le tulle noir brillaient ses yeux clairs noyés de larmes. En apercevant Stéphane, elle lui adressa un signe discret de sa main gantée. Pour continuer de donner le change à l'équipe de la TBWM, le privé était allé présenter ses condoléances aux parents qui attendaient devant le porche de l'église l'arrivée du cercueil, avec un cérémonial que personne ne pouvait manquer. Il avait demandé à deux de ses enquêteurs de se fondre dans la foule des personnes présentes. Pendant le déroulement de la messe, les deux hommes s'étaient rendus au cimetière afin de pouvoir repérer d'éventuels comportements étranges avant la venue du cortège.

Il y avait, autour du caveau familial, un groupe compact d'une soixantaine de personnes, parmi lesquelles Estelle, qui voulait ainsi assurer monsieur et madame Dupont-Raynal de son soutien. À quelques mètres de distance, dans plusieurs directions, des groupes épars et des individus isolés observaient la mise en terre dans un apparent recueillement. Stéphane put aisément reconnaître quelques hommes de la police à leur port de tête imperceptiblement mobile grâce auquel ils pouvaient balayer un large champ de vision derrière leurs lunettes noires. « Toujours aussi discrets », pensa-t-il avec ironie. Ce qu'il ne pouvait pas voir, par contre, c'étaient ces deux caméras de surveillance surplombant les murs d'enceinte du cimetière et qu'Estelle avait fait orienter sur ces lieux pour une période continue de vingt-quatre heures, avant, pendant et après l'enterrement de William. Ses hommes auraient ainsi tout le loisir de décortiquer les images et de se renseigner sur chaque visiteur. Stéphane s'arrangea pour présenter ses dernières condoléances aux parents juste après Estelle. Puis, il la rejoignit et fit quelques pas à ses côtés vers la sortie pour leur donner l'illusion d'une discussion. Lorsqu'il fut assez loin, Stéphane lui susurra :

— On se retrouve demain, alors ?

— Où ? À quelle heure ?

— Je propose de passer vous prendre à 12 h 30 chez toi ? Tu n'as pas changé d'adresse ?

Tout en marchant, leurs mains se touchèrent accidentellement. Stéphane ne trouva pas cela désagréable, mais il eut peur qu'Estelle le prît mal. Alors, il s'excusa et mit ostensiblement sa main dans la poche de son manteau de cachemire noir. Estelle en fut amusée, mais fit semblant de n'avoir rien remarqué. Elle considéra sa réaction comme une marque de délicatesse qu'elle avait toujours appréciée chez lui.

18

Puteaux, samedi 21 mai 2028, 11 heures.

Maxime avait passé une grande partie de la nuit à surfer sur différents forums. Il avait dû veiller jusqu'à 3 h 45 avant de voir apparaître le message convenu entre lui et son pote Tcheng. Pour tuer le temps jusque-là, il avait visité toutes sortes de sites qui pouvaient avoir un rapport avec l'ancien patron de sa mère. Il s'était juré de la venger, mais il demeurait toutefois très prudent. Il devait toujours faire en sorte d'effacer ou au moins de camoufler les traces de ses pérégrinations nocturnes et cela le ralentissait considérablement. Pour l'instant, toutes ses tentatives pour pénétrer le système informatique de l'employeur indélicat étaient restées vaines, mais il ne désespérait pas pour autant. Il était convaincu que cette rencontre fortuite avec le Chinois était un cadeau de la Providence et qu'elle allait lui offrir de nouvelles perspectives. Certes, ce qu'il avait vu de leur planque ressemblait plus à une cave pour adolescents fumeurs de shit qu'au bureau clandestin d'un groupe révolutionnaire, mais le côté énigmatique de *Asparagus Chinensis* lui avait laissé penser qu'il pouvait cacher une organisation politique secrète. Malgré son jeune âge, Maxime avait acquis une grande maturité, surtout depuis ce qui était arrivé à sa mère. Mais cela n'avait pas vraiment entamé la fougue de ses dix-sept ans. Il venait tout juste de se lever et déjà il tournait dans le séjour comme un lion en cage. Christelle s'était encore endormie sur le canapé et ronflait bruyamment. Il avait rendez-vous à 14 heures, au même endroit que lors de la première visite. Tcheng devait lui présenter deux autres membres du groupe. Max se doutait bien qu'il n'allait pas être aussi facilement adopté, mais il était très excité à l'idée de franchir une nouvelle étape. « Et au pire, cela me donne une occasion de fuir cet enfer », pensa-t-il.

Le ciel était totalement dégagé et les services météorologiques annonçaient unanimement une température très agréable pour toute la journée. Mais cela ne suffisait pas à rassurer Stéphane. Le Hummer blindé s'arrêta devant l'immeuble du boulevard Maurice-Barrès, qui abritait autrefois les bureaux de VIP et l'appartement du couple Larieux et de leur fille. Stéphane avait eu tellement peur de manquer ce rendez-vous particulier qu'il avait maintenant un quart d'heure d'avance. Pour autant, il ne voulait pas être impoli en sonnant à l'interphone avant l'heure convenue. Les femmes détestent autant les hommes qui se pointent en avance que ceux qui arrivent en retard. Sur les conseils d'Hélène, sa précieuse assistante, il avait demandé à son garde du corps de revêtir des vêtements impeccables et de porter une casquette pour ressembler à un chauffeur de maître. Il serait ainsi moins angoissant pour une petite fille de l'âge de Camille. Hélène lui avait préparé un programme qui devait plaire à une enfant de bientôt neuf ans, sans toutefois ennuyer sa mère. Elle avait aussi fait livrer le matin même un cadeau pour chacune d'elles, par deux boutiques prestigieuses de l'avenue Marceau. Stéphane regarda sa montre : 12 h 25. Il sortit de la voiture et s'avança lentement vers l'entrée de l'immeuble. Il était presque aussi nerveux qu'un gamin lors de son premier rendez-vous amoureux. Sur l'interphone, il reconnut cette liste de pseudonymes destinés à cacher la véritable identité des habitants. Il appuya sur le bouton à droite du nom de Gauguin. Il attendit quelques secondes et sonna de nouveau.

— Oui, qui est là ?

— C'est moi, Stéphane. Vous êtes prêtes ?

Le son était si clair qu'il put entendre une voix en arrière-plan qui suppliait : « Non, maman, pas tout de suite… encore cinq minutes… »

— Je t'ouvre, mais attends-nous dans le hall. D'accord ?

Lorsqu'il les vit arriver, Stéphane en eut la gorge nouée. Estelle avait choisi un ensemble jupe et chemisier en soie, à motifs géométriques, qui lui donnait une féminité qu'aucun de ses lieutenants n'eût pu soupçonner. À ses côtés, Stéphane eut beaucoup de peine à reconnaître la petite fille qu'il n'avait pas revue depuis huit mois. Ses traits s'étaient affinés. Ses cheveux blonds bouclés étaient beaucoup plus longs et retenus derrière sa tête par une queue de cheval volumineuse. Tout son corps s'était allongé et sa finesse était accentuée par son pantalon serré et le blouson court assorti. « Deux véritables princesses ! » pensa Stéphane. Mais tout ce qui sortit de sa bouche fut :

— Bonjour, Camille. Bonjour, Estelle. Vous allez bien ?

— Tu n'embrasses pas ta fille ? demanda Estelle.

Stéphane s'en voulut d'être si maladroit.

— Mais si, bien sûr, répondit-il en se penchant vers elle. Viens ici que je t'embrasse, mon amour. C'est fou ce que tu as embelli... J'espère que vous avez faim toutes les deux, parce que j'ai réservé une table au *Jardin de Bagatelle*.

Le restaurant affichait complet. Il n'y avait plus une table de libre. « Cette Hélène est une véritable magicienne. Je me demande bien comment elle a pu dénicher celle-ci », pensa Stéphane. Sur la terrasse, les fleurs embaumaient l'air, rivalisant avec les senteurs enivrantes des parfums des femmes qui avaient sorti pour l'occasion leurs plus belles toilettes. Il fallait avouer que c'était la première journée vraiment printanière et ensoleillée depuis la sortie de l'hiver. Certaines femmes avaient déjà cédé à la nouvelle mode des chapeaux, lancée récemment par une clinique parisienne de soins de la peau, en association avec deux grandes maisons de haute couture, ce qui rendit Camille verte de jalousie.

Stéphane leur proposa un apéritif et fit apporter les menus. Pendant que chacun était plongé dans la lecture de la carte, Estelle et lui se demandaient ce qu'ils allaient bien pouvoir se dire. Par chance, un événement anodin vint rompre la glace. Au milieu de tout ce monde, Camille avait reconnu un de ses camarades de classe pour lequel elle avait visiblement un faible. Être vue de lui dans un endroit aussi *select* la comblait de bonheur. Elle était si fébrile qu'on ne pouvait plus l'arrêter de parler. À chaque question de son père, elle répondait par un flot de paroles, ce qui arrangea Stéphane, au moins au début. Estelle était heureuse de voir sa fille aussi épanouie, mais elle n'oubliait pas de veiller à son éducation. « Ne parle pas la bouche pleine, veux-tu ! » ; « Ne mets pas tes coudes sur la table ! » lui répétait-elle. Ne sachant plus comment l'arrêter, elle décida de passer à un autre sujet de conversation.

— Et toi Stéphane, qu'y a-t-il de nouveau dans ta vie, en dehors de ton travail bien sûr ?

— En dehors de… rien en fait. Et pour combler ce vide, je travaille encore plus.

— Intéressant, ironisa Estelle.

— Non. C'est totalement stupide et stérile, rétorqua son ex-mari. Et j'ai bien l'intention de changer cela, crois-moi, ajouta-t-il en adressant un clin d'œil à sa fille.

— Tu veux dire que tu nous inviteras encore une fois, ici ?

— Absolument… Si ta mère ne s'y oppose pas, bien évidemment, répondit-il en se tournant cette fois vers Estelle.

— Dis oui, maman, dis oui.

— On verra, ma chérie. On en reparlera plus tard.

— Et l'après-midi n'est pas terminé. Je t'ai réservé une autre surprise. Mais avant cela, j'ai un petit cadeau pour toutes les deux. Je vais le chercher en attendant que l'on nous serve le dessert.

Il appela son garde du corps et lui demanda de le rejoindre dans le hall du restaurant avec le paquet. Cinq minutes plus tard, Stéphane était de retour à la table, un cadeau dans chaque main.

— Celui-ci c'est pour… Camille. Celui-là c'est pour maman. Je veux dire pour Estelle.

— Ouah, trop classe, papa, s'exclama Camille en découvrant un bracelet en argent massif.

— Tu n'as pas oublié, apparemment, remarqua Estelle en ouvrant l'emballage du flacon de Chanel n° 5. Je dirais que, pour l'instant, tu ne t'en es pas trop mal tiré pour un vieux célibataire. Qu'en penses-tu, ma chérie ?

Le trio passa le reste de l'après-midi au jardin d'acclimatation du bois de Boulogne, non loin de là. Estelle lui avait parlé de la dernière passion de Camille pour les animaux, avec une préférence pour les chevaux. C'était encore une fois Hélène qui lui avait suggéré cette idée. Il craignait pourtant qu'elle ne trouvât cela désuet, mais il fut très vite rassuré en voyant le sourire de Camille à l'entrée du parc. Elle était tellement heureuse qu'elle ne lui avait pas lâché la main un instant durant toute la visite. Elle avait toujours un commentaire avisé à faire sur chaque animal qu'elle apercevait. « Plus tard, je serai vétérinaire », lui dit-elle, en remarquant un soigneur dans l'enclos des moutons. En arrivant devant le manège des chevaux, elle obtint de sa mère l'autorisation de montrer à son père ses talents de cavalière. Avant de chevaucher le cheval libre de son choix, elle força ses parents à se placer côte à côte derrière la barrière pour mieux l'observer. Elle alla même jusqu'à glisser la main de sa mère dans celle de son père comme si cela eût suffi à reconstruire ce cocon qui lui manquait tant. « Vous me regarderez, promis ? »

Une sensation de vide immense envahit l'esprit de Stéphane quand il vit Camille et sa mère traverser le hall de leur immeuble. « Merci pour cette merveilleuse journée », lui avait dit Estelle en l'embrassant. Lui était resté sans voix. Il avait la gorge et l'estomac noués. « Comment ai-je pu passer à côté de cela, pendant tout ce temps ? » se demanda-t-il après qu'elles eurent disparu derrière la deuxième porte vitrée.

Pendant ce temps, Maxime était en pleine discussion avec Tcheng et deux autres hommes plus âgés. Le plus jeune devait avoir vingt-cinq ans, l'autre, la bonne trentaine. Il n'était pas vraiment rassuré. Il réalisa, un peu tard, que personne ne savait où il se trouvait en ce moment même. Ces deux inconnus auraient tout aussi bien pu le tuer et le faire disparaître sans être inquiétés le moins du monde.

Dès son arrivée dans la planque de Tcheng, il dut accepter de se laisser bander les yeux, avant d'être conduit en voiture jusqu'à un autre endroit secret. Le trajet dura une quinzaine de minutes. Il n'avait aucune idée de sa localisation, ni même s'il était à l'intérieur ou à l'extérieur de la zone sécurisée. On lui avait confisqué son portable pour l'empêcher de déterminer sa position par le système Galileo. Pour le rassurer, Tcheng restait constamment à ses côtés. Lorsqu'on lui ôta son large bandeau noir, Maxime découvrit un univers familier et réconfortant. Il était dans une vaste salle sans la moindre fenêtre et faiblement éclairée. Cinq bureaux étaient disposés en une sorte de cercle et tournés vers l'extérieur, de sorte que du centre de la pièce on pouvait voir tous les écrans d'ordinateurs. Ce qui frappa Maxime c'était l'harmonie du mobilier et la présence d'un plancher technique sur le sol. Cet endroit était à n'en pas douter un rez-de-chaussée ou un sous-sol d'un ancien immeuble abandonné. Il y avait quatre ou cinq moniteurs fixés à chaque plan de travail, mais seuls quelques-uns étaient en marche. Au milieu de la pièce trônaient deux canapés en cuir et une table basse en marbre. Pendant que quatre personnes s'activaient devant leurs ordinateurs portables, Maxime, Tcheng et les deux autres discutaient politique sur les sofas en vidant des bouteilles de sodas. Massimo, le plus âgé des deux copains du Chinois, avait insisté pour que le « gamin » partageât avec eux le « calumet de la vérité », un pétard particulièrement désinhibant. Max avait bien tenté de l'éviter, mais il avait vite compris que son refus risquait d'être mal interprété. La véhémence de ses propos à l'encontre du système libéral lui valut une excellente note à ce premier test d'aptitude. Kylian, alias Killer, décida de la deuxième épreuve.

— Alors, Max, il paraît que tu es un caïd de l'informatique !

— J'me défends, c'est tout.

— J'espère que tu fais plus que te défendre parce que, dans notre groupe, on n'a pas besoin d'amateurs… si tu vois ce que je veux dire, petit, interrompit Massimo.

Tcheng fit les gros yeux à son jeune pote, pour lui faire comprendre qu'il avait intérêt à assurer.

— D'abord, j'suis pas ton petit. Ensuite si tu veux me juger, tu n'as qu'à me mettre à l'épreuve.

— Pas de problème. Installe-toi là, tempéra Massimo en désignant le bureau libre.

Maxime prit place devant un ordinateur portable en état de veille. Une mosaïque multicolore faisait apparaître, puis disparaître, les quatre lettres LRAC. Massimo lui fit signe de démarrer le programme, dont l'accès était bien évidemment restreint par un mot de passe. À son air arrogant, le jeune homme comprit qu'il allait devoir montrer ses capacités à pénétrer un système protégé. Sans dire un mot, il ôta son blouson et le laissa retomber dans son dos contre son siège. Il fit d'abord mine de saisir des mots de passe aléatoires, qui lui donnaient toujours la même réponse : *Access denied* [1]. Killer se mit à ricaner.

— J'crois que j'vais m'enfiler une bière sur le canapé, dit Massimo. À ce train-là, il est pas près de commencer la partie.

— C'est ça, gros malin. Tu me prends pour un *lamer* [2] ? Puisque t'es si pressé, je vais utiliser une méthode plus simple.

Massimo s'installa avec sa bouteille de bière devant la table basse en marbre et se mit à battre bruyamment un paquet de cartes flambant neuf, avant de les distribuer à des joueurs imaginaires. Feignant de l'ignorer, Max sortit

1 . Accès refusé.

2 . Personne qui prétend être un « pirate informatique » sans en avoir les « compétences ».

d'une des poches de son blouson un petit boîtier sans fil qu'il posa à droite du clavier tactile. Une diode se mit à clignoter pendant que s'affichait sur l'écran du portable un défilement de codes. Il ne lui fallut pas plus de vingt-quatre secondes pour déclencher l'ouverture du logiciel, qu'il reconnut immédiatement. C'était une ancienne version de Global Planet.

— Vous ne m'avez pas fait venir jusqu'ici pour jouer à ce jeu débile, j'espère ?

— Calme-toi, petit, dit Massimo. Pardon, Max. Au fait, tu as remarqué que nous avons le même prénom ? Moi en italien, toi en français.

— Et alors ? Que dois-je en déduire ?

— Rien. Je disais ça comme ça. C'est toi qui l'as fabriqué ton craqueur de code ? C'est plutôt efficace.

— Les déductions pour deviner les mots de passe, j'ai trouvé ça amusant un moment, mais ça m'a vite gonflé.

— Ça te dirait d'essayer quelque chose de plus coriace ?

— Comme quoi ?

— On pourrait commencer par une petite entreprise. Une clinique privée par exemple. Tiens, tape cette adresse Internet.

En moins de dix minutes, Maxime était entré dans les fichiers du personnel de l'établissement de santé. Puis, il avait parcouru le registre des admissions, lui donnant accès aux dossiers médicaux des patients. Voyant que Massimo était convaincu, il en était rapidement ressorti, craignant que son intrusion ne fût repérée.

— Je présume que ce n'est pas pour fouiller des dossiers de ce genre que vous auriez besoin de mes compétences, conclut Max.

19

Paris, bureaux d'Europol, 23 mai 2028, 10 heures.

La commissaire divisionnaire De Jong avait sa tête des mauvais jours ce matin-là. Elle s'était fait copieusement engueuler par son patron, Fabrice Veranchon, dès son arrivée. Le contrôleur général de la section antiterroriste avait garé sa voiture de fonction juste à côté de la place réservée d'Estelle dans le parking souterrain de l'immeuble. Elle n'eut donc aucune chance d'échapper à ses vociférations. De toute façon, elle n'avait jamais compris en quoi consistait le rôle de son supérieur, en dehors de répercuter les ordres et les caprices venant de l'étage supérieur.

Les membres de son équipe de choc étaient tous présents dans la salle de réunion, à l'exception de Barbier et d'Archambault. Chacun était sur la défensive et faisait le dos rond en attendant le coup de sang de la patronne. Les parents des victimes mettaient une pression maximale sur la direction de la police, tout en faisant preuve des plus grandes réticences pour répondre aux questions des enquêteurs. Le sujet des mouvements de fonds sur leurs comptes semblait être un véritable tabou pour certains, ce qui perturbait considérablement la recherche d'une éventuelle piste. Estelle décida en conséquence de prendre personnellement en main ce point de l'enquête. Son niveau hiérarchique devrait inspirer confiance et, au pire, elle menacerait les plus récalcitrants d'une vérification approfondie de leur situation fiscale.

— Si je vous comprends bien, vous n'avez toujours pas trouvé le lien qui unissait les victimes ?

— Rien, patron, répondit Portal. En dehors, peut-être, du Royal Poker Club. Au moins pour les six joueurs. C'est un cercle privé de passionnés de poker et de bridge. Il est né dans l'aristocratie anglaise et a fait des émules dans plusieurs pays d'Europe. À l'origine, seules des personnes pouvant justifier de leur appartenance à la noblesse pouvaient y être admises. Chaque candidat devait être parrainé par deux autres membres. Mais, avec l'arrivée d'une nouvelle caste de *golden boys*, le plus souvent issus de familles roturières mais aisées, les règles d'admission sont devenues plus souples. D'aucuns prétendent que l'aristocratie véritable était en mal d'argent frais. Et comme chacun sait : l'argent n'a pas d'odeur.

— Et, sait-on qui a parrainé qui ? demanda Estelle.

— Le Royal Poker Club n'a pas souhaité nous communiquer l'information, au nom du respect de la vie privée.

— Ils commencent sérieusement à me fatiguer. Si ça continue…

Mais la commissaire se retint de terminer sa phrase. Elle était parfaitement consciente qu'au moindre faux pas l'un de ses lieutenants serait ravi d'en référer en haut lieu pour prendre sa place.

— Et le journal collé dans les mains de la première victime, Antoine Saintange ? Ça donne quoi ?

— J'ai trouvé quelque chose, intervint Chantal Parisot

de sa voix rauque. C'est un ancien quotidien américain. Le *Wall Street Journal*. L'édition est datée du 6 mars 2009. On y publie la liste de toutes les banques victimes d'une escroquerie financière sans précédent, montée par un certain Bernard Madoff.

Estelle fit une moue dubitative en écoutant Parisot.

— Et quel pourrait être le lien entre cette affaire vieille de près de vingt ans et Antoine Saintange ? demanda la commissaire divisionnaire.

— *A priori* aucun. Mais peut-être faut-il chercher une similitude avec une autre affaire, non encore découverte à ce jour ? Il est possible que la banque Deligny & Harcourt soit impliquée dans une escroquerie du même genre…

— Je veux des faits, pas des suppositions… Merci pour votre aide, Parisot. Je ne sais vraiment pas ce que je ferais sans vous… Passez donc l'info à Archambault. J'espère qu'elle en fera un meilleur usage. Maintenant, vous allez tous retourner sur le terrain. Vous allez me cuisiner l'entourage des victimes. Je veux tout savoir sur leurs fréquentations pendant les trois semaines précédant l'assassinat.

Au moment où tout le monde se levait pour quitter la réunion, un brigadier en tenue frappa à la porte et entra sans attendre la réponse. Une nouvelle scène de crime probable venait d'être découverte sur un chantier en construction dans le quartier de La Défense. « Crime probable ? C'est nouveau ça ! » pensa Estelle. Après tout, si elle pouvait échapper à une deuxième séance de décrassage de bronches chez Veranchon, elle était prête à se déplacer, même pour rien.

— Portal, Lenoir, vous venez avec moi. Les autres, vous savez ce qu'il vous reste à faire.

Portal arrêta la voiture à l'intérieur des limites du chantier, sur l'emplacement désigné par l'adjoint du chef de l'équipe du matin. Lenoir, assis à sa droite, se précipita hors du véhicule et son pied droit retomba lourdement dans une flaque boueuse, éclaboussant ainsi tout l'intérieur de la portière avant droite.

— Vous voulez que j'aille vous trouver des bottes, patron ? demanda Portal, en repensant à l'épisode de l'ascenseur.

— Putain de merde, bougonna Lenoir en secouant la jambe de son pantalon. Il sortait tout juste du pressing.

— Allez voir dans le coffre, répondit Estelle. J'en garde toujours une paire… pour les grandes occasions.

L'adjoint les accompagna jusqu'au lieu du « crime probable », où attendait le chef d'équipe.

— *Vous presse pas surtout,* dit l'homme avec un fort accent de l'Est. *J'ai vingt gars qui tournent pouces. Vous vite autoriser moi reprendre travail.*

Estelle n'était pas d'humeur à se laisser bousculer par un chef de chantier. Elle demanda à Lenoir de relever son identité et celle de tous les ouvriers présents, mais aussi ceux de la précédente équipe qui avait travaillé sur le site.

— *Autre équipe, vendredi. Nous pas travail week-end.*

— Ça va être facile encore !

— Vous avez un problème, Lenoir ?

— Non, rien patron. Je m'en occupe.

Portal pressa Zoran, le chef de chantier, de les conduire jusqu'à la présumée scène de crime. À quelques mètres de là, ce dernier désigna une dalle de béton, au milieu d'une zone de terre humide. Il expliqua à sa façon que celle-ci n'y était pas le vendredi en fin de journée. En plus, elle n'avait rien à faire là. Elle ne figurait nulle part sur les plans de l'architecte.

— Qu'est-ce que vous voulez que ça nous fasse ? tempêta Portal.

— *Vous regarde plus près, chef*, répondit l'homme.

L'OPJ s'approcha du bloc de ciment et en tâtonna la surface du bout du pied pour vérifier que le béton était sec. Le chef d'équipe lui confirma d'un mouvement de la tête qu'il pouvait marcher dessus sans risque.

— *Ça béton rapide, chef !*

Portal monta sur la dalle et s'accroupit devant une sorte de brindille en plastique.

— Patron ? On dirait une paille. Puis, en regardant autour de lui, il ajouta. Il y en a même cinq. Ça n'est certainement qu'une farce de mauvais goût. Enfin..., je l'espère. Qu'en dites-vous ?

— J'en sais rien. Tout ce que je peux voir, pour le moment, ce sont cinq pailles fichées dans un bloc de béton.

Elle hésita quelques instants. Puis, elle songea à Thorigneau. Pour une fois, c'était elle qui était sur place avant lui. Seulement, si elle le dérangeait pour rien, il ne se priverait pas pour le faire savoir dans tout Paris.

— Approchez-vous encore un peu, Portal. Reniflez à la sortie de chaque paille, et dites-moi si vous sentez une odeur bizarre.

— C'est vrai que ça pue, pourquoi ?

— C'est bon, appelez la scientifique et demandez-leur de venir avec un densitomètre de masse. Et dites-leur de se dépêcher.

En attendant l'arrivée des techniciens du labo, Estelle s'éloigna du groupe pour passer un coup de fil à son ex. Camille avait été enchantée par leur virée du samedi et sa mère se serait bien vue renouveler l'expérience, même si elle restait encore très méfiante. Ne voulant pas accorder à Stéphane un triomphe trop facile, elle engagea la conversation sur une question purement professionnelle. Elle lui demanda où il en était de son enquête concernant William et l'informa qu'elle était déjà sur une autre affaire possible. Ce ne fut qu'au moment de raccrocher qu'elle lui dit :

— Au fait, merci encore pour samedi après-midi. Camille était ravie.

— Vraiment ? Elle t'en a reparlé depuis ? répondit Stéphane avec enthousiasme.

— Bien sûr. Allez je te laisse, on m'attend. À plus tard.

Deux voitures de la brigade scientifique venaient d'arriver sur place. Michel Thorigneau descendit du véhicule de tête et prit immédiatement la commissaire divisionnaire à partie.

— Alors, De Jong ! On a besoin de moi encore une fois ? Décidément, on ne se quitte plus tous les deux. Tu n'as pas peur que ça fasse jaser à la maison ?

— Fais vite, Thorigneau, je n'ai pas de temps à perdre, moi.

— Au fait. Très jolies tes bottes. Vraiment !

— Tes chaussures ne sont pas mal non plus, répondit-elle en désignant du regard les mocassins pleins de boue de son collègue.

— Et merde ! Où ça se passe, ton affaire ?

Estelle se contenta de lui montrer du doigt la dalle de béton, sur laquelle attendaient Portal et Zoran. Le directeur de la brigade scientifique fit signe à l'un de ses adjoints d'amener la valise contenant l'analyseur de masse à ultrasons. Le technicien ouvrit la mallette et en sortit une étrange soucoupe noire, montée sur cinq cylindres d'acier, reposant chacun sur une ventouse. En apercevant les pailles, il comprit de suite où il devait placer l'appareil. Il le posa à proximité de l'une d'elles, le calibra et le mit en marche. Estelle et Michel s'étaient approchés pour observer le moniteur de contrôle en direct. Ce qu'ils purent voir n'était qu'une vague forme dessinée par la différence de densité entre le béton et toute autre matière que ce fût. Mais celle-ci ne laissait aucun doute quant à sa nature. Les deux officiers supérieurs de la police européenne avaient beau être habitués à voir des victimes de crimes odieux, ils furent pris l'un et l'autre d'un haut-le-cœur. Peut-être justement parce que cette image sollicitait leur imagination. La présence de ces pailles les forçait à se représenter ces cinq personnes suffoquant lentement à mesure que le béton avait durci. Estelle, qui avait une tendance à la claustrophobie, fut saisie d'une violente crise d'angoisse. Portal, qui s'était rapproché entre-temps, remarqua la pâleur sur son visage et lui agrippa le bras pour la soutenir.

— Ça va, patron ?

Estelle, craignant de perdre la face, se ressaisit, mais s'abstint de répondre. Elle demanda au technicien de la scientifique de marquer les contours des cinq corps, tout en faisant signe au chef de chantier de s'approcher. Puis, s'adressant à Thorigneau :

— Tu crois qu'on pourrait casser le béton sans abîmer les cadavres ou les indices ?

— De toute façon, on n'a pas le choix… Puis, se tournant vers Zoran :

— Vous avez des petits marteaux piqueurs ?

— Bien sûr…

— Dans ce cas, j'aurais besoin de deux de vos hommes pour nous aider à sortir les victimes. C'est compris ?

Thorigneau demanda que l'on fît un quadrillage de la zone au cordeau et à la craie bleue et que le photographe prît une série de clichés avant de procéder à la fouille. Dix minutes plus tard, une équipe d'ouvriers apparaissait avec un compresseur roulant et deux marteaux de démolition pneumatiques. Zoran tendit à chacun des deux officiers supérieurs un casque antibruit et des lunettes de protection intégrales. Thorigneau supervisa la mise au jour d'un premier corps, pendant que son premier adjoint surveillait le second ouvrier. Ils attaquèrent le béton à moins de dix centimètres à l'extérieur des contours qui avaient été dessinés avec des bandes de plastique blanc autocollant. Estelle avait préféré rester en retrait, pour réduire l'impact du bruit, mais aussi des vibrations. Un premier découpage fut enfin terminé, mais la plaque bougeait à peine. Thorigneau fit signe aux deux ouvriers de s'arrêter et de stopper le moteur du compresseur. Il expliqua au chef du chantier qu'il avait besoin de plus de gros bras et de barres à mines pour soulever et déplacer la plaque recouvrant le premier corps. Le détourage fut achevé manuellement à coups de masses et de burins pendant qu'une demi-douzaine de terrassiers pesaient de tout leur poids à l'extrémité des barres à mines, exerçant un effet de levier. La plaque se leva soudain de plusieurs centimètres. Zoran donna l'ordre à ses hommes de maintenir la pression, le temps que deux autres aillent récupérer des cales et des sangles. Il ne fallut pas moins de huit personnes pour soulever et déplacer le couvercle de ce sarcophage de ciment.

Estelle s'approcha enfin du trou et ce qu'elle vit raviva sa crise d'angoisse. La victime avait été enfermée dans une sorte de sac-poubelle en plastique noir et son corps avait été enserré dans du film étirable au niveau des jambes, du bassin et de la poitrine, afin de l'empêcher de se libérer en se débattant. La bouche était recouverte d'un large adhésif noir au milieu duquel on pouvait apercevoir un petit orifice dont les bords étaient relevés vers l'extérieur. Il ne faisait aucun doute pour Estelle et son collègue qu'il avait servi à retenir dans sa bouche la paille qui était restée collée dans le couvercle de béton. Le nez et les yeux étaient recouverts d'un large masque de plongée. La surface interne du hublot était embuée, mais l'on pouvait tout de même distinguer le teint violacé de la peau. Estelle prit dans sa poche un mouchoir en tissu qu'elle plaqua devant sa bouche. Elle sentait déjà venir la nausée. Thorigneau s'accroupit et posa la main sur le masque. Avant de le relever, il se retourna vers sa collègue. Il n'avait plus vraiment envie de plaisanter. Estelle ferma les yeux de manière appuyée pour lui confirmer qu'elle était prête. Le chef de la brigade scientifique souleva lentement le masque à deux mains et le remonta sur le haut du crâne, recouvert de plastique noir lui aussi.

Le visage était quasiment impossible à identifier. Il était d'une couleur pourpre violacé et les yeux étaient à moitié exorbités. Le contour de caoutchouc du masque avait laissé une profonde empreinte dans la chair. Thorigneau, qui pensait à la même chose qu'Estelle, releva la mèche de cheveux qui couvrait une partie du front de la victime. Dès qu'elle eut constaté l'absence de la marque du « poing à la faucille », Estelle se retourna et courut sur quelques mètres avant de vomir son café et sa tranche de pain de mie du petit déjeuner.

Considérant que sa présence n'était plus indispensable, elle donna instruction à Portal de rester jusqu'à l'excavation du dernier corps et de bien contrôler si l'un d'eux au moins portait le fameux tatouage. Avant de rejoindre sa voiture, elle insista auprès de Thorigneau pour avoir son rapport avant le soir. Sur le trajet du retour vers son bureau, Estelle rappela Stéphane pour l'informer de ce nouveau crime spectaculaire, bien qu'il ne pût être relié à la tuerie de la partie de poker. Elle se dit qu'elle lui donnerait ainsi l'illusion d'une réelle collaboration. En réalité, elle voulait surtout entendre une voix amicale.

Stéphane lui posa plusieurs questions embarrassantes sur ce quintuple meurtre. Pour lui, le lien était évident, même si le *modus operandi* était fondamentalement différent.

— Ce n'est pas parce que les premières victimes ont été poignardées proprement en plein cœur, alors que les dernières ont été coulées vivantes dans le béton, que l'on doit exclure tout rapprochement entre les deux affaires. D'ailleurs, la deuxième méthode est tout à fait digne de la mafia. Si je me souviens bien, c'est exactement ce que tu disais de l'assassinat du Royal Poker Club, n'est-ce pas ? Et ce ne serait pas la première fois que des terroristes et la mafia travailleraient de concert.

Ce que Stéphane ne pouvait pas savoir, c'était le détail du tatouage, qu'Estelle voulait absolument dissimuler, en tout cas jusqu'à ce qu'on ait pu identifier ce présumé groupe terroriste. Alors, il pressa son ex-femme de lui en dire plus. Il lui demanda où se trouvait la scène de crime. Ce qu'elle fit, mais en précisant qu'elle avait déjà quitté les lieux et qu'il ne serait pas autorisé à se rendre sur place.

— À ce propos, tu ne m'as pas dit où les joueurs de poker avaient été assassinés, ajouta Stéphane.

— Peut-être parce que tu ne m'as pas posé la question, répondit Estelle avec une mauvaise foi évidente… Dans un immeuble en réfection à quelques centaines de mètres de là… Mais ça ne veut rien dire, tu sais.

— Est-ce que tu pourrais aussi me donner leurs identités ?

— C'est encore trop tôt. Il faut attendre les résultats de l'enquête scientifique.

Devant l'insistance de Stéphane, Estelle lui communiqua les deux adresses, en le suppliant d'être très discret sur ses sources. Jamais ses hommes ne supporteraient de savoir qu'elle collaborait avec un privé avec autant de zèle.

20

Quartier de La Défense, même jour, 12 heures.

Stéphane Larieux n'avait pas l'intention d'attendre bien sagement les informations que voudrait bien lui communiquer son ex-femme. La proximité des lieux des deux crimes, sur des chantiers de travaux publics, ne pouvait pas être une simple coïncidence. En tout cas, il devait le vérifier par lui-même. Il se rendit donc d'abord sur le site de l'assassinat des six joueurs de poker. Il ne voulait pas se pointer trop tôt sur le deuxième, de peur de tomber sur une équipe de la police. Lorsqu'il arriva sur place, des ouvriers du chantier de rénovation étaient en train de déjeuner dehors, au pied de la tour. « De toute façon, se dit-il, la scène de crime doit être sécurisée et inaccessible. » Il resta à l'intérieur de son Hummer et se contenta de prendre une photo au téléobjectif d'une banderole attachée à la façade de l'immeuble. Elle portait le logo du promoteur et maître d'ouvrage, U2E, ainsi que les coordonnées du maître d'œuvre, Towerescape Ltd, suivies de toutes les autorisations légales. Sous le sigle, le nom développé apparaissait : United Estates of Europe.

Il était encore trop tôt pour se rendre à la deuxième adresse. De plus, il n'avait pas déjeuné. En cherchant comment il aurait bien pu mettre à profit les deux prochaines heures, il se souvint de « Boucles d'or ». Il se dit alors qu'il pourrait lui offrir un déjeuner en échange d'informations sur cette société immobilière sur laquelle son ex-collègue avait tant misé. Jean Desroches fut tellement surpris de recevoir son appel aussi rapidement après l'enterrement, que c'est lui qui lui proposa de l'inviter. Conscient de l'enjeu, le jeune trader lui donna rendez-vous à l'une de meilleures tables de Paris, sur le rond-point des Champs-Élysées. « Je vous préviens, Jean, je ne signerai rien aujourd'hui », l'avertit Stéphane pour écarter tout malentendu.

L'atmosphère des lieux était tout aussi guindée qu'au *Jardin de Bagatelle,* mais elle n'en avait pas la légèreté printanière. Ou peut-être était-ce l'absence de Camille et d'Estelle qui la rendait plus pesante ? À la manière dont le chef de rang avait conduit « Monsieur Desroches » et son invité jusqu'à une table bien précise, sans même que Jean n'eût rien à dire, Stéphane comprit qu'il s'agissait de son restaurant de prédilection pour traiter les meilleures affaires. Très vite, le privé lança la conversation sur le type de portefeuille que comptait lui proposer son interlocuteur. Il n'attendit même pas sa réponse et lui demanda son avis sur l'immobilier de prestige.

— William me parlait souvent d'une compagnie immobilière du nom de Gods Resort Investissements ou quelque chose comme cela. Vous en avez entendu parler ?

— Tout à fait, monsieur Larieux. La Gods Resort & Investment, pour être exact, fait partie d'un panel de sociétés, spécialisées dans le luxe et le prestige, qui offrent actuellement les meilleurs rendements sur le marché financier.

— Vous voulez dire que vous me conseillez de tout miser sur le luxe ?

— Non, ce n'est pas aussi simple. Sinon, à quoi servirions-nous, nous les courtiers ?

— Et qu'est-ce qui fait la solidité d'une entreprise comme GRI ? Je veux dire, qu'est-ce qui me garantit qu'elle va tenir longtemps ?

— Tout ce que je peux vous révéler, sans trahir mes secrets professionnels, c'est que GRI a su s'implanter rapidement dans le créneau de l'immobilier haut de gamme et sur des sites exceptionnels à tout point de vue.

— J'imagine que vous ne m'en direz rien de plus, n'est-ce pas ?

— Il faut bien que je protège mon gagne-pain, si vous me permettez cette expression.

— Je vois. Et en dehors du luxe, ne pensez-vous pas que je pourrais investir aussi dans les grandes sociétés de protection rapprochée ?

— Un petit peu, pourquoi pas ? Mais là encore, pas n'importe où.

— Comment ? Que voulez-vous dire? demanda Stéphane.

Très fin psychologue, « Boucles d'or » avait perçu une inquiétude dans la voix de son futur client. Mais il se garda bien de lui poser la question qu'un vendeur ordinaire lui aurait posée. « Ne me dites pas que vous avez misé toutes vos économies sur ce genre d'entreprises ? » Il n'oubliait jamais ce qu'on lui avait enseigné dans sa prestigieuse école de finance. « Ne jamais faire perdre la face à un futur client. Sinon, il est perdu à jamais ! »

— Le domaine de la protection des biens et des personnes a longtemps été très porteur, c'est vrai…

— Mais ? relança Stéphane.

— Mais les endroits où s'exerce leur activité principale sont de moins en moins sûrs. Alors, si leurs plus gros clients décidaient de fuir pour d'autres lieux plus accueillants, que pensez-vous que vaudraient leurs actions ? Non, croyez-moi, monsieur Larieux, il vaut mieux réorienter votre portefeuille sur des valeurs à la fois plus sécurisées et beaucoup plus rentables. Le secret d'un bon placement, c'est la liberté qu'il vous laisse de vous en défaire très rapidement sans trop y perdre.

— J'avoue que vous m'avez convaincu, monsieur Desroches. Nous devrions nous revoir très bientôt avec des projets plus concrets, si vous voyez ce que je veux dire ?

— Je vois… Mais ne tardez pas trop. Les choses bougent très vite depuis quelque temps.

Jean insista pour terminer ce repas plein de promesses avec un cigare et un prestigieux cognac, dans le fumoir installé dans un petit kiosque au milieu d'un parterre de fleurs. Cette fois-ci, Stéphane n'eut pas le courage de le refuser. Par ailleurs, le comportement du jeune homme lui inspirait confiance. « Ou c'est un excellent comédien ou il n'a rien à voir avec le meurtre de William et des autres joueurs de poker », pensa-t-il en le quittant.

Stéphane Larieux fit un crochet par la deuxième adresse que lui avait donnée Estelle avant de retourner à son bureau. L'entrée du chantier était effectivement gardée par un véhicule banalisé de la police, qu'il reconnut au gyrophare posé sur le tableau de bord. Il inspecta donc les lieux pour tenter de trouver un autre moyen d'accéder au site. Il repéra une autre tour de bureaux désaffectée d'où il pourrait observer la scène du crime sans être remarqué. D'une des fenêtres du deuxième étage, il réussit à prendre quelques photos avec son appareil équipé d'un puissant téléobjectif. Il n'eut aucun mal à définir l'endroit où avaient été découverts les corps. La dalle de béton était entourée d'un long ruban jaune et noir, portant les mots : « Police — Scène de crime — accès interdit. » Les cinq ouvertures longilignes indiquaient clairement le nombre des victimes. Il ne pouvait cependant pas approcher la dalle et se contenta donc de prendre des clichés en gros plan de chaque zone du quadrillage marqué à la craie bleue par les membres de la police scientifique. Pour terminer, il prit une photo de l'enseigne accrochée à l'entrée du chantier.

Maître d'ouvrage : Johnson, Swanson & Watkins Real Estate

Maître d'œuvre : LOBC (Latvian Office Building Construction)

Dès son retour boulevard du Général-Kœnig, le privé se mit en quête de toutes les informations qu'il pourrait trouver sur ces sociétés, et en particulier les deux promoteurs. Il surfa pendant près de deux heures sur Internet, passant toutes les sources au crible. Il éplucha même des comptes rendus d'assemblées générales d'actionnaires et les rapports des commissaires aux comptes de U2E et de J. S. & W. Toutes deux avaient des activités similaires, mais elles n'étaient pas affiliées. Elles étaient plus probablement des concurrentes farouches. « Mais quand même pas au point de se livrer à une véritable guerre de gangs ? » se demanda Stéphane. Le seul moyen de vérifier une telle hypothèse était de comparer les profils des victimes de chaque tuerie. Il se décida donc à rappeler la commissaire divisionnaire.

— Allô, Estelle ? Je t'appelle au sujet de notre affaire. Est-ce que tu as pu trouver un lien avec le meurtre des cinq cadavres ensevelis dans une dalle de béton ?

— Je suis désolée, Stéphane, mais ce crime n'a aucun rapport avec celui qui nous concerne. Je n'ai donc aucune raison de t'en parler.

— Je voudrais bien être aussi convaincu que toi... As-tu cherché à en savoir plus sur les propriétaires des deux immeubles ? Ça vaudrait peut-être la peine de fouiller un peu, non ?

La commissaire divisionnaire ne savait trop quoi répondre. À sa connaissance, personne dans son équipe ne s'était penché sur la question.

— D'accord. Tu me donnes ce que tu sais sur les deux promoteurs, et moi je te communique les identités des cinq cadavres... Mais pas au téléphone... Tu te souviens du petit Italien où tu m'emmenais déjeuner, aux débuts de notre rencontre ?... On peut s'y retrouver ce soir à 19 heures si tu veux.

Le restaurant était encore désert quand Stéphane arriva. Il s'installa à un guéridon, près du bar et commanda un *espresso ristretto* [1] . Estelle apparut enfin, avec un quart d'heure de retard sur l'heure prévue. Il remarqua immédiatement la fraîcheur de ses vêtements et en conclut que si elle était en retard ce n'était pas à cause de son travail mais parce qu'elle avait eu à cœur de se changer avant de venir. En l'embrassant, il put reconnaître le parfum qu'il lui avait offert deux jours plus tôt. « Cela prouve au moins qu'elle fait encore cas de moi », pensa le privé.

— Tu sens bon ! lui dit-il innocemment. Assieds-toi. Qu'est-ce que tu veux boire ? Une coupe, comme autrefois ?

— Ne t'emballe pas. Je ne suis venue que pour échanger des informations professionnelles, en toute discrétion.

— Ça ne t'empêche pas de boire du champagne, si ? Tu n'es plus vraiment en service, n'est-ce pas ?

— Tu as raison, après tout. Je prendrais bien une larme de brut.

1 . Un « expresso » très serré.

Stéphane commanda deux coupes de champagne millésimé et ouvrit son ordinateur portable sur la table. Il expliqua à Estelle ce qu'il avait recherché et découvert sur les deux promoteurs immobiliers. De son côté, la commissaire divisionnaire sortit son téléphone et montra les photos des cinq nouvelles victimes. Elle le laissa en transférer une copie vers le disque dur de son ordinateur, ainsi que des CV. Lorsqu'il afficha les dossiers en plein écran, il reconnut immédiatement trois des visages. Et pour cause : il les avait vus quelques heures plus tôt sur un organigramme de la société J. S. & W. Il s'agissait des trois fondateurs de l'entreprise : Ronald Johnson, Brian Swanson et Anthony Watkins.

— Ne me dis pas que tu ne le savais pas, dit-il à Estelle sur un ton de reproche.

— Bien sûr que je l'avais remarqué. Mais ça ne m'avance pas beaucoup.

— Sauf que moi je sais que les deux promoteurs sont concurrents. Alors, à ta place, j'enquêterais du côté de la United Estates of Europe.

Estelle l'écoutait avec attention. « Il n'a vraiment rien perdu de son flair. Et en plus, il est toujours aussi élégant, ce qui ne gâche rien ! » pensa Estelle.

— C'est effectivement une piste à ne pas négliger. Je mettrai mon adjoint sur le coup dès demain matin.

— Merci. Ce n'est rien, ironisa Stéphane. Tu restes pour dîner ?

— Non, merci, pas ce soir. Camille m'attend.

— Une autre fois, alors. Embrasse-la pour moi, veux-tu ?

Stéphane la suivit d'un regard admiratif, jusqu'à ce qu'elle fût montée dans sa voiture. Il s'était persuadé qu'elle savait pertinemment qu'il était en train de la mater, parce que, selon lui, elle prenait un malin plaisir à marcher le plus langoureusement possible, rien que pour l'exciter. Mais, lorsqu'il entendit vrombir le moteur, sans qu'elle lui eût jeté le moindre regard, il se reprit. « Tu délires, mon pauvre. Tu prends tes désirs pour la réalité. »

En rentrant dans son hôtel particulier, Stéphane Larieux retrouva sa routine habituelle. Hélène était déjà partie et lui avait adressé son rapport d'activités de la journée par courrier électronique. Georges proposa de lui servir son whisky douze ans d'âge « on the rocks », et lui annonça le menu que Valentine, la cuisinière, avait préparé suivant ses instructions.

— Au fait, lui dit-il, j'ai trouvé un cigare dans votre veste l'autre jour. Heureusement qu'il était emballé sous Cellophane, sinon… Je l'ai posé sur votre bureau.

— Vous avez très bien fait, Georges. Est-ce que monsieur Sterne est encore là ?

— Non, Monsieur. Il est parti il y a une demi-heure.

Stéphane aurait bien voulu que son directeur financier, Jean Sterne, s'occupât de l'enquête sur les différentes sociétés de promotions immobilières, mais soit, il lui en parlerait le lendemain. Après avoir pris une douche, il demanda qu'on lui servît son dîner dans le séjour.

La pièce était immense, à l'image de la bâtisse. Les trois hautes fenêtres coulissantes à vitres blindées offraient une vue imprenable sur la cour intérieure et au-delà sur les quais de la Seine. Une table en chêne massif trônait au milieu de la salle. Elle était entourée d'une douzaine de chaises. En fait, elle était déjà là lorsqu'il avait acheté cet hôtel particulier. Il la détestait, mais n'avait jamais eu le courage de s'en débarrasser. Sauf en de très rares occasions, seule une place était occupée : la sienne. Et, ce soir, en voyant cette table sinistre s'étirer devant lui jusqu'à ce qui lui semblait être l'infini, Stéphane réalisa l'infinité de sa solitude. Il n'était entouré que de serviteurs, et même s'il décidait de recevoir tous ses amis chaque soir à cette table, il ne parviendrait pas à combler le vide affectif insondable de sa vie. Les seules personnes qu'il aurait aimé avoir près de lui à cet instant précis étaient Camille et Estelle. Pourtant, jusqu'à cet après-midi dans les jardins de Bagatelle, il n'avait jamais ressenti cette terrible sensation de manque, qui lui nouait à présent l'estomac. Il toucha à peine à sa salade de gésiers et demanda à Georges de débarrasser, en le priant de l'excuser auprès de Valentine. Elle avait pour lui les attentions d'une mère aimante et se souciait facilement de sa santé, surtout lorsqu'il manquait d'appétit. Stéphane retourna à son bureau en emportant la crème brûlée que lui avait préparée la cuisinière. Elle aurait été très vexée qu'il ne mangeât pas, au moins, son dessert préféré.

Il aurait très bien pu faire une virée dans un des cercles privés de Neuilly qu'il aimait fréquenter pour se vider la tête, mais ce soir-là il lui fallait quelque chose de plus prenant pour ne pas ruminer sur la vanité de l'existence ou sur son incapacité à être vraiment heureux. Il allait donc se plonger dans ses recherches sur Internet. Son passé de hacker lui permettait d'accéder à beaucoup plus de sites et d'informations que ne l'aurait fait un enquêteur normal de la police. Et l'idée de pouvoir ainsi impressionner Estelle était une motivation supplémentaire pour s'atteler à cette tâche que d'aucuns auraient jugée fastidieuse.

Il ne savait pas exactement par quel bout commencer, alors il se souvint de ce que lui avait dit « Boucles d'or » à propos de son portefeuille d'actions. « Ça n'a peut-être pas de lien direct avec l'enquête, mais au moins ça me permettra de faire le point sur mon patrimoine boursier », se dit Stéphane. Il visita donc plusieurs sites de conseils en placements auxquels il était abonné, sans vraiment les avoir utilisés jusque-là. Le courtier numéro un de la TBWM avait dit vrai. Les valeurs des sociétés comme VIP connaissaient une stagnation et même un léger repli, alors que les principaux titres de l'industrie du luxe se portaient beaucoup mieux. Lorsqu'il orienta ses recherches vers le domaine de l'immobilier, les conclusions se révélèrent beaucoup moins tranchées. Le secteur était presque sinistré. D'ailleurs, il aurait pu le deviner tout seul. Les tensions sociales dans la plupart des régions de France et d'Europe étaient telles que plus personne ne souhaitait investir dans la construction immobilière, sauf bien sûr à l'intérieur de quelques zones ultra-protégées. Seules quelques sociétés semblaient connaître une croissance importante et soutenue. Parmi elles, Stéphane reconnut la Gods Resorts & Investment, qui détenait la deuxième place des promoteurs immobiliers les plus performants depuis un an. U2E, par contre, était très loin derrière. Il fut surtout très surpris de ne trouver aucune trace de J. S. & W. dans la liste des entreprises cotées à Euronext, ni même à UKX. Quelque peu désemparé, il décida de s'adonner à une petite séance de boursicotage. Après tout, il n'avait pas vraiment besoin d'un courtier, fût-il aussi talentueux que Jean Desroches, pour passer quelques ordres à sa banque. Il commença à mettre à la vente quelques milliers d'actions de VIP et de multinationales agroalimentaires et pharmaceutiques, mais sans préciser vers quelles valeurs il avait l'intention de déplacer le cash généré par cette vente. Il fallait à tout prix éviter de dévoiler ses objectifs à l'avance. « C'est un coup à faire grimper le cours avant de payer. Ce serait vraiment trop bête de ma part ! » se dit-il. C'est alors qu'il eut un déclic. S'il n'avait trouvé aucune trace du deuxième promoteur, c'était peut-être parce que, comme VIP à ses débuts, il n'était coté qu'au second marché ! Son intuition se révéla exacte. Il trouva rapidement la valeur des actions de cette société. En cliquant sur son nom, il put accéder à l'historique du cours sur les douze mois passés. Sa progression était sensible, mais ce qui attira l'attention de Stéphane ce furent plusieurs pics importants qui apparaissaient un peu plus de six mois auparavant. La dernière cotation datait du jour même et était stable. Apparemment, la mort des trois fondateurs de la J. S. & W. n'avait pas encore été divulguée. De toute évidence, elle ne pourrait pas rester secrète très longtemps et nul doute que cette décapitation allait faire s'effondrer le cours de l'entreprise. Pour ses actionnaires, cela risquait d'être catastrophique… « Par contre, pour un concurrent direct, ce serait l'occasion de la racheter à bon compte, se dit Stéphane, ça vaudrait la peine de creuser cette piste. Et dans ce cas, Estelle a raison. Si le premier sextuple meurtre peut être attribué à un groupe terroriste, alors le quintuple meurtre de ce matin n'a pas de rapport avec le premier. »

Stéphane voulut en avoir le cœur net. Il lança une recherche à partir des mots-clés OPA, J. S. & W. et Johnson, Swanson & Watkins. Selon lui, les quelques pics sur la courbe de l'historique du cours de l'action de J. S. & W. pouvaient cacher une tentative de prise de contrôle par un concurrent à travers une offre publique d'achat très attrayante pour des petits actionnaires. Et il en eut la confirmation, mais l'article du chroniqueur financier ne disait rien de l'identité dudit concurrent.

Tout à coup, une forte lueur envahit la pièce, qui fit se retourner le privé en direction de la baie vitrée du bureau. Il ressentit alors une vibration sourde au niveau du plancher. Il s'approcha de la fenêtre pour observer les halos de lumière qui embrasaient l'horizon en plusieurs endroits. Il s'était presque habitué au calme qui s'était installé pendant l'hiver. Il en était arrivé à croire que les habitants des banlieues de l'Ouest de Paris avaient capitulé devant la force de l'adversité. Il alluma les micros d'ambiance placés sur le toit de la maison. Il put clairement distinguer des détonations et des hurlements de sirènes, de l'autre côté de la Seine en provenance du Nord-Ouest. Le central téléphonique se mit à sonner. Il retourna à son bureau et enfonça le bouton de la ligne 4 qui clignotait au rythme de la sonnerie.

— Oui ?

— Patron, c'est Nolan. Je suis sur la navette 2… Vous avez entendu ? Ça recommence à chauffer, comme avant l'hiver. Je crois qu'il vaudrait mieux augmenter les effectifs sur le quai.

— Tout à fait d'accord, Nolan. Je vous envoie du renfort tout de suite.

Stéphane raccrocha et appela aussitôt le PC au rez-de-chaussée. Il détacha un des trois hommes de garde pour rejoindre Nolan et assurer la surveillance de la navette 1. « Demain, je double les effectifs de permanence », pensa-t-il. Puis il se remit à ses recherches sur le net, comme si cette renaissance de la violence urbaine ne pouvait l'atteindre. Jusqu'à présent, il avait toujours vu d'un relatif bon œil la dégradation de la sécurité dans les villes. C'était grâce à elle que sa modeste société de protection était devenue une multinationale et qu'il s'était bâti une véritable fortune. Mais pour la première fois, quelque chose de plus fort l'empêchait de se réjouir. Le visage de sa petite Camille lui apparaissait très nettement, dès qu'il fermait les yeux, comme si elle avait laissé sur sa rétine une empreinte indélébile. Parfois même, venait s'y accoler celle de sa mère. Ce soir-là, il éprouva un sentiment qui l'avait épargné jusque-là : la peur. Non pas pour lui-même, mais pour Camille et Estelle, dont il réalisait, depuis deux jours, l'importance.

21

Puteaux, 24 mai 2028, 3 h 15.

Depuis qu'il avait retrouvé le Chinois, Maxime vivait en décalage constant avec son horloge biologique. Il n'arrivait plus à trouver le sommeil. Tout au moins, la nuit. Parce l'après-midi précédent, la fatigue et la lumière artificielle aidant, il s'était effondré comme un vieux sac sur un canapé, dans la planque de ses nouveaux amis. Il fallait avouer que, jusqu'alors, ils avaient beaucoup refait le monde dans les paroles, mais sans jamais envisager de passer à l'acte. Alors, Max avait décidé d'agir de son côté et pour son propre compte. Sa priorité, c'était sa mère. À vrai dire, il n'avait jamais eu de véritable conscience politique. Il eût été hypocrite de sa part que de prétendre le contraire. Même s'il était d'un naturel rebelle à l'autorité, il s'était jusque-là très bien accommodé de la situation que sa mère lui offrait. Il n'était pas mécontent de recevoir les enseignements des meilleurs professeurs dans son « lycée de bourges », comme l'appelait l'Asperge. Le sort des autres, dans les quartiers périphériques, ne faisait pas partie de ses préoccupations.

Son objectif immédiat était de trouver un moyen de venger sa mère et surtout de la protéger. Pour lui, l'errance, de squat en abri de fortune, pouvait être une sorte de jeu. Mais pour elle, une telle perspective ne pouvait avoir qu'une issue fatale. Grâce aux informaticiens de la bande, il avait appris quelques astuces supplémentaires pour passer au travers des meilleurs pare-feux du marché. C'était ainsi qu'il avait réussi à pénétrer le système informatique de la société dans laquelle travaillait encore sa mère, six mois auparavant.

Pour ce faire, il avait utilisé son fameux logiciel « crackeur de mots de passe ». Une fois à l'intérieur de la forteresse, il pourrait compter sur son générateur d'adresses IP pour ne pas être localisé, si jamais quelqu'un venait à découvrir son intrusion. Sa mère, qui était l'assistante personnelle du directeur financier et avait un DESS de comptabilité, lui avait enseigné les finesses de son métier. Elle lui avait parlé des manipulations d'écritures qu'affectionnait son supérieur. Le jeune homme n'avait pas pris au sérieux la remarque qu'elle lui avait faite un jour, un peu avant son licenciement : « Comme ça, s'il m'arrivait quelque chose de fâcheux, tu saurais quoi raconter à la police. » Mais cela avait tout de même marqué son esprit, puisque ce jour-là il s'était souvenu de cette histoire de comptes temporaires sur lesquels transitait une partie des acomptes des clients, avant leur comptabilisation effective. S'il n'en avait pas eu connaissance préalable, il n'aurait jamais découvert ce fameux compte fantôme.

Sa mère lui avait expliqué qu'il était invisible, tant que l'on restait au premier niveau du système. Mais il existait, en fait, un deuxième niveau auquel on ne pouvait accéder qu'en passant par une option de la fonction de maintenance du logiciel de comptabilité, réservée exclusivement à François du Plessis. Toutefois, en tant que bras droit du directeur financier, Christelle Saignier y avait eu accès, en particulier pour effectuer des clôtures d'exercices comptables. C'est comme cela qu'elle avait découvert l'existence d'un compte de transit et, bien évidemment, elle n'en avait parlé à personne et surtout pas à son chef.

Un jour, elle avait révélé à son fils, sans le vouloir, la manière dont François du Plessis construisait les mots de passe. Celui que lui avait délivré monsieur du Plessis était composé de chiffres et de lettres. Il lui avait demandé quelle était sa fleur préférée. Elle avait répondu la tulipe. Quelques minutes plus tard, il lui avait inscrit sur un bout de papier son code personnel et confidentiel : 54554C495045. En informaticien averti, Max avait immédiatement compris le mode de conversion. Un nom de six lettres transformé en une combinaison de douze éléments alphanumériques. Le mot avait été traduit en codes ASCII, dans le système hexadécimal.

Là encore, il aurait pu se contenter d'utiliser son logiciel de craquage, pour accéder au niveau confidentiel, mais il avait envie de se mesurer à l'ennemi de sa mère. Ou, peut-être, de se faire une idée de son mode de fonctionnement. Il afficha une fenêtre contenant le tableau de tous les codes ASCII et se mit à chercher, dans sa mémoire, des noms de divinités grecques ou romaines. Vu le nom de la société, cet homme ne pouvait avoir choisi pour son propre mot de passe que celui d'un dieu antique. Il commença par le premier qui lui vint à l'esprit : Zeus. Il essaya toutes les combinaisons possibles en majuscules et en minuscules. Mais en vain. « Quatre lettres auraient donné une combinaison de huit éléments. C'eût été un peu léger pour un mot de passe », se dit Maxime. « Essayons quelque chose de plus long. Jupiter par exemple »… C'est au troisième nom que se révéla le bon mot de passe : Athena. « Quel séducteur ce François ! », pensa le jeune homme, fier de lui.

Ce qu'il découvrit à ce moment-là ressemblait à la chambre forte d'un receleur. Ou plutôt à la caverne d'Ali Baba. Tout aussi riche de trésors, mais soigneusement rangés, triés, classés. Il y avait un tableau à colonnes multiples. Noms, prénoms, date de naissance, situation, référence, objet, acompte… Les sommes figurant dans la rubrique « acompte » étaient impressionnantes. Elles se chiffraient en millions d'euros. Les dates d'enregistrement étaient toutes récentes. Moins de six semaines pour les plus anciennes. Dans la colonne « situation », n'apparaissaient que deux codes différents : cse et vse. « Le seul moyen d'en connaître le sens serait d'accéder à la fiche personnelle de chaque supposé client », pensa le jeune homme. Avant de commencer sa recherche, il eut le réflexe de faire une copie du tableau.

Alors qu'il venait juste de lancer une impression, le pare-feu de Max lui signala la présence d'une autre personne sur le réseau. « Impossible, se dit-il, pas à cette heure de la nuit. » Puis, une petite fenêtre s'ouvrit au milieu de l'écran. Un message s'inscrivit sous ses yeux : « Qui êtes-vous ? ». Confiant dans son système de navigation anonyme, Max se prit au jeu et décida de répondre. « Et toi, qui es-tu ? »

« Vous êtes dans un espace privé. Veuillez vous identifier ou quittez ce site immédiatement ! »

« Sinon ? Tu vas porter plainte à la police ? Permets-moi d'en douter. »

Le dialogue continua ainsi pendant dix minutes, jusqu'au moment où Max vit apparaître, sur son moniteur, l'image d'un petit personnage animé représentant un voleur masqué, portant sur son épaule un sac bien gonflé.

« C'est toi que je vois, déguisé en voleur ? » demanda Max.

L'autre visiteur ne réagit pas. « Tu es encore là ? » écrivit-il. Mais la boîte de message ne répondait pas. Alors, Max pensa que son interlocuteur était reparti, comme il était apparu, sans prévenir. Il se dit alors qu'il devait agir immédiatement s'il voulait pouvoir détourner tout ou partie de ces acomptes vers un compte dans une banque étrangère. Il n'aurait pas trop du reste de la nuit pour le faire, parce qu'avant cela il lui fallait, au préalable, créer un nouveau compte dans plusieurs établissements financiers implantés dans des paradis fiscaux. Les démarches étaient très simples dans certains pays et tout pouvait se faire le plus rapidement du monde et par Internet. Malheureusement, il n'eut même pas le temps de commencer son opération d'auto-indemnisation. Il entendit une sirène, provenant des haut-parleurs de son moniteur. D'abord presque inaudible, elle augmenta d'intensité à mesure que grossissait l'image d'une voiture de police qui s'approchait inexorablement du voleur. Le petit personnage aux yeux masqués finit par lâcher son sac et lever les bras en l'air.

Maxime fut envahi par une puissante bouffée de chaleur. Et si c'était la police qui venait de le localiser ? Il tendit l'oreille, croyant entendre une sirène dans la rue. Mais le silence était total. Il ne perçut que le léger ronflement de sa mère, dans la pièce voisine. Mais un pressentiment le poussait à fuir. « Au pire, si les flics arrivaient ici, ils trouveraient une femme profondément endormie et, en voyant son état, ils comprendraient tout de suite qu'elle n'a rien à voir avec ma tentative de piratage », pensa Max. Sans plus attendre, il éteignit son ordinateur portable et l'enferma dans son sac à dos. Puis, machinalement, il enfila son blouson et ses chaussures, et prit une bouteille d'eau dans le frigo et un paquet de gâteaux secs qui traînait sur la table de la cuisine. Il devait absolument quitter l'immeuble avant l'arrivée de la police. Il referma la porte de l'appartement derrière lui, sans bruit, et dévala les escaliers dans l'obscurité, avec la souplesse et la rapidité d'un félin. Au moment où il se précipita dans la rue sombre et déserte, il fut littéralement saisi par la lumière blanche des phares d'une voiture impressionnante. Max n'essaya même pas de s'enfuir.

— C'est bon patron. On l'a eu. Ce n'est qu'un gamin… OK, on vous le ramène.

L'homme qui venait d'empoigner Maxime par le bras lui attacha les poignets dans le dos, le força à prendre place à l'arrière du Hummer et lui enfonça sur la tête une cagoule noire en coton, maintenue sous le menton par une cordelette.

— Vous êtes de la police ? cria Max pour tenter de se faire entendre à travers l'épais tissu qui lui couvrait la bouche.

Il reçut deux grands éclats de rire en guise de réponse. Celui du chauffeur et celui de son gardien. Leur silence pesant, pendant les quinze minutes que dura le trajet, lui glaça le sang. Il ne put s'empêcher d'imaginer qu'il était peut-être tombé entre les mains d'une organisation beaucoup plus inquiétante que la police ; des gens qui ne s'embarrassent pas de lois ni de règlements pour mettre hors d'état de nuire des délinquants de son espèce. Soudain, il sentit que la voiture s'arrêtait, puis il entendit le grincement d'un portail métallique ouvert par une crémaillère électrique. Le Hummer s'immobilisa, quelques mètres plus loin, dans une cour recouverte de petites pierres.

— T'avise pas de crier, petit… sinon… le prévint son gardien en le guidant hors du véhicule.

Le jeune homme fut conduit, sans ménagements, à travers un dédale de marches et de couloirs, jusqu'à une pièce dont il ne pouvait que soupçonner qu'elle se situait dans un sous-sol. Ce ne pouvait pas être une cave puisqu'elle n'avait pas l'odeur caractéristique de salpêtre ou de moisi qu'il connaissait bien. Son gardien le poussa à l'intérieur et le força à s'asseoir sur une chaise inconfortable, à laquelle il lui attacha les deux poignets. Puis, il lui ôta sa cagoule d'un geste brusque, sans même avoir desserré la cordelette, qui lui racla le menton au passage. La pièce n'était pas très grande. Un des murs était recouvert, sur sa moitié supérieure, d'un miroir sans tain, encadré de bois. Le jeune homme en fut presque rassuré. Il ne faisait aucun doute pour lui qu'il se trouvait dans une salle d'interrogatoire de la police. D'autant plus qu'il avait repéré deux caméras installées dans deux coins supérieurs opposés de la pièce. Son gardien avait quitté les lieux et l'avait laissé seul. Pour donner une impression de grande assurance, Maxime se mit à adresser des mimiques à la caméra placée sur le mur en face de lui, en haut à gauche. Il ajouta quelques clins d'œil en direction de la glace sans tain.

Installé confortablement derrière le miroir, Stéphane Larieux savourait le spectacle. Il disposait de plusieurs moniteurs à ses pieds sur lesquels il pouvait agrandir certains détails des images prises par les deux caméras. Ce n'était pas l'allure générale de ce gamin qu'il voyait, mais un plan serré de ses pupilles dilatées, le tremblement incontrôlé de ses jambes et même la température et le degré d'humidité de son corps. Tout en lui trahissait la peur et l'angoisse qu'il cherchait désespérément à cacher.

— Qu'est-ce qu'on a sur lui ? demanda Stéphane à son collaborateur qui venait d'entrer dans le local de surveillance.

— Pas grand-chose, en fait. Son ordinateur portable, qu'il avait dans son sac à dos au moment où il prenait la fuite. Sinon, il n'avait aucun papier sur lui. Par contre, il avait une carte de crédit, un peu de liquide et une photo dans un portefeuille en cuir.

— C'est bon, Michel. Vous y retournez et vous lui faites un interrogatoire en règle. Moi je reste ici et je surveille. Vous avez votre oreillette ?

La séance débuta, de manière détendue, par des questions simples sur son identité, son âge, ses études, son métier. Systématiquement, Max donnait la même réponse. « Je suis mineur. J'exige un avocat ! »

— Mineur et gigolo, pas vrai ? lança l'homme assis en face de lui.

— Quoi ? Qu'est-ce que c'est que ce délire ?

— Tu aimes bien les femmes mûres, dis-moi.

— Ça va pas non ?

— À moins que ce soient elles qui te paient pour leur faire des saloperies. Celle-là par exemple ! hurla l'homme en plaquant violemment la photo sur la table.

Max reconnut la photo de lui et de sa mère, prise le jour de son dernier anniversaire. En ce temps-là, elle avait encore son travail et ils étaient souvent heureux ensemble. Il s'en voulait d'avoir gardé sur lui cette photo. Il avait tellement peur d'entraîner sa mère dans ses propres problèmes. Elle avait déjà suffisamment à faire avec les siens. Il se mit à tirer sur ses poignets, comme s'il avait voulu briser les chaînes des menottes.

« Je crois qu'il est mûr, entendit Michel dans son oreillette. Enfoncez encore un peu l'aiguille et l'abcès va exploser. »

— Il paraît qu'à cet âge-là, elles sont expertes pour sucer. Qu'est-ce que tu en dis ?…

Dans un réflexe incontrôlé, le jeune homme se redressa sur ses jambes et bondit en avant, en oubliant complètement qu'il était menotté à la chaise. Il retomba lourdement sur la table qui le séparait de son vis-à-vis. Son buste et son visage vinrent s'écraser dans un grand fracas à quelques centimètres de son ventre, dans une position des plus humiliantes. L'homme le maintint dans cette posture en plaquant son avant-bras contre son dos.

— Tu voudrais nous faire perdre notre temps, mais tu te fais des illusions. Nous avons d'autres moyens de savoir qui tu es. Petit con !

Pendant ce temps, Stéphane avait orienté la caméra sur la photo, qu'il n'avait pas encore vue. Il avait fait un gros plan sur cette femme blonde, à côté du gamin. Ce regard désabusé, derrière l'apparence de bonheur donnée par son sourire lumineux. Ce petit grain de beauté sur la pommette gauche, à quelques centimètres sous l'œil. Ces yeux verts. Était-il possible qu'ils fussent ceux de Christelle ? C'était il y a si longtemps. Quinze ans au moins. Non, plus encore. Ils s'étaient rencontrés sur le campus d'une école privée en 2008. Ils avaient fait partie d'un même groupe de copains et avaient fini par se mettre ensemble une fois leur diplôme en poche. Mais ça n'avait pas duré. Six mois, huit tout au plus. Ils passaient le plus clair de leur temps à fumer de l'herbe et à faire l'amour. Jusqu'au jour où elle avait commencé à lui parler d'avenir, de projets. C'était là qu'il avait pris peur et qu'il était parti sous prétexte d'une offre de poste à l'étranger qu'il ne pouvait pas refuser. Au début, il l'appelait au téléphone, cinq minutes par semaine. Puis une fois par mois. Un jour, il lui dit : « Nous deux c'est fini, je suis désolé. » Et il avait raccroché. En y repensant à présent, dix-huit ans plus tard, il en éprouva, pour la première fois, un sentiment de culpabilité ; presque de la honte. Les cris de rage de Maxime, qu'il entendait dans les écouteurs de son micro-casque, le ramenèrent à la réalité présente. En voyant les gesticulations du gamin, il ressentit un profond malaise. Au vu de sa réaction violente, face aux provocations de son enquêteur, il réalisa que cette femme sur la photo pouvait très bien être sa mère.

— Laissez-le souffler deux minutes. Je prends la suite.

Stéphane entra dans la salle d'interrogatoire avec deux canettes de soda dans une main et deux bouteilles de bière blonde dans l'autre, qu'il posa délicatement au milieu de la table avant de prendre place sur une chaise, en face du jeune homme. Il l'observa pendant plus d'une minute, sans prononcer un mot. Maxime soutint son regard et resta lui aussi totalement silencieux. Mais les mouvements de crispation de sa mâchoire en disaient plus que sa langue.

— Tu as soif, peut-être ? demanda Stéphane. Bière ou soda ?

Maxime ne répondit pas.

— Comme tu voudras. Pour moi, ce sera une bière.

Le privé se saisit d'une des bouteilles et en dévissa la capsule. Il porta le goulot à sa bouche et avala goulûment une bonne gorgée. Puis, il essuya d'un revers de la main la mousse qui s'était collée à ses lèvres.

— Tu as tort, petit. C'est très rafraîchissant.

Maxime écarta brusquement ses deux bras, faisant ainsi claquer violemment ses menottes contre la tubulure de la chaise. Stéphane réalisa alors sa gaffe. Comme tentative pour l'amadouer, c'était plutôt raté.

— Pardon. J'avais oublié. Droitier ou gaucher ? demanda le privé en contournant la table.

— Droitier.

Stéphane lui libéra la main droite et réitéra sa question.

— Bière ou soda ?

— Bière.

Il ouvrit pour lui la bouteille et la lui tendit. Le gamin siffla le contenu d'une traite, sans reprendre son souffle.

— Dis-moi un peu, petit. Cette femme sur la photo, c'est ta mère n'est-ce pas ?

— D'abord, je suis pas votre petit. Ensuite, qu'est-ce que ça peut vous foutre ?

— Si tu me disais ton nom, je pourrais t'appeler autrement.

— Max.

— Max comment ?

— Max. C'est tout.

— D'accord. Je comprends que tu cherches à protéger ta mère. J'aurais fait pareil à ta place.

— Je n'ai jamais dit qu'elle était ma mère.

— Contrairement à ce que tu crois, tu n'es pas à la police ici. Je suis un privé.

Stéphane fut surpris par sa réaction. Au lieu d'être rassuré, Max sembla terrifié et commença à blêmir.

— Ça ne va pas, Max ? Tiens, bois ça, ajouta-t-il en lui tendant une canette de soda. Tu as besoin de sucre.

Max se prit la tête dans sa seule main libre.

— C'est pas vrai. Mais qu'est-ce que j'ai fait ? Merde. C'est pas possible. Je vous en supplie, ne lui faites pas de mal. Elle n'a rien avoir avec ça. C'est moi qui ai eu l'idée.

Stéphane en avait mal pour le gamin. Il ne savait plus quoi faire pour le rassurer.

— Je t'assure, Max, que tu n'as rien à craindre. Tout ce que je veux savoir c'est ce que tu cherchais dans le système informatique de la société GRI. Pour le reste, je me suis déjà renseigné sur l'identité de cette femme sur la photo. Étant habilité par la Police européenne, j'ai accès à sa base de données. C'est comme ça que je l'ai identifiée… Elle s'appelle Christelle Saignier…

Au même instant, Maxime releva les yeux vers son interlocuteur. Son regard le trahissait malgré lui. Stéphane avait vu juste. Cette femme était bien Christelle Saignier.

— Je te promets, Max, que je n'ai aucune intention de nuire à ta mère. En plus, je ne travaille pas pour GRI. Tu n'as donc rien à craindre. Dis-moi seulement ce que tu cherchais et je te ramènerai là où l'on t'a ramassé.

Max commençait à perdre ses moyens. Il n'avait pas été préparé à ça. Stéphane se dit que c'était le bon moment pour lui faire lâcher toute résistance. Il se leva et s'approcha de lui pour lui ôter la deuxième paire de menottes.

— Comme ça, tu vas pouvoir me parler vraiment librement.

Max s'efforça de garder son air renfrogné, histoire de se donner de l'assurance. Il se frotta quelques instants les poignets. Puis, le visage toujours baissé, il releva les yeux vers Stéphane.

— Qu'est-ce que vous attendez de moi, alors ?

— Je te l'ai déjà dit. J'attends que tu me racontes ce que tu trafiquais sur ce site ?

— Pourquoi, puisque vous ne travaillez pas pour eux ?

— Tout simplement parce que cette société est peut-être impliquée dans une affaire sur laquelle j'enquête.

— Je ne vous dirai rien.

— Comme tu voudras, mais dans ce cas, c'est avec les flics que tu devras t'expliquer. Et, crois-moi, dans le cas d'un meurtre, ils ne sont pas du genre à se laisser mener en bateau par un gamin comme toi. En plus, ils n'hésiteront pas à cuisiner ta mère. Donc, si tu veux lui épargner ce genre de soucis, tu sais ce qu'il te reste à faire, non ?

— Rien à foutre.

— Ah oui ? Dans ce cas je vais te confier aux soins de la police.

Max regarda attentivement son vis-à-vis pour le jauger. Il finit par se rendre à l'évidence. Il n'avait pas d'autre choix dans l'immédiat que de lui faire confiance. Il repensa à sa mère, livrée à elle-même dans ce sordide deux-pièces, et l'imagina gisant dans son vomi. Alors, il commença à lui raconter leur histoire.

— Ces enculés de la GRI l'ont virée comme une merde, il y a six mois. Ils lui ont mis sur le dos un prétendu vol d'informations confidentielles. C'est sûrement son directeur qui a déposé la puce électronique dans son sac, mais elle n'a jamais pu le prouver. Leurs avocats ont ressorti son passé pour la dissuader de porter plainte auprès d'un tribunal.

— Quel passé ?

— Elle aurait été une sympathisante d'un mouvement révolutionnaire. Elle était donc suspecte d'office. Résultat : aujourd'hui, elle est tellement bourrée du matin au soir qu'elle n'arrive même plus à assurer des ménages chez les bourges du quartier. En plus, ces salauds nous ont obligés à quitter l'appartement où nous vivions jusque-là. Tout ce qu'elle a pu trouver pour nous loger, c'est un petit deux-pièces, au quatrième étage sans ascenseur d'un vieil immeuble délabré. Là où vos collègues m'ont attrapé.

— Et ton père ? Il ne peut pas vous aider ?

— Mon père ? Je ne l'ai jamais connu et je ne veux pas le connaître. Cet enfoiré a plaqué ma mère avant ma naissance. D'après elle, il ne savait pas qu'elle était enceinte de lui quand il s'est barré. Je ne l'ai jamais cru en fait. Et il y a longtemps que l'on ne parle plus de lui entre nous. Elle m'a élevé toute seule jusqu'à ce jour. Je lui dois absolument tout, et aujourd'hui c'est elle qui a besoin de moi. Alors, tout ce que je pourrai faire pour la protéger, je le ferai. Même ce qui est illégal.

Pendant ce monologue du gamin, Stéphane n'avait pas bronché. Pourtant, intérieurement, il avait été ébranlé. Dès qu'il avait vu la photo, il avait eu un pressentiment qu'il s'était efforcé de chasser de son esprit. Mais cette histoire de père inconnu avait fini par donner une réelle consistance à son intuition. Maintenant, une question lui brûlait les lèvres, parce qu'il avait très envie de la poser et qu'en même temps il avait peur de la réponse. Mais quelle que fût cette réponse, il était décidé à aider cette femme qu'il avait vraiment aimée, mais pas assez à l'époque, pour rester avec elle.

— Tu m'as l'air très jeune. Je peux te demander ton âge ?

— J'aurai dix-huit ans en décembre, pourquoi ?

Stéphane ne répondit pas. Il fit un rapide calcul. Max était né huit mois après son départ pour son poste à l'étranger. Ce qui voulait dire qu'elle savait alors qu'elle était enceinte de lui, quand il l'appelait une fois par semaine depuis Berlin. Peut-être même l'avait-elle su dès avant leur séparation. « Mais pourquoi, dans ce cas, ne m'en a-t-elle jamais parlé ? » pensa-t-il. Il le savait parfaitement. Elle l'aimait trop pour le retenir par obligation. Certes, une autre qu'elle aurait accepté l'éventualité d'un avortement. Mais pas elle. Elle aimait trop la vie pour en priver qui que ce fût. Encore moins son propre bébé. Stéphane sentit une bouffée de culpabilité l'envahir tout entier. Les hasards d'une simple enquête lui avaient jeté en plein visage un moment peu glorieux de son passé. Il était pris d'un irrépressible besoin de se racheter en apportant son soutien à ces deux personnes qu'il n'aurait jamais dû quitter, mais il ne savait comment s'y prendre. Après ce que Max venait de lui dire à propos de son père, il se voyait mal lui annoncer : « Max, c'est moi, ton père ! » Son fils ne voulait rien savoir de lui, qui ignorait encore son existence quelques minutes auparavant. Christelle non plus n'accepterait aucune aide de son ancien amant, bien qu'il fût le géniteur de son fils chéri. Mais ce n'était pas pour autant que Stéphane rejetterait les responsabilités qui étaient désormais les siennes. Il fallait absolument trouver un moyen de maintenir le contact avec Max et sa mère, tout en gardant le secret de son lien avec eux.

— J'ai une petite faim, tout à coup. Pas toi ? Tu me promets de ne rien tenter de fâcheux pendant que je vais nous chercher des sandwichs ou est-ce que je dois te remettre les menottes ?

Lorsqu'il revint dans la salle, un quart d'heure plus tard, Max s'était endormi contre la table, la tête reposant sur ses deux bras croisés. Stéphane n'eut pas le cœur d'interrompre son sommeil et le laissa tranquille une petite demi-heure, le temps pour lui d'échafauder un plan pour continuer à le garder sous sa protection. Le meilleur moyen qu'il trouva fut de l'amener à accepter de collaborer à son enquête, en échange d'une aide pour venger sa mère. Il décida enfin de le réveiller et de partager quelques sandwichs et une bière avant de reprendre leur discussion.

— Tu ne m'as toujours pas dit ce que tu faisais dans leur réseau. Je dois avouer que tu m'as vraiment impressionné. Il faut une sacrée maîtrise du hacking pour pénétrer un système aussi bien protégé. Pour nous, avec nos équipements agréés par la Police européenne, ce n'est pas très compliqué, mais pour un gamin… enfin, pour un jeune amateur, c'est une autre prouesse. D'ailleurs, justement, si ça te dit, je cherche un expert dans ton genre…

— Travailler pour des flics ? Ne comptez pas sur moi.

— Je te l'ai dit. Nous ne sommes pas des flics. Et puis, ça te permettrait de gagner pas mal d'argent et d'aider ta mère. Et, qui sait, je pourrais te donner un coup de main pour la venger. J'ai d'excellents avocats moi aussi et je peux te procurer les moyens de fouiller, à ton tour, dans la vie de ceux qui ont viré ta mère, et de les faire… fléchir.

— Mais pourquoi feriez-vous tout ça pour moi ? Vous ne me connaissez pas. Je ne suis rien pour vous.

— Peut-être que je suis un bon Samaritain qui aime porter secours à la veuve et à l'orphelin… Non, je plaisante, bien sûr. Disons que tes dons pour l'informatique pourraient m'être très utiles pour trouver des informations nécessaires à mon enquête présente. Et si j'y arrive, mon client me paiera grassement pour cela. Alors, tu peux considérer ça comme un investissement de ma part, ou comme un échange de bons procédés, si tu préfères.

Maxime sembla hésiter. Quelque chose le tracassait, visiblement.

— Qu'y a-t-il ? demanda le privé.

— Je ne peux pas laisser ma mère seule. Il faut que je la surveille, que je lui prépare ses repas. Sinon, elle va passer son temps à boire… Je la connais…

— Écoute, Max. Je vais t'avouer une chose…

— Quoi ?

— Moi aussi j'ai connu un sérieux problème avec la drogue, il y a une quinzaine d'années. Pendant longtemps, j'ai refusé de reconnaître que j'étais « accro ». Je m'étais persuadé que je pouvais m'en sortir seul. Mais bien évidemment, c'était impossible. Heureusement, j'avais un ami, un vrai, qui était aussi psychiatre et spécialiste des addictions sévères. C'est lui qui s'est occupé de moi et c'est grâce à lui que je m'en suis tiré. Il est le directeur d'une clinique privée, ici à Neuilly. Si ta mère se sent prête à tout pour s'en sortir, elle peut aller le voir de ma part.

— Et avec quel argent pourrait-elle se payer une cure de désintox dans une clinique privée, je vous prie ? demanda Max sur un ton sarcastique.

— L'argent n'est pas un problème pour moi. Tiens, je vais te faire un petit mot pour mon ami. Ta mère n'aura qu'à le lui présenter pour être prise en charge gratuitement.

— Et en échange, je fais quoi ?

— Tu me parles de ce que tu as trouvé dans le système informatique de GRI, pour commencer. Je te prête un ordinateur, plus puissant que ceux que tu as jamais eu entre les mains, et tu me montres de quoi tu es capable. Ça te va ?

Conscient qu'il n'avait pas vraiment les moyens de l'éviter, le jeune homme accepta de coopérer et d'expliquer ce qu'il savait des pratiques peu orthodoxes de l'ancien supérieur hiérarchique de sa mère. Il était surtout très heureux que Stéphane n'ait fait aucune allusion à ses relations avec la bande du Chinois. Il lui montra comment étaient construits les mots de passe de François du Plessis, et surtout il lui indiqua où se trouvait le fameux compte caché où transitait une partie au moins des acomptes versés par les clients de GRI. Stéphane le remercia de son aide précieuse et réitéra sa proposition de l'embaucher comme expert informatique, en échange d'une rémunération confortable et totalement anonyme. De cette manière, personne, pas même la police, ne pourrait remonter jusqu'à lui. Pendant ce temps, un des hommes de Stéphane plaçait un émetteur miniature dans le blouson de Max qui permettrait de garder sa trace à distance. À 8 heures du matin, le gamin fut ramené chez lui, toujours les yeux bandés. Pour rester en contact, en cas d'urgence, ils avaient échangé leurs numéros de téléphones portables. Là encore, pour sécuriser leurs communications téléphoniques, Stéphane fit placer, à son insu, une puce électronique de cryptage et de géolocalisation dans le portable de Maxime.

22

Quartier de La Défense, 26 mai 2028, 9 h 30.

La cellule antiterroriste de la commissaire divisionnaire Estelle De Jong avait été appelée d'urgence, très tôt ce matin-là, sur les lieux d'un nouveau crime étrange. C'était, encore une fois, autant l'identité de la victime que les causes de sa mort qui avaient interpellé la police locale. La victime, un homme d'une cinquantaine d'années, était le président de la société Semenissime, une multinationale de l'agroalimentaire.

La scène avait quelque chose de comique, si l'on faisait abstraction du visage violacé du mort, témoin d'une agonie douloureuse par asphyxie. L'homme ne portait qu'un caleçon bleu ciel, décoré de figurines de dessins animés représentant des canetons tout jaunes, et une paire de chaussettes en fil d'Écosse noir. Son ventre rebondi et sa poitrine adipeuse étaient recouverts de longs poils noirs.

De sa bouche grande ouverte ressortaient des semences de plusieurs variétés. Au pied de son fauteuil traînaient quatre sacs plastique estampillés du même logo que celui affiché sur le mur, derrière le bureau de la victime, juste à côté d'une photo encadrée la montrant en compagnie du président de l'Europe et du président des États-Unis d'Amérique. Estelle ne trouva aucune trace du fameux tatouage. Mais il y avait tout de même une similitude avec la première victime. Un tract avait été roulé, enrobé cette fois dans un préservatif et planté de façon suggestive dans la braguette du caleçon de la victime. Estelle s'en saisit de ses mains gantées, ôta la capote, qu'elle enferma dans une enveloppe pour analyse, puis déroula la feuille sur le bureau. Les deux tiers supérieurs du feuillet étaient occupés par la photo en couleur d'un groupe de personnes affamées et quasi nues. Les orbites de leurs yeux étaient très creusées, et leur état général laissait supposer qu'elles étaient probablement déjà mortes de faim à cette heure. Sous la photo figurait le message suivant : « En récompense pour votre contribution à la lutte contre la faim dans le monde. De leur part : Merci monsieur Potevin ! »

En s'approchant du visage de la victime, Estelle aperçut deux marques d'hématomes de part et d'autre du nez. L'assassin avait dû le comprimer pour forcer le pauvre homme à avaler ses propres semences. « Je ne serais pas surprise que l'on trouve quelques graines à l'intérieur de ses poumons, pensa la commissaire. Et, bien sûr, des traces de GHB ou d'un puissant agent incapacitant. Sinon, comment expliquer l'absence de signes de lutte de la victime ? »

Estelle était vraiment furieuse. Elle subissait une pression croissante de la part de son chef, Fabrice Veranchon. Jusqu'à ce jour, aucune revendication ne leur était parvenue et même les flics infiltrés étaient incapables de savoir quel groupe terroriste était derrière ces attentats. Elle interpella son fidèle lieutenant, qui l'avait accompagnée, et passa ses nerfs sur lui.

— Ne restez pas planté là, Portal. On retourne immédiatement au siège et on reprend tout à zéro. Je veux toute l'équipe avec moi dans une heure.

Pendant que Portal préparait le nouveau briefing, Estelle, installée dans son bureau, tentait de remettre ses idées en place. « Treize cadavres sur les bras en onze jours et rien que du beau monde ! Et qui plus est, je n'ai pas la moindre piste valable pour arrêter cette hécatombe ! Si ça continue, c'est ma tête qui va bientôt rouler dans la sciure ! »

La commissaire divisionnaire jeta un coup d'œil à sa montre. Il lui restait encore huit minutes avant le début de la réunion. Machinalement, elle saisit son téléphone portable sécurisé et décida d'appeler son ex-mari. Malgré leur séparation, c'était à lui qu'il lui semblait pouvoir se confier. Elle réalisait à cet instant que Stéphane était peut-être la seule personne qui pouvait lui venir en aide. Pendant que les sonneries se répétaient à l'autre extrémité de la ligne, Estelle revoyait les images de ce bonheur furtif qu'elle avait partagé avec Camille et Stéphane dans les jardins de Bagatelle.

— Patron, patron ! tout le monde est prêt pour la réunion. On n'attend plus que vous.

— C'est bon Lenoir, j'arrive, répondit sèchement Estelle en refermant son téléphone portable.

Lorsqu'elle entra dans la salle de réunion, Estelle eut l'impression d'être revenue dix jours en arrière. Il y avait là les mêmes participants, assis aux mêmes places, à l'image de l'enquête qui en était au même point. Elle prit le temps de balayer du regard l'ensemble de son auditoire avant de prendre la parole sur un ton très pesant.

— J'espère que vous n'avez rien prévu pour ce soir, parce que j'aime autant vous dire que vous n'êtes pas près de rentrer chez vous… En tout cas, pas avant de m'avoir apporté quelque chose de concret.

Puis, se retournant vers Amina Sissoko :

— Sissoko, vous allez noter la commande de sandwichs et de boissons de tous vos collègues et vous allez la déposer à l'accueil. Demandez une livraison pour 13 heures.

— Pourquoi moi, patron ? Parce que je suis noire ou parce que je suis une femme ?

— Parce que vous êtes la plus jeune du groupe ! Et c'est le privilège des anciens de se faire servir par les plus jeunes. Ça vous va comme ça ? Et d'ailleurs, depuis quand on discute mes ordres ? Je peux continuer maintenant ?

— Bien sûr, patron. Désolée.

— Comme Portal a dû vous le dire, j'ai l'intention de reprendre chacune de ces affaires depuis le début. On va partir du principe qu'elles sont toutes liées, même si on n'en a aucune certitude pour l'instant, mis à part la fameuse marque sur les cadavres des deux premières scènes de crimes. À ce propos, Barbier, où en êtes-vous de vos recherches ?

— Nous avons questionné tous nos indics, infiltrés dans les groupes extrémistes les plus actifs, mais aucun n'a pu nous confirmer avoir entendu parler d'actions de ce type… Même le symbole du « poing ganté à la faucille » leur était inconnu…

— Quel progrès depuis la précédente réunion ! Merci Barbier, ironisa Estelle.

— Mais j'ai quand même trouvé un début de piste, ajouta l'expert politologue.

— Nous vous écoutons avec attention, monsieur Barbier.

— Nous avons décortiqué tous les comptes rendus d'analyses des « tchats » sur Internet de ces deux derniers mois, et nous avons remarqué des messages furtifs étranges insérés au milieu de discussions gauchistes ultraviolentes. Il s'agissait, à chaque fois, de rendez-vous codés donnés par une personne portant le pseudo d'*Asparagus Chinensis*. Nous avons réussi à le voir en direct il y a deux jours et hier, mais nous n'avons pas encore pu localiser le serveur d'où est parti le message. Avec un peu de chance…

— À votre place, Barbier, je ne me contenterais pas de la chance pour le localiser… et au plus vite.

— Nous faisons tout notre possible, soyez en sûre commissaire !

— Eh bien, à partir de maintenant vous ferez l'impossible, n'est-ce pas ?

Estelle se retourna alors vers Archambault, l'experte financière de la brigade.

— Et toi, Jeanine ? Où en es-tu de l'analyse des comptes bancaires des victimes ?

— J'ai pu obtenir l'accord du juge pour demander aux familles de nous remettre les relevés de compte des dernières semaines… Il y a bien un point commun chez cinq des six joueurs de poker. Dans les six semaines précédentes, chacun d'eux a effectué un gros virement en faveur d'une société du nom de GRI. C'est une société immobilière de luxe.

Estelle se remémora alors sa conversation avec Stéphane, à propos de deux autres promoteurs : J. S. & W. et U2E.

— Ça, c'est intéressant.

— Tu trouves ? À ma connaissance, GRI est une société tout ce qu'il y a de plus régulière. En plus, il y a dans son conseil d'administration des membres éminents du ou proches du gouvernement européen.

— Raison de plus pour y mettre le nez. Tu vas me chercher le lien qu'il peut y avoir entre GRI, J. S. & W. et

U2E… Ah oui, j'allais oublier. Est-ce que tu as trouvé quelque chose à propos de ce groupe financier russe à qui l'une des victimes a revendu son exploitation vinicole bordelaise ?

— D'après l'antigang et Europol, aucun lien n'a pu être établi à ce jour entre le groupe Boukharovski et la mafia. Ce ne sont pourtant pas les soupçons qui manquent.

— Pour résumer, dit Estelle, nous devons travailler simultanément sur trois hypothèses : la piste révolutionnaire, une vengeance du groupe financier russe et une possible guerre économique entre promoteurs. Alors, voilà ce que nous allons faire. Nous allons créer trois groupes. Portal, Da Silva et Parisot, vous en commanderez chacun un et vous me rapporterez toute information utile deux fois par jour. Portal, vous vous chargez de la piste révolutionnaire avec Ducasse et notre collègue Antoine Barbier. Parisot, vous prenez la piste russe avec Taieb et Benarfa. Et enfin, Da Silva, vous vous occuperez de la piste financière avec Jeanine Archambault et Sissoko.

Lenoir, qui n'avait encore rien dit jusque-là, attendit quelques secondes avant de se manifester. Il leva lentement le bras droit, sans décoller son coude de la table.

— Et moi, patron ?… Je pars en vacances ?

— Vous ? Eh bien… vous restez à ma disposition pour l'instant. Vous centraliserez les informations obtenues par les trois groupes et vous… vous m'accompagnerez sur le terrain si nécessaire.

La réunion fut interrompue par l'arrivée du planton de service qui apportait trois sacs de papier remplis de sandwiches et de boissons. La commissaire divisionnaire profita de l'occasion pour s'éclipser et laisser à son équipe la suite des opérations d'enquête.

— Mesdames et Messieurs, je vous souhaite un bon appétit. Prenez des forces, parce que vous allez en avoir besoin. Et n'oubliez pas de me communiquer vos premiers rapports dès ce soir. Et vous Lenoir, restez avec vos collègues jusqu'à ce que je vous appelle.

— OK, patron.

À peine fut-elle sortie de la salle de réunion qu'Estelle reçut un appel de son directeur. Étrangement, il lui demanda de le rejoindre dans un petit square public, non loin des locaux d'Europol Paris. Le jardin était désert et la végétation très envahissante. Plus personne n'y amenait d'enfants depuis près d'un an. Avant les attentats, on y voyait encore quelques nounous avec de très jeunes bambins, mais la présence forcée d'agents de sécurité en nombre paraissait incongrue et rendait certains gamins très nerveux.

Fabrice Veranchon était déjà assis sur un banc, à l'ombre d'un grand marronnier en fleurs, lorsque la commissaire divisionnaire arriva par l'entrée ouest. Son chef ne l'entendit pas s'approcher. Il était perdu dans ses pensées et jetait machinalement des morceaux de son sandwich en direction d'un groupe de pigeons.

— Drôle d'endroit pour une convocation, patron, lança Estelle.

— Ah, vous êtes là ? Je… enfin, je pensais que nous serions plus tranquilles ici, pour bavarder… répondit Fabrice… Ce parc aurait besoin d'un bon coup de rafraîchissement, vous ne trouvez pas ?

— Je suppose que vous ne m'avez pas fait venir ici pour parler de jardinage, n'est-ce pas ?

— Euh, non, bien sûr… Où en est votre enquête ?

Estelle fut surprise par le ton détaché avec lequel il lui avait posé la question. Elle l'avait toujours connu intransigeant, autoritaire et de mauvaise foi. Elle décida de lui répondre sans détour.

— Nous avons des indices, mais peu de concordances… À vrai dire, nous en sommes quasiment au même point qu'il y a dix jours…

Elle s'attendait à une vive réaction de sa part, mais rien… en dehors d'un laconique :

— Va falloir vous bouger un peu, Estelle. Je ne pourrai pas vous couvrir très longtemps, vous savez.

Jamais jusqu'à ce jour son directeur ne l'avait appelée par son prénom. Soit il l'appelait par son nom, soit il ne la nommait pas.

— Vous savez, je vous apprécie beaucoup, ajouta-t-il. Je veux dire, professionnellement, bien sûr… mais aussi humainement.

— Ce… c'est gentil, balbutia Estelle, interloquée.

— Vous n'avez jamais songé… à partir… loin de ce monde de fous ? Dans un endroit plus calme… avec juste quelques affaires ordinaires à résoudre de temps en temps, de bons vieux crimes passionnels…

— Vous croyez vraiment qu'il existe encore un endroit comme cela, sur cette planète ?

— J'en suis même persuadé, répondit Fabrice Veranchon.

— Ah, oui ? Et où cela ?

Fabrice parut se réjouir de l'intérêt que lui témoignait sa collaboratrice. Un léger sourire éclaira son visage.

— Ces dernières années, j'ai mis beaucoup d'argent de côté, j'ai fait quelques bons placements… et récemment, j'ai décidé de tout miser dans l'achat d'une villa de rêve sur une île de la mer Égée… Malheureusement, je serai seul pour y vivre. Comme vous le savez, je suis veuf et ma fille unique est une adulte maintenant…

— Mais vous êtes trop jeune pour partir à la retraite, l'interrompit Estelle, qui était de plus en plus embarrassée par cette conversation plutôt intime.

— Il ne s'agirait pas d'une retraite, mais d'un changement radical de ma vie… Regardez autour de vous. Ce monde est devenu fou. Il n'y a plus de véritable gouvernement avec des institutions républicaines. C'est la loi de la jungle qui règne ici… Vous avez une fille vous aussi, je crois ?

— Vous le savez très bien, rétorqua Estelle sèchement. Vous connaissez chaque détail de ma vie privée.

— C'est vrai, reconnut Fabrice. Mais ce que j'essaie de vous faire comprendre c'est que, pour vous autant que pour votre fille, il ne fait pas bon vivre ici. Songez-y… Vous avez certainement mis un peu d'argent de côté ? Renseignez-vous, il y a peut-être une place pour vous deux là-bas ?

— Je n'y avais jamais réfléchi jusque-là. Et de toute façon, je ne pense pas avoir les moyens de nous offrir ne serait-ce qu'une bicoque dans un tel endroit.

Fabrice Veranchon ne manqua pas cette occasion de lui répondre :

— Vous savez, Estelle, si ce n'est qu'une question d'argent qui vous arrête… je serais très heureux de vous accueillir toutes les deux.

La commissaire divisionnaire en resta bouche bée. Son patron, dont elle fuyait le contact autant que possible, venait de lui faire une déclaration d'amour à peine déguisée. Si au moins il l'avait faite de manière triviale, elle n'aurait pas hésité à l'envoyer promener. Mais il l'avait faite si délicatement qu'elle en fut touchée. Elle se crut donc obligée de le remercier pour son offre généreuse, en lui laissant toutefois comprendre qu'elle n'était plus vraiment libre à présent.

23

Neuilly-sur-Seine, 26 mai 2028, 14 h 30.

Ce matin-là, Stéphane avait été littéralement assailli de questions par son directeur financier, Jean Sterne. Ce dernier lui reprochait de se consacrer exclusivement à cette enquête relative à l'assassinat de William.

— Je ne sais pas si tu réalises, mon pauvre Stéphane, mais je croule sous le travail, pendant que toi tu passes tes journées à jouer les détectives privés, comme à nos débuts. Au cas où tu l'aurais oublié, tu es aujourd'hui à la tête d'une multinationale. Le sale boulot, c'est pour tes employés maintenant.

— Tu ne peux pas comprendre, répondit Stéphane.

— Si, au contraire. Je comprends que tu es en train d'en faire une affaire personnelle. J'en arrive à penser que tu as des relations très particulières avec cette madame Dupont-Raynal.

— Qu'est-ce que tu vas chercher là ? Elle m'a seulement fait promettre de m'occuper personnellement de retrouver son fils…

— Et maintenant qu'il est mort, c'est à la police continentale de prendre les choses en main. Je te rappelle que nous avons reçu des instructions précises pour donner la priorité aux opérations de transfert en lieux sûrs de nos plus prestigieux clients. Tu t'en souviens, n'est-ce pas ? En outre, cela représente un chiffre d'affaires très important. Dois-je te rappeler que VIP n'est pas une œuvre philanthropique ?

— Je le sais. Mais je dois encore régler quelques petites questions. Ensuite, promis, je…

Le téléphone sonna sur le bureau de Stéphane. Ce dernier saisit le combiné en faisant mine d'être désolé de ne pas pouvoir poursuivre la conversation avec son directeur financier et néanmoins ami.

— Allô, oui ? Rémy, Rémy Laffitte ? Passez-le-moi, merci.

Stéphane couvrit le micro avec sa main et murmura à Jean Sterne :

— On en reparle ce soir, si tu veux.

Jean comprit l'invitation et s'éclipsa immédiatement.

— Allô, Rémy. Bonjour. Comment vas-tu depuis tout ce temps ?… Déjà ? Que s'est-il passé ? Je suis désolé, j'aurais dû t'en parler plus tôt, mais… C'est bon, j'arrive tout de suite. Tu n'as pas changé d'adresse ?

Stéphane enfila sa veste et passa devant le bureau de Jean pour le prévenir qu'il allait de nouveau devoir s'absenter pour l'après-midi.

— Encore cette même affaire ?

— Oui et non… je t'expliquerai plus tard.

— Bien sûr, bien sûr, répondit Jean.

Stéphane ne s'attendait vraiment pas à ce que Maxime pût convaincre sa mère aussi rapidement de suivre une cure de désintoxication. Comment allait-elle réagir en réalisant qui avait donné à son fils l'adresse de cette clinique privée ? Mais ce qui inquiétait plus encore Stéphane était le ton laconique pris par son vieil ami et son insistance à le voir tout de suite. Le chauffeur arrêta le Hummer dans la cour d'un hôtel particulier, dont rien ne pouvait laisser imaginer qu'il s'agissait d'un établissement de santé. Seule une plaque de cuivre lustré, portant le nom du professeur en psychiatrie Rémy Laffitte, le révélait. En pénétrant dans le vestibule, à l'invitation d'un homme de forte corpulence, Stéphane repéra machinalement trois caméras de surveillance soigneusement placées et orientées pour supprimer tout angle mort. « Beau travail de professionnel », pensa-t-il. Il suivit l'homme, dont l'ample blouse blanche ne parvenait pas à dissimuler complètement une arme de poing fixée à sa taille.

L'homme frappa à une large porte à double battant, dont le côté intérieur était capitonné de cuir caramel. À peine Stéphane fut-il entré qu'il entendit la porte se refermer dans son dos. Il se trouvait dans une vaste bibliothèque, agrémentée, d'un côté, d'un somptueux bureau d'époque Empire tapissé en son centre de cuir vert bouteille. De l'autre côté, un fauteuil et un sofa de la même époque se faisaient face, trahissant cette fois la fonction de l'endroit. Stéphane était tellement occupé à scruter les lieux, par réflexe professionnel, qu'il n'avait même pas remarqué la présence, derrière son bureau, de son ami.

— Tu n'as pas tellement changé, Steph… Je veux dire, pas autant que moi.

Le privé se retourna en direction du bureau et vit un homme au crâne dégarni, portant de larges lunettes à monture bleue. Il était assis, bien enfoncé dans son siège, et avait les jambes croisées. Son ventre rebondi était contenu par le gilet de son costume trois-pièces. Stéphane ne put s'empêcher de penser à Sigmund Freud dans son cabinet cossu de Vienne. Ce ne fut qu'à son sourire jovial que Stéphane reconnut enfin son ami qui avait été, autrefois, un sportif accompli.

— Rémy, mon ami. Ça me fait plaisir de te revoir après tout ce temps…

— Ne dis rien. Je vois à ton regard que tu ne m'aurais jamais reconnu si tu m'avais croisé dans la rue ou dans un salon mondain.

— Le gamin est encore là ?

— Je l'ai laissé avec sa mère.

— Comment va-t-elle ?

— Comme quelqu'un qui vient de faire une tentative de suicide et qui est sous sédatifs.

— Je suis désolé, je n'ai pas eu le temps de te prévenir… Tout ça est arrivé si soudainement…

— Eh bien. Maintenant que tu es là, tu vas pouvoir me donner quelques explications.

Stéphane raconta donc comment il avait retrouvé, au hasard d'une enquête, la trace de Maxime et son lien avec Christelle. Rémy se remémora alors cette fille énigmatique dont Stéphane lui avait parlé lors de ses séances de thérapie, associées à sa cure de désintoxication.

— Que veux-tu, Steph, personne n'échappe à son destin. Cela dit, je suis aussi inquiet pour ce gamin que pour sa mère. Il m'a semblé vraiment perturbé.

— Moi aussi, il m'inquiète, crois-moi. J'ai très peur qu'il ne fasse une connerie. C'est pourquoi j'ai donné des instructions à mes hommes pour qu'ils le surveillent discrètement.

— Quoi ? Tu fliques ton probable fils ? Je ne crois pas que ce soit la meilleure façon de tisser une relation saine, surtout en sachant que, dans son esprit au moins, son père l'a abandonné et donc trahi.

— Je te remercie pour ton chaleureux soutien, Rémy…

Je te le répète, je ne savais pas que Christelle était enceinte lorsque nous avons rompu... Ce qui ne m'empêche pas de me sentir responsable de l'un comme de l'autre.

— Responsable, mais pas coupable... Rassure-toi, je ne cherche pas à t'enfoncer.

— Est-ce que je pourrais parler à Christelle un petit moment ?

— Pour quoi faire ? demanda le professeur Laffitte.

— Elle sait des choses qui pourraient m'aider dans une enquête...

— Eh bien. Tu ne perds pas le nord. Quel cynisme !

— Ce n'est pas ce que tu imagines. Je veux l'aider à récupérer ce qu'on lui a volé. Son ancien patron, à qui elle doit sa déchéance actuelle, est certainement impliqué dans une affaire et cet homme est une menace, autant pour elle que pour Max.

— Mais, s'inquiéta Rémy, dans ce cas, le petit va comprendre que tu es son père...

— C'est aussi ce que je ne veux pas, parce que je crains de sa part une réaction violente, y compris contre lui-même. C'est pourquoi je voulais d'abord te demander de l'éloigner pendant quelque temps.

— Je veux bien, mais comment ?

— Dis-lui que tu m'as contacté et que tu as eu mon accord pour une prise en charge totale des frais, qu'elle a surtout besoin de repos complet et qu'il pourra revenir la voir demain après-midi.

La clinique ne pouvait accueillir qu'une dizaine de patients résidents, aux premier et deuxième étages. Par chance, l'un d'eux venait de quitter l'établissement le matin même, libérant du même coup la chambre dans laquelle se reposait Christelle. Les traditionnels barreaux métalliques avaient été remplacés par une large vitre blindée, offrant une vue apaisante sur un magnolia en fleur et le ciel bleu, parsemé de quelques rares nuages blancs. Le professeur Laffitte s'assura que sa patiente était bien en mesure de parler. Elle était encore faible, mais le délicat sourire qu'elle lui adressa le rassura.

— Comment vous sentez-vous, madame Saignier ?

— Un peu mieux, docteur, lui répondit-elle dans un murmure.

— Je sais que vous êtes très fatiguée, madame Saignier, mais il y a là quelqu'un qui aimerait s'entretenir avec vous quelques instants. Rassurez-vous, il s'en ira dès que vous le souhaiterez.

Stéphane se tenait, pendant ce temps, à l'écart à l'entrée de la chambre. Il observait attentivement Christelle. Elle avait le buste légèrement relevé par le dossier du lit. La lumière du soleil, à peine atténuée par le filtre polarisant de la fenêtre, faisait ressortir les stigmates de son alcoolisme et du lavage d'estomac qu'elle avait dû subir lors de son admission le matin même. Lorsqu'elle se retourna vers lui, elle ne le reconnut pas tout de suite. En le voyant s'approcher, elle s'efforça de lui adresser le même sourire qu'au professeur Laffitte, comme s'il se fut agi d'un de ses confrères. Stéphane en fut bouleversé. Malgré ses traits tirés et les poches sombres sous ses yeux, il avait retrouvé à cet instant précis ce mélange de douceur et d'ironie qui l'avait tant séduit en elle. Il lui rendit son sourire et s'avança près de son lit, pendant que Rémy s'en éloignait subrepticement. Christelle plissa les yeux comme pour s'assurer de la réalité de ce qu'elle voyait. Son sourire avait laissé place à un rictus d'étonnement. Stéphane s'efforça de la rassurer en continuant de lui sourire. Lorsque ses jambes touchèrent le lit, il posa délicatement sa main sur son avant-bras droit, mais ne sut pas comment l'aborder, ni même si elle l'avait reconnu.

— Steph ? murmura Christelle. C'est bien toi ? Est-ce que je rêve, docteur ?

— Chris, répondit le privé, soulagé. C'est bien moi, Stéphane.

— Qu'est-ce que tu fais là ? Et comment m'as-tu retrouvée ?

— C'est une longue histoire.

Puis, se retournant vers le professeur Laffitte, Christelle lui demanda, affolée :

— Où est Max ? Il ne doit surtout pas savoir ! Pas comme ça !

— Je vais vous laisser parler seul à seul tous les deux, lui répondit le professeur. Mais n'hésitez pas à nous appeler si vous le souhaitez.

Sans attendre sa réponse, Rémy quitta la chambre.

Après lui avoir expliqué comment il avait retrouvé leur trace, Stéphane la rassura en lui confirmant qu'il n'avait rien dit de ses soupçons à Max. Sans chercher à l'accabler, il lui demanda pourquoi elle ne lui avait rien dit à l'époque.

— C'est toi qui es parti quand tu as réalisé que je voulais construire quelque chose de plus sérieux avec toi, lui reprocha-t-elle.

— Nous étions si jeunes à l'époque.

— Et toi, tu étais immature. Tu fuyais toutes sortes de contraintes et d'engagements vraiment personnels.

— Tu aurais au moins pu essayer de me convaincre de changer… de mûrir ?

— Pour te garder en te culpabilisant ? Je t'aimais trop pour cela.

Stéphane ne sut pas quoi répondre.

— Quel gâchis ! se crut-il obligé de conclure.

— Rassure-toi, Steph. Nous nous en sommes très bien tirés sans toi jusqu'à présent, et il n'y a pas de raison que cela change.

— J'en suis conscient, Chris.Je n'ai pas la prétention de jouer les sauveurs et de te voler la place que tu tiens dans la vie de notre... pardon, de ton fils. Par contre, je sais dans quelle situation vous vous trouvez tous les deux et je ne peux pas vous abandonner une seconde fois. Aujourd'hui, je suis à la tête d'une très belle société de protection privée, avec des moyens matériels et financiers dont tu n'as pas idée...

— C'est bien mon Stéphane qui me parle ? Celui qui était si rebelle, si détaché de la réussite matérielle, celui qui rêvait de changer le monde ?

— Disons que j'ai mûri depuis. Comme quoi...

— Si tu m'avais parlé comme cela à l'époque, je n'aurais jamais pu t'aimer...

Craignant d'avoir perdu son estime, Stéphane répondit :

— Au fond de moi, je ne suis pas tellement différent aujourd'hui, tu sais. Seulement, les circonstances m'ont forcé à faire quelques concessions, voilà tout.

— Si tu le dis.

— Si tu m'en laisses l'occasion, je te prouverai que je suis toujours le même, mais en mieux...

— Je veux bien, Steph, mais d'abord, promets-moi de ne rien dire à Max... sinon, je nierai tout et je disparaîtrai avec lui, définitivement... Promis ?

Stéphane était trop heureux de la réaction de Christelle. Il avait eu tellement peur qu'elle se braquât contre lui que cela renforça son envie de les aider. Christelle lui raconta en détail ce qui s'était passé durant les six derniers mois qui avaient précédé son licenciement.

— Tout avait bien commencé lorsque je suis entrée chez GRI en 2023, comme assistante du directeur administratif et financier, François du Plessis. C'était un homme brillant dans son métier et malgré tout accessible pour moi. Il appréciait mon travail et plus parfois… Enfin, il n'était pas ingrat et s'arrangeait pour m'accorder des primes, des augmentations régulières et même des avantages qui nous permettaient, à Max et à moi, de vivre une vie plutôt agréable. C'est grâce à cela que Max a grandi à Neuilly, dans un immeuble cossu de la rue Édouard-Nortier, et a suivi une formation de qualité dans un prestigieux lycée international.

— Et Max est au courant que toi et du Plessis vous avez… enfin…

— Que nous avons été amants ? Bien sûr que non et c'est très bien ainsi. De toute façon, ça n'a été que de manière très occasionnelle… Qu'est-ce que je voulais dire ? Ah oui. Son comportement a subitement changé, peu après l'horrible attentat d'Ibiza. Lui qui était si calme avant cela est devenu très nerveux. Pourtant, les commandes se sont multipliées. À tel point que l'on ne pouvait plus suivre le rythme. D'un côté, nous ne pouvions pas refuser toutes ces commandes, de l'autre les chantiers n'avançaient pas assez vite et les retards de livraison s'accumulaient. Quand je lui ai fait remarquer que nous risquions de devoir payer des indemnités de retard qui pouvaient aller jusqu'à détruire toute la marge de GRI, il s'est mis dans une colère épouvantable. Je pensais qu'il allait s'excuser après et qu'il m'apporterait un énorme bouquet de fleurs le lendemain matin, comme cela s'était produit deux ans auparavant… Mais non. À partir de ce jour-là, il n'a pas arrêté de me chercher des poux dans la tête. Il voulait me pousser à la faute ou à la démission. Mais je n'avais pas d'autre choix que de faire le dos rond.

Je savais pertinemment que je lui devais ma situation très privilégiée, dans un quartier d'élite, à l'abri de la violence des banlieues d'alentour. J'ai tenu aussi longtemps que j'ai pu…

— Jusqu'au jour où il t'a piégée, n'est-ce pas ?

— Oui, mais avant cela, j'ai découvert quelque chose de très bizarre.

— Oui, quoi ?

— En réalisant une opération normale de maintenance du système de comptabilité, je suis tombée par hasard sur un compte extracomptable de produits exceptionnels où avaient été transférés les acomptes de trois clients décédés… Qu'un client meure accidentellement, cela n'avait rien de surprenant. Mais trois décès en cinq semaines, de personnes célibataires et donc sans héritier pouvant garantir le paiement du solde de leur commande, cela devenait suspect. Quand, en plus, le montant des acomptes perdus s'élevait à près de huit millions d'euros, le doute n'était plus permis.

— Et qu'est-ce que tu as fait ? s'inquiéta Stéphane.

— Rien, évidemment. Je n'allais tout de même pas dire à mon patron que je le soupçonnais d'avoir fait assassiner trois clients pour détourner leur acompte ! D'abord, je n'avais aucune preuve. De plus, si j'avais vu juste, il m'aurait réservé le même sort et peut-être même s'en serait-il pris à Max !

— Tu as très bien fait. Et ensuite ?

— Après cela, j'ai continué à résister aussi longtemps que possible. J'ai évité de prendre le risque de me faire surprendre par François en train de fourrer mon nez dans ses affaires. Pendant ce temps, il a recommencé à me mettre la pression et, un jour de décembre de l'année dernière, il a trouvé ce truc ignoble pour me faire licencier avec l'accord de notre patron, Xavier Lescuyer. Sans cela, il n'aurait jamais réussi à lui faire avaler le fait que sa fidèle collaboratrice, dont il avait tant vanté les nombreux mérites, pût être soudain devenue totalement incompétente.

Un jour, il a mis dans mon sac à main un support de mémoire contenant des informations confidentielles et m'a fait fouiller par l'agent de la sécurité, qui s'est empressé de l'informer de sa découverte. J'ai bien sûr tout essayé pour me disculper, mais en voyant la mauvaise foi de François et surtout lorsqu'il a menacé de révéler mon prétendu « passé révolutionnaire », j'ai réalisé qu'il valait mieux, pour Max et moi, ne pas tenter de résister plus longtemps.

— C'était effectivement plus sage. Mieux valait se mettre en lieu sûr avant de riposter, approuva Stéphane.

— Riposter ? Tu n'y penses pas ? Ce type est très dangereux !

— Tu n'as rien à craindre, il ne saura pas d'où ça vient. Tout ce que tu dois faire, maintenant, c'est me donner le nom des trois personnes décédées de façon si opportune.

Stéphane nota précieusement les trois identités, qu'il communiquerait plus tard à Estelle. Avant de le laisser repartir, Christelle lui fit promettre de ne rien révéler de leur relation à Maxime.

— C'est moi, et moi seule, qui peux lui annoncer une telle information.

— Je te le jure, Chris. Au nom de notre… ancien amour.

— Fais bien attention à mon… à notre fils. Il est si fragile…

Stéphane sentit monter en lui une bouffée d'émotion. Christelle avait bien dit : notre fils… Tout n'était donc pas perdu pour rétablir un lien avec ce fils dont il ignorait l'existence quelques jours auparavant seulement.

— Je t'en donne ma parole. Je veillerai sur lui à chaque instant. Mais, pour le moment, l'important est que tu te reposes et que tu reprennes rapidement des forces. Max a besoin de toi, plus que jamais. Ici, tu es entre d'excellentes mains. Le professeur Laffitte est mon ami. Tu peux avoir totalement confiance en lui.

— Mais je n'ai plus d'argent.

— Oublie ça, veux-tu ! Je te l'ai dit, je suis devenu un gros capitaliste. À ce propos, tu vas me donner ton numéro de compte afin que j'y effectue un virement qui permettra à Max de tenir jusqu'à ton rétablissement. De cette manière, il ne saura pas que c'est moi qui paie.

Rassurée et résignée, Christelle serra sa main dans celles de Stéphane et s'endormit tout doucement.

24

Paris, locaux d'Europol, 26 mai 2028, 17 heures.

Estelle avait été très troublée par les propos étranges de son chef. Elle retourna à son bureau pour remettre un peu de pression sur son équipe. Les premiers à venir présenter leur rapport de la journée furent Da Silva, Jeanine Archambault et Sissoko, en charge de la piste financière.

— Alors, Jeanine ? Je t'écoute…

— J'ai passé au crible la structure et l'organigramme des trois entreprises : U2E, J. S. & W. et GRI. Jusqu'à maintenant je n'y ai trouvé aucun lien entre elles.

— Voilà qui est très encourageant, merci.

— Par contre, j'ai remarqué un changement très important chez Johnson, Swanson & Watkins Real Estate. Une société russe a pris ce matin le contrôle de J. S. & W. en rachetant en masse les actions, dont de nombreux courtiers ont cherché à se débarrasser, suite à l'annonce de la mort de ses dirigeants.

— Quoi ! Déjà ? s'exclama Estelle. Et quelle annonce d'abord ? Nous ne sommes qu'une dizaine tout au plus à connaître le nom des victimes.

— Une dizaine… sans compter l'équipe de la scientifique et l'identité judiciaire, ajouta Da Silva, qui craignait une chasse à la taupe à l'intérieur de la brigade.

— Sans oublier non plus les assassins, rectifia Sissoko.

— Très juste, reconnut la commissaire divisionnaire. Le groupe russe, ça ne serait pas celui à qui Jean-Charles Peyrac a revendu le vignoble de sa famille ?

— Boukharovski ? Malheureusement non. Sinon nous aurions le lien entre les deux scènes de crimes.

— Évidemment, ça ne pouvait pas être aussi simple, pour une fois, déplora Estelle.

— Il s'agit en fait d'un groupe financier du nom de Chevtchenko, basé à Kiev.

— Pour ta gouverne, Jeanine, Kiev se trouve en Ukraine, pas en Russie… Mais je vois dans ton œil pétillant que tu as découvert autre chose. Est-ce que je me trompe ?

— Exact. En analysant la composition du capital de cette nébuleuse, ukrainienne donc, j'ai appris qu'une de ses nombreuses filiales, très simplement baptisée Chevtchenko Real Estate, détenait quinze pour cent de… GRI.

— Enfin, je te reconnais, ma chère Jeanine. Bravo… à tous les trois. Cela dit, ça ne va pas être facile d'approfondir cette piste. Même avec l'aide de nos collègues de Kiev.

Fidèle à son habitude, Fabrice Veranchon n'attendit pas la fin de la réunion pour convoquer la commissaire divisionnaire dans son bureau. De peur qu'il ne la relançât sur son étrange proposition, elle décida de devancer ses questions et commença son rapport dès son entrée dans le bureau vitré du contrôleur général de la section antiterroriste.

— Je n'en ai pas encore de preuve formelle, mais il semblerait qu'une société du nom de GRI soit impliquée dans notre affaire… au moins indirectement.

— GRI ? La société immobilière de luxe ?

— Tout à fait. Vous la connaissez ?

— Bien sûr. Comme tout le monde. Enfin…

— Oui ?

— Vous savez bien ce que je veux dire… Son patron a des amis hauts placés… proches du pouvoir, si vous préférez…

— Et ? Je suis supposée regarder ailleurs ? Vous me connaissez bien pourtant, depuis toutes ces années, non ?

— Ce n'est pas ce que j'ai voulu dire…

— Que devrais-je comprendre alors ?

Fabrice Veranchon commençait à montrer des signes d'irritation, mais il devait agir avec finesse. S'il lui intimait l'ordre de laisser tomber cette piste, elle ne pourrait pas résister à l'envie d'y fourrer son nez.

— C'est bon, je vais vous parler franchement.

— Ce serait préférable en effet, lâcha Estelle De Jong, sur un ton plus sarcastique qu'elle ne l'aurait voulu.

— Voilà… Xavier Lescuyer, le PDG de GRI, est un de mes amis et… je me porte garant de lui. Croyez-moi, vous faites totalement fausse route.

Estelle feignit de croire à la sincérité de son patron et promit de réorienter son enquête. Elle n'avait d'ailleurs pas d'autre choix. Vu le nombre de victimes et surtout la violence de certains meurtres, il valait mieux qu'elle restât sur ses gardes. Si des personnes proches du pouvoir étaient impliquées, elles ne reculeraient pas devant l'élimination d'une simple commissaire divisionnaire.

Stéphane l'appela juste avant qu'elle ne quittât son bureau pour un week-end de repos bien mérité avec sa fille.

— Allô Estelle, c'est Stéphane. Il faut absolument que l'on se voie.

— Déjà ? Je te trouve très impatient. Tu sais, avec les enfants, il vaut mieux ne pas brusquer les choses.

— Quoi ? Qu'est-ce que tu… Ah non, tu n'y es pas du tout. Je voulais te voir pour te faire part de ce que j'ai découvert, et qui a peut-être un lien avec notre enquête.

Ils décidèrent de se retrouver à nouveau chez l'Italien. Mais cette fois, Estelle n'eut pas le temps de passer se changer avant. Stéphane lui raconta ce qu'il avait appris de l'ancienne assistante de François du Plessis, le directeur administratif et financier de GRI, en se gardant toutefois de lui avouer son lien avec elle. Les choses étaient déjà suffisamment embrouillées ainsi. De son côté, Estelle lui révéla le possible lien entre GRI et J. S. & W. par le biais du groupe Chevtchenko.

— Tout de même, Estelle, la signature des meurtres des six premières victimes est trop différente de celle des dirigeants de J. S. & W.

— Tellement différente que cela peut aussi être une diversion pour nous empêcher de faire le lien, suggéra la commissaire divisionnaire.

— Pourquoi pas ? Mais que dire du mobile, alors ? Assassiner les dirigeants de J. S. & W. pour prendre le contrôle de leur société, ça me paraît plausible… Mais quel intérêt de tuer les six joueurs de poker ? Est-ce qu'ils étaient actionnaires importants de J. S. & W. ?

— Je ne crois pas, mais je vais demander à mes hommes de le vérifier, répondit Estelle.

— Ah, j'allais oublier. Est-ce que tu pourrais vérifier trois identités pour moi ? Ces trois personnes sont décédées dans le courant du second semestre de l'année dernière. Ce serait intéressant de savoir de quoi elles sont mortes. Tu notes ? Alain Mounnier, Catherine Lagrange et Kevin Sauvage.

— Tu ne veux pas me dire à quoi tu penses ?

— Une simple intuition. Mais ça vaut le coup d'essayer, répondit Stéphane laconiquement.

— Bon… je dois y aller, maintenant.

— Tu ne finis pas ta coupe ? Tu as bien encore quelques minutes ?

— J'ai quelqu'un qui m'attend à la maison, tu sais bien.

— Justement. Parle-moi de Camille. Comment va-t-elle ? Est-ce qu'elle te demande de mes nouvelles ? Et à l'école, tout va bien ?

Estelle fut attendrie par la réelle inquiétude qu'elle pouvait lire dans le regard de son ex-mari. Il paraissait sincère. Elle se remémora la proposition de son patron de s'enfuir vers un monde plus calme, loin de toute cette folie meurtrière. Elle se dit que si Stéphane lui avait offert cela, à cet instant précis, elle aurait probablement accepté.

— Pourquoi souris-tu comme ça ? demanda Stéphane.

— Je ne souris pas, se défendit-elle en commençant à rougir.

— En tout cas, ça te va à merveille. Tu es encore plus jolie, quand tu souris.

En arrivant boulevard du Général-Koenig, Stéphane put vérifier que la garde avait bien été doublée, à la fois sur les rives de la Seine et à l'intérieur de l'enceinte de l'hôtel particulier. Dans la cour gravillonnée, il reconnut la voiture de Jean Sterne. « Et merde, pensa-t-il, je l'avais complètement oublié celui-là. »

— Je te croyais parti ?

— Je te l'ai dit, répondit Jean. Depuis que tu t'es mis dans la tête de jouer au détective, je me sens un peu seul pour assumer tout le travail.

— Je suis désolé, sincèrement… Tu veux boire quelque chose ? Un whisky ?

— Non, merci… Ou plutôt, si. Sers-moi un *Dry Martini*, avec deux glaçons et une olive, merci.

— On s'installe dans mon bureau ?

Stéphane servit deux doubles doses, de *scotch* « douze ans d'âge » pour lui, de *Dry Martini* pour son ami. Il lui tendit son verre de cocktail et alla s'asseoir dans le fauteuil en face du sien.

— Je suis content que tu ne sois pas encore parti, commença Stéphane.

— Et moi que tu sois enfin revenu.

— Je reconnais que je n'ai pas été très disponible avec toi, mais j'ai été très pris ces deux dernières semaines.

— Ah oui ? Raconte-moi un peu ça, ironisa Jean.

— Ça risque d'être long, tu sais.

— J'ai tout mon temps. Je suis célibataire, comme toi, tu te souviens ?

— Célibataire. C'est bien là le problème.

— Oh la ! Tu m'inquiètes, Steph. Estelle te manque ?

— Non, mais…

— Laisse-moi deviner. Ton enquête ! Tu l'as revue à l'occasion de ton enquête sur la disparition de ce William Dupont-Raynal. C'est ça ?

— C'est ça, avoua Stéphane.

— Vous vous êtes croisés, ensuite vous vous êtes retrouvés dans un hôtel et vous avez couché ensemble. Et maintenant…

— Couché ? Mais tu n'y penses pas ? C'est juste que… toutes ces horreurs, cette violence et l'idée de finir ma vie, riche et seul, si connement seul… Ça m'a fait réfléchir…

Voilà tout.

— Voilà tout ? J'en doute. Je ne t'ai pas vu dans cet état depuis très longtemps. Même lorsque Estelle t'a demandé le divorce… Je suis certain que tu ne me dis pas tout. Je me trompe ?

— C'est vrai… J'ai revu… Camille, avec sa mère. Nous avons passé un après-midi si… enfin, tu ne peux pas comprendre.

— Parce que je n'ai pas d'enfant ? C'est ça ? Tu penses que je suis insensible et que je me fous de tout ?

Stéphane réalisa qu'il avait blessé son ami, sans le vouloir. Il comprit à cet instant que ce qu'il avait pris jusque-là pour de l'indifférence ou de l'égoïsme était en fait de la pudeur. Jean avait été marié quelque temps, avant d'accepter son homosexualité. N'en pouvant plus de mentir à sa femme, plus encore qu'à lui-même, il avait commis l'erreur, en quelque sorte, de lui avouer sa nature véritable avant qu'elle eût pu lui donner un enfant. Après cela, il eut beau la supplier, lui témoigner son profond attachement, la sincérité de ses sentiments pour elle, son impérieux désir d'enfant, Caroline ne voulut rien entendre. Depuis, Jean avait posé un voile sur cette souffrance personnelle, ainsi que sur sa vie amoureuse dont Stéphane, son ami et associé, ignorait à peu près tout, en dehors d'un prénom : Fabien. Stéphane se voyait encore moins lui annoncer qu'il s'était découvert un autre enfant, issu de sa liaison avec Christelle. Alors, il décida d'orienter la discussion sur la situation de VIP, qui tracassait tant son ami.

— Mais parlons plutôt de nos affaires. Est-ce que tu peux me faire un rapide topo ?

Jean lui présenta un rapport précis et succinct des activités récentes de VIP. Les chiffres de ventes et des marges donnaient le vertige. La progression durant les six derniers mois était impressionnante et, même en rejetant les nouvelles demandes en provenance des quartiers populaires, les succursales de VIP tournaient à plus de cent pour cent de leur capacité. Elles commençaient à manquer de personnel mais aussi de matériels militaires pour assurer les nombreux convois d'évacuation, qui devaient rester les plus discrets possible.

— Il va falloir s'agrandir et acheter une ou deux vedettes rapides équipées de cabines. Nos agences portuaires de Saint-Malo, Bordeaux, Marseille et Sète ont commencé à organiser des transferts par voiliers et par yacht, sous couvert de petites régates d'amateurs, mais elles doivent rester prudentes pour ne pas attirer l'attention des pirates de mer qui seraient tentés de se mêler aux groupes.

— Je constate que tu es toujours aussi réactif, interrompit Stéphane. Mais…

— Mais quoi ? s'étonna Jean.

— Cette accélération de notre activité m'inquiète plus qu'elle ne te réjouit. Elle me semble être annonciatrice d'une explosion imminente…

— Nous nous en sommes pourtant bien tirés jusqu'à présent, non ?

— C'est vrai, mais j'ai un terrible pressentiment…

— À moins que ces retrouvailles avec Estelle et Camille ne t'aient ramolli ?

— Ou rendu plus sage ! rétorqua Stéphane… En réalité, un jeune trader, très brillant et très bien informé, m'a dit récemment quelque chose qui a eu le temps de cheminer dans ma tête.

— Oui, quoi ?

— Quelque chose comme : « Le domaine de la protection des biens et des personnes n'est pas sans risques… les endroits où s'exerce leur activité principale sont de moins en moins sûrs. Alors, si leurs plus gros clients décidaient de s'enfuir vers d'autres lieux plus accueillants, que pensez-vous que vaudraient leurs actions ? … Le secret d'un bon placement, c'est la liberté qu'il vous laisse de vous en défaire très rapidement sans trop y perdre. »

— Ce n'est pas faux, répondit Jean. Mais dans notre cas, que proposes-tu ?

— Je crois qu'il est temps de revendre, discrètement, nos filiales et succursales les plus exposées dans le monde. Vu la demande croissante de protection, il ne devrait pas être difficile de trouver des acquéreurs… et d'en tirer un très bon prix. À condition d'agir vite.

— Si tu veux ! C'est toi le patron, après tout. Et où voudrais-tu replacer toute cette fortune ?

Stéphane repensa aux conseils de « Boucles d'or ». « Il vaut mieux miser sur des valeurs à la fois plus sécurisées et plus rentables. »

— La première chose à faire sera de mettre à l'abri cet argent dans des lots d'actions de multinationales de l'agroalimentaire, de l'industrie du luxe, de la pharmacie et de l'immobilier de prestige, implantées sur des îles bien sécurisées, en Méditerranée et dans le Pacifique.

— Tu veux tout liquider ?

— Non, bien sûr. Nous devons garder au moins de quoi nous mettre nous-mêmes en sécurité. C'est-à-dire notre siège, notre équipe et notre matériel, ici à Neuilly, ainsi que le jet à Villacoublay… et peut-être notre agence de Sète.

— Il n'y a pas à dire, tu n'es pas très optimiste pour notre avenir, dit Jean. Et où envisages-tu d'aller après cela ? Tu as déjà des projets ?

— J'ai plusieurs idées, mais je dois encore vérifier quelques petites choses avant de prendre une décision.

— Tu comptais vraiment m'en informer ? Ou est-ce que tu pensais disparaître sans me prévenir ? demanda le directeur financier de VIP, inquiet.

— Tu es avant tout un ami pour moi, et non un simple associé. C'est d'ailleurs pour cela que je te parle aussi librement de mes intentions. Après tout, tu pourrais aussi bien t'enfuir avec la caisse, et me laisser seul ici !

Jean Sterne ne put rien répondre à cela. Il éprouva même de la gêne d'avoir pu douter de son ami.

— Pardonne-moi. Je suis vraiment trop maladroit… Est-ce que tu accepterais de réserver une place, dans ton paradis… pour un couple d'homos ? ajouta Jean.

Stéphane feignit de réfléchir.

— Ça peut s'envisager… sauf, bien sûr, si nous devons faire ménage à trois.

25

Samedi 27 mai 2028, 10 h 30, avenue des Champs-Élysées, Paris.

Stéphane avait ruminé une bonne partie de la nuit à propos de cette affaire, en particulier à cause de ce que lui avait appris Christelle sur les agissements de son ex-patron. Il était convaincu qu'il devait exister un lien entre ces meurtres et cet homme. En attendant qu'Estelle lui dise de quoi étaient morts les trois clients dont lui avait parlé la mère de Max, le privé décida de se rendre chez GRI, sous prétexte de compléter son étude d'investissement dans un des projets proposés par l'agence immobilière de prestige. Il avait dû insister au téléphone pour que sa conseillère lui accordât un rendez-vous rapide intercalé entre deux autres. La jeune femme portait une robe légère à volants, bleu pastel, sans manches, qui lui donnait des allures de petite fille modèle. Stéphane ne put s'empêcher d'apprécier la finesse de ce choix vestimentaire qui pouvait séduire les maris sans susciter la jalousie des épouses. De toute évidence, le samedi devait être le jour des visites en famille et des signatures de commandes.

— Bonjour, monsieur Larieux. Entrez, je vous en prie.

— Bonjour, mademoiselle de Selignac, et merci encore de me recevoir malgré votre planning très chargé.

— Nous sommes effectivement submergés de demandes et les délais de livraison augmentent d'autant… Et n'y voyez surtout pas une grossière ruse de commerçant…

— J'en suis convaincu, sinon je n'aurais pas insisté pour vous voir absolument ce matin, répondit Stéphane.

— C'est vrai… Avez-vous déjà arrêté une destination particulière ?

— Pas tout à fait. J'hésite encore entre la Crète et deux ou trois autres îles grecques, plus petites… plus intimes.

— Dans ce cas, permettez-moi de vous rappeler notre proposition de voyage de prospection sur place, afin de conforter votre choix définitif.

— Ce ne sera pas forcément nécessaire. Je pourrais peut-être me décider sur la base de vos brochures électroniques, si bien sûr elles sont suffisamment détaillées.

— Elles le sont, monsieur Larieux, elles le sont.

Pendant que Laurence de Selignac se leva pour aller chercher dans une armoire une carte à puce, insérée dans un écrin de velours noir contenant la totalité des offres sur les îles grecques, Stéphane lui lança, incidemment :

— Pendant que nous y sommes, pourriez-vous m'imprimer un projet de contrat de vente en deux exemplaires ?

— Bien sûr, monsieur Larieux… Mais n'oubliez pas que l'acceptation de votre dossier reste soumise au versement d'un acompte de vingt-cinq pour cent et à la présentation d'une garantie de solvabilité totale.

— Je ne l'ai pas oublié, rassurez-vous.

Stéphane quitta le bureau de la jeune femme en lui promettant de revenir très prochainement avec une commande.

À peine retourné dans son hôtel particulier du boulevard du Général-Kœnig, Stéphane se plongea dans la lecture détaillée du contrat type de GRI. Valentine lui avait déjà préparé son déjeuner en prenant soin de choisir ses mets préférés, mais en petite quantité, car elle avait très bien remarqué le manque d'appétit de son patron, qu'elle traitait comme son protégé. « Promettez-moi de bien tout manger », lui avait-elle demandé. « Vous allez finir par tomber malade, si vous continuez à maigrir comme ça. »

Stéphane était, encore une fois, seul au bout de cette longue table. Et pour être certain de ne pas être dérangé, il avait donné congé pour l'après-midi à tout son personnel de maison, à l'exception de Kevin, son homme à tout faire, à qui il avait demandé de s'occuper un peu du jardin. Entouré de ses plats préférés, il lut consciencieusement chaque article du contrat, jusqu'à la rubrique « acompte ». L'article 27-1 en précisait le montant, et le 27-2 en donnait les conditions de restitution ou de perte. Stéphane dut le relire deux fois pour s'assurer qu'il en avait bien compris le sens.

« Dans le cas où l'acheteur se verrait dans l'incapacité de régler le solde du paiement le jour de la livraison définitive de l'objet de la vente, le montant de l'acompte resterait acquis au vendeur. Cet acompte ne pourra en aucun cas être cédé à un tiers, sauf accord écrit préalable entre les deux parties... Seul un bien dont le prix total aura été intégralement réglé par l'acheteur avant la livraison effective pourra être revendiqué par l'époux(se) ou les descendants en ligne directe, si l'acheteur vient à décéder entre-temps. »

Le privé n'en crut pas ses yeux. Il se demanda comment un être sensé pouvait accepter une clause pareille. Sauf, éventuellement, un inconscient ou un célibataire sans enfant qui ne soucierait pas de ce qui pourrait advenir après sa mort. Il songea alors à William Dupont-Raynal. Il était fils unique, célibataire… et sans enfants. Il était donc une cible idéale pour qui était en mesure de détourner le montant de son acompte. Mais peut-être n'était-ce qu'un hasard ? De plus, pour lancer une enquête officielle dans ce sens, il faudrait mettre la main sur un exemplaire du contrat de vente signé entre GRI et William, surtout si son acompte n'était jamais passé dans la comptabilité de la société. À moins, bien sûr, que François du Plessis n'eût péché par excès de confiance en lui et n'eût pas jugé utile d'effacer les traces de ses magouilles ?

Stéphane voulut absolument faire part de sa découverte à Estelle, mais cette dernière refusa catégoriquement de sacrifier les deux seuls jours de la semaine où elle pouvait se consacrer entièrement à Camille.

— Je t'assure, Estelle, ça ne te prendra pas plus d'une heure. C'est vraiment très important.

— Décidément, tu n'as pas changé. Si c'est comme cela que tu comptes reconquérir notre fille, tu…

Stéphane fut profondément blessé par cette remarque. Mais plutôt que de s'enfoncer, il répondit :

— Tu as raison. Ça peut bien attendre jusqu'à lundi. Bon week-end à toutes les deux… Et embrasse la petite pour moi. Tu n'oublieras pas ?

Elle lui proposa donc de le recevoir dans son bureau dès lundi matin à 10 heures. Ne pouvant se résoudre à rester sans rien faire jusque-là, le privé décida de reprendre contact avec Max et de lui demander de l'aider à fouiller dans les dossiers secrets de François du Plessis. Grâce à la puce électronique insérée dans le portable du gamin, Stéphane put le localiser très précisément. Il était allé rendre visite à sa mère à la clinique du professeur Laffitte.

— Allô, Max. Tu vas bien ? … J'ai un travail urgent pour toi, et qui peut te rapporter gros… Ça te va ? … C'est bon. Dis-moi où tu es et j'envoie quelqu'un te chercher.

Une heure plus tard, le chauffeur de service revint avec Max. Mais cette fois-ci, sans bâillon ni cagoule. Stéphane le reçut directement dans son grand bureau. Il avait décidé de lui faire confiance. Le jeune homme dut se forcer pour cacher sa fascination pour la grandeur et la beauté des lieux. Il garda les mains dans ses poches pendant qu'il s'avançait nonchalamment vers le bureau, tout en observant attentivement chaque détail de la décoration.

— C'est vraiment à vous tout ça ? Ça doit coûter un max de *thune*, non ?

— C'est assez cher, effectivement. Mais je te l'ai déjà dit, mes clients me paient bien, et donc je te paierai bien moi aussi.

— *Cool !* Je commence quand ? Je fais quoi ?

Stéphane fut d'abord surpris par l'enthousiasme du jeune homme. « Mais après tout, pensa-t-il, il n'en sera que plus efficace. » Sans lui révéler ce qu'il avait découvert dans le contrat, il lui demanda de l'aider à retourner dans les fichiers cachés de François du Plessis. Il l'invita à prendre sa place devant son puissant ordinateur et à se mettre au travail sans plus attendre.

— Et si tu as faim ou soif, n'hésite pas à me le dire.

Max ne répondit pas. Il était déjà aux portes du pare-feu de François du Plessis. Stéphane ne quittait pas des yeux le clavier tactile sur lequel se déplaçaient, avec frénésie, les doigts du jeune homme, comme ceux d'un pianiste virtuose. Il était fasciné par la rapidité de la frappe, totalement silencieuse.

— Voilà, j'y suis presque, annonça Max, tout excité.

Il se souvenait encore des mots de passe qu'il avait utilisés lors de sa précédente incursion, laquelle lui avait valu de se faire piéger par l'homme qui était en train de l'observer.

— Jusqu'à présent, je me trouve dans le logiciel comptable de GRI, expliqua Max, qui ignorait toujours que Stéphane avait rencontré sa mère.

— Et maintenant ? Tu penses pouvoir pénétrer dans des dossiers cachés ?

— Exact. D'ailleurs, si ma mère ne m'en avait jamais parlé, je serais tout simplement passé à côté ; et pour cause...

— C'est-à-dire ?

— Il faut d'abord accéder au programme de maintenance du logiciel comptable avant de pouvoir trouver ces fameux fichiers, cryptés et protégés par un mot de passe.

— Mot de passe que tu connais, j'imagine.

— C'est exact. Je l'ai découvert à la fois grâce aux indications de ma mère et un peu par déduction.

— Et quel est-il ce mot de passe ?

Max s'arrêta net. Il fixa Stéphane par-dessus son épaule et lui répondit froidement :

— Vous me prenez pour un imbécile ? Éloignez-vous pendant que je le saisis.

Le privé apprécia le sang-froid de son fils et en éprouva une certaine fierté.

— C'est bon, je me retourne.

— Voilà, nous sommes à présent dans la caverne d'Ali Baba.

Stéphane fit pivoter son fauteuil et aperçut un tableau à colonnes multiples. Noms, prénoms, date de naissance, situation, référence, objet, acompte... Il remarqua surtout les sommes figurant dans la rubrique « acompte ». Il y avait là plusieurs millions d'euros, représentant les avances versées par une dizaine de personnes. Stéphane parcourut la liste, à la recherche d'un nom qui aurait pu correspondre à celui d'une des victimes dont lui avait parlé Estelle.

— C'est très étrange, remarqua Max. La première fois que j'ai vu cette liste, elle était plus longue…

— Tu veux dire qu'il manque des noms ? demanda le privé.

— Évidemment, rétorqua le jeune homme… En plus, les dates d'enregistrement sont plus récentes que la dernière fois… Tenez, la date la plus ancienne remonte à deux semaines alors que la première fois elle remontait à six semaines.

Aucun des noms ne correspondait à celui d'une des victimes. Stéphane voyait s'envoler toute possibilité de coincer ce « salopard de du Plessis ».

— Merde !… Il faut absolument que tu retrouves la trace des précédentes données ! Il doit bien exister un moyen tout de même ! Non ?

— Il faudrait pour cela que je connaisse quelque chose dans les mécanismes comptables. Cela dit, on pourrait toujours demander à ma mère de nous aider.

— Dans l'état où elle est, il vaudrait mieux la laisser tranquille.

Max se retourna vers lui.

— Comment ça, dans l'état où elle est ? Vous l'avez vue ?

Le privé aurait voulu se gifler. Sa gaffe aurait pu tout faire capoter.

— Non, pas du tout. C'est le professeur Laffitte qui m'a parlé de son état. Je te l'ai dit. C'est un ami.

— C'est vrai, répondit Max en reprenant sa position, face à l'écran… Mais j'y pense, j'ai lancé une impression du tableau la première fois. Elle doit encore être sur mon imprimante à la maison.

— Décidément, petit… pardon, Max, tu vas m'être très précieux.

— Au fait, vous avez une idée de ce que peuvent signifier ces lettres « cse » et « vse » dans la colonne « situation » ?

Stéphane feignit l'ignorance en affichant une moue dubitative. En réalité, il en avait déjà déchiffré le sens, fort de ce qu'il savait de l'article 27-2 du contrat de vente « type » de GRI. « Cse » ne pouvait vouloir dire que Célibataire sans enfants. Et le « V » de « vse » devait valoir pour veuf. Eux seuls étaient susceptibles de perdre leur acompte en cas de non-paiement du solde à la livraison. Ou plus exactement, leurs ayants droit.

— Je propose que nous allions récupérer ce précieux document chez toi au plus vite, avant qu'il ne disparaisse malencontreusement, suggéra le privé.

— D'accord, mais avant cela, il serait plus prudent de faire une copie du reste du présent fichier.

— Exact, jeune homme. Décidément…

— Puisque vous avez l'air d'apprécier mon travail, monsieur Larieux, il serait peut-être temps de parler de ma rémunération !

Stéphane ne put s'empêcher de sourire devant un tel aplomb.

— Dix mille euros par mois, ça t'irait ?

— Mille euros par jour, payables chaque jour. Une moitié en espèces, l'autre par virement bancaire.

— Va pour mille euros par jour travaillé, mais j'exige que tu restes joignable et disponible à tout moment.

— Payables d'avance, précisa Maxime en regardant le privé droit dans les yeux et en tendant sa main droite.

Stéphane lui remit cinq billets de cent euros et effectua devant le jeune homme une opération de transfert de cinq cents euros sur le compte qu'il lui avait indiqué. Il était particulièrement satisfait de cette transaction. Il avait ainsi réussi à prendre le gamin sous sa protection, tout en lui laissant croire que c'était lui qui avait gagné la partie.

Il le reconduisit personnellement jusqu'à son immeuble avec le Hummer blindé, conduit par son chauffeur. Il dut insister un peu pour que Max acceptât qu'il monte avec lui jusqu'à l'appartement. En entrant dans le vétuste deux-pièces au quatrième étage sans ascenseur, Stéphane dut se forcer pour cacher sa répugnance pour la crasse de l'endroit. Mais par-dessus tout, il ressentit de la honte pour avoir laissé son ex-petite amie et plus encore son propre fils atterrir dans un logement aussi sordide, à quelques kilomètres seulement de son luxueux hôtel particulier. Il avait même une furieuse envie de lui avouer la vérité et de l'arracher, de force s'il le fallait, à cet enfer. Mais il savait pertinemment que dans ce cas il les perdrait définitivement. « Si le fils est aussi fier que sa mère, il prendrait mon attitude pour une manière de me donner bonne conscience, et à bon compte, pensa Stéphane, ou, pire encore, pour de la pitié. »

— Alors, ce document, tu me le montres, demanda le privé impatient.

Max se baissa devant la petite table de sa chambre qui devait lui servir de bureau. Il tendit son bras vers une petite imprimante, posée sur une desserte sous le plan de travail, et récupéra les feuilles imprimées qu'il avait laissées là en prenant la fuite, cette fameuse nuit où les hommes de VIP étaient venus le cueillir. En fait, il en avait presque oublié l'existence.

— Le voilà, dit-il en tendant les feuilles à son nouvel employeur.

Stéphane s'en saisit et s'assit machinalement sur le bord du lit défait. Tout en parcourant le document, il ponctuait sa lecture muette de petits commentaires.

— Woaw… excellent… et encore un… ça c'est de la bombe, petit… Excellent travail !

— Vous connaissez ces personnes ?

— Pas vraiment, mais avec ça, je devrais pouvoir coincer ce salopard de François du Plessis, l'ex-patron de ta mère.

— *Cool* !… Mais il faudra aussi le faire cracher, se reprit le gamin. Il faudra qu'il paie à ma mère pour ce qu'il lui a fait. Et vite, parce que…

— Je sais, petit. Je t'ai promis de faire quelque chose dans ce sens et je tiendrai parole. Pour aujourd'hui, je double ta paie. Tu l'as bien mérité !… Au fait, est-ce que tu as fait une copie de ce fichier sur ton ordinateur ?

— *A priori*, je n'ai fait que l'imprimer, mais je peux récupérer le fichier d'impression, ce qui reviendra au même.

Stéphane sortit de sa poche un support de mémoire universelle et le tendit à Max.

— Dans ce cas, fais-m'en une copie là-dessus, veux-tu.

Avant de prendre congé, le privé recommanda à Max la plus grande discrétion à propos de leur collaboration et aussi la plus extrême prudence. Sur le seuil de la porte, il eut un élan paternel irrépressible envers le jeune homme. Il dut se retenir pour ne pas lui poser la main sur la tête comme l'aurait fait un père avec son fils.

— C'est bien ce que tu fais pour ta mère, petit, très bien, lui dit-il en lui tapotant l'épaule. Je te recontacterai très bientôt. D'ici là, pas de conneries, d'accord ?

26

Lundi 29 mai 2028, 10 heures, bureaux d'Europol, Paris.

Stéphane arriva dans les locaux d'Europol avec un bon quart d'heure d'avance. Estelle était déjà dans son bureau, mais elle n'avait pas résisté à l'envie de le faire patienter jusqu'à l'heure exacte du rendez-vous.

— Entrez, monsieur Larieux, lui lança-t-elle lorsque le planton le conduisit jusqu'à son « bocal », comme le nommait son équipe.

Dès que la porte se referma derrière lui, Stéphane lui demanda comment s'était passé son week-end avec la petite. Il lui demanda des nouvelles de Camille avec un enthousiasme non dissimulé. Le contraste avec son comportement lors de sa première visite dans ces locaux était tel qu'il eut soudain peur d'en faire trop. De lui-même, il décida de réorienter la conversation sur un terrain plus professionnel.

— Je te disais donc, il y a deux jours, que j'avais des choses importantes à te raconter à propos de notre enquête. Enfin, de ton enquête, si tu préfères…

— Je préfère, effectivement, répondit Estelle.

— Ce que j'ai découvert concerne la société GRI et confirme mes soupçons d'une implication de cette entreprise dans le meurtre de William et celui des autres joueurs de poker.

La commissaire divisionnaire repensa à sa conversation avec son directeur. Mais elle ne se voyait pas dire à son ex-mari d'oublier cette piste… pour raison politique.

— Pas si vite. Je te rappelle que c'est mon enquête et que c'est moi qui décide… Montre-moi d'abord les preuves ou, à défaut, les indices de ce que tu avances.

Stéphane Larieux sortit de sa sacoche en cuir une chemise cartonnée contenant une pile de documents qu'il posa devant lui sur le bord du bureau, après avoir déplacé quelques objets décoratifs. Il saisit quelques feuilles imprimées, tirées du catalogue électronique en 3D que lui avait remis Laurence de Selignac. Il approcha son fauteuil et se lança dans une véritable démonstration commerciale en tournant les pages, orientées vers Estelle.

— Ça fait rêver, non ? suggéra Stéphane.

— Pour celui qui peut se l'offrir, probablement, mais pour moi…

— C'est effectivement du grand luxe, mais ce n'était certainement pas hors de portée de certaines des victimes de tous ces assassinats.

— Et ça ne leur a pas porté bonheur. De toute façon, je ne vois pas en quoi cela me fera avancer dans mon enquête.

Le visage du privé s'illumina. Il avait ce sourire triomphant de celui qui savoure d'avance l'effet qu'aura son propos sur son auditoire. Ce qui eut le don d'exaspérer la commissaire divisionnaire.

— C'est bon. Accouche. Je n'ai pas de temps à perdre.

— Pardon, répondit Stéphane, un peu vexé.

Il sortit alors de sa pochette cartonnée un second document, en adoptant cette fois une attitude plus modeste.

— Si je t'ai montré ce catalogue de la société GRI, c'était pour introduire la pièce maîtresse de ma petite enquête personnelle. Il s'agit d'un contrat type pour l'acquisition de l'une de ces somptueuses villas.

— Tu comptes t'en offrir une ? demanda Estelle, étonnée. Tu es donc si riche que cela ? ... C'est bon. Ne fais pas cette tête, ajouta-t-elle en riant. Je n'ai pas l'intention de te réclamer une augmentation de ta pension alimentaire pour Camille.

Stéphane décida de ne pas répondre à cette dernière petite phrase.

— Au départ, je voulais seulement en savoir plus sur cette entreprise, parce que j'ai découvert que le fils de mes clients — William Dupont-Raynal — avait fait un virement important à l'ordre de GRI, peu avant sa mort, après avoir acheté beaucoup de leurs actions pendant les mois précédents. J'ai même pensé à une sorte de délit d'initié.

— D'où sors-tu cette information ? Les comptes des victimes ont été effacés et les banques refusent de transmettre ce genre d'informations, à moins d'une ordonnance expresse du juge !

— Disons que les Dupont-Raynal m'ont autorisé à consulter les relevés de compte de leur fils. Ils m'ont d'ailleurs également appris qu'ils avaient eux aussi acheté des actions de GRI, sur les conseils de William, et qu'ils n'avaient pas eu à s'en plaindre. Leur fils leur avait annoncé sa décision d'acquérir une propriété de luxe dans une île du Pacifique et les avait invités à y séjourner prochainement. Ils me l'ont révélé et cela m'a mis la puce à l'oreille.

— Soit... Continue.

— Lis attentivement les deux premiers alinéas de l'article 27 de ce contrat de vente.

Estelle saisit le document et tourna les deux premières pages. Elle eut la même réaction que Stéphane deux jours plus tôt. Elle dut s'y reprendre à trois fois pour être certaine d'avoir bien compris.

— C'est incroyable. Qui peut être assez inconscient pour signer ça ? Ça revient quasiment à signer son arrêt de mort.

Puis, regardant son ex-mari, elle ajouta ;

— Et tu as trouvé l'original du contrat signé par le fils des Dupont-Raynal ? Parce que sans cela je ne pourrai rien faire de ce document, ta découverte ne constituerait d'ailleurs qu'un possible mobile. Après quoi il faudrait savoir à qui profite le crime.

— Malheureusement, je n'ai pas encore mis la main sur l'original du contrat entre William et GRI. Mais, avec l'aide de ses parents, il est possible que je puisse l'obtenir. Pour les autres victimes, je te laisse le soin de vérifier ce point avec ton équipe.

— Trop aimable, monsieur Larieux. Merci de vos conseils.

Le ton d'Estelle se voulait si désagréable que Stéphane ne put se retenir d'éclater de rire.

— Désolé, s'excusa la commissaire en souriant.

— Décidément, ce sourire te va à merveille.

— Merci, répondit-elle en rougissant légèrement.

Puis elle toussota pour cacher sa confusion passagère. Ne voulant pas abuser de son embarras, Stéphane relança la conversation.

— Je t'ai gardé en fait le meilleur pour la fin.

— Ah bon ? Je suis curieuse de l'entendre.

Le privé sortit son troisième document : l'impression du tableau extracomptable des acomptes perçus par GRI et imprimé par Max. Il le retourna et le posa délicatement sur le bureau, devant les yeux de son ex-femme.

— Ne me demande pas comment j'ai trouvé ce document. Je ne te le dirai jamais de toute façon. Mais regarde un peu cette liste de noms. Ceux des personnes qui ont versé des acomptes sur l'achat de diverses propriétés de luxe sur des îles paradisiaques.

Certains noms étaient encore très frais dans la mémoire de la commissaire. Et pour cause. Elle les revoyait chaque jour lors des réunions de travail avec son équipe. Et comme si ça ne suffisait pas, son chef se faisait un devoir de les lui rappeler. Jean-Charles Peyrac, Antoine Saintange, François-Xavier Delattre, William Dupont-Raynal, Rachel Levy-Schneider, Clara Taittinger, Albert Lethuillier. Ce qu'Estelle garda pour elle, c'était qu'il y avait dans cette liste le nom d'Antoine Saintange, la victime de la première scène de crime, dont Stéphane ignorait tout.

— Voilà qui relierait les premières victimes, effectivement, remarqua Estelle. C'est déjà un début.

— Et dans ce cas, tu avais raison de dire que le meurtre des dirigeants de J. S. & W. n'avait pas de lien avec les autres.

— Je dois t'avouer que je disposais d'autres éléments qui pouvaient renforcer ma conviction, reconnut la commissaire… Mais ne me demande pas de quoi il s'agit, je ne te le dirai pas de toute façon.

— Match nul, répondit son ex-mari en souriant.

— Il faudra quand même que tu me dises où je dois chercher l'original de ce document, afin que je puisse mettre la main dessus de façon tout à fait légale… Faute de quoi, je ne pourrai rien en faire… Peut-être ne le sais-tu pas, mais les dirigeants de GRI ont des relations privilégiées, si tu vois ce que je veux dire.

— Pour ce qui est de leurs liens avec le pouvoir, ça ne me surprend pas… Pour le reste, j'allais justement y venir.

Le premier suspect dans cette affaire est, selon moi, clairement identifiable.

— Comme tu y vas ! Tu as des preuves solides ?

— Des preuves directes, non. Mais je peux te dire exactement où les chercher.

— Je t'écoute.

— Ce fichier a été trouvé dans l'ordinateur central de GRI… mais… à un endroit auquel un seul homme a accès.

La commissaire divisionnaire commença à s'inquiéter. Elle redouta à cet instant d'entendre prononcer le nom de l'ami personnel de son patron : Xavier Lescuyer. Ce qui aurait été la promesse des pires ennuis.

— Comment s'appelle-t-il ?

— François du Plessis, directeur financier de GRI.

Estelle ne put se retenir de souffler bruyamment.

— Tu le connais ?

— Non, pas du tout, s'empressa-t-elle de répondre. Mais comment peux-tu être certain qu'il était le seul à pouvoir accéder à ce fichier ?

Stéphane Larieux lui expliqua rapidement l'existence de ce fichier intermédiaire, et surtout extracomptable, dans lequel François du Plessis enregistrait temporairement les acomptes de certains clients, en particulier les célibataires ou veufs sans enfants !

— Ce qu'il faudrait savoir maintenant c'est si l'on retrouve ou non ces mêmes opérations financières dans la comptabilité officielle de GRI. Dans ce cas, cela supposerait une complicité avec d'autres dirigeants de l'entreprise… ou si, au contraire, ces acomptes disparaissent définitivement après la mort des acheteurs concernés. Auquel cas cela confirmerait un trafic organisé en solo par le directeur financier. Et pour le découvrir, tu aurais besoin d'une commission rogatoire pour fouiller dans tous les dossiers et les ordinateurs de ce monsieur à son bureau et même à son domicile.

— Excellent travail, monsieur Larieux, lui dit-elle en lui lançant un regard admiratif. Ça ne vous tenterait pas de travailler pour moi à l'avenir ?

— Dans ce cas, je n'aurais plus les moyens d'acquérir une de ces magnifiques propriétés dans laquelle je pourrais avoir le plaisir de vous recevoir, à l'occasion, vous et votre délicieuse petite Camille.

Estelle ne sut quoi répondre à cela. Pourtant, après que Fabrice Veranchon lui avait fait une semblable proposition, quelques jours plus tôt, elle s'était surprise à penser qu'elle l'aurait probablement acceptée si elle avait été faite par son ex-mari. Peut-être n'était-ce pas encore le bon moment pour faire ce genre de projet ? Leurs retrouvailles étaient trop récentes. N'entendant pas la réponse qu'il attendait, Stéphane reprit :

— Avant que je te laisse creuser cette piste avec ton équipe, est-ce que tu as vérifié les circonstances de la mort des trois personnes dont je t'ai communiqué les noms ?

— J'ai transmis l'info à mes inspecteurs, mais je dois reconnaître que je n'en ai pas encore reçu la réponse. Je te rappellerai en fin de matinée pour te le dire, d'accord ?

— Très bien. À plus tard alors, répondit Stéphane en quittant le bureau de la commissaire divisionnaire.

— Stéphane ?

— Oui ?

— Merci pour ton aide.

Estelle resta quelques minutes plongée dans ses pensées après le départ de son ex-mari. Elle s'en voulait d'avoir été aussi froide avec lui. Puis elle se prit à rêver d'une autre vie. Celle que lui avait suggérée Fabrice Veranchon, dans un monde plus calme, loin de cette folie meurtrière, mais avec cet homme qu'il lui semblait découvrir sous un autre jour et que leur fille appréciait énormément, surtout depuis cet après-midi passé ensemble dans les jardins de Bagatelle. C'est alors qu'elle réalisa que son patron avait peut-être lui aussi craqué pour une de ces villas de luxe proposées par GRI. En sa qualité d'ami personnel de Xavier Lescuyer, il avait pu obtenir des conditions de paiement très favorables. « À moins qu'il ne se fût agi d'un très gros cadeau ? Pour l'inviter à regarder ailleurs ? Dans ce cas, ce monsieur Lescuyer serait complice de son directeur financier ! » pensa la commissaire. Elle se rendit à l'évidence. Elle n'avait pas d'autre choix que d'informer son patron si elle voulait avoir une chance de poursuivre cette piste découverte par Stéphane. « De toute façon, se raisonna-t-elle, c'est le directeur financier que je mets en cause, pas Xavier Lescuyer. »

Au lieu de garder cette angoisse pour elle, Estelle décida donc de prendre les devants et de solliciter un entretien avec son patron. Elle se crut néanmoins obligée de prendre d'infinies précautions oratoires pour amener le sujet de la discussion, craignant qu'il ne s'emportât, comme à son habitude, lorsqu'elle ne suivait pas ses recommandations. Contre toute attente, le contrôleur général de la section antiterroriste l'écouta calmement jusqu'au bout. Il faut dire qu'elle avait judicieusement commencé l'entretien en disant :

— Je crains que votre ami, Xavier Lescuyer, ne soit victime de malversations de la part de son directeur financier, un certain François du Plessis. Et peut-être même de détournements de fonds très importants.

Elle lui expliqua ce qu'elle avait appris, sans toutefois trahir ses sources, et lui demanda, pour la forme, l'autorisation de réclamer auprès du juge une commission rogatoire pour une enquête approfondie sur la personne de François du Plessis.

— Ne serait-ce pas plutôt une affaire pour la brigade financière ? remarqua Fabrice Veranchon.

— En d'autres circonstances, certainement, répondit Estelle. Mais, dans le cas présent, j'ai de fortes raisons de croire que cette même personne est également de mèche avec une organisation terroriste inconnue de nos services.

— Qu'est-ce qui vous permet de penser cela, De Jong ?

— Si de grosses sommes ont été détournées, il n'est pas impensable qu'elles aient pu servir à financer ce mystérieux groupe terroriste.

— Dans ce cas, je veux tout savoir sur ce type. Vous m'entendez ? Tout ! Mais attention, De Jong, cette enquête doit absolument rester confidentielle et ne doit jamais atteindre mon ami Xavier Lescuyer. Ai-je été clair ?

— On ne peut plus clair, monsieur.

La commissaire divisionnaire quitta le bureau de Fabrice Veranchon vivement soulagée. Elle décida de confier la partie financière et comptable de cette enquête délicate en exclusivité à Jeanine Archambault. Elle avait trop peur d'une gaffe possible d'un des autres membres de son équipe. Pour le reste, elle donna ses instructions pour rechercher en priorité la trace des différents contrats originaux signés entre les sept premières victimes et GRI. Elle mit également la pression sur Portal, Ducasse et Barbier, chargés de trouver la trace de cette mystérieuse organisation terroriste. Parisot, Taieb et Benarfa durent abandonner momentanément la piste de la mafia russe afin de se concentrer sur la recherche de liens entre J. S. & W. Real Estate, U2E et le groupe ukrainien Chevtchenko. Mais elle se garda bien de les informer de sa conviction qu'il ne pouvait y avoir de lien entre les victimes coulées dans le béton et les autres. Mieux valait les faire continuer à travailler ensemble et à communiquer.

27

Lundi 29 mai 2028, 20 h 15, Paris.

Fabrice Veranchon arriva au pied de l'immeuble, sur la place des Ternes, où son ami Xavier Lescuyer disposait, sous les toits, d'une garçonnière dans laquelle il lui arrivait de recevoir quelques call-girls. Il sonna à l'interphone. Trois coups brefs et deux coups longs. C'était le code convenu. La cabine de l'ascenseur donnait directement accès à l'intérieur d'un appartement dont la riche décoration trahissait au premier coup d'œil la véritable fonction. Son propriétaire s'en était déjà servi plusieurs fois pour « dépanner » un gros client en mal d'amour.

— Entrez donc, cher ami, l'invita le PDG de GRI, venu l'accueillir un verre de whisky à la main.

— Bonsoir, Xavier. Désolé d'avoir insisté à ce point, mais il fallait absolument que je vous parle en privé.

— Vous m'avez l'air bien nerveux, mon ami. Servez-vous donc un scotch, ça vous détendra.

Fabrice se dirigea vers le bar, se servit un whisky-glace et alla s'asseoir sur le canapé de cuir, en face de son hôte.

— Ce que j'ai à vous dire est très délicat.

— Ne tournez pas autour du pot, Veranchon, finissez votre verre et lancez-vous.

Le patron de la section antiterroriste d'Europol avala donc une bonne rasade de son whisky encore tiède et reposa le verre sur la table basse en marbre, devant lui.

— Mon équipe est en ce moment sur plusieurs affaires de meurtres… et le seul point commun de certaines des victimes est qu'elles ont commandé récemment, à votre société, un projet immobilier parmi vos nombreux programmes de villas de luxe.

Xavier Lescuyer, qui était en train de siroter son whisky « on the rocks », faillit s'étrangler.

— Qu'est-ce que vous me racontez là, Veranchon ? Qui voudrait s'en prendre à nos clients ? Je sais que la concurrence est très rude dans notre métier, mais de là à éliminer nos clients ! En plus, ça n'aurait aucun sens pour qui que ce soit. Un client mort est un client perdu pour tout le monde. Non, croyez-moi, cela ne peut être qu'une coïncidence… Très fâcheuse, au demeurant…

— Je comprends votre réaction, cher ami… mais ce n'est pas le plus dur à entendre…

— Vous commencez à m'inquiéter sérieusement, Veranchon. De quoi s'agit-il, maintenant ?

— Mes enquêteurs ont découvert un probable mobile… en lisant certains points de votre contrat type… Connaissez-vous l'article 27 de vos conditions de vente ?

— Dois-je vous rappeler, cher ami, que je suis le président-directeur général de GRI et que, à ce titre, je ne m'occupe pas de ce genre de détails ? Ce travail est sous la responsabilité de nos avocats et de notre directeur administratif et financier, à qui je suis bien obligé de faire confiance.

— Voilà qui me rassure, croyez-le bien, répondit Veranchon, visiblement soulagé. Il reprit son verre et le vida d'un trait, comme s'il avait trinqué à une victoire ou à un heureux événement.

— Et que dit au juste cet article 27 ? demanda Xavier.

— Je ne me souviens pas du détail, mais en gros il dit que, en cas de décès du client avant la livraison et le paiement de l'intégralité du contrat, l'acompte de vingt-cinq pour cent, versé à la commande, sera perdu pour les ayants droit et conservé par GRI.

— Qu'est-ce que c'est que cette connerie ? s'exclama le PDG. Jamais entendu parler d'une telle clause. Il va falloir que je mette tout ça au clair dès demain matin avec mes avocats.

— Avec vos avocats, mais surtout avec votre DAF [1], je le crains.

— François du Plessis ? Vous pensez qu'il serait mêlé à ça ?

— Je dirais plutôt empêtré jusqu'au cou, corrigea Veranchon.

— J'ai du mal à le croire.

Le patron de l'antiterrorisme se leva et alla se servir un autre verre de whisky-glace. Il préféra rester debout pour finir son rapport.

— S'il n'y avait pas eu ce dernier point, j'aurais fait en sorte de régler cette affaire en toute discrétion et sans même vous en parler. Nous avons déjà la conviction que c'est François du Plessis seul qui a organisé tout ceci. Et le fait que vous m'ayez confirmé que seuls le DAF et les avocats s'occupaient de définir les clauses du contrat de vente me conforte dans cette conviction qu'il n'a pas de complice, au moins à l'intérieur de GRI.

— Mais ?

1 .DAF : Directeur administratif et financier.

— Mais, je dois vous informer que nous avons la quasi-certitude que les acomptes versés par les victimes, peu avant leur assassinat, ont été détournés par votre directeur financier.

— C'est impossible. Des sommes importantes ne peuvent pas disparaître des comptes sans que cela se remarque. Les commissaires aux comptes le découvriraient très vite.

— Sauf si ces sommes n'ont jamais été enregistrées dans votre comptabilité !… Il semblerait que ce petit malin se soit créé un compte intermédiaire, extracomptable, qu'il pouvait vider à sa guise, une fois le client décédé !

Xavier Lescuyer commença à blêmir. Il se voyait déjà ruiné par le scandale et les plaintes des familles des victimes. En tant que PDG, il serait même jeté en prison, surtout en sachant que les victimes n'étaient pas des citoyens ordinaires, mais des membres de l'élite européenne, tout comme lui.

— Combien de meurtres aurait-il commis ?

— Commis ou commandité ! Pour le moment, nous le soupçonnons du meurtre de sept personnes, mais rien ne dit qu'il n'y en a pas eu d'autres avant ceux-là !

Le PDG de GRI termina son verre de whisky et se leva lui aussi pour s'en resservir une double dose. Il tremblait tellement qu'il en renversa la moitié sur le tapis. Il ne tenait plus en place. Il ne pouvait pas se retenir de penser à haute voix, tout en piétinant nerveusement le sol entre le bar et la table basse.

— C'est pas possible ! Quel enfoiré ! Comment a-t-il pu me faire ça, à moi ? Ce trou du cul qui me doit sa carrière… il va me le payer !

Soudain, il se redressa. Son visage était cramoisi. On eût dit qu'il avait vieilli de dix ans d'un coup. Fabrice

Veranchon craignit qu'il ne fît un malaise cardiaque.

— Ça ne va pas ? Vous voulez que j'appelle un médecin ?

— Il ne faut surtout pas que cette affaire s'ébruite, Veranchon. Si cela s'apprenait, je risquerais de tout perdre.

— Cela ne va pas être facile. Qu'est-ce que je vais dire aux parents des victimes qui me harcèlent tous les jours au téléphone, et parfois dans mon bureau ?

— Ils ne sont pas obligés de savoir que c'est un salarié de GRI qui les a assassinées !

— Éventuellement, mais pour l'argent ? Il va bien falloir les rembourser !

— Mais, c'est du Plessis qui l'a détourné, pas GRI !

— Sur ce point, vous aurez beaucoup plus de mal à convaincre les familles des victimes !

— Admettons. Et combien ce salopard aurait-il volé ?

— Pour le déterminer avec précision, nous aurions besoin de votre coopération. Nous allons devoir analyser le contenu de tous vos ordinateurs.

Le visage de Xavier Lescuyer sembla s'éclaircir. Considérant l'énormité des pertes financières qu'il allait subir, le PDG de GRI s'était découvert des ressources insoupçonnées pour surmonter ce qu'il ressentait comme un coup du sort contre sa pauvre personne.

— Vous voulez dire qu'il n'existe peut-être pas de trace des sommes présumées détournées ? Dans ce cas, pourquoi devrais-je rembourser quoi ou qui que ce soit ?

Fabrice Veranchon fut littéralement soufflé par le cynisme de son ami.

— Je crains que vous n'ayez pourtant pas la possibilité de refuser.

— Écoutez, Veranchon. Dois-je vous rappeler nos petits arrangements au sujet de votre retraite dorée sur l'île de Santorin ? Une modeste « cabane de pêcheur » d'une valeur de dix millions d'euros, facturée deux millions… Mais peut-être votre conscience professionnelle vous conduira-t-elle à me verser le solde… ou à y renoncer au profit d'une retraite plus classique, en bordure de la Seine, par exemple.

Le patron de la section antiterroriste sentit une boule de feu se former dans son estomac. Jamais il n'avait imaginé devoir payer aussi cher ce « petit cadeau » de son ami. Malheureusement, il n'était pas le seul à être au courant des agissements de François du Plessis. Il se ressaisit et décida de résister au chantage de Xavier Lescuyer… au moins en partie.

— Je sais ce que je vous dois, cher ami, et je vous en serai éternellement reconnaissant… Mais, vous me demandez là l'impossible. Les preuves dont nous disposons, et en particulier le mobile des meurtres, mènent immanquablement à votre société. L'article 27-2 de votre contrat fait de vous, PDG de GRI, le premier responsable au regard de la loi. Le seul moyen de prouver votre bonne foi et, par voie de conséquence, votre innocence, est de procéder au remboursement intégral des acomptes détournés par votre collaborateur… et dans ce cas, je m'engage, au nom de notre vieille amitié, à me porter garant de vous.

Voyant que Xavier Lescuyer ne bronchait pas, le patron d'Estelle ajouta :

— Par contre, ce que je peux tenter, pour minimiser l'impact sur GRI, c'est de faire avouer à votre DAF tous les meurtres qu'il a pu commettre ou commanditer, et obtenir sa condamnation, sans mentionner son mobile véritable dans le rapport d'enquête, ce qui empêchera la justice de remonter jusqu'à vous… Ça devrait largement finir de payer le solde de ma cabane de pêcheur, non ?

L'assurance affichée par Fabrice Veranchon avait refroidi son ami. Ce dernier savait maintenant qu'il allait devoir se montrer plus diplomate, plus conciliant. Toujours aussi inquiet pour son argent, il demanda :

— Mais comment allez-vous procéder, sans attirer l'attention ? De nos clients, d'abord. Et de du Plessis, ensuite. Si jamais il apprenait qu'il est dans votre collimateur, avant que vous ne l'arrêtiez, il prendra la fuite et disparaîtra à tout jamais... avec mon argent !

« Cet homme est vraiment un monstre, pensa Fabrice. Je lui parle de sept personnes assassinées, et tout ce qui l'inquiète, c'est son argent ! Il n'a pas eu un mot de compassion pour les victimes ou leurs familles. »

— Soyez sans crainte, mon ami. J'ai mis sur le coup mes meilleurs éléments et j'ai donné instruction de rester le plus discret possible. Avec votre permission, je ferai arrêter cet assassin au plus vite et sans tapage. Mais, je vous le répète, nous aurons besoin d'accéder à toutes vos données pour apporter la preuve formelle de sa culpabilité. Cela nous laissera ensuite plus de temps pour lui faire avouer où il a caché les acomptes de vos clients. Dans le cas contraire il faudrait le relâcher, et alors...

— Il est hors de question que je laisse filer ce salopard avec mon argent, vous m'entendez, Veranchon !

— Dans ce cas, vous serez bien obligé de coopérer avec nos services... et de me faire confiance.

Le contrôleur général de la section antiterroriste quitta son ami l'esprit beaucoup plus tranquille. Il s'en était bien mieux tiré qu'il ne l'avait craint. Il allait pouvoir passer une bonne nuit avant de lancer, le lendemain matin, la machine policière contre François du Plessis. Il lui faudrait cependant y apporter un soin tout particulier et surveiller de près le travail d'Estelle De Jong. Le comportement de son ami lui faisait redouter des réactions aussi violentes que désespérées si l'enquête devait mal tourner. « Je suis convaincu que cet individu serait capable de s'en prendre à mes hommes s'ils venaient à mettre en péril son empire financier », pensa Veranchon.

Pendant ce temps, Xavier Lescuyer rongeait son frein. Il était fou de rage. Il aurait voulu avoir son collaborateur véreux sous la main. Il s'imaginait en train de le torturer pour lui faire dire où il avait caché tout cet argent. Mais il savait pertinemment qu'au moindre comportement suspect de sa part, son DAF prendrait la fuite sans laisser d'adresse. Il était donc condamné à faire confiance à son ami flic pour agir au mieux. Alors qu'il vidait son sixième double scotch de la soirée, son téléphone portable sonna.

— Allô ?... Ah, c'est vous !... Tout de suite ?... Vous me laissez sans nouvelles depuis trois mois et maintenant vous voulez me voir immédiatement ! Ça ne peut pas attendre demain matin ?... Bien sûr que ça m'intéresse toujours, mais ça fait des mois que vous me promettez ces terrains !... C'est bon. On se retrouve demain, au même endroit, à 22 heures.

28

Mardi 30 mai 2028, 9 h 30, Europol Paris, salle d'interrogatoire n° 2.

Une équipe restreinte de la brigade financière, munie d'une commission rogatoire en règle, avait intercepté la voiture de François du Plessis à la sortie du parking de son immeuble du boulevard d'Inkermann, à Neuilly-sur-Seine. Deux officiers étaient remontés chez lui, dans son appartement-terrasse au dernier étage et avaient emporté de nombreux documents, dont certains étaient gardés dans un coffre-fort dissimulé derrière une copie de toile de maître, ainsi que deux ordinateurs et des disques durs. Sur le coup, le directeur financier de GRI avait cru à un kidnapping et s'était vaillamment débattu. Lorsqu'il comprit qu'il avait affaire à la police, il retrouva tout de suite son calme. Les enquêteurs venus l'arrêter furent très étonnés par sa soudaine résignation. Il ne sembla ni surpris ni angoissé. Pourtant, même innocent, quiconque se faisant cueillir devant chez lui par des policiers en civil se poserait des questions.

Ce ne fut qu'en arrivant dans les locaux d'Europol que François du Plessis demanda :

— Puis-je savoir ce qui me vaut cette arrestation arbitraire ?

Les inspecteurs le laissèrent ruminer pendant près de deux heures et observèrent son comportement à l'aide des quatre caméras installées dans la pièce. Le sentant enfin mûr, Jeanine Archambault fit signe à l'inspecteur de la brigade financière, qui lui avait été attribué pour cette enquête particulièrement délicate, de commencer l'interrogatoire du suspect. Patrick Meunier était un vieux loup de la maison, très brillant, et qui avait renoncé à une carrière prometteuse dans le privé pour se consacrer, à ses débuts, à la chasse aux plus grands fraudeurs du fisc. Il connaissait aujourd'hui toutes les ficelles de l'évasion fiscale et du blanchiment d'argent. Comme à l'accoutumée, l'inspecteur commença par mettre son suspect à l'aise, en lui proposant quelque chose à boire. Puis il débuta l'interrogatoire par des questions anodines.

— Depuis quand travaillez-vous pour GRI ?

— Un peu plus de huit ans… mais allez-vous enfin me dire pourquoi je suis là ?

— Je suis persuadé que vous le savez très bien.

— Je vous assure que je n'en ai aucune idée.

— On verra ça plus tard. Pour le moment, contentez-vous de répondre à mes questions. Quelle est votre position dans l'organigramme de GRI ?

— En tant que directeur administratif et financier, je suis au deuxième niveau et je rends compte directement à notre PDG !

— Xavier Lescuyer, donc.

— Lui-même.

— De quelle manière lui rendez-vous des comptes ?

— Je lui adresse un « reporting » financier toutes les

semaines, mais aussi mensuellement, trimestriellement et annuellement, comme n'importe quel autre DAF !

— Il doit avoir une grande confiance en vous, non ?

— C'est préférable... Mais de toute façon, je suis contrôlé par les commissaires aux comptes de la société.

— Vous devez être très bien payé, vu le niveau de vos responsabilités.

— Je n'ai pas à me plaindre, mais je suis loin de gagner autant que nos commerciaux. J'ai un bon salaire, auquel s'ajoutent des primes en fonction du résultat financier. Cependant, elles sont plafonnées à vingt pour cent de mon salaire de référence, alors...

— Ça doit être très frustrant, pour vous qui voyez passer les commissions des vendeurs, n'est-ce pas ?

— Mais, où voulez-vous en venir avec toutes ces questions ?

— Vous n'avez jamais eu envie d'améliorer vos revenus en vous servant au passage ? Pour un directeur financier qui a toute la confiance de son patron, ça ne doit pas être si compliqué, non ?

— Quoi ? s'offusqua François du Plessis. Comment osez-vous m'accuser de vol ? J'exige de voir mon avocat.

— Il est vrai que vous allez en avoir besoin, mais pour le moment vous n'y avez pas droit.

Le ton de l'inspecteur était devenu plus solennel. Tandis qu'il fixait le suspect dans les yeux, il ouvrit un dossier devant lui, se saisit d'une liasse de plusieurs pages agrafées ensemble, la retourna sur la table et la fit glisser du bout des doigts jusque devant le DAF.

— Reconnaissez-vous ce document, monsieur du Plessis ?

— Oui, bien sûr. C'est un contrat de vente standard, répondit François en repoussant les feuilles vers Patrick Meunier.

— Dans l'article 27, il y est question d'acompte de vingt-cinq pour cent à verser à la commande… Pouvez-vous me dire comment vous enregistrez cette somme dans vos livres ?

— Dans le compte client évidemment !

— À quel moment, précisément ? Le jour de la réception de la commande ?

— Euh, oui… Enfin, nous recevons tellement de commandes ces derniers mois que nous avons parfois des retards dans la saisie des opérations comptables.

— Mais dites-moi, monsieur du Plessis, n'y a-t-il pas une période de rétractation laissée à l'acheteur ?

— Oui, je crois.

— Vous croyez ? N'est-ce pas vous qui êtes responsable de la rédaction de ce contrat type ? Tenez, regardez, c'est écrit, là. Article 14-3 : « L'acheteur dispose d'un délai de six semaines à compter de la signature du présent contrat pour demander l'annulation de la commande. Dans ce cas, la totalité de l'acompte lui sera restituée. »

François du Plessis commençait à perdre de son assurance. Il sentait que l'inspecteur savait quelque chose, mais il ne pouvait pas dire quoi.

— Et alors ? Où est le problème ?

— Pourquoi entrer le montant d'un acompte dans votre comptabilité dès la signature puisque le client garde, pendant six semaines, la possibilité d'annuler sa commande ? Dans un tel cas, vous seriez obligé de faire une deuxième écriture comptable, n'est-ce pas ?

— Mes comptables sont là pour ça, vous savez.

— Et vous arrive-t-il d'avoir des annulations de commande, monsieur du Plessis ?

— Rarement, mais cela arrive parfois.

— Dans ce cas, monsieur du Plessis, vous ne verrez pas

d'inconvénient à me dire dans quel compte je pourrai trouver la trace des écritures correspondantes.

Le DAF de GRI eut un petit temps d'arrêt. Puis il bafouilla :

— Il faudrait que je puisse consulter mon ordinateur au bureau…

— Vous n'aurez pas besoin de vous déplacer. Nous avons fait venir vos ordinateurs personnels, ainsi que le serveur de votre société… avec l'accord de votre patron bien sûr.

Au même moment, la porte s'ouvrit et un homme entra dans la salle en poussant une table roulante sur laquelle se trouvaient une unité centrale, un ordinateur portable et plusieurs disques durs externes. L'inspecteur Meunier posa le portable devant lui et démarra l'application comptable.

— Mot de passe ? demanda-t-il sans même adresser un regard au suspect.

— J'exige la présence de mon avocat.

— *Athena* en code ASCII, c'est bien ça, n'est-ce pas ?

Cette fois, l'inspecteur observa son interlocuteur et vit sa mâchoire se crisper fortement. Le DAF de GRI comprit à cet instant que l'inspecteur avait cherché à tester son honnêteté et qu'il devait en savoir beaucoup plus qu'il ne l'avait laissé croire. Pourtant, il continua de feindre sa bonne volonté. Il reconnut avoir effectivement procédé à quelques écritures de remboursement d'acomptes. Mais cela remontait à plus de six mois. Ce détail n'échappa pas à l'inspecteur.

— Donc, si je comprends bien, depuis six mois, vous n'avez déploré aucune annulation de commande ?

— C'est exact, inspecteur, répondit du Plessis, qui commençait à reprendre de l'assurance.

Meunier fixa le suspect quelques secondes, puis reprit la copie du contrat dans ses mains.

— Je vois ici, l'article 27-2. Il est très intéressant. Je vous le lis. « Dans le cas où l'acheteur se verrait dans l'incapacité de régler le solde du paiement le jour de la livraison définitive de l'objet de la vente, le montant de l'acompte resterait acquis au vendeur. Cet acompte ne pourra en aucun cas être cédé à un tiers, sauf accord écrit préalable entre les deux parties… Seul un bien dont le prix total aura été intégralement réglé par l'acheteur avant la livraison effective pourra être revendiqué par l'époux(se) ou les descendants en ligne directe, si l'acheteur vient à décéder entre-temps. » Tout cela ne m'a pas l'air très légal, monsieur du Plessis. Qu'en pensez-vous ?

Le suspect inspira profondément avant de répondre.

— Ce n'est qu'une protection juridique, inspecteur. Le but principal est de protéger le client contre le risque de se faire voler son contrat par un tiers, éventuellement sous la menace. Vous savez bien ce qui se passe en ce moment… Et, pour GRI, cela nous prémunit contre les personnes qui nous lanceraient dans des travaux très onéreux sans avoir les moyens de payer le solde.

— Vous semblez avoir réponse à tout… Et cela m'agace au plus haut point, vous savez.

François du Plessis afficha alors un large sourire.

— Avez-vous eu à appliquer cette clause ces derniers temps ? demanda Patrick Meunier.

La question transforma instantanément le sourire de du Plessis en un rictus indéfinissable.

— Que… que voulez-vous dire ?

— N'y a-t-il pas eu un décès parmi vos nombreux clients… célibataires… et sans enfants ?

— Pas du tout, inspecteur… enfin pas un décès dont je me souvienne.

— Connaissez-vous un certain… William Dupont-Raynal, monsieur du Plessis ?

— Ce nom ne me dit rien, pourquoi ?

Malgré tous ses efforts de concentration, le DAF de GRI ne parvenait pas à cacher son profond embarras. L'inspecteur se dit qu'il ne tarderait plus à lui faire avouer ses crimes odieux.

— C'est l'un de vos clients... Ou plutôt c'était, car il est mort.

— J'en suis sincèrement désolé pour lui... et pour sa famille.

L'inspecteur Meunier aurait bien voulu « casser la gueule de ce monstre », mais il préférait respecter les règles de procédure. En réalité, il éprouvait un plus grand plaisir à démolir un assassin ou un escroc à petit feu, par petites touches.

— De votre côté, vous pourrez vite vous consoler en gardant les trois millions et demi d'euros de son acompte... sachant que William Dupont-Raynal n'avait aucun descendant en ligne directe.

— Écoutez, inspecteur, si les travaux de construction ne sont pas trop avancés, je ferai en sorte de rembourser son acompte, qui reviendra ainsi aux ayants droit.

— Voilà qui est très généreux de votre part monsieur du Plessis. Ses parents apprécieront, j'en suis sûr. Voudriez-vous bien vérifier ce point devant moi ?

— Avec plaisir inspecteur... Je veux dire, bien sûr... Vous permettez ? demanda le suspect en désignant le portable.

— Je vous en prie, répondit l'inspecteur. Et ne vous fatiguez pas à tenter une quelconque fausse manipulation qui viendrait à effacer le disque dur... Nous les avons déjà tous dupliqués.

— Je n'ai absolument rien à craindre ni à cacher inspecteur... Voyons voir ça. Comment écrivez-vous son nom ? Dupont-Raynal ?

L'inspecteur regardait son suspect froidement, sans montrer la moindre émotion.

— Vous êtes certain de l'orthographe ?... C'est étrange, je ne trouve son nom nulle part dans la comptabilité. Vous êtes sûr que c'était un de nos clients ?

— Tout à fait, monsieur du Plessis. Et c'est très fâcheux pour vous. Parce que, de deux choses l'une : soit quelqu'un a omis délibérément d'enregistrer l'acompte versé il y a deux mois par monsieur Dupont-Raynal, et il s'agit d'un vol contre GRI. Dans ce cas, vous devrez vous en expliquer avec votre patron, Xavier Lescuyer. Soit quelqu'un a fait disparaître l'écriture comptable et là encore vous serez tenu pour responsable, car nous savons que vous seul avez accès à la maintenance de votre système informatique. Et falsifier sa comptabilité, c'est très mal vu. Autant par l'administration et la Commission des opérations en bourse que par... les actionnaires. Outre des poursuites judiciaires, cela vous vaudra de perdre votre boulot de manière définitive.

— Je ne vous permets pas de porter contre moi de telles accusations sans la moindre preuve, inspecteur. À partir de maintenant, je ne dirai plus rien en l'absence de mon avocat.

« Ce petit malin est plus coriace que je ne l'avais estimé, pensa Patrick Meunier. Je ne vais pas pouvoir le tenir longtemps... Ou il bluffe, ou il a effectivement nettoyé toutes les traces de ses détournements de fonds. Et sans cela, il n'y a plus de mobile pour les crimes commis. »

La brigade financière n'avait effectivement aucune preuve formelle d'un lien entre les victimes et GRI, en dehors d'achats d'actions. Jeanine Archambault commençait à comprendre pourquoi les comptes en banque n'avaient pas seulement été vidés mais pourquoi, en outre, tous les historiques de ces mêmes comptes avaient été effacés. Cela supprimait toute possibilité de remonter, depuis les banques, jusqu'à François du Plessis. La seule carte dont disposait la brigade était la connaissance de ce fichier caché par le DAF de GRI, mais dont aucun nom de client ne correspondait à celui d'une des victimes. L'experte financière d'Estelle De Jong demanda à l'inspecteur Meunier de faire une pause et de laisser le suspect seul pendant une heure, pour le faire mijoter un peu. Elle en profita pour appeler sa patronne et lui rappeler qu'elle devait impérativement trouver la trace d'au moins un de ces contrats signés par les victimes peu avant leur mort.

Estelle De Jong était totalement désarmée. À l'exception des Dupont-Raynal, les parents des victimes prétendaient n'avoir aucune copie de relevés de banque de leur enfant. Même la perquisition chez Albert Lethuillier, orphelin de père et de mère, n'avait rien donné. Le plus étrange était que les enquêteurs n'avaient trouvé aucune trace des contrats de vente, qui étaient pourtant les seuls justificatifs du versement par le signataire d'un acompte de deux à huit millions d'euros. Ils devaient avoir été déposés dans des coffres dans leur banque respective. La commissaire divisionnaire demanda donc à son directeur d'intercéder auprès des familles pour obtenir d'urgence leur accord pour faire une perquisition de ces coffres. En attendant la réponse, Estelle décida de retrouver son ex-mari chez l'Italien pour faire un nouveau point avec lui.

— J'ai vraiment besoin de toi, Stéphane… Je veux dire, de ton aide. Mon enquête piétine.

— Rassure-moi. Vous avez bien arrêté François du Plessis ?

— Depuis ce matin, oui. Mais il est très malin. Il doit se douter que nous n'avons rien de tangible contre lui.

— Vous avez fouillé ses ordinateurs ? Avec tous vos équipements ultrasophistiqués, ce serait bien le diable que vous ne puissiez pas restaurer les fichiers effacés.

— Je te l'ai dit, cet homme est redoutable. Il a dû utiliser un puissant destructeur de données… Sans ses aveux nous sommes incapables de l'atteindre.

— Vous n'allez tout de même pas le laisser filer comme ça ? Dès que vous l'aurez relâché, il disparaîtra à jamais.

Le privé sortit de sa poche le cigare que son majordome avait retrouvé dans un de ses costumes. Depuis plusieurs jours, Stéphane l'emportait avec lui, chaque matin. Il était resté un fumeur très occasionnel et il lui arrivait de se laisser tenter par un cigare à des moments très particuliers. Le plus souvent dans un cercle privé, par pur plaisir épicurien, mais parfois pour ouvrir ses sens à l'inspiration. Il avait particulièrement apprécié celui qu'il avait fumé à la fin de son déjeuner avec Jean Desroches.

— Tu permets ? demanda-t-il à Estelle.

La terrasse du restaurant était vide. La fumée ne gênerait donc personne en dehors d'elle-même.

— Si ça peut t'aider à trouver une solution à mon problème !

— Tu as pensé à interroger les familles des victimes ? demanda Stéphane en retirant la protection de Cellophane qui enveloppait son cigare. Et du côté des banques, aucune d'elles n'avait de sauvegarde ?

— Ça n'a rien donné… Dis donc, je peux voir ton cigare ?

— Tu fumes le cigare, toi ?

— Quelle horreur, non ! répondit Estelle en saisissant l'objet. Où l'as-tu trouvé ?

— On me l'a offert pourquoi ?

La commissaire sortit son téléphone portable de sa poche et y rechercha la photo qu'elle avait prise de la bague de cigare qui avait servi à envelopper les billets de cinq cents euros roulés et fichés dans la bouche de la première victime. Elle tendit son téléphone à son ex-mari.

— Tu vois. C'est la même bague que l'on a trouvée sur la première scène de crime. Figure-toi qu'elle ne correspond à aucune marque de cigare vendue sur le marché. Tu avoueras que c'est une étrange coïncidence.

— Oh là, madame la commissaire divisionnaire. Arrêtez de me regarder comme ça ou j'appelle mon avocat.

— Mais non, idiot, l'interrompit Estelle en riant.

— Me voilà soulagé, soupira Stéphane en souriant. Cela dit, tu as raison ! Nous tenons peut-être là une nouvelle piste. Ce cigare m'a été offert par un des collègues de William. Un certain Jean Desroches, que j'avais d'ailleurs soupçonné dans un premier temps d'être mêlé à l'enlèvement du fils unique des Dupont-Raynal. Il m'a dit que ces cigares étaient une fabrication spéciale qu'il faisait venir directement de Cuba.

— Allô, Portal ? Convoquez-moi le dénommé Jean Desroches, je veux l'interroger dans mon bureau dans une heure. C'est compris ? Et dites-lui que c'est pour une simple vérification… Je vous expliquerai.

— Tu m'accompagnes ? demanda-t-elle à Stéphane après avoir raccroché.

— Surtout pas. Il me connaît et reste persuadé que je suis un ami des parents de William. Il vaut mieux qu'il continue à le croire. Ça peut toujours servir.

— Tu as raison. Je te raconterai plus tard… Merci pour ton aide.

— Je vous en prie commissaire.

— Ah, j'allais oublier. Camille t'embrasse, ajouta Estelle en se levant.

Dans les bureaux d'Europol, l'interrogatoire de François du Plessis avait repris. Patrick Meunier ouvrit, devant lui, le fichier caché dans la partie maintenance du logiciel comptable de GRI.

— Vous reconnaissez ce fichier, monsieur du Plessis ?

L'inspecteur jubilait intérieurement. Il voyait le visage de son interlocuteur se décomposer.

— On dirait un tableau…

— C'est un bon début, ironisa Patrick, mais je suis sûr que vous pouvez m'en dire beaucoup plus. Regardez un peu mieux.

Le tableau comportait une dizaine de noms de clients ayant versé des acomptes depuis moins de deux semaines.

— Je ne comprends pas, je vous assure. Je n'ai jamais vu ce document avant aujourd'hui.

Excédé par autant de mauvaise foi, l'inspecteur frappa violemment la table du plat de la main, faisant sursauter le suspect.

— Cessez de me prendre pour un con, monsieur du Plessis, hurla l'inspecteur.

Puis, sur un ton moins fort mais tout aussi tendu, il reprit :

— Ce document a été trouvé dans un dossier caché dans la partie du logiciel comptable réservé à la maintenance. Or, nous savons vous et moi que vous êtes le seul à avoir accès à cette partie. En outre, ce fichier était crypté et protégé par un mot de passe… Votre mot de passe, monsieur du Plessis. *Athena* en code ASCII pour être exact. Vous en êtes donc le seul auteur possible.

— C'est possible. Disons que je l'avais oublié…

— Oublié ? Une liste d'acomptes versés sur une période de quinze jours, dont le dernier date de trois jours ! Et dont le montant total s'élève à vingt-huit millions d'euros !

Il me semble que cela mérite quelques éclaircissements.

François du Plessis était désarmé. Il s'était enfermé tout seul dans un mensonge, depuis le départ de l'interrogatoire. Il avait beau chercher dans sa tête une voie de sortie, aucune idée ne lui venait.

— C'est bon, je vais vous dire la vérité, inspecteur.

— J'ai hâte de l'entendre.

— Je reconnais que j'ai créé ce fichier temporaire pour ne pas perdre la trace des acomptes reçus.

— Il est vrai que vous avez une nette tendance à oublier des choses importantes… Mais pourquoi en dehors de la comptabilité, monsieur du Plessis ?

— Vous me l'avez fait remarquer vous-même, inspecteur. Tant que la période de rétractation n'était pas écoulée, je risquais de devoir annuler la première écriture par une deuxième.

— N'êtes-vous pas de toute façon obligé de recréer l'écriture définitive en comptabilité ?

— Non, je fais tout simplement un copier-coller.

— Vous recommencez à me prendre pour un imbécile, monsieur du Plessis. Et je déteste ça… Ne m'avez-vous pas dit que vous laissiez ces écritures à vos comptables ? Ce qui est logique pour un directeur financier de votre importance… Je vais être magnanime. Je vais vous laisser une toute dernière chance de me dire la vérité… Qui valide les contrats de vente ?

— Le directeur commercial, pourquoi ?

— Et au-dessus de lui ? N'est-ce pas vous qui avalisez les commandes en dernier ressort, après avoir vérifié la solvabilité de chaque client ?

— C'est vrai.

— Alors, laissez-moi vous dire ce que je crois, monsieur du Plessis… Lorsque vous recevez ces commandes de la part de votre service commercial, vous ne contrôlez pas seulement la solvabilité et le versement de l'acompte, mais aussi la situation de famille du signataire. Puis vous enregistrez les commandes dans ce fichier temporaire auquel vous seul avez accès. Après la période de rétractation, vous transférez à vos comptables les dossiers définitifs... Sauf certains d'entre eux, n'est-ce pas ? Comme celui de William Dupont-Raynal, par exemple.

— Mais, vous l'avez vu vous-même, nous n'avons aucune trace de ce nom dans nos livres.

— C'est bien ce que je vous dis, monsieur du Plessis. Dès que vous avez appris la mort de votre client, vous avez récupéré son acompte qui, d'après votre contrat, était perdu pour sa famille. En outre, votre manie d'effacer les données me semble particulièrement suspecte.

— Vous avez beaucoup d'imagination, inspecteur.

« Et vous, vous êtes très fort », pensa Patrick Meunier. Jeanine Archambault était consciente que son collègue était à bout d'arguments. Elle lui souffla une dernière question dans l'oreillette.

— Où étiez-vous, monsieur du Plessis, dans la nuit du 12 au 13 mai dernier ?

— Ça fait plus de deux semaines. Comment voulez-vous que je m'en souvienne ? On était quel jour le 12 mai ?

— Vendredi.

— D'habitude, je passe la nuit du vendredi au samedi en boîte de nuit, mais ce soir-là, j'ai dîné avec quelques amis et j'ai dû rentrer chez moi vers une heure ou deux heures du matin le samedi.

François du Plessis n'avait pas montré la moindre gêne en entendant cette question. Et surtout, il n'avait même pas demandé pourquoi on la lui posait. « De toute façon, se dit l'inspecteur, il doit avoir un parfait alibi pour le moment du meurtre. » Mais cela ne signifiait pas pour autant qu'il n'avait pas commandité les meurtres. En tout cas, il ne semblait pas prêt à faire des aveux. Archambault et Meunier étaient à nouveau dans une impasse.

Avant de recevoir Jean Desroches dans son bureau, Estelle De Jong alla s'enquérir des résultats de l'interrogatoire du principal suspect.

— Alors, Jeanine. Il a fini par avouer ?

— Non, Estelle. Désolée. Il est très malin. Comme il est certain d'avoir effacé toutes les traces qui pourraient le confondre, il est convaincu que nous n'avons aucune preuve matérielle, ou en tout cas aucune recevable par un juge. Et tant que nous ne lui en aurons pas présenté ne serait-ce qu'une seule, il niera tout.

— Dans ce cas, continuez à chercher ces fameux contrats et ne lâchez surtout pas la pression sur lui.

— Et toi, Estelle ? J'ai cru comprendre que tu avais trouvé son complice.

— Complice ou simple témoin, ça reste à démontrer.

Estelle alla s'installer dans son bureau et demanda au planton de service de faire entrer Jean Desroches. Le jeune trader était très contrarié. Il avait été convoqué chez le directeur des Ressources humaines de la Tudor & Benson Wealth Management Associates. Malgré l'insistance de Portal pour préciser qu'il devait être entendu comme simple témoin, « Boucles d'or » avait ressenti cette convocation comme une véritable humiliation.

— Vous n'avez pas l'air de vous rendre compte de l'effet, désastreux sur ma réputation, qu'a eu votre incursion sur mon lieu de travail. Je vous préviens tout de suite, j'ai d'excellentes relations en très haut lieu.

— Je suis désolé, monsieur Desroches, si mon lieutenant a été quelque peu maladroit. Nous avons besoin de votre aide pour confondre un suspect dans l'affaire du meurtre de votre collègue, William Dupont-Raynal.

— Je serais heureux de vous permettre d'arrêter le meurtrier de mon collègue, mais vous auriez pu vous contenter de m'appeler au téléphone et je serais venu dès que possible.

— Je n'en doute pas, mais nous sommes pressés par le temps. Nous devons trouver une preuve contre cette personne avant la fin de sa garde à vue.

— Je comprends, madame la commissaire divisionnaire.

— Merci… Connaissez-vous un certain François du Plessis ?

— C'est un de mes clients. Je gère pour lui un joli portefeuille, pourquoi ?… Ne me dites pas que c'est lui votre principal suspect !

— Si, justement, répondit Estelle en observant la réaction de Jean Desroches… et nous sommes certains qu'il n'a pas agi seul.

— Je vous vois venir avec vos gros sabots. En fait, vous ne m'avez pas fait venir ici comme simple témoin, mais comme complice probable de votre suspect… Dans ces conditions, j'exige de voir mon avocat.

— Dans ce cas, monsieur Desroches, je me verrais dans l'obligation de présenter au juge une pièce à conviction qui vous transformerait en suspect numéro un de meurtre et même d'assassinat.

— Quoi ? Vous me suspectez d'avoir assassiné mon collègue William ? C'est n'importe quoi ! J'ai fourni à vos enquêteurs un alibi qui a été confirmé par plusieurs témoins.

— Je ne parlais pas de votre collègue, mais d'Antoine Saintange.

— Le vice-président de la banque Deligny & Harcourt ? Assassiné ?

Le visage de « Boucles d'or » pâlit d'un seul coup, comme si son cœur s'était arrêté de battre. Estelle craignit qu'il ne s'évanouît. Elle appela le planton, posté derrière la porte, et lui demanda de leur apporter de l'eau fraîche et des gobelets. Elle laissa le jeune homme se rafraîchir et retrouver ses esprits.

— Vous le connaissez, n'est-ce pas ?

— C'est un de nos plus gros concurrents. Je l'ai rencontré dans des colloques professionnels, mais je ne le connaissais pas personnellement. Pour quelles raisons aurais-je voulu le tuer ?

— Peut-être parce qu'il vous a piqué un de vos clients ?

— Vous êtes folle ? Pardon... Je gagne très bien ma vie, vous savez, alors...

La commissaire divisionnaire sortit de son tiroir une pochette plastique contenant la bague de cigare. Elle la fit glisser vers son interlocuteur.

— J'ai trouvé cela sur les lieux du meurtre de votre ex-concurrent. Vous la reconnaissez ? Cette bague de cigare correspond à une fabrication spéciale, importée exclusivement... par vous, monsieur Desroches.

Le jeune homme fut pris d'un long rire nerveux. Au grand étonnement d'Estelle, il semblait profondément soulagé par cette révélation.

— Puis-je savoir ce qui vous amuse autant ? demanda la commissaire.

— Je vous l'avoue, cette marque de cigare m'est bien réservée... Mais il se trouve que je m'en sers comme cadeau de bienvenue pour tous mes clients importants... D'ailleurs, il me souvient d'en avoir offert plusieurs à votre suspect, François du Plessis.

Estelle était déjà convaincue de l'innocence de Jean Desroches, mais elle avait l'intuition qu'il pourrait l'aider à coincer le meurtrier de William et des autres joueurs de poker.

— Ne croyez pas vous en tirer aussi facilement. Quelque chose me dit que, en cherchant un peu, je vais découvrir la preuve d'une complicité entre vous deux… Par exemple en demandant à vos opérateurs de téléphonie le relevé de vos communications pendant les deux ou trois derniers mois.

Cette simple remarque eut pour effet de délier la langue de Jean Desroches au-delà des attentes de la commissaire divisionnaire. Le jeune homme n'avait aucune envie de se trouver mêlé, même de loin, à une affaire de meurtre. Si cela s'apprenait dans son métier, il perdrait d'un coup toute sa clientèle.

— C'est bon, commissaire, je vais tout vous dire de mes liens avec ce monsieur, qui ne sont, vous allez le voir, que professionnels. Mais avant cela, je vous demanderai de me confirmer que mon nom ne figurera sur aucun procès-verbal de l'enquête.

— Si vous m'aidez à coincer cet homme, vous avez ma parole.

Le jeune trader avala un grand verre d'eau avant de se lancer.

— J'ai rencontré François du Plessis lors d'un colloque sur le marché de l'immobilier de luxe, il y a bientôt deux ans de cela. Il était assis à côté de moi à une des tables du dîner de clôture. C'est là qu'il m'a demandé si j'avais parmi mes clients des personnes susceptibles de vouloir investir dans sa société qui, à l'époque, manquait de liquidités.

Je me suis d'abord informé sur la solidité de cette société et sur ses perspectives de développement. Je ne pouvais tout de même pas faire prendre des risques inconsidérés à mes clients… Quand j'ai été convaincu par les promesses de rentabilité à moyen terme, j'ai commencé à conseiller ce placement à quelques-uns d'entre eux.

— Comme ça ? Sans rien demander à François du Plessis en retour ? interrogea Estelle. Vous ne m'avez pas l'air d'un philanthrope.

— C'est vrai, il me donnait en récompense un et demi pour cent des sommes investies en actions par mes clients.

— Ça ne me semble pas exagéré, même si ce n'est pas très légal, remarqua la commissaire.

— Je ne vous le fais pas dire, commissaire. Cela dit, sur la masse ramenée, cela représentait un coquet complément de revenus, je dois l'avouer. En outre, ce genre d'arrangement est très fréquent dans nos professions… Vous n'allez pas me dénoncer au fisc, si ?

— Chacun son travail… Continuez !

— Cela a duré près d'un an. Ensuite, il y a eu l'attentat d'Ibiza. À partir de ce moment, les choses ont changé. Les commandes ont commencé à affluer chez GRI. Leur chiffre d'affaires a explosé et le cours des actions s'est envolé. Alors, François du Plessis n'avait plus besoin de moi. Et donc…

— Oui, quoi ? s'impatienta Estelle.

— Je lui ai proposé de lui ramener des clients potentiels pour des projets immobiliers… toujours en échange d'une petite commission, bien sûr.

— Voilà qui est intéressant, monsieur Desroches. Je vais avoir besoin de la liste de ces clients que vous avez ramenés à votre ami.

— Ce n'est pas mon ami. Juste une relation d'affaires, commissaire. Mais de toute façon, je suis tenu au secret professionnel, vous le savez bien.

— Vous n'avez pas l'air de comprendre la situation. Si vous vous obstinez dans cette voie, c'est à l'ombre d'une cellule de trois mètres sur six que vous allez être gardé. Et si vous m'y forcez, je demanderai au juge un ordre de perquisition de votre domicile et de votre bureau, et dans ce cas je doute que vous gardiez notre affaire secrète très longtemps… Alors, je vous le redemande. Pourriez-vous me communiquer la liste des personnes que vous avez adressées à monsieur du Plessis ?

Le jeune trader comprit qu'il n'avait pas d'autre solution que de coopérer s'il voulait sauver sa tête. Il sortit de la poche de sa veste de costume son téléphone portable dans lequel il emmagasinait toutes sortes d'informations sur chacun de ses principaux clients. Dans chacune des fiches cryptées, il enregistrait chacun des ordres d'achat ou de vente et d'autres transactions. De cette manière, il pouvait être contacté n'importe où et n'importe quand. Ainsi, il ne ratait aucune opportunité d'affaire.

Jean Desroches communiqua à la commissaire divisionnaire une liste d'une soixantaine de noms. En regard de chaque nom figurait une somme variant de cinquante mille à cent soixante mille euros. Estelle fut soufflée par tout cet argent qui ne devait représenter qu'un complément de revenu pour le jeune homme assis en face d'elle. Mais elle se retint de faire le moindre commentaire. Ce qui lui importait avant tout, c'était de faire tomber François du Plessis. Justement, il y avait dans cette liste trois noms correspondant à des victimes de la partie de poker. Mais rien ne reliait ces noms au DAF de GRI.

— Je vais être claire avec vous, monsieur Desroches. Pour que cette liste me soit utile, j'ai besoin de démontrer le lien avec votre ami… pardon, votre relation d'affaires. Alors, soit vous témoignez pour confirmer que vous avez « recommandé » ces personnes à monsieur du Plessis dans le but de leur vendre un bien immobilier, soit vous me communiquez le détail des relevés de banque sur lesquels figurent les transferts de ces commissions, indiquant leur provenance.

— Vous avez de la chance, commissaire ! Je suis un homme très ordonné et je garde en lieu sûr tous les documents importants sur papier et sur des supports de mémoire. Si vous me signez un engagement à renoncer à toutes poursuites contre moi, je me ferai un devoir de vous transmettre une copie des relevés correspondant au versement de commissions par GRI ou François du Plessis.

— Eh bien, nous allons voir ça immédiatement. Mon inspecteur va vous conduire jusqu'à votre « lieu sûr » où vous lui remettrez ces documents… Et surtout, pas de bêtise, monsieur Desroches.

29

Mardi 30 mai 2028, 17 h 15, siège de VIP à Neuilly-sur-Seine.

Stéphane Larieux avait contacté Édouard Dupont-Raynal ce matin-là pour lui demander s'il avait connaissance de l'endroit où son fils avait pu cacher l'original de sa commande à GRI pour cette villa sur une île dans le Pacifique dont il leur avait parlé. Le père de William avait rappelé deux heures plus tard, complètement paniqué, disant qu'il n'avait rien trouvé. « Ces monstres n'ont quand même pas aussi volé cette surprise que William avait eu tant de plaisir à nous promettre ! » avait dit monsieur Dupont-Raynal en pleurant de désespoir plus que de rage.

Ne sachant plus où chercher, le privé avait repensé aux enregistrements des caméras de surveillance de l'appartement de William et que madame Dupont-Raynal l'avait autorisé à emporter lors de sa première visite. Il décida de confier à Maxime le soin de décortiquer les images des dernières semaines, en commençant par la fin, c'est-à-dire le jour de son assassinat. De cette manière il garderait un œil sur son fils, tout en lui permettant de gagner un peu d'argent. Il le laissa travailler pendant plus de quatre heures avant de se manifester.

— Alors, Max. Qu'est-ce que tu as trouvé d'intéressant jusque-là ?

— Ce mec s'est fait un paquet de femmes. Et pas les plus moches, croyez-moi. Sinon, y'en a une qu'il a ramenée plusieurs fois. J'ai enregistré sa photo.

Max ouvrit une petite fenêtre contenant le portrait de la jeune femme, qu'il fit glisser sur le côté droit de l'écran.

— Quoi d'autre ? demanda Stéphane.

— Il y a une autre femme qui vient seule, deux fois par semaine, quand le proprio est absent. Je vais vous montrer les images.

— C'est la femme de ménage, tout simplement, remarqua le privé en voyant la silhouette d'une femme vêtue d'une blouse et traînant derrière elle un mini-aspirateur… Cela dit, j'aimerais bien l'interroger quand même. De voir autant de richesses autour d'elle, ça a pu lui donner des idées malsaines.

— Vous avez une drôle de vision des gens simples, monsieur Larieux, répliqua sèchement le jeune homme.

Stéphane repensa alors à ce que lui avait raconté son fils à propos de sa mère, obligée de faire des ménages pour les « bourges du quartier ».

— C'est tout ? reprit Stéphane pour cacher son embarras.

— Non. Je vous ai gardé le meilleur pour la fin.

— Fais voir.

— J'ai vu le même homme entrer dans l'appartement deux fois, en pleine journée. Il avait l'air très nerveux. Surtout la deuxième fois. Voilà les deux extraits, dit le jeune homme en désignant deux icônes. Le plus vieux date du 20 avril, entre 14 h 54 et 15 h 22. Le deuxième enregistrement remonte seulement au 11 mai, entre 15 h 13 et 16 h 1.

Max cliqua sur la première icône. L'homme, plutôt trapu, portait une capuche et des lunettes noires mais, visiblement, il ne connaissait pas l'emplacement des caméras de surveillance. Il vérifia que le miroir de l'entrée ne cachait pas une caméra derrière une vitre sans tain. Après s'en être assuré, il avait remis le miroir en place et était resté plusieurs secondes à s'admirer dans la glace. En fait, une des deux caméras de l'entrée était pointée vers le miroir. C'est grâce à cet excès de narcissisme que Stéphane put extraire des informations anthropomorphiques du visage du visiteur, qui pourraient être exploitées par les services d'Europol. Par contre, il restait impossible de suivre cet homme dans les autres pièces de l'appartement. La seule certitude apportée par le premier film était qu'à sa sortie, à 15 h 22, l'homme à la cagoule était reparti les mains vides et semblait passablement contrarié.

— Ouvre le deuxième fichier, vite s'il te plaît, s'impatienta Stéphane.

Cette fois, l'homme, reconnaissable à son allure générale, ne s'était pas attardé dans le hall. Il était passé deux autres fois dans le champ d'une des caméras, tandis qu'il allait d'un côté à l'autre de l'appartement. Il prenait beaucoup de précautions pour ne pas laisser de traces de son passage. Il semblait très pressé de sortir, à 16 h 1. Il avait dû entendre du bruit, car, à 16 h 6, c'était la femme de ménage qui faisait son apparition dans l'entrée.

— Au moins, nous avons son signalement. Bon boulot, conclut Stéphane en tapotant sur l'épaule de Max.

— Bon, si vous n'avez plus besoin de moi, payez-moi mon salaire de la journée, parce que j'ai d'autres choses à faire maintenant.

— Comment va ta mère au fait ? demanda Stéphane, machinalement, avant de le laisser partir.

Quelques minutes plus tard, il appela son ex-femme pour la prévenir qu'il lui envoyait les photos de la maîtresse « régulière » de William, ainsi que de la femme de ménage.

— Je n'y crois pas beaucoup, mais qui sait, elles sont peut-être fichées chez vous ? Par contre, je crois avoir trouvé quelque chose de sérieux. Je t'envoie les images avec, en cadeau, une fiche anthropométrique du visage du type qui a visité l'appartement de William Dupont-Raynal à deux reprises quelques jours avant son assassinat... Et toi, toujours rien de ton côté ?... C'est d'accord, je t'appelle si je trouve autre chose.

Le même jour, rue La-Boétie, 22 h 25.

Xavier Lescuyer était de plus en plus nerveux. Cela faisait plus d'une heure qu'il attendait son contact, assis sur le bord du profond canapé de velours pourpre, devant une table basse, dans une boîte de nuit très privée, au sous-sol d'un immeuble cossu de la rue La-Boétie. Il y était déjà venu deux fois, plus de dix mois auparavant, quelques semaines après l'attentat d'Ibiza. À l'époque, pour faire face à une explosion de la demande de villas de luxe, dans des endroits ultra-protégés, GRI avait eu cruellement besoin de terrains d'exception.

La plupart des *hedge funds* européens étaient intéressés à entrer dans le capital, mais aucun n'avait de solution pour pallier le manque de terrains disponibles. Le PDG de GRI avait été alerté par son directeur financier sur le risque encouru de devoir payer de fortes indemnités de retard de livraison. Craignant la faillite pure et simple, il avait choisi de s'adresser à un groupe financier de l'Est, qui lui avait proposé d'échanger des surfaces constructibles sur plusieurs îles de la mer Égée contre des actions de GRI.

Pendant les trois premiers mois, Xavier Lescuyer avait ainsi sillonné la Crète et les principales îles des Cyclades et du Dodécanèse, en compagnie d'une équipe restreinte d'architectes et de géologues, pour y sélectionner les meilleurs sites, ce qui avait permis de démarrer enfin de nombreux projets en attente. Malheureusement, le stock disponible des terrains de qualité s'était à nouveau très vite épuisé, à cause d'une concurrence farouche entre les promoteurs. La nouvelle flambée des prix du foncier qui s'en était suivie avait suscité des élans de spéculation de la part de particuliers, mais surtout de quelques sociétés qui trouvaient plus intéressant de laisser monter le prix des terrains que d'y construire des programmes immobiliers. En effet, ces constructions rendaient nécessaire l'immobilisation de très grosses sommes d'argent avant la livraison.

En conséquence, depuis plus de quatre mois, GRI ne disposait quasiment plus de terrains valables. Les commandes continuaient pourtant d'affluer et le besoin de surfaces constructibles se faisait de plus en plus pressant. Alors, depuis que le représentant français de la Chevtchenko Real Estate l'avait appelé le soir précédent pour lui annoncer qu'il souhaitait le voir d'urgence pour lui proposer de nouveaux terrains sur les îles de la Crète, de Naxos et de Santorin, Xavier Lescuyer était au comble de l'excitation.

L'homme se présenta à 22 h 55, accompagné de son garde du corps. Vasili Dmytrovytch était né en France, mais ses parents avaient gardé des liens très forts avec leur famille ukrainienne. C'est ainsi qu'il parlait, couramment et sans accent, le français, le russe et l'anglais. Très vite après avoir décroché un MBA option finances internationales, un an après son diplôme de HEC, Vasili avait intégré le tout jeune groupe Chevtchenko. Son redoutable sens des affaires lui avait permis de gravir les échelons de cette société, jusqu'à devenir vice-président de Chevtchenko Real Estate, directeur des ventes pour la zone Europe de l'Ouest.

— Bonsoir mon cher Xavier… Vous permettez que je vous appelle par votre prénom, n'est-ce pas ?

— Bien sûr, monsieur Dimitriovich.

— Appelez-moi Vasili, je vous en prie.

— Soit, Vasili. Que désirez-vous boire, mon ami ? Une vodka ?

— Sans vouloir vous offenser, Xavier, votre vodka n'est pas terrible. Non, cher ami. Nous sommes en France, alors je prendrai… du champagne.

Le patron de GRI appela donc un serveur et commanda une bouteille du meilleur champagne de la maison.

— Vous disiez, Vasili, que vous aviez de jolies perles à me proposer ?

— Des pierres précieuses, mon ami. Et sur des écrins de toute beauté. Croyez-moi, vous ne serez pas déçu.

— Mais comment avez-vous fait ? Vous n'aviez rien à m'offrir depuis trois mois et tout à coup…

— Voyons, mon ami. Quelle importance cela a-t-il ? Disons que nous avons parcouru pour vous des dizaines de milliers de kilomètres, à la recherche des plus beaux terrains de la Méditerranée. Nous les avons acquis un par un et aujourd'hui nous sommes venus vous les proposer en avant-première. Mais s'ils ne vous intéressent plus, dites-le-moi. Nous n'aurons aucun mal à les vendre à vos concurrents.

Le message était très clair. S'il voulait sauver sa société, Xavier Lescuyer devait se contenter de négocier l'échange sans poser de questions sur l'origine des terrains, ou la manière dont ils les avaient obtenus.

— Vous avez raison, Vasili. Nous avons tous droit à nos petits secrets. Avez-vous amené des photos et des descriptifs de ces joyaux ?

L'Ukrainien afficha un large sourire. Il se retourna vers son garde du corps et lui adressa un petit signe de la tête. La « montagne russe », comme l'avait surnommé intérieurement Xavier, s'approcha de son patron et lui tendit une fine coque en plastique. Vasili la posa sur la table devant lui, à côté du seau à champagne que venait de déposer le serveur, et l'ouvrit. Elle contenait un ordinateur portable dont l'écran se déployait à la manière d'un triptyque.

— Si vous le voulez bien, mon ami, je vais commencer la présentation par la Crète. C'est là que se trouve le plus gros de notre offre du jour.

Sur l'écran de droite défilaient des images satellites représentant les surfaces acquises depuis trois mois. Sur le panneau de gauche, Xavier pouvait voir des vues aériennes à couper le souffle, prises depuis un hélicoptère ou un drone radiocommandé. Sur le moniteur central, le service marketing de Chevtchenko Real Estate avait poussé le raffinement dans la présentation en créant des images de synthèse en 3D de somptueuses villas, incrustées dans des images de décors naturels.

Xavier Lescuyer avait beaucoup de mal à cacher son excitation. Il avait le regard d'un enfant devant le plus beau cadeau de sa vie.

— Qu'en pensez-vous, mon cher Xavier ? Cela ne valait-il pas la peine d'attendre trois petits mois ?

— Certes, mon ami… Vous comprendrez toutefois que je demande à voir la réalité de ces merveilles avant de signer notre accord définitif ?

— C'est tout naturel. Mais il va falloir agir très vite. Nous avons beaucoup investi, vous savez ! Je vous propose d'organiser une nouvelle tournée comme lors de notre première affaire. Quand pouvez-vous rassembler votre équipe ?… J'ai promis à mon patron de vous faire venir à Heraklion au plus tard vendredi 2 juin…

Le PDG de GRI savait qu'il ne pouvait pas refuser sans risquer de voir les terrains lui passer sous le nez. Il fit mine de réfléchir quelques secondes puis répondit :

— Écoutez, cher ami. Laissez-moi le temps de rassembler mes hommes et de régler un petit problème avec un collaborateur indélicat et je saute dans un jet privé. Dites à votre patron que nous serons là-bas sans faute le 2 juin avant minuit.

— Un collaborateur indélicat dites-vous ? C'est très fâcheux ! Dois-je vous rappeler que nous sommes actionnaires de GRI à hauteur de quinze pour cent et que notre échange porte sur trente-quatre pour cent supplémentaires ? Si une indélicatesse a été commise, nous en sommes les victimes autant que vous.

Xavier Lescuyer commença à se sentir mal. Les deux coupes de champagne avalées dans l'euphorie des images de synthèse s'étaient additionnées à l'alcool qu'il avait consommé avant l'arrivée de l'Ukrainien. Il était trop tard pour effacer son lapsus. Alors, il tenta de le minimiser.

— Ce n'est rien. Je soupçonne seulement que mon directeur financier a pu taper dans la caisse. Mais je ne tarderai pas à le démasquer et à récupérer mon… je veux dire… notre argent.

— Vous voulez parler de François ?

— François du Plessis, c'est bien lui.

— Ça me déçoit beaucoup de sa part, déplora Vasili. En tout cas, Xavier, je compte sur vous pour régler ce petit problème au plus vite, n'est-ce pas ?

— Vous pouvez compter sur moi, pour ça, et pour être à Heraklion vendredi 2 juin. Je vous appellerai juste avant le décollage.

30

Mercredi 31 mai 2028, boulevard du Général-Kœnig, 9 h 30.

Stéphane avait ressassé, une bonne partie de la nuit, les images de ce visiteur inconnu dans l'appartement de William. Ce ne pouvait pas être un cambrioleur ordinaire. Sinon il serait parti avec un butin dès la première fois. Quelque chose lui disait que cet homme était la clef de cette affaire. Levé depuis les premières lueurs du soleil, il avait accepté avec plaisir le copieux petit-déjeuner que lui avait préparé Valentine. Affamé par sa diète involontaire des derniers jours et excité par l'idée d'une journée riche en rebondissements, il avait avalé avec gourmandise les délicieux pancakes au miel de sa cuisinière.

N'en pouvant plus d'attendre, Stéphane appela son ex-femme à 9 h 30 précises.

— Allô, Estelle ? C'est moi, Stéphane. Tu vas bien ?… Dis-moi. Est-ce que tu as pu identifier l'homme à la capuche ?

— Non, malheureusement. Il est inconnu de nos services, pourquoi ?

— Je crois savoir ce que cet individu recherchait chez William…

— Le contrat, j'imagine…

— Oui. Et cela confirme nos soupçons à propos du mobile du crime… Mais cela démontre aussi cette volonté de faire disparaître toutes les traces de transactions financières entre les victimes et GRI, ou, plus exactement, François du Plessis. Le ou les coupables devaient absolument effacer, outre les données numériques des banques, les documents sur papier, dont le contrat de vente.

— Tout cela n'est pas rassurant, Stéphane. Cela voudrait dire que ce même individu a pu « visiter » les résidences des autres victimes. Ce qui expliquerait pourquoi nous n'arrivons pas à mettre la main sur ces contrats originaux… Ce type est vraiment très fort. J'ai bien peur que nous ne puissions jamais prouver son implication.

— Pas si sûr, répliqua Stéphane… As-tu pris le temps d'analyser les images ?

— Non, pas personnellement. J'ai seulement demandé une identification de l'individu.

— Eh bien, tu devrais le faire… et tu réaliseras que, même la seconde fois, l'homme semble n'avoir pas trouvé ce qu'il cherchait.

— Et alors ? demanda Estelle.

— Pour les relevés de compte, nous savons que William en faisait des impressions systématiques qu'il conservait chez ses parents. En cela, il était exceptionnellement précautionneux, parce que rares sont les gens qui pensent à imprimer leurs relevés de compte. Et je suppose que toi aussi tu te fies à la mémoire des ordinateurs de ta banque…

— C'est vrai.

— Quoi qu'il en soit, j'ai demandé à Édouard Dupont-Raynal, le père de William, de rechercher le fameux contrat dans ses papiers. Pour l'instant, il ne l'a pas retrouvé, mais j'ai encore bon espoir.

— Donc, nous en sommes toujours au même point, répliqua la commissaire, froidement.

— Écoute, je vais profiter des bonnes dispositions des parents de William à mon égard pour inspecter son appartement. Je te rappellerai dès que j'aurai du nouveau.

— Bonne chance, alors... et merci.

Stéphane appela immédiatement au domicile des Dupont-Raynal. Par chance, Édouard était encore là. Depuis le drame, il s'efforçait de rester plus longtemps le matin avec son épouse. Il accueillit favorablement la demande de Stéphane, mais sans réelle conviction quant au résultat. Une demi-heure plus tard, le privé, accompagné par son chauffeur, arriva devant le numéro 2 de l'avenue Victor-Hugo. Après avoir présenté ses hommages à madame Dupont-Raynal, Stéphane s'entretint quelques minutes avec son mari.

— Vous êtes bien certain que votre fils ne vous a pas remis l'original de sa commande en vous demandant de le conserver à l'abri, dans un coffre ?

— William était très délicat, vous savez. Puisqu'il avait décidé de nous faire une surprise, il ne voulait pas que nous en découvrions le prix.

— Je comprends... Et où avez-vous cherché ?

— Je vous l'ai dit, monsieur Larieux, partout ! J'ai tout retourné, en vain...

— Et dans l'appartement de William ?

— Aussi... enfin, très vite, parce que le souvenir de...

Une boule dans sa gorge empêcha Édouard de finir sa phrase.

— Me permettez-vous d'y jeter un coup d'œil, personnellement ? Je vous promets de tout remettre en place...

C'est notre dernière chance de confondre le meurtrier de votre fils.

Monsieur Dupont-Raynal n'eut pas le courage d'accompagner son enquêteur privé. Il lui confia la clef de l'appartement et lui demanda de bien refermer en repartant.

— Avez-vous pensé à faire changer la serrure ?

— Non, pourquoi ?

— Ce serait plus prudent, monsieur. Si vous le désirez, je peux vous envoyer une équipe dès ce matin…

Stéphane retrouva très vite les gestes du parfait détective qu'il avait été aux tout débuts de VIP. Il avait pensé à emporter un analyseur de masse portatif pour déceler un éventuel coffre caché dans un des murs. Alors qu'il commençait à désespérer, il eut soudain une intuition. Il avait ouvert et retourné tous les tiroirs des meubles d'époque des trois pièces de l'appartement, soulevé les tapis, inspecté les dos des armoires… en vain. Il ne restait plus qu'une cachette possible. Il décolla du mur la commode Empire et chercha une prise pour soulever la dalle de marbre noir qui la recouvrait. Il utilisa deux livres épais en guise de cales pour la maintenir relevée de quelques centimètres. À l'aide de sa torche miniature, il put apercevoir un rectangle de papier blanc au milieu de la planche qui recouvrait le premier tiroir, juste sous la plaque de marbre. Il n'eut plus qu'à rehausser la dalle à l'aide de deux autres livres, afin de pouvoir y passer la main pour atteindre l'enveloppe scellée qu'y avait cachée William.

Le privé s'empressa de remettre tous les objets en place avant de quitter l'appartement pour retourner chez les Dupont-Raynal, au dernier étage. Il était très impatient de découvrir le contenu, mais sa conscience professionnelle l'empêchait de desceller l'enveloppe sans l'accord de la famille.

— Je crois que j'ai trouvé ce que nous cherchions, monsieur, dit Stéphane en lui tendant l'objet.

— Ouvrez-la pour moi, je vous prie.

Stéphane sortit de sa poche un petit canif qui ne le quittait jamais. C'était un cadeau de son père, pour son treizième anniversaire. Il trancha lentement le rabat de l'enveloppe. À ce moment, il craignit qu'il ne se fût agi d'une tout autre chose que le contrat, une sorte de testament. Stéphane glissa deux doigts à l'intérieur, saisit la liasse de documents et prit une profonde inspiration. Très vite apparut le logo de GRI au sommet de la page de garde. Édouard comprit immédiatement l'importance de cette découverte. Ses yeux se remplirent de larmes. Dans d'autres circonstances, il en aurait presque oublié son éducation pour sauter au cou de Stéphane. Ce dernier fut lui-même bouleversé par l'émotion contenue qu'il pouvait lire dans le regard de cet homme profondément meurtri.

— Que comptez-vous en faire ? demanda Édouard.

— Avec votre permission, j'aimerais en faire une copie que je transmettrai à madame la commissaire divisionnaire chargée de l'enquête. Cela lui permettra de confondre l'assassin de votre fils… De votre côté, monsieur Dupont-Raynal, je vous recommande d'appeler au plus vite votre avocat afin qu'il demande au juge une injonction de transfert intégral de l'objet de ce contrat à votre bénéfice… Je suis sûr que c'est ce que William aurait souhaité.

— À quoi bon ? Notre vie n'a plus aucun sens, maintenant que notre fils unique nous a quittés !

— Je comprends votre douleur, monsieur, mais… C'est aussi pour vous que William a acheté cette villa. Il voulait certainement vous mettre à l'abri, loin de cette violence qui nous entoure, ici, à Paris. En partant vivre dans cette villa, au milieu du Pacifique, vous honoreriez sa mémoire de la plus belle des manières. Réfléchissez-y, monsieur Dupont-Raynal, avant qu'il ne soit trop tard… Et d'ici là, faites bien attention à vous.

Depuis l'arrière de son Hummer en stationnement, Stéphane annonça sa précieuse découverte à Estelle et lui proposa de lui en apporter une copie lui-même. Il lui recommanda également de mettre l'immeuble des Dupont-Raynal sous surveillance constante.

— Je ne serais pas surpris que notre homme à la cagoule revienne encore une fois.

Quinze minutes plus tard, le privé arriva dans le bureau de la commissaire divisionnaire. Elle lut avec délectation le fameux document, signé par William Dupont-Raynal et par François du Plessis en personne. Lorsqu'elle vit le nom des signataires en bas de la dernière page, elle s'exclama :

— Ouiiiii. Cette fois, je te tiens mon salaud !

Stéphane sourit en la voyant réagir de la sorte, à la manière d'un mec.

— Quoi ?

— Rien… Ça me fait plaisir de t'avoir rendu espoir.

— Merci, Steph. Tu n'as pas idée de la pression que tu m'enlèves avec cette découverte !

— J'en suis très heureux pour toi, Estelle.

— Cette fois, je vais faire une entorse au règlement, je te dois bien ça. Tu vas t'asseoir derrière la glace sans tain et tu vas pouvoir observer la tête de ce monstre quand je vais lui mettre le contrat sous le nez !

— Je reconnais que ça vaut toutes les récompenses.

Estelle et Stéphane se rendirent d'un pas décidé vers les cellules des « gardés à vue ». En chemin, ils croisèrent

Sissoko et Taieb, qui baissèrent le regard en les voyant.

— Préparez-moi la salle numéro deux leur lança-t-elle sans même s'arrêter.

Puis, s'adressant au garde de permanence :

— Allez chercher le prévenu François du Plessis et conduisez-le jusqu'à la salle d'interrogatoire numéro deux.

— Mais…

— Quoi ?

— C'est que… son avocat est venu le chercher il y a une heure, avec un ordre de libération du juge.

— Vous vous foutez de moi ?

— Pas du tout, commissaire. Monsieur Veranchon ne vous a pas prévenue ? Il était là lui aussi !

Estelle sentit monter en elle une profonde colère. Elle se retourna vers Stéphane, qui n'en croyait pas ses oreilles. Lui qui avait mis tant d'acharnement à trouver le seul élément susceptible de confondre du Plessis se demanda s'il ne rêvait pas. Mais, très vite, il retrouva sa lucidité. Il prit le bras d'Estelle et lui murmura :

— Il n'est peut-être pas très loin. Tu vas le retrouver… Mais avant cela, il faut que tu envoies de toute urgence une équipe chez les Dupont-Raynal, au 2 de l'avenue Victor-Hugo. Leurs vies sont menacées.

— Oui, tu as raison, je m'en occupe tout de suite, répondit Estelle entre ses mâchoires crispées. Après ça, je vais aller demander quelques explications en haut lieu.

Stéphane prit rapidement congé d'Estelle pour retrouver son chauffeur dans le parking. Il lui ordonna de retourner au plus vite devant l'immeuble des Dupont-Raynal. Sa confiance dans la police se limitait en fait à Estelle. Il ne pouvait pas les laisser sans protection en sachant que ce tueur de sang-froid était maintenant en liberté.

Estelle ne prit pas la peine de frapper avant de pénétrer dans le bureau de son directeur. Ce dernier était assis derrière une chemise cartonnée dont la couleur variait chaque jour, mais dont chacun savait qu'elle ne contenait qu'une petite épaisseur de feuilles blanches, destinée à donner l'illusion d'un important dossier.

— Ne vous énervez pas, De Jong, lui dit-il sans préambule, avant même qu'elle n'ait pu dire un mot.

— Il est vrai que je n'ai aucune raison d'être en colère, hurla-t-elle en plaquant violemment sur le bureau la copie du contrat entre GRI et William Dupont-Raynal.

— Qu'est-ce que c'est que ça ? marmonna Veranchon.

— Rien de moins que la preuve d'un lien entre notre suspect et une des victimes. Et surtout un excellent mobile de meurtre.

— Montrez-moi ça !

La commissaire divisionnaire s'efforça de se calmer pour lui expliquer la portée de ce document. Le contrôleur général de la section antiterroriste sembla vraiment confus en réalisant qu'il avait peut-être laissé filer un tueur.

— Je suis désolé, Estelle, mais votre élément à charge arrive une heure trop tard ! Je vous assure que je ne suis pour rien dans sa libération. Son avocat nous a présenté un ordre de mise en liberté immédiate, signé par le juge. Je n'avais aucun moyen de m'y soustraire.

— Eh bien, débrouillez-vous maintenant pour contacter ce même juge pour qu'il vous procure d'urgence un mandat d'amener pour mise en examen de monsieur du Plessis… Faute de quoi, vous risquez d'avoir d'autres cadavres sur la conscience, ajouta la commissaire en claquant la porte.

Aussitôt seul, Fabrice Veranchon appela son ami Xavier Lescuyer au téléphone.

— Allô, Xavier ? C'est moi Veranchon... Qu'est-ce qui vous a pris d'intervenir auprès du juge pour faire libérer du Plessis ? À cause de vous, cet homme est dans la nature, alors que nous venons de trouver de sérieux indices de sa culpabilité !

— Qu'est-ce que vous dites ? hurla le PDG de GRI. Vous avez laissé filer ce salopard, cet escroc qui m'a certainement volé des millions d'euros ? Je n'ai jamais contacté le juge !

— Pourtant, l'ordre de libération émanait bien de lui... Mais si ce n'est pas vous qui êtes intervenu ? Qui donc l'a fait ?

Xavier Lescuyer semblait sincèrement en colère.

— Débrouillez-vous comme vous voudrez, Veranchon. Retrouvez-le-moi au plus vite, vous m'entendez ? Sinon...

Le patron de GRI avait raccroché sans attendre la réponse de son interlocuteur. Fabrice Veranchon ne savait plus que penser. Pouvait-il encore faire confiance à son ami ? Ne voulant prendre aucun risque, il décida d'appeler lui-même le juge, avant de sous-traiter avec une société privée la filature discrète de Xavier Lescuyer.

31

Mercredi 31 mai 2028, hôtel particulier de Stéphane Larieux, 19 h 45.

Nolan entra précipitamment dans le bureau de Stéphane, qui était en pleine réunion avec Jean Sterne.

— Désolé, patron. Il se passe quelque chose de très grave sur un de nos convois !

— Quoi ? Quel convoi ? Où ça ? demanda Stéphane.

Nolan lui tendit une feuille contenant la transcription d'une communication satellite datant de moins de cinq minutes.

— Regardez, patron. Ça vient de notre convoi numéro quarante-sept, parti de Sète il y a deux jours, à destination de Malte.

Stéphane se saisit du papier et le lut à demi-voix, afin que son directeur financier pût entendre.

« Venons d'être attaqués par pirates sur navette rapide. Avons neutralisé agresseurs. Mais déplorons quatre morts sur un des voiliers du convoi. Vous envoyons images par satellite. Besoin de soutien au plus vite. Notre position le 31 mai 2028 à 18 h 56 :

Longitude : 7° 50' 5" Est- Latitude : 40° 53' 44" Nord. »

— Merci, Nolan, vous pouvez nous laisser, ajouta Stéphane.

Le patron de VIP regarda Jean d'un air inquiet. Certes, ce n'était pas la première fois qu'une des missions de VIP se passait mal. Cela faisait partie des risques du métier et son taux d'échecs restait inférieur à la moyenne de ses concurrents. Mais il avait beaucoup changé ces dernières semaines. Il avait perdu son âme de fonceur acharné qui lui avait permis d'en arriver à cette réussite professionnelle remarquable. Aujourd'hui, la peur de perdre des êtres chers l'emportait sur l'envie de gagner. Il revoyait dans sa tête les visages de Camille et d'Estelle riant aux éclats devant lui. Les images des attentats d'Ibiza lui revinrent en mémoire, et surtout celles des parents de Rodolphe Boisdoré-Ladurie, lorsqu'il dut lui-même leur annoncer la mort tragique de leur fils.

— Ça ne va pas ? lui demanda Jean.

Stéphane se ressaisit. Il s'empara machinalement d'une télécommande et alluma l'écran géant accroché sur le mur en face du divan.

— Si, si. Voyons voir où se trouve ce convoi.

Une carte détaillée de l'Europe s'afficha. Dans le coin inférieur gauche se trouvait une légende interactive. Stéphane pointa le curseur de la télécommande sur l'icône symbolisant une navette rapide. Instantanément, de nombreuses autres images de bateaux apparurent en différents points de la carte, au large des côtes, dans la Manche, dans l'Atlantique et en mer Méditerranée. Une des icônes était entourée d'une étoile rouge clignotante.

— Ils sont là, tout près des côtes nord de la Sardaigne, s'écria Jean en montrant du doigt le convoi en détresse.

— On a bien une agence sur l'île, non ? remarqua

Stéphane, tout en pointant le curseur de la télécommande sur l'icône représentant un immeuble.

Plusieurs dizaines d'immeubles étaient disséminés sur la totalité de l'Europe. Beaucoup se trouvaient à proximité de ports maritimes. Le patron de VIP ne fut qu'à moitié soulagé en voyant celui qui se dressait devant le petit port de Porto Cervo. En effet, les bureaux locaux de VIP se situaient de l'autre côté de l'île.

— Qu'est-ce qu'on fait ? demanda Stéphane.

— Je ne sais pas, c'est toi le patron. Moi je ne suis qu'un financier, tu sais bien.

— Soit je fais dérouter le convoi pour l'obliger à contourner l'île par le nord et rejoindre Porto Cervo pour y déposer le voilier et ses occupants décédés, soit je lui fais envoyer du renfort depuis notre agence locale.

— Le plus simple serait que tu les contactes et que tu leur demandes d'agir au mieux selon les conditions de sécurité dans la zone.

— Tu as raison, je les appelle tout de suite... Au fait, tu es bien sûr que cette agence nous appartient encore ?

— C'est vrai que cette carte n'est pas à jour. Certaines des succursales ont déjà été vendues, mais elles se situent dans les pays de l'Est et du Nord de l'Europe. Et quelques-unes au sud-est de l'Afrique. Je suis aussi en bonne voie pour revendre Tel-Aviv et Beyrouth. Apparemment, j'ai bien fait de ne pas céder tout de suite les agences qui suivent la route vers les îles de la mer Égée.

— Décidément, je ne sais pas ce que je ferais sans toi, Jean.

— Pourquoi ? Tu l'as déjà envisagé ?

— Mais non, idiot. Entre nous, c'est à la vie, à la mort.

Devant l'insistance de Stéphane, Jean se laissa convaincre de rester dîner, après qu'ils eurent donné leurs instructions au chef du convoi numéro 47 et au directeur de l'agence de Porto Cervo. C'était la première fois depuis des lustres que Stéphane avait un invité à sa table. Ce fut avec grand plaisir que Valentine ajouta un couvert. Elle connaissait Jean Sterne comme un homme raffiné et fin gourmet. Elle fit même ses recommandations à Georges quant au choix des vins.

— Je te remercie d'avoir accepté. J'avais vraiment besoin de la présence d'un ami, ce soir.

— Il est vrai que manger seul à une si grande table, ça fait peur, répondit Jean.

— Tu as prévenu Fabien ? J'espère qu'il ne sera pas jaloux ?

— Ça ne lui ferait pas de mal, pour une fois. À petites doses, la jalousie peut s'avérer un excellent ciment de l'amour.

— À vos amours, alors, lança Stéphane en levant son verre de Château Yquem, à la robe ambrée, que Valentine avait préconisé pour accompagner son entrée spéciale à base de foie gras aux épices et aux morilles.

— À vous trois, répondit Jean.

Les deux associés s'offrirent le temps de déguster religieusement les spécialités culinaires de Valentine, agrémentées de quelques verres de trois différents nectars remontés de la cave par le majordome. Puis, Stéphane proposa de terminer cette soirée par un petit digestif dans le salon attenant à son bureau et donna congé à Georges.

— Avant que je te laisse filer, j'aimerais faire un point de notre situation financière, dit Stéphane.

— Je suppose que tu fais allusion à la revente de certaines filiales, n'est-ce pas ?

— Entre autres… Avec tout ce qui se passe depuis

quelques semaines, j'ai de plus en plus envie d'abandonner ce métier et de me consacrer à autre chose.

— Comme Camille et Estelle, par exemple ! Mais j'y pense. Où en es-tu de ton projet de refaire ta vie ailleurs ? Tu m'as bien dit qu'il y aurait une place pour Fabien et moi ?

— Tout juste. Mais tout cela nécessitera beaucoup d'argent. D'abord pour acquérir une belle propriété dans un endroit où il fera bon vivre. Ensuite, pour nous assurer des revenus réguliers et pour longtemps.

— Je ne connais pas le coût de la villa de tes rêves, mais je pense que ton patrimoine actuel devrait largement suffire.

Les traits du visage de Stéphane se détendirent légèrement.

— C'est-à-dire ?

Jean Sterne prit tout son temps pour sortir son portable de sa poche et mettre en route l'application financière dans laquelle il pouvait suivre en temps réel l'évolution des avoirs de GRI.

— Dans l'état actuel des choses, et au vu des premières cessions réalisées depuis notre précédente conversation…

— C'est bon, abrège, s'irrita Stéphane.

— Nous devrions pouvoir réaliser un peu plus de quarante millions d'euros d'ici la fin du mois, ce qui nous donne vingt millions chacun…

— Et quoi d'autre ?

— Le reste de nos agences et équipements pourraient se vendre pour soixante-cinq millions d'euros de plus, sauf si tu es vraiment pressé. Dans ce cas, il faudrait les céder à quarante-cinq voire quarante millions. Ce qui au final représenterait la bagatelle de quarante millions pour chacun de nous… Tu as l'air déçu, non ? Dois-je te rappeler d'où nous sommes partis ?

— C'est que je pensais que nous valions beaucoup plus que cela… Et ces villas sont très chères !

— C'est parce que j'ai compté au plus juste. Par exemple, cet hôtel particulier, je ne l'ai pas inclus !

— Pourquoi ? Il est magnifique !

— Souviens-toi de ce que t'a dit ton conseiller en placement. Qui voudra investir autant d'argent dans un bien immobilier, fût-il prestigieux, dans une zone aussi exposée aux risques d'émeutes et d'enlèvements ? Et n'oublie pas que tu as par ailleurs une fortune personnelle !

— C'est vrai ! reconnut Stéphane, soulagé. Je l'avais complètement oublié.

— Alors, dois-je continuer à liquider nos filiales ?

— Oui, mais à partir de maintenant, je veux absolument que tu me consultes avant chaque cession.

— Tu n'as plus confiance, c'est ça ?

Stéphane s'en voulut de sa maladresse. Même si, quelque part, l'exemple du DAF de GRI avait laissé une empreinte dans son cerveau et l'incitait à la plus grande prudence, il refusait de croire que son ami pût le trahir comme l'avait fait François du Plessis avec son patron. Malgré tout, il ne pouvait prendre aucun risque. Surtout pas celui de se retrouver sans argent, prisonnier à vie de cet enfer.

— Ne m'en veux pas, Jean. Mais je dois protéger Estelle et Camille et…

Il s'arrêta de justesse, alors qu'il était sur le point de révéler l'existence de Christelle et de Maxime.

— Et ?

— Et, je souhaite mettre toutes les chances de mon côté. Et c'est valable pour toi aussi, ajouta Stéphane, comme pour se disculper.

— Tu ne m'as toujours pas dit combien tu comptais investir dans ta nouvelle villa.

— Comme je pensais emmener avec moi quelques membres du personnel de maison, j'avais envisagé une assez grande propriété pour accueillir une annexe pour les domestiques à proximité de la villa... ce qui m'amenait à près de trente millions d'euros.

— C'est effectivement un bel investissement.

— Je vais maintenant faire le point de mes avoirs personnels pour m'assurer qu'il me restera assez de valeurs mobilières pour nous garantir une vie agréable.

— Je suis certain que tu trouveras ce qu'il faut pour ça, répondit Jean.

— Combien pourrais-tu faire transférer sur mon compte, assez rapidement ?

— Disons, dix millions sous huit jours, sur la part qui te revient.

— Dans ce cas, fais de même pour toi. Parce que je te rappelle que GRI exige un acompte de vingt-cinq pour cent à la commande pour validation, sans compter une garantie financière pour la totalité du solde... Tu comprends maintenant pourquoi j'ai autant besoin de cet argent. Et quelque chose me dit qu'il ne nous reste pas beaucoup de temps pour nous mettre à l'abri avant le déclenchement du cataclysme.

— Décidément, ton optimisme est réconfortant !

— J'espère sincèrement me tromper, crois-moi. Par contre, ma décision est presque définitive.

— Au fait, quelle île as-tu choisie ? Il y en a des centaines là-bas.

— J'hésite encore entre la Crète, Santorin et Naxos.

— Ils n'ont rien à Mykonos ? demanda Jean, déçu.

— Je ne sais pas. En tout cas, la jolie femme qui m'a reçu dans leur agence des Champs-Élysées ne me l'a pas proposé... Peut-être n'avais-je pas le look qu'il fallait ?

Jean éclata de rire en réalisant que son ami n'aurait eu aucune raison de choisir une île aussi « typée » pour s'installer avec femme et enfant !

— Pardonne-moi… D'ailleurs, je n'ai aucune envie de vivre dans un endroit peuplé d'éphèbes, tous prêts à me voler mon Fabien. Il n'est peut-être pas le plus beau, mais je l'aime et j'y tiens. Dans ce cas, je pencherais plutôt pour Naxos, et toi ?

— Je te l'ai dit. J'hésite encore. C'est pour cela que je compte bientôt m'offrir un petit voyage de prospection sur place pour arrêter mon choix en connaissance de cause.

Ce que ne lui dit pas Stéphane c'est qu'il devrait aussi trouver un appartement pour Christelle et Max dans un bel immeuble en ville et pas trop loin de sa villa.

32

Jeudi 1er juin 2028, Fort Corblets, île d'Alderney.

Depuis la réunion du 15 mars précédent, à Bruxelles, les membres d'Olympos ne s'étaient plus réunis au complet. Ils avaient tous été fort occupés à appliquer les mesures définies pour accélérer le transfert des élites en lieux sûrs. Malgré une pause dans les attentats de grande ampleur, partout dans le monde on déplorait un accroissement considérable du nombre de victimes d'actions violentes à l'encontre de l'élite. Gianluca Pellegrini était resté en contact régulier avec son homologue américain, John Mankovitch. Ce dernier, qui s'était attribué le rôle de coordinateur des opérations au niveau mondial, avait demandé à tous les dirigeants des sociétés secrètes de se réunir ce jour-là pour dresser un état des lieux de leur zone respective et lui en rendre compte.

Aucun des membres d'Olympos ne manquait à l'appel. Exceptionnellement, en raison de la gravité de la situation eu Europe, Gianluca avait convoqué quelques personnages importants du deuxième cercle, à savoir les directeurs de la sécurité civile : Steven Barrett pour le

Royaume-Uni, Anita Schimkus pour l'Allemagne, Giovanni Albergo pour l'Italie, Sébastien Floque pour la France, Miguel Alonzo pour l'Espagne et, enfin, Kyros Mitsotakis pour la Grèce. Il avait en outre convié sa sœur, Chiara Dalla Chiesa, en tant que présidente de la fédération des Sociétés privées de protection des personnes et des biens. Afin de ne pas trahir le secret de l'existence et de la composition de l'aréopage d'Olympos, Gianluca avait demandé à son ami le général de Roquebrunne de présider la commission de sécurité, à laquelle il assista en tant que rapporteur.

Cette réunion préliminaire se déroula dans l'enceinte du Fort Corblets, pendant que les autres membres de la direction d'Olympos suivaient l'enregistrement en direct des discussions, depuis la salle sécurisée de l'Octogone, au centre du Fort de Quesnard. Le général donna tout de suite le ton de cette réunion. Il avait fait venir dans la salle de quoi tenir un siège. Sur une table alignée contre un des murs, deux grands Thermos de café, une fontaine à eau chaude pour les amateurs de thé, des jus de fruits, des bouteilles d'eau minérale et de sodas, et des assiettes remplies de biscuits et de viennoiseries. Les intervenants devaient s'attendre à une très longue journée de travail. Le général débuta d'emblée en langue anglaise puisque aucun traducteur n'avait été prévu, pour des raisons de confidentialité.

— Mesdames, messieurs, bonjour. Comme vous le savez déjà, l'heure est grave. Je serais même tenté de dire que la situation sociale en Europe est devenue dramatique et particulièrement inquiétante… Dans un premier temps, je vais laisser la parole à chacun d'entre vous, afin que nous puissions comparer nos expériences et échanger nos idées pour mener à bien notre mission de sauvetage, que nous avons baptisée « Opération Noah ». Le problème est que celle-ci semble avoir pris beaucoup de retard. Ce sont justement les raisons de ce retard que nous devons identifier ensemble, afin d'y apporter les remèdes les plus efficaces et appropriés… Avant de commencer ce travail, je voudrais vous présenter, à ma droite, Gianluca Pellegrini, qui sera le rapporteur de cette commission.

Le premier des participants à intervenir fut Steven Barrett, le directeur de la sécurité civile pour le Royaume-Uni. C'était un homme d'une soixantaine d'années, dont le sourire trahissait plus l'autosatisfaction que la convivialité. Comme tous ses homologues européens, il avait été nommé à ce poste clef en raison de son « sens aigu des réalités et des priorités, qui le mettait à l'abri de ce sentimentalisme mielleux, qui avait longtemps empêché la classe politique de prendre les mesures qui s'imposaient alors ».

— Les tensions à l'intérieur des faubourgs populaires se sont en effet considérablement durcies ces deux derniers mois, en particulier à Glasgow, Liverpool, Manchester, Leeds, Birmingham et surtout à Londres. Cependant, nous avions, sur vous autres continentaux, une nette longueur d'avance en terme de sécurisation des élites. Aujourd'hui, tout le quartier d'affaires de la City ainsi que les membres de notre gouvernement et leurs familles, ont émigré sur l'île de Man et sur les îles anglo-normandes… Les vingt-cinq mille caméras de surveillance que nous avons installées, depuis quarante ans, dans tous les endroits stratégiques de ces villes, sont à présent très appréciées des chefs des quartiers…

Nous sommes confrontés à deux problèmes majeurs. Le premier est l'approvisionnement en eau potable et en nourriture… Dans les grandes villes, les chefs des quartiers populaires ont de plus en plus de mal à faire respecter leur autorité. En effet, à l'intérieur même des ethnies sont apparus, depuis quelque temps, des groupuscules ultraviolents qui revendiquent leur part du gâteau, voire la totalité. Pour le moment, nous avons pu contenir le phénomène en apportant notre soutien aux chefs de clans traditionnels, en leur fournissant des armes de dissuasion comme des pistolets et des matraques électriques, des pistolets de défense à balles en caoutchouc, mais aussi des armes automatiques légères ainsi que des carapaces de protection identiques à celles utilisées par la police antiémeute. Quoi qu'il en soit, cela complique sérieusement l'acheminement des produits de première nécessité jusqu'à la population, ce qui déclenche facilement des émeutes…

Le second problème est que nous sommes arrivés, semble-t-il, à une surpopulation des quelques îles dont nous disposons en mer du Nord pour y accueillir les dernières familles importantes qui n'ont pas encore pu y trouver refuge. Il s'agit le plus souvent de chercheurs et de professeurs éminents dont nous aurons un besoin vital dans un proche avenir et dont la situation financière ne permet plus d'acquérir un logement décent sur l'une de ces îles protégées.

— C'est effectivement un problème crucial, acquiesça le général. À la fois le manque de place et la nécessité absolue pour notre civilisation de préserver ses meilleurs éléments. Et quelles solutions envisagez-vous, Steven ?

— Nous sommes en relation étroite avec les autorités australiennes, qui voient plutôt d'un bon œil l'idée d'accueillir d'aussi brillants intellectuels. En outre, ce n'est pas l'espace qui manque chez eux… Non, c'est un autre obstacle qu'il nous faut surmonter, en dehors de l'appréhension des plus âgés d'entre eux de finir leur vie aussi loin de leur terre natale. C'est l'acheminement de ces familles et surtout de leurs biens personnels qui ne peuvent être transportés que par mer. Les avions doivent emprunter des routes sécurisées par l'aviation des pays amis. Les navires, eux, doivent être escortés par les Marines anglaise, française, américaine et australienne, ce qui, vous en conviendrez, n'est pas une mince affaire. D'autant plus que, vu le caractère définitif de ce voyage, certains se sont mis en tête de voyager par bateau, avec tous leurs bagages.

— Si j'ai bien compris, intervint Miguel Alonzo, votre solution consiste à fuir une île pour s'installer sur une autre, certes beaucoup plus vaste ?

— À cette différence près, répliqua Steven Barrett, que la première est atteinte d'une espèce de gangrène, alors que la seconde est encore une terre vierge, en quelque sorte.

— Très juste, reconnut Miguel. Mais, dans ce cas, pourquoi n'iriez-vous pas tous vous installer là-bas ? L'Australie dépend bien encore de la couronne d'Angleterre ?

— Chuuut ! l'interrompit Steven. Nous l'avons déjà envisagé, mais surtout ne le répétez pas ! Les « *Aussies* » sont très attachés à leur indépendance et cela depuis 1900, malgré ce que pourrait laisser croire la présence de l'Union Jack sur leur drapeau.

La réplique de l'Anglais conclut son intervention dans l'hilarité de tous ses confrères. Alain de Roquebrunne dut intervenir pour les inviter à un peu plus de décence.

— Je ne crois pas que le moment soit bien choisi pour plaisanter... Et vous, madame Schimkus, que pouvez-vous nous dire de la situation en Allemagne ?

— Je crains qu'elle ne soit pas meilleure que celle de nos amis anglais... Les tensions entre la communauté turque et le reste de la population sont de plus en plus exacerbées... Les pompiers n'interviennent même plus pour éteindre les incendies d'immeubles, causés le plus souvent par des roquettes improvisées… À ma grande honte, les mouvements néo-nazis se sont multipliés et, sans le cloisonnement entre les quartiers… enfin…, je préfère ne pas y penser. Nous avons été obligés de concentrer les troupes de la police et de l'armée dans et à proximité des zones stratégiques, comme les quartiers résidentiels, les aéroports, y compris les aéro-clubs amateurs, les grands ports comme ceux de Hambourg ou de Bremerhaven, pour protéger les approvisionnements, ainsi que les ports de plaisance qui abritent des yachts privés d'où peuvent encore s'enfuir les familles les plus fortunées. Par contre, entre ces zones, nous ne pouvons compter que sur les sociétés de protection privée, dont Chiara Dalla Chiesa nous parlera tout à l'heure. Sans vouloir dénigrer l'importance de leur action, je me dois de dire ici qu'elle serait plus efficace s'il existait une solidarité entre elles ou au moins une meilleure entente.

— Seriez-vous en train de remettre en cause mon travail, en tant que présidente de la Fédération des sociétés privées de protection des personnes et des biens ? demanda Chiara, visiblement excédée.

— Je vous en prie, mesdames, intervint le général. Nous ne pouvons vraiment pas nous permettre de nous diviser.

En voyant le regard noir de son frère, madame Dalla Chiesa décida de se calmer.

— Pardonnez ma maladresse, reprit Anita Schimkus. J'ai parfaitement conscience qu'il est autrement plus difficile d'exiger du personnel de multiples sociétés, privées et concurrentes, la même discipline que celle que l'on peut obtenir de plusieurs corps d'armée. Je voulais seulement souligner un point faible que je souhaiterais illustrer par une anecdote dramatique, parmi de nombreux autres incidents quasi quotidiens dans notre pays… Il y a deux jours, une riche famille du quartier d'Eppendorf, à Hambourg, avait décidé de partir définitivement à destination de la Suède. Leur yacht les attendait dans le port de plaisance de Büsum. La mère avait prévu de partir la première avec leurs deux enfants. Le père devait suivre quelques semaines plus tard. En traversant une petite bourgade de campagne, quelque part à mi-chemin, le convoi, composé de trois voitures blindées, dont celle de la famille, s'est laissé surprendre dans une embuscade… La voiture de tête a pilé devant un gamin, surgi de nulle part, qui courait après son ballon. Deux secondes plus tard, ce premier véhicule a été retourné par l'explosion d'une roquette. L'équipe de la voiture de queue n'a même pas eu le temps de réagir qu'elle a été frappée par une deuxième roquette. Les assaillants n'ont eu alors aucune peine pour contraindre la famille à se rendre. Ensuite, ils ont tout simplement abattu le chauffeur. L'homme n'avait pour eux aucune valeur marchande. À ce jour, le mari attend encore d'être contacté par les ravisseurs… Cela pour dire que des convois isolés sont des cibles trop faciles et que…

— Ce que je retiens personnellement de votre histoire, madame Schimkus, c'est le prix que nos hommes et femmes de terrain doivent payer pour assurer la protection de nos élites. C'est pourquoi j'aimerais que vous leur témoigniez une plus grande considération.

Anita fut tellement touchée par cette dernière remarque qu'elle commença à applaudir timidement, avant d'être imitée par les autres participants ainsi que par le général et Gianluca.

Puis ce fut au tour de Giovanni Albergo de faire le point sur les problèmes rencontrés en Italie.

— Comme vous pouvez l'imaginer, la longueur de nos côtes rend la surveillance de nos frontières particulièrement délicate. Les incursions éclairs de commandos en provenance de Bosnie et de Croatie sont quotidiennes sur la côte Adriatique. Les ports de Gênes, Livourne, Civitavecchia, près de Rome, et de Naples sont puissamment gardés par des bâtiments de guerre de la Marine italienne, mais aussi française et américaine, faisant ainsi de la mer Tyrrhénienne l'une des plus sûres de tout le bassin méditerranéen. En réalité, c'est un tout autre problème qui nous ralentit dans le transfert des élites... La spéculation foncière sur les deux principales îles dont nous disposons : la Sardaigne au nord, la Sicile au sud... Pendant des décennies, notre gouvernement s'est battu pour éradiquer la mafia, à grand renfort de propagande, relayée par toutes les télés et la presse italiennes et européennes. L'opération « *Mani pulite* [1] », les procès publics, la protection et les fortes récompenses offertes aux repentis. Et tout cela avec des résultats pour le moins... mitigés... Aujourd'hui, nous nous trouvons contraints de composer avec certaines de ces familles...

— Pour ne pas dire, de leur manger dans la main, intervint Sébastien Floque, son homologue pour la France.

— Pour rester poli, oui, confirma l'Italien... Certains grands propriétaires fonciers, en Sicile et en Sardaigne, ont carrément mis leurs terrains en jachère, pour accélérer la surenchère.

— Vous ne pourriez pas les forcer à vendre ? demanda Miguel Alonzo... Au nom de la sécurité des populations par exemple.

— D'abord, cela serait contraire à la liberté du commerce à laquelle, je crois, nous sommes tous ici attachés, n'est-ce pas ?... De plus, on voit que vous ne connaissez pas les méthodes et la mentalité de certaines d'entre elles... Dans

1. « Mains propres ».

le passé, des juges ont forcé quelques mafiosi à restituer une partie de leurs terres à des paysans qui s'étaient plaints d'avoir été spoliés. Les rares, parmi ces derniers, qui ont accepté de reprendre possession de leurs biens ont vécu dans la terreur d'une vengeance, et quelques-uns y ont même laissé leur peau.

— Et ce n'est pas tout, dit Kyros Mitsotakis, directeur de la sécurité civile pour la Grèce. Certes, nous avons aussi le même problème de spéculation foncière, mais peut-être moins organisée que chez nos amis italiens, ou même chez les Français, en Corse… Le nombre élevé d'îles habitables, en Grèce, permet de créer une concurrence saine entre elles. Cependant, ce problème reste très important. En outre, il est doublé par une autre spéculation : celle de la fourniture de ciment… Même si nous utilisons traditionnellement la pierre comme premier matériau de construction, nous avons besoin d'une grande quantité de ciment pour créer rapidement des fondations solides, indispensables à une construction durable, et aussi pour respecter les nouvelles normes antisismiques européennes. Les principaux producteurs et exportateurs de ciment profitent aussi d'une demande croissante en organisant une pénurie très enrichissante pour eux.

Le général de Roquebrunne décida de reprendre la parole pour faire une synthèse de cette première présentation avant de proposer une courte pause.

— Il me semble que nous avons bien avancé dans la définition de nos problèmes, et nous allons maintenant nous attacher à trouver des solutions à chacun d'eux. Je suggère donc de nous désaltérer et de reprendre quelques forces autour de ce petit déjeuner, derrière vous. Après quoi, nous vous laisserons continuer à travailler ensemble pour coordonner tous les efforts entre la police et les sociétés privées.

Le Français, Sébastien Floque, demanda à ajouter quelque chose.

— Je crains que la compétition qui oppose les propriétaires, les promoteurs et les fournisseurs n'ait dépassé le simple stade de la spéculation... En effet, le patron de nos services antiterroristes m'a signalé l'assassinat de plusieurs dirigeants d'une société de promotion immobilière, à Paris... Nous avions d'abord cru à l'œuvre d'un groupe terroriste, mais il n'a pas été revendiqué à ce jour. Au vu de ce que nous venons de décrire, je ne serais pas surpris que ces meurtres aient été commis par un de leurs concurrents.

— C'est effectivement inquiétant, dit le général. Si cela devait se confirmer, cela rendrait notre mission d'autant plus compliquée.

Les autres dirigeants d'Olympos, qui avaient suivi très attentivement la séance de travail depuis l'Octogone, ne cachèrent pas leur inquiétude en voyant revenir le général et Gianluca. Tous étaient conscients qu'ils allaient à nouveau devoir lever des fonds pour permettre d'accélérer le transfert. En effet, la situation sociale sur le continent se dégradait beaucoup plus vite que prévu. Et plus le nombre de convois augmentait, plus, dans les zones urbaines, enflait la rumeur selon laquelle quelque chose de grave était en train de se préparer. Même au sein du personnel de la police et de l'armée, on déplorait de nombreux cas de désertion et, plus rarement, de suicides. Les policiers et les militaires craignaient d'être abandonnés sur place, une fois que toutes les élites auraient été mises à l'abri.

— Il faut absolument mettre fin à ces spéculations des uns et des autres, annonça Gianluca. Faute de quoi l'opération Noah sera un échec. Pire, elle pourrait engendrer une véritable catastrophe humanitaire.

— Comment cela ? demanda Alexandre Boisdoré.

— Le retard pris dans la construction des immeubles et des villas commandés par les candidats à l'exil rend leur accueil à destination très compliqué, voire impossible. En conséquence, il se crée des goulets d'étranglement, à l'approche des îles, qui immobilisent les convois et retardent le départ des suivants… Alors, si la rumeur continuait à grossir, cela pourrait provoquer des émeutes près des aéroports et des ports, dont je vous laisse imaginer les conséquences.

— Mais ceux qui disposent d'un yacht peuvent y vivre quelque temps, au moins jusqu'à la fin des travaux de construction de leurs nouvelles résidences, remarqua Pierre Montrond.

— Ce n'est pas aussi simple, interrompit le général. Il resterait la difficulté d'approvisionner en eau potable et en nourriture une gigantesque armada de yachts et de voiliers… Sans compter le manque de zones de mouillage et les risques d'attaques de pirates… Ce qui s'est déjà produit au milieu de certains convois.

— Je suis assez d'accord sur le fait que la solution de ces problèmes passe par un déblocage de fonds conséquents, intervint Christian Arvid, président du Club des *hedge funds* européens.

— Je vous remercie d'avance de l'aide que vous pourrez nous apporter, dit Gianluca. Et à combien pourrait se monter votre participation, cher Christian ?

— Avant de répondre à cette question, il me semble indispensable de s'en poser deux autres : pour quel objectif et sous quelles conditions ?… Je ne vous surprendrai pas, chers amis, en disant que nous sommes tous des spéculateurs…

La remarque souleva un murmure de protestations, dont la faible ampleur trahissait le manque de conviction.

— Et c'est ce qui a fait notre richesse, convenez-en… Nous ne pouvons donc pas blâmer ceux qui aujourd'hui tentent de tirer profit de la situation.

— Donc, intervint lord Carrington, si je vous comprends bien, nous devons laisser faire et subir, n'est-ce pas ?

— Je dirais plutôt que nous devons négocier avec ces différents acteurs, en leur proposant d'assouplir leur position… en échange d'une garantie de bénéfices immédiats… ce qui débloquerait rapidement la situation…

— En clair, reprit Alexandre Boisdoré, comment voyez-vous le montage de cette vaste opération financière ?

— Vaste, le mot n'est pas trop fort. Nous aurons en effet besoin de beaucoup d'argent pour créer ce nouveau fonds d'investissement immobilier, dont le rôle consistera à acheter de nombreuses surfaces constructibles payables au comptant, ainsi que de grosses quantités de matériaux de construction comme l'acier et le ciment. Mais il ne s'agira pas de faire n'importe quoi. Il faut dès à présent mettre en place une cellule d'experts capable de définir pour chaque région les besoins des promoteurs et l'offre disponible. Ensuite, nous passerons des accords commerciaux avec les promoteurs pour fixer les conditions de rachat. Enfin, nous procéderons à des appels d'offres limités dans le temps, mais suffisamment alléchants pour forcer les spéculateurs à bouger… Une fois en possession des terrains et des matières premières, nous les revendrons sans tarder, avec un bénéfice, bien évidemment.

— Tout cela est bien joli, dit Anna Maertens, présidente de Pharmasynthis, mais cela risque de prendre beaucoup de temps… N'est-ce pas justement ce qui nous manque le plus ?

— Vous avez raison, mais nous n'avons pas le choix, remarqua Vincent de la Taille. Quand pensez-vous pouvoir nous dire de combien de milliards d'euros vous aurez besoin ? ajouta-t-il, à l'attention de Christian Arvid.

— Deux ou trois semaines pour établir un premier budget... Ensuite, j'aurai besoin de vous pour la levée des fonds.

— Nous sommes donc d'accord, Christian se chargera de ce plan... Maintenant, il y a encore d'autres mesures à prendre, tout aussi importantes. Tout d'abord, cette histoire de rumeur. Il faut absolument l'empêcher de se répandre et d'enfler. Et ça, c'est le domaine de notre ami Wilfried.

Wilfried Fuerstenberg, président d'Eurocrossmedia, dirigeait le premier groupe d'information européen. Il pouvait donc contrôler tout ce que rapportaient au public ses présentateurs, qui n'avaient des journalistes que le titre, sans l'étoffe. Ce qui, en soi, n'avait rien de nouveau. Le problème était que cette absence d'indépendance de l'information était à ce point notoire que de moins en moins de gens lui accordaient le moindre crédit. Alors, cet homme avait eu le génie de faire pousser sur la toile une myriade de sites et de blogs à l'apparence rebelle et contestataire, grâce à laquelle il parvenait à faire passer inaperçus les véritables sites d'opposition citoyenne et politique. « Trop d'infos tuent l'info... et c'est tant mieux », aimait-il répéter à ses amis.

— La meilleure manière que je connaisse pour faire retomber une rumeur, dit Wilfried, c'est de la noyer parmi plusieurs autres. Par exemple, dire qu'est apparue dans certains quartiers chics une étrange maladie dont on ignore la cause, mais qui serait particulièrement contagieuse. Une sorte de sida des quartiers riches.

— C'est totalement grotesque, répliqua Anna Maertens. Personne ne croira à une telle ineptie.

— Il y a bien eu des gens pour croire que le sida était une punition divine contre les homosexuels ! répondit

Wilfried, vexé. Cela dit, si vous avez d'autres propositions, je suis preneur. Après tout, mon rôle est avant tout de détourner l'attention du public.

— En attendant que vous trouviez quelques idées exploitables, dit Gianluca, je propose de donner la parole à notre ami Pierre Montrond… J'ai appris la triste nouvelle de la mort brutale de son président, Lucien Potevin.

— C'est exact. Il a été victime d'un assassinat la semaine dernière. Un groupe terroriste inconnu qui lui reprochait d'être un affameur du peuple… Quelle ironie ! Lui dont la première motivation était de nourrir le plus grand nombre de personnes !

— En tout cas, cela nous confirme que nous devons, plus que jamais, rester sur nos gardes et redoubler d'efforts pour nous mettre à l'abri, conclut Gianluca. Mais j'y pense, général, ne serait-il pas judicieux de relancer la lutte antiterroriste ?

— Nous ne l'avons jamais arrêtée, mon ami.

— Je crois que j'ai une bonne idée, cette fois, renchérit Wilfried.

— Nous vous écoutons, répondit Gianluca.

— Aujourd'hui, la plupart des attentats visent des membres de l'élite, ce qui n'est pas pour déplaire au peuple… Mais cela pourrait changer… Ne me dites pas, général, que vous n'y avez jamais songé !… Avec tous les infiltrés que vous avez placés dans des dizaines de petits groupes d'excités, vous devriez bien pouvoir susciter quelques opérations tournées vers des communautés sensibles, n'est-ce pas ?

— Vous n'y pensez pas sérieusement ? demanda Alain de Roquebrunne.

— Je vous en prie, général, pas de sentimentalisme. Ne me dites pas que vous placez la vie de quelques dizaines de victimes collatérales, prises au hasard dans une population en surnombre, au-dessus de celles de centaines de milliers des nôtres ?

— Wilfried a raison, reconnut Gianluca Pellegrini. Nous n'avons plus le choix. C'est eux ou nous ! Vous avez bien vu l'étendue de leur ingratitude et le triste sort que cette populace nous réserve !

— Soit ! soupira le général. Et quel scénario proposez-vous ?

— Vous vous souvenez de ce que disait Anita Schimkus, ce matin ? demanda Martina Dietermayer. Elle faisait référence avec horreur à la résurgence de groupes néo-nazis. Eh bien, on pourrait organiser un attentat contre une synagogue, revendiqué par une mouvance nazie. Puis un autre dans un quartier chrétien qui serait l'œuvre présumée de quelques islamistes extrémistes. Il suffirait de quelques mini-attaques terroristes un peu partout pour occuper la populace un bon bout de temps.

Ineke Van den Broeck, présidente de la Cour de Justice européenne, n'en croyait pas ses oreilles.

— Vous êtes des monstres !

— Rassurez-vous, madame la juge, dit Wilfried. Il n'est pas absolument nécessaire de mettre ces attentats à exécution... Il suffit en fait de faire courir le bruit que des attentats seraient en cours de préparation. Et ensuite de lancer des opérations commandos dans quelques cachettes de terroristes en puissance et de feindre d'avoir déjoué de justesse « un attentat qui aurait pu faire de très nombreuses victimes innocentes au sein de la communauté juive, ou musulmane, ou chrétienne », selon le cas. L'essentiel est que les gens le croient... Dans le même temps, cela donnera de notre police continentale une image d'impartialité et de souci de la sécurité de tous et non plus des seules élites ! CQFD !

— Bravo, mon ami. Enfin, je vous retrouve, s'exclama Gianluca. Voilà qui devrait rassurer madame la juge et le général, n'est-ce pas ?

Pendant ce temps, au Fort Corblets, Chiara Dalla Chiesa avait joué de son charisme et de son regard mystérieux pour diriger la suite de la réunion de sécurité d'une main ferme et diplomate à la fois. Elle avait ainsi obtenu la promesse d'un meilleur soutien militaire et policier, en particulier aux convois maritimes et terrestres organisés par ses adhérents. Le gouvernement européen s'engageait à fournir des rames de TGV pour les transferts vers les ports de la Méditerranée et de l'Atlantique où attendait une armada de yachts privés. L'armée se chargerait de surveiller par satellite et sur terre des milliers de kilomètres de voie à sécuriser contre des attaques de bandes armées ou de terroristes. Sébastien Floque proposa la mise en place de convois ferroviaires doubles, composés, en tête, d'une rame transportant des soldats, équipée de mitrailleuses et de canon antiaérien, suivie à trois minutes d'une longue rame de TGV remplie de personnes n'emportant chacune qu'un seul bagage. Il fut aussi convenu qu'aucun crédit ne serait accordé et que les règlements se feraient au comptant, par virement avant la prise en charge.

À l'issue de la journée, Chiara put ainsi faire un rapport détaillé à son frère.

Alors qu'il s'apprêtait à s'envoler, en compagnie de sa sœur, à destination d'Olbia Costa Smeralda au nord de la Sardaigne, avec escale à Limoges, Gianluca Pellegrini reçut un appel de son ami John Mankovitch.

— Hello, Gianluca. Comment s'est passée ta réunion

aujourd'hui ? Où en êtes-vous de l'opération « *One way to Eden* [1] » ?

— Ici, nous l'appelons toujours « l'opération Noah », tu sais bien... Mais ce n'est qu'un détail sans importance. Ce qui importe, c'est que nous avons été considérablement retardés depuis trois mois, à cause d'une mésentente sur les prix, mais tout ça devrait rapidement rentrer dans l'ordre. Ça prendra tout au plus deux ou trois mois supplémentaires...

— Tu n'es pas sérieux ! Jamais vous ne tiendrez jusque-là ! L'Europe est comme notre volcan Saint Helens quelques jours avant son éruption... Je te l'ai déjà dit, notre armée basée en Méditerranée n'a pas l'intention de se laisser piéger au milieu de cette poudrière jusqu'à l'explosion finale. Ici, aux States, nous avons toujours le contrôle sur nos populations, mais pour combien de temps encore ? Et si la situation devait se dégrader soudainement, notre état-major n'hésiterait pas à rappeler notre Marine, actuellement stationnée au large de la Turquie et de la Grèce.

— Vous n'allez quand même pas nous abandonner maintenant ! s'écria Gianluca.

— Trois mois, mon ami. Trois mois, c'est tout ce que je peux te promettre, répondit John. Après, ça dépendra de Dieu.

— Mais c'est impossible. Nous n'y arriverons jamais !

— Vous les Européens vous êtes toujours les mêmes. Vous voulez être considérés comme des adultes indépendants aussi longtemps que tout va bien pour vous... mais à la moindre difficulté vous venez pleurer dans nos jupes... Au cas où vous ne l'auriez pas remarqué, vous n'êtes pas les seuls à nous demander notre aide. Il y a aussi les Russes

1. Aller simple pour l'Éden.

et les Indiens… Les Chinois, quant à eux, ont su prendre les choses en main avant qu'il ne soit trop tard… Allez, mon ami. Mettez-vous tout de suite au travail et je suis sûr que vous ne me décevrez pas. N'est-ce pas ?

33

Vendredi 2 juin 2028, Heraklion, île de Crète.

Le Falcon 50 affrété par GRI approchait maintenant de sa destination : l'aéroport international d'Iraklio, sur l'île de Crète. À son bord, Xavier Lescuyer était accompagné de son équipe de prospection. Il y avait là trois géologues qui se répartiraient le travail d'analyses géologiques, Lucien Valois, responsable du service juridique, Annabelle Montignac, secrétaire personnelle de Xavier Lescuyer, Bernard Grangeon, architecte et directeur de l'exploitation des chantiers, et Sébastien Martignot, le numéro deux du service financier, promu pour l'occasion responsable financier en l'absence de François du Plessis. Le commandant de bord fit son annonce : « Mesdames et Messieurs, nous allons amorcer notre descente en vue de notre atterrissage sur l'aéroport d'Heraklion. Il est 11 h 45, heure locale. La température au sol est de 29 °C. Nous espérons que vous avez effectué un agréable vol en notre compagnie et vous souhaitons un excellent séjour. »

En apercevant à travers son hublot une armada de navires de guerre, ancrés à quelques encablures de la côte,

Xavier Lescuyer fut rassuré par cette présence militaire. Quelques petites vedettes rapides étaient en attente, à l'abri de la jetée du port. Le jet réalisa une longue boucle sur la gauche pour se positionner favorablement en vue de l'atterrissage. Il maintint une inclinaison de près de trente degrés, permettant aux passagers de voir, entre les bâtiments de l'aérogare, les silhouettes deltoïdes grises des chasseurs de combat stationnés au sol. En raison d'un vent relativement fort, de secteur nord-nord-ouest, selon le commandant de bord, l'avion dut effectuer un second tour d'approche pour pouvoir utiliser la deuxième piste, plus courte, mais mieux orientée. Le Falcon 50 se posa finalement sans heurt, dans une série de crissements de pneus, à 12 h 1.

Le PDG de GRI était particulièrement nerveux. Tout d'abord à cause de l'enjeu de cette mission. En effet, il allait devoir, en moins de huit jours, finaliser le choix et les conditions d'échange de terrains constructibles répartis sur plusieurs îles de la région. Plus de six cents clients étaient en attente de nouvelles à propos du démarrage des travaux de construction de la villa de leurs rêves, et une moyenne de cinquante nouveaux clients par semaine venait s'y ajouter. C'était tout simplement l'avenir de sa société qui se jouait en ce moment. Mais autre chose le tourmentait plus encore. Comment ses associés allaient-ils réagir en ne voyant pas François du Plessis dans la délégation ?

Deux limousines noires attendaient l'équipe de GRI directement au pied de l'avion, pour la conduire jusqu'à une luxueuse villa, abritant les bureaux locaux de Chevtchenko Real Estate, située dans le centre historique de la ville. À leur descente des deux voitures, Xavier Lescuyer et son personnel furent accueillis par Vasili Dmytrovytch en personne, accompagné de son inséparable « montagne russe » et d'un autre garde du corps, tenant en laisse un impressionnant molosse haletant et baveux.

— Xavier, mon ami, soyez le bienvenu. Avez-vous fait un bon voyage ?

— Excellent, je vous remercie. Il me tarde d'admirer les pierres précieuses dont vous m'avez parlé.

— Soyez patient, mon ami. Nous vous avons préparé une tournée qui débutera demain matin. Mais avant cela, nous avons prévu de vous présenter une vue d'ensemble de nos acquisitions cet après-midi.

— Excellente idée, Vasili.

Ce dernier posa son bras sur les épaules de Xavier et lui demanda discrètement :

— Il ne m'a pas semblé reconnaître François dans votre équipe. Avez-vous réussi à éclaircir cette fâcheuse histoire d'indélicatesse dont vous m'avez parlé ? J'espère que vous ne nous cachez rien de grave, au moins.

Xavier Lescuyer se sentait piégé. Il ne pouvait pas lui répondre que son directeur financier avait tout simplement disparu. Alors, il choisit de lui avouer une partie seulement de la vérité.

— En fait, il est entre les mains de la brigade financière qui le soupçonne d'avoir détourné l'acompte d'un de nos clients.

— La police ? Je n'aime pas ça du tout. Ce n'est jamais bon quand la police met le nez dans vos affaires !

— Ne soyez pas inquiet, Vasili. J'ai un excellent ami dans la place. C'est d'ailleurs lui-même qui m'a informé de leurs soupçons contre François. Et, bien sûr, il m'a promis de me tenir, ainsi que GRI, à l'écart de tout excès de zèle de la part de la brigade financière. Il a envers moi une sorte d'obligation, si vous voyez ce que je veux dire.

— Parfaitement, mon ami. Il n'y a rien de tel qu'une obligation réciproque pour sceller une union entre deux partenaires… Je compte sur vous pour m'informer de la suite, n'est-ce pas ?

Après un déjeuner léger, mais raffiné, offert par la succursale locale de Chevtchenko Real Estate, l'équipe de GRI assista à une présentation des principaux sites acquis en Crète ainsi que sur les îles de Santorin, Naxos, Ios, Paros et Milos. Xavier Lescuyer reconnut immédiatement les animations 3D que lui avait montrées Vasili, quelques jours plus tôt à Paris. Mais cette fois c'était sur un écran géant, dans une salle obscure, au milieu d'une ambiance musicale soigneusement choisie. Quelques-uns de ces sites prestigieux avaient déjà été repérés par Xavier et son architecte, Bernard Grangeon, lors d'une précédente visite. Mais, à l'époque, les propriétaires en demandaient beaucoup trop. Certains refusaient même toutes leurs offres, préférant parier sur une nouvelle flambée des prix. Lorsque l'architecte adressa une mimique interrogatrice à son patron, ce dernier lui fit comprendre par une moue de reproche qu'il devait s'abstenir de poser des questions embarrassantes sur la manière dont le groupe Chevtchenko avait pu obtenir tous ces terrains exceptionnels, malgré une concurrence exacerbée. Pendant que défilait le générique de fin du film de présentation, les stores automatiques de la pièce se rouvrirent, laissant entrer la vive lumière du soleil de fin d'après-midi.

— Je vous remercie de votre attention, conclut Vasili… Comme vous l'aurez compris, vous allez avoir beaucoup de travail dans les prochains jours. Alors, pour que vous soyez tous en forme demain matin à l'aube, je vous propose de vous faire accompagner jusqu'à votre hôtel, à quelques rues d'ici, pour que vous puissiez vous reposer un peu dans vos chambres. Ensuite, je vous rejoindrai à 20 heures dans le hall, avec notre hôtesse, Yelena, qui parle parfaitement votre langue.

Cette dernière, qui était pourtant restée silencieuse pendant toute la présentation, n'avait laissé aucun des hommes présents indifférent. Si Vasili n'avait pas fait l'obscurité dans la salle pendant le visionnage du film, il est probable qu'ils en eussent manqué la moitié. Ses yeux d'un vert émeraude illuminaient son visage hâlé. Ses longs cheveux châtains, ondulés, caressaient ses épaules nues. Elle portait une robe fourreau caramel et abricot à fines bretelles et des escarpins à talons plats et courts. Sa façon de redescendre, à intervalle régulier, le bas de sa robe le long de ses cuisses jusqu'aux genoux dans un mouvement ondulant semblait exciter l'imagination des hommes et faisait immanquablement lever au ciel les yeux de mademoiselle Montignac. Annabelle ne s'offusquait pas vraiment de l'inconstance de ses collègues masculins, qu'elle savait tous mariés, mais se promit de veiller à ce que son patron restât fidèle à son épouse. La seule femme qui, à ses yeux, pût être autorisée à lui voler son mari n'était autre qu'elle-même.

Une demi-heure plus tard, les huit membres de GRI prenaient possession de leurs chambres individuelles, au dernier étage du Galactica Iraklio Hotel.

Au même moment, dans les bureaux d'Europol à Paris.

François du Plessis restait introuvable. Il était sous le coup d'un mandat d'arrêt international et était activement recherché par toutes les polices d'Europe. Se sentant responsable de cette erreur, Fabrice Veranchon hésitait à mettre la pression sur Estelle De Jong, sur ce point précis en tout cas. Par contre, il ne se privait pas pour exiger de ses services des résultats rapides et probants en matière de démantèlement de tous les réseaux terroristes connus. La commissaire divisionnaire de l'antiterrorisme avait donc passé la journée à organiser une série de descentes simultanées dans plusieurs « repaires de terroristes », pour la plupart déjà infiltrés depuis plusieurs mois. Deux d'entre eux étaient totalement inconnus quelques jours auparavant, mais avaient été repérés et localisés grâce à une remontée fastidieuse de tous les serveurs proxy utilisés pour brouiller les pistes de la police scientifique. Elle avait confié à Portal la supervision des opérations, avec l'aide des superflics de l'antigang européenne.

— En cas de gros problème, Portal, appelez-moi sur mon portable. Sinon, je vous retrouve au bureau lundi matin à 10 heures pour le « débriefing », c'est compris ?

— Oui, patron.

— Pas d'autres questions ? Non ? Alors bonne nuit, Portal, et faites attention à vous.

34

Vendredi 2 juin 2028, Neuilly-sur-Seine, 19 heures.

Estelle avait promis à sa fille de rentrer tôt ce soir-là pour préparer ensemble le dîner. Cela faisait une semaine que Camille la tannait pour qu'elle rendît son invitation à Stéphane. « Tu sais, maman, je suis sûre que cela ferait très plaisir à papa de venir dîner à la maison », avait-elle commencé à suggérer. Voyant que sa mère ne répondait pas, elle avait ajouté : « C'est très impoli de ne pas rendre une invitation. » Puis elle avait fini par jouer la carte de la culpabilisation. « Je crois que papa est très seul en ce moment. Ça lui ferait certainement beaucoup de bien de venir dîner un de ces soirs avec nous ! » Estelle avait fini par craquer. La veille, elle avait lancé innocemment, dans une conversation téléphonique avec Stéphane : « Camille aimerait bien t'inviter à dîner à la maison ce week-end, alors si tu es libre demain ou samedi soir… » Elle n'eut pas à attendre plus de deux secondes pour entendre la réponse enthousiaste de son ex-mari, ce qui lui fit plaisir tout en la mettant un peu dans l'embarras. Cela faisait si longtemps qu'elle ne recevait plus personne chez elle.

Quand elle voulait passer une soirée avec des amis ou un amant, c'était toujours ailleurs. Elle tenait absolument à maintenir Camille en dehors de sa vie sociale et professionnelle. Elle n'avait jamais pensé que cette intimité exclusive avec sa fille pût peser à cette dernière.

N'ayant pas de cuisinière à son service et étant elle-même dépourvue de talents culinaires, Estelle avait fait appel à un traiteur pour se faire livrer un repas dont Camille pût être fière. Elles avaient ensemble composé le menu la veille, en consultant le site du traiteur dont les copines de Camille ne cessaient de vanter le raffinement. Rosa-Maria avait, quant à elle, accepté d'assurer le service à table « jusqu'à 22 heures maximum ».

— Maman, je t'en supplie, aide-moi ! Je ne sais vraiment pas quoi mettre ce soir.

— Tu n'as qu'à mettre ton nouveau blouson, il te va si bien !

— Tu n'y penses pas sérieusement. Il m'a déjà vue avec la dernière fois.

— Quelle importance, ma chérie, c'est ton père, pas ton fiancé !

— Ah oui ? Alors pourquoi ne portes-tu pas la même jupe et le même chemisier qu'au restaurant des jardins de Bagatelle ? Après tout, vous êtes divorcés et tu n'as pas l'intention de le séduire, n'est-ce pas ?

Elles se regardèrent quelques secondes avec un sourire complice et partirent ensemble dans un grand éclat de rire, en se tenant dans les bras l'une de l'autre... Elles venaient tout juste de finir de s'habiller lorsque la sonnerie de l'interphone retentit. Stéphane se présenta à la porte de l'appartement, le visage à demi caché derrière un splendide bouquet de tulipes perroquet d'un jaune orangé, flammé de rouge. « Ce sont les toutes dernières de la saison », lui avait certifié la fleuriste. Elles étaient surtout les fleurs préférées d'Estelle, après les roses rouge foncé. Mais Stéphane savait qu'en langage des fleurs ces roses étaient le témoignage d'un amour éternel. Alors, il avait craint de la part d'Estelle une mauvaise interprétation de ses sentiments pour elle et avait opté pour ces « Parrot King ». Dans son autre main, il tenait un lourd cadeau pour Camille. Pendant que sa mère se saisit des fleurs pour les confier à Rosa-Maria, la petite fille attrapa la main libre de son père et l'entraîna jusqu'au grand salon, qui offrait une vue imprenable sur le jardin d'acclimatation.

— Allez, assieds-toi, papa, lui dit-elle en lui désignant un des canapés.

— Bonsoir, monsieur Stéphane, dit Rosa-Maria, qui arrivait dans le salon les bras chargés de son bouquet dans un grand vase en porcelaine blanche. C'est un plaisir de vous revoir ici.

— Le plaisir est partagé. Vraiment ! répondit Stéphane en se levant pour l'embrasser.

— Je vous sers quelque chose, monsieur ?

— Oui, un whisky avec de la glace, merci.

Puis, se retournant vers sa fille et lui désignant le paquet posé sur la table basse :

— Tiens, ma princesse, c'est pour toi. J'espère que ça te plaira.

Sans quitter son père des yeux, Camille déchira l'emballage. Ce qu'elle découvrit la fascina. Jamais elle n'avait tenu entre ses mains un aussi beau livre. Une encyclopédie du cheval et de l'équitation, sur papier glacé. Elle souleva péniblement l'ouvrage pour le poser sur ses petites cuisses. En la voyant grimacer, son père craignit d'avoir fait un mauvais choix. Mais très vite, le visage de la petite retrouva son sourire. Elle qui ne connaissait depuis toujours que les ordinateurs pour s'informer et apprendre, découvrait soudain le plaisir de tourner les feuilles d'un livre, lentement, avec précaution, et de prendre le temps d'admirer chaque photo ou de lire le texte sans se fatiguer les yeux. Stéphane savoura cet instant magique et vint s'asseoir à ses côtés, sans rien dire. Elle était tombée en arrêt devant une double page remplie d'une photo représentant un poulain de quelques jours collé contre le flanc de sa mère, au milieu d'une clairière verdoyante et tapissée de fleurs sauvages. La petite tourna la tête vers son père et lui adressa un large sourire admiratif. Elle tendit son cou délicat vers lui et l'embrassa longuement sur la joue.

— Merci, papa. C'est magnifique.

Tandis que la petite était plongée dans son livre, Estelle s'installa dans l'autre canapé. Elle était vêtue d'une robe légère à col montant et dos nu, serrée sur les hanches par une ceinture brodée de fil d'argent et plissée jusqu'au-dessus du genou. Elle semblait un peu gênée au début. Elle craignait de paraître trop provocante. Mais Camille avait tant insisté pour qu'elle portât « cette robe et aucune autre ! » Ils commencèrent par échanger timidement des banalités, mais très vite la conversation tourna autour de la petite, de ses études, de son avenir. C'est dans une atmosphère très détendue qu'Estelle les invita à passer à table.

Au même moment, non loin de là, à la sortie de la clinique du professeur Laffitte.

Max avait tenu à rester auprès de sa mère jusqu'à l'heure de son dîner. D'après le professeur Laffitte, elle n'avait pas bu une goutte d'alcool depuis son admission et elle semblait bien supporter la baisse progressive des doses quotidiennes d'antidépresseurs. « Mais surtout, avait-il insisté, vos visites régulières lui font le plus grand bien.

Elles valent pour plus de la moitié du traitement. » Fort de ces encouragements, le jeune homme avait décidé de rester jusqu'à ce que sa mère eût fini de manger. Elle était encore très faible physiquement et il avait voulu s'assurer qu'elle faisait vraiment tout ce qu'il fallait pour se remettre d'aplomb. En retour, elle s'était inquiétée pour son fils.

— Fais bien attention à toi, mon bébé. Et surtout, ne fais pas de bêtises.

Ne voulant pas lui faire de la peine, il s'était abstenu de lui faire remarquer qu'il n'était plus un bébé mais un adulte, puisque c'était lui à présent qui assurait leur protection.

— Ne t'inquiète pas, maman. Et avant tout, repose-toi bien. Allez, je te laisse.

Puis il l'avait quittée, un peu avant 20 heures, en lui souhaitant une bonne nuit. Il avait de nouveau rendez-vous avec le Chinois. Malgré les risques qu'il y avait à circuler seul dans ce quartier délabré, sur l'autre rive de la Seine, il préférait nettement passer la soirée et même la nuit avec eux que seul dans leur petit deux-pièces minable à Puteaux. En plus, Tcheng lui avait promis une surprise. Même s'il n'avait aucune idée de ce que son ami lui réservait, il se dit que c'était une raison supplémentaire de les rejoindre. En chemin, avant d'atteindre le pont de Neuilly, il s'arrêta dans une épicerie fine pour y acheter de quoi manger et boire. Avec l'argent que lui avait donné Stéphane Larieux, il pouvait se permettre de faire plaisir à ses nouveaux potes. Il constitua un assortiment de produits de qualité qui pouvaient se consommer froids, sans cuisson, ainsi qu'une bouteille de bon vin, une autre de vodka et quelques canettes de soda, qu'il enfourna tant bien que mal dans son sac à dos. Il arriva trois quarts d'heure plus tard devant l'immeuble aux fenêtres murées, à l'entrée duquel traînaient, en se partageant un joint, deux des guetteurs du Chinois. Par chance, l'un d'eux le reconnut et le laissa entrer sous le porche.

Comme la première fois, c'était encore Karim qui surveillait l'entrée.

— Eh bien, c'est pas trop tôt, petit. Ça fait une heure que le Chinois t'attend.

— Mon nom c'est Max, OK ?

— C'est bon, t'énerve pas, mec.

En arrivant dans la pièce où l'attendait Tcheng, en compagnie de trois filles et de quatre garçons, Max eut un réflexe de recul. L'odeur de renfermé, de shit et de transpiration, et la lumière blafarde de deux malheureuses lampes à diodes conféraient à l'ensemble une atmosphère particulièrement glauque.

— Y'aurait pas moyen d'aérer un peu, ici ? Vous allez finir par crever d'une intoxication au gaz ! lança Max au groupe. Quitte à ne rien y voir, éteignez les lampes et ouvrez les fenêtres, qu'on respire un peu.

— C'est bon Max, fais pas ta chochotte, répondit Tcheng... Prends un pétard, ça fera passer l'odeur.

— Je me suis dit que vous pourriez avoir faim et soif, alors je vous ai apporté quelques petits trucs à manger et à boire. Mais je ne suis pas certain que vous soyez en mesure de les apprécier.

Max déballa lentement le contenu de son sac à dos sur la caisse en bois faisant office de table basse, en énumérant les aliments :

— Foie gras, saumon fumé, blinis, baguette de pain, citron, compotes de fruits, salades composées en conserve, vodka, vin blanc et sodas.

— Voilà un homme qui sait vivre ! lança une des trois filles.

C'était une Asiatique plutôt jolie et très bien en chair. Elle parlait avec un léger chuintement, probablement dû à une consommation bien avancée d'alcool ou de shit.

— Comment t'as fait pour te payer tout ça ? demanda le Chinois.

— J'ai tiré ça dans la réserve d'une épicerie de luxe à Neuilly, répondit Max sur un ton faussement détaché.

— Au fait, je te présente Li Wei, ma copine. Mais moi, je préfère l'appeler Chuang-Mu. À côté d'elle, c'est Lin Yao, sa petite sœur. La blonde, c'est Ludivine. C'est un peu notre copine à tous, si tu vois ce que je veux dire.

Ludivine se redressa sur ses genoux et gonfla ses poumons pour faire ressortir sa poitrine généreuse, comme pour confirmer les dires de Tcheng, au cas où le nouveau venu n'aurait pas compris. « J'espère que ce n'est pas ça la surprise que l'Asperge m'a promise », se dit Max en adressant à la *bimbo* une grimace qui se voulait un sourire.

— Massimo n'est pas là ce soir ? demanda Max.

— Oh lui, c'est comme les chats de gouttière, répondit le Chinois. Il bouge beaucoup, mais il revient toujours à la tanière, pour manger ou pour dormir.

— Bon. Si vous avez faim, servez-vous ! dit Max, en ouvrant l'emballage du saumon. Quelqu'un peut me passer un tire-bouchon et des verres pour le vin ?

N'entendant aucune réponse, il comprit qu'il avait oublié l'essentiel et pensa qu'il avait affaire à des gens sans éducation ni savoir-vivre.

— OK. Ce sera donc soda et vodka pour tout le monde. Tu veux que je te serve quelque chose, Lin Piao ?

Les deux sœurs éclatèrent de rire en chœur, révélant ainsi les dents blanches et parfaitement alignées de la plus jeune, qui avait gardé jusque-là la tête baissée. Tout à l'heure, dans la pénombre, Max n'avait pas pu distinguer les traits de son visage. Et là, sous ses yeux, la jeune fille s'ouvrait comme une fleur de lotus au lever du jour. Elle avait une mèche de cheveux raides et noirs qui lui barrait le front et lui recouvrait partiellement l'œil droit. Ses iris noisette brillaient dans la faible lueur des lampes à diodes. Son petit nez se plissait légèrement pendant qu'elle riait et sa bouche délicate était rehaussée d'une légère touche de rose à lèvres. Elle était habillée d'un simple débardeur à fines bretelles, en coton rose, laissant à peine deviner sa poitrine menue, mais ferme, et révélant ses épaules graciles et soyeuses. En voyant Max commencer à rougir, elle se leva et s'approcha de lui. Elle portait un jean taille basse à coupe droite, et ce que le jeune homme apercevait d'elle à ce moment était l'espace dénudé de son ventre, entre la ceinture du pantalon et le bas du débardeur. Il n'arrivait plus à décoller ses yeux de son nombril.

— Mon prénom est Lin Yao... Et, oui, je veux bien que tu me serves quelque chose à manger.

Max leva la tête et sourit longuement à celle qu'il prenait pour une apparition divine. La petite sœur de Li Wei se baissa et s'assit sur ses talons, à même le sol, à côté de lui.

— J'adore le poisson cru, précisa-t-elle en continuant de sourire.

Son haleine sentait la menthe blanche et il pouvait distinguer les senteurs de monoï de son eau de toilette, malgré l'air vicié de la pièce.

Pendant ce temps, Tcheng n'avait pas perdu une miette de ce spectacle. Il était très heureux de l'effet de sa surprise sur son ami. Pour la rassurer, il avait parlé de lui à Li Wei en termes plutôt élogieux. En fait, il avait suffi de lui faire comprendre que Max était absolument différent de ses autres « camarades de lutte » ; qu'il avait reçu une excellente éducation, et qu'il fréquentait encore, quelques mois auparavant, un des meilleurs lycées de l'Ouest parisien, pour qu'elle consentît à amener sa petite sœur ce soir-là.

La nuit de la brigade antiterroriste s'annonçait beaucoup moins romantique. Portal avait hérité de la direction d'une des plus vastes opérations de ces six derniers mois. Il devait diriger, par radio et presque simultanément, six équipes de commandos des forces spéciales. Il avait certes une grande expérience de la chose, mais bien qu'étant un homme dans un univers machiste, il n'avait pas le charisme naturel de sa patronne. Et les chefs de groupe ne se privaient pas de le lui faire sentir. Cependant, Portal avait de la ressource et surtout il mettait toujours un point d'honneur à mener au bout toutes les missions qui lui étaient confiées. Ce qui ne l'empêchait pas de maudire Estelle de toute son âme en cette nuit du 2 au 3 juin 2028.

Le déploiement de ce type d'opérations était particulièrement compliqué lorsque les caches étaient localisées à l'intérieur de certaines villes. Malgré une collaboration bien rodée entre la police européenne et les chefs de quartiers, l'approche des planques était souvent protégée par des guetteurs au service de petits dealers clandestins, qui pouvaient aussi être associés à des cellules terroristes. Pour réduire les réactions de défense des simples trafiquants de drogue, les équipes des forces spéciales ne confisquaient jamais les produits stupéfiants qu'elles pouvaient trouver pendant leurs interventions. Elles ne saisissaient que les armes et autres explosifs. Par contre, elles transmettaient les adresses des cachettes et l'identité des dealers aux chefs de quartiers, qui prenaient alors les mesures de leur choix contre ces contestataires de leur autorité.

Depuis l'attentat d'Ibiza, un couvre-feu avait été décrété partout en Europe à partir de 22 heures jusqu'à 6 heures. Les forces de police avaient, pendant ces huit heures par nuit, le droit de riposter à balles réelles contre toute attaque dont elles seraient victimes, ce qui eut pour effet de rassurer les personnels qui avaient été jusque-là des cibles très faciles. Huit objectifs avaient été désignés pour cette nuit-là, répartis tout autour de la petite ceinture de Paris : La Courneuve, Montreuil-sous-Bois, Gentilly, Ivry-sur-Seine, Saint-Ouen, Clichy, Le Kremlin-Bicêtre et Puteaux. Deux cent seize personnels des forces spéciales avaient été alloués à la section antiterroriste de Fabrice Veranchon. Ils étaient répartis en six groupes de trente-six hommes. Il avait été décidé de commencer par les cellules terroristes connues des services d'Europol et de finir par les deux récemment identifiées. Chaque section disposait d'un moniteur de contrôle relié à un satellite de surveillance des armées européennes. Les chefs de section pouvaient ainsi avoir une vue aérienne de leur zone et repérer tout mouvement suspect de véhicules et de personnes. Chaque membre des commandos était représenté sur l'écran par un point bleu correspondant à un signal envoyé par sa balise Galileo, à l'exception du chef, qui se distinguait par un point orange.

Depuis son véhicule blindé, stationné non loin de la porte Maillot, à l'intérieur du bois de Boulogne, entre le boulevard Maillot et l'allée de Longchamp, Portal disposait d'une dizaine d'écrans sur lesquels il pouvait suivre le déplacement de chaque commando. Lui seul pouvait donner le signal des attaques, qui devaient absolument être synchronisées pour éviter que deux cellules terroristes n'eussent la possibilité de communiquer entre elles. L'adjoint d'Estelle avait bien fait remarquer qu'il aurait eu besoin de plus d'hommes pour attaquer les huit cibles en même temps, mais on lui avait fait comprendre qu'il n'aurait aucun moyen supplémentaire et qu'il n'avait qu'à se « démerder avec ça ».

Il était accompagné du colonel de gendarmerie Antoine Ruffier, le seul membre des commandos d'élite dont Portal pût voir le visage et connaître le nom. Les deux autres, qui surveillaient les écrans et transmettaient les ordres, gardaient l'anonymat sous une cagoule et une fausse identité. Il en allait de même pour tous les hommes et les quelques femmes actuellement sur le terrain. Plusieurs d'entre eux habitaient les quartiers où ils étaient susceptibles d'opérer, ce qui les rendait d'autant plus efficaces dans leurs missions mais les obligeait à rester très discrets sur leur métier.

— Faucon 1 à Faucon 2, vous m'entendez ? demanda Portal.

— Faucon 2 à Faucon 1. Prêts ! répondit le lieutenant responsable du groupe en place à La Courneuve.

— C'est bon, lieutenant, ne vous fatiguez pas ! l'interrompit le colonel. Il n'est que 22 h 10. Il est beaucoup trop tôt pour intervenir. Mes hommes sont encore à bonne distance de nos cibles et, sauf urgence, nous devons rester en silence radio jusqu'à minuit. Alors d'ici là, prenez un café ou faites des mots croisés et attendez que je vous fasse signe.

À quelques centaines de mètres de là, au dernier étage du 98, boulevard Maurice-Barrès.

Rosa-Maria venait de terminer son service, en apportant à table le dessert préféré de Camille. Des tartelettes de Santiago accompagnées d'un sorbet de citron vert, le tout concocté, pour l'occasion, par la nounou de la petite en personne.

— C'est effectivement délicieux, mon amour. Tu féliciteras Rosa-Maria de ma part... Cela dit, j'ai moi aussi une cuisinière, prénommée Valentine, et qui réussit une crème brûlée à nulle autre pareille… Si tu veux, je peux lui demander d'en préparer une spécialement pour toi, que je pourrais t'apporter une prochaine fois… Mais pas un mot de cela à Rosa-Maria !

Profitant du départ de la nourrice, qui disposait d'un studio au rez-de-chaussée d'un immeuble voisin, rue Charles-Laffitte, Stéphane sortit de sa veste son ordinateur de poche et invita les deux filles à venir s'asseoir à ses côtés sur le canapé pour leur présenter son nouveau projet. Il demanda à Estelle l'autorisation de mettre en marche le grand écran de télévision équipé d'une connexion sans fil.

— Vous êtes bien installées ? demanda-t-il en tournant la tête successivement vers Camille, puis vers Estelle.

— Parfaitement, répondit la petite en s'enfonçant profondément jusqu'au dossier.

— J'ai bien réfléchi ces derniers temps et je me suis dit que nous ne prenions pas assez de vacances… Je veux dire, de vraies vacances dans un bel endroit où il fait toujours beau et chaud, où l'on peut se baigner dans la mer presque toute l'année…

— Tu connais un endroit comme cela ? demanda Camille, intriguée.

— Nous t'y avons déjà amenée, ma chérie, dit Estelle. Mais tu étais trop petite pour t'en souvenir. Ça s'appelait le Club Med et c'était aux Seychelles, un archipel de l'océan Indien.

— Et surtout, les choses ont bien changé depuis, ajouta Stéphane en regardant Estelle… Je n'ai pas encore choisi le lieu ni la maison, mais ils seront, l'un et l'autre, situés sur une des îles de la mer Égée, en Grèce. Ce petit film vous donnera un avant-goût de ce à quoi ressemblera mon Club de vacances personnel, où vous serez toutes les deux mes invitées permanentes.

Après dix minutes de survol des Cyclades et de la Crète, au milieu d'une eau d'un bleu profond, Estelle interrompit la séance de tourisme virtuel.

— Tout ça est bien joli, mais cela reste un rêve inaccessible. Nous avons déjà beaucoup de chance de vivre comme nous le faisons aujourd'hui, alors sachons en prendre conscience et en profiter pleinement.

Craignant que la soirée ne se terminât sur cette note un peu triste, Camille proposa, avec un enthousiasme désarmant, de visionner un film d'aventures fantastiques en famille. Elle insista tellement, avec le soutien de son père, qu'Estelle accepta, à la condition expresse que Camille se fût d'abord mise en pyjama et se fût brossé les dents. Stéphane appela son chauffeur pour le prévenir que sa soirée allait se prolonger de deux bonnes heures et lui demanda d'attendre son appel au siège de VIP.

Ils s'installèrent donc tous les trois sur le canapé en face de l'écran géant, les pieds reposant sur la table basse. Camille s'assit d'elle-même entre son père et sa mère et, profitant de la situation, elle prit une main de chacun d'eux et les rassembla entre les siennes sur son ventre. En fait, elle avait déjà vu ce film d'animation en 3D une bonne dizaine de fois et une demi-heure après le début, elle commençait déjà à dormir. Alors, Estelle tenta d'enlever sa main pour se lever. Mais, à peine fut-elle sur ses jambes que la petite se réveilla et reprit dans sa main droite celle de sa mère, tandis qu'elle serrait encore celle de son père dans sa main gauche.

— Maman, je veux que papa reste cette nuit à la maison.

— Ce n'est pas possible, ma chérie. Papa doit rentrer chez lui. Il a beaucoup de travail, tu sais bien.

— Je t'en supplie, maman. Laisse-le dormir ici… En plus, il est tard, et j'ai peur qu'il ne lui arrive quelque chose…

— Sois raisonnable, ma princesse. Maman a raison. Je dois rentrer chez moi. Et toi, tu dois dormir, parce que tu es très fatiguée et qu'il est très tard… Je te promets que nous nous reverrons bientôt. N'est-ce pas Estelle ?

— Oui, ma chérie, c'est promis.

Camille sembla s'être résignée. Elle étendit ses petits bras fluets vers son père, qui la prit dans les siens et la souleva du canapé.

— Je vais te porter jusqu'à ton lit… tu me guides ?

Stéphane, suivi d'Estelle, feignit de se laisser conduire, alors qu'il connaissait chaque recoin de cet appartement magnifique dans lequel ils avaient vécu ensemble trois années de bonheur. Il la coucha et la borda avec une attention qu'il ne lui avait plus témoignée depuis sa séparation d'avec Estelle. Puis, il l'embrassa longuement avant de quitter la chambre. Avant que la porte ne se refermât, Camille les interpella d'une voix presque plaintive :

— Papa ! Maman ! Je vous aime très fort !… Bonne nuit.

35

Puteaux, 2 juin 2028, 23 h 25, dans la planque de Tcheng.

Depuis que Massimo était reparu, l'ambiance générale s'était particulièrement réchauffée. Alors que chacun se laissait bercer par sa musique, les effluves de shit ou les vapeurs d'alcool, Massimo avait décidé de lancer une discussion sur la meilleure manière de combattre le système capitaliste, et en particulier l'oligarchie financière. Le débat prit très vite les allures d'un monologue, voire d'une harangue extrémiste. Aucun argument contraire ne trouvait grâce aux oreilles de l'Italien.

— De toute façon, nous sommes tous responsables de la situation économique et sociale actuelle, avait osé dire l'un des plus âgés du groupe, Michael Darmont, docteur en sociologie et, en conséquence, chômeur diplômé.

— Dis tout de suite que c'est de la faute des pauvres s'ils sont ce qu'ils sont ! vociféra Massimo.

— Laisse-le au moins nous expliquer son point de vue, interrompit le Chinois. N'oublie pas qu'il est beaucoup plus instruit et intelligent que nous tous ici.

— Merci Tcheng, dit Michael… Je m'explique : nous, ou en tout cas nos parents, avons grandement contribué au développement du système capitaliste et libéral. D'abord en devenant pour beaucoup des capitalistes à petit niveau. Qui n'a pas un jour acheté des actions dans l'espoir de réaliser une jolie plus-value ? Combien, parmi les plus modestes, ne sont-ils pas allés jusqu'à boursicoter en ligne sur Internet ? Des centaines de millions de petits épargnants, en voulant imiter les grandes banques, ont largement alimenté la grande lessiveuse financière… Et que dire de ceux qui ont placé leurs économies dans des banques d'affaires privées ou des fonds de pension, en espérant des rendements de plus de vingt pour cent, quand le livret d'épargne affichait un taux de rémunération de moins de deux pour cent ! Comment s'imaginaient-ils que les sociétés emprunteuses pourraient garantir aux prêteurs des rendements plus forts encore ! En rognant sur leurs bénéfices ? Naïveté ou hypocrisie ? C'est à cause de tous ces gens-là que les entreprises ont été entraînées dans la spirale infernale de la réduction des coûts. Et pour accélérer le tout, plus les salaires baissaient, plus les consommateurs faisaient pression pour faire baisser les prix et donc les coûts, à commencer par la masse salariale et les charges de personnel. Quand les caisses des supermarchés étaient encore tenues par des personnes, beaucoup de consommateurs parmi les plus modestes n'ont eu aucun scrupule à emprunter les premières caisses automatiques pour gagner quelques précieuses minutes ou avoir l'air « plus modernes » !

— Les amis, interrompit l'Asperge, il me semble qu'il n'est pas nécessaire d'en dire plus !

— Tu parles ! cria l'Italien. Ce sont les gros capitalistes les seuls responsables ! Ces gens-là ne devraient plus se sentir nulle part à l'abri. Jusqu'à ce qu'ils comprennent qu'ils sont allés trop loin dans l'accumulation des richesses. Il faut les forcer à faire marche arrière. Moi j'vous l'dis. La seule solution c'est de les choper un par un, de leur couper la tête et de l'exhiber au bout d'une pique, comme pendant la Terreur !

— Tu as encore perdu au poker, pas vrai, Massimo, lui lança Tcheng.

— Fais pas chier, le Chinois. *Va fanculo!*

Tcheng ne releva même pas l'insulte. Il savait que son ami avait la gueule plus grande que le cœur. Il se contenta de lui tendre le pétard qu'il venait de préparer pour sa copine et pour lui-même.

Max était allongé à l'autre bout de la pièce, sur une triple épaisseur de cartons, posée sur les restes d'un vieux matelas aux ressorts déglingués. Lin Yao s'était blottie tout contre lui. Son bras gauche reposait sur le torse du jeune homme, tandis que sa jambe gauche était repliée au-dessus de ses genoux. Ils avaient chacun une paire d'écouteurs filaires fichés dans les oreilles et reliés à un même lecteur numérique. La main gauche de Lin Yao caressait délicatement la poitrine de Max. Tous deux gardaient leurs yeux constamment fermés. Leur respiration était calme et régulière, comme s'ils dormaient. En s'approchant d'eux, on pouvait percevoir la mélodie apaisante de la musique… Sur la pression de ses parents, avant qu'ils ne disparussent à la suite d'une rafle de la police française, à peu près au même moment que les parents de Tcheng, Lin Yao avait suivi assidûment des cours de violon. Elle avait d'ailleurs été une élève très douée, selon son professeur de l'académie de musique de Saint-Maur-des-Fossés. C'est ainsi qu'elle avait appris à aimer la musique classique, et en particulier les œuvres pour violon. Son morceau préféré était le *concerto pour violon opus 61* de Beethoven, avec lequel elle avait remporté son premier prix de conservatoire. C'était l'interprétation magistrale d'Anne-Sophie Mutter, enregistrée à New York en 2003 avec le New York Philharmonic, dirigé par Kurt Masur, que Lin Yao faisait découvrir en ce moment à son nouvel ami, dont elle avait très vite apprécié l'extrême sensibilité. Elle en connaissait chaque note, chaque soupir, chaque respiration par cœur.

En voyant ainsi les deux adolescents, Tcheng se remémora sa propre adolescence quelques années plus tôt. Il se dit qu'ils seraient bien mieux seuls. Alors, il s'approcha de Max, s'agenouilla à côté de lui et lui tapota l'épaule en prenant garde de ne pas éveiller l'attention de Lin Yao. Max ouvrit les yeux et tourna la tête vers le Chinois. Ce dernier lui murmura quelques mots à l'oreille, puis lui tendit une clé et quelques pochettes de préservatifs, que Max enfonça aussitôt dans la poche de son jean.

Dans le véhicule blindé de la brigade antiterroriste, le colonel Antoine Ruffier avait jugé opportun d'agir à 23 h 45 précises au lieu de minuit. Il avait donné ses instructions à tous ses chefs d'équipe, cinq minutes avant l'assaut, et avait seulement autorisé Portal à donner le top, pour la forme. Le second d'Estelle De Jong pouvait maintenant admirer l'efficacité des hommes des commandos sur une demi-douzaine d'écrans. Les images, transmises en direct par deux satellites géostationnaires, étaient intégralement enregistrées pour servir de preuves d'une éventuelle situation de légitime défense, même si, dans le cas de la lutte contre le terrorisme, les recours des familles de victimes civiles n'avaient que très peu de chances d'aboutir. On pouvait clairement voir le déplacement rapide et précis des silhouettes des commandos, reconnaissables à leurs points bleus ou orange. Mais aussi, en dépit du couvre-feu, celui d'autres personnes dont les courses étaient très désordonnées. Chaque opération fut bouclée en moins de douze minutes, avec la neutralisation de tous les terroristes présumés, sauf à La Courneuve et au Kremlin-Bicêtre où les hommes du colonel Ruffier essuyèrent quelques tirs isolés de cinq individus, qui furent tous abattus. Un seul des hommes de Faucon 5 fut légèrement touché. Le bilan de cette première vague fut l'arrestation de soixante-treize personnes, dont cinq avaient été tuées et huit plus ou moins gravement blessées.

Le colonel, assez satisfait de ce premier résultat, ordonna le repli de toutes les équipes et le déplacement de deux d'entre elles vers le PC des opérations, d'où partirait la deuxième vague de la nuit.

Après avoir couché Camille, Estelle avait voulu discuter un peu plus longtemps avec Stéphane, dans le séjour, à propos de son projet de villa en Grèce. Elle lui avait d'abord reproché de faire à leur fille des promesses inaccessibles, comme autrefois.

— Je t'assure que j'étais sincère, tout à l'heure.

— Sincère peut-être, mais pas réaliste dans ce cas. Tu connais comme moi la situation du monde aujourd'hui. Il n'y a plus un endroit où l'on puisse se sentir à l'abri. Ce que l'on ne voyait, il y a vingt ou trente ans, que dans des reportages sur les ghettos américains ou les favelas de Rio de Janeiro, est devenu une réalité tangible à quelques kilomètres d'ici ! Nous sommes assiégés de toutes parts et le mieux que nous puissions faire est de nous barricader… Et pour nos enfants, nous pouvons tout au plus leur épargner le spectacle affligeant du monde extérieur… Mais pour combien de temps encore ?

— C'est bien là la vraie question ! renchérit Stéphane. Et crois-moi, j'y ai longuement réfléchi ces dernières semaines.

— C'est étrange ce que tu dis ! Mon propre patron m'a fait une proposition, très récemment, qui allait dans le même sens… Il m'a demandé si je n'avais jamais songé à quitter ce monde de fous pour un autre, où il n'y aurait que « quelques affaires ordinaires à résoudre de temps en temps, de bons vieux crimes passionnels »… Quand je lui ai dit que je n'en avais pas les moyens, il m'a répondu qu'il serait prêt à nous y accueillir, Camille et moi ! Je dois t'avouer que ça m'a fait tout drôle sur le moment.

— Ah oui ? Et que lui as-tu répondu ?

— Rien… Enfin, je crois.

Stéphane sentit monter en lui une bouffée d'angoisse, un mélange de jalousie pour cet homme qu'il ne connaissait pas et de peur de rester définitivement seul. Il se retourna vers Estelle et lui prit machinalement la main.

— Je suis très sérieux, Estelle. J'ai déjà fait le point avec Jean sur ma situation financière. À ma demande, il a liquidé plusieurs de nos filiales étrangères et replacé l'argent dans quelques entreprises très rentables. J'aurai bientôt largement de quoi nous offrir une magnifique propriété sur une des îles que tu as vues dans le film. Et après cela, il nous restera de quoi vivre confortablement de nos rentes.

Il paraissait si enthousiaste qu'Estelle se sentit presque agressée.

— Tu as dit « nous » deux fois, Stéphane. Nous offrir une propriété… vivre de nos rentes ! As-tu oublié que nous sommes divorcés ?

Cette fois, ce fut son tour de se sentir blessé.

— Je suis désolé. Je me suis un peu emballé… vous… vous aurez votre totale liberté, avec votre propre maison si vous le souhaitez… mais, au moins, je vous saurai à l'abri… Vous êtes, l'une et l'autre, ce que j'ai de plus cher au monde…

Sa sincérité ne faisait aucun doute pour Estelle. Mais ce qui la toucha plus encore fut l'émotion qui transparaissait dans le ton de sa voix. Elle avait même cru apercevoir un subtil éclat brillant au bord de ses paupières inférieures. Elle tendit son bras libre vers le visage de Stéphane et lui posa la main sur la joue. Stéphane colla sa main par-dessus celle d'Estelle et la pressa fortement contre son visage. Tandis qu'elle s'avançait presque imperceptiblement, il la regarda intensément dans les yeux et, pour cacher son embarras, reprit son monologue :

— Ils ont tout prévu, là-bas. Des cliniques ultra-modernes. Des écoles et des universités prestigieuses, où enseigneront les meilleurs professeurs… Camille pourra même avoir son propre cheval…

Leurs visages n'étaient plus séparés que de quelques centimètres. Estelle avait appuyé son index sur la bouche de Stéphane pour le faire taire et pour lui signifier que ce qu'ils souhaitaient exprimer, elle autant que lui, pouvait très bien se passer de mots. Elle lui prit la tête entre ses deux mains chaudes et délicates et pressa ses lèvres contre sa bouche. Stéphane qui, de tout son corps, avait inconsciemment espéré cette issue depuis ce mémorable déjeuner dans les jardins de Bagatelle, n'eut aucune envie de résister à cette invitation. Il lui rendit son baiser avec passion et l'attira fermement contre lui. Après quelques minutes d'une étreinte qui enflamma leurs sens, Estelle réalisa qu'ils se trouvaient encore au beau milieu du séjour et que la petite pouvait apparaître à tout moment. Alors, elle détacha ses lèvres de celles de Stéphane, se leva et, lui prenant la main, l'entraîna jusqu'à sa chambre à coucher, qui avait été autrefois leur suite parentale.

Max n'avait pas osé proposer de lui-même à Lin Yao de le suivre jusqu'à la piaule de Tcheng. Ils étaient restés encore une bonne demi-heure sur leur matelas inconfortable à écouter de la musique classique. Ce fut la petite sœur de Li Wei qui, la première, témoigna de son désir de faire l'amour avec le jeune homme. Ses caresses étaient devenues de plus en plus insistantes et suggestives. Max n'eut plus qu'à lui répondre avec les siennes. Il en oublia même le regard embarrassé de ses voisins, jusqu'à ce que Lin Yao lui murmure à l'oreille.

— Je meurs d'envie de faire l'amour avec toi. Y'aurait pas un endroit plus intime dans cette maison ?

Ils se levèrent ensemble et Max lui prit la main pour l'accompagner jusqu'à la chambre dont le Chinois lui avait confié la clé. Toujours aussi gracieux, Massimo leur lança :

— Bonne bourre les p'tits !

Tcheng lui balança sa canette à moitié vide en pleine tête, pendant que, sans se retourner, Lin Yao lui adressait un méprisant doigt d'honneur par-dessus son épaule. La planque réservée de Tcheng se trouvait à l'étage au-dessus. Les deux adolescents avaient tellement envie l'un de l'autre qu'ils restèrent collés ensemble, sans cesser de s'embrasser, pendant tout le trajet et dans une obscurité presque totale. En sortant la clé, le gamin fit tomber un des préservatifs.

— Tu avais donc tout prévu, mon cochon, lui dit Lin Yao.

— Mais non, pas du tout, c'est Tcheng qui…

— C'est bon, détends-toi, Max. De toute façon, je ne fais jamais l'amour sans préservatif.

En appuyant sur l'interrupteur, ils découvrirent ce qui, comparé à la pièce de l'étage inférieur, pouvait être considéré comme un palace. Il y avait un grand lit au beau milieu de la pièce, un fauteuil à gauche, une chaise à droite. Pour seul mobilier, ils trouvèrent un coffre à tiroirs monté sur roulettes et un portant en métal, où le Chinois avait pendu une dizaine de cintres chargés de *fringues* empilées négligemment les unes sur les autres. Le tout était protégé par une sorte de bâche en plastique transparent. Enfin, comble du luxe dans un tel taudis, une salle de bains avec douche et un cabinet de toilette séparé. Pour l'eau, Tcheng n'avait pas tout à fait menti. Il n'y avait pas d'eau chaude et l'eau froide ne s'écoulait qu'en un mince filet d'un liquide fortement troublé par le calcaire. Lin Yao eut l'idée de laisser couler le robinet jusqu'à remplir le lavabo, ainsi que le seau qu'elle trouva dans le fond de la baignoire.

— J'aime bien que mon amant sente bon le savon, plutôt que de puer la transpiration, comme les autres porcs que Tcheng nomme ses amis… Je ne parlais pas de toi bien sûr… Mais tout de même, je préfère que tu te laves d'abord.

Leur désir réciproque était si fort qu'Estelle et Stéphane s'étaient déshabillés mutuellement en commençant dans le couloir de la suite parentale, dont elle avait eu cependant le réflexe de fermer la porte à clef. Le sol était jonché de leurs vêtements et sous-vêtements. Il faut dire qu'ils avaient tous les deux un tel retard de consommation sexuelle qu'ils en avaient oublié toute retenue. Dans le feu de l'action, Stéphane était sur le point de lui faire l'amour sans préservatif, comme s'ils ne s'étaient jamais séparés. Ce fut Estelle qui lui rappela l'importance de ce détail. Dans un réflexe de pudeur, elle n'avait allumé qu'une seule lampe de chevet, dont elle atténua en outre la lumière en y déposant son chemisier. Pour ne pas gâcher cette « première fois » depuis quatre ans, elle décida de calmer leur fougue mutuelle. Elle s'allongea sur le dos et se recouvrit tout entière de son drap, qu'elle fit remonter jusque sur sa bouche. Stéphane s'étendit à côté d'elle sous le drap, jusqu'à la taille, et se mit sur le flanc, la tête posée dans le creux de sa main, au bout de son coude replié. Il la regarda en souriant. Il saisit le drap sous le menton de son ex-femme et fit mine de le tirer vers le bas. Elle serra ses deux poings sur le drap et le retint contre elle.

— Je ne veux pas que tu me voies... J'ai grossi depuis...

— Ce n'est pas ce que j'ai vu en entrant dans la pièce, lui répondit-il, en lui adressant un regard exagérément lubrique.

Estelle se mit à rire.

— Évidemment, avec vous les hommes, une chèvre en tablier ferait l'affaire... En plus, toi tu es toujours musclé.

— Je dois t'avouer que je n'apprécie pas vraiment les corps trop musclés. Je préfère de loin ce que j'ai cru apercevoir il y a quelques instants. Mais j'aimerais tout de même vérifier, ajouta Stéphane en descendant doucement le drap le long du corps d'Estelle.

Elle décida de ne pas se cacher plus longtemps et relâcha l'étreinte de ses mains. Mais elle ferma les yeux, comme pour mieux sentir le regard de son ex-mari se promener sur son corps. Stéphane non plus ne voulait pas casser la magie de ce moment. Il fit glisser le drap de satin avec une lenteur experte sur la poitrine d'Estelle, dévoilant l'un après l'autre ses seins ronds et lourds dont les pointes commençaient à se dresser. Lorsqu'il découvrit son nombril, Estelle sentit monter en elle un frisson de désir qui fit tressaillir son ventre.

— J'avais oublié à quel point tu étais belle... et si tu as pris quelques kilos, comme tu le prétends, ils t'ont rendue plus appétissante encore.

Stéphane posa enfin directement sa main sur la hanche d'Estelle et la descendit lentement vers le creux de l'aine, tout en continuant de mettre à nu son intimité. Il se releva sur les genoux et se pencha pour lui embrasser l'intérieur des cuisses. Toujours les yeux fermés, Estelle saisit la tête de Stéphane entre ses mains et lui pressa le visage contre son sexe. Sentant le désir se muer en plaisir, elle se mordait les lèvres. Elle craignait que Camille pût les surprendre. « Elle ne comprendrait pas. Elle est trop petite ! » pensa-t-elle. C'était peut-être aussi cette crainte d'être entendue qui renforçait l'intensité de son plaisir.

Max était allongé sur le lit de Tcheng. Il avait préféré garder son caleçon. Il n'était pas très épais, mais tout de même honnêtement musclé. Il commençait à s'impatienter, tandis que Lin Yao tardait à sortir de la salle de bains. Alors, il décida d'aller la chercher. Lorsqu'il entra, elle était en train de remettre son boxer en coton rose, assorti à son débardeur. Il avait aperçu, pendant une fraction de seconde, le trésor qu'il convoitait depuis près de deux heures maintenant. La jeune Chinoise feignit l'indignation.

— Tu aurais pu frapper quand même !

Max bafouilla une excuse inaudible et se mit à rougir. Mais Lin Yao avait terriblement envie de ce jeune homme et elle vérifia de visu et sans détour l'ardeur de son désir pour elle. Elle s'approcha de lui et colla son ventre contre le bassin de Max. Elle enlaça ses bras autour du cou du jeune homme et le regarda avec convoitise.

— Ça fait combien de temps que tu n'as pas vu une femme nue ? Tu as déjà fait l'amour ? Tu as quel âge ?

— J'ai dix-sept ans, enfin bientôt dix-huit. Pourquoi ?

— Tu es encore mineur alors ! Comme moi… Moi j'en aurai dix-sept dans quatre mois. Tu me trouves jolie ?

— Tu es trop belle, Lin Yao, répondit Max en la saisissant par les hanches, les bras tendus pour mieux l'admirer.

Elle se jeta à son cou en enserrant ses cuisses délicates autour de sa taille. Et entre deux baisers fougueux et humides, elle lui dit :

— Maintenant, emmène-moi dans la chambre et prends-moi.

Max allait découvrir l'amour d'une jeune et jolie fille pour la première fois de sa vie. Et malgré son inexpérience, il décida de faire confiance à son instinct. Cette petite Chinoise était pour lui à la fois une apparition et une révélation. Tout en elle respirait la délicatesse. Son corps autant que son esprit. Et il avait le sentiment qu'elle l'appréciait pour les mêmes raisons. Alors, après l'avoir déposée avec précaution sur le lit, il la regarda comme s'il se fût agi d'un bibelot rare et fragile, et lui dit :

— Apprends-moi !

Elle hésita quelques secondes, puis elle lui sourit et, d'un brusque déhanchement, le fit basculer sur le côté. Sans qu'il pût comprendre la manœuvre, le jeune homme se retrouva couché sur le dos, les bras le long du corps et les mains plaquées sur le lit par celles de la petite Chinoise, assise sur le haut de ses cuisses. Il pouvait sentir le sexe de Lin Yao effleurer le sien. Elle ôta lentement son débardeur. Max s'efforçait de garder les yeux bien ouverts pour ne pas rater une miette de ce spectacle. En voyant poindre ses seins délicats et fermes, il se mordilla la lèvre inférieure. Elle le fixait droit dans les yeux et elle pouvait voir ses pupilles se dilater. D'un geste ample, elle se débarrassa de son débardeur. Puis elle recula en frottant ses cuisses le long de celles de Max et commença à déboutonner son caleçon. Il eut le réflexe de couvrir de ses deux mains son sexe en érection. Lin Yao trouva cela mignon. Elle lui adressa un sourire teinté de concupiscence, tout en s'efforçant de lui écarter les deux poignets.

— Si tu veux que je t'apprenne, tu dois me laisser faire.

Max y consentit immédiatement et relâcha la pression de ses mains

— Ce serait dommage de cacher une si belle chose, dit la petite Chinoise d'une voix langoureuse.

Puis elle réclama à Max un des préservatifs qu'elle avait vu tomber de la poche de son jean. Il releva son bras droit au-dessus de sa tête et tâtonna sous l'oreiller pour en sortir trois pochettes en aluminium. Il lui en tendit une, qu'elle s'appliqua à ouvrir sans empressement car elle savait par expérience que le moindre signe de précipitation pouvait déclencher une éruption prématurée de ce jeune et fougueux volcan. Elle se mit à lui enfiler le préservatif en lui parlant doucement.

— Nous avons toute la nuit pour cette première séance… La première chose à faire, dans ton cas, est de désamorcer la pression.

En lui caressant le ventre, elle approcha sa bouche du sexe du jeune homme et entreprit de débuter par une fellation, dont elle savait qu'elle ne durerait pas longtemps. Et effectivement, moins d'une minute plus tard, elle pouvait sentir entre ses lèvres les soubresauts du volcan en éruption. Dans un réflexe incontrôlé, Max lui comprimait le visage contre son sexe et elle dut user de toute sa force pour lui faire desserrer l'étau de ses mains.

— Voilà, premier coup pour rien, lui annonça gaiement Lin Yao.

Les deux escadrons commandos des forces spéciales venaient de participer au « débriefing » de leur premier assaut avec le colonel Ruffier et s'apprêtaient maintenant à se rendre sur les deux sites, supposés abriter deux nouveaux groupuscules terroristes, l'un à Saint-Ouen, l'autre tout près de là, dans un quartier délabré de Puteaux. Portal demanda à accompagner le deuxième commando sur le terrain. Mais le colonel n'eut pas à insister longtemps pour l'en dissuader, sous prétexte qu'il pouvait les gêner plus qu'autre chose. En réalité, Portal n'avait aucune envie de risquer sa peau. Il voulait seulement donner l'impression du contraire et Ruffier eut la courtoisie de lui laisser croire qu'il y avait réussi.

— Si vous voulez, nous les rejoindrons sur place, une fois l'opération terminée et la zone sécurisée.

La taille enserrée entre les cuisses musclées et charnues d'Estelle, Stéphane s'effondra, épuisé et heureux, contre son corps chaud et moite. Leurs respirations haletantes et leurs cœurs affolés témoignaient de l'unisson de leur plaisir. Estelle laissa retomber ses jambes humides sur le matelas, Stéphane se dégagea d'elle et se laissa rouler sur le côté. Après avoir repris un peu de son souffle, Estelle se retourna contre lui en lui passant la jambe par-dessus les cuisses et en lui caressant les abdominaux.

— Vous devriez venir plus souvent, monsieur Larieux.

Autrefois, il aurait considéré cette petite phrase comme une marque d'admiration à l'égard de ses performances sexuelles. Mais aujourd'hui, il y voyait avant tout un signe d'espoir pour reconstruire ce cocon familial qu'il avait lui-même contribué à détruire.

— Me permettrais-tu de prendre une douche avant de repartir ?

— Repartir, à cette heure ? Tu n'y penses pas sérieusement, c'est trop dangereux. Tu as bien entendu ta fille !

Estelle se leva précipitamment en s'enveloppant dans le seul drap, laissant son amant entièrement nu au milieu du lit.

— Moi d'abord, lui lança-t-elle en quittant la pièce pour se rendre dans la salle de bains attenante.

Il ne tarda pas à la rejoindre sous une douche tiède. On eût dit deux jeunes mariés durant leur nuit de noces, qui s'expriment avec leurs corps et leurs mains plutôt qu'avec des mots. Ils s'enlacèrent et s'embrassèrent avec tant de passion que leur désir réciproque ne tarda pas à se manifester de nouveau.

— Eh bien, Stéphane, tu n'as rien perdu de ta jeunesse, il me semble.

Il décolla sa bouche de la sienne. L'eau ruisselait abondamment sur leurs visages. Il la regarda d'un air qu'elle ne lui avait pas connu depuis des années. Ses yeux se promenaient sur sa face, à la recherche d'un signe. Il lui tenait les joues entre ses deux paumes puissantes.

— Je t'...

Elle ne le laissa pas terminer. Elle lui prit le visage entre ses mains et l'embrassa en lui enfonçant sa langue dans la bouche. Puis elle ferma le robinet et l'entraîna à l'extérieur de la douche.

— Pas ici lui murmura-t-elle à l'oreille, en s'emparant d'une grande serviette dont elle lui recouvrit le dos.

Elle enfila son ample peignoir de bain, sans prendre la peine d'en nouer la ceinture. Se collant contre son corps, elle ajouta :

— Porte-moi jusque dans mon lit, je préfère.

Il l'empoigna sans ménagement sous les fesses et la souleva prestement de terre. Estelle lui adressa un sourire admiratif tout en enserrant sa taille entre ses jambes. Elle eut à cet instant précis le sentiment étrange et agréable qu'elle était en train de retrouver l'homme qu'elle avait passionnément aimé. Mais elle ne pouvait dire avec certitude si ce n'était pas plutôt la puissance de son désir sexuel qu'elle confondait avec son amour passé. Le contact de leurs sexes brûlants lui dévorait les sens. Pour s'assurer de garder le contrôle de son corps, Estelle décida de prendre cette fois l'ascendant sur son amant, après qu'il l'eût déposée lentement le lit. Stéphane était tellement épris de son ex-femme qu'il se laissa faire sans la moindre résistance.

Lin Yao n'avait eu besoin d'aucun artifice pour réveiller l'ardeur de son jeune amant. Elle s'était simplement dressée sur ses jambes au-dessus de Max, qui était resté allongé sur le dos. Puis elle avait fait glisser lentement son boxer rose le long de ses cuisses, dévoilant ainsi au jeune homme ce qu'il considérait comme le plus beau de tous les joyaux du monde. Max ne parvenait pas à en détacher son regard tandis que Lin Yao se mettait à genoux à cheval au-dessus de ses hanches. D'une main, elle maintenait son équilibre, en s'appuyant sur sa cuisse gauche, de l'autre elle se saisit du sexe de son amant pour le guider jusqu'à ce qu'il eût entièrement disparu en elle, sous les yeux fascinés et réjouis de Max. Ce dernier ferma enfin les paupières et s'efforça de contrôler sa respiration autant que son excitation. Il avait bien compris le message de la petite Chinoise : « tenir aussi longtemps que possible ». Lin Yao savait maintenant que Max aimait la musique classique, contrairement à presque tous les jeunes de sa génération. Alors, elle sélectionna un morceau sur son lecteur, dont elle avait gardé un des écouteurs sur les oreilles. Puis elle s'empara de la deuxième paire d'oreillettes, qu'elle plaça au creux des oreilles de Max après lui avoir murmuré quelques mots apaisants. Elle avait choisi le *concerto n° 5 pour piano* de Beethoven et plus précisément la fin du deuxième mouvement et la totalité du troisième. Il n'y avait aucun doute que, de cette manière, elle allait en faire un inconditionnel de la musique classique.

Pendant ce temps, Estelle avait succombé à la force musculaire de son ex-mari. Il la maintenait plaquée sur le ventre, la jambe droite repliée et le genou remonté au niveau des hanches. Malgré l'intensité du plaisir qu'elle ressentait, elle s'efforçait d'étouffer ses gémissements, pourtant à peine audibles, contre le bord de son oreiller. En mère attentionnée, elle n'oubliait jamais la présence de sa fille et cette fois d'autant moins qu'elle n'avait jamais laissé entrer dans sa chambre aucun amant depuis sa séparation d'avec Stéphane. Mais cela ne l'empêcha pas de s'abandonner physiquement, se laissant progressivement envahir par des vagues de plaisir, chaque fois plus fortes et plus rapprochées. Elle accompagnait les va-et-vient de Stéphane en l'attirant contre elle de sa main droite agrippée à la cuisse de son partenaire.

Le commando numéro 2 venait de neutraliser, sans aucune difficulté, les deux jeunes guetteurs stationnés devant l'immeuble qui abritait une des planques du groupe présumé terroriste, formé sous le nom de LRAC. Deux des hommes du colonel Ruffier étaient passés par les toits d'un immeuble voisin pour redescendre en rappel dans la deuxième cour intérieure. Ils avaient ainsi pu surprendre Karim au milieu de sa ronde nocturne. Après cela, l'investissement des lieux devint un jeu d'enfant. Les deux hommes purent faire entrer le reste du commando par la porte cochère de la rue. Lorsqu'ils pénétrèrent dans l'appartement principal au premier étage, les premiers superflics sur les lieux n'eurent plus qu'à remonter jusqu'à la source de l'odeur de la fumée de cannabis. Seule Ludivine, qui était en train de s'envoyer en l'air à califourchon sur les cuisses de Massimo, eut le temps de pousser un grand cri en voyant une dizaine de silhouettes noires surgir dans la pièce. Tous les autres furent terrassés en quelques secondes, à l'exception de Michael qui s'était enfui jusqu'au fond de la suite d'appartements d'où il avait sauté par un trou dans le sol jusqu'au local à ordures situé au rez-de-chaussée.

Ayant augmenté le volume de leur lecteur numérique, les deux jeunes amants n'entendirent absolument rien de l'intervention des forces spéciales. Lin Yao se trémoussait au rythme de la musique en jouissant autant de son propre plaisir que de celui que Max témoignait en émettant des râles qu'elle n'entendait pas, mais qu'elle pouvait lire sur ses lèvres. Au moment où leur orgasme atteignit son paroxysme, la porte de l'appartement de Tcheng sembla exploser vers l'intérieur. Terrorisée, Lin Yao tendit ses deux bras en avant en direction de l'entrée pour alerter son amant qui, à présent, hurlait de bonheur. Se sentant menacé, l'homme en noir tira instinctivement une courte rafale de son pistolet mitrailleur. Une des balles atteignit Max à la tête en faisant éclater le sommet de son crâne dans une gerbe de sang et de matière cérébrale. Trois autres touchèrent Lin Yao, à l'abdomen, au thorax et à la gorge. Elle s'effondra comme un pantin désarticulé sur le corps inerte de son jeune amant.

Dans un dernier soupir, Stéphane enveloppa de son corps celui d'Estelle tout en restant en elle. Elle replia son bras droit au-dessus de sa tête et enfonça ses doigts dans les cheveux de son amant. Elle était comblée. Aucun de ses partenaires occasionnels ne lui avait procuré un tel plaisir. Mais peut-être était-il tout simplement transcendé par la renaissance de leur amour. Ils finirent par se dégager l'un de l'autre, presque à contrecœur, avant de s'endormir, enlacés, épuisés, mais profondément apaisés.

En voyant le tableau sanguinolent qui s'étalait devant elle, la toute nouvelle recrue des forces spéciales réalisa qu'elle venait de commettre une horrible bavure et que ce qu'elle avait pris pour une arme entre les mains de Lin Yao n'était qu'un simple baladeur numérique. Ses jambes se dérobèrent sous elle et elle tomba à genoux devant les deux amants. Elle resta ainsi, comme prostrée dans une interminable prière, les yeux embués de larmes, jusqu'à l'arrivée de deux de ses collègues, venus la récupérer et la réconforter.

36

Samedi 3 juin 2028, 6 h 30, appartement d'Estelle De Jong.

Estelle fut réveillée en sursaut par la sonnerie de son téléphone. Elle se dégagea délicatement de l'étreinte de Stéphane, décrocha son portable, qu'elle avait laissé sur sa table de chevet, et s'assit sur le bord du lit. C'était Portal qui lui annonçait que « la chasse avait été excellente » et qu'elle en apprécierait le tableau.

— C'est pour me dire que tout va bien que vous m'appelez à 6 h 30 à la maison, un jour de repos ?

Estelle se retint de crier pour ne pas réveiller sa fille, mais Stéphane, que la sonnerie avait aussi tiré de son sommeil, pouvait sentir à quel point elle était contrariée. Il se redressa et l'enserra dans ses bras pour tenter de la calmer.

— Je vous ai dit de m'appeler en cas de gros problème. Et seulement dans ce cas.

Pendant que Stéphane lui embrassait les épaules, Estelle s'efforça de garder son calme en écoutant son lieutenant principal débiter des explications incompréhensibles. Mais, le connaissant bien, elle sentit qu'il était en train de tourner autour du pot.

— C'est que quoi, Portal ? Venez-en au fait une fois pour toutes.

Le lieutenant lui avoua que deux jeunes avaient été tués par un membre inexpérimenté des forces spéciales alors qu'ils n'étaient même pas armés et qu'ils étaient probablement en train de baiser. Il ne pouvait donc pas s'agir de légitime défense. La police des polices avait déjà ouvert une enquête interne.

— Quel âge ? … C'étaient des gamins !

La commissaire divisionnaire poussa un long soupir.

— C'est bon, je vous rejoins dès que possible en milieu de matinée. Et, d'ici là, je veux que vous me prépariez un rapport détaillé, et par écrit, sur les circonstances de l'accident. C'est compris ?

Estelle raccrocha et resta un long moment silencieuse.

— Ça ne va pas ? lui demanda Stéphane à deux reprises.

— Deux gamins ! Ils ont tué deux gamins, alors qu'ils faisaient tout simplement… l'amour… Si ça se trouve, ça s'est passé au moment même où nous… Il y a des jours où je déteste mon métier… et aujourd'hui tout particulièrement.

Stéphane la recouvrit délicatement avec le drap et lui proposa de la laisser et de rentrer chez lui. Elle lui agrippa les deux mains et l'invita à la serrer très fort dans ses bras.

— Tu vas prendre une douche pendant que je nous prépare un petit déjeuner. Ensuite, nous attendrons un peu avant de réveiller la petite… Et, si tu veux bien, je te demanderai de t'en occuper jusqu'à mon retour… Tu voudras bien ?

Ces quelques mots déclenchèrent en lui une sensation plus forte qu'une décharge d'adrénaline. Rien n'eût pu lui faire plus plaisir que cette marque de confiance qui témoignait d'un profond changement dans l'attitude d'Estelle à son égard.

— Oui, bien sûr... Si je peux t'aider...

En voyant son père attablé dans la grande cuisine, devant un copieux petit déjeuner, Camille sauta de joie.

— Papa ! Papa ! cria-t-elle en se jetant à son cou. Tu restes avec nous, alors !

— Disons plutôt que je vais rester avec toi, jusqu'à ce que maman revienne de son travail.

La petite fille ne cacha pas sa déception de ne voir encore qu'un seul de ses parents à la fois. Sa mère lui promit de rentrer très vite à la maison et lui demanda d'être bien sage en son absence.

En arrivant dans ses bureaux d'Europol, la commissaire divisionnaire fut accueillie par un Portal des grands jours. Il avait cet air satisfait de l'inspecteur convaincu d'avoir résolu une affaire exceptionnelle. Il avait déjà préparé la salle de réunion pour montrer à sa patronne le fruit de son travail de la nuit. Il s'était entouré de ses collègues, afin de s'assurer un minimum de témoins de son heure de gloire. À la suite du dernier assaut donné par les forces spéciales, il avait dirigé une perquisition très pointue de l'immeuble qui servait de planque à ce nouveau groupe terroriste. Portal attendit qu'Estelle se fût assise à sa place, dans la salle de conférence, pour commencer son compte rendu. Il était resté debout à côté de l'écran géant.

— *A priori*, il s'agit d'un groupe révolutionnaire comme il en existe beaucoup d'autres.

Pointant du doigt l'écran situé dans son dos, il ajouta :

— Le sigle LRAC est l'acronyme qui désigne la Ligue Révolutionnaire Anti-Capitaliste, comme vous pouvez le voir sur le poster que nous avons ramassé sur les lieux.

— Vous avez trouvé des explosifs ou des armes, je suppose, lança Estelle.

— Des explosifs, non. Pas pour l'instant. Mais j'ai laissé sur place quelques hommes pour fouiller tout le groupe d'immeubles. Par contre, nous avons trouvé dans une des pièces au dernier étage un pistolet automatique, un couteau de chasse…

La photo des deux armes s'afficha sur l'écran.

— Ce couteau, interrompit Estelle en pointant l'image, ce ne serait pas le même que…

La réponse pouvait se lire sur le sourire du lieutenant Portal. Il se retourna vers l'écran tactile et posa sa main sur la photo de l'arme et en fit apparaître un agrandissement d'un petit geste du pouce et de l'index. Puis il fit s'afficher l'image d'un des couteaux plantés dans le cœur des premières victimes. Il appuya sur le mot « *Compare* » en bas de l'écran. Les deux photos vinrent se superposer automatiquement avant que l'on pût voir clignoter le mot magique : « *Match 100 %* [1] ».

— Bravo, Portal, beau boulot ! dit Estelle avec une moue admirative.

Portal feignit la modestie d'un petit geste de la main, avant d'ajouter :

— Et ce n'est pas tout, patron… Nous avons trouvé un drôle d'objet, dont voici la photo. À première vue, cela n'est qu'un cylindre métallique, avec en son centre une tige en acier surmontée d'une poignée.

— On dirait un tire-bouchon, suggéra Benarfa.

— C'est vrai, répondit Portal… Sauf si on l'observe de plus près.

Le lieutenant se réjouissait d'avance de son effet. Mais

1. « Concordance 100 %. »

il remarqua des signes d'impatience sur le visage d'Estelle. Alors, il décida d'abréger le suspense.

— Regardez bien le petit film qui va suivre. Il montre le fonctionnement de ce petit mécanisme.

On pouvait y voir les mains gantées d'un des officiers de la scientifique manipulant l'objet. L'homme tira vers le haut la tige centrale, puis posa le cylindre verticalement sur une feuille de papier, elle-même posée sur une planche de contreplaqué. Tenant fermement le « tire-bouchon » de la main gauche, il pressa le pouce de la main droite sur un petit ergot brillant qui ressortait latéralement au sommet de la partie principale. La tige s'enfonça instantanément dans le cylindre, et fit rebondir l'ensemble dans la main de l'opérateur, provoquant un bruit bref et violent qui fit sursauter tout le monde dans la pièce. Enfin, l'homme souleva l'outil pour faire apparaître l'empreinte laissée sur la feuille. Le lieutenant Portal balaya la salle du regard, avant de s'arrêter sur le visage de sa patronne. À n'en pas douter, elle avait l'air bluffée… La marque de la faucille dans un poing ganté venait de se matérialiser sous leurs yeux. Et lorsque l'opérateur souleva la feuille, tous purent constater que le poinçon avait traversé le papier pour laisser une empreinte plus précise encore dans le bois tendre. Le grossissement de l'image permit de voir que le dessin était constitué d'une multitude de petits points… comme l'aurait fait un tatouage… Il n'y avait donc plus aucun doute. Portal avait mis la main sur les auteurs de sept meurtres.

— Est-ce qu'ils ont avoué, demanda Estelle ?

Visiblement déçu par la question, Portal répondit :

— Pas encore, patron… mais avec des preuves comme ça, est-ce vraiment utile ?

— Dois-je vous rappeler qu'il faut aussi ajouter le mobile et l'opportunité pour parfaire une démonstration de culpabilité ? Et cet accident avec les deux jeunes ? Que s'est-il passé au juste ?

— Les explications de notre homme...

— Je croyais qu'il s'agissait d'une fille !

— C'est exact, patron. Mais j'ai encore du mal à m'habituer à la mixité dans les forces commandos... C'était sa troisième intervention seulement. Elle a vu une silhouette qui pointait ses deux bras vers elle, au moment où elle a pénétré dans la pièce. Il y avait une forte lumière en contre-jour. Elle a eu un mauvais réflexe, ou peut-être que la détente était mal réglée. Et, avant qu'elle ait pu relâcher la pression de son doigt, une courte rafale est partie... Cinq balles, dont quatre ont atteint les deux terroristes.

— Terroristes présumés, Lieutenant. Ce n'est pas ainsi que vous minimiserez la faute de votre collègue.

— C'est sûr, patron ! Ces deux-là étaient des complices des autres. La preuve...

Portal se tourna vers l'écran tactile et, du bout des doigts, fit apparaître l'enregistrement en continu des caméras placées dans plusieurs cellules de garde à vue.

— Vous voyez la bridée, là ? demanda le lieutenant. Elle n'arrête pas de gueuler depuis ce matin. Elle dit qu'elle veut voir sa petite sœur. De toute évidence, elle parle de la fille qui a été tuée. Tenez, voilà sa photo.

Les deux corps avaient été allongés sur le dos, côte à côte. Leurs visages étaient intacts, mais on pouvait aisément distinguer, derrière celui du jeune homme, l'ouverture béante de sa boîte crânienne, causée par le premier impact. Sur le corps de la fille, les marques de pénétration des trois autres projectiles ressortaient en rouge plus dense et humide au milieu des larges traces de sang. La balle reçue dans la gorge avait dû entraîner une mort instantanée. « Mais les deux autres ne lui auraient vraisemblablement laissé aucune chance de survie », pensa Estelle. La jeunesse qui se lisait sur ces deux torses dénudés provoqua en elle un choc profond et sincère.

— Quel gâchis ! dit-elle. Ils n'avaient même pas dix-huit ans.

— Dix-sept ans pour le gamin et seize pour la fille, précisa le lieutenant. Cela dit, elle était bien gaulée la bridée. Il a pas dû s'emmerder avec elle avant de….

Estelle le foudroya du regard.

— Et l'aînée, elle sait que sa petite sœur est morte ?

— Non, patron, pas encore.

— Combien en avez-vous arrêté ?

— En dehors des deux ados, deux filles et huit hommes, dont trois qui gardaient l'entrée de l'immeuble. On les a tous isolés dans des cellules séparées, sauf les deux filles. D'abord, il n'y avait pas assez de cellules disponibles et ensuite, j'ai pensé que la copine était la seule à pouvoir calmer la chintok.

— Vous savez quoi, Portal ? Vous me fatiguez avec votre racisme de base. À partir de maintenant, vous allez les appeler par leurs noms. C'est bien compris ?

— Compris, patron. Alors, la Chinoise s'appelle Li Wei et la Française se prénomme Ludivine… Petite précision : elle aussi était en train de baiser quand nos hommes ont pris possession des lieux. C'est à se demander si, en fait de groupe terroriste, on n'est pas tombé sur un bordel clandestin… Pardon, désolé…

— Et avec lequel de ces hommes ? demanda la commissaire divisionnaire. En général ce sont les chefs qui ont la priorité dans ce genre de groupe… Vous savez ! Un peu comme le mâle dominant dans une meute de loups ou une harde de cerfs.

Portal fit glisser vers le milieu de l'écran l'encadré des images filmées dans la cellule numéro 3.

— C'est lui. Il dit s'appeler Massimo.

— Massimo comment ?

— Aucun n'a voulu donner autre chose que son prénom.

— Et celui-là ? demanda Estelle en désignant un homme longiligne qui n'arrêtait pas de s'asseoir, de se relever et de tourner comme un ours en cage.

— Un autre Chinois… pardon… il s'appelle Tcheng et il n'a pas cessé de réclamer de voir sa petite amie, Li Wei. Il a aussi demandé où étaient passés Max et Lin Yao. C'est le nom des deux…

— J'avais compris, merci, l'interrompit Estelle. Et lequel d'entre eux signe ses messages « A. C. » sur leur site ?

— Aucune idée, répondit Portal… Mais peut-être que ce sont les initiales de Anti-Capitaliste, tout simplement ?

— Dans ce cas, il ou elle aurait signé LRAC, non ?… Bon, libérez-moi toutes les salles que vous pourrez. On commence les interrogatoires dans dix minutes.

Pendant ce temps, Stéphane Larieux redécouvrait avec plaisir son rôle de père. Bien qu'il en connût globalement la teneur, il demanda à voir les bulletins de Camille et la félicita pour ses excellentes notes et les appréciations élogieuses de sa maîtresse de CM2. Elle lui raconta à quel point il lui tardait d'entrer au collège en septembre. Tout à coup, il réalisa qu'il était déjà dix heures et qu'il n'avait toujours pas rappelé son chauffeur ni Nolan, depuis la veille au soir à 23 heures. Il laissa la petite devant son *Encyclopédie du cheval* et s'éloigna d'elle pour téléphoner chez lui.

— Allô, Nolan ? Je suis désolé. J'aurais dû vous appeler plus tôt… Tout va bien, sinon ?

Tout en écoutant son garde du corps, il se remémora la conversation téléphonique d'Estelle ce matin-là.

— Vous savez où était le gamin cette nuit ?… Oui, Max !… C'est ça, vérifiez et dites-moi…

Où ça dites-vous ? Mais c'est l'adresse d'Europol ! Qu'est-ce qu'il a encore fait comme connerie, celui-là ?

« Ce n'est pas possible ! » pensa le privé en raccrochant. « Ce ne peut être qu'une coïncidence ! » Stéphane était soudain devenu livide.

— Qu'est-ce qu'il y a, papa ? Ça ne va pas ? Toi aussi tu as des problèmes avec ton travail ?

Ne voulant surtout pas l'inquiéter, Stéphane se ressaisit et retourna s'asseoir auprès de Camille. Quelques minutes plus tard, le téléphone de la maison sonna. La petite reconnut le numéro de sa mère et décrocha.

— Allô, maman ? Quand est-ce que tu reviens ? On s'ennuie sans toi… Oui, je te passe papa.

Estelle lui parut tellement stressée par son enquête qu'il n'osa même pas lui demander de se renseigner à propos de Max, qui devait se trouver dans les locaux d'Europol à cet instant. Ou peut-être avait-il peur de ce qu'elle aurait pu lui apprendre ? Il se contenta de lui promettre de garder Camille jusqu'à son retour.

Après avoir raccroché, il tenta de joindre Max sur son portable, mais en vain. Il lui laissa tout de même un message sur sa boîte vocale. En dernier ressort, il décida d'envoyer un de ses enquêteurs sur place. « S'il a été arrêté par erreur au cours d'une opération de police, il aura besoin d'un avocat pour le sortir de là », pensa Stéphane pour se rassurer.

Pour gagner du temps, Estelle avait fait un rapide tour d'horizon des personnalités des membres de la LRAC. Elle écarta du lot ceux qui lui paraissaient les moins capables de diriger un groupe d'action terroriste. Les deux guetteurs étaient trop gamins et semblaient aussi écervelés que

Ludivine. Elle en élimina trois autres parmi ceux qui avaient été arrêtés dans l'appartement, « trop embrumés par le shit, pour diriger quoi que ce soit ». Il lui restait donc en tête de liste Tcheng et sa copine Li Wei, Massimo, Karim et Kylian.

Depuis la salle de contrôle, reliée par caméras à toutes les salles d'interrogatoire, Estelle pouvait observer l'évolution du comportement des suspects, livrés chacun à lui-même dans une pièce vide et attendant que l'on vienne le questionner. Karim et Kylian étaient très tendus. L'un et l'autre avaient le même réflexe nerveux qui faisait vibrer leurs jambes sous leurs sièges, tel un marteau-piqueur.

Li Wei affichait un tout autre visage. Ce qu'on pouvait y lire n'était pas une quelconque culpabilité, ni même la fierté de ses convictions politiques, mais une profonde détresse. Elle était rongée de l'intérieur par la crainte qu'il fût arrivé quelque chose de grave à sa petite sœur. Le silence de la police devant ses demandes, sans cesse répétées, sonnait comme un aveu. Même Max ne répondait pas à ses appels déchirants qu'elle avait hurlés depuis sa cellule. Elle avait parfaitement entendu cette courte rafale émanant de l'étage au-dessus cette nuit, et ce bruit sec et mécanique ne cessait depuis de résonner dans sa tête comme un écho infini. Estelle en avait l'estomac noué. Elle se demandait comment la jeune femme allait réagir en apprenant la confirmation de son pressentiment. Elle décida d'appeler un médecin de garde, afin qu'il lui administrât un sédatif au plus vite.

Tcheng continuait d'exiger la présence de son avocat. De temps en temps, il réclamait des nouvelles de Li Wei, de Lin Yao et de Max, mais sans montrer d'inquiétude extrême à leur sujet. Il n'avait jamais impliqué les deux sœurs dans ses actions politiques et Max n'était arrivé que trop récemment. Aucun d'eux ne risquait de révéler quelques secrets gênants s'ils venaient à subir un interrogatoire un peu musclé.

Massimo, enfin, affichait une décontraction trop grande pour n'être pas feinte. Instinctivement, Estelle décida de mettre la pression sur ces deux derniers suspects, qui avaient en commun l'apparence d'une certaine force de caractère. Elle chargea Da Silva de l'interrogatoire de Massimo, Portal de celui de Tcheng, et demanda à Chantal Parisot de s'occuper de Li Wei, avec comme première mission de tenter de la calmer et de lui faire boire une canette de soda de son choix, dont elle devrait verser le contenu dans un gobelet en plastique contenant quelques gouttes de sédatif.

Ne voulant prendre aucun risque, Estelle avait ordonné à Da Silva et Portal de montrer d'abord des photos d'identité des victimes et non celles prises sur les lieux des crimes. Tcheng les repoussa simplement en disant laconiquement :

— Je ne connais pas ces personnes. Est-ce que je pourrais voir mon avocat ?

Les deux caméras qui étaient braquées sur ses pupilles ne révélèrent aucun changement notable de leur diamètre. Massimo, lui, se mit à sourire en voyant les portraits.

— Qui c'est ? demanda-t-il pour la forme.

Les deux enquêteurs posèrent les mêmes questions, qui leur étaient soufflées dans leur oreillette par une experte en psychologie de la brigade, installée aux côtés d'Estelle. Cette dernière avait gardé en réserve les photos montrant les victimes mortes, portant la fameuse marque tatouée sur le front. Elle attendait le résultat de la comparaison des empreintes digitales et palmaires trouvées sur le curieux outil avec celles des membres du groupe terroriste. Et celui-ci venait de s'afficher sur un des écrans de contrôle devant elle. Les seules empreintes qu'on y trouva étaient celles de Massimo.

— Cette fois, nous le tenons, annonça Estelle en montrant l'écran à la psychologue.

Puis, se saisissant de son micro, elle ajouta à l'attention de ses deux lieutenants :

— Vous pouvez sortir les photos des deux premières scènes de crime.

Tcheng continua de nier.

— Qu'est-ce que c'est que ça ? Je vous ai déjà dit que je ne connaissais pas ces personnes.

— Tu reconnais quand même ce logo ! cria Portal.

Il se pencha sur les sept photos et regarda attentivement le dessin.

— Mais c'est n'importe quoi. Une faucille dans un poing ganté ! Et pourquoi pas un fléau de paysan du Moyen Âge ?... Je veux voir mon avocat.

Massimo se montra beaucoup moins arrogant qu'avant. Ses pupilles s'étaient subitement rétractées, trahissant sa peur d'avoir été découvert. Il continua pourtant de nier connaître les victimes. Alors, Estelle demanda, par le biais de la psychologue, que Da Silva lui annonçât que son outil de tatouage avait été retrouvé dans une des chambres de l'immeuble et qu'il y avait laissé ses seules empreintes. Da Silva lui posa la question en la ponctuant à la fin d'un violent coup de poing sur la table, censé imiter le bruit du poinçon automatique. L'effet fut aussi radical qu'instantané. L'Italien sursauta avant de s'effondrer sur lui-même. Les épaules rentrées, il annonça sa décision de tout avouer.

— C'est bon. C'est moi qui les ai tués.

— Ça, on le savait déjà. Maintenant, tu vas nous dire qui était avec toi sur les lieux des deux scènes de crimes.

— Personne, je vous l'jure.

— Te fous pas de moi, connard, s'énerva Da Silva. Pour le premier meurtre, je pourrais l'imaginer. Tu es plutôt costaud par rapport à la victime, ajouta-t-il en lui montrant la photo du corps d'Antoine Saintange. Mais ceux-là, ils étaient six autour de la même table. Alors, explique-moi un peu comment tu t'y es pris pour les tuer tous, tout seul.

— Je suis prêt à tout vous dire, mais d'abord, vous devez me promettre de ne pas mêler mes amis à tout ça. Ils n'ont rien à y voir. J'ai agi totalement seul. Ils ne sont même pas au courant de l'existence de ce poinçon que j'avais caché dans ma piaule.

— Et d'où tu le sors ce machin ?

— C'est quelqu'un qui me l'a donné. Ça faisait partie du deal avec ce mec.

— Quel mec ? Quel deal ?

— Ça aussi je vous le dirai… dès que vous aurez mis les autres hors de cause.

Estelle décida d'intervenir. Elle autorisa Da Silva à promettre à Massimo de ne pas impliquer ses copains.

— Mais surtout, ne lui parlez pas de notre autre suspect, François du Plessis. Si c'est de lui dont il parle, il faut absolument qu'il le désigne de lui-même. C'est compris, Da Silva ?

— C'est bon Massimo, je t'écoute.

— D'abord, ces personnes que j'ai tuées, je ne les connaissais pas. Je n'avais donc rien de personnel contre elles.

— Qu'est-ce que ça doit être quand tu as quelqu'un dans le nez ! commenta le lieutenant.

— Ne l'interrompez pas ! Laissez-le parler jusqu'au bout, recommanda la psychologue dans l'oreillette de Da Silva.

— Je disais donc, reprit l'Italien, que je ne les connaissais pas… C'est cet homme qui me les a indiquées… Je l'ai rencontré un jour autour d'une table de poker… Comme d'habitude, j'avais perdu beaucoup ce jour-là et il a compris que j'avais accumulé d'énormes pertes et que je devais beaucoup d'argent à des personnes qui n'avaient aucun sens de l'humour, si vous voyez ce que je veux dire. C'était il y a six mois environ. Ça a commencé par de petits services. Je devais pénétrer chez des particuliers et y récupérer des documents. Mais il ne payait pas beaucoup pour ça. Mille ou deux mille euros par cambriolage. Et moi j'avais besoin de beaucoup plus… C'est alors qu'il m'a proposé un premier gros coup… En plus de voler les documents indiqués, je devais éliminer la personne à qui ils appartenaient.

— Et tu as accepté, sans te poser de questions ? Sans scrupules ?

— Pour cent mille euros ! Alors que j'étais moi-même menacé de mort si je ne remboursais pas mes dettes de jeu ?… Il faut dire aussi que la cible correspondait à tout ce que je déteste le plus dans ce monde de pourris. C'était un fils à papa, bourré de *thune*, dont la principale ambition était de devenir sans cesse plus riche… et qui n'en avait rien à foutre desautres. Le plus drôle dans l'histoire, c'est que ce mec me payait pour tuer des salopards que, dans d'autres circonstances, j'aurais éliminés gratuitement, pour le bien du peuple.

— Ce que vous faites par ailleurs avec vos amis de la LRAC ! commenta Da Silva.

— Quoi ? Mais pas du tout.

— J'ai du mal à te croire. J'ai lu vos *tchates* sur Internet. Toute cette haine doit bien vous conduire à passer à l'acte, de temps en temps ?

— Ce ne sont que des paumés qui refont le monde… en paroles, et rien de plus.

— Et cet outil en forme de tire-bouchon qu'on a trouvé chez toi ?

— Ça c'est venu plus tard. Ce mec…

— Il n'a pas un nom par hasard ?

— Quand je le lui ai demandé, il m'a répondu : « C'est mon nom ou mon argent qui t'intéresse ? Choisis bien, parce que tu n'auras pas les deux ! »

— Tu as donc choisi la *thune* !

— Quoi qu'il en soit, après plusieurs contrats bien remplis, ce mec m'a proposé de passer à la vitesse supérieure. Et là, il m'a dit qu'il voulait absolument embrouiller les flics en mettant les prochains meurtres sur le dos d'une organisation terroriste révolutionnaire… J'ai eu beaucoup de mal à ne pas rire, parce qu'il n'avait aucune idée de mes opinions politiques… Quand j'ai vu cet outil de tatouage et qu'il me demandait de marquer les victimes sur le front, comme les équarrisseurs le font sur les carcasses de viandes, j'ai trouvé le symbole trop cool !

— Mais pourquoi avoir continué ? Tu as dû pouvoir rembourser tes dettes très vite, non ?

— Est-ce que vous jouez ? Aux courses, au poker ou sur les sites de paris en ligne ?

— Non, pourquoi ?

— Alors, vous ne pouvez pas comprendre ! Je me sens à poil sans cartes dans la main. Je perds beaucoup… Par malchance ou parce que je joue mal, qu'importe ? Ce que je perdais sur les tapis verts, je le regagnais en mettant des salopards… au tapis !

— Très fin… Raconte-moi comment tu as fait pour tuer seul ces personnes, lui demanda Da Silva en montrant les photos des sept victimes.

Massimo hésita quelques secondes, puis désigna Antoine Saintange.

— Pour lui ça a été très facile. Il était seul chez lui. Je l'ai forcé à boire un soda dans lequel j'avais ajouté une petite dose de GHB, pour lui enlever toute capacité de résistance. C'est à peine s'il a sursauté quand je lui ai planté le couteau en plein cœur. C'était presque trop simple.

— Parle-moi de la mise en scène.

— Le *Wall Street Journal* ? J'ai trouvé son idée assez judicieuse. Ça correspondait bien à ma propre perception de ces gens-là. Avides de toujours plus de pouvoir et de fric…

— Tu ne manques pas d'air, dis donc !… Et quoi d'autre en dehors de ça ?

— Euh ?… Ah, oui. Vous voulez parler du cigare en billets de cinq cents euros… Ça c'était mon idée. J'ai trouvé un cigare sous Cellophane dans le tiroir de son bureau, alors je me suis dit que je pourrais le lui mettre dans la bouche pour lui donner un air de circonstance. C'est en sentant la délicieuse odeur de ce havane que j'ai décidé de le remplacer par des billets de banque.

— Tu as sacrifié trois grosses coupures pour un seul cigare ?

— Mais non, je les ai trouvés dans son portefeuille… Cela dit, que sont mille cinq cents euros à côté d'une prime de cent mille euros par tête ?

— D'accord pour celui-là. Mais les autres. Ils étaient six autour de la même table !

— C'est vrai que ça a l'air plus compliqué à première vue. Mais en fait, pas tant que ça.

— Ah oui ? Explique-moi ça.

— C'étaient tous des habitués des tables de jeu et plus précisément de poker. Des gens qui ont, comme moi, besoin de sentir les cartes dans leur main ; pas des rigolos qui jouent en ligne sans voir ni sentir leurs adversaires. Ce mec avait patiemment préparé son coup. Il savait leur faiblesse pour le gros jeu et il les avait déjà invités séparément à des parties clandestines. C'est comme ça que lui est venue l'idée d'un tir groupé. Six victimes pour quatre cent mille euros. Il m'a d'abord rassuré en me rappelant que deux d'entre elles me connaissaient et qu'elles ne se méfieraient donc pas de moi. Puis il a relevé la prime de cent mille euros, ce qui a fini de me convaincre.

« C'était donc lui le septième joueur ! » pensa Estelle.

— Et alors ? demanda Da Silva.

— Ça s'est passé comme dans un rêve. Ils ont tous avalé bien gentiment leur dose de GHB dans un grand verre d'alcool fort. Je n'ai eu ensuite aucun mal à les attacher l'un après l'autre à leur siège à accoudoirs avec du ruban adhésif. Il n'y en a qu'un qui a eu le réflexe de me balancer un coup de pied quand je me suis approché de lui avec un couteau. Il faut dire qu'il m'avait déjà vu faire avec les trois premiers...

— Et qui a choisi le lieu ? Un chantier de restauration d'immeuble, c'est pas vraiment pratique, non ?

— C'est lui. Depuis que plus rien n'est interdit, certaines personnes aiment s'inventer des rendez-vous secrets, dans des lieux incongrus, pour retrouver le piment des interdits d'autrefois... C'est en tout cas ce qu'il m'a dit lorsque je lui ai demandé pourquoi il avait choisi un tel endroit. En fait, il savait parfaitement que le chantier serait désert pendant deux jours et que je ne risquais pas d'être dérangé dans mon travail.

La commissaire divisionnaire interrompit son lieutenant :

— Je vais vous envoyer un fichier d'une trentaine de photos que vous allez lui montrer. Demandez-lui s'il y reconnaît son commanditaire.

Portal alluma le moniteur sous la dalle de verre de la table, au milieu de la salle d'interrogatoire. Massimo reconnut instantanément François du Plessis sur la dix-huitième photo. Par principe, le lieutenant lui demanda de regarder tous les portraits avant de donner une réponse définitive. Il confirma, sans la moindre hésitation. Estelle exulta. Enfin, elle le tenait et surtout, cela prouvait que son instinct, qui lui disait que du Plessis était impliqué dans les assassinats, ne l'avait pas trahie. Puis elle repensa aux trois victimes dont Stéphane lui avait parlé. Elle lança une recherche des trois dossiers dans la base de données d'Europol en y entrant les noms qu'elle avait enregistrés sur son portable. Elle envoya les photos d'Alain Mounnier, Catherine Lagrange et Kevin Sauvage à Da Silva. Là encore, Massimo reconnut les avoir tués. Il s'agissait de ses trois premiers contrats. Il en précisa les circonstances et les lieux, mais resta plus vague sur les dates.

— Portal ! Dites à Tcheng que son copain a tout avoué et que ça ne lui sert plus à rien de nier. S'il veut faire entendre son message, c'est le moment ou jamais.

Le lieutenant principal d'Estelle ressentit une énorme frustration. C'était lui qui avait ramené ce beau monde à la maison et c'était à lui d'obtenir des aveux, pas à Da Silva. Autant dire qu'il était très remonté contre le Chinois.

— C'est fini pour toi. Ton pote a tout balancé. C'est vous qui avez assassiné ces pauvres personnes, ainsi que trois autres.

— Vous racontez n'importe quoi.

— Les détails qu'il nous a donnés, sur les lieux et les circonstances, coïncident parfaitement avec nos propres constatations.

— Mais puisque je vous dis que je ne les connaissais pas. Pour quelle raison les aurais-je tuées alors ?

— Pour l'argent, par exemple. Ton ami nous a dit que vous touchiez cent mille euros par cible.

— Mais vous êtes fou ! hurla le Chinois. Qui nous aurait donné cet argent ? Vous nous prenez pour des tueurs à gages ?

La colère et l'étonnement de Tcheng paraissaient sincères. Ce fut en tout cas l'avis d'Estelle et celui de la psychologue.

— C'est bon, Portal. Dites-lui que Massimo ne l'a pas mis en cause et qu'il a agi avant tout à cause de sa passion pour le jeu.

En apprenant la vérité, Tcheng parut d'abord complètement abattu. Il ne parvenait pas à y croire. Puis il repensa à cette manie de l'Italien qui passait son temps un jeu de cartes dans les mains. Et surtout à ses absences régulières et prolongées. Cette histoire devenait plausible. Alors, il se mit à vociférer des insultes et des menaces à l'intention de celui qu'il considérait jusque-là comme son ami.

Pendant qu'elle l'observait depuis la salle de contrôle, Estelle se demandait comment elle allait annoncer la nouvelle à son patron. Elle n'était pas certaine qu'il l'apprécierait et, à vrai dire, elle craignait tout le contraire. Elle ne cessait de triturer nerveusement une liasse de documents trouvés sur les lieux. Il y avait là des tracts, des affiches et des livres à l'intonation très gauchiste. Tout à coup, elle tomba en arrêt devant une photo représentant des villageois d'un pays africain non désigné. On y voyait des femmes adultes décharnées, les seins desséchés retombant sur leur torse, avec autour d'elles des enfants faméliques, complètement nus et au ventre gonflé. Une fois passée la compassion des premiers instants, Estelle reconnut soudain la photo que l'on avait trouvée près du corps de monsieur Potevin, le président de Semenissime. Elle voulut d'abord vérifier qu'il s'agissait bien de la même photo. Elle en eut immédiatement la confirmation.

Estelle ne comprenait plus rien. Ce meurtre ne ressemblait pas aux sept autres. L'arme du crime était différente et il n'y avait pas de marque de tatouage sur la victime. En outre, si la motivation crapuleuse semblait maintenant établie pour les premiers meurtres, le message laissé près du corps du céréalier était plus en accord avec un acte purement militant. Elle voulut en avoir le cœur net et envoya à Da Silva le fichier de la photo du cadavre.

— Demandez-lui s'il avoue aussi le meurtre de monsieur Potevin.

En voyant la photo de l'homme en caleçon bleu ciel parsemé de canetons jaunes, le visage cyanosé, le ventre rebondi et la bouche dégoulinant de céréales, Massimo éclata de rire.

— Qui est ce gros porc ?

— Tu devrais le savoir puisque c'est toi qui l'as mis dans cet état, pas vrai ?

— Je vous assure que non. Si je l'avais tué, je vous le dirais. Je n'ai plus rien à perdre maintenant.

La commissaire divisionnaire en était convaincue. Ce n'était pas sa signature et il n'avait aucune raison de mentir. Sans trop savoir pourquoi, elle envoya le fichier à Portal et lui demanda de poser la même question au Chinois.

Ce dernier tenta de nier connaître l'homme sur la photo. Mais les mouvements de ses pupilles et les battements sur ses tempes disaient le contraire. Alors, Estelle décida de se rendre en personne dans la salle d'interrogatoire avec la photo trouvée dans la planque de la LRAC. Elle s'assit à côté de Portal qui enrageait intérieurement en pensant qu'on allait encore une fois lui voler la vedette. Elle adressa à Tcheng un regard bienveillant et lui demanda s'il désirait quelque chose à boire. Il refusa et réitéra sa demande de voir un avocat et d'avoir des nouvelles de Lin Yao et de Max.

— Vous aurez tout ça très vite mais, avant cela, j'aimerais éclaircir un point… J'ai très envie de vous croire quand vous dites que vous n'avez rien à voir avec ces meurtres sordides. J'ai l'intuition que vous êtes très différent de votre ami Massimo. Vous devez être un idéaliste, un vrai. N'est-ce pas ?

— Ne vous fatiguez pas à tenter de nous diviser, ça ne marchera pas.

— Il me semble que votre ami s'en est déjà chargé. En assassinant ces sept personnes pour une sombre histoire de dettes de jeu, et en gardant l'argent pour lui seul, il a trahi votre idéal autant que votre supposée amitié. Pas vrai ?

Le Chinois regardait Estelle sans jamais baisser les yeux, avec un air de défi et de mépris mélangé. Il en voulait à mort à l'Italien.

— Qui est AC ? demanda Estelle. C'est vous, n'est-ce pas ?… Ce style direct et sans concession de vos messages, ça vous ressemble. Même si je ne partage pas vos convictions, je les trouve plus respectables que les motivations de votre soi-disant ami.

Tcheng continuait de se murer dans son mutisme, mais les signes de tension qui se lisaient sur son visage laissaient présager une prochaine rupture. La commissaire jugea le moment propice pour lui montrer de nouveau la photo du cadavre de monsieur Potevin sur laquelle on pouvait lire le petit mot laissé par le tueur. « En récompense pour votre contribution à la lutte contre la faim dans le monde. De leur part, merci monsieur Potevin ! » Le Chinois s'efforça de détourner son regard de la photo.

— Cela vous ressemble beaucoup plus, Tcheng… L'ironie de la petite phrase et l'humour macabre de la mise en scène ! Cette manière de mettre à mort l'ennemi, par où il a péché ! L'affameur du peuple étouffé par ses propres semences OGM !… C'est autre chose que les crimes de droit commun perpétrés par Massimo… Quelque chose me dit que vous n'êtes pas étranger à cette exécution.

— Vous n'avez aucune preuve !

La commissaire esquissa un petit sourire. La réponse de Tcheng confortait sa conviction. Alors, elle sortit de son dossier cartonné la photo retrouvée dans leur planque. Elle la glissa doucement vers le Chinois.

— Regardez bien cette photo. Nous l'avons trouvée dans une des chambres du deuxième étage. C'est la même que celle qui reposait près du corps de la victime. Vous voyez ? Je suis prête à parier que les deux portent vos empreintes. Je vais de ce pas les faire analyser par notre labo.

Tcheng comprit que les flics étaient entrés dans son appartement, puisque c'était là qu'il gardait ce genre de documents. Mais cela signifiait surtout qu'ils avaient pu surprendre Max et Lin Yao. Et alors, les coups de feu et ce refus de lui donner de leurs nouvelles lui apparurent comme une évidence. Ils avaient été tués pendant l'assaut.

— Je veux voir Max et Lin Yao.

— Répondez d'abord à ma question, Tcheng. C'est bien vous qui l'avez tué ?

Exaspéré et à bout de forces, le Chinois craqua. Il avoua le meurtre en donnant de nombreux détails sur le lieu, la date et les circonstances. C'était la première fois qu'il passait aux actes. Sans cette intervention de la brigade antiterroriste, il aurait éliminé d'autres ennemis du peuple. Il confirma être le responsable du groupe et expliqua la signification des initiales AC. Enfin, il donna sa véritable identité : Tcheng Fan-Jiang.

— Maintenant que je vous ai tout dit, laissez-moi voir mes amis une dernière fois, je vous en supplie, répéta-t-il d'une voix étranglée par l'émotion.

Estelle se leva et promit de revenir très vite. Elle retrouva sa collègue psychologue et lui demanda d'annoncer à sa place la mauvaise nouvelle au Chinois. Mais avant cela, elle voulut vérifier son identité. Elle découvrit très rapidement la trace des arrêtés d'expulsion à l'encontre de ses parents. Malgré les progrès réalisés dans son enquête, Estelle eut le sentiment d'un épouvantable gâchis. Deux adolescents innocents tués. Un tout jeune adulte poussé à bout par la violence de l'administration. Une jeune femme dont la vie serait détruite lorsqu'elle apprendrait que sa petite sœur avait été tuée par la police. Le seul à qui elle en voulait était Massimo. Tous les autres ne lui apparaissaient que comme des victimes indirectes de ce monde de fous, comme disait son patron.

37

Crète, baie de Mirambello, samedi 3 juin 2028, 14 heures.

Comme annoncé la veille par Vasili, la tournée de présentation des terrains avait débuté à 9 heures ce matin-là. Xavier Lescuyer était accompagné de son inséparable secrétaire, Annabelle Montignac, de Bernard Grangeon, l'architecte, de Lucien Valois, le responsable juridique et d'Alexis Dupré, un des trois géologues. Les deux autres avaient été envoyés en reconnaissance, l'un sur les îles de Naxos et de Paros, l'autre sur les îles de Milos, Ios et Santorin, avec deux collaborateurs de Chevtchenko Real Estate et deux personnes de l'agence locale de GRI. Vasili se chargea de la visite principale sur l'île de Crète, en compagnie de Yelena et de son conseiller financier, Giorgiu, un Grec de naissance par sa mère et Ukrainien par son père. Ses sourcils broussailleux et noirs, et son prognathisme marqué lui donnaient un air renfrogné qui n'invitait guère à la sympathie.

Vasili avait prévenu son partenaire que les terrains étaient répartis sur une trentaine de sites différents de l'île.

Il avait donc organisé une tournée dans le sens des aiguilles d'une montre, en partant de la capitale Iraklio. Après Knossos, Limenas, Malia puis Elounda, l'équipe atteignit Aghios Nikolaos. Xavier fut littéralement soufflé par la beauté de la baie de Mirambello. Depuis le départ, il avait eu beaucoup de mal à cacher son enthousiasme pour la qualité des sites visités. Mais il restait tout de même perplexe à cause de l'éparpillement des terrains, qui risquait de rendre les travaux plus difficiles à orchestrer. Il s'en inquiéta auprès de son architecte et insista pour que celui-ci organisât avec le géologue un relevé très précis de chacun d'eux et se mît rapidement en relation avec l'agence locale de GRI pour faire un bilan des matériels et de la main-d'œuvre disponibles. Vasili le rassura en lui apprenant que près de la moitié des terrains que sa société avait acquis sur l'île se trouvaient sur le pourtour de la baie.

Le soleil était maintenant au zénith et la température atteignait 32 °C à l'ombre. Vasili proposa à l'équipe une pause de deux heures dans un restaurant climatisé, en bordure de mer, dans une anse de terre à cinq kilomètres au sud d'Aghios Nikolaos. La terrasse ombragée était déjà bien remplie. Parmi les clients, beaucoup étaient des étrangers d'Europe de l'Ouest, venus surveiller l'avancement des travaux de leurs villas. En homme d'affaires averti, Xavier comprit que l'endroit n'avait pas été choisi au hasard. Il s'agissait de le mettre plus encore sous pression, afin qu'il signât le marché convenu sans trop attendre.

Alors que tout le monde était attablé devant un soda glacé ou un verre d'ouzo, Yelena, prétextant vouloir se rafraîchir un peu avant le repas, se leva et emporta son sac de toile avec elle jusqu'au bord de la piscine, à quelques mètres de là. Avec un art consommé de la mise en scène, l'assistante de Vasili dénoua son chemisier en soie et le posa négligemment sur un transat en teck. Puis, elle desserra son paréo et le laissa glisser à ses pieds. Pas un homme sur la terrasse du restaurant ne manqua la suite. Son bikini aux couleurs acidulées tranchait avec le teint mat de sa peau. Elle s'attarda plusieurs minutes sous une douche en lissant ses longs cheveux bouclés derrière sa tête. Enfin, elle s'approcha du bord de la piscine et, faisant mine d'ignorer tous ces regards masculins braqués sur sa poitrine généreuse et ses hanches voluptueuses, elle plongea majestueusement dans le bassin. Elle en ressortit presque aussitôt après, pour une séance de séchage langoureux et de strip-tease à l'envers, avant de revenir à la table avec un laconique :

— Vous auriez dû venir, ça fait un bien fou !

« Quelle conscience professionnelle ! » pensa Xavier avant de ravaler son sourire admiratif, lorsqu'il remarqua la mimique de reproche d'Annabelle.

À l'issue d'un repas léger, Xavier donna ses instructions à son responsable administratif.

— Monsieur Valois, nous n'avons pas une minute à perdre. Je veux que vous commenciez dès maintenant à attribuer chaque parcelle que nous venons de visiter à nos clients en attente, en fonction des exigences fixées dans leur contrat. Exposition, proximité des écoles et des universités, bord de mer, intérieur des terres… Ensuite, nous peaufinerons au fur et à mesure de notre périple. C'est bien compris ?

— Bien, monsieur le président.

— Autre chose. Vous allez noter l'estimation du prix de chaque terrain, selon Vasili d'une part et selon Alexis et Bernard d'autre part. Je dois absolument savoir la valeur totale de ce que j'achète. De cette manière, je saurai où nous en sommes, au jour le jour.

— Ce sera fait, monsieur le président.

Puis Xavier demanda à Vasili un entretien en privé, avant de repartir.

— Vasili, mon ami. Je vous félicite pour la qualité de vos acquisitions. Mes clients seront enchantés, j'en suis sûr.

— Je n'en ai jamais douté, cher Xavier.

— Cependant, il y a tout de même une grande dispersion géographique qui ne va pas faciliter l'organisation des multiples chantiers.

— Ça, cher ami, c'est votre problème, pas le nôtre.

— Ça le deviendra… quand vous aurez acquis près de la moitié des parts de GRI. Non ?

— C'est vrai. Mais où voulez-vous en venir, au juste ?

— À la valorisation de notre échange, cher Vasili. Depuis ce matin, vous annoncez des valeurs très élevées pour chacun des terrains… Très surestimées, à mon avis.

— Dois-je vous rappeler, mon ami, que vos nombreux concurrents sont prêts à payer beaucoup plus aujourd'hui ?

— Je ne l'oublie pas, Vasili. Mais laissez-moi, à mon tour, vous rappeler nos accords.

Les deux hommes, rompus aux négociations de haut niveau, ne montraient aucun signe d'agacement. Leur assurance inébranlable leur avait permis jusque-là de remporter de nombreux combats avec certains clients ou fournisseurs. Mais dans le cas présent, aucun d'eux ne pouvait user de cette qualité pour prendre l'ascendant sur l'autre. Seule la finesse de leur argumentaire pourrait faire la différence. Xavier Lescuyer en était parfaitement conscient et il avait longuement préparé ce moment pendant la nuit précédente à l'hôtel Galactica Iraklio.

— Vous pourriez effectivement tirer un meilleur prix de ces terrains en les vendant un par un au plus offrant. Mais votre bénéfice s'arrêterait là… En les échangeant dans leur ensemble contre des parts de GRI, vos gains seront bien plus conséquents.

— Je vous écoute, cher ami, dit Vasili avant d'avaler une gorgée d'ouzo glacé.

— Le terrain nu n'a qu'une valeur négligeable à côté de ce que nous avons vendu à nos clients. Tout au plus, il représente un tiers du montant total que mes clients vont débourser... De cette manière, vos parts dans GRI vous permettront de récupérer le même pourcentage de la marge globale de notre société, sur toutes ces ventes, présentes et à venir. Soit quarante-neuf pour cent... Ce qui signifie que je vous paie, en plus du prix du terrain, près de la moitié du bénéfice sur des contrats que nous vous apportons sur un plateau... Dans ces conditions, vous comprendrez, cher Vasili, que je sois enclin à négocier la valeur de ce que vous m'apportez en échange de parts supplémentaires... Plus vous me céderez de terrains, plus vos gains à court terme seront importants. Et Dieu sait qu'ils seront grands, puisque ce sont cinquante nouveaux clients par semaine qui nous font confiance.

Vasili leva son verre en affichant un large sourire.

— C'est toujours un plaisir de traiter avec vous, mon ami.

Au même moment à Paris.

Estelle n'avait pas pu éviter d'appeler Fabrice Veranchon. Ce dernier avait accepté de revenir au bureau pour entendre ce que la commissaire divisionnaire souhaitait lui apprendre.

— Comme vous le voyez, patron, les preuves de l'implication de François du Plessis dans ces sept meurtres sont accablantes. C'est un assassin que nous devons rechercher à présent, et non plus un simple escroc. J'ai prévenu le juge de permanence, qui m'a autorisée à élever le niveau de priorité des recherches. Nous avons également une patrouille de surveillance, vingt-quatre heures sur vingt-quatre, devant son immeuble.

— De mon côté, j'ai essayé de contacter mon ami Lescuyer, mais il est en déplacement d'affaires en Grèce.

— Vous ne croyez tout de même pas qu'il a quelque chose à voir avec ces meurtres !

— Non, bien sûr... Enfin, je l'espère... Et pour les deux ados qui ont été tués, vous avez pu les identifier ?

— La jeune fille vivait seule dans la région avec sa sœur, que nous avons également arrêtée. Ses parents étaient des clandestins chinois. Ils ont fait l'objet d'une reconduite dans leur pays il y a quelques années. Depuis, les deux sœurs étaient livrées à elles-mêmes. J'imagine que pour elles ce groupe était comme une famille de substitution.

— Et le garçon ?

— Il avait dans les poches de son jean un portable. Nous y avons trouvé les traces de plusieurs appels de longue durée à un même numéro. Celui d'une clinique privée de Neuilly-sur-Seine. Nous l'avons contactée et nous sommes tombés sur la secrétaire d'un certain professeur Laffitte. Ce dernier nous a confirmé qu'il connaissait bien le gamin et que sa mère était en cure de désintoxication chez lui.

— Et vous lui avez dit ce qui était arrivé ?

— Bien sûr que non. Mais j'ai bien l'intention de passer le voir au plus vite.

— Vous avez raison. Mieux vaut éviter les maladresses dans ce genre d'affaires.

En réalité, la raison pour laquelle Estelle voulait elle-même rencontrer la mère de Max n'avait rien de politique. Elle n'aurait pas toléré de ne pas accorder à cette personne, aussi modeste fût sa condition, la même attention qu'elle avait témoignée aux Dupont-Raynal pour leur annoncer la mort tragique de William.

— Bonjour, madame De Jong, ou dois-je dire madame la commissaire divisionnaire ?

— Madame De Jong suffira.

Estelle était visiblement très mal à l'aise et cela ne pouvait échapper à l'œil exercé de Rémy Laffitte. Cependant, il s'efforça de la laisser parler, sans précipiter les choses.

— Que désirez-vous savoir au juste ?

— Sans trahir le secret médical, que pouvez-vous me dire de l'état de santé de madame Saignier ?... J'aimerais lui parler... de son fils Max, mais d'abord...

Le professeur Laffitte n'eut pas besoin d'en entendre plus. Il avait déjà compris qu'un drame s'était produit avec le jeune homme et que la commissaire divisionnaire ne savait pas comment le lui dire.

— Ma patiente est très dépressive et particulièrement fragilisée par une cure de désintoxication en cours... Alors, si vous devez lui annoncer quelque chose de grave, il vaudrait mieux que vous m'en parliez d'abord.

Estelle se contenta de lui dire que Max avait été tué accidentellement lors d'une descente dans une cache de terroristes. Elle ne lui parla nullement de la possible bavure de la police. Le professeur Laffitte posa sa main gauche sur son visage, en se pinçant le haut du nez entre le pouce et l'index. Son intuition ne l'avait pas préparé à cette extrémité. En le voyant à ce point désemparé, Estelle demanda :

— Elle n'a personne d'autre qui pourrait la soutenir ?

Rémy pensa immédiatement à son ami Stéphane

Larieux, mais il se retint d'y faire allusion. Il ne voulait surtout pas lui créer des ennuis à cause d'un fils, présumé terroriste, qu'il connaissait à peine.

— Ces deux-là étaient seuls au monde. Et c'est bien cela qui m'inquiète… Ma patiente faisait des progrès spectaculaires, grâce au soutien quotidien de son fils. Ce gamin avait une maturité exceptionnelle pour son âge…

— Ce qui ne l'empêchait pas d'avoir de très mauvaises fréquentations, remarqua Estelle.

— Si vous saviez ce qu'ils ont subi ces six derniers mois, vous seriez peut-être plus nuancée dans votre jugement.

Estelle réalisa que sa remarque était déplacée. Surtout en songeant aux circonstances de la mort des deux adolescents.

— Racontez-moi !

Rémy Laffitte lui raconta brièvement le licenciement abusif subi par la mère et sa progressive descente aux enfers, dans laquelle elle avait entraîné son fils unique.

— Vous comprendrez donc que je ne puis vous laisser lui annoncer brutalement que sa seule raison de vivre n'est plus. Cela équivaudrait à une condamnation à mort.

— Je vous comprends parfaitement professeur Laffitte… Quand pourrai-je revenir ?… Je tiens absolument à…

— Je ne suis pas sûr que cela lui serait d'un grand secours, l'interrompit Rémy. D'ailleurs, je ne vois vraiment pas ce qui pourrait l'aider à surmonter une telle épreuve.

— Que comptez-vous faire, alors ?

— La mettre sous sédatif, avant de lui annoncer la nouvelle… et demander l'aide de son ami.

— Son ami ? Elle n'est donc pas tout à fait seule. Je pourrais lui parler ?

— Je ne crois pas, non. En tout cas, pas sans son autorisation expresse.

— Je comprends, professeur. Mais quoi que je puisse faire pour cette femme, n'hésitez pas à m'appeler, lui dit-elle en lui tendant sa carte de visite. Maintenant, je vais vous laisser. J'ai encore beaucoup de problèmes à régler.

À peine Estelle eut-elle quitté la clinique que Rémy Laffitte s'empressa de téléphoner à son ami. Il ne voulait rien faire sans son avis.

— Allô, Stéphane ?… Il faut que tu viennes de toute urgence… Non, pas au téléphone. Viens vite.

— Impossible, Rémy. Je garde ma fille et je ne veux pas la laisser seule.

— C'est au sujet de ton fils… J'ai reçu à l'instant la visite d'une commissaire divisionnaire qui m'a annoncé que Max…

Stéphane, qui se trouvait alors devant la baie vitrée de la terrasse, sentit ses jambes se dérober. Il se rattrapa de justesse au dossier d'une chaise et s'y assit en tremblant. Il avait eu le réflexe de se tourner vers l'extérieur, de dos par rapport à sa fille, pour ne pas l'inquiéter. En un éclair, son esprit avait fait le rapprochement avec ce qu'Estelle lui avait raconté le matin même. Ce qu'il avait tenté de rejeter de toutes ses forces avait vraiment eu lieu.

— Allô, Stéphane ? Tu m'entends ? reprit Rémy.

— Oui.

— Max est mort… Je suis sincèrement désolé.

Une émotion d'une rare violence écrasait la poitrine de Stéphane. Mais il devait la contenir, tout comme les larmes qui lui montaient aux yeux. Il aurait voulu crier, mais la présence de sa petite Camille le lui interdisait. D'une voix étranglée, il lui murmura :

— Christelle est au courant ?… Tu as bien fait…

Promis, je viendrai demain matin.

— Au fait, cette commissaire divisionnaire De Jong, elle aimerait bien te rencontrer. Elle avait l'air sincèrement désolée pour Christelle.

— Tu lui as parlé de moi ? Dis-moi que tu n'as pas fait ça ! supplia Stéphane.

— Non, ne t'inquiète pas. Je ne lui ai pas donné ton nom. Je lui ai juste dit que j'allais demander l'aide d'un ami de Christelle, pour la soutenir dans cette épreuve. Pourquoi ? Tu la connais ?

— Vaguement oui. Mais encore une fois, si elle devait te recontacter, ne fais plus jamais allusion à moi. C'est compris ?

— C'est promis. Rassure-toi… Et si tu as besoin de quoi que ce soit, ou si tu veux seulement parler, n'hésite pas. Tu peux me joindre à n'importe quelle heure du jour ou de la nuit. D'accord ?

Pendant l'absence de la commissaire divisionnaire, Christine Melville, la psychologue de la brigade, prit la responsabilité de réunir dans la même salle Li Wei et Tcheng. Elle pensait que lui seul serait capable de soutenir Li Wei lorsqu'elle apprendrait la mort de sa petite sœur. Elle avait d'abord profité du relâchement de leur tension, quand ils avaient eu l'occasion de se prendre dans les bras l'un et l'autre malgré les menottes, pour leur faire avaler un sédatif dans un soda bien frais. Pour plus de sécurité, elle avait demandé à Portal de se joindre à elle, au cas où le couple aurait eu une réaction violente. Très vite après avoir été réconfortée par son petit ami, Li Wei recommença à réclamer de voir Lin Yao.

— Je veux voir ma petite sœur… Je vous en supplie, laissez-moi lui parler…

La psychologue prit une profonde respiration avant de répondre :

— Je suis très sincèrement désolée, mademoiselle...

Tout en parlant, Christine Melville observait attentivement les réactions de Li Wei. Son menton était pris de tremblements incontrôlables.

— Votre petite sœur...

Les ongles de la main gauche de Li Wei étaient littéralement plantés dans l'avant-bras droit de Tcheng.

— Votre sœur a été tuée, en même temps que son petit copain, en tentant de résister à un de nos hommes.

Malgré la dose de sédatifs qu'elle avait dû avaler, Li Wei ne put retenir un hurlement déchirant, qui ébranla la psychologue, et même Portal. Tcheng fut comme paralysé par le double choc de la mort de ses deux amis en même temps. Lin Yao, qu'il avait pris en profonde affection par amour pour Li Wei, et Max qu'il avait attiré malgré lui dans ce piège mortel. Son regard semblait se perdre au loin devant lui, bien au-delà des murs de la pièce. De ses yeux coulait un torrent de larmes, mais aucun sanglot n'agitait sa poitrine. Sans même s'en rendre compte, il serrait Li Wei contre lui, si fort qu'il en étouffait ses cris. Bouleversée par la détresse de Li Wei, la psychologue décida de les laisser ensemble dans la même cellule, en attendant leur transfert en prison. Celui-ci n'aurait probablement pas lieu avant le lundi matin. Elle donna toutefois des ordres très stricts pour que le gardien les surveillât très régulièrement.

À son retour au bureau, Estelle demanda à voir immédiatement Christine Melville.

— J'aurais dû vous emmener chez ce professeur Laffitte. La mère du gamin est, paraît-il, dépressive et en pleine cure de désintox. Son psychiatre m'a interdit de lui parler.

Il avait peur qu'elle ne sombre carrément dans la folie. Il a utilisé le terme de catalepsie, je crois.

— Catatonie, plutôt.

— Oui, c'est ça… Et la Chinoise ?

— Li Wei ?… Je lui ai annoncé la mauvaise nouvelle en présence de son petit ami, Tcheng. C'était le seul qui pouvait la calmer… en dehors d'un sédatif, bien évidemment.

— Il sait aussi pour Max ?

— Oui.

— Et comment ont-ils réagi ?

— Elle a hurlé avant de s'effondrer en larmes. C'était horrible. Quant à lui, il a été profondément choqué, mais je pense qu'il s'en remettra.

— Je me demande bien ce qu'il va lui arriver, à elle, quand son ami sera en prison. Parce que, enfin, on n'a rien à lui reprocher, en dehors d'avoir été la petite amie de Tcheng. Elle va se retrouver totalement seule au monde… Vous croyez que je pourrai parler à Tcheng ? Peut-être pourra-t-il nous donner les coordonnées de quelqu'un qui acceptera de la prendre en charge ?

— On peut toujours essayer, répondit la psychologue.

— Dans ce cas, allez le chercher et amenez-le dans la salle numéro deux.

Quelques minutes plus tard, le téléphone sonna. Estelle décrocha :

— Allô ?… Quoi ?… J'arrive.

La commissaire divisionnaire courut jusqu'aux cellules des gardés à vue. Elle y retrouva Christine Melville, figée devant une porte ouverte, à côté du gardien, la tête baissée et rentrée dans les épaules, comme un gamin qui s'attend à recevoir une gifle de son père.

— J'suis désolé, patron. J'savais pas. J'croyais qu'ils dormaient moi, gémit le planton de service.

Au fond de la cellule ouverte, les deux corps de Li Wei et de Tcheng étaient blottis l'un contre l'autre. Ils étaient couchés en chien de fusil sur la banquette en béton. Sur le bras droit tendu du jeune homme reposait la tête de sa petite amie. Le bras gauche de la fille pendait dans le vide au-dessous de la couchette. Leurs yeux étaient fermés et leurs visages détendus. De toute évidence, le gardien ne pouvait pas imaginer qu'ils dormaient en fait d'un sommeil éternel.

— Que s'est-il passé ? demanda Estelle à l'intention de la psychologue.

Celle-ci ouvrit sa main et montra un petit flacon de verre fumé, au fond duquel il restait deux comprimés blancs.

— Je vais les faire analyser, mais je suis déjà prête à parier qu'il s'agit d'un dérivé de la morphine. Un seul a dû suffire à chacun pour provoquer un arrêt du cœur.

— Quoi ? hurla la commissaire. Vous ne les avez pas fouillés ? C'est un manquement inacceptable aux règles de la procédure ! Quel est le con qui a laissé passer ça ?

Le planton balbutia :

— Il... il m'a dit que c'était un médicament pour son cœur et qu'il en avait absolument besoin. Il m'a montré l'étiquette... regardez ! ajouta-t-il en pointant le flacon.

Effectivement, l'étiquette désignait un médicament générique et précisait :

Catégorie : Bêtabloquants... Indications : troubles du rythme cardiaque... Posologie : 1 à 2 comprimés par jour... Patient : Tcheng Fan-Jiang.

— Quand j'ai voulu lui enlever le flacon, il m'a dit : « Tu veux vraiment être responsable de ma mort ? »... Alors, je le lui ai laissé.

Estelle était à court d'arguments et à bout de forces.

Elle-même se serait laissé avoir. Elle resta silencieuse quelques secondes, avant de se ressaisir.

— Vous, dit-elle au planton, je veux votre rapport dans une heure sur mon bureau... Vous Portal, vous me faites fouiller tous ces gens immédiatement et vous leur confisquez tout ce qui leur permettrait de se suicider. Et vous me mettez l'Italien, enfin Massimo, sous surveillance constante, c'est clair ?

— À vos ordres, patron, répondit le lieutenant.

— Et vous, Melville, vous faites transférer les corps à l'IML [1] et vous demandez une analyse de sang et du bol alimentaire, ainsi qu'une analyse chimique des comprimés.

Après avoir informé son patron de ce nouveau rebondissement, Estelle décida de quitter les locaux d'Europol et de rentrer chez elle. Elle ne se sentait plus le courage d'affronter ce fiasco. Elle n'arrivait pas à se dire que l'important était d'avoir arrêté un meurtrier en série, qui avait au moins dix victimes à son tableau de chasse. Cela lui était complètement égal de savoir que le démantèlement de ce nouveau groupe terroriste lui vaudrait, ainsi qu'à Portal, un bel avancement.

En arrivant chez elle, un peu avant 20 heures, Estelle retrouva son ex-mari en train de faire dîner leur fille, qui venait de prendre un bain sous la surveillance de Rosa-Maria. Stéphane aurait sans doute préféré être déjà parti, pour ne pas avoir à croiser son regard, mais il avait eu trop peur de trahir sa confiance. Elle remarqua immédiatement ses yeux gonflés sous son sourire forcé. Elle s'accroupit aux pieds de sa fille, attablée devant son assiette, et la serra longuement dans ses bras, sans rien dire.

---

1 .Institut médico-légal.

— Arrête, maman ! Tu m'étouffes.

— Pardonne-moi, mon amour, lui dit-elle en desserrant son étreinte.

Puis elle se recula un peu et regarda sa fille intensément dans les yeux.

— Maman t'aime très, très fort, mon amour. Ne l'oublie jamais. Promis ?

— Moi aussi je t'aime très fort, maman, répondit Camille, surprise par ce soudain débordement d'affection de sa mère.

Puis, se tournant vers Stéphane en se relevant, Estelle ajouta :

— Et papa aussi, il t'aime très fort…

— Plus que tout au monde, s'empressa de confirmer Stéphane.

— Tu pleures ? demanda Camille à sa mère.

Rosa-Maria, qui avait assisté à toute la scène, comprit instinctivement ce que sa patronne attendait d'elle.

— Je crois, jeune fille, que ta maman a besoin d'un peu de repos. Alors, tu vas terminer ton dessert et aller te brosser les dents. Ensuite, nous regarderons un film toutes les deux, dans ta chambre.

Stéphane et Estelle se retrouvèrent seuls, dans le séjour, assis sur un canapé, un verre d'alcool à la main. Stéphane s'efforça de ne pas laisser ressortir devant son ex-femme cette souffrance indicible qui le torturait depuis que son ami le professeur Laffitte lui avait appris la mort de Max, et qu'il ne pouvait toujours pas exprimer.

— Je vois bien que quelque chose ne va pas, dit Stéphane pour détourner de lui son attention. Parle-moi. Ça te fera du bien.

— En tant que flic, je devrais être contente. En voulant démanteler des cellules terroristes ou présumées telles, mes hommes ont mis la main, cette nuit, sur l'assassin de sept des personnes poignardées récemment. Et parmi elles les joueurs de poker, dont William, le fils de tes clients. Ce qui est fou, c'est que le meurtrier n'a pas agi pour des raisons politiques, mais par simple cupidité... En plus, un autre membre de ce groupe a avoué être l'auteur d'un autre meurtre récent. Celui du président d'une énorme multinationale agroalimentaire... Dans son cas, le mobile était plus respectable... Qu'est-ce que je raconte ?

Stéphane sentit une intense émotion dans la voix d'Estelle. Il se rapprocha d'elle et passa son bras autour de ses épaules.

— C'est vrai que tuer n'est pas une solution et que mon métier consiste justement à empêcher que des personnes en tuent d'autres, quels que soient leurs motifs... Mais dans l'esprit de ce terroriste, la victime était responsable, de son côté, de nombreuses morts.

— Comment cela ? demanda Stéphane.

— Des morts indirectes, bien sûr. Des morts de malnutrition. Des victimes du progrès de la science. Des gens trop pauvres pour se payer la nourriture de base que se sont appropriée les fabricants de semences OGM, grâce à leurs brevets.

— Tu n'es pas là pour juger, Estelle, mais pour faire appliquer la loi.

Stéphane réalisa que ce n'était pas cela qui pouvait la perturber à ce point. Tout en lui caressant les cheveux, il reprit :

— Dis-moi ce qui te rend si triste... Ce sont les deux gamins qui ont été tués pendant l'assaut, n'est-ce pas ? Que s'est-il passé ? Raconte-moi.

Elle pencha sa tête sur l'épaule de Stéphane et pressa son bras contre son flanc. Stéphane pouvait sentir à présent le rythme de son cœur et de sa respiration dans le creux de sa main.

— J'ai vu la photo de leurs corps, torse nu, allongés l'un à côté de l'autre. Ils avaient l'air si jeunes, si paisibles…

Des larmes commençaient à courir sur les joues d'Estelle et étaient sur le point de se rejoindre à la base de son menton.

— Ils… ils étaient en train de faire l'amour… il était encore en elle quand…

Stéphane sentit une première goutte s'écraser sur le dos de sa main. L'image du visage de son fils se dessina alors dans sa tête. Ce jeune homme, dont il ne savait presque rien, venait à peine de surgir dans sa vie, à un moment où il était justement prêt à le recevoir. Il s'imaginait déjà le présenter un jour sa demi-sœur. À présent, il devait consoler son ex-femme, qui était indirectement responsable de ce drame, parce qu'il avait peur de la perdre elle aussi.

— Ces deux gosses n'avaient pas encore dix-huit ans. Tu te rends compte ?…

Les larmes se succédaient maintenant en une série de gouttes toujours plus rapprochées. Stéphane sentait aussi les soubresauts des sanglots d'Estelle.

— Ils n'étaient là que parce que rien ne les retenait ailleurs… La petite s'appelait Lin Yao. Elle était très jolie. Sa sœur était sa seule protection… depuis que ses parents ont été expulsés de France. Lui s'appelait Maxime…

Stéphane releva la tête en arrière et inspira profondément pour s'empêcher de pleurer lui aussi en entendant ce prénom.

— … et ce qu'il a vécu jusque-là n'est pas plus enviable… Il vivait seul avec sa mère, et maintenant, la pauvre n'a plus personne pour s'occuper d'elle… Elle n'a plus de travail, plus de ressources et elle est en cure de désintoxication dans une clinique privée, certainement hors de prix... Je voulais la voir, pour lui dire que j'étais désolée, mais son psy m'en a empêchée.

— Il n'avait pas tort. Tu ne peux rien pour elle...

— Et surtout, elle me tiendra pour responsable et elle aura raison...

Stéphane était maintenant convaincu qu'Estelle n'avait rien à se reprocher et que sa compassion était sincère. Mais il savait par ailleurs qu'elle s'en voudrait longtemps de leur mort, et plus encore si elle apprenait que Max était en réalité le fils de son ex-mari. Stéphane devait donc à tout prix l'éloigner de Christelle et de la clinique de Rémy Laffitte.

— Je t'assure que tu n'es pas responsable de cela. Laisse les services sociaux de la police s'occuper de la mère.

— Tu as sans doute raison, Steph. D'ailleurs, le professeur Laffitte m'a laissé entendre qu'elle pourrait être aidée par un ami.

— Tu vois... N'oublie jamais que ta priorité est et doit rester Camille.

Estelle repensa à Tcheng et à Li Wei. Eux aussi étaient morts prématurément. « Mais eux au moins ont choisi l'heure », se dit-elle pour se rassurer. En réalité, elle savait parfaitement qu'ils n'avaient pas vraiment eu le choix. Les perspectives que leur laissait la vie étaient si désespérantes que la mort avait dû leur apparaître comme le seul remède à leur malheur.

Mais elle n'eut pas le courage de lui parler d'eux. Elle avait bien vu en arrivant qu'il avait l'air soucieux et fatigué. Elle essuya ses larmes d'un revers de la main et leva la tête en arrière vers Stéphane.

— Tu étais vraiment sérieux quand tu nous as proposé de nous inviter, toutes les deux, dans ta grande maison en Grèce ?

— Rien ne pourrait me faire plus plaisir.

— Alors, emmène-nous... le plus vite et le plus loin possible.

Stéphane était profondément bouleversé. Il saisit le visage d'Estelle dans sa main libre et l'embrassa avec plus de force que jamais, autant par amour que pour lui cacher ses propres larmes, qui se mêlaient à présent aux siennes. Lorsqu'elle s'en rendit compte, elle se détacha de son visage et lui demanda :

— Steph ? Ça ne va pas ?

— Ce n'est rien. C'est juste que je suis très fatigué et que j'ai beaucoup de problèmes à régler au bureau... D'ailleurs, il faut que je te laisse maintenant, ajouta-t-il en se levant... Tu embrasseras la petite pour moi ?

Estelle feignit de croire à son explication. Elle aussi avait besoin de se retrouver seule, pour faire le point et surtout ne pas inquiéter Camille.

— Je vous aime, lui dit-il avant de sortir de l'appartement.

Ce ne fut qu'au pied de l'immeuble qu'il réalisa qu'il avait oublié de prévenir son chauffeur. Il dut encore attendre quinze minutes dans le hall d'entrée, mais n'osa pas remonter une dernière fois. Il avait trop peur que sa fille le vît dans cet état, les yeux gonflés de larmes.

Stéphane réclama à Georges qu'on le laissât seul jusqu'au lendemain matin. Pour ne pas inquiéter Valentine, il accepta un plateau-repas qu'il mangerait plus tard en regardant un film. Enfin seul, il avala trois whiskys en moins de vingt minutes, allongé sur le canapé de son bureau. Le trop-plein d'émotion de ces dernières vingt-quatre heures finit par ressortir de sa poitrine dans un torrent de larmes. Les images des visages de Max et de

Christelle s'intercalaient entre celles de Camille et d'Estelle, mais les premières étaient sans cesse effacées par les secondes, comme un dessin dans le sable humide par le flux des vagues.

38

Dimanche 4 juin 2028, 11 heures, clinique du professeur Laffitte.

Comme promis, Stéphane avait appelé Rémy tôt ce matin-là pour lui confirmer sa visite. Il avait été hanté toute la nuit par cette terrible épreuve qui l'attendait. Car c'était ainsi qu'il voyait à présent sa rencontre fortuite avec son fils, qu'il avait en quelque sorte abandonné, sans le savoir, plus de dix-huit ans auparavant. Aujourd'hui, il allait devoir annoncer à Christelle qu'il avait échoué de la pire manière qui fût dans son rôle de père, après lui avoir promis de veiller désormais sur leur enfant. Mais il ne se sentait pas le droit de l'abandonner une nouvelle fois en fuyant ses responsabilités.

Le professeur Laffitte ne mit pas longtemps à ressentir l'angoisse et la détresse de son ami. Il avait pourtant espéré une réaction moins vive, eu égard au caractère très récent de sa nouvelle paternité et de ses retrouvailles avec son amour de jeunesse.

— Comment va Christelle ce matin ?

— Bien, puisqu'elle ne sait toujours rien. Elle commence seulement à s'impatienter de revoir son fils. J'ai augmenté sa dose de tranquillisants depuis hier soir.

Le psychiatre remarqua la soudaine pâleur du visage de Stéphane.

— Je crois que tu devrais toi aussi prendre un petit calmant. Si elle te voit dans cet état, elle comprendra avant même que tu n'aies ouvert la bouche.

— Ce serait peut-être mieux, non ?

— Il faut que tu sois fort, Stéphane. Pour elle autant que pour toi.

— J'ai peur qu'elle ne soit pas encore prête à…

— Elle ne le sera jamais. Aucun parent n'est préparé à cela… Et pourtant, le temps finit le plus souvent par atténuer la peine.

— Et si ça la rendait folle ?

— Ce n'est pas impossible, mais reculer l'échéance n'y changera rien. Par contre, elle aura besoin, dans tous les cas, de beaucoup de soutien pour s'en sortir… Et ce soutien, c'est toi maintenant…

— C'est bon. Donne-moi quelque chose et on y va.

À mesure que les paroles de Stéphane prenaient sens dans l'esprit de Christelle, son visage était déformé par des rictus d'incompréhension, de souffrance, puis de profonde colère. Seuls sortaient de sa bouche des petits cris contenus, entrecoupés de hoquets. Ses yeux dégoulinaient de larmes et des filets de salive s'étiraient entre ses mâchoires à demi ouvertes. Elle regardait Stéphane, mais ne semblait pas le voir. Elle se mit à lui marteler le visage et la poitrine. D'abord lentement, puis de plus en plus vite et de plus en plus fort. Stéphane la laissa faire au début, mais finit par ressentir la douleur de ses coups répétés. Alors, il lui saisit les deux épaules et l'attira contre lui avant de l'enserrer dans ses bras. C'est alors que des mots accompagnèrent ses cris.

— Nooon ! Pourquoi mon bébé ? Pourquoi ?… Ce n'est pas possible….

Stéphane ne put contenir ses larmes. Il regarda par-dessus l'épaule de Christelle en direction du psychiatre, à la recherche d'une aide, d'un signe… Mais, bien que rassuré par l'expression franche des sentiments de sa patiente, le professeur Laffitte restait comme toujours très réservé en matière de diagnostic. « La complexité du cerveau humain nous oblige à la plus grande humilité », répétait-il souvent à ses étudiants.

Lorsqu'elle commença à retrouver un semblant de contrôle de soi, Christelle repoussa énergiquement Stéphane. Ses yeux étaient rouges et inondés de larmes.

— Tu m'avais promis de veiller sur mon bébé !… Tout ça est de ta faute !… Va-t'en !… Va-t'en ! hurla-t-elle.

Elle était tellement aveuglée par sa douleur et par ses larmes qu'elle ne voyait même pas la souffrance de Stéphane. Le professeur s'approcha de ce dernier et lui fit comprendre qu'il valait mieux qu'il partît pour ne revenir que le lendemain.

— Sa réaction est normale et, à vrai dire, rassurante. J'avais très peur qu'elle n'intériorise sa colère et qu'elle s'enferme dans une bulle, dont elle aurait pu ne jamais ressortir.

Lundi 5 juin 2028, Paris, rive gauche, port de La Bourdonnais.

Estelle avait été appelée alors qu'elle était en route pour son bureau. Le corps de François du Plessis avait été découvert ce matin-là par un marinier qui venait décharger sa cargaison dans le port de La Bourdonnais, entre le pont d'Iéna et la passerelle Debilly. En voulant se dégourdir les jambes sur le quai, l'homme avait remarqué une voiture plutôt luxueuse d'où sortait, par une vitre entrouverte, côté passager, une nuée de mouches. En s'approchant, il avait aperçu la silhouette d'un corps inerte, dans une position étrange. À la vue de la grosse tache brune derrière la vitre explosée du conducteur, il n'avait pas cherché à en voir plus et avait appelé la police.

— Quelle poisse ! dit Estelle en arrivant sur les lieux. Vous êtes certain que c'est bien lui ?

— Sûr et certain, répondit Da Silva. Je l'ai tout de suite reconnu. En plus, il avait ses papiers sur lui.

— Où est-il ?

Da Silva désigna une voiture garée au fond du parking, loin des autres. Plusieurs silhouettes blanches de la scientifique s'y affairaient encore. La première chose que vit la commissaire divisionnaire fut l'ouverture béante de la boîte crânienne de la victime reposant contre les débris de verre de la vitre de la portière avant gauche. En un éclair, l'image de Max allongé sur le dos lui revint à l'esprit. Elle eut juste le temps de se retourner et de se précipiter à quelques mètres de là, pour vomir contre un arbre.

— Bienvenue au club, lui cria Da Silva.

— Quelque chose qui ne passe pas, De Jong ? demanda Thorigneau.

Estelle se ressaisit instantanément. Elle ne voulait surtout pas faire ce plaisir à son collègue de la scientifique.

— À quand remonte la mort ?

— Quelque part entre vendredi dernier à 17 heures et samedi à 2 heures. Mais j'en saurai plus après analyse des températures ambiantes, heure par heure, jusqu'à maintenant.

— Est-on certain qu'il s'est bien « suicidé » à l'intérieur de ce véhicule ?

— Les traces de poudre dans l'habitacle attestent que le coup a bien été tiré dans cette voiture. Quant à savoir avec certitude qui tenait l'arme, c'est encore un peu tôt pour le dire… Cela dit, il a bien sur la main des traces de poudre brûlée et son index droit était relié au pontet du pistolet.

— Dans ce cas, veuillez procéder à une autopsie, dit Estelle.

— À vos ordres, madame la commissaire divisionnaire, répondit le patron de la scientifique.

Estelle repartit alors pour son bureau. Elle était totalement remontée contre son directeur. La mort de François du Plessis, qu'il se fût agi ou non d'un suicide, laissait en suspens de nombreuses questions. Où était passé tout l'argent détourné par le DAF de GRI ? N'avait-il pas d'autres complices, en dehors de Massimo ? Ce dernier n'était sans doute qu'un simple exécutant. Qui tirait les ficelles ? Et pourquoi un homme, qui avait probablement dérobé des dizaines de millions d'euros, se serait-il donné la mort alors qu'il aurait pu disparaître n'importe où dans le monde ?

Lorsqu'elle arriva dans les locaux d'Europol, sa première question à son équipe fut :

— Pas de bavure ? Pas de suicide cette nuit, parmi nos suspects ?… Alors, réunion générale dans trente minutes.

Ensuite elle s'enferma dans son « bocal ». La seule voix qu'elle voulait entendre et écouter à ce moment était celle de Stéphane. Elle décida donc de l'appeler et de s'enquérir de ses nouvelles, puisqu'ils ne s'étaient pas parlé depuis qu'ils s'étaient quittés, le samedi soir.

— Allô, Stéphane ? Tu vas bien ?

— Pas trop. Et toi ?

— Pas du tout, pour parler franchement… Je pensais avoir bouclé une grosse affaire de meurtres en arrêtant l'assassin, et aujourd'hui je découvre le corps de son commanditaire.

— François du Plessis ? demanda Stéphane.

— Exactement. Comment le sais-tu ?

— Parce que c'était lui qui avait le plus intérêt à voir disparaître ces personnes pour récupérer leurs acomptes. Et comme tu m'as dit qu'il avait un excellent alibi pour chacun des meurtres, il y avait de fortes chances pour qu'il ait fait appel à un tueur à gages…. J'imagine qu'il a été assassiné, non ? Peut-être même par son homme de main ?

— Pas du tout. D'après nos premières constatations, il s'est suicidé.

— En abandonnant une véritable fortune ? Impossible… Est-ce qu'il a expliqué son geste, au moins ?

— Nous n'avons rien trouvé pour l'instant.

— Un conseil, Estelle, demande une autopsie de du Plessis.

— C'est déjà fait.

— Je te parie que vous découvrirez qu'il a été plus ou moins aidé… En tout cas c'est à espérer, parce que, dans le cas contraire, vous n'aurez plus aucune chance de retrouver la trace des sommes détournées.

— Ça te dirait de travailler dans mon équipe ? J'ai besoin d'aide en ce moment.

— Je te l'ai déjà dit, Estelle, j'ai d'autres projets pour nous…. Rappelle-moi quand tu auras les résultats de l'autopsie. Je t'embrasse.

— Moi aussi, répondit Estelle, alors que Stéphane avait déjà raccroché.

La commissaire divisionnaire expédia sa première réunion de la semaine en moins de trente minutes. Elle exigea que l'on mît la pression maximum sur Massimo. Il représentait probablement la dernière chance de savoir où du Plessis cachait l'argent ou s'il avait un autre complice. Elle demanda que l'on fît revenir d'urgence Jean Desroches pour le confronter à l'Italien. « Qui sait ? Ces deux-là se connaissent peut-être ? »

Encore une fois, Estelle décida de surveiller les interrogatoires aux côtés de la psychologue. Ne voulant pas froisser son premier lieutenant, elle les confia à Portal. Massimo était déjà très affaibli lorsqu'il arriva dans la salle numéro 2. Il avait appris la perte de quatre des siens, et même s'il se chamaillait souvent avec Tcheng et s'il n'avait pas vraiment d'affinités avec les trois autres, il en avait été affecté.

— Tu nous as bien menés en bateau, pas vrai Massimo ?

— Comment ça ? Je vous ai tout dit. J'ai avoué dix meurtres ! Ça ne vous suffit pas ?

— Oui, mais tu as cherché à en faire porter la responsabilité à un complice. Tu voulais absolument nous orienter vers lui pour nous faire croire que c'était lui qui cachait tout l'argent volé à tes victimes.

— Qu'est-ce que vous racontez ? Je vous ai dit qu'il me payait presque cent mille euros par tête !

— Pourtant, ce sont des millions qui ont été détournés !

— Mais je ne comprends rien à tout ça, je vous l'jure.

— Moi, je crois au contraire que tu comprends très bien et que tu avais bien prévu ton coup… Pas vrai ? hurla Portal en plaquant violemment devant l'Italien une photo en gros plan du crâne explosé de François du Plessis, dont seule une moitié du visage était encore reconnaissable.

Le claquement de la main fit sursauter Massimo une première fois, mais quand il reconnut son commanditaire, il fit un bond en arrière avec son siège.

— Je vous jure que c'est pas moi qui ai fait ça, cria Massimo.

— Il a vraiment l'air terrorisé, fit remarquer Christine Melville à Estelle.

— Portal, demandez-lui où il était vendredi dernier entre 17 heures et minuit.

— Dis-moi un peu où tu étais vendredi à partir de 17 heures, lui demanda Portal.

— Avec mes potes, dans le squat, comme d'habitude.

— Tout ce temps-là, sans interruption ?

— Ben ouais, pourquoi ?

— Ce n'est pas ce que tes potes nous ont dit. Tous ont dit que tu n'étais arrivé à la planque qu'après 22 heures vendredi. Plus de témoin entre 17 heures et 22 heures, c'est vraiment pas bon pour toi, parce que c'est pendant ce temps que ton complice a été tué. Alors, de là à penser que tu l'as éliminé pour récupérer le reste de l'argent et le faire taire…

— Je vous jure que je n'ai rien à voir avec sa mort.

— Je suis prêt à te croire, Massimo, mais dans ce cas il faut que tu nous montres ta bonne volonté pour nous aider. Je suis sûr que tu en sais plus que tu ne le prétends… En tout cas, c'est le bruit que je vais faire courir autour de toi, et ceux qui ont mis ton complice dans cet état ne tarderont pas à te faire subir le même sort…

Estelle était convaincue que l'Italien était à deux doigts de craquer. Alors, elle suggéra à Portal de lui montrer la photo des cadavres des dirigeants de J. S. & W. Real Estate. Le lieutenant fouilla dans son dossier et en ressortit la photo du premier corps qui avait été extrait de son sarcophage de béton. Massimo en fut complètement retourné et se déclara prêt à avouer tout ce qu'on voudrait.

Lenoir entra dans la pièce et annonça que Jean Desroches était arrivé. La commissaire demanda qu'on l'installât dans la salle numéro 1. Elle commençait à avoir peur. Elle ne croyait pas à la thèse du suicide de François du Plessis et elle ne parvenait pas à se sortir de la tête que le patron de GRI avait quelque chose à voir dans cette affaire. Et dans ce cas, il avait bénéficié d'informations de première main, grâce à Fabrice Veranchon. « Si ces gens-là ont décidé d'éliminer tous les témoins de leurs exactions, mieux vaut ne pas les approcher de trop près », pensa Estelle.

— Laissez-moi seule cinq minutes avec lui, dit-elle en quittant la salle de contrôle.

— Bonjour, monsieur Desroches. Comment allez-vous ?

— Je croyais avoir été mis hors de cause dans cette affaire de détournement de fonds. Qu'est-ce que vous me voulez, cette fois ?

— J'ai encore besoin de votre collaboration pour répondre à quelques questions restées en suspens.

— Pourquoi moi ? Demandez à monsieur du Plessis.

— J'aurais préféré, mais en l'occurrence ça n'est plus possible... il est mort, répondit Estelle en glissant vers lui la photo du cadavre.

« Boucles d'or » eut d'abord un mouvement de recul en voyant le visage mutilé de son ex-« relation d'affaires ».

— Quelle horreur !... Attendez un peu ! Vous n'êtes pas en train de me dire que vous me suspectez de l'avoir tué, tout de même ?

— Non, rassurez-vous. De toute évidence, il s'est suicidé... avec ce pistolet que vous voyez accroché à son index.

Jean se pencha en avant pour mieux voir la photo. Il hésita quelques secondes et dit :

— Il ne s'est pas suicidé. Il a été assassiné !

— Comment ça ?... On a vérifié. Il avait l'arme dans la main et on y a trouvé des traces de poudre brûlée.

— La mise en scène vous a peut-être bernée, commissaire, mais elle n'était pas parfaite...

— C'est bon, monsieur Desroches, cessez ce petit jeu et venez-en au fait.

— Monsieur du Plessis était gaucher. Je peux vous l'assurer. J'ai joué plusieurs fois au tennis avec lui. Par conséquent, il n'a pas pu se servir d'une arme à feu avec sa main droite.

Estelle resta quelques secondes sans réaction. « Ou cet homme est innocent, pensa Estelle, sinon pourquoi nous aurait-il dissuadés de croire au suicide de du Plessis ? Ou alors, il cherche à détourner nos soupçons en collaborant avec zèle. »

— Vous réalisez que vous devenez dans ce cas un de nos principaux suspects ?... Où étiez-vous dans la soirée de vendredi, entre 17 heures et minuit ?

— Ça fait plaisir de vous aider... J'ai quitté le bureau vers 17 h 30, comme tous les vendredis. Ensuite, je suis passé chez moi pour me changer.

— Quelqu'un pourrait-il le confirmer ?

— Je suis célibataire. Alors non.

— Et après ?

— J'ai fait une partie de squash entre 18 h 30 et 19 h 15, à mon club, à cinq minutes à pied de chez moi. Et ça, mon partenaire pourra en témoigner. Après quoi, je suis repassé à la maison pour me changer de nouveau, avant de repartir en voiture pour passer la soirée et une partie de la nuit au Blue Lagoon, sur les Champs.

— Eh bien, nous allons vérifier tout ça... En attendant,

regardez bien l'écran devant vous et dites-moi si vous reconnaissez cet homme. Et surtout, n'essayez pas de me mentir.

Estelle alluma l'écran tactile intégré dans la table et chercha les images des caméras de surveillance de la salle numéro 2. Du bout des doigts, elle agrandit l'image et la retourna vers son suspect. Massimo était enfoncé dans son fauteuil et semblait très nerveux.

— Alors ? Vous le reconnaissez ?

— Pourquoi ? Je devrais ?

Estelle entendait les commentaires de la psychologue, qui continuait d'observer la scène, mais sans entendre les conversations, puisque la commissaire divisionnaire avait coupé le micro.

— Je crois qu'il dit la vérité, dit Christine Melville.

Au même moment, le portable d'Estelle sonna. C'était Thorigneau qui lui demandait de venir tout de suite dans son labo. Craignant un piège de macho, Estelle préféra se faire accompagner par Chantal Parisot.

— Alors, De Jong, on vient avec son chaperon ?

— C'est bon, Thorigneau, viens-en au fait.

— Je voulais te dire que tu avais eu du flair en me demandant une autopsie de la victime... *A priori*, en observant le corps nu, on ne voit que quelques petites contusions au niveau des jambes, des bras, des poignets et des chevilles, mais rien d'inquiétant. Nous avons également trouvé des traces de diverses substances chimiques dans son sang, mais, là encore, pas en quantité suffisante pour soupçonner un empoisonnement volontaire. Pourtant, quelque chose de plus banal a attiré mon attention.

— De quoi s'agit-il ? demanda Estelle pour lui faire plaisir.

— Des résidus de vaseline pure, ici, sur le pourtour de l'anus, précisa le légiste.

Chantal Parisot détourna le regard et s'écarta de la table.

— Même si les usages habituels de cette substance sont connus, j'ai tout de même voulu en savoir plus dans le cas qui nous concerne.

— Et ? relança Estelle.

— J'ai passé le corps au scanner d'autopsie non invasive et voilà ce que j'ai découvert.

Michel Thorigneau s'approcha de l'écran tactile et lança le film d'animation en 3D composé à partir des dizaines de milliers d'images produites par le scanner.

— Tu vois ces taches violacées et noires sur les parois du côlon, dans la partie descendante ?

— Il avait un cancer ?

— Non. On aurait trouvé des polypes ou des tumeurs, dans ce cas.

— Qu'est-ce que c'est alors ?

— Le pauvre homme a été torturé… de l'intérieur.

— Tu me fais marcher !

— Pas du tout… Regarde plus loin. À l'endroit de la courbure entre la sortie du côlon et le haut du rectum. Ces stries rouges sont les traces du passage d'un instrument médical utilisé autrefois pour réaliser des coloscopies. Les tortionnaires ont dû ajouter à son extrémité une électrode reliée à un générateur. Il a dû souffrir le martyre. Ils lui ont infligé des brûlures d'intestin à la puissance dix. Et d'ailleurs, sous le gras de son ventre, on peut sentir des déchirures musculaires de ses abdominaux, provoquées par les contractions dues à la douleur.

— Tiens, appuie là !

— Quelle horreur !

— D'autant plus que ses bourreaux se sont acharnés !

— Qu'est-ce qui te le fait croire ?

— En analysant son cœur, on a pu voir des microlésions qui montrent que l'organe était à la limite de la fibrillation peu avant sa mort. Et sur la surface du muscle cardiaque, sur ces images en 3D, ces deux points que tu vois, ici et là, sont des marques d'injections de digitaline qui ont dû servir à le ranimer au moins deux fois.

— Mais comment s'y sont-ils pris pour le maintenir en place sans laisser de marque de contusion aux endroits du corps par lesquels il était attaché ? Il a dû être enfermé dans un endroit aménagé en conséquence.

N'en pouvant plus d'entendre ces horreurs, Chantal Parisot était déjà repartie.

— Et après l'avoir fait copieusement souffrir, ajouta Estelle, ils l'ont tué en faisant passer sa mort pour un suicide.

— Et pour ça, les assassins ont poussé le raffinement jusqu'à lui injecter un relaxant musculaire avant de le tuer, afin d'atténuer la crispation causée par les séances de tortures. Une méthode digne de la mafia, conclut Thorigneau.

— La mafia aurait plutôt choisi de faire de sa torture un spectacle dissuasif pour ses rivaux, rectifia Estelle. Ce que je crois, c'est qu'on a voulu lui faire avouer où il avait caché les millions volés aux victimes, avant de le faire taire définitivement... Est-ce que tu peux me donner une fourchette horaire plus précise pour la mort ?

— Entre vendredi 23 heures et samedi 2 heures.

— Ce qui met mon jeune Italien hors de cause. Avec ça, je suis à nouveau dans le brouillard. Beau travail quand même, Thorigneau, ajouta Estelle en quittant le laboratoire.

Estelle De Jong retourna dans son service et retrouva Portal.

— Desroches n'est pas notre homme. Il va falloir le libérer. Mais avant cela j'aimerais encore lui parler, hors micro.

— J'ai une bonne nouvelle pour vous, monsieur Desroches. Vous êtes définitivement hors de cause… Toutefois, il est de mon devoir de vous mettre en garde. Ce petit trafic, auquel vous avez été mêlé sans le vouloir, semble causer malheur à ses auteurs… François du Plessis a bien été assassiné, comme vous l'aviez pressenti… Mais avant cela, il a été atrocement torturé.

Estelle entendit le commentaire de la psychologue.

— Je ne sais pas ce que vous êtes en train de lui raconter, commissaire, mais si vous cherchiez à lui faire peur, alors, vous avez réussi.

— Ceux avec qui travaillait François du Plessis semblent déterminés à éliminer quiconque pourrait les gêner. Et cela, de la manière la plus sauvage qui se puisse concevoir… Alors, suivez mon conseil, monsieur Desroches, oubliez ce genre de magouilles à l'avenir… Sur ce, vous êtes libre.

— Mais, commissaire, vous n'allez pas me mettre sous protection policière ?

— Vous savez bien que je n'en ai pas les moyens. De plus, vous n'êtes pas suffisamment important pour réclamer une protection officielle… Faites donc appel à une société privée. Et surtout, ne parlez de tout ça à personne. Vous m'entendez ? Absolument personne !

Il n'y avait pas que Desroches qui avait peur. Estelle aussi craignait pour elle et pour sa fille. Quelle que fût l'implication de Xavier Lescuyer, elle devait à tout prix éviter de mettre son directeur dans la confidence. « Le mieux serait de lui faire croire que l'affaire est close pour les sept victimes de Massimo et pour l'assassinat de monsieur Potevin par Tcheng, pensa Estelle. Et pour l'argent détourné, la mort de François du Plessis enlève tout espoir de le retrouver. » Plus que jamais Estelle éprouva le besoin de partager ses angoisses avec le seul homme en qui elle pouvait encore avoir confiance : Stéphane.

Elle l'appela et lui fixa rendez-vous devant leur restaurant italien à 18 heures. Craignant d'être entendue, elle lui suggéra d'utiliser sa voiture comme lieu de rencontre. Elle lui confia tout ce qu'elle savait, sans omettre un seul détail.

— Cette affaire me dépasse, Steph. Et surtout, je ne sais plus à qui me fier dans mon service. Ce François du Plessis était supposé avoir agi seul. Mais son assassinat prouve le contraire. J'ai des doutes à propos de son patron, Xavier Lescuyer, mais je ne peux pas enquêter sur lui. Lui et mon patron sont amis, tu comprends ?

— Tu veux que j'enquête discrètement, de mon côté, c'est cela ?

— Non, Stéphane. J'ai peur pour Camille et pour moi. Ces gens sont monstrueux. Le sort de François du Plessis n'a pas été plus enviable que celui des dirigeants de J. S. & W. Tu t'en souviens ?

— Ceux qui ont été coulés vivants dans le béton ?

— Exactement… Mais toi, tu n'as pas vu leurs visages tuméfiés. Tu n'as pas lu l'horreur dans leurs yeux. Moi, j'en fais encore des cauchemars.

Assise à côté de lui, à l'avant de son Hummer blindé, Estelle le regarda avec un air de biche affolée par le feu qui l'entoure et lui agrippa les deux mains.

— Camille a besoin de toi, Stéphane… J'ai besoin de toi. Je… j'ai peur de te perdre.

— Moi aussi, je tiens à vous.

— Alors, oublions tout ça. Partons d'ici et allons vivre dans ton paradis, tous les trois… Promets-moi que tu ne prendras plus aucun risque à présent ! Jure-le-moi !

— Je te promets de faire attention… Je t'aime, ajouta Stéphane en approchant ses lèvres de celles d'Estelle.

39

Paris, vendredi 9 juin 2028.

Une nouvelle perquisition au domicile de François du Plessis, boulevard d'Inkermann, à Neuilly-sur-Seine, avait permis de retrouver l'imprimante ayant servi à éditer les relevés des comptes des victimes du Royal Poker Club, que l'assassin leur avait plantés dans le cœur. Il n'y avait donc plus aucun doute sur la complicité entre les deux hommes. Cela suffit en tout cas à convaincre Fabrice Veranchon de clore cette enquête, ainsi que celle relative à l'assassinat de Lucien Potevin.

Le patron de la section antiterroriste promit à Estelle De Jong de tenter de persuader son ami Xavier Lescuyer de rembourser les parents des victimes identifiées de son collaborateur indélicat. La commissaire divisionnaire comprit immédiatement que son directeur l'invitait ainsi à ne plus se mêler de cette affaire en aucune manière, ce à quoi, contrairement à son habitude, elle consentit avec un grand soulagement. Veranchon savait que le président de GRI était rentré la nuit dernière de son voyage de prospection en Grèce. Il attendit donc 11 heures pour l'appeler.

Au son de sa voix, Fabrice trouva son ami d'excellente humeur et ce dernier accepta volontiers de le retrouver au restaurant à l'heure du déjeuner.

— Avez-vous fait bon voyage ?

— Très enrichissant, cher ami. Les affaires reprennent. Je viens de passer un accord fabuleux qui va me permettre de relancer tous mes programmes de constructions en attente… Je dois vous avouer qu'il était moins une !… Au fait, avez-vous enfin mis la main sur cette ordure de du Plessis ?

Veranchon marqua un temps d'arrêt avant de répondre. Il ne savait pas trop quoi penser. Jouait-il une comédie ? Ou n'était-il vraiment pas au courant ?

— On l'a retrouvé…

— Excellente nouvelle, cher ami. Vous auriez dû commencer par là quand vous m'avez appelé ce matin… Et alors, il vous a dit où il avait caché mon argent ?

— Pas à nous, non… On ne lui en a pas laissé le temps.

— Qu'est-ce que c'est que ce charabia, Veranchon ?

— Il était déjà mort quand mes hommes l'ont découvert, lundi dernier.

— Quoi ? cria Lescuyer, qui en avait oublié qu'ils se trouvaient dans un lieu public… Qu'est-ce qui s'est passé ? murmura-t-il ensuite.

— Officiellement, il s'est suicidé, sans laisser la moindre explication de son geste.

— Comment ça, officiellement ?

— C'est la version que j'ai préféré garder pour le rapport de nos services, dans le but de vous éviter un scandale… C'est bien ce que vous souhaitiez, n'est-ce pas ?

— Oui, oui bien sûr, marmonna le président de GRI… Mais alors, qu'avez-vous découvert en réalité ?

— Il… il semblerait que votre DAF ait été… torturé, avant d'être exécuté d'une balle en pleine tête.

Xavier Lescuyer reçut l'annonce comme un choc. Il resta un long moment figé, tel un boxeur qui vient d'avoir le souffle coupé par un violent direct dans l'estomac. Petit à petit, il se remémora le regard et le ton de Vasili lorsqu'il lui avait involontairement révélé les malversations de son DAF. « Un collaborateur indélicat ? C'est très fâcheux ! Dois-je vous rappeler que nous sommes actionnaires de GRI à hauteur de quinze pour cent et que notre échange porte sur trente-quatre pour cent supplémentaires ? Si une indélicatesse a été commise, nous en sommes les victimes autant que vous. » Fabrice Veranchon pouvait lire la peur plus que la colère sur le visage de son ami.

— D'après vous, qui a pu faire ça ? demanda-t-il.

Le patron de GRI se reprit. « De toute façon, je ne peux plus reculer, pensa-t-il. Si Vasili est dans le coup, j'ai intérêt à la fermer, si je ne veux pas terminer comme ce petit salopard. Et si les flics découvraient la vérité, je serais ruiné par le scandale. »

— Comment voulez-vous que je le sache, Veranchon ?

— Je vous demandais ça à tout hasard.

— Personne ne doit savoir ! Compris ?

— Vous pouvez compter sur moi, soyez-en sûr !

— À la bonne heure !

— Chose promise…

— Chose due… À ce propos, cher Fabrice, j'ai une bonne nouvelle pour vous. Votre maison sur l'île de Santorin devrait être terminée au plus tard fin septembre.

— Vraiment ? demanda Veranchon en affichant un large sourire.

— De quoi vous offrir une belle retraite, n'est-ce pas ?

— Je l'espère, en tout cas, répondit-il en s'imaginant déjà y faire venir sa collaboratrice et la fille de celle-ci.

Le même jour, agence de GRI sur les Champs-Élysées.

Les événements des dernières semaines avaient fini de convaincre Stéphane qu'il était plus que temps de tout plaquer. Il avait rappelé ce matin-là Laurence de Selignac pour lui confirmer sa volonté de s'inscrire pour le prochain voyage de prospection à destination de la Crète et des îles Cyclades. Il avait obtenu « exceptionnellement » un rendez-vous à 13 h 30. « Je vais tâcher d'écourter mon déjeuner pour vous caser avant mon premier client de l'après-midi. » lui avait-elle dit. Il ne la reconnut pas tout de suite lorsqu'il vit s'avancer vers lui, d'une démarche féline, une femme brune à la silhouette élancée, vêtue d'une élégante robe fourreau en coton rouge et chaussée de sandalettes noires, qui descendait l'avenue sous un soleil presque vertical.

— Bonjour, monsieur Larieux. Je ne vous ai pas fait trop attendre au moins ? lui dit-elle en lui tendant la main.

Une très légère brise soufflait vers lui les fragrances subtiles de son parfum, *Shalimar*. Pendant qu'elle faisait signe au gardien en livrée bordeaux, resté à l'intérieur de l'agence, de lui ouvrir la porte, Stéphane admirait le léger décolleté en trapèze de la robe, révélant la naissance d'une poitrine aguicheuse. Ce qui n'échappa nullement à la meilleure commerciale de GRI en France, qui s'amusa de ce spectacle dans le reflet de la vitrine.

— Merci, Adrien, dit-elle au gardien en entrant dans l'agence.

Tout au long du couloir qui menait jusqu'au « temple d'Athéna », Stéphane se délecta du subtil balancement de ses hanches, soulignées par la coupe de sa robe et accentuées par la large ceinture de coton rouge qui lui enserrait la taille. « Reprends-toi, Stéphane, reprends-toi. Tu n'es pas venu pour ça. » pensa-t-il en s'efforçant de relever la tête.

Lorsqu'elle ouvrit la porte de son bureau, Laurence le pria d'entrer. Il put ainsi apprécier le joli dessin de ses lèvres rehaussées d'un rouge Dior, parfaitement coordonné à la couleur de sa robe et de ses boucles d'oreilles. En passant devant elle, il ne put s'abstenir d'inspirer une nouvelle bouffée de son parfum aux senteurs de bergamote, de citron et de fleurs de vanille.

— Vous avez beaucoup de chance, monsieur Larieux.

— C'est vrai, mademoiselle de Selignac. Je vous remercie infiniment de me recevoir pendant l'heure de votre déjeuner.

— Oh, c'est tout à fait normal. Mais je ne parlais pas de cela... Nous venons tout juste d'obtenir de nouveaux emplacements exceptionnels, dont vous allez avoir la primeur.

Elle fit pivoter l'écran de son ordinateur et lui montra le film que son patron lui avait fait livrer le matin même, après son retour de Grèce. Il s'était en fait contenté de reprendre, tel quel, le film réalisé par Chevtchenko Real Estate, sur lequel il avait demandé à sa fidèle Annabelle Montignac d'enregistrer quelques commentaires accrocheurs en français, rédigés à la hâte par son service marketing.

— C'est véritablement impressionnant, mademoiselle... Quand pourrai-je me rendre sur place ?

— Je comprends votre impatience, monsieur Larieux. Mais d'abord, je vais vous demander de remplir un questionnaire détaillé. Il me semble vous en avoir déjà parlé.

— Je m'en souviens très bien, mademoiselle de Selignac.

Après avoir sélectionné une soixantaine de critères de préférence, Stéphane accepta de signer un contrat temporaire, duquel il fit biffer les articles 27-1 et 27-2. Il réclama également un formulaire sur lequel il pourrait désigner ses légataires, en cas de décès avant le règlement définitif de la totalité des sommes dues.

— C'est une sage précaution, monsieur Larieux. Maintenant, je dois vous demander vos coordonnées bancaires, afin que nous puissions vérifier votre solvabilité, à hauteur du budget maximum que vous aurez défini.

Stéphane lui communiqua ces éléments, qu'il avait déjà préparés avant de venir.

— Dans combien de temps me recontacterez-vous pour m'informer de la date du prochain voyage de prospection ?

— Au plus tard mercredi, monsieur Larieux.

Son client suivant étant arrivé entre-temps, la jeune femme se leva et raccompagna Stéphane jusqu'à la porte de son bureau. Elle lui serra longuement la main.

— J'attends votre appel avec impatience, mademoiselle de Selignac.

— Appelez-moi Laurence, ce sera plus simple, lui répondit-elle en lui adressant un sourire éclatant.

40

Mercredi 14 juin 2028, Créteil.

Les tensions entre les différents quartiers qui formaient le Grand Paris n'avaient jamais cessé de s'accroître. Même au sein de chacun d'eux, la situation était devenue intenable. Le cheikh Yusef Ali Al-Mansour voyait son autorité contestée un peu plus chaque jour, et cela, malgré le sort qu'il réservait à ses opposants. Pour s'assurer que personne ne l'oubliât, il avait confié la garde symbolique de la porte d'entrée de sa propriété à deux hommes qui avaient eu la mauvaise idée d'enlever une femme et son fils dans une autre ville et de les ramener à l'intérieur du quartier, en vue de les monnayer contre une rançon. Pour faire bonne figure auprès des autorités officielles, autant que pour affirmer sa propre autorité, il leur avait fait couper le bras droit et crever un œil à chacun. Ils étaient depuis lors condamnés au rôle de chiens de garde. Et pour être certain qu'ils ne le trahiraient pas, il leur avait fait poser un bracelet électronique. L'effet dissuasif avait été indéniable pendant près d'un an, mais ensuite, d'autres prétendants étaient apparus, à qui rien ni personne ne semblait faire peur.

Les gens simples continuaient pour leur part d'accepter docilement leur sort. À vrai dire, la chose avait été grandement facilitée par leur nouveau régime alimentaire que le cheikh Al-Mansour leur imposait sur les recommandations de Jacques Pamiers. Malheureusement, les petits caïds avaient découvert la combine des compléments alimentaires spécialement enrichis en nutriments essentiels et en vitamines, et en avaient fait un trafic parallèle qui échappait au chef du quartier musulman de Créteil, mais aussi jetait sur lui le discrédit. Une véritable guerre de gangs s'en était suivie. Mais plus les représailles contre les petits caïds étaient violentes, plus forte devenait leur détermination à détrôner Al-Mansour. Le problème était que les règlements de compte commençaient à perturber la tranquillité relative des populations. En réaction, des milices se formaient pour assurer la défense d'une rue, d'un immeuble ou d'un pâté de maisons. Dans le même temps, la police et l'armée étaient trop occupées à protéger les élites pour intervenir dans ces quartiers populaires. Il fallait en conséquence réagir au plus vite pour éviter des émeutes. Les chefs des quartiers voisins n'aimaient pas particulièrement le cheikh Al-Mansour, mais ils craignaient plus encore les gangs qui tentaient de prendre sa place. Ils acceptèrent donc de le soutenir en faisant obstruction à ses concurrents et décidèrent de se réunir en secret dans le sous-sol d'un bâtiment désaffecté, quelque part à la frontière entre les quartiers musulman, juif et chrétien.

Il régnait dans les locaux techniques une chaleur humide et étouffante. On y avait aménagé trois galeries souterraines afin d'en permettre un accès très discret à toute heure du jour ou de la nuit. Elles étaient reliées à des immeubles anodins situés dans chacun des trois quartiers. Afin de donner un semblant de solennité, mais aussi de confort, à cet endroit sordide, les trois chefs de quartier avaient fait construire au milieu du local une structure préfabriquée composée de panneaux hautement isolants et équipés de vitres blindées sur leur moitié supérieure. Le bloc de survie, comme on le nommait, était équipé d'un système de climatisation, d'une réserve d'air comprimé et d'un stock de boissons et d'aliments en conserves. Malgré la fraîcheur de l'air à l'intérieur du bloc, la tension était très forte. Chaque chef de quartier était accompagné de son garde du corps personnel et de sa caution morale. En effet, bien que le caractère mafieux des méthodes utilisées dans chaque quartier n'échappât à personne, chacun de leurs responsables avait cru devoir s'associer à un dignitaire religieux. Le cheikh Ali Al-Mansour, chef du quartier musulman, était assis aux côtés de l'imam Abdelhakim Benaziz. Marco Lemercier, chef du quartier chrétien, avait choisi le père Clément. Et enfin, Albert Bensoussan se faisait assister par le rabbin Schlomo Goldberg. Les avis de la population étaient très partagés sur les raisons qui avaient poussé ces hommes de religion à s'acoquiner avec de vulgaires chefs de gangs, mais beaucoup s'accordaient pour dire que, sans cela, les exactions et autres abus de pouvoir de leurs hommes de main eussent été beaucoup plus graves et plus nombreux.

— Mes chers amis, commença Al-Mansour, je vous remercie d'avoir accepté mon invitation.

— Pour être honnête, cheikh, si je suis ici c'est parce que je suis conscient que beaucoup de nos intérêts coïncident avec les vôtres. Une mini guerre civile dans votre quartier aurait immanquablement des répercussions chez nous, n'est-ce pas monsieur Bensoussan ?

— Certes, monsieur Lemercier. Mais en ce qui nous concerne, nous sommes très inquiets des moyens dont disposent certaines bandes du quartier musulman et qui nous narguent toutes les nuits depuis trois semaines. Plusieurs témoins affirment avoir aperçu, sur l'épaule d'un de ces voyous, ce qui ressemblait à un lance-roquette.

— Ne soyez donc pas paranoïaque, monsieur Bensoussan. Aucune arme de ce type ne circule dans mon quartier.

— Je l'espère, monsieur Al-Mansour, pour nous tous. Parce que si nos agents de sécurité en trouvaient la confirmation, nous n'attendrions pas que l'un de vos administrés en fasse usage pour intervenir. Et si vous êtes incapable de résoudre ce genre de problème sur votre territoire, alors nous nous en chargerons.

— Je suis venu en paix, cher ami… Ne me le faites pas regretter.

— Oh là, mes amis. Du calme je vous prie.

— Rassurez-vous, monsieur Lemercier, répondit Albert Bensoussan. Notre ami le cheikh Ali Al-Mansour sait très bien ce que je veux dire. Il sait autant que moi à quel point il est impossible de faire cohabiter dans la paix deux populations traditionnellement hostiles, si l'une d'elles est maintenue en état d'infériorité militaire et économique constante par rapport à l'autre. Seul un équilibre des forces et des moyens peut dissuader les illuminés d'abuser de leur puissance ou d'obéir aux voix du désespoir.

— Il me semble, dit le père Clément, que nous serons tous d'accord pour reconnaître que nous avons tous plus à perdre qu'à gagner en nous divisant… Que Dieu nous en préserve !

Sans échanger un regard, l'imam Benaziz et le rabbin Goldberg acquiescèrent par un « amen » à peine audible.

— Je ne sais pas comment cela se passe chez vous, dit Al-Mansour, mais nous avons beaucoup de mal à faire respecter nos lois. Plus nous durcissons les sanctions contre ceux qui bafouent notre autorité, plus ces voyous deviennent audacieux et arrogants. Ils agissent comme s'ils n'avaient plus rien à perdre, à l'exception de la vie bien sûr. Et même cela ne les retient pas !

— Il faut avouer que la vie dans nos quartiers n'a plus grand-chose à offrir de plaisant, remarqua le rabbin. On n'y trouve aucun travail, en dehors de petits boulots ingrats et mal rémunérés. Nos enfants vont en classe en guenilles et, le plus souvent, le ventre vide. Ceux qui restent à la maison n'arrivent plus à se concentrer plus de deux heures par jour pour suivre les cours à distance. Le reste du temps, ils vivent une vie artificielle devant leurs ordinateurs, pour oublier celle que nous leur avons volée.

— Le seul enseignement dont ils ont besoin est celui du Saint Coran, fit remarquer l'imam Abdelhakim Benaziz. Tout le reste ne peut que les détourner d'Allah.

— Tout de même, l'interrompit le père Clément, sans un minimum de bonnes choses ici-bas, vous n'en ferez jamais des fidèles convaincus... Vous l'avez dit vous-même, monsieur Al-Mansour, les gens ne vous respectent plus quand ils n'ont plus rien à perdre... Il faut absolument faire quelque chose pour améliorer le quotidien de nos administrés.

— Certes, mais quoi au juste ? répondit Marco Lemercier.

— N'entendez-vous donc pas ses plaintes ? demanda Shlomo Goldberg. Le peuple a faim ! Le peuple est épuisé ! Alors, commencez par lui donner de quoi manger à sa faim et résister à la maladie. Laissons entrer dans nos quartiers des aliments dignes de ce nom, même en quantité contrôlée, et tout rentrera dans l'ordre... En suivant à la lettre les recommandations de ce diable de Jacques Pamiers, nous sommes allés beaucoup trop loin... Nous voulions tellement affaiblir leur résistance que nous avons oublié un principe fondamental. Créer un manque n'a d'efficacité que si l'on offre en retour un moyen de le combler. Sinon, le manque indéfiniment inassouvi devient désespoir. Et la conséquence en est la révolte. Une révolte qui pousse aux pires excès.

— De plus, ajouta Albert Bensoussan, le gouvernement européen s'est déclaré prêt à nous fournir toutes sortes de produits alimentaires à prix préférentiel, à la condition que nous nous engagions à les redistribuer rapidement, avec une faible marge. Il semblerait qu'il ait aussi peur que nous de voir se multiplier un peu partout des émeutes.

— En tout cas, renchérit l'imam, ce n'est certainement pas la générosité gratuite qui pousse les autorités européennes à faire un tel geste. Et à vrai dire, cela m'inspire plutôt de la méfiance. Vous ne pouvez pas ignorer cette rumeur persistante qui circule, selon laquelle les élites seraient en train de fuir la région parisienne pour aller s'installer loin d'ici.

— Ce ne sont que des ragots ! rétorqua Lemercier.

— Qui cachent peut-être un semblant de vérité… Et pour couvrir leur fuite, ils se serviraient de l'armée et de la police. Mais, une fois à l'abri, les forces de sécurité se retireraient et alors nous serions livrés à nous-mêmes, exposés au désordre et au pillage.

— Vous lisez trop de romans, mon ami.

— C'est possible, mais dans tous les cas nous devons rester très vigilants pour ne pas nous laisser surprendre, parce que si ça devait se produire, vous et moi serions les premières cibles.

41

Vendredi 23 juin 2028, 14 heures, aéroport de Villacoublay.

Stéphane Larieux avait obtenu une place sur un voyage de prospection organisé par GRI. Son dossier de financement avait convaincu les services financiers de la société, dirigés à présent par Sébastien Martignot, mais sous le contrôle vigilant de Xavier Lescuyer et de ses experts-comptables. Stéphane venait de s'installer à bord du biréacteur Challenger 850, accompagné de treize autres invités spéciaux. GRI avait affrété pour l'occasion deux de ces luxueux avions d'affaires. Stéphane ne put s'empêcher de faire un rapide calcul du potentiel commercial de ce simple voyage. En considérant un prix d'appel de dix millions d'euros par projet immobilier et vingt-huit clients, GRI pouvait espérer deux cent quatre-vingts millions d'euros de chiffre d'affaires sur cette seule tournée. De quoi faire tourner la tête des investisseurs. À 14 h 23, le premier des deux Challenger 850 prit son envol en direction de l'île de Crète.

GRI n'avait rien laissé au hasard. Deux hôtesses, aussi

jolies que raffinées, avaient pour mission de rendre ce vol de 3 h 45 le plus agréable possible. Les larges fauteuils en cuir ivoire étaient si confortables que plusieurs passagers s'étaient déjà assoupis avant que l'avion eût atteint son altitude de croisière. Voyageant seul, Stéphane avait hérité d'un des trois fauteuils alignés, côte à côte, à l'arrière gauche de l'appareil. Tous les autres passagers voyageaient face à face, par groupes de deux ou de quatre. Le privé se dit qu'il aurait pu emmener avec lui son ami et directeur financier, mais, très vite, il se prit à apprécier sa place qui lui offrait une vue imprenable sur le profil d'une femme d'affaires assise devant lui, de l'autre côté du couloir central, en face d'un vieil homme chauve et bedonnant. Ses cheveux tirés derrière la tête par un chignon et ses lunettes en écaille lui donnaient un air sombre et intimidant. Ce devait être en tout cas l'effet qu'elle exerçait sur le vieil homme, qui ne lui avait adressé depuis le décollage que quelques coups d'œil furtifs par-dessus les verres en demi-lune de ses lunettes de lecture. Tout en cette femme était strict. Depuis son regard sombre jusqu'à sa manière de croiser ses jambes joliment galbées, en passant par son chemisier blanc excessivement échancré qui lui relevait la poitrine. Le voisin de droite de Stéphane, que la femme ne laissait pas indifférent non plus, ne tarda pas à engager la conversation.

— Bonjour. Je me présente. Pierre-Yves Rainier.

— Stéphane Larieux, enchanté.

— C'est votre premier voyage avec GRI ?

— Tout à fait.

— Pour moi c'est le deuxième. Je vais signer la réception des travaux de ma nouvelle maison et, si tout se passe bien, je compte lancer l'installation de mon premier restaurant en Crète. Vous aimez la grande cuisine, monsieur Larieux ?

— Disons que j'apprécie la bonne chère autant que les belles choses.

— Alors, vous connaissez sans doute le « Palais de velours », sur l'avenue Montaigne ?

— Le fameux restaurant aux trois étoiles ?

— Celui-là même, répondit Rainier assez fort pour attirer l'attention de la mystérieuse femme d'affaires. J'en possède deux autres, l'un à Rome, l'autre à Londres.

— J'en ai entendu dire beaucoup de bien, mais j'ai aussi beaucoup de mal à apprécier un repas d'exception six mois à l'avance. Alors, je préfère m'en remettre aux talents de Valentine… C'est le nom de ma cuisinière personnelle. Un véritable cordon-bleu.

— Je comprends, répondit Pierre-Yves, un peu vexé. Et que faites-vous dans la vie ?

— Je dirige une société de protection privée. VIP. Vous connaissez ?

— Non, désolé… Vous avez déjà choisi l'emplacement de votre maison ?

— Pas encore, à vrai dire. Et c'est pour cela que j'ai décidé d'entreprendre ce voyage.

Le restaurateur se pencha alors vers Stéphane et lui murmura à l'oreille :

— Réfléchissez bien, monsieur Larieux, mais faites vite quand même.

— Je le sais, monsieur Rainier, les beaux emplacements sont rares. J'ai déjà été prévenu.

— Oui, mais surtout, monsieur Larieux, il ne nous reste plus guère de temps pour quitter Paris et nous installer dans un endroit plus sûr. Pour ma part, il y a longtemps que j'ai revendu les murs de mes trois restaurants, pour ne garder que les fonds de commerce. C'est comme ça que je peux envisager sereinement ma reconversion.

— Vous m'avez l'air très pessimiste, monsieur Rainier. Qu'est-ce qui vous fait penser cela ?

— Je vois passer de nombreuses personnalités importantes dans mes restaurants. Et autour d'une excellente table, après avoir bu quelques verres d'un nectar millésimé, les langues se délient. Et moi, je reste sobre et j'ouvre grand mes oreilles. Vous n'avez pas idée du nombre de secrets qui s'éventent dans mes établissements. Pendant longtemps, j'ai surtout découvert de juteux placements boursiers, grâce auxquels je me suis enrichi plus encore qu'avec mes restaurants. Mais ces derniers temps, j'ai compris et eu la confirmation que je devais me préparer à partir… définitivement, et tenter ma chance dans un meilleur endroit.

— Merci de vos conseils, monsieur Rainier.

Prétextant une petite fatigue, Stéphane mit son fauteuil en position allongée et se recouvrit les yeux avec un masque de sommeil, avant de laisser son voisin à sa tentative de séduction de la mystérieuse femme aux lunettes d'écaille. Le privé n'eut même pas le temps de boire un verre de whisky « on the rocks ». Il ne remarqua aucun des quatre avions de chasse qui s'étaient relayés sur le parcours pour assurer leur protection, ainsi que celles d'autres petits jets privés autorisés à circuler dans le ciel européen. Il ne fut réveillé que par les crissements des pneus, lors de l'atterrissage sur la piste de l'aéroport d'Iraklio, à 18 h 27.

Ils furent accueillis par une des commerciales de l'agence locale de GRI, dans un salon privé de l'aérogare où attendait un autre groupe de visiteurs privilégiés en partance pour Rome, Paris et Londres, sur le même avion. Aussitôt après avoir récupéré leurs bagages, ils furent transférés à l'hôtel Galactica Iraklio. Sur le trajet entre l'aéroport et l'hôtel, Stéphane ne prêta aucune attention aux explications d'Irina Zagorakis. Il était trop absorbé par l'ambiance particulière qui planait sur la ville. Un doux mélange entre une activité économique fébrile et une apparente sérénité de la population locale. Cela contrastait fortement avec les tensions de la vie parisienne et la peur presque palpable qui imprégnait l'air des rues du Grand Paris.

Stéphane rejeta l'invitation à boire un verre de bienvenue au bar avec les autres membres de son groupe. Il préféra se reposer et se rafraîchir dans sa chambre, au dernier étage de l'hôtel, jusqu'au dîner offert par GRI Iraklio. Il inspecta rapidement la pièce, puis la salle de bains, et se dirigea vers la baie vitrée pour accéder à la terrasse. Il fut un peu déçu de ne pas avoir une vue sur la mer. Cependant, le panorama sur la ville était magnifique. Accoudé à la rambarde, Stéphane put apercevoir en contrebas une vingtaine de personnes autour et dans la piscine, qui profitaient de la chaleur plus supportable de cette fin d'après-midi pour se détendre, un verre de cocktail à la main. Dans les rues d'alentour, les habitants s'apprêtaient à rentrer chez eux après leur journée de travail. Ils circulaient nonchalamment, pour la plupart à pied ou à vélo, quelques-uns en voitures électriques décapotables. Quelques commerçants s'attelaient à ranger leurs étalages roulants, recouverts de cageots contenant encore quelques fruits et légumes multicolores invendus. Tous semblaient totalement ignorer la peur d'une nuit agitée par les frasques nocturnes de quelques gangs, comme cela se produisait chaque jour dans la plupart des grandes agglomérations d'Europe. Il fut aussi frappé par la multitude de petits chantiers de construction ou de rénovation, qui témoignaient d'une intense activité immobilière. « Ces personnes n'ont-elles aucune conscience de ce qui se passe ailleurs ? » pensa-t-il. Ce simple spectacle d'une vie somme toute ordinaire lui procura un immense plaisir. Il se prit à imaginer la sienne, en compagnie d'Estelle et de Camille, ici même. Mais son rêve fut rapidement gâché par le souvenir de la mort tragique de Max et de la détresse de Christelle.

Dès 9 heures le lendemain matin, le groupe entier, soit vingt-huit personnes, avait pris place dans un luxueux autocar climatisé et partait pour une première journée de prospection dans la vieille ville d'Iraklio, à l'intérieur des remparts, après un passage par la cité antique de Knossos. Stéphane s'était assis au milieu du car, côté vitre. Alors qu'il était encore perdu dans ses rêveries, qui le ramenaient immanquablement à Estelle et Camille, il entendit une voix familière.

— Bonjour. Cette place est-elle libre ?

Stéphane releva la tête et reconnut son compagnon de vol, Pierre-Yves Rainier.

— Oui, asseyez-vous, je vous en prie.

Il regretta presque instantanément son enthousiasme. Il aurait tellement préféré voyager en pensée avec les deux femmes de sa vie. Mais il ne voulait pas non plus paraître désagréable. Cet homme confirma d'abord son besoin compulsif de parler et Stéphane commençait à trouver très fatigant le bavardage incessant de son voisin. Mais, heureusement pour Stéphane, le restaurateur était aussi très attiré par les jolies femmes. Et, par chance, leur guide n'était autre que la commerciale de GRI, qui les avait accueillis la veille à l'aéroport. Irina Zagorakis était une jeune Crétoise de vingt-huit ans, qui parlait couramment un français très châtié avec un délicieux accent grec. Elle était indéniablement très jolie dans sa robe à volants aux couleurs acidulées. Ses longs cheveux châtains bouclés balayaient ses épaules nues à chaque mouvement de sa tête. Ses yeux d'un vert très clair illuminaient son visage hâlé. Stéphane s'étonna de ne pas l'avoir déjà remarquée la veille. Mais peut-être son esprit était-il devenu insensible à ce genre de sollicitation ? Son voisin, par contre, semblait fasciné par les charmes de la jeune femme.

Après une courte visite du palais reconstitué du roi Minos, Irina présenta au groupe ce qu'elle considérait comme le projet le plus prometteur de GRI sur l'île de Crète. À quelques centaines de mètres du site archéologique, GRI avait acquis une immense oliveraie sur laquelle devait voir le jour un somptueux domaine regroupant une vingtaine de propriétés d'une superficie moyenne d'un hectare. Il était prévu d'y garder les plus beaux spécimens d'oliviers de la région. C'était le dernier terrain constructible dans un rayon d'un kilomètre autour du site classé du palais du roi Minos. Une première villa avait été construite pour un client originaire d'Athènes, qui avait accepté de n'en prendre livraison qu'à la fin de l'année en échange d'une remise conséquente. Elle avait été dessinée par un architecte italien de Florence, qui avait su marier les matériaux naturels de la région à une architecture moderne aux lignes très épurées. La construction intégrait les technologies les plus performantes en matière d'énergie solaire passive et répondait aux normes antisismiques les plus exigeantes. Le jardin avait été conçu par un herboriste paysager, avec des plantes et des fleurs capables de résister à la sécheresse, et de vastes réservoirs à eau de pluie avaient été profondément enfouis dans le sol pour faire face à l'aridité du climat pendant la saison chaude. La présentation faite par Irina Zagorakis fut si convaincante que six personnes décidèrent de poser une option d'achat pour un des lots et une des villas proposés dans le catalogue du promoteur.

La fin de cette première journée fut consacrée à la visite du centre historique d'Iraklio, à l'intérieur des remparts. La circulation y étant interdite aux véhicules à moteur thermique, le car déposa ses occupants à l'entrée du parc Georgiadi, à l'est, où les attendaient trois minibus électriques. Le groupe de Stéphane avait hérité d'un accompagnateur masculin, ce qui déçut considérablement Pierre-Yves qui le suivait désormais comme son ombre.

— C'est ici que j'aurais aimé acheter un petit hôtel particulier, mais le quartier est vraiment hors de prix, lui fit remarquer le restaurateur.

— Et où allez-vous vous installer ?

— Tout près d'ici, à l'ouest des remparts. Mais comme je vous l'ai dit, je souhaite monter un nouveau restaurant au cœur même du quartier historique de la ville. Et je ne pouvais pas me permettre d'investir toute ma fortune dans une seule maison ici. Plus tard, peut-être, si je réussis à m'imposer…

Tout en écoutant son voisin, Stéphane observait attentivement les rues, les piétons, les façades des immeubles, les boutiques. Il remarqua très vite plusieurs caméras de surveillance dissimulées à chaque carrefour, ainsi que la présence discrète de quelques agents de la police municipale. Arrivé à l'entrée de la zone piétonne, le minibus s'arrêta et le jeune accompagnateur proposa une promenade à pied d'une petite heure pour permettre à ses clients de s'imprégner de la « délicieuse ambiance » du quartier, tout en visitant quelques appartements et villas encore disponibles à la vente.

En déambulant dans les rues commerçantes, Stéphane put apprécier le caractère pittoresque de l'architecture des vieux immeubles, mais quelque chose d'autre lui procurait une sensation étrange. Ce ne fut qu'au bout d'une demi-heure qu'il réalisa ce dont il s'agissait. Bien que se trouvant en Grèce, il entendait surtout des conversations en anglais, en allemand ou, plus rarement, en français. La plupart des magasins et des restaurants appartenaient à des personnes originaires d'Europe de l'Ouest. Seules de vieilles échoppes étaient encore tenues par des commerçants locaux.

Le groupe passa devant un des derniers authentiques *kafeneion* [1]. Sa terrasse, qui débordait jusqu'au milieu de la rue, résonnait d'éclats de voix graves et tonitruantes. Autour des tables, il n'y avait que des hommes qui jouaient aux cartes ou aux dominos devant un verre d'ouzo ou une tasse de café grec. Stéphane ne comprenait pas un mot de leurs conversations, mais pouvait aisément reconnaître la langue locale. Le guide sembla embarrassé par leur présence et s'efforça d'accélérer le pas. Intrigué, Stéphane se tourna vers son « ombre » et lui demanda :

— Ils n'ont pas l'air ravis de nous voir. Vous comprenez ce qu'ils disent ?

— Je comprends quelques mots, mais j'ai encore de gros progrès à faire. Pour le reste, vous avez raison, ils ne nous aiment pas beaucoup et cela peut aisément se concevoir. Depuis quelques années, beaucoup d'Hérakliotes ont été poussés hors de leur quartier, parfois même hors de la Crète, par une pression immobilière redoutable. Contraints par la hausse des prix et l'accroissement du chômage, la plupart d'entre eux ont craqué. Les plus récalcitrants ont fini par céder à la rumeur de prochains séismes dévastateurs, prédits par des agences privées de prévisions des risques naturels. Ces hommes têtus que vous venez d'apercevoir sont les derniers résistants. Et je dois dire que c'est bien dommage pour l'ambiance dans le quartier, même si aucun d'eux ne fera jamais partie de ma clientèle. Cela dit

1 . Mot grec : petit café traditionnel grec, dans lequel on peut aussi manger.

entre nous, depuis que le quartier est habité en majorité par des gens bien élevés, l'état des routes et des immeubles s'est nettement amélioré. Si vous aviez connu cette ville il y a seulement dix ans, vous ne seriez pas mécontent du changement, croyez-moi.

Le groupe fit halte devant un immeuble ancien, magnifiquement restauré, dans lequel trois appartements, dont un penthouse, étaient encore à vendre. Le trois-pièces au deuxième étage donnait sur une cour, plantée en son centre d'un bougainvillier mauve entouré d'un banc de pierre recouvert de chaux. Lorsque le jeune guide annonça le prix de trois millions d'euros pour soixante-dix mètres carrés tout au plus, Stéphane comprit ce que Pierre-Yves voulait dire en parlant de pression immobilière. Au troisième étage, le deuxième appartement était à peine plus grand et donnait sur une rue piétonnière. Ils parvinrent enfin au quatrième et dernier étage, au-dessus duquel avait été aménagée une terrasse autour d'une extension centrale en verre et aluminium. Une partie de la structure était formée par de larges panneaux solaires translucides qui laissaient passer suffisamment de lumière tout en captant assez d'énergie pour alimenter la totalité de l'immeuble en électricité. Le penthouse occupait les trois quarts du quatrième étage, en plus de la totalité du toit. La superficie de l'ensemble avoisinait cent quatre-vingts mètres carrés, hors terrasse. Il disposait d'une triple orientation est, sud et ouest.

— Voilà ce que j'aurais aimé m'offrir, commenta Pierre-Yves… Mais attendez d'en connaître le prix !

— Ce bijou exceptionnel, chers amis, a bien évidemment un coût, dit le guide… Mais quand on aime, on ne regarde pas à la dépense. Alors, si vous êtes prêts à débourser dix millions d'euros, il est à vous.

Stéphane adressa un regard de compassion au restaurateur, lui laissant ainsi croire que l'objet lui était également inaccessible. Intérieurement, il compara cet appartement de prestige à son hôtel particulier de Neuilly-sur-Seine et se dit qu'en d'autres temps il aurait pu les échanger sans avoir à sortir un euro de plus. Malheureusement, son hôtel était devenu invendable à cause du contexte social et politique. Mais par chance, il avait de quoi changer de vie sans en souffrir matériellement. « *A priori*, cet endroit plairait beaucoup à Estelle et Camille. Il est très central et idéalement placé. Alors, pourquoi pas ? » se dit Stéphane en prenant à tout hasard quelques photos.

— Avez-vous des informations sur les écoles, les universités et les centres sportifs et culturels proches d'ici ? demanda-t-il à l'accompagnateur, en adressant un clin d'œil complice à Pierre-Yves.

De retour à l'hôtel, Stéphane décida d'appeler Estelle depuis sa chambre. Il lui décrivit avec enthousiasme et force détails le projet de villas prestigieuses à proximité de Knossos et s'attarda plus particulièrement sur l'appartement-terrasse dans le quartier historique de la capitale crétoise.

— Tu nous manques, lui répondit Estelle. Attends, je te passe Camille.

— Bonsoir, mon amour, comment vas-tu ?

— Quand est-ce que tu reviens, papa ?

— Bientôt, ma chérie. Mais je dois d'abord trouver une nouvelle maison pour nous… Tiens, je vais t'envoyer des photos par courriel et tu pourras les regarder avec maman. Quand je vous rappellerai, vous me direz celle que vous préférez. D'accord ?

Stéphane appela ensuite son ami Jean Sterne pour s'assurer que tout allait bien au bureau. Il lui fit part de ses premières impressions sur l'ambiance générale à Iraklio et lui renouvela sa proposition de le suivre ici ou dans une autre île de la mer Égée.

— Ça te dirait d'acheter un penthouse de cent quatre-vingts mètres carrés, plus terrasse, au cœur des remparts de la ville ? Dix millions d'euros ! Je t'envoie les photos. Je suis sûr que toi et Fabien vous l'adoreriez.

Malgré la fatigue, Stéphane accepta de dîner avec quelques membres du groupe dans le restaurant de l'hôtel. Pierre-Yves Rainier avait réussi à l'entraîner à la même table qu'Irina Zagorakis. Le dîner se déroula dans un jeu de séduction croisée. Pierre-Yves tentait désespérément d'attirer l'attention de la jolie commerciale de GRI qui, de son côté, ne cessait de solliciter Stéphane par des questions et des regards appuyés. Le restaurateur passa son temps à décortiquer le détail des saveurs et des ingrédients de chaque plat. Par solidarité masculine, et peut-être aussi pour faire comprendre à Irina qu'elle n'avait rien à espérer de lui, Stéphane feignit de s'intéresser aux qualités culinaires de son voisin. Il vanta les mérites de son restaurant étoilé de Paris, sans oublier de mentionner les établissements de Rome et de Londres. Lorsqu'il quitta enfin la table, Irina n'avait plus d'yeux ni d'ouïe que pour le « cuisinier français ».

42

Paris, locaux d'Europol, lundi 26 juin 2028, 12 heures.

— Dépêchez-vous, patron, on n'attend plus que vous.

— C'est bon, Portal, j'arrive.

La commissaire divisionnaire ne rechignait jamais à participer à un pot d'anniversaire ou en toute autre occasion, quand il était donné en l'honneur de l'un de ses équipiers. Mais aujourd'hui, il s'agissait de célébrer quelque chose de plus formel : le départ de son patron. L'idée de devoir faire l'éloge d'un homme pour lequel elle n'avait que peu d'estime était pour Estelle une double corvée, puisqu'elle allait devoir, en outre, souhaiter la bienvenue à un nouveau directeur, par la même occasion.

— Vous savez qui va le remplacer ? demanda le lieutenant.

— Aucune idée… Vous savez ce que je pense de la politique.

— Et tant qu'il vous laisse diriger votre service à votre manière, tout va bien, pas vrai patron ?

Estelle s'extirpa de son fauteuil et sortit de son « bocal » en attrapant au passage la veste de son tailleur.

En entrant dans la salle de réunion, transformée pour l'occasion en salle de réception, Estelle reconnut un homme qu'elle n'avait vu que deux fois depuis la nomination de Veranchon. « Sébastien Floque, notre ministre de tutelle ? s'étonna la commissaire. Voilà qui ne présage rien de bon. »

— Entrez donc, Estelle. Ne soyez pas timide, s'exclama Fabrice.

Bien élevée, l'équipe s'efforça de rire le plus naturellement possible.

— Je lis dans votre regard que la présence de notre cher ministre vous intrigue. Pourtant, je le mérite bien, non ?

Cette fois, les rires furent moins francs et moins fournis.

— Je plaisante, bien sûr, reprit Veranchon. Ce n'est pas pour mes beaux yeux que monsieur Floque s'est déplacé jusqu'ici… D'ailleurs, il va vous le confirmer lui-même. N'est-ce pas, monsieur le Ministre ?

Le ministre de la Sécurité civile pour la France, rattaché au ministre européen de la Sécurité continentale, tritura nerveusement le premier bouton de sa veste et se racla délicatement la gorge. Il devait avoir cinquante-cinq ans tout au plus, mais le poids de ses responsabilités lui en avait ajouté une bonne dizaine. Seule une pratique régulière du tennis et de la voile lui avait épargné l'habituel « petit ventre », propre aux hommes de son âge et de son rang.

— Comme vous le savez déjà, notre cher collègue… je veux dire, votre patron, Fabrice Veranchon, va nous quitter à la fin de cette semaine… Non, il ne prend pas sa retraite, comme je l'ai entendu dire parmi vous. Il a été appelé à remplir de nouvelles fonctions, au niveau européen !

Estelle s'efforça d'applaudir et fut suivie par tous ses équipiers.

— Vos applaudissements me vont droit au cœur, mes amis, dit Veranchon en souriant à Estelle.

— Vous vous demandez tous, certainement, qui va remplacer notre ami Fabrice Veranchon au poste de contrôleur général de la section antiterroriste ! Je sais que vous n'aimez pas les nouvelles têtes et que vous appréciez tous, comme Veranchon et moi-même, les qualités de votre patron…

Estelle commençait à réaliser que l'on parlait d'elle. Les regards de tous ses hommes convergeaient à présent vers elle. Le ministre fit une pause, tout en observant les réactions de son auditoire, avec un air satisfait.

— Vous l'aurez compris, pour succéder à Fabrice Veranchon, j'ai décidé de nommer… Estelle De Jong.

L'annonce provoqua un tonnerre d'applaudissements. Portal adressa à Estelle une moue admirative. La seule personne qui resta sans réaction fut l'intéressée elle-même. Elle ne savait pas comment prendre la nouvelle. Certes, il s'agissait d'une promotion, qu'en d'autres temps elle eût accueillie avec bonheur et fierté. Mais quelque chose l'en empêchait. Elle aurait sans nul doute préféré avoir été prévenue et, plus encore, consultée.

— Félicitations, De Jong, ajouta le ministre. Maintenant, vous allez devoir prendre votre première décision en tant que nouveau contrôleur général de la section antiterroriste, en désignant votre successeur au poste de commissaire divisionnaire… Et ne me dites pas que vous n'en avez aucune idée !

— Euh… je ne m'attendais vraiment pas à…

— Allons, De Jong, intervint Veranchon, vous connaissez vos hommes mieux que quiconque. Qui selon vous est le ou la plus apte à diriger le reste de l'équipe ?

— Le lieutenant Portal, répondit Estelle, sans hésiter.

La réaction enthousiaste de Portal contrastait terriblement avec le flegme affiché jusque-là par Estelle. Alors, pour cacher son embarras devant le ministre, elle s'approcha de son lieutenant principal, lui donna une accolade chaleureuse et le congratula.

— Félicitations, Portal, vous l'avez bien mérité... Mais ne croyez pas que je vais vous laisser vous la couler douce pour autant.

Le même jour. Crète, Aghios Nikolaos, 14 heures.

Le groupe de Français ne comptait plus, ce matin-là, que dix-neuf personnes, les autres ayant arrêté leur choix d'investissement sur Iraklio et Knossos. Après avoir visité trois sites sur la côte nord-est de l'île, Irina Zagorakis leur avait proposé une pause déjeuner sur le petit port de plaisance d'Aghios Nikolaos.

— Mesdames et Messieurs, nous allons commencer notre tour de la magnifique baie de Mirambello par la visite d'une première zone d'implantation située à quelques kilomètres au nord d'ici. Ensuite, je vous montrerai plusieurs autres sites, tout aussi exceptionnels, placés sur le pourtour de la baie.

Après un court trajet dans le bus climatisé affrété par GRI, le groupe arriva à sa première destination de l'après-midi, entre Katsikia et Ellinika. Stéphane tomba littéralement amoureux de l'endroit. Sa position en surplomb de la baie offrait une vue époustouflante et l'orientation sud-est le mettait sensiblement à l'abri du vent dominant de secteur nord qui soufflait parfois violemment dans cette région.

— Nous avons prévu d'implanter ici neuf lots d'un à deux hectares, annonça Irina. Comme vous pouvez le voir, deux d'entre eux ont déjà été vendus et sont en cours d'achèvement.

Stéphane en apprécia l'architecture moderne très sobre, mais aussi leur impression d'espace et de volume confortables. Il s'approcha alors de leur guide et lui demanda des précisions sur la forme et la taille des autres parcelles, ainsi que les différentes options architecturales. Elle consulta son ordinateur portable et lui présenta le dossier détaillé de ce lotissement de luxe.

— Vous voyez, monsieur Larieux, les lignes colorées qui délimitent chaque terrain ? Elles correspondent au marquage des piquets en bois plantés dans le sol. En ce moment, nous sommes dans le lot numéro quatre, bordé de piquets jaunes.

Stéphane regarda attentivement autour de lui et put apercevoir plusieurs délimitations de couleurs différentes. Il remarqua alors un petit sentier qui descendait en zigzag vers la mer. Il regarda de nouveau sur l'écran de l'ordinateur d'Irina.

— Le terrain qui se trouve au-dessus de ce sentier, c'est bien le numéro sept ?

— C'est exact, monsieur Larieux. C'est une parcelle de deux hectares. Probablement la plus belle, si vous voulez mon avis.

Stéphane repéra la couleur mauve des limites du terrain sur l'écran et demanda à l'inspecter de visu avant de prendre sa décision. Il pénétra à l'intérieur du lot aux piquets mauves avec l'esprit du nouveau propriétaire des lieux. Puis il l'arpenta de long en large, jusqu'à atteindre le sentier, qu'il emprunta machinalement sur quelques dizaines de mètres, tout en admirant la vue imprenable sur la baie. Tout à coup, son regard fut attiré par ce qui ressemblait à un panneau tombé face contre terre dans un buisson. Il s'en approcha et le retourna du bout du pied. Il portait une inscription en grec et en anglais : *Property of Johnson, Swanson & Watkins Real Estate. No trespassing* [1]. Stéphane remonta le sentier et s'accorda un dernier tour du terrain. De nombreux oliviers parsemés çà et là offraient une ombre bienfaisante et Stéphane se dit qu'il devrait absolument veiller à ce que le promoteur en préserve le maximum.

— Madame Zagorakis ?

— Mademoiselle. Mais appelez-moi Irina, je préfère.

— Irina, pouvez-vous me confirmer qu'il n'y aura jamais d'autres constructions en contrebas ?

— Rassurez-vous, monsieur Larieux, nous sommes ici à l'extrême limite de la zone constructible. Au-delà, toute construction est interdite et serait extrêmement dangereuse parce qu'incompatible avec les risques sismiques, en raison de la pente.

— Soit, mais je vous demanderai de me le confirmer par écrit dans le contrat.

— Vous avez donc fait votre choix du terrain, monsieur Larieux. Félicitations. Voulez-vous que nous regardions les différents modèles de villas ?

— Oui, Irina. Avec plaisir. Mais appelez-moi Stéphane, je vous prie.

Pendant que son collègue masculin s'occupait des autres clients, Irina invita le privé à la suivre dans le bus.

— Nous y serons plus à l'aise pour sélectionner la villa de vos rêves. Cette chaleur est vraiment intenable, vous ne trouvez pas ?

Ils s'installèrent au milieu du car devant une table sur laquelle Irina posa son ordinateur.

---

1 . Propriété de Johnson, Swanson & Watkins Real Estate. Défense d'entrer.

— Que pensez-vous des deux villas, Stéphane ? Est-ce qu'elles correspondent à vos attentes ?

— Je les trouve plutôt réussies, à vrai dire.

— Elles ont été dessinées, l'une et l'autre, par un cabinet d'architectes d'Athènes et, bien sûr, elles répondent aux normes antisismiques les plus sévères. Mais aussi, elles intègrent des techniques de pointe en matière d'économie d'énergie et de protection contre les incendies. En fait, elles produiront toute l'énergie nécessaire à leur fonctionnement, tout au long de l'année, et cela sans rien concéder à l'esthétique. Nous disposons d'un puissant logiciel, doté d'une grande bibliothèque d'accessoires et de modules qui vous permettront de concevoir la villa de vos rêves et, en outre, de la visiter virtuellement en 3D… Êtes-vous prêt à devenir votre propre architecte, Stéphane ?

— Je suis prêt, Irina, répondit Stéphane en se tournant vers elle.

Elle démarra l'application et présenta à Stéphane un choix de plusieurs bases correspondant à différentes formes et tailles de fondations. Il se laissa très vite séduire par une fondation en forme d'amande, dont la partie arrondie et sans fenêtre serait exposée au nord, face au Meltem, qui peut souffler très fort entre mai et octobre. La partie pointue était formée de plusieurs piliers en béton armé entre lesquels couraient d'immenses baies vitrées qui laisseront entrer la lumière azur venant de la mer, mais avec une intensité contrôlée par le film photoréactif inséré entre deux couches du verre feuilleté.

— La surface au sol du module de base peut aller jusqu'à deux cent trente mètres carrés. C'est la limite technique fixée par le cabinet pour garantir une réelle efficacité antisismique… Mais vous pouvez l'augmenter en y ajoutant deux niveaux supplémentaires. Le premier de cent soixante mètres carrés maximum et le second de quatre-vingts. Dans cette version ultime, vous disposeriez de quatre cent soixante-dix mètres carrés habitables.

— Tout cela m'a l'air très alléchant, remarqua Stéphane. Reste à connaître le prix que vous en demandez.

La jeune commerciale de GRI ne put retenir un sourire de satisfaction en réalisant qu'elle avait ferré son client.

— Nous pouvons effectivement vous établir un devis en temps réel. Celui-ci va bien sûr dépendre du niveau des finitions et du nombre de cloisons internes. Ce qui ne change pas, ce sont les impératifs techniques, comme la dalle flottante qui isolera la construction des secousses sismiques éventuelles, les réservoirs à eau de pluie ou les panneaux solaires qui garantiront votre indépendance pour plusieurs décennies.

Pour ne pas retarder le programme des visites prévu pour deux jours de plus, Stéphane et Irina continuèrent leur sélection en route. Avant leur arrivée à l'étape suivante, le premier devis fut enfin prêt. Avec toutes les options sélectionnées par Stéphane, qui n'avait renoncé à aucune envie, y compris l'ajout d'une piscine naturelle sous serre escamotable, l'ensemble lui était proposé au prix de huit millions trois cent quarante mille euros, soit sensiblement moins que le duplex au cœur du quartier historique d'Iraklio. Il resta quelques instants sans réaction.

— Si cela dépasse votre budget, Stéphane, vous pouvez toujours ne prendre que deux niveaux au lieu de trois. Ce qui vous laisserait tout de même une surface habitable de trois cent quatre-vingt-dix mètres carrés.

Le privé se tourna vers Irina et la regarda d'un air songeur.

— Serait-il possible de faire construire une maison plus… traditionnelle et moins spacieuse ?

La jeune femme afficha une expression de déception. Elle voyait son espoir d'une belle commission s'effondrer d'un coup.

— Oui, bien sûr, monsieur Larieux. Mais dans ce cas, nous ne pourrons garantir sa résistance en cas de tremblement de terre.

— Attendez, Irina, vous m'avez mal compris. Je parle maintenant d'une annexe destinée à loger mon personnel de maison. Et j'exige que celle-ci respecte également les normes antisismiques.

Instantanément, la jeune femme retrouva son plus beau sourire. Le privé en fut presque déçu. Il avait cru déceler une délicatesse naturelle chez elle. Un certain détachement à l'égard des choses matérielles. Mais sa réaction à ce moment révélait sa motivation profonde dans son comportement avec les clients. Après coup, Stéphane se dit que ce n'était pas plus mal. Cela lui éviterait de se laisser tenter par une aventure avec une jeune femme certes séduisante, mais qui lui aurait laissé le goût amer d'une trahison vis-à-vis d'Estelle.

— Alors, Irina, qu'avez-vous à me proposer dans votre catalogue de « maisons de gardiens » ?

C'était la première fois qu'elle recevait une telle requête, mais, en excellente professionnelle, Irina lui montra quelques modèles de petites maisons en pierre, qui appartenaient aux origines de son agence immobilière.

— Il faudra bien sûr que nos architectes les adaptent aux normes antisismiques. Cela devrait augmenter leur prix initial de vingt-cinq pour cent environ.

— Celle-ci me plaît bien, dit Stéphane en désignant une maison crétoise traditionnelle. De combien de pièces dispose-t-elle ?

— Voyons voir… Trois chambres, une salle de bains avec WC séparé, une grande cuisine, un double séjour et une petite entrée, pour une surface totale de cent dix mètres carrés.

— Et le prix ? demanda stoïquement Stéphane.

— Un peu moins de trois cent mille euros avec le surcoût pour la mise aux normes.

— Rajoutez aussi les panneaux et le chauffe-eau solaires. Vous serait-il possible de m'éditer un devis complet et de m'en imprimer un exemplaire ? J'aurai aussi besoin d'une simulation de l'ensemble comprenant le terrain, avec la maison principale dans cette zone, c'est-à-dire là où j'aurai la plus belle vue sur la baie de Mirambello. Vous mettrez la maison du personnel ici, à l'autre extrémité du terrain. Je veux absolument pouvoir soumettre ces plans à mon épouse avant de signer l'acte de vente. Quand pensez-vous pouvoir terminer ?

Stéphane s'étonna lui-même de s'entendre dire « mon épouse ». Mais il ne souhaita pas rectifier. « Au moins, les choses seront claires dans sa tête », pensa-t-il.

— Je lancerai la simulation cette nuit sur notre serveur principal à Iraklio. Je pourrai vous en donner une copie demain… Je suis convaincue que votre femme sera ravie de votre choix, monsieur Larieux.

Paris, même jour, 18 heures, locaux d'Europol.

Estelle n'avait toujours pas digéré la surprise de sa promotion. Elle avait attendu patiemment la fin de l'après-midi pour retrouver Fabrice Veranchon dans son bureau.

— Entrez, Estelle, je vous attendais.

— Vous auriez pu me prévenir, tout de même. Vous le saviez depuis quand ?

— Le cabinet du ministre m'avait avisé de cette possibilité il y a trois mois environ, mais la décision n'a été prise que la semaine passée et je n'en ai été informé que samedi dernier, par un appel du ministre en personne.

— D'accord, mais pourquoi m'avoir choisie pour vous remplacer ? Je n'ai rien demandé.

— Une promotion, ça ne se refuse pas, vous le savez bien.

— À ce niveau de hiérarchie, c'est comme pour la Légion d'honneur, on ne l'obtient que si on la sollicite. En plus, avec ce qui se passe depuis quelque temps, je n'avais aucune envie de m'exposer plus que je ne le suis déjà. J'ai une fille de neuf ans. Vous vous en souvenez, non ?

Fabrice Veranchon semblait vraiment embarrassé. Il savait qu'elle avait raison. Personne n'avait émis le désir de lui succéder, surtout en haut lieu. Alors, quand le ministre lui a proposé de nommer Estelle De Jong, il n'a pas osé le contrarier. S'il avait laissé entendre à Sébastien Floque que personne n'était prêt à prendre sa suite, il n'aurait jamais obtenu cette opportunité de quitter l'enfer de Paris. Il attendait cette occasion depuis le lendemain de l'attentat d'Ibiza. Peut-être que cette chance ne se serait jamais reproduite.

— Je suis désolé, Estelle. C'est une décision de notre ministre… Mais…

— Mais quoi ?

— Vous vous souvenez de ce que je vous ai proposé dans le petit square ? Eh bien. C'est là-bas que je vais vivre, dans quelques semaines, dans une jolie maison de style traditionnel, sur les hauteurs de l'île de Santorin, dans la ville de Thira… et mon invitation est toujours valable.

— Ne le prenez pas mal, patron. Vous savez bien que vous et moi, ce n'est pas possible.

— Vous avez déjà quelqu'un, c'est cela ?

— Non ! Enfin si… mais ce n'est pas la question. J'ai trente-six ans, vous en avez cinquante…

— Quarante-sept, rectifia Veranchon, froissé.

— Qu'importe ? J'ai une longue vie professionnelle devant moi…

— Dans cet enfer ?… Je veux dire… ici, à Paris ? Réfléchissez bien. Vous n'êtes pas en sécurité ici, ni vous ni votre fille.

— Ça finira bien par s'arranger, répliqua Estelle. Ça finit toujours par s'arranger.

— C'est ce qu'ont dit des millions de gens, il y a près d'un siècle, en voyant un petit caporal allemand haranguer les foules et prêcher la haine des Juifs. Le jour où il est devenu chancelier du Reich, il était déjà presque trop tard, mais certaines personnes plus lucides que les autres ont quand même décidé de fuir avant que le piège ne se referme sur eux… Croyez-moi, Estelle, venez avec moi avant que….

— Avant quoi ?

— Je ne peux rien vous dire, Estelle, si ce n'est : faites-moi confiance et venez avec moi.

— Je suis désolée, patron, je ne peux pas.

— Comme vous voudrez, Estelle… Mais si vous changez d'avis d'ici vendredi soir, dites-le-moi !

Stéphane n'avait rien trouvé de plus convaincant sur les autres sites visités, après celui situé entre Katsikia et Ellinika. Il avait donc choisi de mettre un terme à sa tournée de prospection et de retourner à l'hôtel Galactica Iraklio. Il avait longuement insisté auprès d'Irina pour obtenir son projet de contrat et sa simulation 3D au plus tôt le lendemain matin.

43

Crète, Iraklio, agence de GRI, mardi 27 juin 2028, 15 heures.

N'ayant rien d'autre à faire que d'attendre l'appel d'Irina, Stéphane avait accepté d'accompagner, ce matin, son compagnon de voyage dans une promenade dans le centre historique, à la recherche de l'emplacement idéal pour son futur grand restaurant. Mais aucun des locaux visités ne parvenait à satisfaire toutes les exigences de Pierre-Yves Rainier. Pour se faire pardonner d'avoir ainsi baladé Stéphane pendant près de trois heures, le cuisinier français l'avait invité à l'une des « meilleures tables actuelles » de la ville, le Brilliant Gourmet Restaurant.

Peu avant le déjeuner, la secrétaire de GRI lui avait proposé un rendez-vous pour 15 heures. Il fut reçu par Irina en personne.

— Comment préférez-vous visiter votre future propriété, monsieur Larieux ? À pied ou dans un fauteuil ?

Voyant que son client hésitait, la commerciale décida pour lui.

— Voilà ce que je vous suggère. Je vais vous conduire jusqu'à notre salle de visionnage. Nous commencerons la visite virtuelle par un survol de la zone d'implantation, qui vous donnera l'impression générale que vous aurez chez vous dans quelques mois. Vous vous installerez pour cela dans un confortable fauteuil d'avion et vous verrez l'animation en 3D sur un écran géant.

La pièce était parfaitement circulaire. Le sol était recouvert d'une moquette bleu marine. Le plafond était peint en noir et les murs tapissés de tentures également noires. Quatre larges fauteuils en cuir étaient placés en quinconce entre la porte d'entrée et une issue de secours, en face d'un écran à LED en arc de cercle de cent vingt degrés.

— Prenez place… Désirez-vous quelque chose à boire, Stéphane… je veux dire monsieur Larieux ? Café grec, ouzo, soda ou quelque chose de plus fort.

— Une eau minérale pétillante bien fraîche, si c'est possible.

Irina, qui ne quittait jamais sa petite oreillette quand elle était à l'agence, demanda en grec à sa secrétaire de lui apporter immédiatement une bouteille d'eau minérale glacée et un verre. Elle attendit que son client se fût installé confortablement.

— Êtes-vous prêt ?

— Je suis prêt, Irina.

— Si vous préférez, je vous laisserai seul pendant les huit minutes de la projection, ensuite je reviendrai pour la deuxième partie.

Mademoiselle Zagorakis éteignit la lumière en sortant, plongeant ainsi la salle dans une obscurité totale. Le commentaire « off » était en anglais, mais suffisamment sobre et explicite pour que Stéphane n'eût pas besoin de sous-titres pour en comprendre le sens. Le bruit caractéristique d'un rotor d'hélicoptère, intégré au générique de présentation de la société, n'était là que pour mettre le client dans les conditions d'un survol privé de son futur environnement de vie. Il s'atténua progressivement pour laisser place à une musique d'ambiance très librement inspirée du folklore local. Dans un vol circulaire, centré sur sa propriété, Stéphane put reconnaître la villa à trois niveaux, qu'il avait participé à concevoir la veille, de même que la petite maison de gardiens. La piscine naturelle était bordée de bassins agrémentés de diverses plantes semi-aquatiques qui donnaient à l'eau une légère teinte verte. Les terrasses des deuxième et troisième niveaux étaient protégées par des garde-fous en pierre et acier. Après avoir survolé trois fois le terrain et la villa, l'hélicoptère se tourna vers la baie et s'éleva dans le ciel, avant de s'élancer dans un vertigineux plongeon vers la mer. Quelques chèvres sauvages couraient dans les rochers, à la recherche de rares touffes d'herbe brûlées par le soleil et l'air marin. À quelques mètres de la crête des vagues, l'engin redressa sa course et entama un vol au ras des flots. La musique avait été remplacée par des cris de mouettes et le clapotis de l'eau. Stéphane eut droit à une impressionnante vue aérienne de toute la baie, mais aussi, comble du raffinement, à un vol à vitesse synchronisée avec un magnifique voilier de cinquante pieds tirant un bord entre deux bouées. « Est-ce un hasard ou ces gens savent-ils que j'adore la voile sportive ? » se demanda Stéphane. Le film se termina par un atterrissage en douceur au milieu de sa future propriété et un message très simple. « *Welcome home,* Stéphane [1]. »

Lorsque la lumière se ralluma dans la salle, le privé était encore sous le charme, tel le cobra fasciné par les ondulations de la flûte du charmeur de serpent. Malgré sa

1 . Bienvenue chez vous, Stéphane.

profession, il n'avait même pas remarqué la présence de plusieurs caméras, reliées à un puissant ordinateur et braquées sur diverses parties de son visage. Grâce à un redoutable logiciel, développé par des experts en psychologie et en programmation neurolinguistique, Irina saurait bientôt exactement quels détails auraient le plus de chance d'amener le client à signer sans même négocier.

— L'extérieur vous a-t-il plu, monsieur Larieux ? demanda la jeune femme.

— Beaucoup, oui, répondit Stéphane en refrénant son enthousiasme pour se garder une apparence d'insatisfaction relative.

— Je vous propose maintenant une visite virtuelle, à pied, de votre prochain cadre de vie.

— Avec plaisir. Je suis impatient de le découvrir.

Mademoiselle Zagorakis lui tendit un étrange casque qui ressemblait beaucoup à celui d'un pilote de chasse de l'Armée de l'air européenne, ainsi qu'une paire de gants équipés de capteurs.

— Enfilez ça, voulez-vous ? Et dès que vous serez prêt, je lancerai l'application…

Stéphane fut légèrement déstabilisé par l'obscurité et le silence qui provoquèrent en lui une petite sensation de claustrophobie.

— Je suis prêt, dit-il, en levant son pouce.

Stéphane se retrouva soudain devant une large porte en acier, bleu marine. Sous l'image de la porte figurait une série de six carrés. Une voix suave lui proposa de sélectionner parmi ces choix celui qu'il préférait. Il les afficha un à un et hésita entre la première version moderne bleu marine et une autre inspirée d'une porte traditionnelle crétoise en placage de bois cérusé vert pâle. À la grande surprise de Stéphane, l'ordinateur ne garda que ses deux options préférées et élimina les autres. À droite, sur l'encadrement, une petite plaque de cuivre portait son nom : *Mr and Mrs Larieux*. Juste au-dessous, dans un petit renfoncement, était logé un lecteur d'empreintes palmaires en guise de fermeture sécurisée. Le privé tendit la main droite et la superposa à l'image du lecteur biométrique. La porte s'ouvrit lentement sur un somptueux hall d'entrée en marbre de Carrare. Là encore, plusieurs choix s'offrirent à lui. Tout au long de la visite, il pouvait entendre le bruit de ses pas, mais aussi des paroles et des rires de celles qui étaient censées être sa femme et sa fille. Chaque détail avait été pensé pour donner un réalisme saisissant à cette reproduction de la vie idéale de chaque client, en fonction de tous les critères définis et listés lors des toutes premières visites. Stéphane se souvint de quelques-unes des indications qu'il avait données à Paris, à Laurence de Selignac. Sa fille Camille, son épouse, son envie de recevoir des amis autour d'une bonne table ou devant un feu de cheminée en hiver, mais aussi sa passion de la voile et des grands espaces. Cette jolie Laurence ne lui avait donc pas menti. GRI pouvait satisfaire le moindre désir de ses clients, à condition d'y mettre le prix bien sûr. La visite virtuelle de l'intérieur de la maison dura près de trente minutes pendant lesquelles l'ordinateur enregistra toutes les préférences de son client, jusqu'aux détails de l'aménagement domotique et mobilier, en passant par la salle de fitness et le sauna au rez-de-chaussée, la végétation sèche des deux terrasses, et l'équipement de la cuisine selon les exigences supposées de Valentine.

Le devis complet dépassait désormais légèrement les dix millions d'euros. Stéphane commença alors une tentative de négociation, de pur principe, puisqu'il avait envisagé d'investir jusqu'à trois fois cette somme, si besoin. Ce qu'il ne savait pas, c'était qu'Irina connaissait son point de rupture grâce à son logiciel.

— Je vous assure, monsieur Larieux, que nos prix sont très bien étudiés. De plus, la qualité de nos prestations, tant en matière de fourniture qu'en ce qui concerne le travail de nos sous-traitants, les justifie amplement.

Elle marqua un temps d'arrêt pour permettre à son client d'exprimer son sentiment.

— Je n'en doute pas, mais tout de même, je suis persuadé que vous pouvez encore faire un effort.

Irina feignit de réfléchir quelques instants puis proposa à Stéphane une option supplémentaire en lieu et place d'une baisse de prix. Le logiciel avait noté un pic d'excitation dans les pupilles de ce client, au moment où le vol de l'hélicoptère semblait couplé au déplacement du voilier sur l'eau.

— Si vous vous décidez dans les vingt-quatre heures, monsieur Larieux, je suis en mesure de vous offrir un voilier de quarante pieds de la même marque que celui que vous avez vu dans le film, ainsi qu'une place dans le port de plaisance naturel situé au nord d'Aghios Nikolaos.

— Quarante-cinq pieds, renchérit Stéphane sans hésiter.

À ce moment précis, Irina Zagorakis sut qu'elle avait remporté le marché à 99,9 %. Cette affaire allait lui rapporter cent cinquante mille euros de commission.

— Vous êtes intraitable, monsieur Larieux… Je ne vous promets rien, mais je vais tâcher de convaincre mon patron.

— Pourrais-je avoir une copie du film et un exemplaire du devis, ainsi que la liste de toutes les écoles et universités de la région ?

— Sans problème monsieur Larieux. Pouvons-nous fixer dès à présent l'heure de notre rendez-vous de demain, pour la signature de la commande ?

— Quinze heures, comme aujourd'hui, c'est possible ?… À demain alors.

Stéphane retourna à son hôtel, à la fois heureux d'avoir trouvé un endroit rêvé pour y vivre avec Estelle et Camille, et angoissé par l'idée qu'il ne leur plairait peut-être pas. Il s'installa sur la terrasse de sa chambre et envoya par courrier électronique à Estelle le fichier complet de la visite en 3D du site et de l'intérieur de la villa. Il y joignit un message pour la prévenir qu'il la rappellerait vers 20 heures, heure de Paris, pour lui demander son avis ainsi que celui leur fille. En attendant, Stéphane décida de lire le détail du contrat de vente imprimé par la secrétaire d'Irina. Il était un peu contrarié qu'il ne fût rédigé qu'en anglais, mais se dit qu'il en exigerait le lendemain une nouvelle version en français. L'annexe relative au choix du terrain et celle concernant le modèle de construction étaient, l'une et l'autre, très détaillées, mais beaucoup de termes liés aux normes techniques lui échappaient. Il se dit qu'il avait intérêt à les envoyer d'urgence à Jean Sterne, en lui demandant de les faire vérifier par le cabinet d'architectes qui avait réalisé les travaux de restauration de l'hôtel particulier du boulevard du Général-Kœnig. Il parcourut ainsi l'intégralité du contrat. Parvenu à la dernière page, quelque chose l'interpella. Il retourna à la première et remarqua cette fois ce qui lui avait échappé. Le nom du promoteur n'était plus Gods Resort & Investment, mais GRI & Chevtchenko Real Estate. Sur l'instant, cette information lui inspira de se renseigner sur la solidité financière de ce nouveau groupe. Il n'avait nullement l'intention de confier dix millions d'euros à un fournisseur qui pouvait éventuellement mettre la clé sous la porte avant de lui avoir livré sa commande. Puis il commença à se souvenir de l'enquête de son ex-femme.

Elle lui avait fait part de ses soupçons contre ce groupe financier ukrainien. Soudain, l'image du panneau tombé à terre, non loin de son futur terrain, lui revint à l'esprit. « *Property of Johnson, Swanson & Watkins Real Estate. No trespassing* [1]. » Sur le coup, il n'avait pas réalisé qu'il s'agissait de J. S. & W. Real Estate. Estelle lui avait parlé d'un lien entre GRI et J. S. & W. par le biais du groupe Chevtchenko. « Le tiercé était bon, mais dans le désordre », pensa le privé. « C'était en réalité J. S. & W. Real Estate qui était le lien, bien involontaire, entre GRI et Chevtchenko. » Il décida de profiter de la fin de son séjour en Crète pour enquêter, dès le lendemain matin, sur cette société J. S. & W. et sur l'importance de sa présence sur l'île ainsi que sur sa situation depuis la mort de ses dirigeants. Toutefois, il se promit de ne pas en parler à Estelle, en tout cas pas avant d'avoir établi le lien exact entre ces trois sociétés.

Il dut s'y reprendre à trois fois pour obtenir une communication vidéo correcte avec Neuilly-sur-Seine. Il fut vite rassuré par l'accueil enthousiaste de Camille qui, placée devant la webcam de l'ordinateur de sa mère, le bombarda de questions. « Est-ce qu'il fait chaud là-bas ? Est-ce que je pourrai me baigner près de la maison ? Est-ce que l'eau est bonne ? Et l'école ? Est-ce qu'elle est loin de la maison ? Et Rosa-Maria ? Elle pourra venir elle aussi ?… » Ce fut sa mère qui craqua la première.

— Laisse-nous maintenant, ma chérie. Papa et moi avons des choses à nous dire qui n'intéressent pas les petites filles.

— C'est bon, les amoureux, je vous laisse, répondit Camille en quittant le séjour.

1 . Propriété de Johnson, Swanson & Watkins Real Estate. Défense d'entrer.

Ils restèrent de longues secondes à s'observer par caméras interposées, sans dire un mot. Chacun pouvait voir les yeux de l'autre se promener nerveusement sur sa propre image. Malgré la distance et la technologie qui les séparaient, ils semblaient s'intimider mutuellement.

— Tu me... dirent-ils presque simultanément.

— Toi d'abord, ajouta Estelle.

Stéphane prit une profonde inspiration.

— Tu me manques, Estelle... Vous me manquez toutes les deux... J'aurais tellement aimé vous avoir avec moi ici.

— Toi aussi tu nous manques, à toutes les deux.

— Vous avez reçu les fichiers que je vous ai envoyés ?... Oui, bien sûr. Vu l'excitation de Camille... Et toi, qu'est-ce que tu en penses ?

— Ça a l'air grand... Ce n'est pas un peu trop pour nous trois ? J'ai l'impression qu'on pourrait y vivre séparément sans jamais se croiser !

— Ça nous laissera le temps de nous réapprivoiser et de nous rapprocher, doucement, sans contrainte.

— Il me semble que tu m'as dit, il y a quelques semaines à peine, que tu étais « fermement décidé à rattraper le temps perdu ». Tu ne le pensais pas vraiment ?

— Si. Et je le pense toujours. Seulement, j'ai peur que tu ne me trouves trop... envahissant, trop empressé, rétorqua Stéphane en rougissant légèrement.

Estelle mourait d'envie de le prendre dans ses bras et de l'embrasser jusqu'à en perdre le souffle.

— Rassure-moi, Steph. Tu n'as pas prévu que nous fassions chambre à part !

— Je n'y avais pas songé, non... répondit Stéphane avec ironie. Cela dit, une séparation pourrait être un excellent stimulant de notre désir... À condition qu'elle ne soit pas trop longue, bien sûr.

— Je n'arrête pas de penser à l'autre nuit, murmura Estelle après avoir rapidement vérifié que Camille ne se cachait pas dans son dos.

— Sinon, comment s'est terminée ton enquête ? Tu es sur une nouvelle affaire ?

— L'enquête dont tu parles est définitivement classée. Mais les assassinats de personnalités continuent de plus belle ici... Et surtout, il m'arrive quelque chose de très étrange. Je viens d'être promue au poste de contrôleur général de la section antiterroriste d'Europol, suite au départ de mon patron, Fabrice Veranchon.

— Félicitations, Estelle. Tu vas pouvoir faire ce que tu veux maintenant !

— Tu n'es pas sérieux ? Tu ne vois donc pas que c'est un piège ? Un moyen de me tenir encore plus sous contrôle ? En plus, je n'ai rien demandé. J'étais très bien à ma place de commissaire divisionnaire, avec mon équipe. Cette nouvelle fonction n'a rien à voir avec le métier de flic, mais avec celui de politique. Et tu sais à quel point je déteste les courbettes et, par-dessus tout, les compromissions.

— Tu as certainement raison, Estelle, mais il y a un point positif.

— Ah oui ? Lequel ?

— Tu n'auras plus à risquer ta peau dans des opérations sur le terrain.

— Vu ma position stratégique, je deviendrai une cible plus motivante pour les terroristes. Mais il y a aussi autre chose qui m'inquiète. Veranchon a encore insisté pour que je le suive jusqu'à sa nouvelle destination. Il m'a parlé de sa nomination au sein d'un Conseil de sécurité européen. Et il m'a aussi confirmé qu'il y vivra dans une maison à Thira.

— Sur l'île de Santorin ?

— C'est cela.

— C'est une île volcanique au nord de la Crète, où je me trouve en ce moment. Peut-être est-il tout simplement amoureux de toi… Ce dont je ne peux le blâmer.

— Rassure-toi, Steph, il n'a aucune chance.

— Trop vieux ?

— Entre autres… Non, je plaisante. Seulement, ce n'est pas avec lui que j'ai envie de finir ma vie… En fait, ce qui m'a le plus intriguée, c'était de l'entendre dire quelque chose comme… « Venez avec moi, avant que… »

— Avant que ? insista Stéphane.

— « Je ne peux rien vous dire »… c'est ce qu'il m'a dit. Mais avant cela, il avait fait référence à la période qui a précédé l'avènement du nazisme et la Deuxième Guerre mondiale… pour me faire comprendre que nous en sommes à un moment clef, comme les Juifs d'Allemagne et d'Europe, « lorsque le petit caporal est devenu chancelier du Reich ». Il avait l'air très sérieux.

— C'est effectivement inquiétant. Peut-être sait-il des choses que le public ignore ? Mais dans ce cas…

— Oui, quoi ? demanda Estelle.

— Il serait plus prudent d'en parler de vive voix à mon retour. Maintenant, revenons-en à la maison. Elle te plaît ?

— Elle est magnifique. Tu l'as bien choisie.

— Et tu es prête à t'y installer avec Camille et moi, dès qu'elle sera terminée ?

— Sans hésitation… Paris commence à me donner la chair de poule.

— Tu es consciente qu'il te faudra trouver un autre métier ?

— Peu importe, pourvu que ce soit loin d'ici, répondit Estelle.

— Dernier détail. La porte d'entrée, tu la préfères bleu marine ou en bois cérusé vert pâle.

— Vert pâle, pourquoi ?

— Bon, je dois te laisser, maintenant, dit Stéphane. Je vous rappellerai dans deux jours. Je vous embrasse toutes les deux. D'ici là, faites bien attention à vous. Promis ?

44

Crète, Iraklio, mercredi 28 juin 2028, 10 h 40.

Stéphane Larieux avait passé une partie de la nuit à rechercher des informations juridiques et financières sur le groupe Chevtchenko et sur sa prise de participation dans les sociétés GRI et J. S. & W. Real Estate. Étrangement, la fusion entre les deux premières avait été officialisée et matérialisée par de nouveaux statuts, alors que l'acquisition de la majorité des actions de la troisième par de mystérieux donneurs d'ordres semblait s'être faite peu de temps avant par simple rachat sur les places boursières européennes. En consultant son site de bourse en ligne, Stéphane constata la corrélation entre le cours des actions de J. S. & W. et l'assassinat de ses dirigeants. À la date de l'annonce de leur mort, le cours a connu une chute brutale provoquant la panique des actionnaires. Pour ne pas éveiller les soupçons, des ordres d'achat avaient été émis à la clôture de chaque place financière. Ainsi, quelques heures avaient suffi à ces personnes pour en prendre le contrôle. Les transactions ayant été faites par le biais de plusieurs agences de courtage, il était impossible d'en prouver l'origine. Mais pour le privé, il ne faisait aucun doute que la plupart émanaient du groupe Chevtchenko.

Stéphane décida donc de faire une enquête discrète avant de se rendre chez GRI en début d'après-midi pour signer son contrat. Voulant absolument échapper aux importuns, en particulier à ce cher Pierre-Yves, il se fit servir un copieux petit-déjeuner dans sa chambre à 7 h 45 et quitta l'hôtel à 8 h 30 en évitant soigneusement de croiser l'un des visiteurs français. Il avait repéré sur Internet l'adresse d'un des quinze points de vente de J. S. & W. sur l'île de Crète. Le promoteur était aussi très bien implanté dans une dizaine d'îles de la mer Égée. En arrivant devant l'agence locale, rue Thiras, à deux pas de la cathédrale, il trouva porte close. La vitrine avait été badigeonnée de peinture blanche et une affiche collée sur la porte indiquait en anglais et en caractères cyrilliques « *For sale* [1] ». Stéphane regarda autour de lui et repéra un petit restaurant typique et une épicerie traditionnelle. Il s'y rendit et questionna les patrons pour savoir si quelqu'un pouvait lui dire où il pourrait joindre un des employés de l'agence. Le tenancier du *kafeneion*-restaurant parlait un anglais des plus approximatifs, mais put faire comprendre qu'il connaissait très bien « *kyria* [2] » Calathès, la responsable de l'agence. Stéphane dut se forcer à consommer un café et un ouzo, à 9 h 20 du matin, pour convaincre le patron de lui communiquer l'adresse de cette femme. Elle habitait à la périphérie d'Iraklio, à la jonction de Leoforos Knossou et de Krasanaki. Grâce à la combinaison du nom et de l'adresse, il trouva le numéro de téléphone de madame Calathès. En raison de sa profession, elle parlait couramment l'anglais et le français. Il put lui expliquer

1. À vendre.

2. « Madame », en grec.

rapidement sa démarche et elle accepta de le retrouver près de chez elle, dans un square public. Il décida donc de prendre un taxi pour s'y rendre au plus vite.

Le jardin était presque désert, les enfants étant encore à l'école. Quelques personnes assez âgées discutaient entre elles ou se contentaient de regarder le temps qui passe. Stéphane s'assit sur un banc isolé et attendit quelques minutes. Il sentait les regards inquiets de ces retraités se poser sur lui. Alors, il leur adressa un sourire accompagné d'un hochement de tête, en guise de bonjour.

— Monsieur Larieux, je présume.

Stéphane se retourna et aperçut une femme d'une quarantaine d'années, pas très grande, brune avec des sourcils épais et foncés. Elle avait les traits tirés et l'air sombre.

— Madame Calathès ? demanda le privé en se levant. Bonjour et merci d'être venue, ajouta-t-il en lui tendant la main.

Ils se serrèrent promptement la main et s'assirent ensemble, en maintenant entre eux une distance respectable et surtout visible de toutes les personnes présentes.

— Les gens parlent beaucoup, ici, vous comprenez, monsieur Larieux, lui dit-elle comme pour s'excuser.

— Tout à fait... Vous étiez donc la directrice de l'agence de la rue Thiras. Que s'est-il passé au juste ?

— Un beau matin, deux hommes accompagnés d'un huissier sont arrivés et nous ont dit : « Nous sommes les nouveaux patrons de J. S. & W. Nous avons déjà notre propre réseau. Nous n'avons plus besoin de vous. Alors, vous avez jusqu'à la fin de la semaine pour fermer ce bureau. » Sur le coup, j'ai cru à une manœuvre de la mafia, à cause de leur accent russe. Je les ai menacés d'appeler la police.

— Et alors ? demanda Stéphane.

— Ils ont ri et l'huissier m'a tendu un document visé par le tribunal de commerce. J. S. & W. avait bien été absorbée par la société Chevtchenko Real Estate, déclarée actionnaire majoritaire à hauteur de cinquante-huit pour cent du capital.

— Avez-vous eu des explications de la part de vos dirigeants ?

— Les grands patrons ? Je ne les ai jamais rencontrés, à vrai dire. Ils étaient Anglais, je crois. J'imagine qu'ils ont vendu leurs parts sans se soucier de ce qui pouvait nous arriver par la suite.

Stéphane s'abstint de lui parler de l'assassinat de ces dirigeants.

— Cela a dû vous faire un choc, j'imagine.

— Vous n'en avez pas idée. Et ce n'était pas tout. Pour s'assurer que nous ne partirions pas avec la caisse, ils m'ont sommée de leur restituer les clés du coffre et des locaux, ainsi que tous mes pouvoirs auprès des banques et de tous les organismes officiels. Je n'avais jamais subi une telle humiliation.

Son histoire fit resurgir dans l'esprit de Stéphane celle de Christelle. Il repensa soudain aux conséquences dramatiques que son licenciement avait eues sur sa vie et sur celle de Maxime. La détresse qu'il éprouvait pouvait se lire sur son visage.

— Monsieur Larieux… Ça ne va pas ?

Stéphane s'efforça de lui sourire. Il ne voulait pas parler de son drame personnel avec cette inconnue.

— Si. Ça va aller… Comment marchait votre activité avant leur arrivée ?

— En fait, nous étions chargés de trouver des terrains qui pouvaient offrir à moyen terme une plus-value conséquente. Nous devions constituer un stock et l'immobiliser jusqu'à ce qu'il ait pris assez de valeur pour être revendu.

— En quelque sorte, votre objectif était de créer une pénurie de terrains constructibles pour faire flamber les prix. Il s'agissait ni plus ni moins de spéculation foncière, n'est-ce pas ?

Madame Calathès parut un peu gênée. Stéphane en déduit qu'elle ne devait pas être très fière des méthodes employées par ses patrons.

— Comment fixiez-vous le prix des terrains à acheter ? C'est vous qui étiez chargée des négociations avec les vendeurs ?

L'ex-directrice d'agence se mit à rougir. Stéphane craignit qu'elle ne se refermât et ne l'envoyât promener. Alors, il tenta de rattraper le coup.

— Pardonnez mon indiscrétion, madame Calathès.

— Non, ce n'est rien… En fait, nous repérions les plus beaux lots à partir de cadastres trouvés sur les sites des mairies. Ensuite des architectes et géologues se déplaçaient pour vérifier la qualité de l'emplacement et du sous-sol. Enfin, quand tous les paramètres étaient bons, les dossiers étaient remis à notre direction commerciale qui se chargeait de la négociation…

Le privé comprit qu'elle était disposée à lui en dire plus, mais qu'elle attendait qu'il lui posât des questions plus précises.

— Et, d'après vous, comment se déroulaient ces négociations ? Je veux dire, de quelle façon obtenaient-ils l'accord des vendeurs au meilleur prix pour eux ?

Madame Calathès regarda discrètement autour d'elle. Elle paraissait très inquiète.

— Je ne pourrais pas le prouver, murmura-t-elle, mais il semblerait que notre direction commerciale ait parfois utilisé des moyens de pression pour faire céder certains propriétaires, en particulier des personnes âgées. La presse locale a fait état de plaintes de plusieurs d'entre elles qui disaient avoir été volées par des voyous. Malheureusement pour elles, nous avions d'excellents avocats et leurs recours sont restés sans suite. J'ai d'ailleurs été témoin d'une scène qui nous a tous bouleversés à l'agence… Une jeune femme, entièrement vêtue de noir, est arrivée un matin. Elle a demandé à parler au responsable de l'agence. Je me suis présentée et là, elle m'a tendu une enveloppe bordée d'un liseré gris et, calmement, elle m'a dit : « Je dois vous faire part du décès de mon père… Il s'est donné la mort parce que vous lui avez volé son bien le plus précieux. Il avait trop honte de s'être fait avoir et de me laisser, à moi sa fille unique, une simple somme d'argent, qui plus est dérisoire. Voilà. Je tenais à ce que vous sachiez la souffrance que vous semez derrière vous. » Puis elle s'est retournée et avant de ressortir de l'agence a dit : « Que Dieu ait pitié de vous. »

Stéphane Larieux pouvait presque toucher l'émotion sincère qui se dégageait de la voix de cette femme. Il sentait qu'elle avait besoin d'en parler, mais, en même temps, qu'elle aurait voulu effacer ce souvenir douloureux et culpabilisant. Alors, il relança la conversation avec une question plus pragmatique.

— Comme je vous l'ai expliqué, je souhaite acheter une petite propriété sur votre magnifique île, mais je ne sais pas trop où orienter mes recherches… Est-ce que vous seriez capable de m'indiquer quelques-uns des emplacements acquis récemment par votre agence, avant le rachat de votre société ?

— J'ai même mieux, monsieur Larieux. Avant de partir, j'ai emporté un fichier contenant la liste de toutes les acquisitions de J. S. & W. Real Estate depuis deux ans.

— Écoutez, madame Calathès. De telles informations me feraient gagner beaucoup de temps et donc d'argent. Alors… Si vous pouviez me les transmettre, je serais tout à fait disposé à vous indemniser. J'ai cru comprendre que vos nouveaux employeurs ne vous avaient rien laissé en compensation de votre licenciement brutal.

— C'est vrai, monsieur Larieux... Heureusement, mon mari a encore sa petite entreprise de construction de maisons et de travaux publics. Et il semble que le rythme des ouvertures de chantiers soit en train de s'accélérer. Qui sait ? Il pourra bientôt m'embaucher comme secrétaire comptable... Nous avons trois enfants à élever, vous savez. En ce moment, il est occupé par un gros contrat avec les autorités européennes. Un nouveau bâtiment qui doit recevoir prochainement une sorte de commission européenne, je crois.

— Ah oui. Où cela ?

— À quelques kilomètres au sud de l'aéroport. Mon mari m'a dit que l'immeuble sera très moderne et très bien protégé. Ils ont prévu plusieurs niveaux de bureaux en sous-sol avec des abris antiatomiques et tout ce genre de choses.

— Je suis très heureux pour votre mari et pour vous-même, ainsi que pour vos enfants. Et, qui sait ? Peut-être aurai-je le plaisir de faire appel à votre entreprise, si je dois réaliser des travaux... Est-ce que dix mille euros vous conviendraient en échange d'une copie de votre fichier ? Je peux les faire virer sur votre compte en quelques instants depuis mon téléphone portable, si vous êtes d'accord bien sûr.

— D'accord. Maintenant, je vais rentrer chez moi pour récupérer une copie du document dont nous avons parlé. Vous pourrez y jeter un coup d'œil et s'il peut vous être utile, vous en ferez une copie. Je vous donnerai mes coordonnées bancaires pour le virement... Surtout, attendez cinq ou dix minutes avant de vous lever et de me rejoindre.

Stéphane retourna à son hôtel avec son précieux fichier, un peu avant midi. Dans le hall, il croisa la mystérieuse femme d'affaires.

— Bonjour, dit-elle. Nous étions dans le même avion, je crois.

— Oui, certainement. Il me semble vous reconnaître. Mon nom est Stéphane Larieux.

— Enchantée, monsieur Larieux. Je suis Adèle Pontigny-Blandin. Avez-vous trouvé votre bonheur, monsieur ?

— Je l'espère, en tout cas… Et vous ?

— À vrai dire, je suis venue pour contrôler l'avancement des travaux de construction de notre villa. Mon mari est fonctionnaire européen et il va bientôt être muté ici. Moi, je suis avocate-fiscaliste à Paris, mais je peux facilement pratiquer mon métier n'importe où. Alors, nous avons décidé que je m'occuperais de dénicher notre future maison. Mais je dois dire que je n'aurais jamais cru que ce serait aussi difficile. D'abord pour choisir le meilleur emplacement, ensuite pour trouver une entreprise de construction disponible. Et, maintenant, les travaux qui n'en finissent pas. Avec tous ces chantiers ouverts un peu partout, je suis certaine que les mêmes équipes travaillent sur plusieurs d'entre eux simultanément.

— Et que va faire votre mari ici, si ce n'est pas indiscret ?

— Il est en charge de la sauvegarde du patrimoine artistique français à l'intérieur de la Commission européenne. Il doit organiser le transfert de certaines œuvres du Louvre vers un nouveau musée qui est en train de sortir de terre, quelque part entre Iraklio et Knossos. Son espoir est d'obtenir plus tard le poste de conservateur de ce futur « Petit Louvre ». Mais, les immeubles qui doivent accueillir une annexe de la Commission européenne sont loin d'être terminés. Il est donc toujours à Paris pour le moment.

— Où seront-ils ? demanda Stéphane innocemment.

— Au sud de l'aéroport. Vous pourrez voir le chantier depuis l'autoroute E75, juste avant de remonter vers l'aéroport... Et vous-même, de quoi vivez-vous ?

Stéphane sortit de sa poche une carte de visite et la lui tendit :

— Je dirige une entreprise de sécurité privée.

— Je suis désolée, monsieur Larieux, j'aurais volontiers fait appel à vous pour notre transfert, mais il est déjà pris en charge par l'Administration européenne.

Stéphane déclina l'invitation à déjeuner de madame Pontigny-Blandin, prétextant qu'il avait un travail urgent à terminer. Il demanda à la réception qu'on lui montât un plateau-repas léger, composé de *tzatzikis* [1], de *souvlakis* [2] et d'un fromage frais au miel, arrosé d'un quart de vin rouge local et d'une bouteille d'eau gazeuse. Confortablement installé dans un transat, sur la terrasse de sa chambre, il put enfin consulter le fichier de madame Calathès. Les terrains acquis par J. S. & W. avaient été soigneusement classés par zone et par date. Chaque tableau était accompagné d'une carte géographique et d'un plan cadastral. Stéphane repensa au trajet réalisé deux jours plus tôt. Il se remémora les noms des villes et des villages et tenta de visualiser les images dans sa tête. Il les compara aux informations remises par madame Calathès. Plus de la moitié des terrains visités avaient appartenu à J. S. & W. Real Estate. Sur plusieurs sites, il s'agissait quasiment de la

1 . Hors d'œuvre ou sauce grecque composé(e) de yaourt, de concombre, d'oignons et d'ail.

2 . Spécialité culinaire grecque à base de brochettes de viande marinée.

totalité d'entre eux. Il eut également la confirmation que sa future propriété reposerait sur un terrain ayant appartenu au promoteur anglais, tout comme six autres des neuf terrains du lotissement.

« Voilà pourquoi deux villas étaient déjà terminées, pensa Stéphane. Les terrains correspondants appartenaient à GRI depuis plus longtemps. Les autres, situés à proximité, avaient été bloqués par J. S. & W. pour provoquer une surenchère et étaient restés, jusqu'à récemment, inconstructibles. Et tout à coup, est survenue une troisième entreprise, nommée Chevtchenko, qui a racheté opportunément la majorité des actions de J. S. & W., devenant ainsi propriétaire de tous ces terrains exceptionnels. Après quoi Chevtchenko a signé avec GRI une fusion en échange de quarante-neuf pour cent des parts… Si les dirigeants de l'entreprise ukrainienne avaient depuis longtemps l'objectif de prendre la moitié des parts de GRI, alors ils avaient eu un excellent mobile pour assassiner les dirigeants de J. S. & W. Cela ne fait aucun doute. Sinon, pourquoi n'ont-ils pas revendu tous les terrains aux enchères, vu la pénurie de terrains constructibles et le nombre de promoteurs sur les rangs ? Estelle va être fière de moi ! »

Le président de VIP passa comme convenu à l'agence de GRI-Chevtchenko pour signer son contrat de vente en français. Il fit biffer l'article 27-2 et fit joindre son accord écrit pour le transfert de son bien au profit d'Estelle De Jong et de sa fille Camille au cas où il viendrait à décéder. Il en garda une copie papier ainsi qu'une version électronique infalsifiable qu'il transféra immédiatement à son bureau et à l'intention de son directeur financier, Jean Sterne. « Ça l'incitera peut-être à se décider à me suivre », pensa Stéphane. Il exigea également un échéancier des travaux, avec des garanties de dates buttoir, assorties de pénalités de retard. La première échéance concernait l'achèvement des fondations sur dalle flottante. Elle était fixée au 16 août 2028. L'intégralité du projet devait être terminée le 20 décembre 2028 pour la villa et la maison des gardiens. La piscine naturelle ne serait livrée qu'au printemps suivant. Afin d'obtenir une priorité dans l'ordre des commandes en attente, il accepta de verser quarante pour cent d'acompte au lieu des vingt-cinq pour cent prévus au contrat. « Quel beau cadeau de Noël ce sera pour Camille ! » pensa Stéphane.

Au retour, il demanda au chauffeur de taxi de faire un crochet par le chantier des locaux de la « Nouvelle Commission européenne ». Malheureusement, les seuls panneaux, en anglais et en grec, affichés sur les palissades entourant l'endroit, n'indiquaient rien d'autre que le nom du maître d'œuvre, une entreprise grecque, et le maître d'ouvrage, United Estates of Europe, pour le compte de l'Union européenne. Mais rien ne précisait la fonction de l'immeuble. Stéphane remarqua le nom de Calathès dans la liste des sous-traitants.

Arrivé à l'hôtel, il envoya une copie du contrat à Estelle en y joignant un petit mot : « Désolé. J'aurais préféré que tu ne voies pas le prix, mais le plus important était que tu saches que, s'il m'arrivait quoi que ce soit, cette maison vous reviendrait de droit. Je vous aime. À bientôt. »

45

Hôtel Galactica Iraklio, mercredi 28 juin 2028, 20 heures.

Plus tard dans la soirée, il ne put échapper à l'invitation à dîner à la table de Pierre-Yves Rainier. Incorrigible séducteur, le restaurateur français avait convaincu Irina Zagorakis et Adèle Pontigny-Blandin de se joindre à eux. Irina semblait apprécier le charme et la gaieté de Pierre-Yves et ce dernier s'était persuadé que Stéphane ne serait pas opposé à une relation éphémère avec l'intrigante femme d'affaires. En voyant son nouvel ami s'approcher de leur table, il ne put s'empêcher de lui adresser un clin d'œil complice.

— Je ne te présente pas nos deux charmantes invitées.

— Bonsoir mesdames, dit Stéphane.

— Détends-toi. On peut s'appeler par nos prénoms, maintenant. Pour mémoire, voici Irina et…

— Adèle, je sais, merci, répondit le privé en s'efforçant de sourire.

— Irina m'a appris que tu avais signé cet après-midi même. Félicitations… Cela dit, je risque de ne pas t'avoir souvent comme client dans mon prochain restaurant gastronomique.

— Ce que Pierre-Yves meurt d'envie de vous dire, c'est qu'il a lui aussi trouvé l'emplacement rêvé pour son premier établissement sur l'île.

— Bravo, Pierre-Yves. Je te promets que je viendrai au moins pour l'inauguration.

Le dîner se déroula dans une ambiance détendue, sous les commentaires avisés du restaurateur français, qui cherchait obstinément à impressionner Irina en révélant chaque ingrédient supposé avoir été utilisé pour confectionner chaque plat. Pierre-Yves n'était jamais à court d'une anecdote, vécue dans l'un de ces trois restaurants. Malheureusement, les connaissances linguistiques d'Irina ne lui permettaient pas toujours de saisir la finesse de son humour. Ses traits d'esprit firent beaucoup rire Adèle, mais laissèrent Irina le plus souvent de marbre. Et, petit à petit, Pierre-Yves se désintéressa de la seconde au profit de la première. Plusieurs fois au cours du dîner, Stéphane avait perçu le regard appuyé d'Irina qui semblait lui dire : « Viens, quittons ces deux-là, et retrouvons-nous ailleurs. » Entre le dessert et le café, Stéphane avait senti à plusieurs reprises le contact d'un pied déchaussé contre sa chaussure. Croyant à un geste accidentel, il avait retiré ses jambes en arrière, sous son siège, en s'excusant discrètement. Mais à la troisième reprise, le doute n'était plus permis. Ce pied reposait cette fois complètement sur le sien. Il se retourna vers Irina, qui lui adressa alors un bref sourire avant de baisser les yeux vers son verre de vin. La jeune femme était particulièrement séduisante avec sa jupe à godets bleu canard, son débardeur en coton blanc à fines bretelles. Elle avait attaché ses longs cheveux bouclés derrière sa nuque, révélant ainsi son cou frêle et gracieux. Stéphane avait beau tout tenter pour ne pas lui prêter attention, quelque chose d'irrésistible parvenait toujours à attirer son regard vers elle. Lorsque Pierre-Yves fit signe au chef de rang de lui apporter la note, Irina ordonna à ce dernier, d'un simple hochement de la tête, de mettre le repas sur son compte. Il eût été impensable de laisser payer des clients qui devaient représenter un chiffre d'affaires de plus de trente millions d'euros et, au bas mot, quatre cent cinquante mille euros de commissions pour elle-même. Le restaurateur français comprit immédiatement.

— Merci pour ce délicieux dîner, Irina.

Puis, regardant sa montre, il dit :

— Il n'est que 22 h 40. C'est un peu tôt pour se quitter. Que diriez-vous de continuer la soirée dans un bar ou une boîte de nuit ?

— Excellente idée, répondit Adèle, ça fait une éternité que je n'ai pas dansé.

— Une autre fois, peut-être, s'excusa Irina en se levant de sa chaise. J'ai une journée très chargée demain.

Stéphane se leva dans un même mouvement et s'approcha du dossier de la chaise d'Irina pour se saisir de sa veste coordonnée à sa jupe, imprimée en camaïeu de bleus. Il s'approcha d'elle et lui déposa délicatement la veste sur ses épaules, dont il apprécia le teint légèrement hâlé, mais aussi le soyeux lorsque ses mains effleurèrent sa peau.

— Merci, Stéphane, dit-elle en se retournant.

Elle glissa alors sa main droite entre sa nuque et ses cheveux, qu'elle souleva pour les faire passer par-dessus son col, libérant ainsi les fragrances de son parfum qui mirent les sens de Stéphane en émoi.

— Pour ma part, dit Stéphane, je suis un trop piètre danseur. Je me contenterai donc d'une promenade digestive sur le port… Mais allez-y tous les deux. Je ne voudrais pas jouer les trouble-fête.

Pierre-Yves n'était pas dupe, mais se voulut beau joueur. Il avait certes eu des vues sur Irina, mais Adèle lui était apparue plus sensible à son humour et de ce fait plus accessible. De plus, le petit jeu de feinte indifférence de ses deux compagnons l'amusait beaucoup.

— Soit, je vais emmener Adèle danser… jusqu'au bout de la nuit, conclut-il en présentant son bras à madame Pontigny-Blandin.

— Bonne fin de soirée à tous les deux, ajouta Adèle sans se retourner, alors qu'elle s'éloignait au bras de Pierre-Yves.

Tout en les regardant, Irina dit :

— M'inviteriez-vous à vous accompagner quelques instants dans votre promenade sur le port ?

— Je croyais que… avec grand plaisir, répondit Stéphane en souriant.

Ils se firent déposer en taxi au milieu du centre historique, devant l'église Aghios Titos, à moins de trois cents mètres du port. Il régnait dans les rues une étrange sensation de calme, malgré la présence de nombreux promeneurs. Les terrasses des *kafeneion* étaient bondées et résonnaient de rires, d'éclats de voix et de conversations passionnées. Encore une fois, Stéphane s'étonna d'entendre si peu de grec. On aurait pu se croire à Londres, Berlin ou Paris.

— C'est agréable, n'est-ce pas, de ne plus entendre le bruit des marteaux et des engins de travaux ? lança Irina.

— C'était donc ça, répondit Stéphane. Je me demandais d'où provenait cette impression de silence, malgré les conversations sonores. C'est aussi à cause de tous ces travaux que j'ai choisi un endroit plus éloigné de la capitale.

— Ça ne durera pas indéfiniment, vous savez. Le centre n'est pas extensible. Il est limité par ses remparts. Et heureusement, une loi interdit aujourd'hui toute construction de plus de quinze mètres de hauteur, sur l'ensemble de l'île.

— Vous ne trouvez pas cela triste de voir votre île se dépeupler de ses habitants d'origine ? Vous êtes née ici, je présume.

Tandis qu'ils se faufilaient dans les petites rues encombrées d'échafaudages, leurs épaules se touchaient régulièrement et parfois leurs mains entraient en contact. Tour à tour, ils s'excusaient timidement.

— C'est aussi mon avis, croyez-moi… Mais je n'ai pas eu vraiment le choix. Tous ceux qui ont tenté de s'opposer à ce mouvement irrésistible se sont cassé les dents. Mes parents ont été contraints de quitter leur appartement dans ce même quartier.

— Et malgré cela, vous participez à accélérer l'exode des véritables Hérakliotes ?

— Je n'en suis pas très fière, je vous assure, mais c'était la seule façon pour moi de rassembler les moyens financiers nécessaires pour sauver ma famille d'une expatriation forcée. Pour le moment, j'ai mis mes parents à l'abri dans ma petite maison, dans un village au centre de l'île. Il n'a pas encore été touché par la folie de la spéculation.

— Dont vous profitez amplement aujourd'hui, n'est-ce pas ?

Stéphane s'en voulut d'avoir été aussi agressif, après ce qu'elle venait de lui expliquer. Alors, il approcha sa main droite de la sienne et la saisit délicatement. Elle ne résista pas et consentit à lui serrer la paume entre ses doigts effilés.

— Je n'ai aucun droit de vous juger. Je vous prie de m'excuser.

Irina serra plus fort encore la main de Stéphane, sans rien dire.

— Moi-même, je me suis enrichi en profitant d'un système contre lequel je n'ai jamais su me battre. Alors, je suis très mal placé pour vous faire la leçon.

Les lumières du vieux port d'Iraklio étaient maintenant en vue. Ils marchèrent ainsi quelques minutes, la main dans la main, sans échanger un mot, jusqu'à ce qu'ils eussent atteint le quai. Ils s'assirent sur un des bancs inoccupés qui leur offraient un panorama de carte postale sur les nombreux bateaux de plaisance et sur le fort vénitien. Stéphane se tourna vers Irina en réalisant qu'il ne l'avait pratiquement pas regardée depuis le début de leur balade nocturne. Il remarqua qu'elle frissonnait légèrement. Le port était effectivement exposé à un léger vent du nord qui rafraîchissait sensiblement l'atmosphère. Il était lui-même un peu frileux. Alors, plutôt que de lui prêter son pull, il passa son bras droit derrière ses épaules et lui frotta le dos quelques secondes avant de la serrer contre lui.

— Vous avez froid, on dirait. Voulez-vous que nous nous abritions à l'intérieur d'un *kafeneion* ?

— Pas tout de suite, Stéphane. Je me sens bien là avec vous, répondit-elle en se blottissant contre lui et en posant sa tête sur son épaule.

Ils restèrent ainsi, silencieux, pendant plusieurs minutes. Stéphane se sentait très confus. Il était attiré par cette jeune femme et, en même temps, ses pensées étaient habitées par Estelle et Camille. « Nous ne sommes plus mariés, alors pourquoi me priver d'un bonheur, même éphémère, avec cette fille ? » se répétait-il pour se rassurer. Insensiblement, son attention fut détournée par des petits points lumineux sur la mer, à quelques encablures de la côte. La plupart étaient blancs, quelques autres étaient couplés, rouges et verts. À leur droite, dans le port marchand, deux frégates militaires côtoyaient des navires de transport de passagers et des chalutiers.

— Ce sont des bâtiments de guerre qui sont ancrés au large, n'est-ce pas ? demanda Stéphane.

— C'est exact, répondit Irina. Et il y en a d'autres au large de la côte sud de la Crète.

— N'est-ce pas étrange de mobiliser autant de moyens militaires pour protéger une île aussi tranquille ?

— Je suis surprise que cela vous étonne. Vous êtes pourtant bien placé pour savoir ce qui se passe en ce moment.

— Que voulez-vous dire ?

La jeune femme releva la tête et le regarda fixement.

— Tu me fais marcher, c'est ça ?

Stéphane apprécia de l'entendre le tutoyer. Il s'en trouvait soulagé, à vrai dire. Il avait craint jusque-là qu'en le vouvoyant elle souhaitât le maintenir psychologiquement à distance.

— Pas du tout, répondit Stéphane. Explique-moi.

— Je suis sûre que tu le sais déjà, mais soit…

Irina se redressa et se tourna vers lui, en reposant sa jambe gauche repliée sur le banc. Elle enleva sa veste de ses épaules avant d'enfiler les manches et de refermer les boutons. Elle frissonna de plus belle. Par réflexe, Stéphane lui frotta les bras pour la réchauffer un peu.

— Tu es sûre que tu ne préfères pas te mettre au chaud ?

D'une main, Irina tenait les deux pans de son col le plus fermés possible, de l'autre elle plaquait sa jupe contre ses cuisses par pudeur, à cause du léger vent de nord.

— Peut-être es-tu sincère, après tout, lui dit Irina en plongeant ses grands yeux verts dans ceux de Stéphane. Dans ce cas, il faut absolument que tu saches… Tu es un drôle de type, Stéphane, et tu me plais. Enfin, je veux dire… que je t'aime bien.

— Moi aussi je t'aime beaucoup Irina. Tu m'as l'air d'être quelqu'un de bien, en plus d'être ravissante.

— Merci, répondit-elle en baissant les yeux.

Puis elle releva la tête et lui adressa un sourire empreint d'inquiétude.

— Par mon métier, je côtoie beaucoup de personnes très haut placées dans notre société. Pas seulement des hommes et des femmes d'affaires, mais aussi des politiques. Et ce qui se passe depuis près d'un an maintenant est en réalité la préparation d'un grand bouleversement. Les choses ont débuté de manière insidieuse, au lendemain des terribles attentats de l'année dernière. L'engouement initial pour le calme et le climat de nos îles grecques n'avait rien de réellement surprenant. Il ne faisait que confirmer une tendance. Mais là où j'ai commencé à m'inquiéter, c'est quand les autorités ont facilité les expulsions des autochtones en leur proposant de les reloger sur le continent. Ensuite, il y a eu ces rumeurs étranges de séismes imminents dans la région.

— Elles étaient peut-être justifiées, remarqua Stéphane.

— Prévoir qu'un tremblement de terre pourrait se produire ici et dans les autres îles volcaniques de la mer Égée, ça revient à dire à quiconque : « un jour tu vas mourir, je le sais ». En tout cas, ça ne justifie aucunement de pousser les authentiques habitants à quitter cette île, ni aucune autre. Sinon, comment expliquer que, dans le même temps, les personnes les plus fortunées d'Europe se soient acharnées à faire construire ici des villas de luxe ?... Beaucoup trop luxueuses pour n'être que des maisons secondaires. Mais il y a plus étrange.

Sans même s'en rendre compte, Irina avait pris les mains de Stéphane dans les siennes et les serrait à présent contre sa jambe gauche, repliée sur le banc. Le contact de sa peau le troublait terriblement. Il sentait monter en lui des accès de désir qu'il s'efforçait de réprimer. Quand il la regardait dans les yeux, il avait envie de l'embrasser. Il l'entendait bien, mais sans vraiment l'écouter. Et quand il baissait la tête, par instant, c'était sa taille fine et ses hanches rondes qu'il voyait, et alors c'était tout entière qu'il la désirait. Le ton de confidence sur lequel elle lui parlait ne faisait que renforcer son sentiment qu'une certaine intimité les liait à présent.

— Tu ne crains pas d'être devenue parano ? demanda Stéphane pour tenter de réduire la solennité de leur discussion.

— Pas du tout, Stéphane. Il faut que tu me croies.

— Je te crois, Irina, répondit Stéphane en lui souriant.

— Je te disais qu'il y avait plus étrange. Sans devoir te révéler des secrets d'État, ou de simples rumeurs, j'ai noté plusieurs signes qui trahissent ce bouleversement prochain dont je te parlais. Le premier est la construction de plusieurs grandes écoles et universités, ainsi que l'installation de plusieurs cliniques privées ultra-modernes, qui supposent une implantation durable d'une nouvelle population très fortunée… Toi et tes amis français en êtes d'ailleurs la meilleure illustration… Mais ce n'est pas tout. Il y a aussi cette construction, non loin d'ici, de ce qui deviendra, j'en suis persuadée, le siège d'un nouveau gouvernement. En outre, il y a ce projet en cours de création d'une annexe du Musée du Louvre. Qu'est-ce qui justifie le choix d'un tel emplacement ? Enfin, il y a cette présence grandissante de navires de guerre dans la zone. Toi qui travailles dans la protection privée, tu as entendu parler d'une menace de conflit armé dans la région ?

— Non, reconnut Stéphane laconiquement.

— Non, bien sûr. Alors, il ne peut s'agir que d'une action préventive, en prévision d'un besoin de protection plus important réservé à l'élite européenne.

Stéphane repensa soudain au récent sommet européen organisé par son syndicat professionnel, à Bruxelles. Il lui semblait encore entendre le discours de sa présidente, Chiara Dalla Chiesa, insistant sur la grande mission de leur profession au service de nos élites.

— C'est vrai, Irina, maintenant que tu le dis, je me souviens de certains faits dont j'ai pu être le témoin et qui vont dans le même sens. Et que va-t-il se passer selon toi ?

— Précisément, je ne saurais le dire. Mais à court terme, je suis persuadée qu'ils vont fermer toute la zone, dès qu'ils auront mis suffisamment des leurs en lieu sûr. Et le regroupement des îles grecques fait de notre région une des plus faciles à protéger, avec l'aide d'une armée bien équipée…

Pendant qu'elle continuait de lui parler, Stéphane lui souriait tout en la détaillant avec convoitise. Tout en elle lui plaisait de plus en plus. Ses yeux, sa bouche et ses dents d'un blanc éclatant. La naissance de sa poitrine, que laissait entrevoir le col échancré de sa veste, et qui se gonflait quand elle inspirait profondément. Et maintenant sa spontanéité. « Certes, il y a Estelle, pensa-t-il, mais nous ne sommes plus mariés… Plus tard, si nous décidions de vivre ensemble et de rester fidèles… » Il n'y voyait aucun danger. Son attirance pour cette jeune femme n'était que physique. « Et qui sait, peut-être ressent-elle la même chose de son côté ? » Il ne put résister plus longtemps. Il lui serra les deux mains un peu plus fort pour attirer son attention et se lança :

— Je ne sais pas non plus de quoi demain sera fait, mais là, maintenant… j'ai très envie de toi.

— Waow, dit-elle, en rosissant légèrement. Voilà qui est direct. Tu es décidément un drôle de type… Je croyais que tu étais marié et que tu avais une fille ? Cela dit, je trouvais surprenant que tu ne portes pas une alliance ou un signe distinctif indiquant que tu n'étais pas libre.

— Je ne t'ai pas vraiment menti. Ces deux femmes existent bien et comptent beaucoup dans ma vie. Mais je suis divorcé depuis quatre ans… et… je ne suis pas entré dans les ordres. De plus, sachant cela, si tu as souhaité m'accompagner dans ma « promenade digestive », je me suis dit que mon attirance pour toi devait être réciproque, non ? Ce n'était pas par inadvertance que tu posais régulièrement ton pied sur le mien, sous la table du restaurant ? Et c'est bien toi qui as pris mes mains dans les tiennes. Je n'ai pas rêvé.

— C'est vrai. Tu es encore pas mal pour ton âge, dit-elle en riant.

— Merci de préciser « pour mon âge ». Si je ne te plais pas plus que ça, oublie ce que je t'ai dit.

Irina le trouva très touchant en « quadra », sensible à son image de séducteur. Elle s'approcha un peu plus de lui, posa ses deux mains sur son torse et les remonta lentement jusqu'à son cou.

— En réalité, je vous trouve très séduisant, Stéphane Larieux. Et si vous me promettez qu'il n'y a rien de plus qu'une attirance physique entre nous, alors… qu'attendez-vous pour m'embrasser ?

Stéphane n'en demanda pas plus. Il se leva légèrement et passa une jambe par-dessus le banc et lui fit face. Il se rapprocha un peu plus, jusqu'à la toucher, et lui prit le visage entre ses mains. Il commença par l'embrasser des yeux avant de lui effleurer la bouche avec ses lèvres. Elle le laissa d'abord faire quelques instants, mais montra très vite des signes d'impatience. Avec une surprenante souplesse, elle fit passer sa jambe repliée par-dessus celle de Stéphane et la reposa derrière son dos, le forçant ainsi à se coller plus encore à elle. Puis elle ouvrit grand sa bouche et avec sa langue se fraya, avec vigueur, un chemin jusqu'à celle de Stéphane. Elle l'embrassa, sans retenue, plusieurs minutes avant de se détacher de lui.

— C'est bien comme ça que vous embrassez, vous les Français. N'est-ce pas ? Qu'est-ce qu'on fait maintenant ? Tu m'invites dans ta chambre ou on va chez moi ?

— À l'hôtel ? s'inquiéta Stéphane. Ce n'est pas un peu gênant ?

— Pour qui ? Pour toi ? Parce que, pour moi, ça ne me pose aucun problème. Nous sommes deux adultes, libres et consentants, alors…

— Tu as raison, Irina. Dans ce cas, retournons à l'hôtel. C'est beaucoup plus approprié pour une relation purement sexuelle.

— Je suis d'accord.

Elle se releva très lentement, de manière lascive, en s'efforçant de frôler son visage.

— On y va ? conclut-elle.

Lorsqu'ils arrivèrent, le hall de réception était vide, mais on pouvait entendre les éclats de rires et de voix de quelques clients installés dans le salon-bar, au bout du couloir. Stéphane crut un instant reconnaître la voix de Pierre-Yves. Le sourire complice d'Irina semblait confirmer son impression. Il récupéra la clef de sa chambre, que lui tendait le gardien de nuit, et attira Irina par la main jusqu'à l'ascenseur. Craignant, malgré tout, de croiser un visage connu avant de parvenir au dernier étage, ils restèrent côte à côte au fond de la cabine, espacés de quelques centimètres. Par chance, le couloir était totalement désert et ils purent atteindre la chambre de Stéphane à l'insu de tout le monde. Dès qu'il eut fermé la porte, Stéphane la prit par la taille et la pressa contre son corps avant de l'embrasser à nouveau, de la façon qu'elle lui avait montrée. Tout en lui rendant son baiser, elle lui palpait fermement les muscles des bras et les pectoraux, comme pour s'assurer de la qualité de son partenaire.

— Décidément, tu es bien conservé… pour ton âge, lui dit-elle en commençant à lui ôter sa veste, sans négliger de lui caresser le dos au passage.

Stéphane fit descendre ses deux mains sur les hanches, puis le haut des cuisses de la jeune femme, avant de les remonter tout aussi lentement avec le tissu de sa jupe. Elle pouvait sentir le désir grandissant de Stéphane. Alors, elle décida de calmer le jeu, pour le prolonger aussi longtemps que possible.

— Tu nous sers quelque chose de fort, pendant que je prends une douche ?

— Oui, bien sûr. La salle de bains est là-bas, dit Stéphane en désignant la deuxième porte après l'entrée.

— Je sais, c'est moi qui l'ai choisie. Et si tu veux me rejoindre, n'hésite pas.

Stéphane prépara deux whiskys « on the rocks », trouvés dans le minibar, et regarda autour de lui. La lumière lui parut trop crue et il décida de n'en laisser qu'une seule allumée. Celle qui éclairait le bureau. Par réflexe professionnel, il sortit de sa valise un petit détecteur avec lequel il s'assura qu'il n'y avait nulle part une caméra ou un microphone miniature caché dans la pièce. Rassuré, il ferma ensuite minutieusement les rideaux. Il finit par se trouver presque ridicule d'être aussi précautionneux. « Mais au moins, se dit-il, je ne me laisserai pas perturber par une angoisse irrépressible. » Soudain, il entendit la voix d'Irina qui l'appelait :

— Stéphane ? Qu'est-ce que tu fais ? Tu ne t'es pas endormi quand même !

Il emporta les deux verres de whisky et entra dans la salle de bains, après avoir frappé à la porte. Irina avait déjà remis ses dessous et s'apprêtait à le rejoindre dans la chambre, ainsi vêtue. Stéphane resta quelques secondes sans voix, mais ses yeux parlaient pour lui.

— Tu as toujours autant envie de moi, comme ça ? demanda innocemment la jeune femme.

— Plus encore, pour être honnête, répondit-il en plongeant un regard concupiscent sur sa poitrine, avantageusement valorisée par son soutien-gorge pigeonnant en dentelle bleu canard.

Il lui tendit un verre et posa le sien sur la tablette, sous le miroir. Puis il la saisit par la taille et la souleva presque sans effort pour l'asseoir sur la console, entre les deux lavabos. Il put ainsi admirer à loisir les courbes de ses hanches et l'intérieur de ses cuisses musclées et longilignes. La fine dentelle de sa culotte coordonnée parvenait à peine à cacher les secrets de son intimité. Stéphane fut à nouveau submergé de désir pour cette jolie Hellène brune. Cela n'échappa nullement à la jeune femme, lorsqu'il la colla contre son corps. Voulant encore prolonger cette exquise frustration qui attise l'excitation des sens, elle le repoussa gentiment.

— À ton tour de prendre une douche. Et, cette fois, rejoins-moi vite.

Au petit matin, après une nuit très mouvementée et un sommeil trop bref, Stéphane se réveilla seul. Irina était déjà partie. Elle avait laissé un petit mot, en évidence sur le bureau de la chambre : « Merci pour ce délicieux moment. À plus tard. Irina. »

Le président de VIP resta encore deux jours sur place jusqu'au retour de l'ensemble du groupe des Français, le vendredi 30 juin. Il passa le jeudi à visiter des musées et des églises. Le décollage étant prévu à 14 h15, heure locale, Stéphane se rendit en fin de matinée à l'agence pour fixer avec Irina la date de sa prochaine visite, lors de la livraison de la première tranche des travaux. La date buttoir prévue au contrat étant le 16 août 2028, il lui proposa le vendredi 18 août. Elle déclina son invitation à déjeuner parce qu'elle avait déjà quelque chose de prévu avec de nouveaux clients en provenance d'Allemagne, mais elle insista pour l'inviter à boire un dernier verre dans un *kafeneion* proche de l'agence.

— Je présume que nous n'aurons plus l'occasion de passer d'autres nuits comme celle que nous avons partagée ensemble, déplora Irina. C'est bien dommage.

Stéphane ne répondit rien. Il savait qu'elle avait raison.

— Malgré tout, je te souhaite beaucoup de bonheur avec ton ex-femme et ta fille. Et n'oublie pas ce que je t'ai dit. Les choses peuvent basculer en un instant. Alors, ne tardez pas trop.

— Tu es quelqu'un de bien, Irina. J'espère que nous deviendrons amis plus tard. Je suis sûr qu'elles t'apprécieront beaucoup.

Ils restèrent quelques minutes sans parler, assis à une table en terrasse, le temps de terminer leur soda glacé. Puis elle se leva.

— Je vais devoir te quitter, maintenant. Je dois récupérer mes clients à l'aéroport.

Il l'imita et lui tendit la main.

— On pourrait quand même se faire la bise, non ? dit-elle en l'embrassant sur la joue.

Il emporta ainsi un peu de son parfum sur son vol de retour.

46

Iraklio, vendredi 30 juin, 20 h 2.

Quelques minutes après que le Challenger 850 eut atterri sur la base militaire de Villacoublay, avec à son bord Stéphane, Pierre-Yves et Adèle, deux Falcon 50 touchaient le tarmac de l'aéroport d'Iraklio. Quatre limousines noires récupérèrent leurs passagers à leur descente d'avion. Encadré par deux Hummers de l'armée européenne, le convoi fut conduit jusqu'à un lieu isolé, situé quelque part à l'Est, au bout d'une petite route privée, à proximité de la côte nord.

Vingt minutes plus tard, les six véhicules arrivèrent dans l'enceinte d'une luxueuse propriété, au milieu d'un immense parc paysager, parsemé d'oliviers parfois centenaires. Un endroit qui, vu du ciel, ne pouvait en rien se distinguer du reste de l'île. Pour empêcher plus encore de localiser ce lieu secret, des brouilleurs de GPS et de Galileo avaient été disséminés sur la zone, ainsi que dans les quatre limousines noires dont les vitres étaient en outre complètement opaques. Avec un ensemble digne d'une chorégraphie, les chauffeurs et gardes du corps se précipitèrent hors de leurs véhicules blindés pour ouvrir les portes à leurs précieux passagers. De la voiture de tête sortirent Ineke Van den Broeck, la présidente de la Cour de Justice européenne et Gianluca Pellegrini, président du club Olympos. Des trois suivantes descendirent tous les autres membres du premier cercle d'Olympos, accompagnés de Sébastien Floque, directeur de la Sécurité civile pour la France et désormais ministre de tutelle d'Estelle De Jong.

Un homme en uniforme, probablement le majordome, invita le groupe à le suivre à l'intérieur de la villa. Derrière la grande porte, un portique de détection d'armes et autres produits dangereux facilitait le travail de deux gardes en tenue militaire. Un petit bip confirma que les visiteurs étaient en règle. Le hall était majestueux. L'entrée faisait face à un large escalier de pierre, bordé d'une rampe de fer forgé et de bois, qui menait au premier étage. Le majordome les guida à travers un long corridor à gauche de l'escalier, avant d'atteindre une espèce d'antichambre.

— *Please wait here, will you* [1].

Il frappa à la double porte et attendit une réponse avant d'ouvrir. Il en ressortit quelques instants plus tard et pria le groupe de bien vouloir entrer. Au fond de l'immense pièce, derrière un authentique bureau à caissons en acajou d'époque Georges III, se dressait fièrement un homme en uniforme kaki. Il n'était pas très grand, un mètre soixante-cinq tout au plus, mais en imposait par sa prestance. Ancien général en chef des armées britanniques, aujourd'hui à la retraite, Mathiew McKenzie portait avec fierté sa vareuse, bardée de distinctions prestigieuses côté cœur et arborant les insignes de son corps d'appartenance de l'autre. Une imposante moustache grisonnante lui

1. Attendez ici, s'il vous plaît.

barrait le visage et lui conférait une autorité dont sa petite taille tendait à le priver.

— Bonsoir, mesdames et messieurs, soyez les bienvenus dans mon modeste QG.

Alain de Roquebrunne lui adressa, comme il se devait, un salut militaire de rigueur.

— Bonsoir, mon général et merci de nous recevoir.

— Je sais que vous avez tous hâte de vous rafraîchir un peu. Aussi, je ne vous retiendrai pas très longtemps. D'ici trente minutes, je vous convierai à un dîner léger. Ensuite, nous pourrons démarrer notre première séance de travail du week-end. Je gage que vous n'aviez pas imaginé autre chose, comme une partie de golf sous les étoiles, par exemple. Mon ordonnance va vous conduire jusqu'à vos chambres et il viendra vous rechercher à l'heure du dîner.

Le petit groupe eut en fait à peine le temps de défaire ses valises et de se changer. À 21 h 15 précises, ils furent conviés à un grand apéritif dînatoire dans un vaste hall de réception au rez-de-chaussée. À 22 heures chrono, ils étaient déjà dans un ascenseur qui menait jusqu'à une salle d'état-major souterraine. La cabine s'immobilisa une vingtaine de mètres sous la surface, au quatrième sous-sol. De là, ils empruntèrent un large couloir avec, de chaque côté, des portes sécurisées et équipées de lecteurs biométriques. Le corridor était divisé en trois tronçons par deux arceaux de béton qui cachaient deux systèmes de fermeture étanche. Des caméras dissimulées dans les murs permettaient une surveillance permanente des allées et venues. Un garde en faction, armé d'un pistolet automatique et d'une matraque électrique, assurait un ultime barrage avant de pouvoir accéder au poste de commandement secret.

— Mes amis, voilà ce que j'appelle un abri antiatomique digne de ce nom, commenta le général de Roquebrunne.

Le garde actionna le déverrouillage du sas, qui s'ouvrit sur une immense salle circulaire, semblable à une arène romaine. Deux plates-formes en anneaux entouraient le centre de la pièce en contrebas. À chaque niveau, de confortables fauteuils en cuir, espacés par des dessertes en marbre blanc, formaient deux hémicycles. Une dizaine de places étaient déjà occupées par des hommes et des femmes. Tous les membres du premier cercle d'Olympos les connaissaient pour les avoir vus auparavant au moins une fois chacun. Il y avait là les principaux homologues de Sébastien Floque, directeurs de la Sécurité civile de plusieurs pays d'Europe de l'Ouest et du Sud, dont Anita Schimkus, pour l'Allemagne, Steven Barrett pour le Royaume-Uni et Kyros Mitsotakis pour la Grèce. Mais il y avait aussi un tout nouveau venu, que le général McKenzie se chargea de présenter. Il s'agissait de Süleyman Uygun, directeur de la Sécurité civile pour la Turquie. Jusqu'à récemment, beaucoup de membres de l'élite européenne s'étaient opposés à l'intégration de la Turquie dans leur projet. Mais le pragmatisme des Britanniques, le soutien indéfectible des Allemands et la pression en sous-main des Américains avaient eu raison de la réticence des autres pays membres. Il fallait aussi avouer que la lecture d'une simple carte géographique aurait dû suffire à rassembler depuis longtemps la majorité des suffrages.

Chaque fauteuil était équipé d'une oreillette pour ceux qui avaient besoin d'une traduction, mais surtout pour mieux entendre les conversations en multiplex qui s'y déroulaient parfois avec différents centres de commandement secrets répartis autour du globe. Le sol, au milieu des deux hémicycles inférieurs, était recouvert de dalles de verre fumé laissant passer un halo bleu nuit. Le général attendit que tout le monde se fût assis pour donner le signal que l'on pouvait démarrer la séance de travail. La lumière ambiante sur les murs de la salle s'estompa jusqu'à s'éteindre complètement. Dans le même temps, de multiples taches colorées apparurent sous les dalles du sol pour révéler une immense carte lumineuse du globe. L'image grossit rapidement pour ne plus laisser voir que l'Europe continentale et le pourtour du bassin méditerranéen. Plusieurs zones étaient entourées d'une bande en surbrillance. On pouvait reconnaître toutes les îles et les petites enclaves protégées sur lesquelles une partie des élites avait réussi à trouver refuge jusqu'alors. Parmi elles, les paradis fiscaux : au nord, les îles anglo-normandes, l'île de Man, quelques îles de la mer Baltique ; au centre la Suisse et le Liechtenstein ; et enfin, au sud, Andorre, Monaco, Gibraltar, l'île de Malte. Au milieu de la mer Méditerranée, plusieurs îles grecques étaient entourées d'un halo turquoise, plus large et plus lumineux autour de la Crète.

Le général McKenzie prit la parole.

— Si je vous ai demandé de venir ici pendant ces trois jours, c'est pour faire un nouveau point sur la situation de nos grandes villes en Europe et sur l'avancement de l'opération Noah.

Il pianota sur le clavier virtuel de son écran de contrôle et une multitude de points s'allumèrent sur la carte de l'Europe située au sol. Les couleurs allaient du jaune pâle, correspondant aux secteurs les plus calmes, au rouge vif clignotant, représentant les quartiers les plus violents et les plus dangereux.

— Ce que vous voyez maintenant c'est l'état de notre vieux continent… il y a un peu plus d'un an, juste avant l'attentat d'Ibiza.

Tout à coup, de nombreuses zones jaunes devinrent rouges et celles qui étaient rouges se mirent à scintiller.

— Ça, c'était la situation il y a six mois seulement.

Déjà, nous avions noté une nette dégradation dans les plus grands centres urbains. Là où la population et donc la misère sont les plus denses. Certains ont pensé alors, ou plutôt ont laissé croire, que nous avions atteint le pic de la crise. Mais en réalité, nous étions encore loin de ce que nous déplorons aujourd'hui. Chacun parmi vous pourrait en témoigner à propos de sa propre zone géographique. Mais ce que vous allez voir est beaucoup plus éloquent et confirme le caractère irréversible du processus de paupérisation et de montée de l'insécurité dans et autour de toutes les capitales de notre bonne vieille Europe.

La dernière configuration des foyers de violences et d'émeutes sur la carte de l'Europe, que fit apparaître le général McKenzie, ressemblait à une immense forêt rongée par des dizaines de gros brasiers et des centaines de départs de feu dispersés et inaccessibles aux équipes de lutte contre l'incendie.

— Notre chance, si vous me permettez ce cynisme, c'est que nous ne sommes pas les seuls à devoir faire face à cette situation hautement explosive. Sinon, vous pouvez être certains que personne ne nous serait venu en aide. Nous n'avons rien à envier à nos amis américains, russes, indiens, japonais et chinois.

La carte de l'Europe commença à se réduire pour laisser la place à un planisphère intégral. Les foyers d'émeutes semblaient avoir noyé le monde dans un immense bain de sang. Les quelques dizaines de halos bleus, disséminés au milieu de l'étendue des océans et des mers du globe, paraissaient dérisoires de fragilité, comparés à la masse impressionnante des zones rouges.

— De toute évidence, mes amis, nous sommes parvenus à un point de non-retour, mais aussi à la limite de nos capacités de résistance. Nous devons donc redoubler d'efforts pour accélérer les transferts de nos élites en lieu sûr.

Cela requiert à la fois des moyens de transport et une accélération de la construction de logements et d'infrastructures pour les accueillir. Nous en avons déjà parlé à plusieurs occasions avec notre ami Gianluca Pellegrini, à qui je vais demander de nous faire un point de la situation à ce sujet.

Avec le charisme qui le caractérisait, le président d'Olympos se leva de son fauteuil et descendit jusqu'au milieu de la pièce. Calmement, il balaya du regard toutes les personnes présentes avant de commencer.

— Nous avons effectivement souffert d'un sérieux ralentissement dans la construction de nouveaux projets immobiliers, en raison d'une spéculation sur le prix des terrains constructibles pendant près de six mois. Heureusement, il semble que les propriétaires des terrains aient récemment trouvé un accord avec un promoteur. D'après les informations recueillies par notre ami Christian Arvid, les groupes GRI et Chevtchenko ont formé une nouvelle entité juridique et auraient en main plusieurs centaines de commandes fermes de villas et d'appartements de luxe.

— C'est exact, intervint le jeune président des *hedge funds* européens. Leur principal souci aujourd'hui est la disponibilité de main-d'œuvre et d'engins de travaux publics, mais aussi de matériaux comme le ciment ou l'acier pour les armatures du béton. Pour y remédier, j'ai mis en place un consortium temporaire, regroupant les plus gros fournisseurs, et avec les fonds que j'ai pu rassembler auprès de nos adhérents, nous devrions pouvoir atteindre rapidement un niveau et un rythme d'approvisionnement satisfaisants.

— Je vous rappelle, interrompit le général McKenzie, que ce ne sont pas quelques centaines de chantiers qui pourront suffire à absorber toute la demande qui afflue de toutes parts. Ce sont en réalité des milliers, et même des dizaines de milliers de chantiers, que nous devrions faire tourner vingt-quatre heures sur vingt-quatre. En outre, vous devez également penser que nous devrons accueillir de nombreuses personnes indispensables, dont les revenus actuels ne leur permettent pas de s'offrir des villas à plus de dix millions d'euros. Il faudra pour eux prévoir des appartements confortables dans des immeubles de prestige et leur permettre de les acheter à crédit. N'oubliez pas que ce que nous laisserons derrière nous, sur le continent, n'aura pratiquement aucune valeur marchande. En conséquence, tous ceux qui n'ont à ce jour que leur seul logement comme patrimoine devront repartir ici de zéro.

— Mon général, intervint Kyros Mitsotakis, cela exige de faire venir une main-d'œuvre beaucoup plus nombreuse. Et à force d'expatrier les gens simples, il ne reste plus beaucoup de manœuvres sur le marché local du travail.

— Et bien, faites-en venir d'ailleurs alors. Ce ne sont pas les bras qui manquent dans la région, n'est-ce pas monsieur Uygun. Vous avez d'excellents ouvriers du bâtiment en Turquie !

— Vous avez raison, mon général. Toutefois, il faudra me fournir les moyens de transport maritime et de sérieuses garanties de paiement de leurs salaires, auxquels vous devrez ajouter une bonne prime de retour, sinon, beaucoup d'entre eux refuseront de venir ou pire, ils ne voudront jamais repartir, une fois leur contrat terminé.

— Je présume que monsieur Arvid a déjà tout prévu en ce sens.

Christian Arvid acquiesça d'un hochement de la tête. McKenzie regarda sa montre, malgré la présence sur les murs de plusieurs horloges atomiques indiquant l'heure exacte dans les différents centres névralgiques de la planète.

— 23 h 14, annonça le général McKenzie. Nous avons rendez-vous dans moins d'une minute avec nos amis américains pour une nouvelle conférence vidéo.

À 23 h 15 min 00 s, le visage en 3D de John Mankovitch apparut sur l'écran transparent géant qui venait de descendre du plafond.

— *Good evening, ladies and gentlemen* [1], dit John avec son entrain habituel.

— Bonsoir John, comment allez-vous ce soir ? demanda Gianluca.

— Très bien, merci.

Il y avait en face de chaque siège de la salle une petite caméra autonome grâce à laquelle les correspondants pouvaient voir le participant qui était en train de parler.

— Avant de faire le point sur l'avancement de l'opération « *One way to Eden* », ajouta l'Américain, je voudrais donner la parole à notre chef d'état-major des armées américaines, Josh Baisley. Josh aimerait vous entretenir d'une question cruciale, à savoir l'utilisation de nos ressources en matières premières stratégiques, en particulier, ce qui reste de pétrole et des autres hydrocarbures. Un fondu enchaîné fit apparaître l'image du général par-dessus celle de John. Le panneau de distinctions militaires, plaqué sur le pan gauche de sa veste, impressionna son homologue français, de Roquebrunne. Et pourtant, son col devait en cacher près de la moitié. Aucun signe sur son visage ne trahissait la moindre émotion. Il ne prit même pas le temps de saluer ses interlocuteurs et commença sa présentation sans préambule.

— Nous savons tous depuis longtemps que nos ressources en carburants fossiles ne sont pas inépuisables, et de gros efforts ont été réalisés pour mettre en place des

1. Bonsoir, mesdames et messieurs.

sources d'énergie renouvelable, comme le solaire et l'éolien. La plupart de nos bâtiments de guerre sont à propulsion nucléaire, ce qui leur assure une autonomie de déplacement quasi illimitée. Mais, à ce jour, nous sommes toujours incapables de nous passer du pétrole pour alimenter nos chars et surtout nos avions, qu'ils soient militaires ou civils. Enfin, les navires marchands continuent également à fonctionner avec des moteurs thermiques.

Le général Baisley marqua une pause et fit le geste de balayer du regard son auditoire, comme il l'eût fait s'il s'était trouvé dans la pièce.

— C'est justement ce simple constat qui doit nous amener à saisir l'importance vitale, pour nos élites et pour nous tous ici, de contrôler l'utilisation de nos réserves de pétrole. Ai-je besoin de vous rappeler que c'est à cette élite, à laquelle nous appartenons, que l'humanité doit ses plus belles réalisations ? Et aujourd'hui, tout cela se trouve menacé par les excès d'une démocratie populaire qui a eu la faiblesse d'accorder les mêmes droits à des personnes qui n'ont pas toutes les mêmes capacités. Le résultat de cette erreur est la situation catastrophique qui s'est généralisée sur toute la planète, avec son lot de violences sociales, d'émeutes et de terrorisme.

La cohabitation des élites et du peuple est assurément devenue totalement impossible, notamment en raison de l'accroissement démographique. Leur séparation est désormais une nécessité vitale, que personne ne saura contester. Le fait que nous ayons choisi des îles ne doit rien au hasard. Il est en effet beaucoup plus simple de protéger quelques îles avec un minimum de moyens militaires, que de le faire au milieu d'un continent. Et, comme nous l'avons tous expérimenté, il n'y a rien de plus poreux qu'une frontière terrestre. Vous autres Européens avez eu aussi à faire face, depuis de longues années, à une immigration clandestine par la mer, mais elle avait au moins l'avantage d'être beaucoup moins dense, en raison de la taille des embarcations et des risques liés à la traversée.

À nouveau, le général marqua une courte pause, comme pour mieux capter l'attention.

— C'est ainsi que j'en arrive à la conclusion de mon intervention... En réalité, notre objectif est double, puisque nous devons, dans le même temps, mettre nos élites en sécurité, contenir toutes les populations excitées à l'intérieur de leurs propres territoires et les empêcher à tout prix de rejoindre clandestinement les zones privilégiées que nous sommes en train de créer. Et la seule manière d'y parvenir est de limiter exclusivement la vente de carburant, dans les ports et les aéroports, aux sociétés de transport chargées du transfert des élites. Tout le reste de nos ressources devra être réservé à l'usage exclusif des armées et des sociétés de protection privées... Maintenant, je suis tout disposé à répondre à vos questions.

L'image de John Mankovitch apparut à côté de celle de Josh Baisley.

— Merci, mon général. Il me semble que nos amis européens auront du mal à contester la justesse de votre démonstration. Pas de questions ?

— Si. Avec quoi se chaufferont les habitants des villes ? demanda Steven Barrett. Dans trois mois, il recommencera à faire froid. Et chez nous, après la faim, c'est le manque de chauffage qui suscite le plus la colère de mes concitoyens.

— Vous avez vos centrales nucléaires, répondit Anita Schimkus. Ce sera une bonne occasion de les faire tourner à plein régime.

— Cela peut en effet poser un problème, confirma John Mankovitch. Et c'est pour cette raison, entre autres, qu'il ne vous reste que très peu de temps pour agir. Alors, je suggère que le général de Roquebrunne se mette au plus vite en relation avec le général Baisley et se charge de la mise en place des systèmes de contrôle de la distribution de carburant en Europe.

— Ce sera fait dès demain matin, assura Gianluca.

— Et où en êtes-vous du transfert de vos élites, Gianluca ? Est-ce que vous avez réussi à accélérer le rythme des constructions depuis notre dernière conversation ?

— Nous venions justement de faire le point, avant le début de cette conférence vidéo. La phase de spéculation foncière qui bloquait la réalisation des projets immobiliers semble être terminée. Nous avons déjà prévu toutes les mesures nécessaires pour accélérer les constructions grâce à un consortium qui assurera la fluidité de la logistique et nous avons débloqué des fonds importants pour en assurer le financement.

— Je suis heureux de l'entendre. Mais, aurez-vous terminé dans les temps ?

— Malheureusement, nous avons pris trop de retard, déplora Gianluca... C'est pourquoi nous devons vous demander de prolonger votre soutien militaire de quelques mois... Au moins jusqu'au printemps prochain.

— C'est une plaisanterie, j'espère, rétorqua John Mankovitch.

— Je crains que non, intervint le directeur de la Sécurité civile pour la Turquie.

— Bonjour, Süleyman, dit John. Comment allez-vous ?

— Très bien, John, merci. Nous avons effectivement discuté des moyens d'accélérer les constructions. Et nous en sommes arrivés à la conclusion qu'un des points cruciaux était le besoin d'une main-d'œuvre abondante et qualifiée. Et il se trouve que c'est notre pays qui dispose des meilleures ressources en la matière. Mais, nous devrons garder un contrôle tòtal de la circulation de cette main-d'œuvre entre le continent et les îles. Et sans l'appui de la Marine américaine nous n'y parviendrons jamais. Alors, au nom de notre longue et fructueuse collaboration, je vous demande de nous accorder un délai supplémentaire de quelques mois.

— Je reconnais que vous, les Turcs, nous avez toujours soutenus dans le cadre de l'OTAN, et à ce titre nous sommes prêts à faire un effort, mais, si les choses devaient mal tourner entre-temps, nous n'hésiterions pas à rapatrier nos forces dès l'automne prochain.

La réunion virtuelle se prolongea encore jusqu'au milieu de la nuit, pendant laquelle furent abordées d'autres questions, comme l'approvisionnement des grandes métropoles en nourriture et en eau potable et le soutien aux forces de sécurité continentales.

47

Neuilly-sur-Seine, lundi 3 juillet 2028, 11 heures.

Stéphane avait consacré presque tout son week-end à Camille et Estelle. Ils avaient fêté, comme il se devait, la fin de l'année scolaire. Il avait même dormi chez elles dans la nuit du samedi au dimanche. Il avait eu tellement besoin de leur présence autour de lui pour leur faire partager ce qu'il avait ressenti pendant son séjour en Crète. Mais ce matin-là, il avait réalisé qu'il avait aussi tenté, inconsciemment, de repousser le moment où il allait devoir affronter à nouveau le regard de Christelle. Il se sentait affreusement coupable de l'avoir rejetée de son esprit aussi facilement, pendant ces deux dernières semaines. Pourtant, il était bien décidé à assumer ce qu'il considérait comme sa responsabilité vis-à-vis d'elle. Il appela donc le professeur Laffitte à la première heure pour lui demander un rendez-vous urgent. Ce dernier lui proposa de le recevoir en fin de matinée.

Derrière les larges lunettes bleues, Stéphane put lire une profonde gêne dans le regard de son ami.

— Elle ne veut toujours pas me voir ? s'inquiéta le privé.

— Si seulement ce pouvait être le cas, répondit le psychiatre.

— Que veux-tu dire ? Parle, tu me fais peur.

— Pendant ton absence, elle a soudain basculé. Un matin, à son réveil, elle ne savait plus qui elle était ni ce qu'elle faisait là. C'était mercredi dernier. J'ai essayé de te joindre à ton bureau, mais ta secrétaire m'a dit que tu étais en déplacement.

— C'est exact. Tu crois que ça va durer longtemps ?

— Je n'en ai aucune idée, mais, par expérience, je sais que son état peut être irréversible.

— Je peux la voir ? Ça pourrait la ramener, non ?

— Je te préviens tout de suite, elle ne te reconnaîtra pas. Tu risques d'avoir un choc.

— C'est déjà fait de toute façon, répondit Stéphane, effondré. Elle est dans sa chambre ?

— Dans le petit parc, derrière la maison. Au moins, elle y respire l'air frais.

Stéphane retrouva effectivement Christelle assise dans un fauteuil en teck, à haut dossier, à l'abri d'une pergola recouverte de rosiers grimpants jaunes et orangés. Elle portait encore une sorte de longue chemise de nuit, bleu pâle, fournie par la clinique. Son regard semblait perdu au loin. Elle ne réagissait à aucun stimulus extérieur. Ni les mouvements des autres patients, qui se promenaient dans le parc, ni le chant des oiseaux dans les arbres ne paraissaient atteindre ses sens. Stéphane s'approcha doucement d'elle. Avec ses cheveux sales et mal coiffés, ses traits tirés et ses yeux hagards, la pauvre femme avait une mine effrayante. « On dirait une folle », se dit le privé. Arrivé au pied du fauteuil, il s'accroupit à côté d'elle en s'efforçant de lui sourire.

— Bonjour, Christelle. C'est moi, Stéphane. Tu me reconnais ?

La mère de Maxime ne cilla pas. Elle ne dévia pas d'un millimètre son regard, dont Stéphane pensa qu'il devait être pointé vers le tronc d'un vieux tilleul. Il posa délicatement sa main sur son genou et l'appela.

— Christelle ? Tu m'entends ?

Sans détourner les yeux, elle repoussa de la main celle de Stéphane. Il se déplaça légèrement pour lui faire face, toujours assis sur ses talons. Ne voyant aucune réaction, il se redressa jusqu'à ce que leurs regards finissent par se croiser. Il eut un bref espoir en la voyant plisser le front. Il se retourna vers son ami le professeur Laffitte :

— On dirait qu'elle m'en veut encore. C'est plutôt bon signe, non ?

— Je crains en fait que tu ne perturbes seulement son champ de vision. Écarte-toi un peu, pour voir.

Stéphane se décala d'un demi-mètre et aussitôt le pli disparut du front de Christelle. Il attendit quelques secondes avant de revenir à sa position initiale. Encore une fois, la patiente du professeur Laffitte sembla contrariée. Soudain, le souvenir douloureux de sa grand-mère resurgit du plus profond de la mémoire de Stéphane. Alors qu'il n'avait que quinze ans, ses parents s'étaient tués dans un accident de la circulation. Ses grands-parents, âgés à l'époque de soixante-dix ans, avaient accepté de le prendre en charge. Malgré l'écart de générations, l'adolescent avait très bien vécu cette période, grâce à l'attention et à l'amour sincère qu'ils lui avaient prodigués. Il avait ainsi surmonté la perte de ses parents sans trop de dégâts psychologiques. Pendant cinq ans, Stéphane avait connu avec ses grands-parents une présence bien plus forte qu'avec ses parents, qui accordaient la priorité à leur carrière respective. Puis, « mamie Julie » avait soudain montré des signes de pertes de mémoire, à propos desquels Stéphane et « papi Michel » préféraient plaisanter, comme si cela eût suffi à repousser le spectre de la maladie d'Alzheimer. Quand le diagnostic de leur médecin traitant tomba, il était déjà trop tard. Un matin, « mamie Julie » ne les reconnut plus, ni l'un ni l'autre. Ils étaient devenus pour elle de parfaits étrangers. Lorsqu'elle s'éteignit quelques mois après, son mari organisa dignement ses funérailles, avant de se suicider. Stéphane avait vingt-deux ans et Michel avait pris le temps de lui expliquer qu'il était assez grand pour se débrouiller seul et que lui, par contre, n'avait plus aucune raison de vivre. Il avait laissé près de son lit une lettre à l'attention de son unique famille, Stéphane, ainsi qu'un testament à jour chez son notaire.

Les yeux embués de larmes, Stéphane se retourna vers le professeur Laffitte.

— Elle me fait penser à ma grand-mère. C'est comme si elle était atteinte de la maladie d'Alzheimer.

Rémy Laffitte savait que c'était peut-être pire encore, mais il ne voulut pas ajouter à la peine de son ami. Alors, il se tut. Il lui tapota gentiment l'épaule et l'invita à le suivre jusqu'à son cabinet pour parler de l'avenir de Christelle. Là, Rémy lui proposa un verre de whisky, mais Stéphane refusa. Il voulait garder les idées claires, malgré sa souffrance.

— Que comptes-tu faire d'elle, maintenant ? demanda Rémy.

— Comment ça ? Tu ne peux pas la garder ? Je suis prêt à payer, tu sais.

— Ce n'est pas qu'une question d'argent. Je ne m'occupe que de patients curables et pour des séjours inférieurs à trois mois. Par contre, je peux te conseiller quelques établissements où elle sera traitée avec dignité.

Stéphane reçut l'information comme un nouveau choc.

Il y avait quelques jours encore, il envisageait de l'amener avec lui, en Crète, et de lui trouver un petit appartement pas trop loin de chez lui, où il aurait pu l'aider à se reconstruire, malgré la perte de Maxime. Mais jamais il n'avait imaginé devoir s'occuper d'un fantôme. Il n'avait plus d'autre issue que de raconter son projet à son ami. Ce dernier ne perçut pas immédiatement la portée de ce changement. Il avait toujours consacré tout son temps et son énergie à son métier et ses patients. Il avait ainsi vécu toutes ces années en vase clos. Heureusement pour lui, sa clientèle était relativement fortunée et il avait très bien gagné sa vie pendant ce temps.

— Si je t'ai bien compris, Stéphane, il vaudrait mieux que j'envisage de quitter cet endroit et d'aller vivre ailleurs. C'est bien ça ?

— Oui, et le plus vite possible. D'ailleurs, c'est probablement le même type de patients que tu y retrouverais. Ils auront autant besoin de toi là-bas qu'ici.

L'esprit du professeur Laffitte semblait parti dans ses réflexions.

— Tu pourrais installer une nouvelle clinique dans la banlieue d'Iraklio ou même autre part sur l'île de Crète. Comme ça tu pourrais continuer de veiller sur Christelle, jusqu'à ce qu'elle… le temps qu'il faudra. Je suis incapable de la laisser ici, livrée à des gens que je ne connais pas.

— Je vais y réfléchir, marmonna le psychiatre.

— Je t'en serais éternellement reconnaissant, dit Stéphane. Pour le moment, je compte sur toi pour la garder et la protéger. D'accord ?

Neuilly-sur-Seine, boulevard Maurice-Barrès, 14 juillet 2028, 21 heures.

Camille avait eu beau insister et protester, ses deux parents avaient tenu bon. Il était hors de question de dîner ce soir-là en plein cœur de Paris, pour avoir le privilège, bien dérisoire, d'assister au feu d'artifice depuis l'esplanade du Trocadéro. Toutes les forces de police parisiennes étaient en état d'alerte maximale, tout comme Portal, qui organisait sa première grande opération en tant que nouveau commissaire divisionnaire de l'antiterrorisme. De son côté, Estelle pouvait enfin goûter au luxe de la fonction de contrôleur général de la section antiterroriste. Elle se contentait à présent de donner ses directives et d'attendre plus ou moins les rapports réguliers de son fidèle adjoint. Les enlèvements se succédaient à un rythme inquiétant autour de Paris et dans d'autres grandes villes de France et d'Europe, et les menaces d'attentats étaient prises très au sérieux.

Pour ne pas frustrer totalement Camille, Estelle et Stéphane s'étaient accordés pour organiser un dîner sur la terrasse de l'appartement du boulevard Maurice-Barrès, d'où l'on pouvait aisément apercevoir les lumières scintillantes sur la flèche de la tour Eiffel. La maîtresse de maison avait donné ses instructions à Rosa-Maria pour qu'elle fît coïncider l'heure du dessert avec celle du feu d'artifice prévu à 22 h 45 précises. Pour l'occasion, Stéphane avait demandé à Valentine de préparer tout spécialement pour Camille son irrésistible crème brûlée à la fleur d'oranger.

La chaleur de la journée avait beaucoup de mal à se dissiper et de nombreux voisins avaient eu la même idée de dîner sur leurs terrasses en cette soirée de fête nationale, même si la ferveur patriotique en était totalement absente. Craignant des incursions de visiteurs indésirables dans le bois de Boulogne, qui s'étendait devant leurs yeux, les habitants du quartier avaient commandé le renforcement des patrouilles de police dans les allées du parc. En plus des agents motorisés, la police avait ajouté une vingtaine d'équipes cynophiles et une douzaine d'hommes à cheval.

Avant même le lancement du feu d'artifice de Paris, on pouvait déjà entendre des bruits d'explosion de pétards, provenant de l'autre rive de la Seine. Malgré l'interdiction formelle faite aux particuliers de vendre ou d'utiliser ce type de produits pyrotechniques, cela ne surprit pas Stéphane qui avait mis en garde ses hommes en faction, boulevard du Général-Kœnig et sur le quai. Les milices dirigées par les chefs de quartiers étaient supposées être plus répressives à l'égard de personnes responsables de débordements liés le plus souvent à l'abus de consommation d'alcool ou de drogues, mais elles devaient aussi lâcher un peu de lest pour faire redescendre la pression.

Camille fut un peu déçue par la petite taille des champignons d'étoiles qui s'élevaient au loin dans le ciel de Paris. Très vite, elle préféra observer les quelques feux de Bengale épars portés par des parachutes, qui illuminaient la cime des arbres du bois de Boulogne d'une éblouissante lumière rouge, bleue ou blanche. Soudain, une traînée lumineuse, plus vive que les autres, précéda une plus forte détonation. Arrivée au sommet de sa trajectoire ascendante, la fusée explosa en faisant apparaître trois boules de feu aux couleurs du drapeau français, retenues par un large parachute qui descendait plus vite que les précédents. Il vint terminer sa course au beau milieu du jardin d'acclimatation, à quelques dizaines de mètres seulement de l'immeuble d'Estelle. À l'instar de plusieurs de ses voisins, Camille observa les gardiens du parc qui se précipitaient en direction du point de chute pour prévenir tout risque d'incendie. Tout à coup, un long cri strident déchira le silence de la nuit. Les silhouettes couraient maintenant en complet désordre en hurlant. Deux policiers à cheval approchaient déjà au petit galop. Ils entrèrent dans le jardin à l'invitation d'un des gardiens. Quelques minutes plus tard, deux voitures de la police arrivèrent devant l'entrée principale du jardin, gyrophares allumés et sirènes hurlantes, rapidement suivies par deux autres véhicules marqués aux insignes de la brigade scientifique. Camille était véritablement fascinée par ce spectacle. Elle avait l'impression de découvrir un peu les secrets du métier de sa mère. De son côté, Estelle s'inquiéta de cette soudaine agitation dans son quartier, habituellement très tranquille. Elle empoigna le bras de sa fille et la fit rentrer brusquement à l'intérieur du salon. Puis, elle referma la baie vitrée et les rideaux. D'un simple regard, elle fit comprendre à Stéphane qu'elle avait besoin de s'isoler un moment pour appeler son équipe et tenter d'en savoir un peu plus sur ce qui se passait sous ses fenêtres.

Portal et ses hommes avaient déjà été alertés et étaient en chemin. Estelle leur donna rendez-vous au pied de son immeuble. Elle prévint Stéphane qu'elle devait s'absenter et lui demanda de commencer à coucher leur fille. Mais la petite était intenable. Elle disait qu'elle refuserait de s'endormir avant de connaître les raisons de cette agitation, ce qui mit sa mère en colère.

— Bonsoir, Portal. Est-ce que vous pouvez me dire ce qui se passe ici ? J'étais aux premières loges, et pourtant je n'ai rien vu de spécial.

— Ce n'est pas plus mal pour les autres. Je veux dire, pour tous ceux qui regardaient comme vous le feu d'artifice.

— Est-ce que vous pourriez être plus clair, Portal ?

— C'est que… Vous vous souvenez de Pierre-André Meissner ?

— Le PDG de la banque d'affaires du même nom ? Celui qui a été enlevé il y a dix jours ?

Derrière Portal, s'approchant à grands pas, Estelle reconnut la silhouette de Michel Thorigneau. Il tenait d'une main ce qui ressemblait à une glacière de pique-nique et qui rebondissait à chaque pas contre sa jambe droite.

— Mes hommages, madame le contrôleur général de l'antiterrorisme, dit Thorigneau en voyant Estelle. Je ne crois pas avoir eu l'occasion de te… pardon, de vous féliciter de vive voix pour votre promotion.

— Voilà qui est chose faite maintenant, répondit Estelle, sèchement.

— J'ai quelque chose de très intéressant à vous montrer.

— Je vous rappelle, cher ami, que c'est à monsieur Portal, ici présent, que vous devrez remettre les conclusions de vos rapports dorénavant.

Thorigneau comprit alors qu'il ne pourrait plus jamais se permettre la moindre familiarité avec Estelle De Jong. En outre, il sentait bien que le nouveau commissaire divisionnaire n'avait sans doute pas l'humour ni l'intelligence d'Estelle. Il posa la glacière sur le trottoir, puis releva le couvercle, découvrant le centre d'un voile de soie aux couleurs de la cocarde bleu-blanc-rouge. Se retournant vers Estelle et Portal, il les mit en garde.

— Attention, ça surprend.

Il souleva la toile du parachute.

— Merde, c'est dégueulasse ! s'exclama Portal en plissant les yeux et en fronçant les sourcils.

— Quelle horreur ! cria Estelle presque simultanément, en détournant le regard.

— Je vous avais prévenus, fit remarquer Thorigneau, plutôt fier de son effet.

La glacière contenait la tête de la victime. Le visage était très émacié et le teint de sa peau était cireux, comme celui d'un mort que l'on aurait embaumé pour le rendre plus présentable. Il avait les yeux ouverts et étrangement brillants, mais pas humides. La tête avait été séparée du corps très près du cou.

— C'est ça qui était accroché sous les trois fusées éclairantes ? demanda Estelle. Comment ont-ils fait, pour l'envoyer si haut dans le ciel ? Ça… enfin, je veux dire, une tête ça pèse lourd tout de même.

— Très juste, madame De Jong, répondit le chef de la scientifique. Et nos clients ont bien fait les choses. Ils ont tranché la nuque entre la C2 et la C3, ce qui enlève une grosse partie du poids du cou. Pour le reste, ils ont vidé la boîte crânienne avant de la remplir d'un ballon gonflé à l'hélium. Ce qui a réduit encore de près de deux kilos le poids du satellite.

— Ça va pour les détails, dit Estelle, en se tenant la main contre la bouche… Vous auriez pu au moins lui fermer les yeux, non ?

— À quoi bon ? Ce sont des billes en plastique.

— C'est bon, Thorigneau, l'interrompit sèchement Portal. Vous pouvez y aller. J'attends votre rapport définitif demain matin sur mon bureau.

Puis, se tournant vers Estelle :

— Je crois que les terroristes ont décidé de me souhaiter la bienvenue à leur manière. Pour une première affaire à ce poste, ce n'est pas banal.

— C'est surtout un très mauvais signe. Que sait-on sur la victime ? Et sur les ravisseurs ?

— Sur la victime, je vous l'ai déjà dit. Il s'agit de Pierre-André Meissner. Un requin de la finance, comme beaucoup d'autres. Mais sur les ravisseurs et leurs motivations, absolument rien. Depuis son enlèvement, ni ses associés ni sa famille n'ont été contactés. Ils n'ont reçu ni déclaration ni revendication.

— Ce qui signifie une absence totale de possibilités de négociations, conclut Estelle. On avait déjà beaucoup de mal à lutter contre des terroristes prêts à se faire exploser avec leurs cibles. Mais cela restait possible, tant qu'ils revendiquaient leurs actions. Aujourd'hui, nous sommes mis devant un fait accompli, dont nous n'avons aucune chance de comprendre le sens.

— Peut-être que la ou les personnes qui ont fait cela estimaient avoir été suffisamment explicites dans le passé ? suggéra Portal. C'est vrai, après tout. Quelles qu'aient pu être les attentes de tous ces groupes terroristes, nos dirigeants nous ont toujours ordonné de les éliminer sans nous poser de question, non ? Les gouvernements successifs n'ont jamais rien changé non plus à leurs comportements !

— Attention, Portal, si vous commencez à vous poser ce genre de cas de conscience, vous êtes foutu, ironisa Estelle.

Elle laissa Portal à son travail et retourna chez elle. Elle retrouva Stéphane dans le séjour. Il avait fait la description à Camille, une énième fois, de leur future maison sur la baie de Mirambello et elle s'était rapidement endormie. Sa mère fut soulagée de ne pas avoir à lui apprendre ce qu'elle venait de voir, ni même à lui mentir. Elle donna immédiatement congé à Rosa-Maria et supplia Stéphane de rester. Elle se demandait si elle allait pouvoir dormir avec l'image de ce visage momifié en tête. Après avoir pris une douche interminable, elle alla se blottir dans son lit, dans les bras de son ex-mari. Il l'écouta parler, attentivement, au point qu'il en oublia ses angoisses personnelles à propos de Christelle, dont Estelle ignorait toujours le lien avec Stéphane. Ils finirent par s'endormir, épuisés, enlacés l'un contre l'autre.

Le lendemain matin, samedi 15 juillet, Estelle fut appelée par son ministre de tutelle, Sébastien Floque, qui exigeait des explications immédiates sur l'incident de la nuit précédente. Des vidéos circulaient déjà sur Internet, montrant les préparatifs de plusieurs « lancements de têtes » qui avaient eu lieu dans plusieurs villes de France en même temps, la nuit précédente. On y expliquait les techniques d'embaumement du crâne et la manière de le projeter le plus haut possible dans le ciel, sans trop l'abîmer. Un slogan défilait en continu au bas des écrans, qui disait : « Si ces égoïstes forcenés ne voient pas ce qui se passe autour d'eux, aidez-les en leur faisant prendre de la hauteur ! » Estelle repensa alors à ce qu'avait dit Portal, la veille : « Peut-être que la ou les personnes qui ont fait cela estimaient avoir été suffisamment explicites dans le passé ? »

En quelques jours, la « mise en orbite de têtes dirigeantes » fit des émules à travers toute l'Europe. Seules les techniques de lancement différaient. La police britannique mit la main sur une catapulte médiévale, dans un vieux château anglais, qui avait servi à projeter la tête d'un lord sur le centre de la petite ville voisine. En Allemagne, la tête évidée d'un gros industriel avait été simplement placée à l'intérieur d'un lampadaire de rue. Mais, plutôt qu'une remise en question, ce fut un sentiment de panique qui s'empara des élites, qui firent alors monter la pression contre les autorités européennes. Ces dernières renforcèrent les pouvoirs de la police, et en particulier ceux de l'antiterrorisme. Portal reçut très vite des renforts en personnels et en moyens techniques pour lutter contre ce fléau. Ce qui restait de l'empire de VIP fut submergé de demandes de transferts sous protection. Heureusement, la période des congés scolaires ôtait à tous les parents fortunés ou très en vue l'angoisse de voir leurs enfants enlevés sur le chemin de l'école. La vague de convois par train, avion ou bateau qui s'ensuivit ne fit qu'enfler les rumeurs d'un risque de répression sanglante contre les populations civiles.

Pour contenir son impatience, Stéphane exigea d'Irina qu'elle lui envoyât chaque semaine un compte rendu de l'avancement des travaux de sa villa.

48

Aéroport d'Iraklio, 16 août 2028, 16 h 45.

Stéphane avait réussi à convaincre son ami Jean Sterne de l'accompagner dans son deuxième voyage en Crète. En tant que client de GRI, parrainant un nouveau client, il avait obtenu deux places sur le vol hebdomadaire à bord d'un des deux Challenger 850, désormais affrétés en permanence par le promoteur de luxe. Il ne s'agissait pas tant de faire l'économie des frais d'avion, que d'épargner son vieux Cessna Caravan 675, dont il avait l'intuition qu'il pourrait un jour lui être très précieux.

Pendant la phase d'atterrissage, Stéphane reconnut le bâtiment commandé par l'Union européenne et dont la construction avait bien progressé en l'espace de six semaines. Avant son départ, il avait prévenu Irina, qui lui avait confirmé leur rendez-vous du 18 août pour la réception de la première tranche de sa villa. Par contre, elle l'avait prié de l'excuser de ne pouvoir se joindre à eux à leur arrivée, en raison d'un « emploi du temps de fous ». Les quatorze passagers furent donc accueillis par un couple de deux jeunes commerciaux, dont l'ambition pouvait se lire au premier regard. Ils ne purent échapper au cocktail de bienvenue offert par l'agence locale de GRI-Chevtchenko, ni au dîner qui suivit. Stéphane apprécia la délicatesse d'Irina, qui lui avait fait attribuer la même chambre que précédemment. Mais il s'étonna que celle de Jean fût située au même étage, mais à l'extrémité opposée du couloir.

Jean trouva le vendeur très à son goût, mais Stéphane lui recommanda de garder ses distances, pour ne pas risquer de se laisser influencer par la plastique avantageuse du jeune homme. Il lui proposa de lui faire visiter de nuit les rues du centre historique d'Iraklio. Le lendemain matin, Stéphane accompagna le groupe dans la tournée des appartements et hôtels particuliers encore disponibles à l'intérieur des remparts. Jean fut un peu oppressé par le bruit des nombreux travaux de restauration et déçu par tous les échafaudages qui encombraient les rues et les façades des immeubles. Heureusement, le discours des deux commerciaux était parfaitement rodé. Ils disposaient même d'images de synthèse pour chaque bien à vendre, qui donnaient une vision idyllique de l'ensemble, intérieur et extérieur, après la fin des travaux. Comme l'avait prévu Stéphane, Jean Sterne fut enchanté par le penthouse qu'il avait repéré lors de son premier voyage. Le gros œuvre était terminé et seuls quelques détails de finition et de décoration avaient été laissés en suspens pour s'adapter aux désirs du futur client. Le directeur financier de VIP ne résista pas au besoin d'appeler son petit ami de toute urgence et de lui offrir une visite virtuelle à l'aide de son téléphone portable. Une demi-heure plus tard, Jean était en pourparlers avec Adonis, le jeune et beau commercial de GRI-Chevtchenko. En professionnel avisé lui aussi, Jean réussit à faire baisser le prix de l'appartement de huit pour cent et à faire ajouter un Spa sur la terrasse.

En fin d'après-midi, Irina fit une apparition à l'hôtel Galactica Iraklio. Officiellement pour s'assurer que tout se passait bien pour chacun des clients de GRI et pour confirmer le rendez-vous du lendemain avec Stéphane. Elle portait une robe à bustier en coton imprimé marron et noir, assorti à son teint cuivré et à ses longs cheveux châtains. Après avoir papillonné d'un client à l'autre, en lui adressant au passage quelques sourires furtifs, elle finit par s'approcher de lui.

— Stéphane, cher ami, comment allez-vous ? s'exclama-t-elle en lui donnant l'accolade.

Elle sentait délicieusement bon. Un mélange de vanille, de miel et de cannelle, qui lui rappela irrésistiblement la nuit qu'ils avaient passée ensemble.

— Tu m'as manqué, lui murmura-t-elle au creux de l'oreille, en lui collant ses cheveux fraîchement lavés sur la joue. J'espère que tu es libre cette nuit.

— Bonsoir, Irina. Permettez-moi de vous présenter mon directeur financier et néanmoins ami, Jean Sterne.

Irina comprit que Stéphane craignait que Jean ne révélât à son ex-femme ses conquêtes féminines.

— Enchantée de faire votre connaissance, monsieur Sterne. Félicitations pour votre achat. C'est un excellent emplacement. Vous ne le regretterez pas, croyez-moi.

Puis, elle s'adressa de nouveau à Stéphane.

— Je passerai donc vous prendre demain matin à 10 heures à la réception de l'hôtel. D'ici là, je vous souhaite une agréable soirée à tous les deux.

Elle l'embrassa une nouvelle fois sur les deux joues, pour lui susurrer :

— Je te retrouverai à minuit dans ta chambre... À propos de ton collègue, rassure-toi, je saurai être très discrète.

Elle ne lui laissa pas le temps de refuser. Déjà elle lui tournait le dos et se dirigeait d'un pas décidé et aérien vers la sortie.

— On dirait que tu lui as tapé dans l'œil, remarqua Jean.

— Qu'est-ce que tu racontes ? répondit Stéphane, sans conviction.

— Rien. Où va-t-on dîner ?

Après un repas grec typique dans un restaurant du centre-ville et une petite balade sur le port, Stéphane prétexta une certaine fatigue pour retourner à l'hôtel et se coucher. Il abandonna au passage son ami devant un bar gay. Il se garda bien de lui rappeler sa liaison avec Fabien. Arrivé à sa chambre, il regarda sa montre. Il était 23 h 40. Les images de sa nuit avec Irina, dans cette même chambre, ne cessaient de hanter son esprit depuis tout à l'heure. Allait-elle vraiment le rejoindre ici à minuit ? Aurait-il vraiment la force de lui résister ? À ce moment précis, il ne savait même pas s'il avait envie de résister. Il espérait secrètement qu'elle ne viendrait pas et qu'il n'aurait pas à faire un choix. Alors, il se précipita sous sa douche pour se laver copieusement avec une abondance de gel parfumé. Puis, il se brossa les dents et remit son pantalon et une chemise propre.

Lorsqu'il entendit un léger tambourinement, il alla entrouvrir la porte, en faisant mine d'être en train de déboutonner sa chemise.

— Tu n'aurais pas dû venir. Je suis désolé, mais tu ne m'as pas laissé le temps de t'en dissuader tout à l'heure.

Elle allongea son bras dans l'entrebâillement de la porte et posa la main sur son torse, dans l'échancrure de son col, tout en s'avançant à l'intérieur de la chambre.

— Non, s'il te plaît, n'insiste pas, dit Stéphane.

Mais la jeune femme ne sentait aucune résistance contre sa main. Et maintenant qu'elle n'était plus qu'à quelques centimètres de lui, l'odeur du gel parfumé trahissait le désir inconscient de Stéphane.

— Je sais ce qui te fait peur, Stéphane. Tu penses que je vais continuer à te poursuivre comme ça quand tu seras installé ici avec ton ex-femme et ta fille.

Le patron de VIP ne répondit pas. Il se contentait de garder ses distances en lui maintenant les bras dans ses mains puissantes. Mais la jeune femme pouvait lire dans ses yeux l'attirance qu'elle exerçait sur lui.

— Je te jure sur mes deux parents que je te ficherai une paix royale dès que ta femme aura mis le pied sur cette île.

— Tu me le jures ? Vraiment ?

— Vraiment, répondit Irina en le fixant dans les yeux.

Stéphane se sentait tiraillé entre son attirance physique pour Irina et son amour renaissant pour Estelle.

— De toute façon, ce n'est pas la question. Je l'aime et je ne veux plus lui mentir.

— Elle n'en saura rien, rassure-toi !

— Mais moi si…

— Juste une dernière fois, insista Irina.

Stéphane tendit ses bras en avant, avec un mélange de fermeté et de délicatesse, pour la maintenir à distance et éviter ainsi le contact si troublant de son corps.

— Cette nuit que nous avons partagée…

— … était une erreur et tu la regrettes, compléta Irina.

— Oui… enfin, non… C'était très agréable et je ne regrette absolument rien. Mais aujourd'hui, les choses sont différentes… Si tu veux que nous restions amis à l'avenir, fais-moi plaisir, n'insiste pas et rentre chez toi.

Irina le fixa quelques secondes dans les yeux pour s'assurer de sa sincérité. Puis elle lui adressa un sourire bienveillant et presque admiratif.

— Elle en a de la chance ton ex-femme et je suis certaine qu'elle te mérite... Bonne nuit, Stéphane. À demain.

Ce fut Jean qui vint le réveiller à neuf heures moins le quart, en frappant à sa porte. Il lui promit de le rejoindre au plus vite dans la salle du restaurant pour prendre avec lui son petit déjeuner. Comme convenu, Irina arriva à 10 heures précises dans le parking de l'hôtel, au volant de sa décapotable électrique. Sans sortir du véhicule, elle fit un signe de la main à Stéphane, qui l'attendait depuis cinq minutes. Sans cela, il ne l'aurait probablement pas reconnue. Elle avait en effet sur la tête un chapeau blanc à large bord, épinglé dans ses cheveux, et des lunettes de soleil dont le verre courbe recouvrait les côtés des yeux. Elle portait une robe drapée en crêpe de soie blanche, à manches longues. Pendant l'heure que dura le trajet jusqu'à Aghios Nikolaos, Stéphane lui posa de nombreuses questions sur l'avancement des travaux sur les différents chantiers de GRI, la vie locale et surtout les écoles pour Camille. Irina le rassura en lui parlant des projets d'universités et d'établissements privés devant aboutir avant la fin de l'année suivante, et en particulier du tout nouveau collège international d'Aghios Nikolaos, qui ouvrirait ses portes dès le premier septembre. Elle lui promit de le conduire au centre des inscriptions pour y réserver une place pour sa fille.

Le vent faisait faseyer le tissu de sa robe, dont elle maintenait le bas entre ses cuisses pour l'empêcher de se relever. Bien qu'elle s'efforçât de garder toujours les yeux rivés sur la route, Irina pouvait deviner les regards furtifs de Stéphane sur ses longues jambes bronzées. Elle repensa alors à la manière dont il l'avait éconduite la veille. Elle n'en éprouvait que plus de respect pour cet homme. D'autres que lui n'auraient pas eu autant de scrupules à oublier leur femme pour s'offrir un peu de bon temps avec elle. Les efforts que semblait faire Stéphane en ce moment pour résister à cette tentation ne le rendaient que plus touchant à ses yeux.

En arrivant sur la côte, entre Katsikia et Ellinika, Stéphane reconnut au loin les deux magnifiques villas modernes dessinées par un cabinet d'architectes d'Athènes. Sur la parcelle numéro 7, une cabane de chantier se dressait à côté d'une vaste dalle de béton armé. Une équipe d'ouvriers était occupée à déverser, dans des coffrages en acier, du béton frais qui s'écoulait d'un gros réservoir suspendu à une grue d'une quinzaine de mètres de hauteur. En apercevant la décapotable d'Irina, un petit homme trapu, un casque blanc vissé sur la tête, s'approcha pour les accueillir.

— Tu vois, Stéphane, nous sommes dans les temps. La dalle antisismique est terminée et les ouvriers sont en train d'entamer la deuxième phase des travaux.

Elle sortit de la voiture et présenta à Stéphane le chef d'équipe, Matthéos. Ce dernier était grec, mais parlait couramment le turc avec ses ouvriers. Il conduisit ses deux visiteurs jusqu'à la cabane pour leur montrer le plan de la villa et leur expliquer ce qu'il avait déjà réalisé. Irina servit d'interprète pour traduire les questions de son client et les réponses de Matthéos. Stéphane demanda qu'on lui précisât la date de livraison de la deuxième tranche qui correspondait à la couverture du premier niveau. Il était surtout très inquiet que la maison ne fût pas livrable avant Noël, mais le chef de chantier et Irina se déclarèrent très optimistes. Avant de quitter les lieux, ils ne purent échapper au partage de l'ouzo avec toute l'équipe.

Après un déjeuner léger sur la terrasse d'un *kafeneion* situé sur le port, Irina tint sa promesse de l'accompagner jusqu'à l'administration du futur collège de Camille et de l'y inscrire. Ils passèrent également par la mairie d'Aghios Nikolaos et visitèrent même la principale clinique de la ville. Voyant que Stéphane était soulagé, elle lui proposa de se détendre une heure ou deux grâce à une balade en bateau sur la baie.

— Tu m'as bien dit que tu étais passionné de voile, n'est-ce pas ? Tu as donc déjà piloté un voilier.

— Tout à fait. Et j'ai aussi un permis de bateau à moteur. Pourquoi ?

— Eh bien, en attendant que nous recevions celui que nous t'avons promis, tu pourrais en essayer un autre. C'est celui de mon patron. Il m'a dit que je pouvais l'emprunter pour toi. Le vent est régulier aujourd'hui. Ce serait dommage de ne pas en profiter.

Une heure plus tard, le voilier voguait à sept nœuds au milieu de la baie de Mirambello. Assis à la barre, Stéphane savourait la douce brise du large qui lui caressait le visage, pendant qu'Irina était allongée en maillot de bain, dans le cockpit, à l'abri du taud de soleil en toile bleu marine. Régulièrement leurs regards se croisaient, réveillant en eux un désir interdit. Mais Irina était bien résolue à ne rien faire qui eût pu gâcher l'amitié que Stéphane lui avait offerte la veille. Alors, prétextant qu'elle avait pris suffisamment de soleil, elle remit sa robe drapée et se leva.

— Je crois que mon patron garde toujours une bouteille de champagne au frais dans le carré. Que dirais-tu d'une coupe pour sceller notre nouvelle amitié ?

Stéphane était alors plongé dans un rêve éveillé, dans lequel Estelle et Camille tenaient les premiers rôles. Il ne la remarqua pas lorsqu'elle descendit dans la cabine. Quelques minutes plus tard, Irina reparut, portant entre ses mains un seau à glace contenant une demi-bouteille de brut millésimé et deux flûtes en cristal. Elle s'arrêta devant lui.

— Je propose que nous trinquions à ta maison, à tes amours et à ton prochain retour définitif sur ma chère île de Crète.

— Avec plaisir, répondit Stéphane.

Iraklio, jeudi 24 août 2028.

Depuis trois jours, Stéphane et Jean avaient le sentiment de tourner en rond et de perdre leur temps. Jean avait défini les derniers détails de la décoration de son futur appartement avec l'architecte, mais il n'avait pas le droit d'y habiter. Les soixante-quinze pour cent du prix restant à payer étaient bien prêts sur un de ses comptes en banque, mais l'acte de vente et les certificats d'urbanisme et de conformité traînaient encore dans les circuits de l'administration locale. Ils recevaient tous les jours des rapports alarmants de la part du siège de VIP à Neuilly-sur-Seine, confirmés par les dires d'Estelle, que Stéphane appelait tous les soirs après le dîner. Hélène lui adressait par courriers électroniques les comptes rendus d'activités des dernières succursales de VIP. Chaque jour, un des convois sous leur responsabilité était victime d'une attaque. Tout cela paraissait irréel, vu depuis l'île de Crète, mais les informations qu'ils pouvaient lire par ailleurs sur le réseau étaient concordantes.

Stéphane tenta d'obtenir d'Irina la faveur d'avancer leur retour en France, mais elle dut lui avouer qu'aucun des deux avions affrétés par GRI-Chevtchenko ne se trouvait sur l'île. Tous les autres jets privés affichaient complet, malgré des tarifs très élevés. Le vol de retour était prévu pour le lendemain.

Aussitôt après le dernier dîner avant le départ, Stéphane appela longuement Estelle, qui s'efforça de le rassurer. Il promit à Camille de tout lui raconter en détail dès son retour. Pour calmer leur extrême nervosité, Jean et lui avaient accepté l'invitation des deux jeunes commerciaux de GRI à fêter dignement les acquisitions des uns et des autres. La virée dans les bars du centre-ville se termina dans une discothèque d'un autre âge, dont la seule fantaisie scénique était une boule de miroirs, suspendue au-dessus de l'unique piste de danse et qui renvoyait dans toutes les directions les lumières quadrichromiques d'un stroboscope à LED. Dans l'euphorie de la fête, les multiples tournées d'ouzo aidant, Sophia et Adonis, les deux jeunes loups de l'agence, firent preuve d'une surprenante conscience professionnelle en donnant littéralement de leurs personnes pour offrir à leurs clients le meilleur souvenir possible de leur séjour.

Stéphane avait sur les autres hommes du groupe un avantage certain, en raison de son physique avantageux et de son sourire lumineux. Il eut donc droit aux avances appuyées de Sophia, sous le regard envieux des Français. Mais Stéphane n'avait pas renoncé à sa liaison avec Irina pour se laisser tenter à présent par cette jeune femme qui n'avait rien de la distinction ni de l'élégance de sa patronne. Il était décidé à ne plus tromper Estelle, même si leurs retrouvailles étaient encore fraîches et fragiles. De son côté, Jean ne semblait pas intéressé non plus par les avances du bel Adonis et se sentait mal à l'aise d'avoir eu une relation d'un soir dans un sauna gay de la ville. Sur les recommandations de sa collègue, Adonis tenta sa chance avec Stéphane, qui le repoussa poliment, mais fermement. Ce faisant, les verres d'ouzo se vidaient en cascade et Stéphane et Jean finirent par rentrer à l'hôtel en taxi à 3 heures du matin, avec la promesse d'une sérieuse gueule de bois au réveil.

49

Iraklio, Crète, 25 août 2028, 10 h 35.

Le chauffeur entama son demi-tour sur les instructions d'un motard de la police grecque et repartit en direction de l'hôtel Galactica Iraklio. Jean ne reconnaissait plus son ami. Il ne l'avait encore jamais vu dans un tel état de nervosité. Tant qu'il devait assurer la protection de personnes étrangères à son cercle familial, il savait faire face aux pires situations. Mais aujourd'hui, il se sentait impuissant à protéger sa propre famille. Il se trouvait piégé ici, à près de deux mille quatre cents kilomètres de Paris et dans l'incapacité de communiquer avec elle. Les rues du centre-ville étaient totalement bouchées, à la fois en raison des travaux et à cause de tous les cars et des taxis qui ramenaient les étrangers à leurs hôtels. Heureusement, les communications téléphoniques dans les îles grecques fonctionnaient encore. Stéphane décida d'appeler Irina sur son portable. Il dut s'y reprendre à huit fois pour la joindre enfin.

— Allô, Irina ? C'est Stéphane.

— J'attendais ton appel. J'ai appris ce qui se passait.

Mon téléphone n'arrête pas de sonner depuis ce matin 9 heures.

— Est-ce que tu peux venir à l'hôtel ? J'ai vraiment besoin que tu m'aides.

— Désolée, mais je dois rester à l'agence. Et de toute façon, il est impossible de circuler en voiture. Viens plutôt me retrouver au bureau. Je t'envoie l'itinéraire tout de suite.

— D'accord. Je viendrai avec mon ami Jean.

Ils laissèrent leurs valises à l'hôtel, sous la surveillance d'un agent de sécurité, et rejoignirent à pied l'agence de GRI-Chevtchenko, munis de leurs ordinateurs portables. Irina avait les traits tirés par le stress. Elle était forcée de répondre au téléphone parce que ses deux assistantes administratives étaient totalement débordées par les nombreux appels. Même Sophia et Adonis avaient été appelés en renfort. En apercevant Stéphane et Jean qui pénétraient dans l'agence, Irina en profita pour se lever et fit signe à l'une de ses assistantes qu'elle devait s'absenter quelques minutes.

— Merci d'être venus. Vous n'avez pas idée de l'enfer que je vis depuis ce matin. J'avais l'impression que ma tête allait exploser. Sortons de là, ajouta-t-elle, en les repoussant en dehors de l'agence.

Ils traversèrent la rue pour aller s'installer à l'intérieur d'un *kafeneion*, un peu plus loin.

— Est-ce que tu peux nous expliquer ce qui se passe ? demanda Stéphane, inquiet.

Jean avait remarqué qu'il la tutoyait, alors que lorsqu'il la lui avait présentée quelques jours plutôt, il s'était efforcé de la vouvoyer et de lui parler avec beaucoup de distance. Cela confirmait ce qu'il avait déjà cerné, mais il feignit de ne pas s'en étonner.

— J'ai bien peur que les autorités européennes n'aient décidé de suspendre tous les vols, partout en Europe. Je savais que ça arriverait un jour, mais en aucun cas aussi tôt et surtout si brutalement.

— Comment ça, tu savais ? demanda Stéphane.

— Cela n'a jamais été annoncé officiellement, bien sûr, mais tous les programmes immobiliers lancés sur les îles grecques depuis un an étaient destinés à recevoir une élite très fortunée et d'autres personnalités triées sur le volet. Dans le même temps, comme je te l'ai expliqué, tout était fait pour chasser de l'île le maximum de petites gens. C'est aussi pour ça que la direction de GRI a décidé de fusionner avec Chevtchenko, avec les encouragements appuyés de l'administration européenne. Ce que je n'arrive pas à croire, par contre, c'est qu'ils aient fermé les accès à l'île alors que nous avons encore des centaines de projets à vendre et autant à réaliser ou à terminer, comme le tien par exemple.

— C'est plutôt rassurant, remarqua Stéphane. Ça ne devrait donc pas durer très longtemps... Au fait, tu as essayé de joindre votre agence de Paris ? Peut-être avez-vous un accès satellite sécurisé ?

— J'ai déjà tenté plusieurs fois depuis ce matin, mais rien ne passe, ni vers la France ni vers aucune autre destination.

— Comment va-t-on faire, si ça doit durer plusieurs jours ?

— Logiquement, si aucun avion n'a pu atterrir, les hôtels ne pourront pas donner vos chambres à d'autres clients. Je peux les appeler si tu veux.

— Et pourquoi ne pourrait-on pas emménager momentanément dans mon nouvel appartement ? suggéra Jean.

— Ça va être difficile tant que les documents officiels n'ont pas été signés, répondit Irina.

— Mais j'y pense, dit Jean, comment va-t-on faire pour vous payer le solde ? Si le réseau Internet a été coupé, comment vont se faire les transactions financières ?

— Vous avez raison, monsieur Sterne. J'appelle la banque tout de suite.

Après deux minutes de conversation en grec avec la banque principale de GRI-Chevtchenko, Irina raccrocha et leur adressa à tous les deux un sourire satisfait.

— J'ai au moins une nouvelle rassurante pour vous. Le réseau crypté des banques est toujours actif. Si j'ai bien compris, tout leur trafic d'informations a été basculé sur les satellites militaires. C'est le seul qui soit autorisé à émettre pour le moment.

— Je vais donc pouvoir vous payer immédiatement le solde et récupérer mon bien au plus vite, déclara Jean.

— J'ai peut-être une idée pour rentrer en contact avec Paris, s'écria Stéphane… Si seuls les satellites militaires fonctionnent, il est possible qu'en tant que patron d'une société de sécurité privée, mais habilitée par les autorités européennes, je sois autorisé à utiliser leur réseau.

Il se tourna vers Irina et lui demanda :

— Est-ce que tu connais quelqu'un d'important dans la police ou l'armée, grecque ou européenne ?

Elle plissa les yeux et prit quelques secondes pour réfléchir.

— Je connais effectivement le directeur de la Sécurité civile pour toute la Grèce, monsieur Kyros Mitsotakis. Il est toujours en déplacement entre Athènes et Iraklio. Je peux essayer de le contacter si tu veux… J'ai compris, je l'appelle immédiatement, ajouta-t-elle en voyant le regard insistant de Stéphane.

Mitsotakis était arrivé la veille avec toute une délégation de ses homologues européens. Il acceptait de recevoir Stéphane exceptionnellement dans son bureau à 15 heures, dans les sous-sols du nouveau bâtiment construit par l'Union européenne. Le privé proposa à Irina de rester à déjeuner avec eux, mais elle déclina l'invitation pour ne pas laisser ses collaborateurs dans l'embarras. Elle promit toutefois de les rappeler en fin d'après-midi pour s'assurer qu'ils n'auraient pas de problème d'hébergement.

Le chauffeur du taxi déposa Stéphane devant l'entrée de l'immeuble en construction et attendit que son client lui fît signe avant de repartir. Stéphane dut passer par deux scanners avant d'atteindre le cœur du bâtiment central. Un garde armé le prit en charge pour le conduire au deuxième sous-sol, jusqu'au bureau du directeur de la Sécurité civile.

— Bonjour, monsieur Larieux, installez-vous, dit Mitsotakis. Pardonnez-moi de vous recevoir à dix mètres sous terre, mais comme vous avez pu le constater en arrivant ici, la partie émergée de notre bâtiment n'est pas encore terminée.

— Le plus important pour moi, monsieur Mitsotakis, était de pouvoir m'entretenir avec vous, répondit Stéphane en regardant son image inversée sur l'écran transparent posé sur le bureau de son interlocuteur.

— Vous comprendrez, j'en suis sûr, que je devais vérifier votre identité.

— Je le comprends et je trouve cela rassurant, à vrai dire.

— Je vois que j'ai affaire à un véritable professionnel. Il est vrai que si vous avez été habilité, ce ne pouvait être que pour de bonnes raisons… Que puis-je faire pour vous ?

— En fait, je suis venu en Crète pour la deuxième fois, pour suivre les travaux de ma future villa… J'ai récemment décidé, en effet, de quitter le continent pour m'installer ici définitivement, d'ici la fin de l'année.

— C'est aussi le cas de beaucoup d'entre nous, reconnut Kyros.

— Le problème, monsieur, c'est que je devais retourner aujourd'hui à Paris avec mon directeur financier, et tous les vols ont été annulés, comme vous le savez déjà.

— Rassurez-vous, monsieur Larieux, il s'agit d'une simple mesure de précaution. La situation en Europe s'est brusquement dégradée ces dernières semaines et nous sommes submergés de menaces d'attentats, qui sont le plus souvent très sérieuses.

— Mais, vous réalisez tout de même qu'il y a encore beaucoup de gens en danger à Paris et ailleurs. Rien qu'hier, ma seule société a traité plusieurs dizaines d'opérations de transfert, par train ou par bateau sur toute l'Europe… Moi-même, j'ai encore ma famille, là-bas. Je ne peux même plus la contacter pour la rassurer, ni donner des instructions à mes équipes pour la protéger ou la ramener ici au plus vite.

— Je vous ai compris, monsieur Larieux. Vous voudriez pouvoir les contacter.

— C'est exact, monsieur Mitsotakis, et pour cela j'ai besoin de votre aide.

— Je crois que nous allons pouvoir nous aider mutuellement, monsieur Larieux.

— Pardon ?

— Nous avons besoin du concours de toutes les sociétés privées comme la vôtre pour accélérer le transfert des personnalités et de nos élites en lieu sûr. Nous sommes prêts à vous apporter le soutien de notre Marine, et notre collaboration en la matière est le seul moyen d'y parvenir avant qu'il ne soit trop tard.

Stéphane repensa aux différents rapports de ses équipes et qui faisaient état, au contraire, d'un sérieux manque de soutien de la Marine, notamment aux petits convois composés de voiliers. Mais il ne voulait surtout pas se lancer dans une polémique avec cet homme, qui était sa seule chance d'entrer en contact avec Estelle.

— C'est aussi ce que j'avais compris des récentes réunions de travail organisées par notre syndicat professionnel. La dernière a eu lieu à Bruxelles en mars. Je me souviens encore du discours de notre présidente, Chiara Dalla Chiesa.

— Chiara ? Elle est justement parmi nous en ce moment. Voulez-vous que je lui demande si elle peut vous recevoir quelques minutes ?

— Avec plaisir, monsieur Mitsotakis, mais avant cela j'aimerais absolument pouvoir appeler ma femme et ma fille, pour les rassurer.

— Oui, bien sûr. Je vais vous faire conduire jusqu'à une autre pièce où vous pourrez leur parler. Je vous préviens cependant que toutes nos conversations entre ces murs sont enregistrées, pour des raisons évidentes de sécurité.

— Ce ne sera pas un problème, mais merci de m'avoir prévenu.

Stéphane appela d'abord Hélène, sa secrétaire, qui s'étonna de l'entendre. À Paris, également, toutes les communications téléphoniques internationales avaient été coupées depuis le matin à 3 heures. Elle n'avait donc aucune information en provenance des succursales européennes de VIP.

— Est-ce que Nolan est là ?

— Il est là, je vous le passe.

— Allô, Nolan ?… Quelle est la situation à Paris ?

— Ça a brûlé toute la nuit dans plusieurs villes des environs. Les pompiers étaient tellement sollicités qu'ils ont fini par abandonner la moitié des foyers. J'ai dû doubler les équipes de garde ici et sur la Seine.

— Vous avez très bien fait, Nolan. Maintenant, je suis terriblement inquiet à propos de mon ex-femme et de ma fille. Vous savez où elles habitent, boulevard Maurice-Barrès. Vous m'y avez conduit récemment.

— Tout à fait, patron, je me souviens de l'adresse, elle est enregistrée dans le système Galileo du Hummer.

— Je vais vous demander de les protéger en priorité absolue. Vous comprenez ?

— Affirmatif, patron.

— Je vais les prévenir que vous passerez les prendre en fin d'après-midi. Je veux absolument qu'elles viennent s'installer chez moi, au moins jusqu'à ce que les choses se calment.

— Oui, patron.

— Autre chose. Je vais vous envoyer les coordonnées de la clinique privée du professeur Laffitte. Elle se trouve aussi à Neuilly. Vous allez lui expliquer ce qui se passe et lui dire que je suis bloqué en Crète. Il comprendra ce qu'il doit faire.

— Bien, patron.

— Dernière chose, Nolan. Envoyez un pilote à Villacoublay. Qu'il prépare notre avion. Je veux absolument qu'il soit prêt à décoller à tout moment. En plus, il ne doit plus jamais rester sans surveillance. Avec tout ce qui se passe en ce moment, n'importe qui pourrait être tenté de le voler pour s'enfuir avec. C'est compris ? Je vous rappellerai dès que possible. Merci Nolan, conclut Stéphane en raccrochant.

Aussitôt, il composa le numéro du portable d'Estelle. La ligne était occupée, mais il insista, malgré les signes que lui faisait Mitsotakis derrière la vitre. À la cinquième tentative, Estelle décrocha.

— Allô ?

— Estelle ? C'est Stéphane. Tu vas bien ?

— Steph. Où es-tu ? Tu es revenu plus tôt que prévu ?

— Non, Estelle. Je suis coincé sur l'île. Tous les vols en partance ou à destination de la Crète ont été annulés jusqu'à nouvel ordre.

— Comment as-tu fait pour me joindre, alors ? Ici, nous n'avons plus aucun contact avec l'international. Même Internet est hors service. Les seuls réseaux en fonctionnement sont ceux de la police et de l'armée.

— C'est justement sur ce réseau que je t'appelle, depuis les bureaux de la Sécurité civile grecque. C'est le directeur en personne qui m'a donné son autorisation.

— Stéphane ! J'ai peur, tu sais. Surtout pour Camille. Elle n'arrivait pas à s'endormir cette nuit, à cause de tous ces bruits d'explosion. J'ai été obligée de la laisser dormir dans mon lit. Reviens vite. Je t'en supplie. Nous avons besoin de toi.

— Pour le moment, je ne peux rien faire. Mais j'ai demandé à mon responsable de la sécurité au siège de venir vous chercher en fin d'après-midi. Il s'appelle Nolan. Je lui ai demandé de vous installer toutes les deux dans mon hôtel particulier. Vous y serez mieux protégées. Pour la suite, je dois encore réfléchir… Maintenant, je vais devoir raccrocher.

— Stéphane ? Je… nous t'aimons très fort. Rappelle-nous vite.

— Je vous aime, moi aussi… Embrasse Camille très fort pour moi.

Stéphane quitta la petite pièce pour rejoindre Kyros dans son bureau.

— Tout va bien à Paris ? Vous êtes rassuré ?

— Elles vont bien, merci. Par contre, elles sont terrifiées. Il y a de plus en plus d'émeutes et d'incendies tout autour de Paris.

— Nous le savons, monsieur Larieux. Et malheureusement, c'est la même chose dans toutes les grandes villes. Et pas seulement en Europe. C'est pour cette raison que nous avons dû fermer les ports et les aéroports. Nous devons à tout prix reprendre le contrôle des villes pour garantir l'évacuation des élites en toute sécurité.

— Vous me disiez tout à l'heure que nous pouvions nous aider mutuellement. Pour ma part, j'attends de vous une solution pour faire venir ici au plus vite les personnes de mon entourage proche. Dites-moi maintenant ce que je dois faire en échange.

— Vous verrez cela avec votre présidente, Chiara Dalla Chiesa, mais pas tout de suite. Elle est encore en réunion jusqu'à ce soir. Je vous propose donc de revenir demain en fin de matinée. Je me charge de prévenir la sécurité pour que l'on vous remette un badge personnel.

— Vous pensez donc que la situation ne se débloquera pas avant plusieurs jours, remarqua Stéphane.

— C'est plus que probable, en effet. Toutefois, vous aurez la possibilité de contacter vos proches, ce qui ne sera pas le cas de tous les étrangers présents sur l'île. Donc, je compte sur vous pour ne parler à personne de cette chance que vous avez. Je n'ai pas envie de voir débouler dans mon bureau des centaines de touristes en colère.

— Vous pouvez compter sur ma discrétion, répondit Stéphane en se levant.

Au même moment, deux niveaux en dessous, se tenait une réunion de crise, regroupant une nouvelle fois tous les dirigeants d'Olympos avec les homologues de Kyros Mitsotakis et les chefs d'état-major des armées européenne et nationales. Chiara Dalla Chiesa avait été invitée à la demande de son frère, Gianluca Pellegrini. Pourtant, elle l'avait prévenu qu'elle n'avait aucune intention de garder sa langue dans sa poche.

— Est-ce que vous réalisez, général, qu'en ce moment même plus de mille deux cents convois sont en route jusqu'ici ? Et encore, je ne parle que de ceux qui sont sous la responsabilité de nos adhérents. Il y a en outre une multitude de yachts et de bateaux de pêche qui partent seuls des ports et qui tentent de se raccrocher aux convois officiels. Et parmi eux, il y a régulièrement des pirates.

Chiara était très en colère et commençait à perdre son sang-froid. Son frère essaya de la calmer, mais sans succès.

— Je sais tout ça, répondit Alain de Roquebrunne.

— Vous le savez, mais vous ne faites rien, alors que vous nous aviez promis le soutien logistique de la Marine européenne. De mon côté, il me semble avoir tenu ma parole. J'ai amené tous nos adhérents à accorder la priorité à nos élites, au nom de la sauvegarde de notre grande civilisation. Pour cela, ils ont accru leurs investissements en matériels de pointe, pour accélérer le rythme des transferts. À présent, à cause du manque de soutien de la Marine, nous essuyons de grosses pertes en hommes et en équipements, tous les jours. Sur terre, la situation est plus grave encore.

— Il est vrai, reconnut le général, que nous avions sous-estimé l'ampleur des tensions dans les villes et, en conséquence, nos moyens se sont vite révélés très insuffisants. C'est pourquoi nous avons dû accorder la priorité à la protection des paquebots de croisière qui transportent en une fois plusieurs milliers de personnes.

— Pourquoi avoir bloqué les aéroports, dans ce cas ? L'avion est le moyen le plus rapide pour transporter des milliers de personnes chaque jour jusqu'ici, non ?

— Parce que les aéroports internationaux sont situés très près des villes et donc dans des zones très sensibles. Des gens se sont vite rendu compte qu'il y avait beaucoup de cars qui partaient, pleins, en direction de l'aéroport et revenaient presque vides en ville. Pire, certains venaient en voiture et la laissaient indéfiniment sur place. Résultat, les parkings ont été saturés en quelques jours et les champs autour des pistes sont devenus des cimetières de voitures, dans lesquels des bandes de voyous viennent se servir pendant la nuit. Sans parler de ceux qui y mettent le feu. Nous n'avions plus d'autres choix que de fermer l'accès à tous les aéroports et d'interdire tout trafic aérien.

— Je comprends votre colère, chère Chiara, intervint Alexandre Boisdoré. Mais je crois que nous sommes tous d'accord ici pour dire que nous avons encore beaucoup à faire pour accueillir tous ceux qui doivent encore nous rejoindre et pour leur assurer un avenir digne de leur rang.

Puis, se tournant vers Christian Arvid :

— Où en est-on dans ce domaine ?

— Les constructions s'accélèrent, mais nous sommes très loin d'avoir rattrapé notre retard. Donc, pour ma part, le ralentissement de l'arrivée des futurs propriétaires est une excellente chose. Ça nous laisse un peu plus de temps pour finir les travaux, autant pour les logements que pour les infrastructures comme les écoles et les hôpitaux.

La discussion se prolongea ainsi pendant plus d'une heure, amenant tous les participants à la même conclusion : la situation était plus dramatique que jamais et exigeait de prendre des mesures particulièrement musclées.

— Mes amis, dit Gianluca, nous sommes désormais en état de légitime défense. Nous ne pouvons plus nous permettre de nous poser des cas de conscience…

Longtemps, nous nous sommes battus pour défendre nos intérêts et nos privilèges. Et nous pouvons nous féliciter d'y avoir brillamment réussi. Nous avons patiemment et méthodiquement détruit les frontières géographiques, politiques et économiques sur l'ensemble de la planète pour accroître nos marchés, tout en mettant en concurrence des populations aux niveaux de vie très disparates, réduisant ainsi la résistance des plus exigeants. Ensuite, nous avons rogné un à un les avantages sociaux exubérants que nous avions dû leur concéder tout au long du siècle précédent. Si nous avions eu des scrupules à le faire, nous serions certainement beaucoup moins riches à ce jour. Mais aujourd'hui, ce sont nos vies autant que nos privilèges que nous devons défendre. Nous avons donc encore moins le droit de nous laisser attendrir par des détails. Lorsqu'un de vos membres est atteint par la gangrène, vous n'avez d'autre choix que de l'amputer si vous voulez survivre.

Tout en parlant, Gianluca observait attentivement les réactions des uns et des autres. Tous semblaient se demander où il voulait en venir.

— Vous conviendrez avec moi que si nous sommes autant en retard dans l'exécution de l'opération Noah, c'est en grande partie parce que nous n'avons pas pris assez tôt les mesures qui s'imposaient pour mettre un terme à la spéculation égoïste et malvenue de certains d'entre nous. Croyez-vous vraiment que c'est par hasard que les sociétés GRI et Chevtchenko se sont mises d'accord pour fusionner ? Il fallait prendre une décision douloureuse. C'est ce que j'ai fait. Mon seul regret, c'est de ne pas l'avoir prise bien avant.

Par leur silence, tous les participants témoignèrent à Gianluca leur approbation. Ils ne voulaient surtout pas en savoir plus.

— Ce que j'essaie de vous faire comprendre, ajouta le président d'Olympos, c'est que ce qui arrive aujourd'hui doit être considéré comme un dernier avertissement, sans frais, que nous envoie Notre Seigneur. Tout ce qui menace notre survie et notre bien-être doit désormais être éliminé sans la moindre hésitation. Nous devons dès à présent prévoir toutes les mesures énergiques qui s'imposent pour assurer la réussite de notre grande mission. Je vous demanderai donc de donner de vos personnes pendant les trois jours qui viennent, plus encore que d'habitude. Il ne nous reste en effet que trois jours pour rédiger un programme suffisamment solide pour convaincre nos amis américains de nous accorder leur appui militaire pour quelques mois de plus.

Le général de Roquebrunne commença à applaudir et très vite le discours de Gianluca reçut une ovation franche de tous les participants.

— Mes amis, dit Gianluca, avec son sourire d'ange. Nous allons faire une courte pause avant que je ne donne la parole à notre amie Anna Maertens qui nous présentera les résultats de son étude scientifique, d'une portée considérable pour notre avenir.

La présidente de Pharmasynthis avait particulièrement soigné la présentation de son exposé. Elle s'était inspirée des méthodes de Gianluca, pour lequel elle éprouvait une grande admiration.

— La nature, que Dieu a créée, nous enseigne que les faibles n'ont pas d'autre choix que de se plier à la loi des plus forts. Cette simple loi a été longtemps acceptée par les hommes, jusqu'au jour où quelques esprits libres ont cru pouvoir changer le cours des choses en affirmant que tous les hommes naissent et demeurent libres et égaux en droit. Depuis ce jour, les gens simples, dotés de capacités physiques ou intellectuelles ordinaires, ne parviennent plus à accepter leur condition de naissance. Ils la considèrent injuste, puisque contraire aux affirmations de la Déclaration des droits humains. D'où l'incapacité récurrente des plus pauvres et des plus riches à vivre ensemble. Il n'y a eu que dans les périodes de grande prospérité économique que cette cohabitation a été possible, et encore, parce qu'il existait alors une séparation très nette entre pays pauvres et pays riches. Car enfin, nous savons tous que la prospérité à l'échelle planétaire est une chose impossible. La fortune d'une minorité repose essentiellement sur le maintien de la majorité dans la pauvreté. L'abondance relative que l'Occident a pu connaître ne s'est faite que par la conquête de toutes les richesses de la planète et l'asservissement d'autres peuples… Mais pour autant, est-ce notre faute si les pauvres se sont obstinés à se multiplier à l'infini ? N'avons-nous pas tout fait pour leur inculquer les bienfaits du contrôle des naissances ? Est-il si difficile de comprendre que plus on est nombreux à se partager un plat, plus les portions se réduisent ? En réalité, ils sont la cause de leur propre malheur. Aujourd'hui, ils sont trop pauvres pour se contenter de ce qu'ils ont, et trop nombreux pour que nous puissions les contenir. Ils sont devenus de plus en plus agressifs. Alors, plutôt que de les regarder tout détruire et nous emporter avec eux dans le chaos, il valait bien mieux que nous reprenions le contrôle. Nous ne pouvions tout de même pas nous laisser dépouiller de tout. C'est la raison pour laquelle nous sommes contraints de vivre loin d'eux et de leur convoitise.

Personne dans l'assemblée ne pouvait être en désaccord avec elle. Ils étaient tous déjà convaincus. Alors, pourquoi cet interminable préambule ? Leur impatience était palpable.

— Mais il y a un problème, reprit Anna… Nous ne pouvons pas nous passer de tous ces gens simples. Sans un minimum d'entre eux, nous ne pourrons pas recréer le rêve de nos ancêtres de la Grèce au temps de Périclès. Nous sommes l'aristocratie de l'humanité et nous avons mérité le droit de jouir des plaisirs de l'esprit et du corps. Le travail manuel et servile n'est pas digne de nous. Dieu a mis à notre disposition des hommes et des femmes pour cela.

— Et comment comptez-vous surmonter ce paradoxe ? demanda lord Carrington.

— C'est à cela que je voulais en venir, répondit Anna. Nos recherches génétiques sont sur le point d'aboutir, mais elles n'auront d'effets sur notre mode de vie que dans une vingtaine d'années… le temps de créer une première génération de jeunes adultes, dont l'intelligence et le caractère seront les plus propices à la fois à l'obéissance et à la soumission, mais aussi à la productivité et à la résistance au travail.

— Ce ne serait pas plus simple d'utiliser la technologie et la robotique ? demanda Martina Dietermayer.

— Peut-être… Mais d'après mon expérience, la relation avec un autre humain apporte des satisfactions qu'aucune machine ne vous donnera. Pas plus qu'une peluche ne saurait remplacer un animal domestique.

— En attendant l'arrivée de cette nouvelle génération de serviteurs dociles, que nous proposez-vous ? demanda Alexandre Boisdoré.

— Pour nous assister dans les tâches quotidiennes ordinaires, nous devrons garder dans l'immédiat des personnes trop âgées pour avoir la force ou le courage de se rebeller, mais d'une santé suffisamment solide pour être efficaces… Quant au reste, nous avons prévu de faire venir de jeunes femmes saines de corps et d'esprit, mais sans éducation, ramenées de Chine, d'Inde, d'Afrique et d'Amérique du Sud et dont la seule fonction sera de porter des enfants en nombre parfaitement contrôlé, issus de fécondations *in vitro* à partir d'ADN modifié.

— Pardonnez-moi de jouer les oiseaux de mauvais augure, remarqua le général de Roquebrunne, mais comment allons-nous contenir le développement démographique des populations que nous allons forcer à rester sur les continents ? N'avez-vous pas dit vous-même qu'elles s'obstinent à se multiplier à l'infini ? Dans ce cas, elles finiront par déborder jusqu'à nous !

— Ça, je crois que c'est l'affaire de l'armée, qui doit les contenir dans des zones limitées. N'est-ce pas général ?... Sinon, c'est une question de temps. Entre des épidémies mal soignées et une nourriture appauvrie en nutriment et mélangée à des substances stérilisantes, on pourrait revenir d'ici vingt ans à une population plus raisonnable sur terre, soit trois milliards tout au plus.

Remerciements

Ma reconnaissance va en premier lieu aux éditions *Les Nouveaux Auteurs* pour leur confiance et la chance qui m'est offerte de voir mon premier roman publié. Je n'oublie pas non plus les lecteurs du Jury citoyen à qui je dois le plaisir et l'honneur du prix des lecteurs 2011. Je pense plus particulièrement à Jean-Louis, Nadia, Daniel, Audrey, Martine et Florence.

Je remercie également tous ceux de ma famille et de mes amis qui m'ont soutenu et encouragé à persister dans l'écriture.

Je remercie enfin Marie-Ida Artusi-Tessier pour ses conseils et pour la qualité de son travail de correction.

Retrouvez toutes les actualités d'Yves Corver sur son blog :
genesedelenfer.over-blog.com

Éditions Les Nouveaux Auteurs
www.lesnouveauxauteurs.com

**Des romans plébiscités
par un comité de lecture grand public*.**

**Des auteurs de talent qui signent
leurs premiers romans.**

Autres thrillers

GAGNANT
PRIX *Femme Actuelle* 2011
CATÉGORIE THRILLER

En proie au temps
Sandrine Monfort

Un thriller humaniste qui ne laisse pas indifférent !

Alisson Ackensil, jeune pédiatre cancérologue s'introduit illégalement dans un laboratoire nucléaire pour y dérober de l'astate-211 et tenter l'injection de la dernière chance auprès d'un de ses jeunes patients. Mais du jour au lendemain sa vie bascule dans l'horreur. Ses nuits sont peuplées de cauchemars des plus terrifiants et autour d'elle des meurtres aux mises en scène inquiétantes se multiplient. Tout semble désigner la jeune femme comme suspect numéro un.

Délires ? Folie ? Hallucinations ? Non, bien pire que cela…

Un roman plébiscité
par un comité de lecture grand public.

En proie au temps
Sandrine Monfort
THRILLER
Les
Nouveaux
Auteurs

GAGNANT
PRIX VSD DU POLAR 2011

Le psychopompe

Dominique Maisons

Une palpitante fuite post-mortem !

Paris, hiver 2011. La vie d'Alice Jourdan bascule dans l'horreur la nuit où elle se fait agresser par un vagabond fantomatique qui a le visage de son mari défunt. L'incident plonge la jeune femme dans un état de terreur paranoïaque. Elle va se confier à Victor Bellanger, flic marginal en pleine dérive, qui n'hésite pas à rompre avec tout cadre légal pour mener sa propre enquête. Tous deux se retrouvent au cœur d'une série d'incidents violents liés au passé familial de la jeune femme… Isolés et traqués, ils ne peuvent compter que sur eux-mêmes pour échapper à l'abîme…

"Un polar hallucinant aux frontières de la vie !
MAGISTRAL !"

Didier van Cauvelaert

Un roman plébiscité
par un comité de lecture grand public.

Le psychopompe
Dominique Maisons
THRILLER
Les Nouveaux Auteurs

LE COUP DE CŒUR

de Didier van Cauwelaert

PRIX VSD DU POLAR 2011

Le tombeau du Phénix

François-Xavier Cerniac

L'univers des carrières et un tueur en fin de vie, qui s'évade pour assouvir sa vengeance. Un thriller original qui sort des sentiers battus !

Paris, décembre 2008, une explosion spectaculaire vient d'avoir lieu à l'hôpital de la Pitié-Salpêtrière. Le Phénix, tueur en série, s'est échappé. Quelques heures plus tard le Petit Musée Dali vole en éclats, faisant une victime, Denis Carpanon. Déjà d'autres meurtres s'enchaînent et résonnent comme une sombre vengeance du Phénix. L'enquête du commandant Perez est rapidement menée et une chasse à l'homme s'engage alors…

Persuadée que la police fait fausse route, l'épouse de la victime, Estelle Carpanon, va se battre pour faire éclater la vérité au grand jour.

"Machiavélique et lumineux !
Un vrai sang neuf dans la noirceur."

Didier van Cauvelaert

Un roman plébiscité
par un comité de lecture grand public.

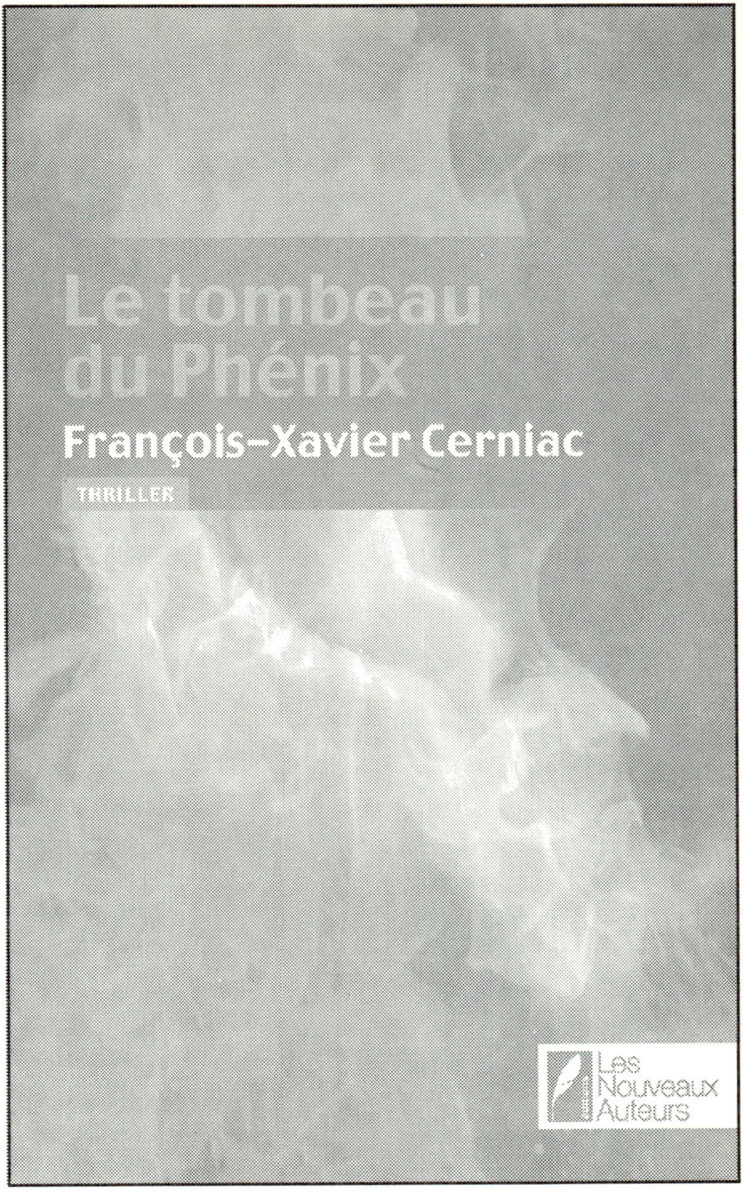
Le tombeau
du Phénix
François-Xavier Cerniac
THRILLER
Les
Nouveaux
Auteurs

Photo couverture : © fotolia.com
© evron.info - © Oleksandr Dibrova

Ligne graphique : Chrystèle Ferté

Cet ouvrage a été mis en pages par
Studio Ben
à Argenteuil
et composé en ITC Berkeley Old Style

Impression réalisée sur CAMERON par

CPi
BRODARD & TAUPIN

La Flèche

pour le compte des Éditions

Les Nouveaux Auteurs

Dépot légal : Juin 2011 – N° d'impression : 64541